KB092889

다만
부패에서
구하소서

다만 부패에서 구하소서

쯔진천 지음
박소정 옮김

한스미디어

차례

등장인물 소개

범죄자

팡차오, 류즈 | 한탕주의에 빠진 강도들.

리펑 | 수차례 살인을 저지른 A급 지명수배자.
샤오페이 | 리펑의 교도소 친구. 리펑에게 청부 살인을 부탁했다가 불시에 실종.

정융빙(정 형) | 유물 도굴 전과가 있는 금은방 주인. 스파센터 고객.
류베이(다류) | 유물 밀매상. 살인 전과가 있는 지명수배자. 정융빙과 아는 사이.

샤팅강(강 형), 샤오마오 | 고물상 주인들. 빚 때문에 가짜 택시로 절도를 시작한다.

린카이, 양웨이, 메이둥, 셰사오빙 | 싼장커우를 주름잡았던 조폭 출신 의형제. 린카이와 양웨이는 사채업자, 메이둥은 마카오 도박 사업가. 셰사오빙은 이미 죽었다.

주이페이 | 유물, 문화재 등을 취급하는 유명한 밀거래상.
훠정(샤오정) | 주이페이의 부하. 전직 살인청부업자.

부패기업 관계자

저우룽 | 룽청그룹 회장. 랑보원, 루이보, 예젠과 함께 의형제로 알려져 있다.
후젠런 | 저우룽 회장의 비서이자 오랜 심복.
장더빙 | 저우룽 회장의 룽청그룹 보안팀장.
리펑가이(철거형) | 저우룽의 저택 경호팀장.
샤오미 | 저우룽의 운전기사. 경찰에 저우룽 관련 정보를 알려주는 스파이가 된다.
두충 | 저우룽이 운영하는 4S 매장 직원.

랑보원 | 싼장커우 제2의 부동산 개발업체 아오투의 사장.

랑보투 | 랑보원의 친동생. 아오투에서 일한다.

루이보 | 펑린완 호텔 사장.

저우치 | 펑린완 호텔 내 스파센터 매니저.

성 공안청 공무원

가오둥 | 성 공안청 부청장.

우 주임 | 성 공안청 판공실 주임.

저우웨이둥 | 성 공안청 상무부청장. 저우룽의 숙부.

싼장커우시 공무원

팡융 | 싼장커우 개발사업인 둥부신청 프로젝트의 관리위원회 주임. 싼장커우 시장보다 직급이 높다.

뤄쯔웨 | 싼장커우 시장.

치전싱 | 싼장커우 부시장이자 싼장커우 공안국 국장.

자오 주임 | 싼장커우 공안국 판공실 주임.

장이앙 | 싼장커우 공안국 부국장이자 형정대대 책임자.

왕루이쥔 | 싼장커우 공안국 형정대대 (부)대대장.

쑹싱 | 싼장커우 공안국 형정대대 중대장.

리첸 | 싼장커우 공안국 형정대대 소속 경찰 시보.

샤오가오 | 싼장커우 공안국 형정대대 대원.

라오천 | 싼장커우 공안국 소속 법의관.

쉬 과장 | 싼장커우 공안국 소속 형사과학기술과 과장.

루정 | 싼장커우 공안국 전 부국장. 저우룽 사건을 쫓던 중 실종된 장이앙의 전임자.

예젠 | 싼장커우 공안국 형정대대 전 대대장.

★ 일러두기 : 모든 각주는 옮긴이 주입니다.

제1장

“요즘은 다들 한탕주의에 빠져서 말이야, 어디든 꼼수와 함정이 도사리고 있어. 휴대폰으로 연락 오는 것도 열에 아홉은 광고나 보이스피싱이야. 저 밑에 좀 보라고.”

한 손에 총을 든 팡차오方超가 모텔 객실 창의 커튼을 치켜들고 길가의 업소들을 가리키며 말했다.

“중개소, 탈모치료, 성형, 캐피탈, 또 무슨 재테크다 뭐다 요즘엔 온통 저런 업소들뿐이라니까. 세가 너무 비싸서 정직하게 장사하는 사람은 죄다 쪽박 차고, 남 등쳐먹는 놈들만 살아남은 거라고! 근데 제일 배 아픈 건 저기 길목에 있는 족욕점이야!”

“발 씻겨주는 게 뭐 어때서요?”

옆에서 배낭을 정리하던 류즈劉直가 손을 멈추고 물었다.

“어젯밤에 갔더니 진짜 발만 씻겨주더라니까!”

“발만 씻겨주지, 뭘 더 바라는데요?”

팡차오는 거울 앞에서 수염과 가발을 점검하며 은근한 어투로 대답했다.

“진짜배기 족욕점은 말이지, 발을 씻기지 않아.”

류즈가 어리둥절한 표정을 짓자 팡차오는 그의 어깨를 툭툭 치고 웃으며 말했다.

"가자. 이번 건만 끝내면 내가 진짜 족욕이 뭔지 경험하게 해주지!"

팡차오는 권총에 안전장치를 걸어 허리춤에 숨기고 류즈는 배낭을 멨다. 부모조차 못 알아볼 만큼 완벽히 위장한 그들은 태연히 모텔을 나서 택시를 탔다. 택시는 교외의 어느 골목 어귀에 멈춰 섰다. 두 사람은 골목으로 걸어 들어가 바깥쪽 큰길에서부터 한참을 에돌아 마침내 어느 삼거리에 도착했다.

맞은편 모퉁이에 평범한 금은방이 자리해 있었다. 두 사람이 며칠 동안 눈여겨본 목표물이었다.

팡차오는 주변을 살피고 시간을 확인했다. 오후 4시 30분. 좀 있으면 저녁의 도시는 불야성을 이룰 터였다. 시간은 계획한 대로였다. 팡차오는 휴대폰을 지긋이 바라보았다.

그리고 자판을 눌렀다.

펑!

5킬로미터 떨어진 시내 은행 입구 화단에서 폭발음이 터져 나왔다. 주먹만 한 굵기의 감탕나무 허리가 맥없이 부러지고, 옆에 서 있던 스쿠터 두 대가 몇 미터 너머로 날아갔다. 행인들의 비명 소리와 함께 짙은 연기가 피어올랐다. 백 미터 떨어진 곳에서 운전 중이던 한 여자는 급브레이크를 밟아 다중 추돌 사고를 일으켰다.

뒤이어 시내의 또 다른 번화가 두 곳에서도 잇달아 소규모 폭발 사건이 일어났다.

몇 분 후 공안국에 신고 전화가 빗발쳤고, 온 도시의 경찰 병력이 세 군데 현장으로 출동했다.

십 분쯤 지나 팡차오가 휴대폰으로 GPS를 켰다. 시내 주요 도로가 온통 빨간색이었다. 도시 전체가 마비된 것이다. 팡차오는 류즈에게 고개를 끄덕이고 낮게 외쳤다.

"시작하자!"

두 사람은 고무장갑을 끼고 금은방으로 향했다. 금은방 입구의 CCTV 감시 구역에 가까워지자 플라스틱 마스크를 꺼내 썼다. 류즈는 '내부 공사로 휴업 중'이라고 인쇄된 종이 두 장을 가게 양옆 유리문에 붙였다. 이윽고 두 사람은 금은방으로 들어가 문을 닫았다. 팡차오는 권총을, 류즈는 긴 칼을 꺼내 들고 무방비 상태의 여직원 셋을 향해 소리쳤다.

"움직이지 마! 허튼수작하면 쏜다!"

둘은 여직원들을 위협해 카운터 옆 구석으로 몰아넣었다. 세 여자는 바닥에 쪼그리고 앉아 두 손을 머리에 올렸다.

눈 깜짝할 사이에 금은방을 장악했다.

"협조 잘해주면 겁먹을 거 하나 없어. 카운터 열쇠 내놔. 우린 물건만 챙겨서 갈 거야. 사람은 안 건드려."

팡차오가 세 여자의 머리 위로 총구를 이리저리 움직이며 말했다. 세 여자는 바짝 붙어서 고개도 못 들고 벌벌 떨었다.

아무 반응이 없자 류즈가 칼을 휘두르며 소리쳤다.

"못 들었어? 얼른 열쇠 내놓으라고! 셋 셀 때까지 안 내주면 죽여버린다!"

"진정해. 폭력을 쓴다고 해결되진 않아."

두 사람은 스타일이 전혀 달랐다. 강도 짓도 머리를 써야 하는 일이며 폭력은 보조 수단일 뿐이라고 여기는 팡차오가 침착한 모습으로 여자들에게 말했다.

"이런 일 처음 겪어서 많이 무서울 거야. 열쇠를 줘야 하나 말아야 하나 고민 중이지? 근데 잘 생각해봐. 당신들 이 일 해서 얼마나 벌어? 그깟 몇 푼 때문에 목숨을 걸 필요 있나? 기억해. 목숨은 자기 거지만 돈은 너희들 사장 거다!"

한 여자가 고개를 들고 조심스럽게 말했다.

"제가 사장인데요."

팡차오는 침을 꿀꺽 삼키고 손을 들어 방아쇠를 당겼다. 펑 소리와 함께 옆쪽 유리 진열대가 박살이 났다. 쪼그리고 앉았던 여자들은 다리에 힘이 풀려 그대로 주저앉았다. 사장은 벌벌 떨며 열쇠를 정수리 높이까지 들어올렸다.

"진작 좀 쏘시지."

류즈가 열쇠를 낚아채며 투덜거렸다.

계획대로 팡차오는 총으로 세 여자를 감시하고 류즈는 물건을 쓸어 담았다. 모든 과정을 삼 분 안에 끝내야 했다.

류즈의 배낭이 금세 불룩해졌다. 더 넣다가는 도망가기 힘들어질 것이다. 팡차오가 손을 흔들자 류즈는 노끈을 꺼내 여자들을 묶고 테이프로 입을 막았다.

두 사람은 심호흡을 한 후 재빨리 금은방을 빠져나갔다.

삼십 분 후 근처 가게 지인이 놀러 왔다가 묶여 있는 세 여자를 발견하고 풀어주었다. 즉시 신고했지만 경찰은 한 시간이 훌쩍 지나서 도착했다. 많은 경찰이 폭탄 사건 현장에 몰린 데다 교통이 혼잡했기 때문이었다.

그날 밤 각종 언론, 위챗WeChat 채팅방, 공안 내부 할 것 없이 늦은 오후의 폭탄 사건을 두고 열띤 토론이 벌어졌다. 금은방 강도 사건을 비롯해 그날 도시에서 벌어진 다른 사건들은 그렇게 묻히는 듯 보였다.

팡차오와 류즈는 모텔방에 앉아 금박으로 장식된 백옥 재신상* 을 멍하니 바라보았다. 옆에는 금장신구들이 놓여 있었다.

팡차오가 담배 연기를 길게 내뱉은 뒤 탄식하듯 말했다.

"도통 이해가 안 되네. 그래, 지난번 두 번은 경험이 부족했다 치자. 수만 수십만 위안 가격표가 붙은 옥기玉器가 돈이 안 된다는 걸 몰라서 결국 껌값에 팔아넘겼잖아. 그걸 교훈으로 이번에는 꼭 돈으로 바꿀 수 있는 금을 털자고 약속했지? 그렇게 몇 날 며칠을 준비해서 목표물 정하고 터는 것까지 성공했잖아. 근데 또 이딴 걸 가져와? 챙기라는 금은 더 안 챙기고, 10킬로그램도 넘는 재신상을 싸 들고 오면 어쩌자는 거야?"

"저, 전 이게 한가운데 있길래 돈깨나 나가는 줄 알았죠. 만져보면 꼭 연옥軟玉 같다니까요."

"연옥은 개뿔! 10킬로그램짜리 연옥? 코딱지만 한 가게를 무슨 고궁 취급하고 있어!"

"전……."

"금은방 가서 재신상 훔쳐오는 사람은 너밖에 없을 거다."

팡차오는 '이 구제불능아'라는 듯한 표정으로 류즈를 바라봤다.

류즈는 창피한 듯 잠시 말이 없더니 버럭 화를 냈다.

---

* '재신財神'은 중국의 민간신앙에서 섬기는 '재물의 신'을 말한다.

"까짓것, 다음에 또 털면 되죠. 금은방 터는 거, 이제 일도 아니에요!"

"다음은 없어. 옛말에 같은 실수를 반복하면 안 된다고 했어. 세 번 연속 폭탄 터뜨려서 경찰 따돌리고 털어봐라. 뭔가 연관이 있구나 하고 눈치챌 게 뻔해."

"그럼 어떡해요? 강도 짓 안 하면 뭐 먹고 살게요?"

"남의 가게 터는 건 결국 목숨 내놓고 하는 일이야. 까딱 잘못하면 감방에 들어가지. 오래 할 짓이 못 돼! 그렇다고 너나 나나 마땅한 기술이 있는 것도 아니고, 장사를 할 만한 그릇도 아니야. 그래서 사고의 전환이 필요한 거지. 밑천도 안 들고 손쉽게 할 수 있는 일을 하는 거야!"

팡차오의 말에 류즈는 잠시 생각하더니 왠지 설렘이 깃든 표정으로 물었다.

"호스트 바? 근데 전…… 그런 거 안 해봐서 잘할 수 있을지 모르겠는데."

"호스트 바 좋아하시네!"

팡차오가 류즈의 머리를 쥐어박았다.

"내 말은 앞으로는 가게 말고 사람을 털자고!"

류즈의 호기심 어린 눈빛을 뒤로하고 팡차오는 신문을 펼쳤다. "1천만 위안 도둑맞고도 신고할 엄두 못 내"라는 머리기사가 그의 눈을 즐겁게 했다.

"1천만이라……. 1천만 위안 벌려면 우리가 얼마나 많은 가게를 털어야 하겠냐? 탐욕스런 부패 공무원 하나 털면 끝나는 거야! 얼른 짐 챙겨. 내일 싼장커우로 갈 거야. 가서 뇌물 쌓아놓은 공무원

하나 잡고 대박 한번 터뜨려보자고."

"근데 왜 싼장커우예요?"

싼장커우는 장쑤성江蘇省과 저장성浙江省 연안의 현縣급 도시로 경제가 발달한 편이지만 저장성 성도省都*인 항저우杭州시에는 비할 바가 못 되었다. 똑같이 뇌물을 먹는 놈이라도 항저우 쪽이 훨씬 더 부자일 터였다.

"거기가 제일 안전하니까."

팡차오는 신문 구석에서 눈에 잘 띄지도 않는 손바닥만 한 기사를 가리켰다.

"싼장커우 공안국 부국장이 실종된 지 6개월이 지났어. 아직도 사람 하나 못 찾아서 신문에 광고까지 낸 거라고. 생각해봐. 실종된 상관도 못 찾아낸 경찰들이 우리를 잡을 수 있겠냐? 어림도 없지!"

---

* 성 정부 소재지.

제2장

한 달 반 전.

성 공안청* 가오둥高棟 부청장은 의자에 앉아 왼손에는 담배를, 오른손에는 투서 복사본을 들고 반 페이지짜리 짧은 글을 반복해서 읽고 있었다.

잠시 후 판공실辦公室 우吳 주임이 노크를 하고 들어왔다. 가오둥 부청장은 기다렸다는 듯 일어나 물었다.

"어떻게 됐어?"

우 주임이 서류 봉투를 건네며 대답했다.

"제보자의 경계심이 상당히 높은 것 같은데요. 투서에서 지문이나 신원을 확인할 만한 다른 물증이 전혀 검출되지 않았어요. 아무래도 택배사로 가서 알아봐야 할 것 같습니다. 공안청에 보내는 서류니만큼 접수 직원도 발신인을 주의해서 봤을 테니까요."

가오둥은 도로 자리에 앉아 담배를 끄고 봉투를 열었다. 안에는 투명한 비닐봉투에 싸인 투서 원본과 물증 감정보고서가 들어

---

* 중국에는 최고 국가행정기관인 국무원 산하에 경찰 및 검찰 업무를 소관하는 공안부가 있다. 공안부 산하에는 공안청(성, 자치구), 공안국(직할시, 시, 현), 공안분국(시 관할구), 파출소(현 공안국 소속) 등이 있다.

있었다. 그는 감정보고서를 살펴본 뒤 물었다.

"감정센터 직원도 투서 내용을 봤겠네?"

"우리 쪽 사람이라 괜찮습니다. 결과 나올 때까지 제가 옆에서 지켜봤고요."

"우리 쪽 사람이라도 조심은 해야지……."

가오둥은 짧게 한숨을 내쉬었다.

"기술적으로만 다루는 거라 문제될 건 없을 겁니다. 사람 보내서 발신인이 누군지 조사하라고 할까요?"

"됐네."

가오둥은 투서 원본을 서랍에 두고 감정보고서는 분쇄기에 넣고선 스위치를 눌렀다.

"투서 내용이 진짜든 가짜든 우린 먼저 제보자부터 보호해야 해. 제보자가 경찰 조사를 받을까 봐 겁내는 일은 없도록 해야지. 본인 신원을 밝히기 꺼리는 만큼 나도 그 선택을 존중하는 거야."

"그 말씀은?"

"제보자는 저우웨이둥周衛東을 고발하는 투서를 기율검사위원회紀律檢査委員會[*]가 아니라 왜 나한테 보냈을까? 물론 투서에 적은 것처럼 아직 실질적인 증거가 없다는 게 이유겠지. 내가 저우웨이둥과 껄끄러운 사이라는 걸 알고서 나한테 보낸 것 같기도 하고. 이건 딱히 비밀이랄 것도 없어. 나는 형사경찰 출신이고 저우웨이둥은 정치 일선에 있었잖아. 내가 성 공안청에 오기 전엔 우리가 마주칠 일이 없었지. 근데 여기선 저우웨이둥이 사사건건 나한테 날을 세우

---

* 공무원의 부정부패와 위법 행위를 감찰하고 조사하는 기관. 약칭 '기위'.

니, 보는 눈이 있으면 다들 눈치채고도 남았겠지. 여기서 일한 3년간 경력도 쌓고 상무부청장 자리까지 오른 사람이 왜 그러는 걸까?"

"부청장님이 형사정사총대刑事偵査總隊*도 관장하시고 부청장 중에서 제일 젊으시잖아요."

젊음은 천금을 주어도 못 사는 정치 자본으로 가오둥의 강점 중 하나였다.

가오둥 부청장은 눈을 감고 담담하게 말했다.

"일 년쯤 더 지나면 청장님이 공안부로 승진하거나 정부 쪽으로 발령나실 거야. 공석이 된 청장 자리를 두고 부내에서 별다른 인선이 없으면, 성 내부 추천에 따라 저우웨이둥이 그 자리를 차지하겠지. 나랑 그 사람 관계가 어떤지 자네도 잘 알잖아. 저우웨이둥이 청장이 되면 난 좋은 시절 다 간 거야."

우 주임이 돌연 눈을 빛내며 말했다.

"제보자가 부청장님과 저우웨이둥 사이를 아는 게 틀림없어요! 그래서 부청장님께 투서를 보낸 거라고요. 부청장님은 과감하게 들이받으실 수 있다는 걸 아는 거죠!"

"허허, 저우웨이둥이 언제부터 날 못살게 굴었는지 아나? 내가 형사정사총대 책임자로 있다가 부청장 자리로 옮겨왔잖아. 옮긴 후에도 형총 사람들이랑 편하게 잘 지냈는데, 어느 날 형총대장이 찾아와 묻더라고. 저우룽周榮이라는 사업가가 찾아와서 자기가 저우웨이둥 조카라며 어떤 사건에 대해 구명을 청하는데 어떡하면

* 성급 공안청에서 형사사건 수사를 담당하는 상설기구. 약칭 '형총'.

좋겠느냐고. 이미 확정된 건이라 석방은 불가능했고, 어떻게 감형이라도 좀 해달라고 했다는데, 내가 직접 형총에 최고형으로 처리하게 해버렸어. 그게 재벌 2세가 미성년자를 윤간한 사건이었거든. 그 후로 저우웨이둥이 날 대하는 태도가 싹 돌변하더라니까. 나중에 따로 저우웨이둥을 조사해봤는데, 뒤처리를 어찌나 빈틈없이 해놓았는지 겉보기에는 청렴 그 자체더구먼."

우 주임이 고개를 끄덕였다. 저우웨이둥 상무부청장에 대한 소문은 전부터 있어왔지만, 증거가 있었다면 최근 몇 년간 중앙순시조中央巡視組*에서 벌써 그를 조사하고도 남았을 것이다.

가오둥이 이어서 말했다.

"근데 이번 투서는 달라. 제보자는 저우룽이 저우웨이둥의 '행동대장'이라고 주장하고 있어. 저우룽은 온갖 궂은일도 가리지 않는 인물이며 살인사건에까지 연루돼 있다는 얘기도 들려. 싼장커우 공안국에서 형정刑偵을 담당하던 루정盧正 부국장이 반년 전에 실종돼서 지금까지 단서 하나 못 찾고 있지. 제보자 말로는 저우룽이 당시 자기를 조사 중이던 루정을 죽여서 입막음했다는 거야. 이 사건에 대해서 제보자도 직접증거는 없지만 어느 정도 단서를 확보했다고 했지. 이만큼 사이즈가 큰 살인사건은 사실로 입증되기만 하면 아무리 높은 직급이라도 빠져나갈 수 없을 거야!"

우 주임이 고심하며 입을 열었다.

"만약 저우룽을 조사할 마음이 있으시면 루정 대신 부국장 자

---

* 중앙기율검사위원회 소속으로 중국 공산당과 정부 고위 공무원의 당 기율, 국법 위반 문제 등을 감사하는 조직이다.

리에 앉힐 인사를 싼장커우로 보내라는 말도 적혀 있잖아요. 아무래도 제보자는 부청장님이 어떻게 나오는지 보고 우리랑 직접 만나서 조사에 협조할지 결정하려는 것 같은데요."

가오둥이 고개를 끄덕였다.

"루정의 실종으로 싼장커우 형정 부국장직이 반년이나 공석 상태니 이제 자리를 채울 때도 됐지. 관례대로라면 그런 지방 보직은 그쪽에서 알아서 채우지만, 이번에는 무슨 일이 있어도 이쪽에서 유능한 친구를 골라 보내야만 해!"

"저우웨이둥도 누군가를 그 자리에 앉히려고 할 텐데요."

"형정 책임자는 나야. 결정은 내가 해. 문제는 누굴 보내느냐인데, 누가 좋을까?"

"능력도 있고 절대적으로 신뢰할 수 있는 사람을 보내야죠."

이미 점찍어둔 사람이 있었던 우 주임은 의견을 구하는 상사의 눈빛에 즉시 카드를 내밀었다.

"장이앙張一昂이요!"

"장이앙? 자네는 그 친구 능력이 뛰어나다고 생각하나?"

"아…… 아닌가요?"

우 주임은 상사의 떨떠름한 기색을 보고 멋쩍게 웃었다.

우 주임이 보기에 장이앙의 능력은 출중했다. 재작년 우 주임은 단지에서 누군가 자기 차를 긁어 파출소에 신고를 했다. 보름 내내 소식이 없어서 장이앙에게 말했더니 그가 이튿날 바로 범인을 찾아냈다. 한번은 우 주임의 친척이 옆 도시에 식당을 차렸는데 동네 깡패들한테 돈을 뜯겼다. 장이앙에게 이런 일은 보통 어떻게 처리하는지 상의만 했더랬는데, 며칠도 안 돼서 깡패들이 선물을 사들고 식당에 찾아와 사과했다. 이런 결과를 보고도 그의 능력을 높이 평가하지 않을 수 있겠는가?

가오둥은 콧방귀를 뀌며 대꾸했다.

"그놈이 무슨 능력이 있어? 대부분 추측으로 때려맞히는 거지!"

"근데……."

우 주임은 두 번이나 신세를 진 입장에서 의리 때문에라도 끝까지 장이앙을 밀어주고 싶었다.

"이 사건은 능력보다 신뢰가 더 중요하다고 생각합니다. 장이앙은 졸업하자마자 쭉 부청장님 밑에서 일한 만큼 출신이 확실하잖아요. 물론 장이앙보다 뛰어난 인재가 왜 없겠어요? 하지만 다른 사람도 아니고 저우웨이둥을 조사하는 일 아닙니까. 정치적으로 수작을 부리려고 들면 한통속이 돼서……."

가오둥은 문득 지난 일들이 떠올랐다. 부청장으로 오기 전 형사경찰로서 마지막으로 사건을 해결할 때 확실히 배신자가 있긴 했다. 지금으로선 완전히 신뢰하고 일을 맡길 수 있는 사람이 장이앙 말고는 없었다.

우 주임은 계속해서 바람을 넣었다.

"제보자가 그랬잖아요. 우리가 입장을 보이기만 하면 증거를 넘겨주겠다고요. 그러니 능력을 따지기보단 우리가 가장 믿을 만한 사람을 보내서 싼장커우를 지키는 게 중요하다고 봅니다."

가오둥이 생각하기에도 맞는 말이었다.

상사의 태도에 변화가 보이자 우 주임은 더욱 부채질을 했다.

"그동안 부청장님 그늘에 가려져서 장이앙이 실력 발휘할 기회가 별로 없었잖아요. 이번에 홀로서기할 기회를 한번 줘보십시오.

숨겨둔 재능을 맘껏 펼치면서 굵직한 사건들을 해결할지 누가 압니까!"

가오둥은 한참을 고민하다 길게 한숨을 내쉬었다.

"퇴직 전에 녀석이 큰 건 하나 해결하는 거 볼 수 있으면 소원이 없겠네."

싼장커우 공안국 부국장으로 가게 된 장이앙은 가슴이 벅차올랐다. 성 공안청에서의 그는 위로 상사들이 줄줄이 버티고 있어서 좀처럼 목소리를 낼 기회가 없었다. 그런데 이제 싼장커우로 가서 완장을 차게 된 것이다. 게다가 저우룽을 조사해 저우웨이둥을 쳐내는 대단한 임무를 맡게 됐다. 가오둥 부청장이 그만큼 그를 신뢰한다는 증거였다. 부청장은 오후 내내 시간을 들여 수사 진행 방향이며, 지방의 인사 문제에 어떻게 대처해야 하는지 가르쳐주기까지 했다. 이 얼마나 감복스러운 일이란 말인가!

우 주임 말로는 가오둥 부청장이 그에게 거는 기대가 크다고 했다. 그를 지방으로 보내는 것은 저우룽 및 저우웨이둥 조사를 위한 것이기도 하지만, 무엇보다 기회를 주기 위함이니 굵직한 사건을 해결해보라는 격려도 덧붙였다고 했다. 우 주임은 가오둥 부청장의 말을 전했을 뿐인데, 장이앙은 그 자리에서 하늘에 대고 맹세를 할 기세였다. 싼장커우에서 혁혁한 공을 세워 기필코 가오 부청장님의 기대에 부응하겠다는 맹세!

싼장커우로 부임한 지도 어느덧 일주일이 넘었다.

지방의 인사관계는 예상보다 훨씬 더 복잡했다. 간부들은 겉보기에 꽤 예의를 차리는 듯했지만, 실제로 만나면 장이앙을 마치 '전염병 환자' 대하듯 멀리했다. 형정대대* 내부에서는 장이앙이 부임한 바로 다음 날부터 예젠葉劍 대대장이 병가를 내고 코빼기도 보이지 않았다. 순차대로라면 예젠이 부국장 직무를 이어받을 차례인데, 난데없는 낙하산이 내려와 그 자리를 차지해버렸으니 예젠 입장에서는 속이 말이 아니었다. 마치 변비 환자가 개운해지려던 차에 갑자기 항문이 찢어져 고통스러운 격이랄까? 소문에 의하면 예젠이 저우룽과 친분이 남다르다고 하니, 병가를 낸 데는 아마 다른 이유가 있을지 몰랐다. 다른 경찰들은 대놓고 장이앙과 맞서지 않았지만 간부들의 눈치를 보며 그와 거리를 유지했다.

어느 직장이든 연공서열과 파벌 나누기는 불가피했다. 갓 부임한 장이앙도 이에 대해서는 어찌할 방법이 없었다.

시작부터 난관에 부딪혔지만 시작부터 상사에게 도움을 청할 수는 없었다. 고심 끝에 방법을 생각해냈다. 알아보니 형정대대 내부에도 균열이 있었다. 장이앙은 예젠 대대장과 사이가 안 좋았던 왕루이쥔王瑞軍 부대대장과, 왕루이쥔과 형제처럼 지내는 쑹싱宋星 중대장을 포섭하기로 했다.

왕루이쥔을 끌어들이는 건 간단했다. 예젠과 잘 지내지 못하는 건 왕루이쥔이나 새로운 상사나 마찬가지. 적의 적은 친구요, 적의 상사는 두말할 것 없이 친구였다. 새로운 상사와 관계를 잘 터놓으면 오래지 않아 새로운 상사가 적당한 구실로 예젠을 치워버리

* 형사정사대대刑事偵查大隊의 약칭. 시 관할구 공안분국과 현급 공안국에서 형사사건 수사를 담당하는 상설기구.

고 왕루이쥔을 대대장 자리에 앉힐 것이다.

상대적으로 쑹싱은 포섭이 쉽지 않았다. 그는 형사사건 해결의 달인이자 핵심 요원이었는데, 업무 외에 처세나 대인관계 면에서는 꽉 막힌 사람이었다. 왕루이쥔보다 3년 일찍 경찰계에 발을 들여서 표창은 더 많이 받았지만, 아직 중대장에 머물러 있는 이유도 그 때문이었다.

쑹싱 같은 인재를 상대하는 데는 장이앙도 저만의 방법이 있었다. 인재는 모름지기 수사 능력이 뛰어난 상사에게 고개를 숙이는 법이었다. 장이앙은 가오둥 부청장이 키운 '제자'였다. 가오둥 부청장은 한때 '명탐정'으로 이름을 날리던, 성省 전체 형사경찰들의 우상이었다. 털끝 하나 다치지 않은 채 공안부 개인 '일등공一等功' 한 번, 단체 일등공 두 번 외에도 기타 수많은 표창을 받았다. 성 공안청 간부들 중 유일하게 현장에서 뛰던 형사경찰 출신이기도 했다. 그런 가오둥 부청장 밑에서 일한 제자임을 내세워 쑹싱도 일단 부하로 거둘 수 있었다.

어찌저찌해서 두 사람을 끌어들이긴 했지만, 심복이라기엔 아직 무리가 있었다. 싼장커우 형정대대 전체가 자신의 명령대로 움직이게 하려면 방법은 두 가지였다. 하나는 시간이 해결하도록 놔두는 것인데 장이앙은 그럴 만한 인내심이 없었다. 다른 하나는 되도록 빨리 큰 사건을 해결해 능력으로써 위신을 세우는 것인데, 이 점에 있어선 이유 없이 자신감이 넘쳤다.

직장 내부관계 외에도 또 하나의 난제가 있었다.

오늘 아침 사무실에 들어서니 경찰 시보 리첸李茜이 서류 묶음을 책상에 두고 공손한 자세로 그를 기다리고 있었다.

리첸이 바로 그 난제였다!

리첸은 여경 중에서 보기 드물게 피부도 하얗고 예뻐서 모든 남자 동료들의 시선을 끌었다. 하지만 그녀가 쉽게 대할 수 없는 엄청난 상대라는 걸 아는 사람은 오직 장이앙뿐이었다.

싼장커우에 부임하기 전날 저녁 가오둥 부청장이 장이앙을 불러 말했다. 경찰대를 갓 졸업한 친구가 있는데 그녀를 데리고 싼장커우에 가는 게 어떠냐는 것이었다. 보아하니 경찰 내부에 연고가 있는 게 분명해 보였다. 장이앙은 일손이 하나 느는 셈이니 나쁘지 않겠다고 눈치껏 대답했다.

가오둥은 그녀가 형사경찰이 되겠다고 작정하고 나섰는데, 무슨 수를 쓰든 일찌감치 단념하고 돌아오게 만들라고 덧붙였다. 또 그녀가 현장 경험이 없어서 이 일이 얼마나 위험한지 모르며 충동적인 성향도 있으니 단단히 주시하라고 일렀다. 현장 참여를 자제시키고 제멋대로 행동하지 않게 단속하라는 것이었다. 만일 단속을 했는데도 그녀가 제멋대로 행동하면 어떡하느냐고 장이앙이 얼떨결에 묻자 가오둥은 이렇게 엄포를 놓았다. "그럼 인마, 너도 다시 공안청으로 끌려오는 거지!"

정신이 번쩍 든 장이앙은 우 주임을 찾아가 리첸에 대해 알아보았다. 우 주임은 리첸의 삼촌이 공안부에서 막강한 고위 간부라는 것밖에 자기도 더 아는 정보가 없다고 대답했다.

장이앙은 어이가 없었다. 공안부 고위 간부의 귀한 조카분이 끼어들어 수사를 방해하는데, 그녀의 기분을 살살 달래가며 일찍 돌려보내야 한다니! 쌓인 일이 산더미인데 그런 것까지 신경 써가며 일해야 한다니!

하는 수 없이 판공실에서 필요로 하는 자료 조사를 모두 리첸에게 맡겼다. 그런데 작업 속도가 어찌나 빠른지 새 일감을 던져주기도 전에 임무를 완수했다.

"이게 저우룽에 관한 자료 전부입니다."

"빨리 했네?"

장이앙은 나른하게 한마디 대꾸할 뿐 자료에는 눈길도 주지 않았다.

"이제 뭘 하면 될까요?"

리첸이 기대에 찬 눈으로 물었다.

"어……."

장이앙은 속으로 말했다. *빠릿빠릿하니 공안국 바닥이나 한번 쭉 밀고 오지.*

"변장하고 저우룽을 미행해 뒷조사를 해볼까요?"

"절대 안 돼!"

장이앙은 하마터면 자리에서 튀어오를 뻔했다.

"왜요? 보통 그런 식으로 용의자를 조사한다고 들었는데요?"

"그게…… 증거가 없잖아. 저우룽을 조사하려면 그전에 해야 할 밑작업이 많다고."

"예를 들면요?"

장이앙은 가슴을 쭉 펴며 대답했다.

"범인 잡는 건 애들 장난이 아냐. 개인의 능력이 아니라 동료들과 협력해서 이뤄내는 결과라고. 자기 역량만 믿고 위험하게 뛰어들어선 안 돼. 전체적인 상황을 살피고 계획을 세워서 접근해야지!"

"그렇군요. 가오둥 부청장님이 그러시더라고요. 장이앙 부국장님이 훌륭한 형사경찰이라며 부국장님께 잘 배워두라고요. 형사경찰을 꿈꾸는 입장에서 스승을 제대로 골랐다면서요."

"부청장님이 진짜 그렇게 말씀하셨어?"

장이앙은 입이 귀에 걸릴 지경이었다. *부청장님은 역시 사람 보는 눈이 정확해!* 그는 헛기침을 하더니 귀에 걸렸던 입꼬리를 거두며 말했다.

"싼장커우는 저우룽의 세력권이야. 그놈이 여기 토박이라고. 낙하산인 우리가 그놈 상대하려면 절대로 조급하게 행동해선 안 돼. 쓸데없이 긁어부스럼 만들 수 있거든. 우선 형정대대에서 우리 쪽 사람을 추려내는 게 급선무야."

"저우룽이 공안국에 자기 사람을 심어뒀다는 말씀이세요?"

"그런 지방 토호가 공안국에 끄나풀 하나 안 뒀을까 봐? 다른 경찰들은 아직 잘 모르겠는데, 예젠 대대장은 저우룽이랑 상당한 친분이 있다고 들었어. 대대장이 그러니 우리들 작업 난이도가 어떨지는 말 안 해도 알겠지."

순간 장이앙이 분노가 치민 듯 날카로운 표정을 지었다.

"이제 보니 그런 거였네. 루정이 실종되고 6개월 넘게 예젠이 부국장 대리직을 해왔잖아. 당연히 자기가 승진할 거라고 생각했겠지. 근데 뜬금없이 성 공안청에서 나를 부국장 자리에 앉혔으니 악에 받칠 수밖에. 내가 부임한 첫날만 해도 팔팔했던 사람이 이튿날부터 병가 낸 걸 봐. 이게 나 보라고 시위하는 게 아니고 뭐겠어? 벌써 일주일 넘게 병가 중이니 죽지나 않으면 다행이겠군!"

그때 형정대대 왕루이쥔 부대대장이 뛰어 들어왔다.

"예젠 대대장이 사망했습니다!"

장이앙은 놀란 듯 멈칫하더니 이내 고개를 끄덕이며 말했다.
“역시 예상대로야!”
“이걸 예상하셨단 말입니까?”
왕루이쥔이 의아해하며 물었다.
“그래, 말해봐. 무슨 병이지?”
“병이 아니라 칼에 찔려 죽었습니다.”
“그랬군.”
장이앙은 침을 꿀꺽 삼켰다. 어쨌든 결과는 맞혔으니 둘러치나 메치나 매한가지였다.
리첸이 우러러보는 듯한 눈으로 장이앙을 바라보고 있었다.
“가서 현장 보호하고, 내가 도착하기 전까지 아무도 못 건드리게 해!”
장이앙이 왕루이쥔에게 명령했다.

제3장

급히 현장으로 향하는 장이앙을 리첸이 따라붙었다. 장이앙은 그녀가 따라오든 말든 내버려두었다. *피살 현장에 간다고 해서 딱히 위험할 건 없지. 혹시 시신을 보고 놀라서 일찍 사라져준다면 나로선 손쉽게 임무를 완수하는 셈이고.*

사건 현장은 강가 녹지였다. 싼장커우三江口에는 그 이름답게 도시 곳곳에 하천이 있었고, 하천 양쪽 기슭은 대부분 녹지 공원으로 조성돼 있었다.

사건 장소 역시 수목이 우거진 곳으로 평소 인적이 드물었다. 아침 일찍 몰래 낚시를 하러 나왔던 노인이 피투성이로 엎어져 있는 남자를 발견했다. 노인은 놀라서 심장 발작을 일으켰다. 병원에 이송되어 극적으로 살아났으니 망정이지, 하마터면 또 한 명의 사망자가 생겨날 뻔했다.

강기슭에는 벌써 폴리스라인이 둘러져 있고, 한발 앞서 도착한 경찰들이 현장을 지키고 있었다. 폴리스라인 너머 몇십 미터 바깥에는 구경꾼이 수백 명은 몰려 있었다. 뭔가 새로운 일이 터지면 낯선 행인들끼리도 서로 소식을 전하며 호응한다는 게 소도시의 특징 중 하나였다. 다들 출근 따위는 안중에도 없어 보였다.

예젠의 시체는 발견된 자리에 그대로 있었다. 주위에는 간이막이 설치되어 호기심 어린 행인들의 시선을 차단했다.

장이앙은 리첸과 함께 장막 안으로 들어갔다. 감식 요원들이 기본적인 검사를 진행하고 사진을 촬영 중이었다. 10월의 선선한 가을 날씨라 예젠은 긴팔 셔츠와 캐주얼한 바지 차림이었다. 언뜻 육안으로 봤을 때 온몸이 상처투성이였고 셔츠가 온통 검붉은 피로 물들어 있었다. 장이앙은 리첸의 반응을 살폈다. 미동도 없이 강렬한 눈빛으로 시체를 주시하고 있었다. 장이앙은 고개를 절레절레 저으며 장막을 나왔다.

고개를 들자 강기슭 위쪽의 구경꾼들이 눈에 들어왔다. 장이앙은 팔짱을 끼고 서서 구경꾼들의 모습을 자세히 관찰했다. 경사진 지형이라 사람들 각자의 표정이 똑똑히 보였고, 구경꾼들 쪽에서도 경찰들의 행동이 한눈에 보일 터였다.

"뭐 보고 계세요?"

리첸이 장이앙의 심각한 표정을 보고 물었다.

"자네, 범죄심리학 배웠지?"

"네, 작년에요."

"범죄심리학 통계에 따르면, 지금처럼 야외에서 발생한 살인사건의 경우, 범인이 범행 후 48시간 내에 다시 현장을 찾아올 확률이 50퍼센트 이상이야."

"책에는 24시간이라고 나와요."

리첸이 작은 소리로 정정했다.

장이앙은 코웃음을 쳤다.

"그렇다면, 24시간 내가 50퍼센트라면 48시간 내는 확률이 더

높겠네?"

"일리가 있네요."

"어쨌든 이 점을 기억해둬. 범인은 현장을 다시 찾을 가능성이 높아. 지금 저 무리 사이에 숨어 있을 확률이 높다고!"

장이앙은 구경꾼들의 얼굴을 하나하나 훑었다. 인상이 험악한 사람을 특히 유심히 살폈다. 범인이라면 제 발 저린 도둑처럼 분명 경찰의 눈을 피할 터였다.

"어?"

아니나 다를까, 한 남자가 장이앙의 레이더망에 걸렸다.

쉰이 좀 안 되어 보이는 그는 폴리스라인을 치는 경찰 뒤에 선 채 한 손은 허리를 짚고 다른 한 손은 담배를 쥐고 있었다. 다른 사람들이 호기심 어린 눈으로 기웃거리는 반면 남자는 시종 심드렁한 모습이었다.

장이앙과 눈이 마주치자 그는 바로 고개를 돌리더니 은근슬쩍 장이앙 쪽을 살피다가 폴리스라인을 치는 경찰에게 몇 마디 건넸다. 장이앙은 가슴이 철렁했다. *저 자식 지금 사건 경위 캐고 있는 거 아냐?*

장이앙의 시선을 따라가던 리첸도 남자를 주목하며 속삭였다.

"부국장님, 혹시 저 사람……."

"쉿!"

장이앙은 고개를 끄덕였다. 그리고 침착하게 왕루이쥔을 불렀다.

"저 남자 아무래도 수상쩍어. 사람 보내서 신분 확실하게 조사하라고 해. 섣불리 움직여서 일 그르치지 않도록 하고!"

"저기…… 저분은 조사할 필요 없을 텐데요. 라오천老陈이라는 법의관님인데, 휴가 중에 잠시 불려 나오신 겁니다. 시신 인도 후에 부검하려고 대기 중이시고요."

"법의관이었군."

고개를 끄덕이던 장이앙이 갑자기 화를 냈다.

"그럼 얼른 인도하지 않고 뭐 하고 섰어? 장례 치를 때까지 기다리기라도 할 참이야?"

"지금 바로 가겠습니다!"

왕루이쥔은 천 법의관에게 달려가면서 구시렁거렸다.

"아까는 아무도 현장에 손 못 대게 하라더니, 이제는 또 가만히 둔다고 뭐라 그러네."

잠시 후 천 법의관이 시체 쪽으로 걸음을 뗐다. 그런데 다리를 절룩거렸다. 장이앙은 고개를 갸웃했다. *장애인인가? 아니겠지, 설마? 시신 운반도 해야 할 텐데 몸이 불편한 사람한테 맡길 수는 없잖아.*

눈치를 챈 왕루이쥔이 바짝 다가와 말했다.

"허리 디스크가 있어서 그렇습니다."

장이앙은 고개를 끄덕이면서도 괜히 심란했다. 몸이 시원치 못한 병력이라니! 이렇듯 겨우 구색을 맞춰 팀을 꾸려가는 형편이니 앞으로 고생길이 훤히 열린 기분이었다.

공안국에 돌아와 게시판의 사진을 주시했다. 형정대대에서 신분을 공개할 수 있는 경찰 대부분의 사진이 붙어 있었는데, 첫 번째 사진이 예젠이었다.

사진 속 예젠은 마흔 살쯤 되어 보였다. 넙데데한 얼굴형에 눈썹은 짙고 눈도 부리부리해서 인상이 험악해 보였다. 옛날 산적 패 사이에 이 사진을 놓고 보면 두목은 따놓은 당상이었다.

"예젠 대대장님한테 일이 생길 줄 어떻게 아신 거예요?"

리첸이 호기심 가득한 눈으로 물었다.

장이앙은 단지 추측을 했던 것뿐이었지만, 너무 솔직히 대답할 필요는 없었다.

"미리 알았다고 하긴 그렇고, 그냥 다년간의 형사생활로 다져진 촉이랄까."

"형사의 촉……."

리첸이 돌연 경외에 찬 눈빛을 보내며 물었다.

"그럼 부국장님의 촉으로 누가 예젠을 살해했다고 생각하세요?"

"차차 조사해봐야지."

"저우룽 짓일까요?"

"저우룽이라……."

장이앙은 잠시 생각해보다가 고개를 저었다.

"아닐 거야. 대대장씩이나 되는 사람을 죽이면 경찰이 총력을 다해 조사할 게 뻔한데, 저우룽 간덩이가 그 정도로 부었을 것 같진 않아. 더군다나 예젠하고 사이가 좋았다잖아. 다른 건 몰라도 이번 사건이 내가 부임한 것과 관련이 깊다는 것만큼은 분명해!"

"그건 왜죠?"

"예젠은 부임 첫날 나랑 몇 마디 나눈 이후 다음 날부터 계속 병가에 들어갔어. 근데 내가 오기 직전까지는 건강 상태도 좋고 병가를 거의 쓰지 않았다고 하더라고. 내가 온 뒤 병가를 내고 살해되었으니 딱 봐도 관련 있지 않아? 두고 봐. 금방 단서가 나올 테니."

그때 왕루이쥔이 뛰어 들어왔다.

"부국장님, 단서가 나왔습니다!"

타이밍 한번 기가 막혔다.

"뭔데?"

왕루이쥔은 잠시 머뭇거리다 입을 열었다.

"현장에서 예젠이 죽기 직전 바위에 쓴 글자를 발견했는데, 그게…… 사람 이름 같습니다."

"이름?"

장이앙의 눈이 순간 반짝였다.

"죽기 직전 썼다면 틀림없이 범인 이름일 거야! 글씨는 알아볼 수 있나?"

"좀 들쑥날쑥하기는 한데 대충은…… 알아볼 수 있습니다."

"누구야, 범인이?"

"그게……."

왕루이쥔이 머뭇거렸다.

그의 표정에서 뭔가를 읽은 장이앙은 진지하게 말했다.

"걱정 붙들어매. 이래 봬도 나 꽤 힘 있는 사람이야. 뒤에는 공안청이 떡 버티고 있어. 어떤 놈의 짓이든 간에 내가 물불 안 가리고 조사할 거야! 예젠이 쓴 이름이 누구야? 누군지 말만 해!"

"그게…… 부국장님 성함이요."

"뭐?"

장이앙의 두 눈이 휘둥그레졌다.

"사진 줘봐!"

왕루이쥐은 휴대폰을 꺼내 현장에서 보내온 사진을 보여주었다. 예젠이 죽기 직전 돌멩이로 강가의 바위에 써놓은 글자였다.

장이앙은 글자를 뚫어지게 바라보며 인상을 구겼다.

"글씨가 너무 들쑥날쑥하잖아! 자네들은 이게 내 이름으로 보이나?"

"네."

두 사람이 동시에 대답했다.

숨이 끊어지기 직전 마지막 힘을 쥐어짜내 쓴 글씨인 만큼 알아보기 힘든 것이 당연했다. 하지만 중간의 한 일 자는 누구의 눈에도 한 일 자로 보일 만했고, 전체 글자에 장이앙張一昂의 이름을 대입해보면 정말이지 딱 들어맞아 보였다. 그리고 이름 뒤에는 젖 먹던 힘까지 짜내 쓴 듯한 느낌표가 붙어 있었다.

음모다! 이건 음모가 틀림없어! 누군가 날 음해하려는 거야! 장이앙은 그 누군가를 망치로 후려치고 싶은 심정이었다.

그때 왕루이쥐이 난감해하며 말했다.

"치 국장님과 다른 간부분들이…… 부국장님과 대화를 좀 나누고 싶으시답니다. 리첸도 같이요."

제4장

치전싱齊振興 국장을 비롯한 간부들이 소회의실에 앉아 대화를 나누고 있었다. 장이앙, 왕루이쥔, 리첸도 회의실에 들어가 탁자 맞은편에 앉았다.

치전싱은 집안 배경 하나 없는 말단직 출신이었다. 그런 그가 사십 대 초반의 나이에 싼장커우 공안국 국장이 되어 부시장까지 겸한다는 건 결코 쉬운 일이 아니었다.

장이앙이 싼장커우로 부임하기 전, 성 공안청의 우 주임은 치전싱에 대한 현지 정보를 수집해봤다. 치전싱이 저우웨이둥의 사람일 가능성이 높긴 하지만 저우웨이둥의 말만 듣지는 않을 거라는 이야기가 들렸다. 저우웨이둥이 싼장커우 상급시上級市 공안국 부국장이었을 때 치전싱이 잠깐 그 밑에서 일했던 적은 있었다. 하지만 그전까지는 둘 사이에 업무상 접점이 별로 없었다. 한편, 재작년 싼장커우 공안국에서 조폭과 연루된 사업가를 체포한 적이 있었다. 그 사업가가 저우웨이둥의 조카 저우룽과 친분이 두텁다는 사실이 드러났는데, 그렇거나 말거나 당시 공안국은 그 사업가에게 인정사정없는 처분을 내렸고, 심지어 치전싱은 확정 사건으로 처리하라며 직접 지시하기까지 했다.

그래서 가오둥 부청장과 우 주임은 장이앙에게 다음과 같이 당부했다. 임지로 내려가면 일단 상황을 지켜보고, 치전싱과 대놓고 척을 지는 일은 절대 없도록 하라. 직장 내 일인자와 반목하면 앞으로 일하기가 힘들어지기 때문이었다.

장이앙은 상사의 당부를 마음에 새기고 싼장커우로 내려갔다. 그가 보기에 치전싱은 일에 그리 열성적이지도 않았지만, 딱히 흠잡을 구석도 없었다. 농간을 부리지도 않았고 모든 일을 규정대로 처리하는 사람 같았다.

장이앙, 리첸, 왕루이쥔이 회의실 탁자에 자리하자, 치전싱 국장은 편안한 얼굴로 그들을 맞이하며 싼장커우에 잘 적응하고 있는지 물었다. 이런저런 이야기를 입에 올리며 한참 변죽을 울리던 그는 자연스럽게 생각이 났다는 듯한 어투로 물었다.

"참, 장 부국장은 예젠 대대장한테 무슨 일이 생길 거라는 걸 미리 알고 있었다면서?"

장이앙은 분노가 치밀었다. 왕루이쥔을 힐끗 노려본 그가 대답을 예상하고 물었다.

"누가 그러던가요?"

"저 친구!"

예상과 달리 간부들의 손가락이 일제히 리첸을 가리켰다.

그들은 리첸이 공안부 뒷배를 지니고 있다는 걸 알지 못했다. 그저 장이앙이 데려온 비서 겸 사무직 경찰이겠거니 생각했다.

리첸은 난처한 듯 장이앙을 바라보며 아무 말도 하지 못했다. 그녀는 다만, 마주친 사람들에게 장이앙이 예젠 사건을 예견했다며 칭송의 말 몇 마디를 흘렸을 뿐이었다. 그런데 그 말이 예기치 못한 오해를 불러들인 모양이었다.

그때 국장 판공실의 자오趙 주임이 입을 열었다.

“예젠 대대장이 한 성질 했던 건 우리도 잘 압니다. 자기를 업어 키우다시피 한 루정 부국장님하고도 자주 다투고 그랬죠. 루정 부국장님이 실종되고 예젠이 직무대행하며 아마 속으로 내가 승진하겠구나 기대했을 겁니다. 그러니 갑자기 나타난 장 부국장님이 아니꼬울 수밖에요. 근데…… 그렇다고 일을 이 지경으로까지 만들 필요는 없잖습니까!”

자오 주임은 간부들을 보며 너무하지 않으냐는 듯 어깨를 으쓱했다. 안타까워하며 고개를 끄덕이던 간부들의 눈빛이 어느새 장이앙 쪽으로 쏠렸다.

장이앙은 눈을 번쩍 뜨며 좌중을 바라보았다.

“예젠 대대장이 저한테 유감이 있었던 거지, 제가 예젠한테 유감을 품은 게 아니잖아요. 제가 대체 무슨 이유로 예젠을 죽입니까?”

“자네가 죽였다고는 안 했는데…….”

“그러게요. 괜히 발끈하고 난리네.”

너도나도 한마디하며 장이앙을 의심한 적 없다는 듯 시치미뗐지만, 장이앙을 향한 눈빛은 한층 더 묘해졌다.

한 간부가 또 이렇게 말했다.

“예젠이 죽기 직전 자네 이름을 쓰고 느낌표까지 붙였어. 정상적인 업무 절차를 위해서도 그렇고 괜한 의심 사지 않게 자네는 이번 사건에서 손떼는 게 좋겠네. 제대로 조사가 끝나면 그때 다시 업무로 복귀하라고.”

장이앙을 위하는 것처럼 말했지만 사실 그들의 입장은 명확했다. *앞으로 당신은 형정대대 업무에 관여할 수 없다. 나라가 월급은 챙겨줄 테니 무슨 일을 할지는 당신이 알아서 결정해라.*

장이앙은 그제야 사태의 심각성을 깨달았다. 이번 음모는 그에게 죄를 뒤집어씌우는 데 목적이 있지 않았다. 그가 살인을 한 게 아니니 죄를 전가하는 건 불가능했다. 하지만 이 일로 그는 수사에 참여할 수 없게 되었다. 정직 처분이나 마찬가지였다. 사건이 하루이틀 만에 해결되는 것도 아니고, 수사 기간이 길어질수록 장이앙의 손발이 묶이는 기간도 늘어날 것이다. 그렇게 되면 가오둥 부청장은 장이앙에게 혐의가 씌워지는 걸 막기 위해서라도 그를 성 공안청으로 다시 불러들일 수밖에 없다.

장이앙을 쫓아내는 게 적의 진짜 목적이었던 것이다.

부임 오자마자 나를 노린 큰 사건이 터지다니! 싼장커우에 어떤 비밀이 숨겨져 있는 게 분명했다. 그 비밀이 무엇인지 장이앙은 전혀 감을 잡을 수 없었다.

그는 잠시 생각을 정리한 뒤 입을 열었다.

"결국은 한 가지 문제로 귀결되는군요. 예젠의 죽음이 저와 관련이 없다는 걸 증명하기만 하면 계속 일할 수 있는 거 아닙니까?"

다들 둘 사이의 관련성을 확신하듯 단체로 고개를 젓더니, 또 금세 고개를 끄덕였다. 마치 '자네 말도 일리가 있네'라는 듯이.

그때 장이앙이 왕루이쥔에게 귓속말을 했다. 왕루이쥔은 곧 회의실을 나가 어딘가로 전화를 걸었고, 잠시 후 쑹싱 중대장과 함께 들어왔다.

방금 전까지 부검 현장에 있었던 쑹싱이 간부들에게 보고했다.

"천 법의관님 판단으로는 예젠 대대장님의 사망 추정 시각이 어젯밤 8시에서 10시 사이라고 합니다. 예젠은 어제저녁 회식을 하고 9시경 나선 것으로 보이고요. 즉 어젯밤 9시에서 10시 사이로 사망 시간을 좁힐 수 있죠."

장이앙은 고개를 끄덕이며 사람들을 쳐다보았다.

"제가 어젯밤 9시부터 10시 사이에 뭘 했는지 알리바이만 증명하면 되겠죠?"

이 부분에 대해서는 다들 순순히 동의했다.

"잘 좀 기억해봐. 자네 그 시간에 뭐 하고 있었나?"

한 간부가 궁금하다는 눈초리로 물었다.

장이앙은 잠시 생각을 떠올리고 대답했다.

"족욕 중이었을 겁니다."

"그럼 간단하네요. 어젯밤에 근무한 족욕사 불러다가 증명하면 끝나겠군요."

왕루이쥔이 가볍게 웃으며 말했다.

"족욕은 집에서 혼자 TV 보면서 했는데."

장이앙이 말했다.

그때 쑹싱이 다른 의견을 냈다.

"요즘은 위치 확인되는 앱도 많습니다. 물론 위치도 조작이 가능해서 직접증거는 될 수 없지만 참고할 수는 있을 겁니다. 부국장님, 어젯밤 그 시간에 앱 실행한 거 있으세요?"

장이앙은 기억을 더듬다가 주저하는 표정으로 고개를 끄덕였다.

"무슨 앱인데?"

다들 조급해하는 표정으로 장이앙을 바라보았다.

장이앙은 입을 살짝 오므리며 두 글자를 뱉어냈다.

"모모陌陌[*]."

다들 서로의 얼굴을 쳐다보며 어리둥절한 표정을 지었다. 장이앙은 얼른 자세를 바로 하고 정색한 목소리로 말했다.

"전 그냥 '근처에 있는 사람들' 중에 범칙자로 의심되는 사람이 있는지 알아본 거라고요. 아, 그리고 곧바로 배달시켰어요. 삼십 대 초반으로 보이는 여자가 왔는데……."

그때 자오 주임이 거하게 헛기침을 하고 그의 말을 끊었다.

"잠깐, 부국장님! 뭘, 뭘 배달시키신 건데요?"

장이앙은 순간 어리둥절한 표정을 짓더니 이내 소리 높여 대답했다.

"당연히 음식 배달이지!"

"말씀하신 삼십 대 초반 여성은 배달원인가요?"

"아니면 뭐라고 생각하는데?"

"저, 저도 당연히 배달원이라고 생각했습니다."

다들 큰 짐을 덜어내기라도 한 듯 한숨을 내쉬고 허허 웃었다. 후속 절차는 간단했다. 배달 주문 기록을 조사하고 배달원에게 사실 확인만 하면 장이앙의 결백이 완벽히 밝혀지는 것이었다.

그런데 그 절차의 진행은 전혀 간단치가 않았다.

---

* 중국의 대표적인 위치 기반 데이팅 앱.

제5장

왕루이쥔이 예상 밖의 소식을 전했다.

"어젯밤 그 여자 배달원이 사라졌습니다."

이 정도일 줄이야! 나한테 예젠 살해 혐의를 뒤집어씌우기 위해 배달원까지 끌어들이다니! 대체 무슨 거대한 음모지? 누가 이런 엄청난 짓을 벌이는 거야?

말문이 막혀버린 장이앙 대신 정신이 말짱한 리첸이 물었다.

"언제 사라진 거예요? 갑자기 왜요?"

"부국장님 휴대폰에 온 메시지를 보고 내가 배달원한테 전화를 했지. 경찰인데 공안국에 와서 참고인 조사를 좀 받아달라고 하니까 알았다, 알았다, 하면서 황급히 전화를 끊더라고. 몇 분 후에 다시 걸어서 급한 일이라 지금 당장 차로 데리러 가겠다고 했더니 도중에 전화를 끊어버리는 거야. 다시 걸었을 땐 전원이 꺼져 있었고."

왕루이쥔의 설명에 리첸은 별일 아니라는 듯 대꾸했다.

"보이스피싱인 줄 알고 그랬을 거예요. 요새 경찰 사칭하는 보이스피싱이 엄청 많잖아요."

"그렇게 간단한 문제가 아닐 수도 있어. 휴대폰 배터리가 나갔거나 배달 중인가 보다 싶어서 배달 앱 업체로 연락해봤거든. 업체에서 준 배달원 정보로 신원조회를 했더니 글쎄, 3년 전에 장쑤성에서 실종된 사람이더라고. 게다가 배달원 남편도 같은 시기에 실종된 상태였어."

"이게 대체 어떻게 된 일일까요?"

리첸이 어리둥절해하며 물었다.

"부국장님, 혹시 빚을 잔뜩 진 부부가 장쑤성에서 이름을 숨기고 살다가 여기 저장성으로 도망 온 게 아닐까요? 아무튼 지금 배달 앱에 등록된 주소로 파출소 경찰 보내서 알아보라고 한 상태입니다."

왕루이쥔이 장이앙을 향해 말했다.

장이앙은 이를 악물었다. 운이 안 따라줘도 너무 안 따라줬다. 어젯밤 자신의 알리바이를 증명해줄 사람을 찾았는데, 하필 빚쟁이 도망자 신세라니!

잠시 후 왕루이쥔이 파출소 경찰에게 전해 들은 소식은 또 한 번 놀라움을 안겨주었다. 파출소 경찰이 배달원 집을 찾아가 문을 두드렸는데 한참이 지나도록 반응이 없더니, 옆집 사람이 나타나 말하길, 좀 전에 부부가 아이와 함께 고향에 간다면서 캐리어 두 개를 끌고 급히 떠나더라는 것이었다.

"부부가 진 빚이 꽤 많은가 보네요."

왕루이쥔이 중얼거렸다.

장이앙은 심호흡을 하더니 갑자기 흥분한 얼굴로 내뱉었다.

"그 배달원, 지구 끝까지 쫓아가서라도 잡아야 해!"

장이앙은 즉시 왕루이쥔, 쑹싱, 리첸과 몇몇 핵심 인력을 불러 직접 인솔했다. 경찰차 세 대와 함께 A급 지명수배자 체포팀이 배달원의 주소지로 출동했다.

부부의 거처인 구시가지의 작은 식료품점은 문이 잠겨 있었다. 이웃 가게에 물어보니 식료품점 주인은 서른대여섯쯤 된 부부로 두 살도 안 된 아기가 있다고 했다. 이곳에 온 지는 6개월이 넘었고, 가게를 임대해 채소 같은 식재료나 음료 등을 팔며 가게 안의 분리된 공간에서 세 식구가 먹고 자며 생활했다. 예의 바르고 친절해서 범행을 할 만한 사람들로는 보이지 않았다고 했다.

오늘 오후 4시경 부부는 아이를 데리고 캐리어를 챙겨 가게 문을 잠그고 떠났다. 이를 본 이웃이 묻자 위독한 가족이 있어서 마지막 인사를 위해 고향에 간다고 대답했다. 이웃이 알려준 주인 남자의 휴대폰 번호로 전화를 걸어봤지만 역시나 전원이 꺼져 있었다.

상황 파악이 끝나자 장이앙이 곧바로 지시를 내렸다.

"문 따고 들어가서 두 사람한테 연락할 다른 방법이 있는지 찾아봐."

"문을 따라고요? 그…… 그건 절차상 맞지 않는데요. 무슨 범죄를 저지른 것도 아니고, 그냥 빚을 진 상태에서 집을 비웠을 뿐이잖아요. 저희가 취할 수 있는 조치가 없습니다."

왕루이쥔이 난감해하며 말을 이었다.

"아시다시피 요즘은 여기저기 보는 눈이 많다고요. 뭐만 했다 하면 민원이 쏟아지는 판인데, 무턱대고 문 따고 들어갔다간 아마 공권력 남용이다 뭐다 인터넷이 시끄러울 겁니다."

주변에는 벌써 사람들이 몰려와 있었고, 휴대폰으로 촬영 중인 사람도 적지 않았다. 경찰들이 구멍가게 앞에 잔뜩 모여 있는 데다 공안국 간부까지 섞여 있으니 더 궁금할 수밖에 없었다. 요즘 같은 일인 미디어 시대에 경찰이 절차 따위 무시하고 남의 집에 쳐들어갔다는 사실이 밝혀진다면 순식간에 큰 파장이 일 것이다.

다른 경찰들도 장이앙에게 일단은 진정하라고, 배달원을 못 찾더라도 다른 방법이 있을 테니 차분히 해결하자고 설득했다. 최근 공안부는 경찰이 엄격한 기준에 따라 법을 집행해야 한다고 누차 강조했다. 만약 식료품점 주인이 진짜로 위급한 가족이 있어 떠난 거라면 추후 사태를 수습할 방법이 없었다.

장이앙은 이곳 경찰들과 인사를 나눈 지 일주일도 되지 않아서 서로 친분이랄 것도 없었다. 그런데 몰려든 사람들 앞에서 버젓이 불법적인 일을 시켰으니 어떤 경찰이 선뜻 나서려 하겠는가. 설령 치전싱 국장이 승인했더라도 절차는 반드시 따라야 한다는 경찰도 있었다.

장이앙은 곤혹스러웠다. 더 강경하게 밀어붙였다가 왕루이쥔과 쑹싱마저 돌아설까 봐 두려웠다. 하지만 지금 배달원을 찾지 못하면……? 예젠이 죽기 직전 그의 이름을 썼다는 걸 동료들이 다 아는데 어떻게 이곳 공안국에 발을 붙이겠는가? *얼마 못 가서 빈손으로 성 공안청으로 돌아가게 되겠지?* 그러면 이번 일은 그의 경찰 인생에서 영원히 비웃음거리로 남을 게 뻔했다.

장이앙은 하릴없이 셔터가 내려진 문 앞에 쭈그리고 앉아 반 뼘쯤 되는 틈으로 안쪽을 살폈다. 작은 공간만 보일 뿐 어떤 단서도 발견할 수 없었다. 다급해진 그는 왼손으로 주머니에서 몰래 100위안짜리 지폐 두 장을 꺼냈다. 다들 방심하고 있는 사이 지폐를 돌돌 뭉쳐서 틈새로 밀어넣었다.

그는 의심스럽다는 표정으로 자리에서 일어나 말했다.

"바닥에 떨어진 지폐도 안 주워간 걸 보면 꽤나 급했던 것 같지?"

그 말을 들은 경찰들이 다가와 틈새로 안을 살펴보았다. 진짜로 200위안이 바닥에 떨어져 있는 게 아닌가! 한 경찰이 머리를 긁적이며 말했다.

"이상하네요. 방금 전까지는 없었는데?"

장이앙은 경찰들을 불러 모은 뒤 경계하는 눈빛으로 지시했다.

"다들 잘 생각해봐. 부부가 단지 빚쟁이 도망자일 뿐일까?"

쑹싱이 뭔가 깨달은 듯 입을 열었다.

"아무리 빚을 졌기로서니 경찰이 전화하자마자 온 가족이 튀다니! 가게도 내팽개치고 떨어진 돈 주울 새도 없이 말이죠. 단지 채무자에 불과하다면 경찰을 피해 달아날 필요까진 없잖아요. 무슨 범죄를 저지른 도주범이 틀림없습니다!"

"이렇게까지 할 정도면 작은 사건은 아닐 거야, 그치?"

장이앙은 은근슬쩍 유도적인 말을 흘렸다.

그러자 모두가 크게 깨달은 듯 단체로 대답했다.

"맞습니다!"

"큰 사건인 게 분명합니다!"

"애가 있었다는 걸 보면 인신매매범일지도 모릅니다!"

모든 형사경찰들은 인신매매범 같은 중범죄자를 체포하는 데 대단한 열정이 있었고, 이런 긴급 상황에서는 압수수색을 먼저 하고 후속 조치를 진행할 수 있었다.

경찰들은 즉각 장비를 챙겨 문을 열었다. 가게 안은 난장판 그 자체였다. 카운터 서랍이 전부 밖으로 당겨져 있었고, 온갖 물건이 어지럽게 널려 있었다.

장이앙은 문을 따서 부부에게 연락할 방법을 찾을 목적으로 부부를 도주범으로 몰고 간 것이었다. 그런데 지금 눈앞에 펼쳐진 광경을 보니 장이앙 자신조차 부부를 진짜 도주범으로 볼 수밖에 없었다. 그들은 굉장히 다급하게 자리를 뜬 것이 분명했다.

그때 부하들이 장이앙을 향해 의미심장한 눈빛을 보냈다. *역시 상사는 상사야. 직업적인 감이 남다르다니까!*

장이앙은 뒤편에 있는 칸막이 공간으로 갔다. 세 평이 좀 안 되는 공간에 침대와 간이 화장실, 식탁이 있었다. 원래는 침대 밑에 있었을 상자들이 뚜껑이 열린 채 침대 위와 바닥에 나와 있었고, 잡다한 물건들도 곳곳에 흩어져 있었다.

장이앙은 부하에게 부부가 떠난 시간을 좀 더 정확히 물어보고 오라고 지시했다. 부하는 곧 이웃에게 가서 물었고, 한 시간 반쯤 전에 택시를 타고 떠났다고 장이앙에게 전했다.

지금은 저녁 6시였다. 잠시 머리를 굴린 장이앙은 결단을 내린 듯 부하들에게 말했다.

"지금 당장 대원들에게 연락하고 주변 관할 파출소 인력까지 동원해서 터미널, 기차역, 시 전체 주요 출입구를 봉쇄한다. 그리고 택시회사에 연락해서 택시 운행 데이터와 CCTV 확보해놓고. 오늘 밤 안에 싼장커우에서 한 발자국도 못 나가게 막고, 도시 전체를 샅샅이 뒤져서라도 반드시 찾아내도록 한다!"

그러자 쑹싱이 살짝 비웃듯이 말했다.

"시 전체 경찰까지 동원하는 건 너무 나간 거 아닙니까? 부부가 얼마나 큰일을 저질렀는지 아직 모르잖습니까."

장이앙은 그런 걸 따질 여유가 없었다. 배달원이 오늘 싼장커우 밖으로 도망친다면 장이앙은 내일 출근하는 게 아무 의미가 없었다. 다들 예젠 사건을 조사할 텐데, 유일한 용의자가 사무실에 앉아 컴퓨터를 두드린다는 게 말이 되겠는가?

장이앙은 손을 휘저으며 말했다.

"일단 내가 시키는 대로 해. 문제 생기면 내가 다 책임질 테니까!"

부하들은 상사의 말을 따를 수밖에 없었다. 그들은 공안국에 전화해 지원 요청을 하고, 오늘 휴가 중인 경찰들까지 전부 불러들였다.

장이앙은 몇몇 경찰과 함께 방에 남아 있는 물건들을 수색했다. 부부는 다급한 와중에도 개인 정보가 포함된 물건을 꼼꼼히 챙겨간 모양이었다. 구석구석 뒤져도 사진 한 장 나오지 않았고, 신분을 짐작케 하는 물건이라곤 전혀 보이지 않았다. 부부와 아기 옷, 아기 용품들만 잔뜩 남은 걸 보니 부부의 신원이 더욱 의심스러웠다.

장이앙은 세 평 남짓한 공간을 둘러보며 분석했다.

"옷이랑 신발도 깨끗하고 평소 물건을 가지런히 정리해놓았을 거라는 게 눈에 보여. 확실히 평범한 노동자들 같진 않아."

장이앙은 여성복, 신발, 화장실에 있는 얼마 안 되는 화장품을 하나하나 훑어보았다. 그러다 여성용 운동화 앞에 쭈그리고 앉아 눈을 살짝 감고 말했다.

"여자 키는 160에서 163센티미터, 균형 잡힌 몸매에 체중은 50

킬로그램 미만, 피부는 약간 까무잡잡하고 평소 옷차림은 깔끔하고 단정해. 걸음은 빠른 편이고, 목소리는 낮고 거칠 거야."

리첸은 조용히 고개를 끄덕였다. 상사의 뛰어난 직무 능력에 저절로 감탄이 나왔다. 현장만 보고도 용의자의 형상을 그려내는 내공이라니!

옆에 있던 경찰이 재빨리 여성의 특징을 기록한 뒤 물었다.

"남자는요?"

"남자는 몰라."

"여자에 대해선 어떻게 알아내셨죠?"

"어젯밤에 내 눈으로 봤잖아."

그럼 그렇지.

얼마 후 경찰들은 이만 손을 털고 외부에서 수색 중인 경찰들의 소식을 기다리기로 했다.

공안국에 돌아와 간단히 요기를 하고 한 시간쯤 지났을 때 벌써 찾았다는 소식이 날아왔다. 기차역 대합실에서 아이와 함께 있는 부부를 붙잡았는데, 이상하게도 당최 입을 열지 않아서 일단 공안국으로 연행해오겠다는 것이다.

얼마 지나지 않아 부부가 드디어 장이앙 앞에 모습을 드러냈다. 남편은 둥근 얼굴형에 착실해 보이는 인상으로, 입을 꾹 다물고 있었지만 꽤 침착한 표정이었다. 반면 아내는 미간에서 초조함이 묻어났다. 아이를 안은 손도 가늘게 떨고 있었다.

장이앙은 여자를 주시하며 가장 궁금했던 질문을 던졌다.

"어젯밤 9시 40분쯤 저한테 음식 배달하신 거 기억나죠?"

장이앙은 "네"라는 대답과 함께 예젠의 죽음과 관련된 혐의를 완전히 벗어나리라 기대했다. 그런데 여자는 겁에 잔뜩 질린 목소리로 이렇게 대답했다.

"기…… 기억 안 나는데요."

장이앙은 여자에게 성큼 다가가 두 눈을 똑바로 쳐다보았다.

"똑똑히 봐요. 잘 좀 생각해보라고요!"

"모…… 모르겠어요. 어젯밤에 전 배달한 적도 없고 경찰관님 얼굴도 처음 봐요."

여자는 고개를 숙인 채 눈도 제대로 쳐다보지 못했다.

그곳에 있던 모두가 장이앙에게 의심의 눈초리를 보냈다. 여자가 거짓말을 할 리는 없어 보였다. 장이앙을 전혀 알지도 못하는 사람이, 그것도 공안국까지 와서 그를 모함할 이유는 없지 않은가?

리첸의 표정도 묘하게 변했다. *설마 부국장님이 진짜로 예젠 사건과 관련이 있는 건 아니겠지?*

장이앙은 허공에 주먹을 휘두르며 고함을 질렀다.

"어제 분명히 당신이 나한테 음식 배달하러 왔었잖아. 대체 뭐가 무서워서 인정을 안 하는 거야!"

말이 끝나기가 무섭게 여자가 울음을 터뜨리며 소리쳤다.

"제가 배달 안 했어요. 안 했으니까 그만 좀 물어보세요!"

여자가 아이를 안은 채 바닥에 주저앉았다.

여자의 반응에 경찰들은 의아한 표정을 지었다. *왜 저렇게 과하게 반응하지? 거짓말을 하는 건가? 근데 무슨 이유로 거짓말을 하지? 저 여자가 부국장을 모함해서 뭐 한다고?*

그때 남편이 몸을 낮춰 아내의 어깨를 토닥였다. 한참 뒤 남편은 심호흡을 하고 일어나 장이앙의 눈을 똑바로 쳐다보았다.

"다 제 잘못입니다. 저희 집사람과는 상관없는 일이에요. 다 제가 죽였습니다, 전부 열다섯 명을. 집사람은 이 일과 아무 관련 없습니다. 저 만나서 고생만 한 사람이에요. 집사람한테 너무 미안하네요. 이 사람은 그냥 놔주세요."

경찰들의 눈이 휘둥그레졌다.

방금 저 남자가 무슨 말을 한 거지?

열다섯 명을 죽였다니, 이게 대체 무슨 소리람!

남자가 한숨을 내쉬고 이를 악물더니 다시 입을 열었다.

"제가 싼장커우에 숨어 산 지는 반년이 조금 넘었습니다. 괜찮을 줄 알았는데 이렇게 빨리 걸릴 줄은 몰랐네요. 배달 앱으로 저희 집사람을 지정해서 음식 주문할 생각을 다 하다니, 대단하시네요! 됐습니다. 빚을 졌으면 갚아야죠. 제가 운이 나빴다 치겠습니다!"

제6장

밤 10시, 가오둥 부청장이 집 서재에서 서류를 보고 있는데 휴대폰이 울렸다. 공안부 궈郭 부부장副部長의 이름이 화면에 떠 있었다. 얼른 전화를 받자 호탕한 웃음소리가 먼저 들렸다.

"가오둥, 자네 제자가 이번에 크게 한 건 했어."

"네? 제자, 누구요?"

"누구겠어? 장이앙 말이야. 아직 못 들었지? 기다려봐. 내일 아침 일찍 공안청으로 낭보가 전해질 테니까. 난 리첸 통해서 미리 전해 들은 거고."

"낭, 낭보라니요?"

"싼장커우 공안국에서 좀 전에 리펑李峰을 잡았다지 뭔가!"

"리펑요? 이름이 왠지 귀에 익은데."

"공안부에서 3년째 공문 내려보내는 A급 지명수배자 말이야. 그놈이 저지른 강도 사건이 지금까지 밝혀진 것만 열 건이 넘어. 그중 살인이 아홉 건, 살인미수가 한 건인데, 이게 다섯 개 성省에 걸쳐 발생한 거야. 이놈 때문에 출동했던 경찰만 수만 명인데 코앞에서 놓친 적도 몇 번 있었어. 이번에 그놈이 자백하기론 열다섯 명을 죽였다는군."

"아, 그러니까, 가족들과 연락 끊고 부인이랑 도망친 뒤로 행적이 묘연했던 그 도망자 리펑 말씀이죠?"

"그놈 말고 또 누가 있겠나? 싼장커우에서 지문 대조도 마쳤으니 백 퍼센트야! 장이앙 이 친구가 지방 내려간 지 며칠 만에 이런 거물급을 잡다니, 정말 믿기지가 않네! 리펑이 또 경찰 피해서 내빼는 것을 장이앙이 시 전체 경찰 동원하고 직접 체포 작전 지휘해서 잡았대. 오늘밤 안에 그놈을 싼장커우에 묶어둬야 한다고 과감하게 밀어붙여서 말이야."

"이런!"

가오둥이 흥분하며 자리에서 벌떡 일어났다.

"아주 전도가 유망한 친구야. 이번에 제대로 공을 세웠다고! 근데 자네 진짜 너무한 거 아닌가? 장이앙 그 친구한테는 우리 리첸이 배울 게 없다며? 시간 지나면 흥미 떨어져서 저절로 그만두게 될 거라며? 그러기는커녕 리첸이 그런 대단한 친구 옆에 있다간 형사 되겠다고 더 목맬 것 같은데? 혹시라도 그런 일 생겼다간 내가 자네 가만 안 둘 줄 알아!"

멋쩍게 웃으며 전화를 끊은 가오둥은 얼떨떨한 기분이었다. 도저히 믿기지 않았다. 그 정도로 실력이 뛰어난 친구였나? 공안부 간부들이 그토록 혈안이 되어 찾던 리펑을 어떻게 장이앙이 순식간에 잡아들였지? 뭘 잘못 먹은 게 아니고서야…….

싼장커우 공안국은 밤이 깊도록 건물 전체가 환히 밝혀져 있었다. 집에 있던 공안국 간부들을 비롯해 시 위원회 위원과 시장까지 와서 오늘 저녁 체포 작전에 참여한 경찰들의 노고를 치하했다.

시 간부들이 떠난 후에도 치전싱 국장은 여전히 놀라움에서 헤어 나오지 못했다. 그가 자오 주임을 보며 말했다.

"정말 대단치 않아? 여기 온 지 일주일 만에 리펑을 잡다니."

"그건 장 부국장님 개인의 능력이 아닐지도 모릅니다."

"그럼?"

자오 주임이 손가락으로 위쪽을 가리켰다.

"뒷배의 힘이죠."

"가오둥 부청장님이 리펑의 동태를 파악해놓고 일부러 제자를 보내 공을 세우게 했단 소리야?"

"그게 아니면 뭐겠습니까? 다들 그러던데요. 장 부국장님이 리펑 부부의 신원을 미리 알고 몰래 사람을 보내 조사한 거라고요. 부부가 싼장커우에 숨어들어 식료품점을 하고 있고 아내는 배달 알바를 하고 있다는 걸 장 부국장님은 이미 알았던 거예요. 그래서 어젯밤 배달 앱에서 일부러 리펑 아내의 휴대폰으로 주문서를 보내고 그 여자 얼굴을 직접 확인할 수 있었던 거죠. 분명 성 공안청에서 손을 썼을 거예요. 우리한테 배달 앱을 움직일 수 있는 권한은 없잖아요."

"그렇지. 그래, 그런 거였군."

치전싱이 고개를 끄덕이며 말을 이었다.

"어쩐지 퇴근 무렵 형정대대가 공안국으로 전화해 그러더라고. 장 부국장이 시에서 체포 작전을 벌이려 하니 전체 경찰 병력을 지원해달라고. 그래서 다들 무슨 소린가 했지. 장 부국장도 리펑 얘기는 일절 꺼내지 않았고 말이야. 이제 보니 얘기 안 한 이유가 있었네. 선불리 말했다가 체포에 실패하면 그 책임을 어떻게 감당하겠어."

"그것 때문만은 아닐걸요. 리펑 체포 작전이라고 말했으면 국장님이 체포 작전을 지휘하셨겠죠. 결과적으로 오늘 성과는 장 부국장님 혼자서 독차지했잖아요."

"틀림없이 가오둥 부청장이 알려준 걸 거야. 좋은 게 있으면 당연히 아끼는 제자한테 주지, 우리한테 주겠어?"

치전싱이 시샘하듯 말했다.

"팔이 안으로 굽는 거야 당연하죠. 그래도 리펑을 잡은 건 우리 공안국의 명예이기도 하잖아요. 줄줄이 표창을 받을 테고 국장님 면도 서고요."

치전싱도 다시금 생각해보니 고개가 끄덕여졌다. 가오둥 부청장이 성 공안청 형사정찰국* 국장을 겸하고 있어 소식이 빠를 수밖에 없었다. 그런 그가 리펑의 움직임을 알아낸 것은 이상할 게 없었다. 리펑을 체포한 공로가 가오둥 부청장에게는 꽃 하나 더 다는 정도일 뿐이지만, 그 제자에게 미치는 효과는 전혀 다를 터였다. 제자가 그 공을 거의 독차지하겠지만, 이 부분에 대해서는 치전싱도 아쉬울 게 없었다. 어쨌든 싼장커우 공안국에서 범인을 체포했으니 국장인 자신도 덕을 보는 거라 결과적으로 잘된 일이었다.

"그래도 아직은 장 부국장과 거리를 둘 필요가 있어. 가오둥 부청장이 루정 부국장 자리에 그 친구를 데려다 앉혔잖아. 자네도 알다시피 당시 루정은 저우룽을 조사하던 중 갑자기 실종됐지. 아

---

* 형사들의 정찰 업무 지도, 형사범죄 상황 분석 및 연구를 하는 한편, 중대 범죄와 특수사건 수사에 관여하는 기관.

무리 생각해도 장 부국장이 여기 온 목적은 저우룽 조사에 있는 게 확실해. 저우룽이 저우웨이둥 상무부청장 조카니까."

치전싱이 미간에 힘을 주며 말했다.

자오 주임은 그런 치 국장을 설득하듯 힘주어 말했다.

"루정 부국장님이 저우룽 일당한테 당한 게 맞는다면 우리가 먼저 나서서 장 부국장님을 도와야 하지 않을까요?"

치전싱은 잠시 망설이다 고개를 저었다.

"저우웨이둥이 차기 청장이라는 얘기가 있으니 일단은 좀 더 지켜보자고."

자정이 넘었는데도 공안국은 여전히 북적거렸다. 불과 몇 시간 만에 장이앙은 싼장커우 공안국의 스타가 되었다.

공안부가 주목하던 중범죄자 리펑을 체포한 것은 싼장커우 공안국이 세운 업적 중 가장 큰 건이었다.

형정대대 대원들은 새로운 상사를 완전히 다시 보게 되었다. 원래는 장이앙을 가오둥 부청장이 보낸 심복으로만 여겼다. 이런 사람은 자리만 차지하고 실무 능력은 없는 경우가 대부분인데 웬걸, 장이앙은 부임하자마자 엄청난 사건을 해결했다. 반대를 무릅써 가게 문을 따고 들어가고 온 도시를 뒤져 부부를 찾아내기까지 그는 거침없이 밀어붙였고, 그만큼 큰 성과를 이루어냈다.

이번 일을 계기로 경찰들은 비밀 유지의 필요성을 절감하게 되었다. 장이앙의 설명에 따르면, 사전에 체포 대상을 밝히지 않은 데는 보안 등급이 높은 사건이라는 것 외에 두 가지 이유가 더 있었다. 하나는 공안국 사람들에 대해 잘 모르는 상태라 정보가 새어나가 리펑이 다시 도주할까 우려해서였고, 또 하나는 너도나도 공명심에 타올라 제멋대로 나아가다 일을 그르칠 수 있기 때문이었다. 그래서 범인을 잡고 지문으로 신원 확인까지 마치고 나서야 진실을 밝혔다는 것이었다.

그런 거였구나!

이번 일을 겪고 나서 형정대대원들은 하나둘 장이앙 부국장에게 마음이 기울었다. 장이앙을 대하는 태도가 뜨뜻미지근했던 노경찰들은 괜히 면구스러웠다. 자신들과 친분도 없는 상사가 단체로 큰 공을 세우게 해주었기 때문이다. 줄줄이 이어질 각종 표창과 보상은 말할 것도 없었고, 리펑을 직접 체포한 경찰들은 파출소에서 퇴직할 때까지 이 일을 두고두고 자랑할 수 있게 되었다.

취조관은 밤이 깊은 줄도 모르고 리펑을 신문 중이었다. 장이앙은 공안국에 남아 있는 사람들에게 이만 들어가서 쉬라며 귀가를 재촉했다. 내일부터는 예젠 사건에 집중해야 하니 다시 심기일전하자는 말도 덧붙였다.

이런 장이앙의 태도는 내실 있는 사람이라는 인식을 심어주었다. 왕루이쥔과 쑹싱은 가장 먼저 장이앙에게 포섭되기는 했지만 직급 때문에 명령을 따랐던 것이었다. 하지만 오늘밤 이후로 두 사람은 뼛속까지 장이앙을 믿고 따르게 되었다. 전체 과정에서 의심스러운 부분이 없는 건 아니었다. 하지만 덕분에 자신들도 큰 공을 세운 셈인데, 굳이 들쑤셔서 분위기를 망칠 이유는 없었다. 운이든 실력이든 초특급 사건을 해결했으니, 이제는 형정대대 예젠 대대장 피살사건에 집중할 차례였다.

제7장

빨간불이 켜지자 팡차오는 브레이크를 힘껏 밟고 오른손으로 핸드브레이크를 당겼다. 차가 간신히 멈추자 그가 투덜거렸다.

"참으로 좋은 차다. 이건 뭐 신호 걸릴 때마다 핸드브레이크를 당겨줘야 하니 원."

팡차오는 검은색 뿔테안경과 가발을 쓰고 구레나룻까지 붙여서 완전히 새로운 모습으로 변신해 있었다. 조수석에 앉은 류즈는 진한 화장에 긴 웨이브 가발을 쓰고 검정 스타킹과 원피스를 입었다. 호리호리한 몸매에 여성 분장을 하니 지나가던 남자들이 한번쯤 돌아볼 만했다. 하지만 정작 류즈는 자신의 분장이 썩 내키지 않은 눈치였다. 그가 긴 웨이브 머리를 한쪽으로 젖히며 외모와 어울리지 않은 걸걸한 목소리로 말했다.

"망할! 폐기처분해도 모자랄 차를 2만 5천 위안씩이나 받아 처먹다니, 그 새끼 찾아가서 아작을 내버려야겠어요!"

팡차오는 한숨을 휴 내쉬고 말했다.

"수요 공급 법칙 때문에 어쩔 수 없어. 최근 몇 년간 경찰에서 불법 택시 단속을 좀 심하게 했냐? 지금은 수속을 밟지 않으면 증명서랑 자격증 다 갖춘 택시 구하기가 힘들다고. 차 값만은 5천 위안이고 나머지는 다 서류 값이야. 비싸다고 이 돈을 안 쓸 수는 없어. 만에 하나 경찰이 우리 차를 찾아내기라도 해봐. 조금만 캐면 우리가 산 게 들통나지 않겠어? 무슨 일이든 목적을 분명히 하고 시작해야 한다는 걸 명심해. 우리가 싼장커우에 온 최종 목적은 뇌물을 쌓아둔 공무원 하나 낚는 거야. 그러려면 밑작업에 드는 돈을 아껴선 안 된다고."

"지금으로선 그렇게 손해 본 걸 때우는 수밖에 없겠네요. 어휴, 지난번에 건진 금이랑 그전에 팔다 남은 액세서리에서 벗겨낸 금까지 그 가치만 100만 위안이 넘는데, 매입하는 새끼가 요즘 장물 세탁하기 힘들다면서 80만 위안에 퉁쳤잖아요. 금이 세탁할 게 뭐 있어요? 그냥 녹여버리면 끝인데. 내가 이 새끼도 조만간 족친다!"

류즈가 불평을 늘어놓자 팡차오는 담담하게 웃으며 말했다.

"진정해. 지금은 시야를 넓혀야 할 때야. 우리가 바가지 쓴 돈, 좀 있으면 두 배로 돌려받을 테니까."

"어째서 두 배예요?"

"공무원을 낚으면 현금과 물건을 빼앗고, 물건은 다시 그 매입하는 새끼한테 가서 돈으로 바꿀 거야. 돈을 받으면 바로 놈을 처리하고 물건을 되찾는 거지. 돈도 받고 물건도 우리 손에 있는 거니까 가치가 두 배 아니겠어? 갑부 두 명을 낚는 거나 마찬가지라고!"

"와우! 다른 놈한테 가서도 똑같이 합시다. 그러면 또 두 배가 되니까 갑부 네 명을 낚는 셈이잖아요!"

류즈가 신이 나서 말하자 팡차오는 눈살을 찌푸리며 그를 흘낏했다.

"놀라운 계산법이다. 네가 왜 제대로 된 직장을 못 구하는지 알 만해."

파란불이 켜지자 팡차오는 핸드브레이크를 내리고 액셀을 끝까지 밟았다. 스포츠카처럼 요란한 소리가 났지만 차는 트랙터처럼 느릿느릿 기어갔다. 그렇게 수 킬로미터를 운전해 몇 번 커브를 돈 다음 싼장커우 시내 동쪽에 위치한 작은 모텔에 멈춰 섰다.

모텔 뒤편 주차장에 차를 대고 팡차오 혼자 들어가 체크인을 했다. 요즘은 숙박업소 규모와 상관없이 모든 이용객은 공안 정보망과 연계되도록 신분증 등록을 해야 했다. 수년째 계속된 단속 끝에 이제 신분증 등록을 하지 않는 불법 숙박업소들은 대거 사라졌다. 팡차오는 만반의 준비를 해놓은 상태였다. 그의 가방에는 열 개가 넘는 신분증이 들어 있는데, 모두 이름이 제각각인 진짜 신분증이었다. 싼장커우에서 벌일 최후의 일전을 위해 이 바닥 전문가들에게 고가로 사들인 것들이었다.

두 사람은 안전을 위해서 사흘에 한 번씩 모텔을 바꿨다. 체크인할 때마다 팡차오 혼자 들어가 매번 다른 신분증을 사용했다. 한 사람만 등록하면 되니 신분증을 아껴 쓸 수 있었다.

팡차오는 객실 열쇠를 받으면 차로 돌아와 류즈를 먼저 들여보냈다. 시간이 좀 이르다 싶으면 혼자 시청 주변을 배회하기도 했다. 그가 노리는 목표물은 부패 공무원 중에서도 최고, 최고로 뇌물을 모은 공무원이어야 했다. 하지만 누가 그런 최고의 공무원인지 알아내기는 쉽지 않았다.

일할 때 방법론을 강조하는 팡차오는 우선 몇 가지 이론에 따라 목표물을 선별했다. 첫째, 직급이 낮으면 안 된다. 둘째, 실권이 있는 직위에 있으면서 근무 연차가 길어야 한다. 근무 기간이 짧으면 돈을 많이 못 챙겼을 가능성이 높기 때문이다. 셋째, 사십 대 이상이어야 한다. 나이가 많을수록 뇌물로 받은 돈과 장물을 집에 숨겨두었을 가능성이 높기 때문이다.

시청에 있는 행정 서비스 센터 주변에서 한참을 배회했지만 소득이 없었다. 이론적 기반을 갖추었다 해도 실전에서는 역시 눈으로 보고 판단하는 게 나았다. 하지만 한 시간 반 이상 출입자들을 관찰해봐도 목표물로 제격이라는 확신이 드는 사람은 눈에 들어오지 않았다.

고민 끝에 팡차오는 먼저 자료를 찾아 싼장커우 주요 간부들의 이력과 배경을 알아보기로 했다.

제8장

어젯밤 체포된 리펑이 한 부부의 신분증을 제출했다. 3년 전 그가 장쑤성에서 살해하고 시신을 매장한 부부의 신분증이었다. 나이도 비슷해서 그 후 리펑 부부는 줄곧 죽은 부부 행세를 하고 살았다. 리펑은 이제 죽을 일만 남은 걸 알아서인지, 그동안 자신이 저지른 범죄를 낱낱이 털어놓았다.

아내 장잉蔣英도 장이앙에게 배달한 사실을 인정했다. 이로써 예젠의 사망 추정 시각에 장이앙이 집에 혼자 있었다는 알리바이가 증명됐다. 나중에 안 사실이지만, 당시 장이앙은 '인터넷 플러스Internet Plus'*를 실질적인 형정 업무에 적용시켜 일대일 방식으로 배달을 시키고, 다음 날 포위망을 좁히는 데 도움이 되도록 우선 리펑의 가족을 대상으로 용의자를 색출해내려고 했던 것이다.

워낙 큰 사건이라 싼장커우 공안국에서는 기본적인 신문만 하고, 며칠 뒤 리펑을 항저우로 이송해 상급 기관이 처리하게 했다.

어젯밤 내내 분주했던 대원들이 오후에 출근하자 장이앙은 전

---

* 택시 예약부터 금융 거래까지 모두 인터넷으로 처리할 수 있는 환경을 조성하고 중국 인터넷 기업의 발전을 도모하자는 전략으로, 리커창 중국 총리가 2015년 처음 언급했다.

원 회의실로 소집했다. 우선 리펑 사건 처리 상황을 간략하게 설명하고 잠깐의 승리에 도취되지 말라고 경고했다. 그리고 이제는 예젠 사건에 집중할 때라고 강조하며 각 팀의 업무를 분담하고 해산시켰다. 그런 다음 왕루이퀀, 쑹싱, 법의관 등 전담팀 주요 책임자들에게서 예젠에 대한 정보를 취합했다. 리첸도 불가피하게 전담팀 요원이 되었다.

올해 서른아홉 살인 예젠 대대장은 이혼남이었다. 그의 고약하고 폭력적인 성향 때문인지 전처가 일찌감치 떠나버렸으며, 둘 사이에 아이는 없었다. 예젠은 공안 직원에게 할당된 집을 전처에게 위자료로 주었고, 자신은 공안국에서 멀지 않은 오래된 단지에서 혼자 지냈다.

사건 당일 저녁 예젠은 현지의 한 부동산업체 파티에 참석했고, 그가 9시쯤 자리를 떴다는 걸 많은 사람이 확인해주었다. 이후 그는 택시를 타고 몇 킬로미터 떨어진 강가, 즉 사건 장소에 갔고, 그곳에서 살해되었다.

천 법의관은 제자에게 시체 및 현장 사진을 띄우게 한 뒤, 손으로 허리를 짚고 절룩거리며 빔 프로젝터 앞으로 갔다.

"예젠 대대장은 복부에 셋, 등 뒤 허리 쪽에 둘, 오른팔에 하나, 총 여섯 군데에 칼자국이 있었고, 장기에도 베인 자국이 많았습니다. 범행에 쓰인 흉기는 단검이고요. 이 밖에도 여러 차례의 충격으로 갈비뼈가 부러졌는데, 결과적으로는 과다출혈과 복합장기부전으로 사망한 것으로 보입니다. 제 경험으로 판단하자면, 먼저 차에 적어도 두어 번 부딪혀서 갈비뼈가 부러졌고, 이후에 칼에 찔린 것 같습니다. 그런데……."

천 법의관이 시체의 전라 사진을 띄우고 설명을 계속했다.

"몸에 난 칼자국 중에 좀 이상한 부분이 있습니다. 칼을 꽂은 방향이 아무래도 정상인이 한 짓 같지는 않단 말이죠. 이런 칼자국 조합은 생전 처음 봅니다."

"지금 범인이 정신병자라고 의심하시는 겁니까?"

장이앙이 이해가 안 된다는 표정으로 물었다.

"아뇨."

"방금 정상인 짓이 아닌 것 같다고 하셨잖아요."

"그게…… 칼날이 위쪽으로도 나 있고 아래쪽으로도 나 있거든요. 범인이 한 명이라면 몇 군데는 손목을 꺾어서 찌른 것이고, 범인이 여러 명이라면 다른 세부적인 점들이 설명이 안 됩니다. 20년 넘게 법의관 생활을 하면서 이런 상처는 처음입니다."

현장에 남은 흔적들을 봤을 때 범인은 한 명이었다. 그런데 주요 자상은 여섯 곳이고, 칼날의 방향이 위쪽 아래쪽 다 있었다. 요즘 같은 세상에 무림의 고수가 있을 리도 없고, 대체 누가 이런 실력을 갖고 있단 말인가?

장이앙의 표정이 좋지 않았다. 그는 절룩거리는 천 법의관을 바라보며 혹시 그가 능력 부족으로 자상에 대한 분석을 제대로 하지 못하는 게 아닐까 생각했다.

"그럼 성 공안청에 법의학 팀 좀 배정해달라고 부탁해볼까요?"

장이앙의 말에 대원들의 당황한 시선이 그에게 쏟아졌다.

"지금 그게 무슨 뜻으로 하시는 말씀입니까?"

천 법의관의 목소리가 낮게 가라앉았다. 그는 참을 수 없다는 듯 벌떡 일어나 양손으로 허리를 짚고 장이앙을 향해 눈을 부릅

떴다.

"내가 이 바닥에서 20년 넘게 일한 사람입니다. 1995년 대학 졸업하자마자 이 일을 시작했다고요. 그때 대학 들어가기가 얼마나 어려웠는지 압니까? 낙타가 바늘구멍 통과하는 격이었다고요. 그때 내 성적이 어땠는가 하면……."

장이앙이 얼른 그의 말을 가로챘다.

"전 그냥 옆에서 누가 좀 보조해드렸으면 좋겠다 싶어서 말씀드린 겁니다. 다리도 불편하시고……."

"글쎄 다리가 아니라 허리라니까요! 허리 디스크가 부검이랑 대체 무슨 상관입니까? 지금 내가 눈꼴시어서 다른 사람으로 바꾸려는 수작이잖아요!"

법의관은 다른 사람들을 향해 화살을 돌리며 폭주했다.

"잘 들어, 이 녀석들아! 내가 경찰 됐을 때 너희들은 코찔찔이였고, 너희가 살면서 만난 사람들보다 내가 지금껏 옮긴 시체들이 더 많아! 왜들 이래? 내가……."

그때 천 법의관의 성질을 잘 아는 형사과학기술과* 쉬許 과장이 그를 말리고 나섰다. 쉬 과장은, 당신의 실력은 다들 인정한다, 당신이 쓴 부검 보고서를 의심하는 사람은 아무도 없다, 다들 당신의 허리 때문에 마음 아파한다, 운운하며 그의 비위를 맞췄고, 아울러 근무일 저녁에는 술을 좀 적게 마시라는 조언도 덧붙였다.

다른 대원들도 천 법의관의 부검 결과에는 의심스러운 부분이 전혀 없으며 제2의 가능성은 결코 존재할 수 없다고 거들고 나섰

* 범죄와 관련된 물적 증거와 자료를 수집, 분석, 검증, 감정하는 부서.

다. 그러고 나서야 간신히 천 법의관을 진정시킬 수 있었다.

장이앙은 등짐이 확 무거워지는 걸 느꼈다. 법의관이 이 모양인데 어떻게 일을 진행해나가지? 다행히 쉬 과장은 멀쩡해 보여서 증거물 분석은 그에게 맡겨도 되겠다 싶었다.

시체가 발견된 강가 풀밭은 최초 범행 현장이 아니었다. 예젠이 범인의 공격을 받은 것은 그로부터 200여 미터 떨어진 오솔길이었다. 강 근처의 콘크리트 길로 무척 외진 곳이었다. 무슨 이유인지 예젠은 밤늦게 혼자 이곳을 찾았고, 차에 몇 번 치인 뒤 누군가의 칼에 찔렸다. 중상을 입은 그는 녹지를 가로질러 돌다리까지 도망친 뒤 강으로 뛰어들었다. 백 미터를 악착같이 헤엄쳐 강기슭에 있는 거목 뒤편 풀밭, 곧 시체가 발견된 장소로 기어 올라가 끝내 과다출혈로 숨을 거두었다.

길에 남은 혈흔과 발자국은 그가 도망친 경로와, 키가 170센티미터 이상인 남자가 그를 뒤쫓은 정황을 보여주었다.

생각에 잠겼던 장이앙이 담담하게 물었다.

"현장에 제 이름을 남긴 건 다들 어떻게 생각하십니까?"

"그건……."

모두의 시선이 쉬 과장에게 쏠렸다. 해당 부분 담당자인 쉬 과장이 설명할 수밖에 없었다.

"예젠의 오른팔 주요 근육이 끊어져서 글씨를 똑바로 쓸 만한 힘이 없었을 겁니다. 그래서 현장에 남은 필적만으로는 예젠의 글씨인지 대조하기가 힘듭니다. 하지만 사용한 돌멩이에서는 예젠의 지문과 혈액이 검출됐죠. 천 법의관님과 상의해봤는데…… 예젠이 직접 썼을 가능성이 크다고 결론 내렸습니다."

"예젠 자신이 썼다고요?"

장이앙은 결과를 받아들이기가 힘들었다.

쉬 과장은 안절부절못하며 천 법의관을 끌어들였다.

"저희 두 사람이 내린 결론입니다. 예젠이 왜…… 부국장님 이름을 썼는지는 경찰들이 조사해야죠."

감식 요원과 법의관은 결론만 내릴 뿐이고 이후 조사 분석은 형정대대의 일이었다.

장이앙은 어쩔 수 없이 왕루이쥔과 쑹싱 쪽을 쳐다보았다.

쑹싱이 입을 열었다.

"예젠이 직접 글씨를 썼다고 해도 그걸로 설명할 수 있는 건 아무것도 없습니다. 부국장님은 알리바이도 확실하고요. 다만 추측을 해보자면, 범행 도중 범인이 부국장님에 대해 오해할 만한 말을 했을지도 모르죠. 예를 들면 예젠이 '왜 날 죽이려고 하느냐'고 묻자 범인이 일부러 '장 부국장님이 시켰다'라고 대답했다든가 하는 식으로요. 예젠은 중상을 입고 죽기 일보 직전이라 의식이 온전치 못했을 테고, 갑자기 부임한 부국장님한테도 원래 불만이 있었잖아요. 그런 복합적인 영향으로 잘못된 판단을 하고 부국장님 이름을 쓰게 되지 않았을까요?"

쑹싱의 심도 있는 설명에 대원들은 저마다 고개를 끄덕였다. 새로운 상사에 대한 불만에 범인의 말이나 행동이 불씨를 지펴서 상사에 대한 복수심을 불러일으켰다는 설명은 과연 매우 일리 있는 분석이었다.

그때 새파랗게 질린 장이앙의 얼굴이 모두의 시선을 사로잡았다. 그가 쑹싱을 향해 소리쳤다.

"당최 말이 되는 게 하나도 없어! 정신이 혼미한 상태에서 내 이름을 썼다면 왜 네 이름은 안 썼지? 다른 사람 이름은 왜 안 썼을까? 게다가 나하곤 고작 몇 마디 나눈 게 전부인데 나한테 그렇게까지 큰 원한을 품을 이유가 있겠어? 무책임하기 짝이 없는 엉터리 분석이야! 이 사건의 핵심이 뭔지 전혀 감을 못 잡고 있다고!"

쏟아지는 호통에 쑹싱은 고개도 못 들고 웅얼웅얼 질문했다.

"이 사건의 핵심……이 뭔데요?"

그때 왕루이쥔이 눈알을 굴리며 끼어들었다.

"누군가 부국장님께 죄를 뒤집어씌우려는 게 틀림없습니다!"

"봐, 이 친구는 단박에 캐치하잖아!"

장이앙은 탁자를 탁 치며 함박웃음을 지었다. 그러고는 아주 흐뭇하게 왕루이쥔을 바라보더니 호칭을 바꿔 불렀다.

"쥔이, 네가 와서 분석해보렴."

"제, 제가…… 알겠습니다!"

자신에게 이런 기회를 주다니, 과분한 대우가 당황스럽고 기쁘기도 한 왕루이쥔은 한동안 망설이다 입을 열었다.

"제가 아는 건 이 사건의 배후에 의도적으로 부국장님을 음해하고 부국장님의 일을 방해하려는 사람이 있다는 것뿐입니다. 구체적인 상황에 대해서는 좀 더 조사해보겠습니다."

장이앙은 입을 삐죽거리며 왕루이쥔에 대한 희망을 거두었다. 보아하니 이들에게 정곡을 찌르는 분석을 기대하기는 힘들 것 같았다. 장이앙은 어쩔 수 없이 자신의 생각을 전했다.

"생각해보십시오. 예젠이 강에 뛰어들어 헤엄쳐서 도망쳤습니다. 여러분이 범인이라면 안 쫓아가고 도망치는 걸 보고만 있겠습니까? 부상 입은 예젠이 반드시 죽을 거라고 어떻게 보장하죠? 분명 범인이 쫓아가서 예젠 손에 돌을 쥐여주고 그 손을 범인이 감싸쥐고 글을 썼을 겁니다. 저한테 죄를 뒤집어씌우고 형정대대 전체를 흔들어서 수사 방향을 흐뜨려놓을 목적으로 말이죠. 예젠의 팔 근육도 범인이 일부러 끊어놓았을 가능성이 높습니다. 그래야 예젠의 평소 글씨체와 다른 이유를 설명할 수 있을 테니까요. 팔이 멀쩡하면 예젠이 쓴 게 아니라는 게 금방 밝혀지고 저한테 누명을 씌울 수가 없잖아요! 이건 아주 잘 짜인 판인 게 분명합니다!"

장이앙의 설명에 모두가 두 눈을 반짝였다. 쉬 과장과 천 법의관은 기술적으로 완전히 가능한 상황이며, 현장이 실외라 발자국이 난잡해서 범인을 식별할 수 없다고 설명했다.

왕루이쥔과 쑹싱은 경험 많은 형사경찰의 입장에서 판단했을 때 확실히 고개가 끄덕여졌다. 죽이려던 피해자가 그렇게 달아나 버린다면 범인은 쫓아가서 확실하게 죽었다는 걸 확인하고 나서야 안심을 할 것이다.

만약 리펑의 아내 장잉이 알리바이를 증명해주지 않았다면 어떻게 됐을까? 장이앙에게 범죄 혐의가 씌워졌을 테고, 상사가 용의자인 마당에 부하들이 어떻게 수사를 진행해나가겠는가? 범인의 의도대로 수사 방향이 완전히 틀어졌을 것이다.

정말이지 악랄하고 음험하기 짝이 없는 수법이었다. "개돼지만도 못한 새끼"라는 소리가 여기저기서 튀어나왔다.

글씨에 대한 의문이 풀리자 쉬 과장이 다른 이야기를 꺼냈다.

"예젠의 시신과 몇 미터 떨어진 곳에서 그의 지갑을 발견했습니다. 바지 주머니에는 휴대폰이 들어 있었고요. 사라진 물건이 없는 걸 보면 우발적인 금품 갈취 사건은 물론 아니고 상대를 노리고 살해한 거죠. 그리고 예젠의 바지에서 숨겨진 카드 한 장을 발견했습니다."

"무슨 카드?"

장이앙이 물었다.

"그게……."

쉬 과장은 머뭇머뭇하더니 사진 한 장을 꺼내 보여주었다.

사진에는 은행 카드처럼 생긴 검은색 플라스틱 카드에 피가 잔뜩 말라붙어 있었고, 오른쪽 상단에는 'VIP', 중앙에는 '스파센터'라고 새겨져 있었다.

리첸이 가까이 와서 보더니 궁금한 눈초리로 물었다.

"스파센터가 뭐 하는 데예요?"

"그게……."

대답하는 사람은 없고 여기저기서 하나둘 헛기침만 했다. 허리 디스크가 있는 천 법의관마저도 연달아 몇 번이나 기침을 했다.

쉬 과장이 설명을 이어가며 리첸의 질문은 얼렁뚱땅 묻혀버렸다.

"제 생각에, 예젠은 죽기 직전 지갑에 있던 카드를 빼서 몸에 숨기고 지갑은 멀리 던진 것 같습니다. 캄캄한 밤이라 예젠의 그 행동은 범인이 알아보기 힘들었을 테고요. 카드를 이토록 은밀하게 숨긴 걸 보면 뭔가 메시지를 전하려고 한 게 틀림없어요."

장이앙은 사진을 받아 들고 자세히 살펴보았다. 스파센터 주소는 '팅처펑린완停車楓林晚 호텔 3층'이라고 나와 있었다.

"팅처펑린완 호텔?"

"싼장커우 최초의 오성급 호텔입니다. 엄청 호화스럽죠."

옆에서 왕루이쥔이 설명했다.

장이앙은 고개를 끄덕였다.

"시구*를 따서 호텔 이름을 짓다니, 재밌네. 근데 중간에 두 글자가 빠진 것 같은데."

"여기가 거기래요.** 성매매 업소!"

왕루이쥔이 카드 한 부분을 가리키며 속삭였다.

다들 놀란 듯하더니 진지한 얼굴로 고개를 끄덕였다.

장이앙이 헛기침을 하고 물었다.

"누가 운영하는 데지?"

"그건 잘 모르겠어요. 호텔 사장은 루이보陸一波라는 사람인데, 싼장커우 갑부인 저우룽이 실질적인 사장이라는 얘기가 있습니다."

"저우룽!"

장이앙과 리첸의 눈이 동시에 휘둥그레졌다.

두 사람의 반응을 보고 그 짧은 시간에 사람들의 머릿속에는 공통적으로 한 가지 생각이 피어올랐다. 그들의 얼굴에 저마다 묘한 표정이 떠올랐다.

잠시 후 쑹싱이 조심스럽게 물었다.

"성 공안청에서 호출이 왔는데 혹시…… 저우룽과 관련 있는 게 아닐까요?"

"왜 그렇게 생각해?"

장이앙의 안색이 영 부자연스러워졌다. 일전에 가오둥 부청장이

---

* 당나라 시인 두목杜牧의 「산행山行」 중 '停車坐愛楓林晩(단풍 숲의 밤 풍경을 즐기려고 마차를 세우다)'.

** '坐愛'는 중국어로 '성교하다'라는 뜻의 '做愛'와 발음이 같다.

남들 눈에 띄지 않게 조용히 저우룽을 조사하라고 누차 당부했기 때문이었다.

리첸도 얼른 지원사격에 나섰다.

“그런 거 아니에요. 무슨 그런 쓸데없는 소리를 하고 그러세요?”

쑹싱이 이상한 눈초리로 리첸을 바라보았다.

“며칠 전 네가 저우룽 회사 자료 조사하는 거 내가 다 봤는데.”

장이앙이 리첸에게 눈총을 주자 리첸은 말없이 고개를 숙였다. 제발 조심해서 행동하라고 신신당부했는데 결국 자료 찾는 걸 들켜버린 것이었다. 리첸은 접시 물에 코라도 박고 싶은 심정이었다.

“아무튼 부국장님이 저우룽을 조사하겠다고 하시면 저희가 최선을 다해 돕겠습니다!”

왕루이쥔이 목소리를 낮춰 말했다.

쑹싱, 쉬 과장, 천 법의관도 진지하게 고개를 끄덕이며 장이앙을 향해 진심 어린 눈빛을 보냈다.

장이앙은 주저하며 그들을 바라보았다.

“다들…….”

쑹싱이 모두의 마음을 대변해 입을 열었다.

“저희 다 루정 부국장님 밑에서 오랫동안 일한 사람들입니다. 루정 부국장님이 직접 저희를 뽑으셨고요. 생전에 저희한테 저우룽을 조사 중이라고 넌지시 알려주셨는데 갑자기 실종되셨죠. 저희는 저우룽을 범인으로 강하게 의심하고 있습니다!”

이어서 그들은 저우룽을 조사하는 게 얼마나 중대한 일인지 안다며 부국장님이 이를 비밀로 한 건 당연하다는 반응을 보였다.

장이앙은 이들 몇 명에 대해서는 마음을 완전히 놓을 수 있었다. 왕루이쥔과 쑹싱은 루정이 발탁했고, 쉬 과장은 루정과 오랜 기간 함께 일하며 친분을 쌓은 관계였다. 천 법의관은 루정을 자신의 부검 기술에 대해 단 한 번도 이러쿵저러쿵한 적 없는, '뭘 좀 아는' 사람이라고 여기는 눈치였다.

이제 장이앙이 루정 사건을 조사하겠다고 선언하기만 하면 다들 끝까지 함께할 태세였다.

굳은 의지가 담긴 네 사람의 눈빛을 향해 장이앙은 천천히 고개를 끄덕였다. 형정대대 핵심 요원들의 뜨거운 지지를 느끼면서 장이앙은 저우룽 수사에 대한 계획을 정식으로 보고할 때가 되었다고 느꼈다.

그런데 장이앙이 싼장커우에 오면 투서의 제보자가 적당한 시기에 그 앞에 모습을 드러낼 거라고 가오둥 부청장이 말하지 않았던가. 여기 온 지 일주일도 넘었건만 제보자는 대체 무슨 일을 벌이고 있기에 아직까지 감감무소식인 걸까?

제9장

“예젠의 죽음은 저우룽과 관련없을 겁니다. 두 사람이 대놓고 의형제처럼 지냈다는 건 세상이 다 알죠. 한 명은 암흑가 출신이라는 소문이 도는 싼장커우 갑부에 그룹 회장이고, 또 한 명은 형정대대 대대장인 공직자이니, 이런저런 의심을 피하려면 서로 거리를 둬야 하잖아요. 근데 예젠 대대장은 전혀 개의치 않고 저우룽 회장의 회식 자리에 자주 참석했어요. 이런 공개적인 관계는 결국 안 좋은 결과를 불러들였죠. 예전에 익명으로 예젠에 대한 제보가 들어와서 예젠이 위에서도 한소리 들었고, 루정 부국장님도 저희들 다 있는 데서 예젠한테 경고를 준 게 한두 번이 아니었어요. 근데 예젠은 오히려 오기를 부리면서 루정 부국장님과 싸우기까지 했죠.”

예젠이 살았던 단지로 걸어가면서 왕루이쥔이 예젠 대대장과 저우룽 회장의 관계를 설명해주었다.

“예젠이 저우룽을 위해 형사사건을 무마시켜준 적이 있나?”

장이앙이 물었다.

“아뇨. 전에 예젠이 저우룽 뒤를 봐준다는 익명의 제보가 들어와 조사에 들어간 적이 있는데요, 예젠은 업무상 저우룽과 왕래도 없고 금전적으로도 깨끗하다는 결과가 나왔어요. 그래서 어쩔 수 없이 위에서는 그냥 공직자로서 사업가와 너무 가깝게 지내는 건 부적절하다고 충고만 하고 말았죠. 어쨌든 예젠이 실제로 나서서 도움을 주진 않았더라도, 저우룽한테는 예젠 같은 친구 하나 있으면 여러모로 편리하지 않겠어요?"

그 '편리'란 결국 '좋은 영향력'을 말하는 것이리라. 암흑가에서 활동하는 당신이 형정대대 대대장과 호형호제하는 사이라면, 대대장이 직접적으로 골칫거리를 해결해주지는 않더라도 그 누가 감히 당신을 건드릴 수 있겠는가? 저우룽은 돈도 많고 공안청 상무 부청장인 숙부도 있으니 앞길이 순탄한 건 당연한 일이었다.

"근데 예젠이 어떻게 저우룽과 가까운 사이가 된 거예요?"

리첸이 물었다.

"둘이 학교 동창이야. 어려서부터 계속 친하게 지냈지. 참, 호텔 사장 루이보와 랑보원郎博文도 다 같은 학교 출신이고. 네 사람은 무슨 일이 있어도 끄떡없는 형제 같은 관계라고 예젠이 자주 얘기했었지."

"랑보원은 또 누구지?"

장이앙이 걸음을 멈추며 물었다.

"그게……."

"제가 알아요, 제가!"

리첸이 호들갑스럽게 끼어들었다. '배경 자료'에 대해서는 그만큼 자신이 있었다.

"랑보원은 아오투奧圖라는 회사 사장이에요. 아오투는 랑보원의 부모가 창립했고요. 부모는 원래 영어 교사 출신으로 1990년대에 무역 일에 뛰어들었고, 나중에 자동차 부품 공장을 차려서 아오투라고 상호를 지었어요. 처음에는 부모가 공장을 랑보원의 동생한테 넘겼대요. 랑보원은 저우룽과 함께 사업을 했고요. 그런데 동생이 공장 운영을 소홀히 해 빚을 잔뜩 지고 수출 환급세까지 편취해 감방에 가면서 파산 직전까지 몰렸어요. 그래서 랑보원이 공장을 넘겨받아 몇 년간 잘 꾸리면서 부동산에도 발을 들여 빠르게 성장해나갔죠. 현재 아오투는 싼장커우 제2의 부동산 개발업체로, 저우룽이 운영하는 룽청榮成그룹과 제휴해 종종 프로젝트 투자도 하고 있어요."

"부모가 다 영어 교사 출신이라……. 랑보원 사장 동생이 설마 랑보투郎博圖는 아니겠지?"

장이앙이 눈을 가늘게 뜨며 물었다.

"맞아요. 어떻게 아셨어요?"

"두 사람한테 랑보추이郎博翠라는 여동생이 있지 않나?"

"여동생은 없고 형제만 둘이에요. 부국장님, 그 가족들과 아는 사이예요?"

"아니."

장이앙은 콧방귀를 뀌듯 대답했다. 랑보원의 부모가 왜 영어 교사를 그만두고 다른 일을 시작했는지 알 것 같았다. 그런 사투리 억양을 쓰는 영어 교사가 학교에 오래 남아봤자 무슨 보람이 있겠는가.

"그저께 예젠이 갔던 저녁 모임이 호텔에서 열린 아오투 분양 오픈 파티였답니다. 저우룽, 랑보원, 루이보도 참석했다 하고요."

쑹싱이 말했다.

장이앙은 고개를 끄덕였다. 그는 사건 발생 직전의 호텔 안팎과 주변 도로의 CCTV 영상을 전부 수거해 조사하고 예젠이 죽기 직전 어떤 일이 있었는지, 왜 다 늦게 혼자서 강가에 갔는지 최대한 빨리 알아내야 한다고 강조했다.

이윽고 예젠의 집 앞에 도착했다. 문이 열려 있었고, 감식 요원들이 가족들이 지켜보는 가운데 현장 감식을 진행 중이었다. 예젠이 죽기 며칠 전의 생활 상태를 파악해 단서를 찾으려는 것이었다.

장이앙 일행은 덧신을 신고 실내로 들어갔다. 감식 요원이 집 안에 대한 기본 점검은 마친 상태이며 누군가 뒤졌던 흔적은 보이지 않는다고 말했다.

장이앙은 집 전체를 대충 훑어보았다. 스무 평 남짓의 오래된 집으로, 입구에 서면 집 안 전체가 시야에 들어왔다. 현관문 앞이 작은 거실이었고, 거실에는 반질반질한 가죽 소파와 작은 탁자가 자리해 있었다. 탁자 위에는 담배와 잡동사니가 어지럽게 널려 있었다. 소파 맞은편 TV 거실장은 장식용인지 먼지가 수북했다. 거실 왼편은 주방으로 연결되는데, 주방 환풍기에 낀 기름때가 종유석처럼 굳어 있었다. 거실 오른편에는 화장실과 작은 방 두 개가 있었는데 하나는 침실, 하나는 서재였다.

집 안을 한 바퀴 둘러보았지만 딱히 건진 건 없었다. 마지막으로 서재로 향했다. 말이 서재이지 책장에 책도 몇 권 없고 신문과 잡동사니가 대부분이었다. 문방사우가 있을 리 없지! 예젠이 그런 걸 키울 사람인가? 안쪽에 놓인 책상 위에는 오래된 컴퓨터와 새것으로 보이는 프린터가 있었고, 잡다한 서류도 아무렇게나 쌓여 있었다. 장이앙은 장갑을 끼고 서류를 뒤적였다. 대부분 업무용이었고 의심스러운 점은 보이지 않았다.

그때 파일철 밑에서 백지 한 장이 눈에 띄었다. '뤄쯔웨羅子岳'라는 이름과 휴대폰 번호, 모 단지의 주소가 적혀 있었다.

"뤄쯔웨라면, 싼장커우 시장?"

장이앙은 싼장커우에 온 지 얼마 되지 않았지만 고위 공무원들 이름 정도는 꿰고 있었다. 이 메모가 어떤 단서가 될지는 몰라도 예젠이 뤄쯔웨 시장에게 뭔가 부탁할 거리가 있었던 거라고 추측해볼 수 있었다.

그때 뜻밖의 사진 두 장이 종이 밑에서 발견되었다. 뤄쯔웨와 예젠의 관계가 심상치 않다는 걸 보여주는 사진이었다.

다섯 명이 함께 찍은 첫 번째 사진은 코팅된 비닐 한쪽이 들떠서 조금 말려 있었다. 오른쪽 하단에는 단정한 중국어 글씨체로 촬영 연도와 월이 적혀 있었다. 지금으로부터 16년 전에 찍은 사진이었다. 여섯 명이 함께 찍은 두 번째 사진은 촬영 날짜를 보니 11년 전 사진이었다. 첫 번째 사진과 5년 정도 차이가 났다.

첫 번째 사진에서는 비교적 젊은 남자 한 명이 가운데 서 있고, 그 뒤로 남자 네 명이 가운데 남자를 에워싸듯 서 있었다. 왕루이쥔이 사진을 자세히 살펴보더니, 뒤에 선 네 명은 왼쪽부터 젊은 시절의 예젠, 저우룽, 랑보원, 루이보이고 가운데는 랑보원의 두 살 어린 동생 랑보투라고 설명해주었다. 사진 배경은 아오투 자동차 부품 공장으로 입구에 화환이 놓여 있었다. 당시 공장 이전을 축하하는 자리에서 촬영한 기념사진 같았다. 간편한 옷차림의 다섯 명이 장이앙을 향해 젊고 싱그러운 미소를 보내는 듯했다.

5년 뒤에 찍은 두 번째 사진은 고층 건물로 배경이 바뀌어 있었다. 앞에 놓인 화환에는 '아오투 부동산 시장 개장 축하'라고 적혀 있었고, 첫 번째 사진에 나온 다섯 명 외에 한 사람이 더 있었다.

몇 번의 확인을 거친 결과 그가 뤄쯔웨 시장이라는 걸 알아냈다. 왕루이쥔의 설명에 따르면, 당시 싼장커우가 현에서 시로 승격되기 전으로 뤄쯔웨가 현 위원회 판공실 주임이던 시절이었다.

이 사진에서 주인공은 랑보투가 아닌 그의 형 랑보원이었다. 랑보투는 다소 위축된 모습으로 한쪽 끝에 선 채 나머지 사람들과 함께 주인공을 에워싸고 있었다. 풋풋했던 얼굴들이 한층 성숙하게 변해 있었고, 점퍼 차림의 예젠 외에는 모두 정장 차림이었다.

장이앙은 리첸을 불러 증거품 봉투에 사진을 넣으며 당부했다.

"잘 보관해. 중요한 단서야."

"이게 뭘 의미하는데요?"

"십여 년 전 찍은 사진들이 갑자기 예젠의 책상에서 나온 게 자넨 이상하지 않아?"

"네……."

리첸은 펜끝이용으로 책상에 놓여 있는 법랑 컵을 집어 들었다. 커다랗게 쓰인 충성 '충忠' 자 밑으로 '혁명위원회호革命委員會好'*라고 적혀 있었다.

"이건요?"

문화대혁명 시기의 법랑 컵이 지금 책상 위에 있는 게 리첸은 더 이상해 보였다. 하지만 예젠의 집을 둘러보면 그가 살림과는 담 쌓고 살았다는 걸 알 수 있었다. 그러니 오래된 물건을 들춰보고 아무렇게나 던져두는 게 그에게는 흔한 일이었을 것이다. 심지어

* 중국 공산당 구호 중 하나.

펜꽂이에서는 몇백 년 전의 강희통보康熙通寶*가 발견되었다.

"자넨 디테일에 전혀 주목하지 않는군. 사건 해결의 핵심은 복잡한 정보들 속에서 진짜 단서를 추려내는 거야. 모든 정보를 정확하게 구분해야지!"

장이앙의 말에 경찰들은 사진 두 장에 주목하면서도 그것이 무엇을 의미하는지 도무지 짐작할 수 없었다. 어리둥절해하는 그들에게 장이앙이 사진에 적힌 날짜를 가리켜 보였다.

"여길 보라고. 왜 연도랑 월만 적고 며칠인지는 적지 않았을까? 예전에 사진을 인화하면 연월일을 모두 적는 게 보통이었지. 그렇다면 이 날짜는 사진 찍은 당시에 쓴 게 아니라 최근에 예젠이 썼다는 추측이 가능해. 사진 찍은 연도와 월은 기억하지만 며칠이었는지는 잊어버린 거야! 생각해봐. 예젠이 왜 이 사진 두 장을 꺼냈고 왜 날짜를 표시했는지를!"

장이앙이 손가락으로 책상을 톡톡 치며 말했다.

"이게 핵심이야!"

부국장의 분석에 모두의 관심이 집중되었다. 형정의 고수만이 평범해 보이는 날짜에서도 단서를 발견하는구나, 하고 감탄하는 분위기였다.

종이에 뤄쯔웨 시장의 정보가 적혀 있고, 사진 두 장 중 한 장에 뤄쯔웨가 있었다. 십여 년 전 찍은 사진 두 장이 지금 책상에서 발견됐고, 사진에는 촬영 연도와 월만 있고 일日은 적혀 있지 않았다.

종이의 메모와 사진이 예젠의 죽음과 어떤 관련이 있는지 아직

---

* 청나라 강희제 때 발행한 화폐.

은 알 수 없지만, 이들 사이에 어떤 관련성이 있다는 데는 모두가 고개를 끄덕였다.

그때 리첸이 다른 서류에 적힌 예젠의 글씨와 사진 속 글씨를 비교해보더니 주저하며 말했다.

"사진에 적힌 날짜는 예젠이 쓴 게 아닌 것 같아요."

서류의 글씨는 거칠고 퉁퉁한 것이 딱 봐도 펜 좀 잡아본 사람은 아니었다. 반면에 사진 속 글씨는 중국어로 간단한 날짜만 적은 것인데도 단정하고 예뻤다. 예젠의 글씨와는 전혀 달랐다.

장이앙도 두 글씨체를 비교해보더니 분명히 다르다는 걸 인정할 수밖에 없었다. 하지만 그는 콧방귀를 뀌며 말했다.

"예젠이 쓴 게 아니라면 더더욱 확실하게 조사해야지! 사진을 보면 예젠은 나머지 사람들과 사이가 좋아 보여. 메모와 사진에 모두 뤄쯔웨가 등장하는 걸 보면 뭔가가 있는 게 분명해. 그런 의미에서 루이보를 집중 조사하자고!"

"네? 뭐 시장이 의심스러운데 갑자기 웬 루이보를……?"

안 그래도 어안이 벙벙한 상태였던 왕루이쥔은 갑자기 또 다른 수사 방향이 제시되자 놀랄 수밖에 없었다.

장이앙이 인상을 쓰며 나무랐다.

"예젠 몸에서 발견된 VIP 카드를 그새 잊은 거야? 현재로선 그게 가장 중요한 단서라고! 호텔 사장인 루이보를 조사하는 게 당연하잖아!"

왕루이쥔은 속으로 궁시렁댔다. *잊기는 누가 잊습니까? 부국장님은 방금 뭐 시장이 의심스럽다고만 했지 호텔 얘기는 꺼내지도 않으셨잖아요!*

제10장

“그날 멀쩡하게 우리랑 식사하던 사람인데, 그럴 리가……. 예젠이 그렇게 갑자기 죽는다는 게 말이 돼?”

저우룽은 책상 앞에서 담배에 불을 붙이며 무거운 표정으로 말했다. 예젠과 동창으로 올해 서른아홉인 그는 동년배보다 훨씬 젊어 보였다. 이목구비가 뚜렷한 미남인 데다 운동을 열심히 해서 그 나이 대로는 보기 드물게 군살 없는 몸매를 자랑했다. 쭉 독신으로 지냈는데, 보통 이런 남자라면 여자가 끊이지 않는 법이다.

맞은편에 앉은 후젠런胡建仁이라는 삼십 대 남자는 저우룽 회장의 비서이자 오랜 심복이었다. 후젠런은 키가 작고 마른 체형에 금속 뿔테안경을 썼다. 야무지고 똑똑하게 생겼는데 실제로도 그러했다. 저우룽은 대부분의 일 처리를 그에게 맡겼다.

“이번엔 공안국에서 입단속을 철저히 하는지 아무것도 건지지 못했습니다. 새로 온 부국장이 직접 사건을 맡아 수사 중이라던데요.”

“장이앙? 그 친구, 가오둥 부청장 쪽 사람이야. 숙부님 말로는 가오둥이 연줄을 대서 장이앙을 루정 자리에 앉혔다는데, 작정하고 우리를 노릴 가능성이 커. 싼장커우에 오자마자 전국 단위 큰 사건을 해결했다는 얘기도 들리고. 그렇게 대단한 놈한테 루정 일이 발각되기라도 하면……."

저우룽은 그늘진 얼굴로 명치를 쓰다듬었다.

"루정 생각만 하면 심장이 미친듯이 뛴다니까."

후젠런이 헤실거리며 위로했다.

"형님, 시간도 많이 지났고 증거도 전혀 없으니 걱정하지 마십시오. 그리고 루정 일과 우리가 관련돼 있다고 예젠이 계속 의심하는 것 같았거든요. 예젠이 죽은 게 우리한테는 오히려 잘된 일인지도 모릅니다."

"헛소리하지 마. 네가 뭘 안다고 그래!"

호통을 친 저우룽이 고개를 저으며 탄식했다.

"밖에선 사람들이 나랑 예젠 사이를 정경유착으로 보지만, 우린 그냥 오랜 친구일 뿐이야. 어렸을 때 내가 키가 작아서 늘상 괴롭힘을 당했어. 그래, 랑보원 랑보투 형제한테 말이야. 그때마다 예젠이 날 지켜주고 나 대신 싸워줬어. 난 예젠 숙제를 대신 해줬고. 나중에 예젠은 경찰이 됐고 난 장사를 시작했지. 최근엔 같이 식사 한번 했을 뿐 정말 아무 일도 없었어. 하, 이 나이쯤 되면 진짜 친구라고 할 만한 사람이 몇 안 돼. 예젠을 그렇게 만든 놈이 누군지 알아내기만 해봐. 내가 아주 숨통을 끊어버릴 테니까!"

후젠런은 어색하게 웃으며 화제를 돌렸다.

"둥부신청東部新城 최대 산업단지 입찰 관련 소식이 들어왔습니다. 3개월 안에 공고가 날 예정인데, 부지는 대략 6천 평이고 절반은 사무용 빌딩과 오피스텔, 절반은 주상복합 아파트랍니다. 최저 입찰가는 6억 위안이고 자금 지원도 되고요. 재무팀 추산으로는 주택 매각으로 들어올 이익만으로도 원가 상쇄가 가능하고, 사무용 빌딩과 오피스텔 임대료 수익이 매해 수억 위안은 된답니다. 입찰에 성공하면 순수익만 연간 수천만 위안인 거죠."

"그렇게 많아?"

저우룽이 인상을 살짝 찌푸렸다.

"기대 수익이 그렇게 높으면 너도나도 달려들 게 뻔해. 무엇보다 외부에서 온 상장 부동산업체들이 대놓고 입찰에 뛰어들어봐. 우리가 가격경쟁에서 승산이 있겠나? 저기…… 가서 뤄 시장한테 방법 좀 생각해보라고 해. 우리 쪽에 맞게 입찰가 정해서 무슨 일이 있어도 우리가 프로젝트 따낼 수 있도록!"

후젠런은 난처한 기색을 보였다.

"뤄 시장님이 이번엔 저희가 알아서 방법을 찾으라고 하셨습니다. 둥부신청은 성급 프로젝트잖아요. 뤄 시장님과 둥부신청 관리위원회 주임이 같은 건물에 계시긴 하지만, 주임은 상급시 소속이고 뤄 시장님보다 직급도 높아서 별로 볼 일도 없고 손쓸 수가 없나 봅니다."

"그 주임 성이 팡方 씨지?"

"네, 팡융方庸입니다. 5년 전 둥부신청 계획 초창기에 관리위원회 주임으로 왔는데, 당시엔 대부분 신청취新城區를 거들떠도 안 볼 때라 주임의 존재감도 미미했어요. 근데 지금은 다들 신청취에 들어가려고 혈안이니, 관리위원회 위상이 전과는 비교도 안 될 만큼 높아졌죠. 뤄 시장님 말씀으론, 이번에 저희가 프로젝트 따내려면 정정당당하게 경쟁할 수밖에 없답니다. 팡 주임이 워낙 청렴하고 대쪽 같은 사람이라 우리 식이 통하지 않는다고요. 예를 들어 투자

유치 담당하는 정부 관원이 기업 식사 자리에 가는 게 이상할 건 없잖아요? 근데 팡 주임은 아니에요. 관리위원회 사람이 허가 없이 그런 데 갔다는 게 발각되면 즉시 상급 기관에 신고되고, 선물이라도 받으면 바로 처벌받죠. 게다가 팡 주임은 매년 상급 회계감사 팀을 찾아가서 자신 포함 모든 관리위원회 사람을 대상으로 재무평가를 실시하고, 문제점을 발견하면 기위에 보고한답니다."

"그게 뭐?"

저우룽은 어쭙잖다는 듯 코웃음을 쳤다.

"뤄 시장도 매일같이 반부패를 외치고 다녔잖아. 싼장커우 통틀어 뤄쯔웨만큼 반부패에 적극적인 사람도 없을걸."

"근데 팡 주임은 뤄 시장님하고 다르다니까요. 뤄 시장님은 입으로만 반부패인 반면, 팡 주임은 실제 생활에서도 근검절약 그 자체예요. 지금도 오래된 피처폰을 쓰고, 간부용으로 붙여준 차량 기사도 거부한 채, 공금도 아껴야 한다며 자전거로 출퇴근한대요. 비가 오면 시민들과 함께 만원버스를 타고, 평상시엔 그가 둥부신청 '키 맨'이란 걸 아무도 못 알아볼 정도예요. 또 모아둔 월급과 수당으로 매달 복지기관에 기부해서 성급 방송국과 신문에 여러 차례 보도되기도 했고요."

마치 홍보하는 듯한 후젠런의 소개를 듣고 나자 저우룽은 말문이 막혔다.

"흠, 싼장커우에도 해서海瑞*가 다 납셨네!"

* 명나라의 청백리로 유명한 인물.

제11장

"엄청 예쁜 여자들이 이상하게 못생긴 남자친구를 사귀는 경우가 종종 있지? 그게 왜 그런지 알아?"

팡차오가 류즈에게 웃으며 물었다.

"이게 다 사람들의 잘못된 인식 때문이야. 저렇게 예쁜 여자는 틀림없이 남자친구가 있을 테고, 남자친구도 엄청 대단한 사람이겠거니 짐작해서 첨부터 다가갈 엄두를 못 내는 거지. 근데 낯짝 두꺼운 찐따 녀석들은 그냥 대놓고 들이댄단 말이야. 결과를 봐, 미녀들이 찐따를 사귀는 경우가 허다하다니까. 내가 진즉에 이걸 깨닫고 실행에 옮겨봤는데, 결국 쓸데없는 짓이란 걸 깨달았지. 그래서 내가 돈을 벌려고 하는 거야. 돈이 많으면 미녀들은 저절로 따라붙거든. 그게 내가 이 일을 하는 가장 큰 원동력이지!"

"백번 옳은 말씀입니다."

류즈가 주먹을 꼭 쥐며 말했다.

"너도 여자 한번 만나볼래?"

팡차오의 물음에 류즈는 부끄러운 듯 고개를 숙였다.

"어떤 스타일을 원하는데?"

"이번에 제대로 한 건 해서 부자 되면…… 예쁘고 청순하면서 섹시하고, 성질 안 부리고 고분고분한 여자를 만나고 싶어요."

"술집 아가씨를 만나고 싶은 거야?"

"전……."

팡차오는 류즈의 어깨를 두드렸다.

"네 마음 충분히 이해한다. 옛말에, 돈과 명예를 쥔 자가 여자를 멀리하는 건 비단 옷 입고 밤길 다니는 것과 같다는 말이 있지. 암튼 이번 건만 끝내면 같이 한번 가보자!"

팡차오와 류즈는 차 뒷좌석에 나란히 앉아 각자의 포부를 떠들어대며 장밋빛 미래를 그렸다. 둘 모두 산뜻한 운동복 차림에 얼굴을 위장한 채 길 건너 단지 정문을 주시하고 있었다. 뒷좌석에 최대한 웅크리고 있어서 차창 안을 자세히 들여다보지 않는 이상 그들을 알아볼 수 없을 것이다.

이곳은 시청 북쪽으로 2킬로미터쯤 떨어진 지역이었다. 근처에 호수가 있고 옆에는 단지들이 들어서 있었다. 대부분 저밀도 주택이라 도심에서 비교적 조용한 지역에 속했다.

정오라 거리도 꽤 한산했다. 단지들 중 한곳의 바깥쪽에 흰색 주차구획선이 그려져 있었다. 옹기종기 주차된 차들 사이에 단종된 지 오래된 팡차오의 시아리*가 조용히 잠복 중이었다.

얼마 안 있어 사십 대로 보이는 통통한 남자가 오래된 피닉스 자전거를 타고 단지 정문의 보행자 입구를 빠져나왔다. 전형적인 원로 간부 복장인 검은색 점퍼 차림에 검은색 뿔테안경을 쓰고, 이 대 팔 가르마로 휑한 정수리를 가린 모습이었다. 페달을 한 번

* 중국 1위 자동차 업체 FAW에서 출시한 소형차.

밟을 때마다 바퀴에서 딸깍 소리가 났지만, 남자는 일관된 속도로 여유 있게 페달을 밟았다.

자전거가 시아리 옆을 지날 때 남자의 휴대폰이 울렸다. 그는 자전거에서 내려 한 손으로 자전거를 밀고 걸으면서 다른 손으로 전화를 받았다. 요즘은 보기 힘든 폴더형 피처폰이었다.

"여보세요? 아, 네, 접니다. 죄송하지만 택배는 경비실에 좀 맡겨 주시겠습니까? 감사합니다."

남자는 예의 바르게 통화를 마치고 다시 자전거에 올라탔다.

팡차오는 그가 자리를 뜰 때까지 지켜보다가 조용히 말했다.

"저 사람이다!"

류즈는 믿기지 않는다는 듯 눈을 부릅뜨고 뚱뚱한 간부의 뒷모습을 바라보았다.

"저 사람이 싼장커우 최고 부패 공무원이라고요? 저 아저씨 찾느라 형님이 그토록 온갖 고생 다 한 거예요?"

"못 믿겠어?"

팡차오는 코웃음을 치며 류즈를 흘겨보았다.

"전……."

류즈는 목구멍까지 올라온 말을 꾹 눌러 삼켰다. *2017년인 오늘날 저렇게 낡아빠진 자전거나 타고, 그것도 모자라 아직까지 폴더형 피처폰을 쓰는 사람이라니! 지지리 궁상 아닌가? 진짜 부패 공무원이 저렇다고?*

"이렇게 뭘 몰라서야! 아직도 그렇게 보는 눈이 없어? 현상을 보고 본질을 꿰뚫을 줄 알아야지! 자전거 타는 사람이라고 우습게 봐선 안 돼. 내가 알아본 바로는 저 뚱보 아저씨가 둥부신청 관리위원회 주임인 팡융이란 사람이야. 둥부신청의 우두머리라고. 둥부신청은 싼장커우를 재건한 걸로 유명해. 저 뚱보가 싼장커우 시장이랑 비등비등할 만큼 직급이 높다고. 여기 집도 자기 소유고, 알아보니까 집값이 최소 300만 위안이야."

"그게 뭐 그렇게 대단하다고요? 저희 친척 중에도 얼마 전 공무원 시험 합격한 사람이 있는데, 이런저런 잡다한 수입만 따져도 일 년에 10만 위안이 넘는다던데요? 저 뚱보 직급이면 연봉이 수십만은 되잖아요? 대출받아서 300만 위안짜리 집 사는 거야 쉽죠. 몇 년 전에 샀으면 그 절반 값으로도 충분했을 테고."

못 미더워하는 류즈를 보며 팡차오는 또다시 콧방귀를 뀌었다.

"그럼 묻자. 요즘은 일반 공무원도 차 한 대씩 끌고 다니는데, 저 정도 직급 되는 사람이 자전거로 출퇴근하는 건 쉬운 일이야?"

"다이어트라도 하는 거겠죠."

팡차오는 입을 삐죽거리며 휴대폰을 꺼냈다. 그의 휴대폰 사진첩에는 자전거를 타고 가는 팡융의 모습이 잔뜩 저장돼 있었다. 전부 과거에 기자와 인터뷰하며 찍은 보도 사진들이었다.

"뚱보가 나온 언론 기사들을 찾아서 모아놓은 거야. 모든 사진에서 고물 자전거를 타고 있지. 왜 이렇게 오랫동안 새 자전거로 바꾸지 않았을까?"

"소비 습관이겠죠. 뭐든 오래 쓴 물건은 길들어서 바꾸기가 쉽지 않잖아요. 봐요, 이 속옷도 제가 5년 넘게 입는 거예요."

"왜 속옷까지 보여주고 난리야!"

팡차오가 손가락으로 휴대폰을 톡톡 눌렀다.

"눈 크게 뜨고 봐봐. 자전거들이 전부 같은 걸로 보여?"

류즈는 사진 하나하나를 들여다보며 각각의 자전거를 비교해 보았다.

"다른 거 같은데요?"

"최근 몇 년간 자전거를 적어도 세 번은 바꿨어!"

"고장나서 바꾼 모양이죠. 고물 자전거 세 대라고 해봤자 몇 푼 안 되니까."

"문제는 왜 매번 낡은 자전거로 바꿨느냐는 거야. 또 어디서 몇십 년 전의 피닉스 자전거를, 그것도 세 대씩이나 구했겠냐고."

어리둥절해하던 류즈의 얼굴이 서서히 깨달음의 표정으로 바뀌었다.

"그 사람은 영원히 자전거를 탈 거야. 그것도 낡은 자전거만. 고장이 나도 역시나 낡은 자전거로 바꿀 테고! 평범한 부패 공무원이라면 이렇게까지 위장할 필요가 없어. 즉 뚱보는 그냥 부패 공무원이 아니라 그중에서도 최상급이란 소리야!"

팡차오가 자신만만한 목소리로 결론을 내렸다.

"요 며칠 내가 옆 건물에 숨어서 뚱보가 사는 집을 알아냈어. 매일 정오에 귀가해서 점심시간을 보내고 다시 일터로 복귀해. 방금 막 집을 나섰으니까 네 시간은 지나야 돌아올 거야. 그러니까 지금 그 집에 들어가서 싹 다 털어서 나오자고! 갑부가 퇴근해서 집이 털린 걸 알아도 경찰에 신고도 못 할 거야. 하하, 죽이지 않냐?"

팡차오가 호탕한 웃음을 터뜨렸다. 류즈도 괜찮은 방법이라고 생각했지만 한 가지 걱정이 들었다.

"다른 사람이 집에 있을 수도 있잖아요?"

"내가 며칠 동안 살펴봤을 때는 아무도 없었어. 설령 지금 누가 있더라도 뭐 어때? 우리 둘이면 충분히 제압하고도 남지."

팡차오는 총도 갖고 있었고 두 사람 실력이면 그리 걱정할 게 없었다. 류즈는 물건을 챙겨 나갈 준비를 하면서 단지 정문 쪽을 슬쩍 쳐다보았다. 고급 단지 정문 한쪽에 늠름한 경비원이 서 있고 그 옆에 이런 광고판도 세워져 있었다. "퇴역 군인 출신 경비원이 가장 안전한 서비스를 제공합니다. — 안치安琪 관리사무소."

"그냥…… 밤까지 기다렸다가 움직일까요?"

류즈가 머뭇머뭇하며 물었다.

"밤까지 왜 기다려? 팡융이 집을 비운 지금이 적기야!"

"근데 너무 대낮이잖아요. 집에 누가 있어서 우리가 손을 써봐요. 괜히 시끄러워져서 다른 사람들 눈에 띄면 어떡해요? 경비원이 퇴역 군인이라니까 제가……."

류즈는 군대에서 고참들에게 워낙 괴롭힘을 당해서 아직도 트라우마가 남아 있었다.

"퇴역 군인이 뭐가 무서워? 너 워런 버핏이라고 알아?"

"투자의 귀재잖아요. 그 사람도 돈 뺏었어요?"

"그 노인네는 그냥 돈이 아니라 수천만 명의 돈을 빼앗았지. 그래놓고 자신의 경험을 다음과 같은 말로 요약했어. '남들이 욕심낼 때 두려워하고, 남들이 두려워할 때 욕심내야 한다.' 생각해봐. 벌건 대낮에 남의 집에 들어가서 물건 훔치는 사람이 몇이나 되겠어? 남들이 두려워할 때가 바로 우리가 욕심낼 때라 이거야! 그러니까 쓸데없는 소리 말고 얼른 움직여!"

제12장

저우룽 회장의 운전기사는 팡융 주임의 집과 시청 사이에 있는 넓은 도로 가에 차를 멈췄다. 저우룽과 그의 비서 후젠런은 벤츠 뒷자석에 앉은 채 한참 동안 기다렸다.

이윽고 여유롭게 자전거를 타고 오는 팡융의 모습이 보였다. 사람들은 그에 대해 너무 올곧아서 접근하기 힘들다고들 하지만, 저우룽은 둥부신청이라는 거대한 파이를 쟁취하기 위해 한번 덤벼보기로 했다.

팡융에게 어떻게 다가가면 좋을지 오랫동안 고심한 터였다. 주변에 물어보면 하나같이 고개를 절레절레 저었다. 팡융은 말로만 부정부패 척결을 부르짖는 게 아니라 몸소 실천하는 사람이었다. 그동안 많은 회사들이 그에게 연줄을 대려고 시도했지만 전부 실패로 돌아갔다. 그야말로 무욕즉강無欲則剛*이라는 말이 딱 어울리는 무결점 공무원이었다.

하지만 지레 포기하기는 억울했다. 아무리 무결점이라지만 팡융도 사람인 이상 숨겨진 약점이 있을 것이다. 저우룽은 그 점에 주

---

* 욕심이 없으면 강하다.

목해 팡융에 대해 조사했다. 그 과정에서 관심을 끄는 한 가지를 발견했다.

팡융은 문화예술인으로 정평이 나 있었다. 가끔씩 시를 발표하는 시인으로서 싼장커우 작가협회 주석이자 성 문학예술계연합회 부주석을 맡고 있었다. 시집도 한두 권 내서 루쉰문학상 후보에 오른 적도 있었다. 역사 연구에도 관심이 깊어 좀 더 젊은 시절에는 고고학 팀과 시찰을 다녀왔다는 이야기도 들렸다.

문화예술인을 상대하려면 '문화예술적으로' 다가가야 했다. 문화예술적으로 접근할 구체적인 방법을 찾는 게 문제였다.

팡융은 사람들이 사무실에 찾아와 사업 얘기를 하는 걸 꺼린다고 했다. 그렇다고 해서 집으로 찾아가는 건 더 무례한 일이 될 것이다. 보통 고위 공무원과 안면을 틀 때는 지인 소개로 식사 자리를 갖게 마련이었다. 하지만 뤄 시장의 말로는 팡융은 접대 자리에 나오지 않을 거라고 했다. 그래도 혹시나 하는 마음에 정부에서 일하는 비교적 고위직 지인들에게 부탁해보았지만 전부 거절당했다.

궁리 끝에 팡융이 출근하며 지나가는 길에서 기다리기로 했다.

팡융이 탄 자전거가 벤츠 가까이 다가왔다. 적절한 타이밍에 벤츠에서 내린 저우룽은 환히 웃으며 살가운 목소리로 그를 불렀다.

"팡 선생님!"

"누구……?"

자전거에서 내린 팡융은 저우룽과 뒤따라 내린 후젠런, 그리고 벤츠를 눈으로 훑었다.

"룽청부동산의 저우룽이라고 합니다. 뤄 시장님한테 말씀 많이 들었습니다."

저우룽이 비위를 맞추며 다가가 손을 내밀었다.

팡융이 그 손을 맞잡아 악수를 나누었다. 그의 표정을 보아하니, 뭐쯔웨 시장의 얼굴을 봐서 어쩔 수 없이 예의를 차린다는 느낌이었다. 마치 무슨 전염병 환자와 접촉하기라도 한 듯 얼른 손을 뗀 그가 경계하는 표정으로 물었다.

"근데 무슨 일이시죠?"

"제가 최근에 민국 시기 위유런于右任*의 글씨를 받았는데요. 팡 선생님이 이 분야의 권위자라기에 이게 진품인지 감정을 좀 부탁드리고 싶어서요. 직접 찾아뵈러 갈까 하다가 괜한 오해를 살 것 같아서 그냥 여기서 기다리고 있었습니다. 점심시간에는 보통 이 근처에 있는 댁에 가서 쉬신다고 들어서요. 혹시나 해서 기다려봤는데 진짜 이렇게 마주쳤네요."

"위유런 글씨라고요? 어디 있죠? 제가 좀 볼까요?"

팡융이 눈을 반짝이며 강한 호기심을 보였다.

"트렁크에 있습니다."

팡융은 자전거를 세워두고 저우룽을 따라 트렁크 쪽으로 갔다. 트렁크 문이 열리자 커다란 글씨가 쓰인 표구가 보였다. 초서와 해서가 합쳐진 듯한 글씨라 시원시원하니 보기 좋았다.

팡융은 잔뜩 흥분해서 자세히 살펴보더니 금세 굳은 표정으로 고개를 저었다.

"가짜입니다."

저우룽은 멋쩍게 웃고는 감개무량한 투로 말했다.

---

* 1931~1964년 감찰원장을 지낸 중화민국 정치인.

"역시 전문가는 다르시군요. 이번에도 제가 사기를 당한 모양입니다. 가짜 글씨라 돈도 안 되는데 그냥 팡 선생님이 가져가셔서 벽에 걸어놓는 건 어떻습니까?"

팡융은 눈을 크게 뜨며 말했다.

"제가 미쳤다고 이런 가짜 글씨를 가져가겠습니까? 이런 거 걸어놨다가 조롱거리나 되게."

저우룽은 팡융의 표정을 주시하며 놀란 듯이 물었다.

"진짜로 가짜인가요?"

"딱 봐도 가짜입니다. 모양도 다르지만 무엇보다 글씨에서 느껴지는 게 없잖아요. 이런 글씨에 위 선생의 이름을 걸다니, 가짜도 이런 가짜가 없습니다. 그나저나 대체 어디서 이런 걸 구한 겁니까?"

저우룽은 침을 삼키며 후젠런을 매섭게 노려보았다. 차마 50만 위안이나 주고 샀다는 말은 꺼낼 수 없었다. 그 대신 자신이 50만 위안 내고 큰 교훈 얻은 셈 쳐야겠다고 둘러대며, 이 기회에 팡 선생님께 이 분야에 대한 가르침을 받고 싶다고 싹싹하게 말했다.

노련한 팡융이 그런 저우룽의 속셈을 못 알아차릴 리 없었다.

"길에서 저를 기다리신 게, 이 서화가 진품인지를 묻고 싶어서가 맞습니까?"

저우룽은 '역시 보통이 아니군'이라고 생각하며 솔직하게 털어놓았다.

"그게…… 팡 선생님께 둥부신청 정책에 관해서 좀 여쭙고 싶어서요."

"전 당신 같은 장사꾼들이 정말 싫습니다. 똑똑한 척 다 하면서 이런저런 수작만 부리고 말이죠. 경고하는데, 나한테는 이런 수작 안 통합니다!"

그동안 여러 고위직 간부를 만나봤지만 처음부터 이렇게 매몰차게 나오는 사람은 처음이었다. 저우룽은 어쩔 줄 몰라 하며 해명하기에 바빴다.

"팡 선생님 말씀이 맞습니다. 어느 안전이라고 제가 선생님 앞에서 수작을 부리겠습니까? 사실은 그냥 선생님과 얼굴이나 좀 익히고 싶었는데, 마침 선생님이 골동품에 조예가 깊으시다는 걸 알고, 저도 이 분야에 흥미가 있어서 제대로 한번 배워볼까 했던 겁니다."

"진짜로 관심이 있다고요?"

팡융의 눈빛이 살짝 달라졌다.

"그럼요. 관심이 아주 많습니다!"

저우룽이 몸을 바로 세우며 진지하게 대답했다.

팡융은 말없이 저우룽의 얼굴을 주시했다. 한동안 고심하는 것 같더니 한참 만에 입을 열었다.

"그럼 저희 집에 가서 얘기하시죠."

제13장

팡융이 사는 단지 서쪽은 몇 미터 너비의 작은 강으로 외부와 격리되어 있었다. 이미 주변 지형을 꿰뚫고 있는 팡차오는 류즈를 데리고 강가로 갔다. 쓰레기를 처리할 때 쓰는 작은 배 한 척이 로프에 매여 있었다. 두 사람은 배를 타고 건너편 기슭에 도착했다. 기슭에 있는 나무들만 지나면 단지 안으로 연결되었다.

팡융의 집은 5층짜리 건물 중 1층이었고 뒤편에 여섯 평쯤 되는 작은 뜰이 있었다.

주변을 살피니 사람도 없고 CCTV도 보이지 않았다. 팡차오와 류즈는 벽 모퉁이에 숨어서 창 너머로 안쪽을 살폈다. 아무도 보이지 않았다. 지체 없이 움직여야 했다. 류즈가 자물쇠를 부수려고 보니 창문 걸쇠가 느슨해 보였다. U자형 철사를 창문 틈새에 끼워 움직이자 몇 번 만에 걸쇠가 젖혀져 창문을 열 수 있었다. 안으로 들어간 두 사람은 준비해온 덧신을 신고 창문을 닫았다.

이제 남은 것은 보물찾기였다!

팡차오는 류즈를 향해 씩 웃어 보인 뒤 집 안을 둘러보았다.

그런데 예상과는 달라도 너무 달랐다. 약 45평 넓이에 지하실까지 딸린 집이었지만, 인테리어가 너무 소박했다. 바닥 전체에 꾀죄

죄한 타일이 깔려 있고, 시멘트칠만 된 벽에는 초라한 서화와 편액 몇 점이 걸려 있을 뿐이었다. 가구도 별로 없었고, 그나마 있는 것도 세월의 흔적을 드러내는 목재 가구들이었다. 탁자에 놓인 물건들도 하나같이 낡은 것이었다.

보이는 것이 호화로움과는 거리가 멀었다. *최상급 부패 공무원의 집이라고 해서 재떨이 하나까지 금으로 됐을 거라고는 기대하지 않았지만, 인테리어 정도는 못해도 오성급 호텔 수준은 되어야 하지 않나?* 그런데 이 집은 아무리 잘 쳐줘도 오래된 모텔방만도 못했다.

"형님이 찾은 사람이 뇌물을 쌓아두는 놈 맞아요? 자오위루焦裕祿* 아니고?"

류즈가 투덜거렸다.

팡차오는 류즈에게 눈을 한번 부라려준 뒤 탁자 위의 법랑 컵을 집어 들었다. 컵 안에 찻잎이 있고 겉면에는 마오쩌둥의 초상화와 함께 '마오 주석 만세'라고 새겨져 있었다. 팡차오는 숨을 깊이 들이마시며 언짢은 듯 말했다.

"위장한 거야! 진짜일수록 위장을 즐긴다고. 돈을 보란듯이 전시해놓고 살 리가 있겠어? 그랬으면 진즉에 신고당했지! 어딘가에 현금을 잔뜩 숨겨놨을지도 모르니까 잘 좀 찾아봐. 특히 천장이나 침대 매트리스 밑, 벽 어딘가에 비밀 공간이 있을지도 몰라."

두 사람은 방마다 바쁘게 돌아다니며 구석구석 뒤졌다. 침대는

---

* 1922~1964. 당과 인민을 위해 헌신해 중국 간부들에게 귀감이 되는 인물로, 그를 주인공으로 한 영화와 드라마가 다수 제작되었다.

나무 침대라 들추어볼 매트리스도 없었다. 천장과 벽은 모두 시멘트로 발라져 있었다. 죄다 두드려봤지만 시멘트 안에 비밀 공간 같은 게 있을 리 없었다.

십여 분이 지나 나란히 선 두 사람의 얼굴은 괴로움과 번민으로 잔뜩 구겨져 있었다.

그 뚱보가 청백리였다니! 이 집에 돈이라고는 현관 신발장 위에 놓인 몇백 위안이 전부였다.

류즈는 팡융을 향해 내내 "개새끼"라고 욕했다. 팡차오는 그 욕이 마치 자신을 향한 것만 같아 안색이 더 안 좋아졌다. 이 상황을 대체 어찌해야 한단 말인가! 그때 갑자기 현관 쪽에서 사람들의 말소리와 발소리가 들렸다.

팡융이 현관문을 열고 저우룽과 후젠런을 안으로 들였다.

"팡 선생님, 댁이 참……."

침 발린 말을 하려고 막 입을 연 저우룽은 그만 할말을 잃어버렸다. 속으로 생각해둔 인테리어에 대한 찬사와는 거리가 너무 먼 집이었다. 허허로운 벽에 대충 걸려 있는 서화 한 점을 보며 저우룽은 듣기 좋은 한마디를 간신히 뱉어냈다.

"고풍스러운 게 문인의 풍치가 절로 느껴지네요."

"저우 회장님이 보는 눈이 있으시군요!"

팡융이 저우룽을 향해 선 채 고개를 끄덕이며 말했다. 저우룽의 한마디가 무척 맘에 든 모양이었다.

나한테 무슨 보는 눈이 있다는 거지? 저우룽이 의아해하는 사이 팡융은 벌써부터 신이 나서 두 사람을 거실에 앉혔다. 그는 장

아찌 통처럼 생긴 검은 항아리에서 토탄土炭 같은 찻잎을 한 술 뜨더니 일부러 저우룽 앞에 놓고 물었다.

"이 차는 어떠십니까?"

"이건……."

저우룽은 난감했다. *이것도 차라고 할 수 있나?* 하지만 이렇게 대답했다.

"꽤 세월이 묻은 차 같은데요?"

"역시 보는 눈이 있으십니다! 이게 1950년대에 생산된 흑전차黑磚茶라고, 맛이 아주 특별합니다."

팡융이 더더욱 들뜬 목소리로 말했다.

그는 차를 우리면서 차 문화에 대한 지식을 뽐냈다. 저우룽은 혹시 그가 무슨 암시의 말을 하는 건 아닐까, 어떤 현묘한 뜻을 감추고 있는 건 아닐까 생각하며 귀를 곤두세웠지만, 한참을 들어봐도 순전히 '차 이야기'일 뿐이었다.

저우룽은 차를 한 모금 마신 뒤 지금껏 마셔본 차들과는 완전히 다르다며 마음에도 없는 말을 했다. 팡융이 뿌듯해하는 표정을 보이자 저우룽은 이때다 싶어 화제를 돌렸다.

"참, 팡 선생님처럼 문화적 소양이 깊으신 분의 생각을 좀 여쭙고 싶은 게 있는데요, 최근 신청취에서 추진 중인 문화산업단지 프로젝트에 대해 선생님은 어떻게 생각하시는지요?"

"문화산업단지요……."

팡융은 찻잔을 내려놓고 웃음을 거두더니 저우룽의 얼굴을 가만히 바라보았다.

"산업단지는 정부가 투자 유치하는 프로젝트입니다. 전 그냥 정부 일을 도와서 처리하는 것뿐이고요. 제 생각이 있고 없고는 중요하지 않아요. 단지를 잘 만들어서 문화를 기반으로 신청취의 발전을 이끌어가는 게 중요한 거죠. 왜요? 갑자기 산업단지 얘기를 꺼내시는 걸 보니 관심이 있으신가 봅니다?"

저우룽은 웃음과 함께 넌지시 말을 꺼냈다.

"저 개인적으로도 문화산업에 관심이 깊은 편인데, 저희 회사가 싼장커우에서 사업한 지도 오래됐고 프로젝트 운영 경험도 많거든요. 솔직히 말씀드리자면 이번 기회에 문화산업 쪽에 손을 좀 대보고 싶은데, 그래서 혹시……."

팡융이 말을 끊으며 덤덤하게 말했다.

"까놓고 말해서 다 돈을 위해서가 아닙니까?"

"그게……."

저우룽은 당황해서 어쩔 줄 몰라 했다.

팡융이 한숨을 쉬고 입을 열었다.

"문화산업단지는 매칭펀드*나 세수 지원이 많아 호시탐탐 노리는 기업이 수두룩합니다. 저는 일을 제대로 마무리해내는 걸 가장 중요하게 생각하는 사람입니다. 개발업체들이 자재를 적게 쓰는 등 자기들 이익만 챙기느라 일을 그르칠까 봐 그게 제일 걱정이죠."

저우룽은 '자기들 이익만 챙긴다'는 말에서 힌트를 얻은 듯 목소리를 높여 말했다.

"그런 걱정은 절대 안 하셔도 됩니다. 제가 프로젝트를 맡는다면 최선을 다해 파이를 키워보겠습니다. 저희 회사만이 아니라 남

* 중앙정부가 민간이나 지방자치단체의 자체적인 노력에 따라 예산을 배정하는 방식.

들도 다 같이 나눠 먹을 수 있게 말입니다."

"어떻게 나누시게요?"

질문을 하는 팡융의 얼굴에 냉소가 걸려 있었다.

저우룽은 순간 멈칫했다. *자기한테 얼마를 주려는지 금액을 먼저 제시하라는 건가? 아직 결정된 것도 없는데 다짜고짜 돈부터 요구하다니, 도무지 속도를 따라갈 수가 없네!* 저우룽은 잠시 고민하다가 웃으며 말했다.

"솔직히 말씀드리면, 이번 프로젝트에 대해 재무분석까지 마친 상태입니다. 확실히 남는 장사더군요. 만약 저희 회사가 맡게 된다면 꼭 써야 할 돈은 절대로 아끼지 않겠습니다. 여러 가지를 포함해서…… 이를테면 회사 지정과 관련해서 선생님이 컨설팅해주시는 비용이라든가……."

"저한테 돈을 주고 싶으신 겁니까?"

팡융의 얼굴에서 미소가 싹 사라졌다.

저우룽은 잔뜩 움츠러들었다. *설마 지금까지 나를 떠본 건가? 내가 뇌물을 주려는 게 맞는지 확실해질 때까지? 진짜 싼장커우의 해서가 맞나?* 저우룽은 괜한 사람을 건드렸다 싶어 말할 수 없이 초조했다. *이제 뭐라고 대답하지?*

그때 팡융이 벽 쪽으로 걸어가 서화를 가리키며 말했다.

"회장님, 여기 와서 자세히 한번 보시죠."

저우룽은 복잡한 심정으로 다가가 서화에 적힌 글씨를 읽었다.

"문거나득청여허, 위유원두활수래問渠哪得清如許, 爲有源頭活水來.* 팡 선생

---

* 주희朱熹의 시 「관서유감觀書有感」 일부. "연못의 물이 어찌 이리도 맑은가 물으니 영원히

님, 제가 말실수를 했습니다. 제 말씀은 그런 뜻이 아니라…….”

저우룽이 한숨을 내쉬며 무릎을 꿇으려는데 팡융이 말했다.

“이게 진짜 위유런의 친필 글씨입니다. 회장님이 사신 건 가짜인 게 너무 티가 납니다. 그냥 찢어버리세요. 자, 이것도 좀 보시죠.”

팡융이 유리장을 열어 재떨이처럼 생긴 물건을 가리켰다.

“저렴하게 구입한 진품 원청화元青花*, 이룡쌍이삼족정螭龍雙耳三足鼎**입니다. 웬만해선 제가 사람들한테 잘 안 보여주는 물건이죠. 아, 그리고 회장님 왼쪽에 있는 건 치바이스齊白石***가 젊었을 때 그린 견본입니다. 비록 밑그림만 그린 거지만 그게 지금은 귀한 작품이 됐죠. 그리고 이건 당삼채唐三彩****인데 크기는 작지만 정교하기가 이를 데 없죠. 방금 저희가 앉았던 의자는 명나라 시대 해남황화리海南黃花梨*****로 만든 거예요. 낡았다고 무시하시면 안 됩니다. 옆방에 있는 침대가 진짜 귀한 건데, 아까워서 저는 저기서 잠도 못 잡니다.”

팡융의 말을 들으며 저우룽과 후젠런은 가슴이 오르락내리락했다. 문화재나 골동품에 대해서는 잘 모르지만, 보잘것없어 보였던 이 집의 물건들이 죄다 귀하고 가치 있는 것이었다. 바닥에 깔린 거무칙칙한 타일도 팡융이 특별히 구해온 고대 벽돌이었다. 모조 벽돌이 아니라 진짜 문화재인 고대 벽돌!

마르지 않는 수원에서 끊임없이 물이 흘러나와서라고 하네.”

* 원나라 시대에 생산한 청화자기.

** 그릇 양쪽에 뿔 없는 용 모양의 손잡이가 달린 세 발 솥.

*** 중국을 대표하는 현대 화가 제백석(1860~1957).

**** 당나라 시대 도자기.

***** 중국에서 최고급 목재로 알려진 희귀성 나무.

팡융은 두 사람에게 집 곳곳을 보여준 뒤 의미심장하게 말했다.

"저는 남들과 달리 돈에는 일절 관심이 없습니다. 수집이 제 유일한 취미죠. 다 보셔서 아시겠지만 이 집에 있는 물건들에 제 모든 애정과 관심이 담겨 있습니다."

저우룽은 깊이 감탄하며 한숨을 내쉬었다.

"문화인이라 그런지 역시 품격이 남다르십니다. 진짜 한수 배워야겠어요. 저 같은 장사꾼은 집에 돈만 쌓아둘 줄 알지, 선생님 앞에 있으니 제가 너무 속물 같고 부끄럽습니다."

팡융이 어깨를 으쓱하며 미소를 지었다.

"평생 저는 누구한테 돈 한 푼 받아본 적 없습니다. 이번에도 마찬가지일 테고요. 집에 있는 이 물건들은 대부분 여기저기서 선물받은 겁니다. 저는 청동기를 가장 좋아하는데 집에는 견본만 남았죠. 원래는 지하실에 집의 악귀를 몰아내는 청동정青铜鼎*이 있었는데, 얼마 전 제 상사가 그걸 너무 마음에 들어 하셔서 눈물을 머금고 내주고 말았답니다. 얼마나 아까웠는지 마치 생살을 떼어내는 듯 고통스러웠죠. 그때 그런 고통이 없었다면 제가 오늘 회장님 같은 외부인을 집에 들이는 일은 없었을 겁니다. 회장님, 제가 가장 소장하고 싶은 건 편종編鐘** 세트입니다. 여기에 편종 세트가 딱 놓여 있으면 더 바랄 게 없겠군요."

"편종 세트요? 아, 알겠습니다!"

저우룽이 웃으며 연신 고개를 끄덕였다.

---

* 청동으로 만든 의례용 솥.

** 각각의 음을 지닌 여러 개의 청동 종을 매달아놓은 고대 중국의 타악기.

그 시각 팡차오와 류즈는 뒤뜰 담 밑에 숨어 있었다. 섣불리 움직여선 안 되었다. 집 안에서는 남자 세 명이 이야기하는 것 같았다. 만약 누군가 갑자기 후문을 연다면 팡차오와 류즈는 꼼짝없이 일을 치를 수밖에 없었다. 총도 있겠다, 둘이서 세 명을 상대하는 거야 두려울 게 없지만, 소동이 벌어지면 경호원들이 들이닥칠 것이다. 그들을 모두 총으로 쏴 죽일 수는 없지 않은가.

한참 뒤 마침내 집 안에서 인사를 나누는 소리가 들렸다. 팡차오와 류즈는 왔던 방향으로 재빨리 단지를 벗어났다. 안도의 한숨을 내쉰 둘은 서로 잠시 마주보더니 동시에 웃음을 터뜨렸다.

"거봐라. 저 뚱보가 갑부라고 내가 했냐, 안 했냐? 흐흐, '저 같은 장사꾼은 집에 돈만 쌓아둘 줄 알지, 선생님 앞에 있으니 제가 너무 속물 같고 부끄럽습니다.'"

팡차오가 저우룽의 말을 흉내냈다.

"강도들 앞에서 돈 많다고 말하는 멍청이는 내 살다 살다 처음 보네. 형님, 목표물을 바꿉시다."

"그러게, 문화재는 어디 갖다 팔기도 힘들고, 역시 현금이 안전하겠다! 그 장사꾼으로 갈아타자!"

팡융의 집을 나온 저우룽 회장은 벤츠를 타고 단지를 벗어났다. 도로에 진입하자 저우룽이 후젠런에게 소리쳤다.

"넌 인마, 50만 위안씩이나 주고 그 따위 짝퉁을 사와? 난 것도 모르고 첫 만남 선물이라고 들이밀었으니, 내가 쪽팔려서 진짜!"

후젠런이 벌벌 떨며 해명했다.

"저, 저도 정말 몰랐습니다. 제가 가서 물건 판 놈 끝장내고 돈도 찾아오겠습니다."

"못 찾아오면 그 돈 네가 다 물어내!"

저우룽이 이를 악물며 화제를 돌렸다.

"일단 그건 네가 알아서 해결하고, 지금은 어디 가서 편종 세트를 구하느냐가 문제야. 명심해. 무조건 진품이어야 해!"

후젠런은 당장 휴대폰을 들고 편종에 대해 검색해보았다.

"엄청 비싼데요!"

"얼마나?"

"편종이 청동기인데 청동기는 출토 유물이라 매매가 안 된다네요. 경매에 오를 수 있는 몇 안 되는 것들은 해외를 떠돌고 있는데, 적게는 수천만, 비싼 거는 수억 위안에 달한답니다."

저우룽도 숨을 헉 들이켤 만한 가격이었다.

"수천만? 팡 씨가 말로는 돈에 관심 없다면서 요구한 물건은 엄청난 가격이네. 뭐, 상관없어. 비싼 것보다 주는 걸 안 받을까 봐 그게 더 걱정이지. 이 일만 잘 성사되면 둥부신청은 우리가 접수하는 거야. 그러려면 최대한 빨리 편종을 구해야 해."

"싼장커우에 문화재 밀거래 경험이 있는 사람을 제가 알고 있습니다. 정鄭 형이라고 불리는 사람인데, 그쪽 업계 사람들을 잘 알 겁니다. 제가 가서 물어보겠습니다. 근데……."

후젠런이 걱정스러운 듯 인상을 쓰며 말했다.

"형님, 팡 주임이 처음 만난 자리에서 그런 비싼 걸 요구한 게 너무 노골적이라는 생각 안 드십니까?"

저우룽은 냉소를 지으며 고개를 저었다.

"내가 팡 씨랑 약속 잡으려고 여러 번 사람을 보냈으니 내 의도를 진즉에 눈치챘겠지. 우리가 올 때까지 기다리고 있었던 것뿐이야. 생각해봐. 편종 세트가 수천만 위안이라며? 그자가 왜 편종 세트를 요구했겠어? 그냥 아무렇게나 부른 가격이 아니야. 이미 속으로 전체 프로젝트 수익을 다 따져서 나온 계산이라고."

후젠런은 놀라움을 금치 못했다.

"시인이라는 사람이 돈 계산 한번 확실하네요!"

저우룽은 별거 아니라는 듯 코웃음을 치고 팡융에 대한 결론을 내렸다.

"시인인데 아쉽게도 양심이 없어."

그때 운전기사가 갑자기 입을 열었다.

"회장님, 뒤에 어떤 차가 따라오는데요."

"차?"

백미러를 보니 뒤에 낡은 시아리 한 대가 따라오고 있었다.

"경찰일까요? 근데 공안에 저런 고물 시아리가 있었습니까?"

후젠런이 물었다.

"역시 숙부님 말씀이 맞았어. 공안국 차량은 우리가 다 알잖아. 저건 새로 온 부국장이 오래전 압수된 차를 구해서 우리를 미행하는 게 틀림없어. 우리가 모를 줄 알았나 본데, 딱 걸렸군!"

"따돌릴까요?"

기사가 물었다.

"뭐 하러? 괜히 날 찔러보려는 거 같은데, 따라오기 좋게 그냥 천천히 몰아."

뒤따르던 시아리 운전자 팡차오는 액셀을 힘껏 밟다가 길목에서 또 차가 서지 않을까 봐 핸드브레이크를 꼭 쥐었다. 그렇게 잠시 동안 따라붙더니 겨우 한숨을 내쉬었다.

시아리를 지켜보던 저우룽이 한마디 내뱉었다.

"방금 전까진 속도가 빨라서 이번에는 글렀구나 생각했는데, 다행히 초보운전인가 보네. 저리 기어가는 걸 보니, 하하."

제14장

한편 형사경찰들은 여전히 예젠 사건으로 분주했다. 비록 이 수사 과정에서 이렇다 할 성과를 거두지는 못했지만, 리평의 신문으로 루정 실종 사건이 수면 위로 떠올랐다.

장이앙, 왕루이쥔, 쑹싱 등은 취조실에서 수갑을 차고 의자에 앉아 있는 리평을 주시하고 있었다. 방금 전 그들은 의외의 정보를 얻었다.

리평이 그토록 많은 살인을 저지른 것은 순전히 아내 장잉을 위하는 마음에서 시작된 일이었다.

리평과 장잉은 같은 마을에서 자란 죽마고우였다. 리평보다 한 살 어린 장잉이 열여섯 살 때 같은 동네에 사는 삼촌에게 성폭행을 당했다. 삼촌은 마을에서 알아주는 불량배로 장잉의 부모까지 협박해 성폭행 사실을 어디에도 알리지 못하게 했다. 이 일을 알게 된 리평은 결판을 지으러 찾아갔다가 몸싸움을 벌였고, 실수로 그를 죽여 12년 형을 선고받았다. 출소 후 리평은 장잉을 찾았지만 그녀는 이미 다른 남자와 결혼한 몸이었다. 그런데 남편이란 자는 성폭행당했던 장잉의 과거를 트집 잡아 폭력을 일삼았고, 나중에는 성매매를 강요하기까지 했다. 리평은 홧김에 칼을 꺼내 장잉의 남편과 그의 일가족을 살해했고 현장에서 마을 사람에게 붙잡혀 파출소로 끌려갔다.

워낙 큰 사건이라 파출소는 즉각 상급 공안기관에 알렸다. 그런데 상급 기관에서 손을 쓰기도 전에 리펑은 그날 밤 자신을 지키던 경찰을 폭행하고 총을 훔쳐 달아났다. 그길로 장잉을 데리고 떠나 계속 도망자 신세로 살았다. 생계를 위해 강도질을 일삼았고, 그러면서 무고한 사람을 여럿 살해했다. 그러던 중 살인청부 제의를 받고 싼장커우로 숨어들었지만, 결국 성사되지 않아 일단 이곳에서 머무르던 중이었다고 했다.

"그러니까, 누군가 당신에게 살인을 의뢰해서 싼장커우에 왔고, 알고 보니 살해할 대상이 경찰이었고, 결과적으로는 죽이지 못했다, 이 말이죠?"

쑹싱 중대장이 물었다.

리펑은 무미건조한 표정이었다. 체포된 뒤로 줄곧 그랬다. 경찰과 맞서려 들지도 않았고, 특별히 불안에 떨지도 않았다. 어차피 사형에 처해지리라는 걸 알아서인지 진술에 협조적이었다. 다만 모든 일은 자신이 저질렀고 아내와는 상관없는 일이라고 거듭 강조하며 장잉을 풀어달라고 했다.

"네, 샤오페이小飛가 절 찾았어요. 예전에 감옥에서 알게 된 친구인데 조사해보시면 나올 겁니다. 제가 장쑤성으로 도망가 있었는데 우연히 길에서 그 친구가 절 알아보더라고요. 저는 녀석을 죽여서 입막음해야지 생각했는데, 웬걸 그 친구가 우리 부부를 초대해 식사도 대접하고 여비로 쓰라며 2천 위안도 주더라고요. 그래서 차마 손을 쓸 수가 없었죠. 그날 술을 다 마시고 샤오페이가 그러더군요. 싼장커우에 가서 사람 하나 죽여주면 100만 위안을 주겠다는 사람이 있다고요. 근데 자기는 살인을 해본 적이 없으니 네가 대신 죽이고 돈을 반반 나누자 하길래 좋다고 했죠. 근데 막상 싼장커우에 가서 알고 보니 죽일 대상이 경찰인 거예요. 그것도 죽이면 일이 커질 수 있는 간부급이었죠. 아내는 더는 살인하지 말라고 한사코 저를 말렸어요. 근데 애도 너무 어리고 앞으로 돈 들어갈 일도 많은데, 이번 건만 잘 끝내면 설령 내가 잡혀 들어가더라도 처자식한테 돈은 남겨줄 수 있겠구나 싶더라고요. 그래서 샤오페이한테 상대가 경찰인 만큼 200만 위안을 요구하고 절반을 선금으로 달라고 의뢰인에게 말하라 했죠. 근데 그 후로 샤오페이와 연락이 끊겼어요. 저희 부부는 오랫동안 도망 다니느라 지치기도 해서 그냥 싼장커우에 가게 차려서 눌러앉게 된 거고요."

쑹싱이 루정의 사진을 꺼내며 물었다.

"죽이려던 경찰이 이 사람 맞습니까?"

"네, 맞습니다. 성이 루씨였던 걸로 기억합니다."

"루정?"

"네, 그 이름이었습니다."

"그럼 루정은 누구한테 살해당한 거죠?"

"살해당했습니까? 저는 안 죽여서 모릅니다. 근데 샤오페이는 아닐 겁니다. 그 친구는 그럴 만한 배짱이 없거든요. 의뢰인이 다른 사람한테 의뢰했을지도 모르죠."

"정말 당신이 루정을 죽인 게 아닙니까?"

"저기요, 이제 와서 제가 경찰을 속여서 뭐 합니까? 지금껏 제가 저지른 살인만 해도 열 번은 총살당하고도 남을 텐데."

리펑이 담담히 웃으며 말했다.

"그럼 샤오페이는 어디로 갔습니까?"

"저야 모르죠. 제가 불안해서 그 친구한테 휴대폰 번호를 안 알려줬거든요. 대신 매일 저녁 7시에 어느 길목에서 접선해 연락하곤 했는데, 그날 이후 며칠 동안 약속 장소에 나가봐도 나타나질 않더라고요. 어쩌면 샤오페이가 200만 위안을 부르니까 의뢰인이 못 믿겠다 싶어서 그냥 처리해버렸는지도 모르겠네요."

"의뢰인이 누군지 압니까?"

리펑이 고개를 저었다.

"샤오페이가 끝까지 입을 안 열더라고요. 제가 직접 의뢰인 찾아가 혼자서 다 해먹을까 봐 그랬겠죠. 이 바닥도 이 바닥 룰이 있는 거니까 저도 자세히 묻진 않았습니다."

신문을 마치고 사무실로 돌아온 장이앙은 몇몇 핵심 요원을 소집해 회의를 열었다.

모두가 루정이 살해당했다고 확신했다. 실종된 지 오래되어 지금으로선 물증을 찾기 힘들고, 유일한 단서는 샤오페이라는 사람에게 있었다. 리펑과 함께 복역했던 사람이라 신분을 알아내기는 어렵지 않았다. 다만 리펑의 말처럼 샤오페이가 의뢰인에게 살해되었을까 봐 걱정이었다.

샤오페이만 찾아낸다면 루정 실종 사건의 진실을 알아낼 수 있을 것이다. 하지만 과연 그가 살아 있을지, 찾아낼 수 있을지는 하늘에 맡기는 수밖에 없었다.

기나긴 논의를 끝내고 다시 예젠 사건에 집중했다.

싼장커우 같은 소도시에서 반년 사이에 주요 형사경찰 두 명이 피살되었다면, 과연 이것을 우연이라 할 수 있을까. 두 사건 사이에 어떤 관련성이 있는 게 분명했다.

장이앙은 향후 수사 방향을 정하기 위해 지난 며칠간 조사한 내용을 취합해보자고 했다.

법의관 부검에서는 별다른 진전이 없었다. 몸에 여러 방향으로 난 칼자국이 대체 어떤 방법으로 공격했을 때 나타나는 결과인지 여전히 미스터리였다. 장이앙은 몇 번이고 사람을 보내 천 법의관을 불러들였다.

"제가 법의관으로 일한 지 20년도 넘은 사람입니다. 그런 제가 못 알아내는데 그 누가 알아낼 수 있겠습니까? 그러니 재촉하지 마십시오. 저도 계속 연구 중이라고요. 그리고 내 허리하고 부검 결과는 하등 관련없습니다!"

사건 현장에서도 용의자를 특정할 만한 증거를 찾지 못했다.

공안국에서는 이미 펑린완 호텔 사장 루이보에게 사람을 보내 대략의 상황을 파악한 상태였다. 루이보도 사건 당일 저녁 예젠이 참여한 회식 자리에 함께 있었다고 했다. 하지만 예젠이 먼저 자리를 떴고 자신은 늦게까지 남아 있었기 때문에 그가 어쩌다 변을 당했는지 모른다고 진술했다.

시체나 물적 인적 증거 등 수사 방향을 정할 수 있는 주요 부문에서 모두 성과가 없었지만, 어쨌든 일부 단서는 찾아냈다.

"사건 당일 밤 예젠은 식사 후 호텔 앞에서 택시를 타고 사건 현장 근처로 갔습니다. 그때 운전했던 택시기사를 찾았는데, 당시 예젠의 상태를 전혀 기억하지 못하더라고요. 예젠이 다 늦은 시간에 왜 혼자 그곳으로 갔을까요? 틀림없이 누굴 만나기로 했던 거예요!"

쑹싱의 말에 모두가 고개를 끄덕였다.

"예젠의 문자 메시지와 통화 기록도 살펴봤는데요. 사건 당일에 받은 수상한 내용은 없었습니다. 위챗 내용도 마찬가지고요. 마지막으로 호텔 앞 CCTV 영상을 같이 한번 보시죠."

쑹싱이 컴퓨터로 CCTV 영상을 틀었다.

예젠이 혼자 호텔 정문으로 나와 카메라를 등진 채 주머니에서 쪽지 하나를 꺼내더니 몇 번을 살펴보다가 찢어서 옆에 있는 쓰레기통에 버렸다. 담배에 불을 붙인 뒤 몸을 돌려 호텔 안쪽을 한 번 둘러보고는 화면 밖으로 성큼성큼 걸어나갔다.

"판단컨대, 누군가 예젠에게 사건 장소에서 만나자는 종이 쪽지를 남겼고, 그곳에서 살인이 일어난 겁니다. 쪽지를 남긴 자가 범인일 가능성이 높습니다!"

"쪽지의 출처를 알아낼 수 있나요?"

리첸이 묻자 쑹싱은 고개를 가로저었다.

"다양한 방법을 시도해봤지만 누가 줬는지, 언제 준 건지 전혀 알아내지 못했습니다."

잠시 생각하던 리첸이 입을 열었다.

"누군가 쪽지를 통해 늦은 밤 외딴곳으로 예젠을 불러냈고, 예젠도 혼자서 거길 갔다는 건 둘 사이에 틀림없이 뭔가 비밀이 있다는 뜻일 거예요."

모처럼 사건 분석에 참여한 리첸은 자신이 내린 결론이 어떠냐는 듯 기대에 찬 얼굴로 좌중을 둘러봤다. 다들 가볍게 고개를 끄덕였지만, 속으로는 이런 생각을 하고 있었다. *경찰이라면 다 그렇게 생각해. 그리고 예젠과 그 사람 사이에 비밀이 있다는 게 사건 해결에 무슨 도움이 되지?*

모두의 시선이 다시 쑹싱으로 향했다. 어서 브리핑을 이어가기를 기다렸지만, 쑹싱은 "현, 현재까지 찾은 단서는 이게 전부입니다"라고 말할 뿐이었다.

순간 회의실에 침묵이 깔렸다. *인증과 물증도 없이 앞으로 어떻게 수사를 진행해나가지?*

장이앙은 냉정한 눈으로 사람들을 바라보았다. 다들 막막해하는 표정을 보며 속으로 한숨을 쉬었다. *싼장커우 형사경찰들 능력이 확실히 한계가 있어. 결국엔 성 공안청의 손을 빌려야 할 것 같은데. 아냐, 관두자 관둬. 그냥 상사인 내가 나서는 수밖에.*

장이앙이 헛기침을 하고 입을 열었다.

"다들 생각이 막힌 모양인데, 사건 현장에 남은 가장 중요한 단서를 잊은 것 같군요."

"가장 중요한 단서라면……."

너도나도 머뭇대며 중얼거리는 가운데 리첸이 소리를 높였다.

"부국장님 이름이요!"

장이앙 부국장이 불만스런 표정으로 리첸을 노려보았다.

왕루이쥔이 얼른 진화에 나섰다.

"VIP 카드요. 스파센터!"

"봐, 쥔이가 또 핵심을 딱 짚어내잖아. 스파센터라고! 예젠은 지갑에서 스파센터 카드를 꺼내 죽기 직전 몸에 숨겼습니다. 우리한테 중요한 정보를 알려주려고 한 거죠. 바로 스파센터 VIP 카드를 통해서."

"음란행위 단속 명목으로 스파센터를 쥐 잡듯 뒤집어서 사람들을 전부 불러다가 신문하면 어떻습니까?"

쑹싱이 주먹을 쥔 채 단도직입적으로 물었다.

"안 돼. 예젠이 남긴 정보가 뭘 의미하는지 확실치도 않은데 무작정 불러다놓고 뭐라고 신문할 건데? 섣불리 행동했다간 괜히 경계심만 키울 수 있어."

"그럼 어떡하죠?"

"그래요. 다른 방법도 없잖아요."

경찰들이 하나둘 혼란에 빠졌다.

"이렇게 합시다……. 일을 확실히 하기 위해 내가 직접 가서 은밀히 수사하는 걸로."

장이앙이 무거운 목소리로 말했다. 그 순간 "안 됩니다!"라는 소리가 이구동성으로 터져 나왔다.

다들 얼굴빛이 제각각이었다. 리첸은 상사가 그런 사람이었는지 예상 못 했다는 듯이 볼이 살짝 상기되었고, 온순한 쉬 과장의 얼굴에도 복잡한 표정이 드러났다.

"쉬 과장님, 뭔가 걱정스러운 표정인데요?"

장이앙이 물었다.

"걱정이라기보다…… 그냥 나중에 감사부에서 사건 경비 처리를 안 해주면 어쩌나 해서요. 하하, 못해도 수천 위안은 들잖아요."

"돈 쓸 필요 없이 그냥 들어갔다 나오는 건데 경비 처리할 게 뭐가 있어요?"

"스파센터에서 부국장님 신분을 알면 감히 돈을 받으려고 하겠습니까? 근데 만에 하나 다른 부서 사람들이 알게 되면 어쨌든…… 별로 좋을 건 없으니까요."

왕루이쥔이 최대한 에둘러서 말했다.

장이앙은 놀란 얼굴로 고개를 흔들더니 다음 순간 경멸의 표정을 띠고 말했다.

"전 평상복 차림으로 가서 매니저만 불러내고 물어볼 겁니다. 그리고 분명히 말해두는 거죠. 우리 일에 협조 안 하면 당장 업소 점검 들어간다고!"

그제야 모두의 얼굴에 안도의 표정이 떠올랐다.

잠시 후 왕루이쥔이 뭔가 떠오른 듯 걱정을 내비치며 말했다.

"그것도 한 방법이긴 한데, 아마 신분을 밝히지 않으면 거기 입장도 못 할걸요. 매니저도 못 불러내고요. 그 센터는 관리가 워낙 엄격해서 먼저 전화로 암호를 대야 들어갈 수 있다고 들었거든요. 암호도 매달 바뀌는데 단골들한테만 휴대폰으로 알려주고요."

"자넨 암호를 알고 있나?"

장이앙이 인상을 쓰며 물었다.

"알죠!"

왕루이쥔의 대답에 모두의 시선이 그에게 쏠렸다. 뭔가 미심쩍어하는 듯한 눈빛이었다.

"아, 제 말은 소식통을 통해서 알아낼 수 있다고요."

"좋아. 그럼 이 일은 자네가 맡게. 오늘밤에 내가 매니저를 좀 만나야겠어!"

제15장

“아가씨들 데리고 음지 영업 하는 업소들은 보통 호텔을 세내서 하는 거지, 호텔이 그런 업소를 운영하는 게 아니야. 이 업계는 이윤이 높은 만큼 리스크도 크단 말이야. 사장이 체포되면 형을 살 가능성이 크니까 대개 호텔 사장은 직접 업소를 열지 않아. 그래도 내부 사정은 분명히 알고 있을 거야. 이런 업소들은 임대료가 엄청 높기 때문에 모르는 척할 수가 없지. 자넨 스파센터 배후 사장이 누군지 좀 알아봐. 쉽진 않을 거야. 매니저조차 진짜 사장이 누군지 모르는 경우가 있거든.”

펑린완 호텔 2층 라운지 한쪽의 별실에서 장이앙은 경찰계에 첫발을 들인 리첸에게 유흥업소가 돌아가는 상황에 대해 알려주었다. 장이앙은 점퍼, 쏭싱은 다소 어색해 보이는 캐주얼 재킷 차림이었고, 리첸은 평상복 차림에 장이앙의 제안대로 짙은 화장을 하고 나왔다. 용의자의 근거지일 가능성을 염두에 두고 장소에 걸맞은 차림을 하고 나온 것이다.

“매니저는 그럼 아가씨인 거예요?”

리첸이 천진난만하게 물었다.

장이앙은 피식 웃으며 애매모호하게 대답했다.

"어느 업계든 다 밑바닥부터 올라오는 법이지."

잠시 후 별실 문이 열리고 몸에 딱 붙는 셔츠를 입은 왕루이쥔이 들어왔다. 그 뒤로 서른 살쯤 된 미모의 여자가 모습을 드러냈다. 히알루론산을 잔뜩 맞았는지 그녀에게서 많은 여배우들의 얼굴이 엿보였다. 옷차림 역시 화류계 여성들의 전형적인 스타일이었다.

여자는 얼굴 가득 미소를 띠고 다가오더니 눈을 내리깐 채 한 명 한 명에게 고개를 꾸벅하며 "안녕하세요?"라고 세 번 인사했다.

"저우 매니저님이세요?"

리첸이 여자를 보며 물었다.

"네, 맞아요. 저우치周淇라고 하는데 그냥 샤오치小淇*라고 불러주세요."

여자가 멋쩍게 웃으며 대답했다.

왕루이쥔이 밖을 경계하는 듯 문을 닫고 저우치 옆으로 다가왔다. 그리고 장이앙의 눈빛을 살피며 저우치에게 말했다.

"앉으세요. 이분이 뭐 좀 궁금한 게 있으시답니다."

저우치는 살짝 긴장한 모습으로 빈자리에 엉덩이를 갖다 댔다.

장이앙이 고개를 끄덕이자 쑹싱이 이내 범인 신문이라도 하듯 표정을 굳히고 물었다.

"오늘 우리가 여기 찾아온 거 아는 사람 또 누가 있습니까?"

"아무도 몰라요. 저는 비서한테 밖에서 잠깐 일 좀 보고 오겠다고 하고 나온 거예요."

---

* 중국에서는 아랫사람을 친근하게 부를 때 성이나 이름 앞에 '샤오小'를 붙인다.

"좋습니다. 한 번 더 말하죠. 오늘 우리가 찾아온 거, 그리고 앞으로 할 질문들에 대해서는 여기서 나가는 즉시 머릿속에서 싹 지워버려야 합니다. 혹시라도 입 밖에 꺼냈다간 업소 점검은 말할 것도 없고 매니저님도 무사하지 못할 겁니다. 평소에는 파출소 치안대가 관리하겠지만 우린 형정대대입니다. 분명히 말해두는데 우린 그 파출소 사람들과는 쓰는 방법이 완전히 다릅니다!"

저우치는 얼굴에 맞은 히알루론산마저 색깔이 변할 정도로 겁을 잔뜩 먹었다. 잠시 후 마음을 다잡았는지 다시 직업적인 웃음을 띠며 말했다.

"무조건 비밀 엄수, 명심할게요. 뭘 물어보시든 솔직하게 대답할 거고요. 쥔 오빠가 알아듣게 설명해줬어요."

"쥔 오빠?"

장이앙이 인상을 찌푸리며 왕루이쥔과 저우치를 훑어보았다.

"둘이 아는 사이였던가?"

저우치가 얼른 손을 내저었다.

"아뇨. 전혀 모르는 사이예요."

"근데 어떻게 이름을 알지?"

"그러게요. 당신, 어떻게 내 이름을 다 알지?"

왕루이쥔이 벌컥 화를 내며 테이블을 탁 쳤다.

"그러게요. 제, 제가 어떻게 경찰관님 이름을 알까요……. 어떻게 알았을까……."

저우치의 목소리가 점점 작아지며 눈빛까지 흔들렸다. 뭐라고 대답해야 할지 고민하는 눈치였다.

다행히 왕루이쥔이 힌트를 줬다.

"제가 좀 전에 제시한 신분증 보고 기억한 거 아닙니까?"

"네네, 맞아요. 신분증 내미신 거 보고 안 거예요."

"보세요. 이쪽 일 하는 사람들은 매일 손님들 상대하다 보니 기억력이 아주 좋은 편이거든요. 이상할 거 없죠. 이상할 거 없어요."

왕루이쥔이 말했다. 장이앙이 하품을 하며 묘한 눈빛으로 그를 쳐다보자 왕루이쥔은 얼른 고개를 숙였다. 장이앙은 태연한 표정으로 쑹싱에게 말했다.

"질문 계속하지."

"예젠이라는 사람 알고 있죠?"

쑹싱이 묻자 저우치는 잠시 생각하더니 고개를 저었다.

"이름만 들어서는 몰라요. 사진을 보면 알아보겠지만."

쑹싱이 휴대폰에 저장해둔 예젠의 사진을 띄워 건네줬다.

"좌우로 넘겨서 봐봐요. 앞뒤로 몇 장이 전부 같은 사람이니까."

공손하게 휴대폰을 받아 든 저우치는 예젠의 증명사진과 그가 직장 단체활동에서 찍은 스냅사진을 넘겨가며 한참을 들여다봤다.

"이 사람은 온 적 없어요."

"확실해요?"

쑹싱이 차가운 목소리로 물었다.

저우치가 불안한 듯 다시 기억을 더듬어보더니 확신에 차서 말했다.

"적어도 저는 본 적이 없어요. 제가 없을 때 왔었는지는 모르지만요. 제가 없으면 비서가 손님을 받아요."

장이앙은 저우치의 표정을 관찰했다. 거짓말하는 것 같지는 않았다. 그는 쑹싱에게 계속 질문하라는 듯 고개를 끄덕였다.

"평소에 접대하는 비서가 총 몇 명입니까?"

"둘이요. 오늘은 둘 다 있어요."

"그럼 두 사람을 이리로 부르시죠."

저우치가 전화하자 몇 분 지나지 않아 두 사람이 라운지로 내려왔다. 장이앙은 그들을 별실로 들이지 말고 저우치가 가서 두 사람에게 확인만 하고 오도록 왕루이쥔에게 지시했다. 이번 일에 대해 반드시 함구시키라는 말도 덧붙였다.

잠시 후 왕루이쥔이 저우치와 함께 돌아와 말했다.

"여기 온 적이 없는 게 확실합니다."

장이앙이 고개를 끄덕이고, 다른 질문을 하라고 쑹싱에게 신호를 주었다.

쑹싱은 휴대폰에서 스파센터 VIP 카드를 찍은 사진을 찾아 저우치에게 보여주었다.

"이 카드 알죠?"

"이거! 이 카드 어디서 나셨어요?"

저우치가 놀란 얼굴로 물었다.

"지금 누가 질문을 하는 겁니까? 나예요, 아니면 그쪽이에요?"

쑹싱이 눈을 크게 뜨며 물었다.

"아, 죄송합니다. 죄송해요. 이 카드를 소지한 손님은 아주 소수예요. 이 카드만 있으면 뭐든 전액 무료거든요."

"전액 무료!"

몇몇이 입을 떡 벌렸다. 흔한 할인카드겠거니 생각했는데 완전 무료라니! 요새는 유흥업소도 영업 경쟁이 치열해서 금액을 충전해 선물하는 기프트 카드는 많이 봤지만, 전액 무료 카드는 정말 이지 듣도 보도 못했다. 만약 이 카드가 평범한 남자 손에 들어간다면 사흘도 안 되어 온몸이 축나버리지 않을까?

"카드에 일련번호가 있던데, 가게 컴퓨터에 카드 사용 내역 다 기록돼 있죠?"

저우치가 고개를 저었다.

"사장님이 기록하지 말라고 하셨어요. 이용 금액은 사장님한테 개인적으로 비용 처리하면 된다고."

"사장이 누군데요?"

쑹싱이 얼른 캐물었다.

"그…… 그게…… 저도 누군지 몰라요."

"그런 헛소리가 어딨습니까? 방금 사장이 기록하지 말라느니 그런 대화도 했다면서요? 그런데 사장을 모른다니요?"

"사장…… 사장님과는 전화로만 연락하거든요. 얼굴 뵌 적은 한 번도 없어요."

쑹싱이 테이블을 탁 치며 소리 질렀다.

"허튼수작 부리지 마! 당신 사장이 어느 전화로 걸었는지, 언제 걸었는지, 번호는 몇 번인지 조사하면 다 나와! 나중에 조사 다 끝나고 나서 불어봤자 당신만 손해라고! 말해, 사장이 누구야!"

저우치가 벌벌 떨며 입을 열었다.

"루…… 루 사장님이요."

"루이보?"

"네."

저우치가 겁먹은 표정으로 고개를 끄덕였다.

"VIP 카드는 루이보가 준 건가?"

"그건 저도 잘 몰라요."

준비해둔 질문이 다 끝나자 쑹싱이 장이앙을 바라보았다.

장이앙은 웃는 얼굴로 저우치를 안심시켰다.

"긴장할 거 없습니다. 우린 사건을 조사하는 거지 그쪽 업소랑은 관계없으니까. 그냥 솔직하게 대답해주기만 하면 됩니다. 최근에 업소에서 무슨 이상한 일 없었습니까?"

저우치는 가장 직급이 높아 보이는 남자가 질문을 하자 더 경직된 모습을 보였다.

"이…… 이상한 일이라면 어떤…… ?"

"예를 들어 수상쩍은 손님이 왔다든지, 예사롭지 않은 일이 일어났다든지."

"그게…… 특별한 일은 없었고요. 그냥 최근에 어떤 손님이 아가씨 두 명한테 팁으로 금목걸이를 줬어요. 애들이 밖에 나가서 확인해봤더니 진짜 금이더라고요. 그 손님이 자기한테 보석이 많다면서 아주 싸게 주겠다고도 했어요. 순간 혹해서 다이아몬드 목걸이를 2만 위안 주고 샀는데, 나중에 알고 봤더니 진짜이긴 했지만 고작 몇천 위안짜리였지 뭐예요. 그 손님한테 가서 환불해달라고 했더니 물건은 진짜 아니냐며 거절하더라고요. 싼장커우 갑부인 저우 회장님도 자기한테 물건을 산다면서, 가짜가 아닌 이상 환불은 못 해준대요."

쑹싱이 코웃음을 쳤다.

"지금 우리 손 빌려서 사적인 억울함을 풀어보겠다는 건가?"

"아뇨, 아뇨. 저한테 이상한 일이 있었느냐고 물으셨잖아요. 생각나는 게 이것밖에 없어서요."

저우치가 부랴부랴 해명했다.

"잠깐! 싼장커우 저우 회장이 그 사람한테 물건을 산다고?"

장이앙이 눈을 빛내며 물었다.

"네, 그 손님이 그렇게 말했어요."

"그 손님 이름이 뭐지?"

"이름은 저도 몰라요. 사람들이 정 형이라고 부른다는 것밖에."

장이앙은 정 형이라는 사람에 대한 기본 정보를 저우치에게 알아보도록 쑹싱에게 지시했다.

질문을 해도 더 이상 진전이 없자 장이앙은 저우치 옆으로 가서 휴대폰 사진을 보여주며 말했다.

"오늘의 마지막 질문입니다. 자세히 보시죠. 혹시 이 사람 만난 적 있습니까?"

저우치가 한참 들여다보더니 고개를 끄덕였다.

"네, 있어요. 자주 오지는 않았는데, 올 때마다 위층에 먼저 방을 잡고 저한테 전화해서 어떤 아가씨를 보내달라고 요구했죠. VIP 고객이라 매번 제가 직접 아가씨 데리고 올라갔어요."

장이앙은 아주 만족스러워하며 다시 한 번 확인했다.

"VIP 고객이 확실하죠?"

"네, 확실합니다."

장이앙은 말없이 고개를 끄덕이며 알 수 없는 웃음을 지었다.

"매니저님한테 솔직히 얘기하죠. 스파센터는 조직적인 성매매 혐의를 받고 있습니다. 이미 증거도 많이 확보했고요. 그러니 억지로 변명할 거 없습니다. 증거가 없으면 제가 이런 얘기 함부로 꺼내지도 않죠. 아가씨들이야 잡혀도 2주간 행정 구류 처분에 그치지만, 성매매 알선자는 몇 년간 징역 산다는 거 알고 있죠?"

히알루론산을 맞은 저우치의 얼굴이 파르르 떨렸다.

"근데 제가 약속할 수 있습니다. 스파센터는 계속 영업하게 두고 매니저님을 연행해가는 일도 없을 거라고요. 앞으로 어떻게 될지도 걱정할 필요 없습니다. 다만 이 모든 건 매니저님이 공을 세울 마음이 있는지 없는지에 달려 있습니다."

"공을 세울 마음……."

저우치가 조용히 중얼거리다 고개를 끄덕였다.

"있어요, 있습니다! 근데 저희는 파출소하고만 거래해봤지, 이렇게 높으신 분은 처음이라서……. 시세가 대충 어느 정도 될까요? 제가 사장님한테 얘기해볼게요."

잔뜩 찌푸린 저우치의 미간에서 상당한 경제적 부담감을 느끼고 있다는 걸 알 수 있었다.

"지금 무슨 생각을 하시는 겁니까? 내가 오늘 여기 보호비 받으러 온 줄 알아요?"

"당연히 아니죠. 보호비 아니에요. 이게 어떻게 보호비예요? 자문비예요, 자문비."

저우치가 무슨 뜻인지 안다는 듯 웃음 지었다.

장이앙은 직접적으로 설명하는 수밖에 없었다.

"난 돈을 요구하는 게 아니라 그냥 부탁 하나 하려고 온 겁니다. 만약 다음에 사진 속 그 사람이 오면 아무한테도 말하지 말고 제일 먼저 쥔 오빠한테 알리세요. 다른 건 굳이 말하지 않겠습니다. 오늘 일에 대해선 어떻게 행동해야 하는지 대충 아시겠죠? 누구한테 입이라도 뻥긋하는 날에는 그 뒷감당은 당신이 알아서 하는 걸로!"

"시, 시키는 대로 하겠습니다!"

저우치는 사면이라도 받은 듯 연거푸 주억거렸다.

그녀가 별실을 나가자 남아 있는 사람들이 장이앙에게 물었다.

"누가 오면 왕루이쥔한테 제일 먼저 알리라고 하신 겁니까?"

장이앙은 심복들에게까지 굳이 비밀로 할 필요는 없다고 생각했다. 이들을 믿을 수 없다면 이 사건도 계속 조사할 필요가 없는 것이나 마찬가지였다. 그는 웃으며 휴대폰 사진을 보여주었다.

잠시 침묵이 흐른 뒤 세 사람이 입을 모아 소리쳤다.

"뤄 시장!"

정말 생각지도 못한 인물이었다. 칭찬에 인색한 쑹싱마저도 이번에는 제대로 감탄한 모양이었다.

예젠이 남긴 단서에 따라 쑹싱의 머리로 생각해낸 방법은 성매매 단속을 명목으로 업소를 뒤집어엎어 사람들을 연행해서 신문하는 정도가 전부였다. 그런데 장이앙은 업소는 그대로 영업하게 두고 시장을 낚는 방법을 생각해낸 것이다. 어쩌면 또 다른 누군가를 낚을 수 있을지도 몰랐다. 고대에 '성을 포위하고 적의 지원군을 치는' 병법이 있다고 한다면, 지금 장이앙은 '업소를 포위하고 시장을 치는' 방법을 쓰려는 것이었다. 형정 전문가가 아니라 그야말로 '형정 예술가' 수준이었다.

제16장

"부국장님, 샤오페이가 실종된 게 확실합니다."

리첸이 장이앙에게 자료를 넘기며 보고했다.

샤오페이는 리펑과 교도소에서 3년간 함께 지낸 인물이라 바로 신분 조회가 가능했다. 싼장커우 경찰이 샤오페이의 소재지 파출소로 연락해 알아보니 그는 6개월 전부터 실종 상태였다. 보통 만기출소한 사람은 처음 2년간 정기적으로 현지 파출소에 근황을 알려야 한다. 외지에 나가면 전화로라도 알려야 하는데, 샤오페이는 6개월 전부터 연락이 끊겨 현지 파출소에서 그의 집으로 찾아가봤다. 그의 부모는 아들이 오랫동안 소식이 없다며 몹시 걱정했다. 샤오페이의 친구들을 수소문해 물어보니 그가 저장성으로 일하러 간다며 떠났다고 했다. 떠나고 나서 얼마간은 연락이 닿았지만, 어느 순간 세상에서 증발해버린 듯 완전히 연락이 끊긴 게 6개월 전부터였다.

장이앙은 리펑의 말대로 샤오페이가 루정의 청부살해를 의뢰한 사람에게 살해됐을 가능성이 높다고 생각했다. 샤오페이라는 단서가 사라지면 루정 사건의 단서도 완전히 사라지는 것이었다. 최소한 루정의 생사라도 알아야 하는데, 이렇게 아무 단서도 없으니 대체 어디부터 손을 대야 할지 막막했다.

아무래도 루정 사건은 당분간 놓아두고, 증거를 찾고 있다며 투서를 보내온 제보자가 나타날 때까지 기다려야 할 것 같았다. 지금 중요한 건 예젠 사건을 쫓는 일이었다.

리첸이 또 다른 자료를 넘겼다. 저우치가 언급했던 '정 형'이라는 자에 관한 내용이었다.

"이름 정융빙鄭勇兵, 나이는 46세고요. 열일곱 살에 절도로 3년 형, 스물세 살에 불법 도굴과 문화재 훼손으로 5년 형을 살았어요. 출소 후 현재는 금은방을 운영 중이고요. 싼장부三江府 2동 16층을 독층으로 쓰는데, 싼장커우에서는 꽤 고급 단지에 속해요. 오래전에 이혼하고 아이는 전처가 키워요. 왕 부대대장님이 소식통 통해서 알아보니까 정융빙이 금은방 말고도 사적으로 장물 매입이랑 문화재 밀거래도 하는데 소규모 행상 수준인가 봐요."

"저우룽 회장이 그 사람한테 물건을 샀다는 건 진짜야?"

"그건 확실치 않지만, 며칠 전에 저우 회장 비서인 후젠런이 정융빙의 금은방에 갔던 걸 본 사람이 있어요."

잠시 고민하던 장이앙은 쑹싱을 불러들여 정융빙의 상황을 알리고는 그자에 대해 샅샅이 파악해서 저우룽과의 관련성을 알아보라고 지시했다.

쑹싱이 사무실을 나가자 리첸이 다급히 물었다.

"부국장님, 저도 같이 따라가서 조사할까요?"

"안 돼."

장이앙은 바로 고개를 저었다.

"정융빙처럼 감옥에 들락거렸던 놈을 조사하려면 무서운 놈들을 상대해야 해. 그중에 악질이라도 만나면 정말 위험해질 수 있다고. 자넨 여경……."

"여경이 뭐요?"

멈칫한 장이앙은 넌지시 말을 돌렸다.

"이를테면 숙녀분이 들어가기에 부적합한 장소도 있을 테고."

리첸이 반론하려 하자 장이앙이 다급히 말했다.

"조급해할 거 없어. 자네한테 맡길 중요한 임무가 있으니까."

리첸은 마침내 자신에게도 버젓한 업무를 맡겨주려나 싶어 말투까지 바꾸었다.

"지시만 내려주십시오!"

"리첸, 누군가를 조사하려면 그 주변 관계자까지 조사해야 해. 관계자들 중에는 눈에 잘 안 띄어서 놓치는 경우도 많지. 그런데 그렇게 눈에 안 띄는 사람이나 별것 아닌 것 같은 정황에 가장 중요한 정보가 들어 있는 경우가 많아. 우리는 그걸 돌파구로 삼아야 해. 그만큼 효율적이고 믿을 수 있는 정보부가 필요하단 말이지. 정보부는 전체 수사진의 눈과 같은 존재야. 눈이 없으면 될 일도 안 된다고. 어때, 형정대대 전체의 눈이 될 의향이 있나?"

"있습니다! 구체적으로 제가 어떤 일을 하면 되겠습니까?"

"컴퓨터로 상대방에 관한 자료를 확실하게 조사해둬."

"왜 또 자료 조사예요?"

리첸은 거의 소리를 지를 기세였다.

불만에 찬 그녀의 표정을 보고 장이앙이 진지하게 입을 열었다.

"명심해. 형사경찰은 여러 부서로 나뉘고 모든 부서가 똑같이 중요하다고. 어디서든 자네 능력을 발휘할 수 있단 소리야. 그러니까 자넨 열심히 자료를 조사해. 밖에서 죽기 살기로 덤비고 힘쓰는 일은 남자 경찰에게 맡기고. 그리고 난 여기 남아서 총지휘할 거야. 이렇게 분업하는 게 좋지 않겠어?"

쑹싱은 공안 자료 시스템, 소식통의 정보 수집, 정융빙의 자택과 금은방 근처에서 수거한 CCTV 영상 등을 통해 빠른 시간 안에 정융빙의 기본 정보를 파악했다.

룽청그룹 저우룽 회장의 비서 후젠런은 최근에 정융빙의 금은방을 적어도 두 번 이상 방문했고, 방문할 때마다 한 시간 넘게 머물렀다. 첫 방문 때는 금은방에서 두루마리 그림을 가지고 떠났고, 두 번째 방문하면서 그 물건을 도로 가지고 왔다. 파악한 정보에 따르면 후젠런이 저우룽의 측근인 만큼 저우룽이 정융빙에게 물건을 샀다는 얘기가 전혀 근거 없는 내용은 아니었다.

하지만 저우룽이 정융빙에게 물건을 샀다는 사실이 무엇을 설명해줄 수 있단 말인가. 당신이 타오바오淘寶*에서 물건을 샀다고 해서 알리바바와 업무상 왕래가 있었다고 할 수는 없지 않은가?

저우룽 회장은 철두철미한 그룹 대표이고 정융빙은 많고 많은 금은방 주인으로 서로 같은 급일 수가 없었다.

초기에 파악한 정보로는 저우룽이 호색한이라 걸핏하면 애인을 갈아치운다고 했다. 혹시 새 애인에게 줄 선물을 위해 비서를 정융빙의 금은방에 보냈던 건 아닐까?

그런데 정융빙이 사는 단지 근처의 CCTV 영상에서 의심스러운

* 중국의 알리바바 그룹이 운영하는 오픈마켓.

점을 발견했다. 정융빙이 과일 가게에서 나와 단지 정문 앞에서 멈춰 서더니 발을 돌려 한참을 두리번거리다가 정문으로 들어갔다. 들어간 뒤에도 다시 바깥을 둘러본 다음 안으로 들어갔다.

"엄청 경계하고 있어. 누가 따라올까 봐 걱정하는 사람처럼."

영상을 본 장이앙이 말했다. 경찰들은 보통 용의자 체포 작전을 펴기 전에 먼저 뒤를 밟아 내막을 파악하는데, 그럴 때 용의자의 얼굴에 비치는 표정이 바로 정융빙의 얼굴에 나타났다.

"다른 영상도 확인해봤지만 미행하는 자는 보이지 않았습니다."

쑹싱이 말했다.

"아무래도 꼭 뭔가 두려워하는 것처럼 보여."

"혹시 정융빙이 예젠을 죽인 게 아닐까요?"

장이앙이 눈을 크게 뜨더니 헛기침을 했다.

"너무 나간 것 같은데?"

쑹싱이 고개를 숙였다.

장이앙은 생각을 정리했다. 예젠 피살 현장에서 스파센터 VIP 카드를 발견했고, 스파센터를 추적조사하던 중 매니저에게서 정융빙이 제 입으로 저우룽과 왕래가 있다고 말했다는 진술을 확보했다. 장이앙은 원래 쑹싱에게 정융빙의 뒤를 캐라고만 지시했다. 정융빙을 이용해서 저우룽에 대해 알아내는 건 가망이 없고, 정융빙과 예젠은 더더욱 아무런 관련이 없었다. 그런데 지금 영상을 보고 나니 의혹이 일었다. 정융빙에게 정말 무슨 비밀이 있는 걸까?

오랜 침묵 끝에 문득 좋은 생각이 떠올랐다. 정융빙이 미행당할까 봐 두려워하고 있으니, 이 상황을 이용해 그를 미행해서 조사를 해보는 것이다.

제17장

"리첸, 계속 이렇게 따라가겠다고 고집부리면 나 진짜 난감해져."

조수석의 쑹싱 중대장이 뒷좌석에 있는 리첸에게 불평했다.

"중대장님만 입 다물어주시면 누가 알겠어요? 부국장님은 계속 공안국에만 붙어 있으라고 하신다고요. 매일같이 사무실에만 앉아 있는 형사경찰이 어딨어요? 현장에 안 나가고 어떻게 사건을 해결하냐고요!"

"부국장님이 당부하셨어. 리첸은 밖에 데리고 나가지 말라고."

"당부하셨다고요? 왜 저는 못 나가게 하는 건데요?"

"아직도 부국장님 마음을 몰라?"

쑹싱이 웃으며 물었다.

"부국장님 마음이라니요?"

리첸이 발그레한 얼굴로 투덜거렸다.

그때 운전을 맡은 샤오가오小高가 끼어들어 놀리듯이 말했다.

"부국장님이 리첸을 무척이나 아끼시는 마음에 힘든 일을 안 시키려고 그러시는 거야. 내가 부국장님이라도 그러겠다."

"넌 인마, 모르면 가만있어!"

쑹싱이 샤오가오의 머리를 툭 쳤다.

"리첸은 뒷배가 있……."

실언했다는 걸 깨달은 쑹싱은 백미러로 리첸을 힐끔 쳐다봤다. 그 순간 리첸과 눈이 마주쳐 잠깐 어색한 순간을 견뎌야 했다.

"부국장님이 그래요? 제게 뒷배가 있다고?"

리첸이 굳은 표정으로 물었다.

"아…… 아니, 그냥 내 추측이야."

"부국장님이 또 뭐라셨는데요?"

"아무 말씀 없으셨어. 방금 한 말은 부국장님께 절대 비밀이다."

"지금 똑바로 얘기 안 해주면 바로 부국장님 찾아가서 여쭤볼 거예요. 중대장님이 알려줬다고도 할 거고요."

쑹싱은 자칫하면 평생 승진도 못 해보겠다는 생각에 황급히 꼬리를 내렸다. 결국 리첸은 장이앙에게 들은 말을 그대로 알려주면 그를 찾아가지 않겠다고 약속했다.

그런데 이 순간 두 사람은 차에 샤오가오가 함께 타고 있다는 걸 깜박했다. 장이앙에게 들은 말을 막 꺼내려던 쑹싱은 그제야 샤오가오의 존재를 깨닫고 갑자기 입을 다물었다.

그러자 샤오가오가 가슴을 치며 말했다.

"부국장님이 무슨 말씀을 하셨든 어디 가서 절대 얘기 안 하겠습니다. 얘기하면 중대장님이 절 죽이려 드실 거잖아요."

그러고는 그 '비밀'이 뭔지 궁금해 죽겠다는 듯 귀를 쫑긋 세웠다.

어쩔 수 없이 쑹싱은 시무룩해진 얼굴로 모호하게 말을 전했다.

"별다른 말씀은 없었고 그냥 리첸 네게 뒷배가 있다고만 하셨어. 가족 중에 베이징에서 한자리하는 분이 계신 것 같다고. 현장 조사는 위험하니까 네 안전을 위해서 데려가지 못하게 하신 거야.”

“가족이 베이징에서 무슨 한자리를 하시는데?”

샤오가오가 캐물었다.

리첸은 대답하기도 귀찮고 그저 억울한 마음뿐이었다. 현장 업무를 금지시킨 이유가 그거였다니. 그래놓고 형사경찰들도 각자 맡은 임무가 있다고 둘러대기나 하고 말이지!

쑹싱이 리첸을 달래며 말했다.

“사실 외부 조사가 부국장님 말씀처럼 그리 위험한 것만은 아냐. 지금처럼 용의자와 직접 대면하지 않고 뒤에서 미행하는 정도면 안전하지. 이번에 내가 맛보기로 한번 경험하게 해줄게. 부국장님도 다 네가 걱정돼서 그러신 거니 너무 뭐라고 하지 마.”

“네, 알았어요. 걱정 마세요. 중대장님이 얘기해줬다는 말은 입도 뻥긋하지 않을게요.”

리첸이 딱딱하게 대답했다.

그제야 쑹싱은 안심을 하고 샤오가오에게 출발하자고 말했다.

샤오가오는 정융빙의 집을 향해 차를 몰았다. 조금 전 휴대폰 위치 추적을 해보니 정융빙이 집에 있는 것으로 확인됐다. 만약 그의 위치가 바뀌면 위치 추적 담당 경찰이 바로 알려주기로 했다.

마침내 정융빙이 사는 단지 앞에 도착했다. 노변 주차장에 차를 세운 뒤 세 사람은 기나긴 기다림을 시작했다.

장이앙은 괜히 용의자를 겁먹게 해서 일이 틀어지는 일이 없도록 조심하고, 그가 왜 그렇게 경계하는지, 진짜 미행자가 있는 건 아닌지 조사하라고 했다.

현재 정융빙은 체포 대상이 아니라 용의자 색출 작업의 범위에 있을 뿐이었다. 보통 이런 작업은 신입 경찰이나 보조 요원이 해도 되지만, 정융빙이 저우룽과 관련되었을 가능성도 있고 저우룽 조사가 현재 공안국 보안사항이기도 해서 쑹싱이 직접 나섰다.

용의선상의 인물을 추적하는 건 늘 그렇듯 지루한 일이었다. 세 사람은 억지로 화제를 찾아 대화를 이어나갔다. 쑹싱은 밤이 되도록 정융빙이 보이지 않으면 일단 철수하고 내일 그가 외출할 때 따라붙자고 제안했다.

그런데 예상외로 얼마 지나지 않아 정융빙이 단지 앞에 모습을 드러냈다. 오후 4시쯤 그는 정문 앞에 서서 주변을 이리저리 살피더니, 음식점들이 있는 대각선 맞은편으로 걸어갔다. 가는 동안에도 내내 뭔가를 경계하는 것처럼 보였다.

하루가 멀다 하고 정융빙 같은 자들을 상대하는 쑹싱은 그의 표정을 보고 분명히 뭔가 있다고 판단했다. 그는 샤오가오에게 소형 공무용 카메라로 정융빙의 일거수일투족을 찍게 했다.

정융빙이 한 음식점으로 들어가자 쑹싱은 장이앙에게 전화해 현재 상황을 보고했다.

몇 분 뒤 정융빙은 다시 단지로 향했고, 그의 두 손에는 음식점 몇 군데를 연달아 들러 구입한 음식이 잔뜩 들려 있었다. 여전히 경계심을 늦추지 않은 모습이었고, 뒤따라오는 사람이 없다는 걸 확인하고 나서야 잽싸게 단지로 들어갔다. 그 모습을 확인한 쑹싱은 장이앙의 지시대로 정융빙의 영상을 공안국으로 전송했다.

영상을 확인한 장이앙에게서 잠시 후 전화가 왔다.

"혼자 산다고 하지 않았어? 혼자 사는데 뭘 그렇게 많이 사?"

"먹을거리 같은데요."

"혼자 사는데 무슨 음식을 그렇게 많이 사냐고!"

쑹싱은 장이앙의 질문이 오히려 의아했다. *혼자서 많이 사다놓고 먹을 수도 있지.* 그는 내키는 대로 대답했다.

"뭐…… 먹성이 좋은가 보죠 뭐."

"보니까 쌀국수 집에도 들어가던데, 몇 인분을 샀지?"

"네?"

쑹싱은 뜨끔했다. 정융빙이 쌀국수 집에서 봉투 하나를 들고 나온 모습은 봤지만, 몇 인분을 샀는지는 전혀 생각해보지 못했다.

"거기까진 미처 신경 쓰지 못했습니다."

쑹싱이 쩔쩔매며 대답했다.

"얼른 가게 가서 물어봐!"

쑹싱은 영 내키지 않았다. *너무 야단법석 떠는 거 같은데? 무슨 범죄 조직을 체포하는 것도 아니고, 음식 양으로 범죄자 숫자라도 예측해보려는 건가?*

어쩔 수 없이 쌀국수 집에 들어가 몰래 경찰증을 보여주며 방금 전 왔다 간 남자가 몇 인분을 샀는지 묻고, 경찰이 왔었다는 사실을 절대 누설하지 말라고 당부했다. 쑹싱은 정융빙이 어떤 음식들을 샀는지 장이앙이 또 물을까 봐 다른 음식점들도 방문했다.

정융빙이 산 음식은 쌀국수 두 그릇, 오리구이 한 마리, 소고기 한 근, 기타 소량의 음식과 맥주 몇 캔이었다. 쑹싱의 조사 결과에 대해 잠시 분석해본 장이앙이 수화기 너머에서 말했다.

"혼자선 그렇게 많은 음식을 다 먹을 수 없어. 그리고 산 게 죄다 고기 요리야. 맥주도 있고. 적어도 남자 한 명이 집에서 기다리고 있다는 뜻이야."

쑹싱은 고개를 끄덕이며 "네"라고 대답했다.

"자네도 뭔가 수상하다고 생각하는 건가?"

"전……."

쑹싱은 침을 삼키며 속으로 생각했다. *수상하긴 뭐가 수상해? 친구가 집에 놀러 와서 같이 먹으려는 걸 수도 있지. 하지만 상사가 수상하다면 수상하다고 볼 수밖에.* 쑹싱은 어쩔 수 없이 대답했다.

"네, 저도 정융빙이 아주 수상하다고 생각합니다."

"좋아. 그래서 정식으로 정융빙을 표적수사하기로 했다. 자네가 맡아서 진행해."

장이앙은 자기 할 말만 하고 전화를 끊었다.

쑹싱은 눈이 휘둥그레졌다. 부국장이 말한 '표적수사'란 정융빙을 용의자 범주에 넣고 24시간 미행하며 모든 수단을 동원해 범죄 증거를 찾아내는 것이었다.

강가를 늘 거니는 사람의 신발이 젖지 않을 수 없듯이, 일단 표적수사 대상에 들어가면 '끝'이나 다름없었다. 앞으로 정융빙의 일거수일투족이 경찰의 감시하에 들어가는 것이다. 겁없이 도박이나 매춘이라도 하는 것은 본인의 명을 재촉하는 것이나 다름없었다.

"오버 아니에요? 쌀국수 몇 그릇 좀 더 샀다고 표적수사라니."

샤오가오가 목소리를 길게 늘이며 탄식했다.

표적수사는 삼교대로 24시간 수사 대상을 주시해야 하는 만큼 고된 일이었다. 샤오가오의 볼멘소리를 들은 쑹싱도 한숨을 푹 내쉬더니 휴대폰을 건네며 말했다.

"그럼 네가 부국장님한테 얘기할래?"

샤오가오는 상사의 명령에 복종해야 한다는 뜻으로 얼른 손을 감추었다.

"리첸, 넌?"

쑹싱이 백미러로 리첸을 보며 물었다.

"저도 같이 수사할게요."

"우리 돌아가면서 밤 새워야 해."

"할 수 있어요."

쑹싱은 두 손 두 발 다 들었다는 듯 고개를 저었다. 하지만 아무 '건더기'도 없이 어떻게 표적수사를 한단 말인가? 괜히 고생만 할 게 뻔했다. 그렇다면…… 정융빙의 집에 다른 누가 있다는 것만 밝혀내면 되지 않을까? 그럼 괜히 야근할 필요도 없을 것이다.

"리첸, 나랑 관리사무소에 좀 가자. 아직은 경찰 아우라가 안 느껴지는 네가 좀 나서줘야겠다. 이따가 관리사무소 직원처럼 가장해서 소장하고 같이 올라갔다 와. 가서 정융빙 집에 누가 또 있는지 알아보라고. 그것만 알아내면 임무 마치고 부국장님한테 결과 보고할 수 있어."

"가서 뭐라고 말해요?"

외부 수사에서 첫 임무 수행을 한다는 생각에 리첸은 긴장되는 한편 한껏 흥분이 되었다.

"정 말하기 뭐하면 그냥 말 못 하는 사람인 척하고 있어."

제18장

"다류大劉, 이번에 여기 무슨 일 때문에 온 거야?"

16층을 독층으로 쓸 정도로 정융빙의 집은 크고 인테리어가 화려했다.

레스토랑용 대리석 식탁 위에는 일고여덟 가지 요리가 놓여 있었다. 쌀국수 두 그릇을 비롯해 대부분 익힌 요리였다. 쉰 살쯤 된 나이에 졸부 같은 옷차림을 한 대머리 남자가 바로 정융빙이었다. 그의 오른쪽에는 평범한 옷차림에 비쩍 마른 삼십 대 남자가 앉아 있었다. 그의 이름이 다류였다.

그런데 정융빙의 태도가 다류를 존중하면서 약간 두려워하는 것처럼 보였다. 반면에 다류는 거들먹거리며 주인처럼 앉아서 거리낌 없이 먹고 마셨다.

"요 며칠 내가 정 형 도움도 많이 받고 했으니 솔직히 얘기해드리죠. 이번에 특별히 누가 날 찾아와서 큰 건 하나 맡겼어요."

"큰 건?"

정융빙이 바짝 다가앉으며 눈을 빛냈다.

다류는 미소만 살짝 지었는데도 잇몸이 훤히 드러났다.

"싼장커우 갑부가 제안했으니 큰 건 아니겠어요?"

"골동품을 또 산대?"

'또'라는 말에 다류가 인상을 구겼다.

"정 형한테도 샀습니까?"

정융빙은 담배에 불을 붙이고 화를 내며 말했다.

"말도 마. 얼마 전 그 갑부 회사에서 후 뭐시기인가 하는 사람이 위유런의 글씨를 사러 왔거든."

"정 형한테 위유런 글씨도 있어요?"

"500위안짜리야."

"그럼 완전 가짜네!"

"그래. 근데 자기도 가짜인지 뻔히 알면서 밖에다가는 자기가 50만 위안에 사갔다고 말하래. 회장이 부탁해서 사는 거라면서."

"남은 돈은 자기가 꿀꺽했구먼."

"그건 그렇다 쳐. 이 개자식이 그저께 글씨를 들고 찾아와서는 가짜니까 환불해달라는 거야. 근데 500위안은 안 받아도 되니까 밖에다가는 자기한테 50만 위안을 환불해줬다고 얘기하라잖아."

"무슨 그런 거래가 다 있어요? 이 바닥 사람들이 알기라도 해봐요. 정 형이 50만 위안 받고 판 게 가짜라는 게 알려지면 얼마나 신용이 떨어지겠냐고요!"

다류도 정융빙 편을 들며 화를 냈다.

"내 말이. 내가 일 년 내내 문 열고 장사하는 사람이야. 이 바닥 룰대로 1만 위안 안 되는 물건들은 대충 서로 눈감아준다고. 근데 수십만 위안짜리가 가짜라고 해봐. 누가 나랑 거래하려고 들겠어? 그나저나 이번에 그놈들이 너한테 뭘 산다는 거야?"

다류가 눈을 가늘게 뜨며 누가 들을세라 작게 속삭였다.

"출토 유물요."

"편종?"

"어떻게 아셨어요?"

다류가 더 놀라며 물었다.

"그 후 씨가 편종 세트를 사고 싶다고 했거든. 근데 내가 편종은 엄청 비싼데 나한테 그걸 구할 자금이 어디 있겠냐고 했지. 게다가 편종은 출토 유물이라 관리가 엄격해서 돈이 있어도 사기 어렵다고, 딴 데 가서 알아보라고 했어. 그러면서 널 추천했는데, 나도 네 번호를 모르잖아. 아마 그들이 뒤로 손써서 널 찾아낸 걸 거야."

"친구의 친구가 소개한 거예요. 몇 다리 건너서 저랑 연락이 된 거고요."

다류가 대충 얼버무렸다.

"나도 그냥 후 씨를 내쫓으려고 대충 둘러댄 거였어. 난 네가 그 일에서 손뗀 지 오래된 줄 알았거든."

정융빙이 가볍게 웃으며 말했다.

"안 한 지 오래되긴 했죠."

다류가 한숨을 쉬고 말했다.

순간 정융빙의 눈빛이 반짝였다.

"그럼 나한테 편종 세트 좀 구해다 줄 수 있나?"

다류가 어깨를 으쓱했다.

"당연히 없죠. 근데 마침 세트를 갖고 있는 사람을 제가 알거든요. 그래서 이번에는 중개를 할 거예요. 중간에서 다리 놔주고 일이 성사되면 소개비로 몇십만 위안 받기로 했어요."

"다류, 몇십만 위안 때문에 네가 싼장커우까지 와서 그런 큰 위험부담을 감수하는 건 좀 아닌 것 같은데."

다류는 술을 한 모금 마시고 길게 한숨을 내쉬었다.

"제가 요 몇 년 정말 궁하거든요. 안 그랬으면 고작 몇십만 위안에 목숨을 내던지진 않죠. 이게 다 그때 도망치다 경찰 죽이고 계속 지명수배 명단에 올라서 그래요. 신분 바꾸고 얼굴까지 뜯어고치고 숨어 다니느라 모아둔 돈도 진즉에 다 쓰고 없어요. 하루하루 사는 게 힘들었죠. 이번에 싼장커우에 와서는 누가 알아볼까 봐 모텔에는 못 묵겠더라고요. 아무리 생각해도 찾아갈 데가 정 형밖에 없었어요. 지금 제 목숨은 완전히 정 형 손에 달린 거나 마찬가지예요."

다류가 의미심장한 눈으로 정융빙을 바라보았다. 정융빙은 얼른 웃음으로 받아치며 말했다.

"걱정 붙들어매, 다류. 요 며칠 외출 전후로 자세히 살펴봤는데, 미행하는 사람은 아무도 없었어! 내가 말 안 하면 네가 싼장커우에 온 걸 아는 사람도, 널 찾아오는 사람도 없을……."

딩동!

초인종 소리에 다류가 정융빙을 뚫어지게 바라보았다.

"긴장할 거 없어. 내가 가서 보고 올게."

정융빙이 부드러운 목소리로 말한 뒤 현관을 향해 일어섰다.

"어이, 동작 그만."

다류도 일어서며 정융빙에게 앉으라고 눈짓했다. 정융빙은 다류와 잠시 시선을 마주친 뒤 도로 자리에 앉았다.

다류가 현관문으로 가서 도어스코프에 눈을 댔다. 관리사무소 소장과 여직원 한 명이 보였다. 소장이 초인종을 누른 다음 뒤에 있는 여자에게 뭐라고 말했다. 다류가 문에 귀를 갖다 대자 여자의 말소리가 들렸다.

"계속 눌러요. 안에 사람 있어요."

여자의 말대로 소장이 또다시 초인종을 눌렀다. 동시에 여직원이 도어스코프 쪽으로 가까이 다가왔다. 다류는 잽싸게 한쪽으로 몸을 숨긴 뒤 매서운 눈으로 정융빙을 보며 물었다.

"밖에 누구예요?"

당황한 정융빙이 문 쪽으로 가서 밖을 확인한 뒤 속삭였다.

"관리사무소 사람인데."

"뒤에 있는 여자는?"

정융빙이 다시 한 번 확인하더니 안절부절못하며 대답했다.

"여자는…… 처음 보는 사람이야."

"확실해요?"

"확, 확실해."

초인종이 계속 울렸다. 문을 열지 않으면 계속 눌러댈 기세였다.

다류가 이를 악물고 주머니에서 잭나이프를 꺼내 정융빙의 등에서 신장 부위에 칼집을 갖다 대며 소곤거렸다.

"정 형, 미안한데 진짜 경찰이면 혼자 죽진 않습니다. 내가 잘못 안 거라면 제대로 사과하죠. 문 열어요. 자연스럽게."

정융빙은 얼굴이 창백해진 채 심호흡을 했다. 다음 순간 헛기침을 하고 문을 열며 소리쳤다.

"웬 초인종을 눌러대고 난립니까? 한 번만 누르면 됐지, 어휴, 시끄러워 죽겠네 진짜!"

관리사무소 소장은 미안하다고 연신 사과한 뒤, 아래층 주민이 외벽에 물이 샌다면서 위층 화장실에 문제가 있는 건 아닌지 의심하길래 확인차 와본 거라고 설명했다.

그러자 정융빙의 눈빛이 흔들렸다. 그는 인테리어에 대한 지식이 보통 이상이었고, 애초에 이 집 내장 공사를 할 때도 직접 확인했다. 화장실 파이프는 건축 외벽에서 한참 떨어져 있기 때문에 외벽에서 물이 샌다고 남의 집 화장실을 의심할 수는 없었다. 그는 곧바로 대답했다.

"불가능한 일입니다. 우리 집 화장실은 멀쩡하다고요. 아래층 어디에서 물이 새는지 같이 가서 봅시다!"

정융빙이 밖으로 나가려 하자 다류가 잭나이프로 허리를 누르며 말했다.

"정 형, 마시던 술 계속 마셔야지 가긴 어딜 갑니까?"

"아, 그래. 자네 말이 맞네."

정융빙은 놀라서 말까지 더듬거렸다.

관리사무소 소장은 어떻게 대처해야 할지 몰라 난감해하는 눈치였다. 리첸은 정융빙과 그 뒤의 낯선 남자 사이에 흐르는 수상한 분위기를 감지했다.

"저분은 정 형 친구분이세요? 처음 보는 거 같은데?"

리첸이 물었다.

"정 형이랑 아는 사인가요?"

다류가 웃으며 리첸에게 물었다.

"당연하죠. 저흰 여기 사시는 분들 다 알아요."

리첸이 직원처럼 친절한 목소리로 대답했다.

순간 다류의 표정이 돌변했다. 정 형은 여자를 본 적이 없다고

했는데 여자는 정 형을 안다고 하니, 경찰이 아니면 또 누구겠는가?

"정 형."

다류가 싸늘하게 웃으며 잭나이프를 꺼내 들었다.

"잘 가쇼!"

잭나이프가 정융빙의 신장을 뚫었다. 뒤이어 다류는 관리사무소 소장을 걷어차 쓰러뜨리고 복부와 다리를 사정없이 찔렀다.

바짝 얼어붙었던 리첸은 칼에 찔린 소장을 보더니 입구에 있던 화병을 들어 다류의 머리를 내리쳤다.

다류의 머리에서 피가 흘렀다. 그가 리첸에게 달려들자 리첸이 그를 걷어찼다. 그가 리첸을 향해 칼을 휘둘렀고, 리첸은 무릎을 베이고 말았다. 단순 방문조사에서 이런 변고를 당할 줄이야! 실성한 늑대처럼 달려드는 다류를 피해 리첸은 비상계단으로 달려갔다. 계단 문을 연 순간 뒤쫓아온 다류가 등 뒤를 걷어찼다.

리첸은 속수무책 계단 아래로 굴러떨어졌다. 다류가 따라 내려가 칼로 찌르려는 순간 저 밑에서 다급한 발소리와 함께 굵직한 남자 목소리가 들렸다.

"경찰이다!"

쑹싱이었다. 간단한 임무이긴 해도 처음 수사 업무에 나선 리첸이 걱정되었던 그는 실시간으로 상황을 파악할 수 있게 통신 상태를 유지하게 해두었다. 무전기는 가끔 날카로운 잡음이 생겨서 들통날 수 있으니 리첸에게 휴대폰으로 전화를 걸어 통화 상태를 유지하도록 해두었던 것이다. 아니나 다를까, 밑에서 대기하고 있던 그의 휴대폰에서 정 형의 비명 소리가 흘러나왔다. 당장 올라가려고 보니 엘리베이터가 16층에 멈춰 있었다. 이 건물은 한 층에 한 가구만 살았고 다른 엘리베이터는 공사 중이라 쑹싱은 비상계단으로 뛰어 올라갔다. 그런데 불과 세 개 층을 올라갔을 때 위쪽에서 살려달라는 리첸의 비명이 들렸다. 쑹싱은 급한 김에 일단 시간을 벌기 위해 "경찰이다!"라고 외쳤다.

경찰이 올라오는 걸 확인한 다류는 리첸을 버려두고 달아났다. 엘리베이터가 아직 16층에 머물러 있는 걸 보고는 건물 밑에도 경찰이 있으리라곤 생각할 정신도 없이 엘리베이터를 타고 내려갔다.

쑹싱은 숨을 헐떡이며 15층까지 뛰어 올라갔다. 바닥에 쓰러져 있는 리첸을 발견하고 상태를 묻자, 그녀는 자신은 단순 찰과상이고 위에 중상을 입은 사람이 두 명 있다고 알려주었다.

쑹싱은 무전기로 샤오가오에게 도망치는 놈을 막으라고 지시하며 위층 현관문을 열었다. 눈앞에 펼쳐진 광경에 그는 얼어붙고 말았다. 소장이 칼에 수차례 찔린 채 쓰러져 있었다. 아직은 의식이 남아 있는 그가 정융빙이 쇼크로 정신을 잃었다고 힘없이 말했다.

쑹싱은 최대한 응급조치를 하면서 공안국에 연락해 긴급 상황임을 알렸다.

제19장

늦은 밤, 시끌벅적했던 싼장커우 인민병원이 어느새 고요해졌다. 입원동도 잠잠해졌는데 유독 한 층만은 다소 소란스러웠다.

해당 층 복도 끝에 경찰들이 잔뜩 있었고, 가끔씩 간호사와 가족들이 닦달하는 소리가 들렸다.

"경찰관님! 거기서 담배 피우시면 안 돼요."

"괜찮아요. 창밖에 대고 피는데."

"아니, 얼굴을 밖으로 내밀고 창문을 좀 닫고 피우시든가요. 그렇게 창문을 활짝 열어두고 피우니까 연기가 다 들어오잖아요."

"알았어요, 알았어. 나가서 피우면 되잖아요."

그때 평상복 차림의 장이앙이 엘리베이터에서 내리자 왕루이쥔 등이 얼른 가서 맞이했다. 새까매진 부국장의 얼굴을 보면서 누구도 선뜻 입을 열지 못했다.

"다들 상태는 어때?"

장이앙이 최대한 감정을 자제하고 물었다.

"관리사무소 소장은 장기를 여러 군데 찔려서 응급수술을 받았는데, 일단 위험한 고비는 넘겼다고 합니다. 정융빙은 허리를 찔리긴 했지만 워낙 뚱뚱해서 일부 장기만 손상을 입었고요. 생명이 위태로운 정도는 아니라서 현재 병실에 머물고 있습니다. 리첸은 무릎을 좀 다쳐서 처치받았고 옆 병실에서 하루 묵기로 했습니다."

왕루이쥔이 체면을 무릅쓰고 대답했다.

장이앙은 고개를 끄덕이고 다른 경찰들을 훑어보았다.

"쑹싱 이 자식은 어디 갔어?"

"그게…… 밤새 계속 뛰어다녀서 많이 피곤한가 봅니다."

"무슨 낯짝으로 피곤하단 소릴 해?"

"아뇨, 아뇨. 자기 입으로 피곤하다고 말한 게 아니라 제가 보기에 그렇게 보이더라고요. 이번 한 번만 용서해주십시오. 원래는 그냥 사복경찰로 하는 정상적인 조사였는데 이런 일이 터질 줄은 아무도 예상 못 했잖아요."

왕루이쥔이 쑹싱을 대신해 용서를 구했다.

"사복경찰로 하는 정상적인 조사? 정작 조사 담당자는 아무 일 없고 다른 무관한 사람들이 병원 신세를 지게 하다니, 일을 이따위로 하는 경찰도 있나?"

"그게…… 아뇨, 없습니다."

장이앙은 한숨을 내쉬며 화제를 돌렸다.

"도주자 행방은 알아냈어?"

왕루이쥔은 얼굴을 붉히며 경과를 설명했다.

"쑹싱이 계단을 뛰어 올라가는 사이 놈이 엘리베이터로 도망쳤습니다. 샤오가오가 놈을 막으려고 기다렸지만 마주치지 못했고요. CCTV 확인해봤더니 놈이 단지 정문이 아니라 후문으로 달아났더라고요. 도주 예상 경로에 있는 CCTV들 확보해서 놈이 어느 골목으로 내뺐는지까지는 확인했는데, 그 지역이 워낙 교통도 복잡하고 CCTV 사각지대라 현재 소재 파악은 안 된 상태입니다. 지금 수백 명을 동원해서 그 일대 가구를 탐문조사 중이고요."

장이앙이 코웃음을 치고 말했다.

"쑹싱 그 자식 진짜 덜떨어진 거 아냐? 미쳤다고 16층까지 계단으로 올라가!"

"그때 엘리베이터가 16층에 멈춰 있었답니다. 리첸한테 무슨 일이 터졌다는 걸 알게 된 이상 엘리베이터가 내려올 때까지 기다릴 수가 없었거든요. 엘리베이터 기다리다가 세 사람이 더 큰 위험에 빠질 수도 있잖아요."

왕루이쥔은 쑹싱을 대변해 핑계를 만들어냈다.

"계단을 올라간 건 그렇다 쳐. 근데 아무리 촉박해도 먼저 엘리베이터 버튼 누르고 나서 계단으로 갈 생각은 왜 못 했지? 16층까지 뛰어 올라가는 동안 그놈은 벌써 엘리베이터 타고 내려와서 도망갔잖아!"

장이앙의 말에 경찰들이 모두 고개를 끄덕였다.

1층에서 엘리베이터 버튼 한 번만 눌러줬더라면 지금쯤 벌써 놈을 잡았을 것이다. 이 일로 인해 이후 꽤 오랫동안 쑹싱은 싼장커우 공안국에서 '머저리'의 대명사가 되었다.

"그놈 신분 파악은 됐나?"

"아뇨, 아직. CCTV에 얼굴이 잘 안 보여서요. 정융빙에게 물었는데 대답을 안 합니다. 나중엔 기절한 척까지 해서 간호사가 저희를 다 쫓아내더라고요. 환자가 심각한 상태니 충분한 휴식을 취해야 한다면서요."

"쉬긴 뭘 쉬어! 어느 병실이야? 앞장서!"

왕루이쥔은 우물쭈물했다. 하지만 월급은 공안국이 주는 것이지 병원이 주는 게 아니었다. 그는 부하들에게 간호사가 못 오게 막으라고 한 뒤 정융빙이 입원한 병실로 장이앙을 안내했다.

정융빙은 특별감호 대상이라 2인실을 혼자서 쓰고 있었다. 문쪽 병상에 누운 그는 잠이 들었는지 두 사람이 들어오는 소리에도 아무 반응이 없었다.

장이앙은 정융빙을 잠시 훑어보고 그의 몸에 연결된 기계를 살펴보았다. 그러더니 군말 없이 전원을 꺼버렸다.

병상에서 희미한 목소리가 터져 나왔다.

"산소…… 산소호흡기 끄지 마."

"깨어 있었네! 오후에 당신 찌른 인간 누구야?"

장이앙이 냉소를 지으며 물었다.

"저…… 전 모릅니다. 모르는 사람입니다."

"모르는 사람이 당신 집에 들어가 밥을 먹나?"

"그…… 그게 가게 손님이에요. 가끔 같이 술한잔하게 됐는데, 다류라고 부르는 사람인데…… 제, 제가 아는 건 이게 다예요. 저기…… 산소……호흡기 좀 켜주세요."

정융빙이 무기력하게 손을 뻗었다가 이내 거둬들였다.

"산소호흡기는 무슨. 난 당신이랑 쓸데없는 얘기 할 시간 없어. 어떻게 된 일인지 똑바로 말 안 하면 산소호흡기는 고사하고 소염제도 못 놓게 할 거야. 찔린 칼에 파상풍균 같은 게 있었을지도 모르겠네. 어디 죽나 안 죽나 한번 두고 보자고!"

장이앙이 대놓고 겁을 주었다.

정융빙은 침을 꿀꺽 삼켰다.

의사의 말에 따르면 다행히 지방층이 두꺼워 신장이 칼에 살짝 긁힌 정도라 퇴원하고 한 달쯤 요양하면 괜찮아질 거라고 했다. 하지만 칼에 찔려 쇼크가 오던 순간에는 정말이지 이렇게 죽는구나 싶었다. 하마터면 다류 녀석의 손에 골로 갈 뻔했다. 경찰이 이렇게 계속 감시하고 있으니 조만간 솔직하게 털어놓기는 해야 할 것이다. 기왕 털어놓을 거, 매도 먼저 맞는 게 낫지 않을까? 정융빙은 더 이상 고집부리지 않기로 했다.

"실은 류베이劉備*라는 사람입니다."

"뭐? 갑자기 웬 삼국지 타령이야!"

장이앙이 윽박지르며 수액 주머니를 터뜨릴 듯 자세를 취했다.

"류베이라는 사람이 진짜로 있습니다."

왕루이쥔이 장이앙을 저지하며 작은 소리로 알려주었다.

"네, 진짜로 이름이 류베이고요, 지명수배자예요."

정융빙이 진지한 표정으로 말했다.

인상을 찌푸리는 장이앙에게 왕루이쥔이 설명했다.

"본명이 류베이고 어려서부터 교도소를 들락날락하다가 나중엔 누구한테 배웠는지 유물 도굴에 뛰어들었더라고요. 꽤 많은 성省들을 다니며 도굴을 하고 밀거래하다가 공안부 지명수배자 명단에 오르게 됐고요, 몇 년 전 싼장커우에서 체포됐는데 외지 공안기관에서 연행해가던 중 이 자식이 꾀병을 부리더니 경찰 한 명을 살해하고 도주했답니다. 그 후로 지금까지 공안부 중점 지명수배자 명단에 올라 있는 상태예요."

---

* '유비'의 중국어 발음.

경찰을 살해한 도주범은 무조건 사형이었다. 그래서 류베이가 오늘 또 다른 살인을 불사하고서라도 그토록 악착같이 도주하려 했던 것이다.

장이앙은 고개를 끄덕이며 차가운 눈으로 정융빙을 바라봤다.

"그럼 당신은 지명수배자를 숨겨줬던 거네?"

"저, 저도 숨겨주기 싫었는데 녀석이 갑자기 찾아와서 협박하는데 어떡합니까. 그렇게 무자비한 놈이 말이죠."

정융빙이 억울하다는 듯 호소했다.

장이앙은 정융빙의 말을 들은 척도 않고 왕루이쥔에게 물었다.

"형법상 범인 은닉죄는 처벌 수위가 어떻게 되지?"

"3년 이하의 징역 또는 구역拘役*, 관제管制**에 처하고, 죄질의 경중에 따라 3년에서 10년까지 구형하기도 합니다."

"류베이처럼 경찰을 살해한 중범죄자를 숨겨준 건 죄질이 무겁지 않나?"

"당연히 무겁죠!"

"파일 보니 올해 마흔여섯이던데, 10년 복역하고 나오면 쉰여섯이니까 크게 상관없잖아? 몇 년 지나면 연금도 받을 수 있고."

그 순간 정융빙이 돌연 기사회생한 사람처럼 벌떡 일어나 앉았다.

"저기요, 전 감방 가기 싫습니다. 젊었을 때는 철없이 죄 짓고 감옥살이했지만, 지금은 때려죽여도 싫다고요."

---

* 형기가 비교적 짧은 징역으로 보통 15일에서 6개월까지다.

** 관리 및 통제 대상.

"만약 당신이 다류에게 협박받았다는 걸 경찰이 믿어준다고 칩시다. 그게 직접적이든 간접적이든 협박에 못 이겨 집에서 밥도 차려다 바치고 신고할 엄두를 못 냈다고요. 이런 상황이면 관제로 그칠 겁니다. 그러면 체포되지 않고 일정 기간마다 파출소에 본인 상황을 고지하기만 하면 되죠. 근데 이건 경찰에서 당신이 협박받았다는 걸 믿어줘야만 가능한 일이지."

장이앙이 고개를 끄덕이며 덧붙였다.

"우리가 바로 그 경찰이고."

정융빙은 질겁한 얼굴로 두 사람을 보더니 부랴부랴 말했다.

"뭘 물어보시든 제가 알고 있는 건 전부 다 말씀드리겠습니다. 저…… 저는 정말 협박을 당한 거라고요."

장이앙은 차가운 웃음을 띤 채 의자를 끌어다 앉아 신문을 시작했다.

"류베이가 도망갔잖아. 말해봐. 어디로 도망갔지?"

정융빙은 최대한 진실해 보이도록 노력하며 대답했다.

"그건 진짜 저도 모릅니다. 저한테 그걸 알려줬다면 그놈이 칼 한 방만 찌르고 도망가진 않았겠죠."

장이앙은 일리 있는 말이라 여기며 고개를 끄덕였다.

"그놈이 싼장커우에는 무슨 일로 온 거지?"

"룽청그룹 저우 회장이 편종 세트를 사고 싶다고 했답니다. 근데 그놈한테는 편종이 없어서 그냥 중개인 노릇만 하고 중개비로 수십만 위안을 받기로 했나 봐요."

"룽청그룹 저우 회장이라면, 저우룽? 저우룽이 그놈한테 그 무슨…… 편종인가를 사려고 했다는 게 확실해?"

장이앙은 뭔가 깨달은 듯한 얼굴이었다.

"다, 다류가 분명히 그렇게 말했습니다. 실은 룽청그룹 후 비서가 저한테도 찾아와 편종을 구할 수 있느냐고 묻더라고요. 저야 물론 그런 걸 구할 방법을 알 리 없죠."

"그게 비싼 건가?"

"출토 유물인데 아마 수천만 위안부터 시작할 거예요."

"그렇게 비싸다고?"

장이앙이 입을 떡 벌렸다.

"출토 유물은 국가에서 매매를 엄격히 금지합니다."

왕루이쥔이 옆에서 설명해줬다.

장이앙은 문화재 관련 범죄는 접한 적이 없었다. 부자들이 은밀하게 문화재를 손에 넣는 일이 가끔 있었지만, 경찰에 들키더라도 문화재만 국가로 귀속되고 저우룽 같은 사람은 풀려나는 게 일반적이었다.

"당신, 룽청그룹과는 왕래가 있나?"

장이앙이 정융빙에게 물었다.

"왕래가 있다고 할 정도는 아닙니다."

정융빙은 잠시 생각하더니 단숨에 이야기를 늘어놓았다.

"다만 최근에 룽청그룹 후 비서가 찾아와 500위안짜리 가짜 글씨를 사가면서 외부에는 50만 위안에 팔았다고 얘기해달라고 하더라고요. 그러더니 며칠 만에 글씨를 도로 가져와 환불해달라면서 남들한테는 50만 위안에 환불해줬다고 말하라고 했고요. 아마 저우 회장이 서화를 사고 싶어 하는 것 같은데, 후 비서 이놈이 회장을 속여서 돈을 해먹으려나 보다 생각했죠."

"그게 다야?"

"네, 그게 답니다."

"근데 우리가 파악한 정보로는 그게 전부가 아니던데?"

"뭐, 뭐가 또 있습니까?"

정융빙이 눈에 띄게 당황한 표정을 지었다.

"공을 세우고 싶은 게 당신일까, 아니면 나일까? 솔직히 말하지. 이미 조사를 통해 당신이 그 일과 관련 있다는 게 밝혀졌어. 아니면, 오늘 내가 당신을 찾아온 게 우연이라고 생각해? 우리가 오늘 온 건 류베이 때문이 아니라 당신 때문이야. 이제 말해봐. 대체 어떻게 된 일인지."

장이앙의 말을 들으며 왕루이쥔도 잠시 어리둥절했다. 하지만 금세 상사의 의도를 알아차렸다. 정융빙에게 어떤 숨겨진 전과가 있는지 알아보기 위해 떠보는 말이었다.

고개를 푹 숙였던 정융빙이 한참 만에 한숨을 내쉬고 말했다.

"그 두 사람, 분명 뭔가 있을 줄 알았어요. 그래도 혹시나 하는 마음에 요행 심리로…… 물건을 받았던 거예요."

"처음부터 끝까지 자세히 얘기해봐."

"한 6개월 전쯤인가, 스물대여섯 살쯤 된 청년 두 명이 어떤 루트를 통했는지 몰라도 절 찾아왔었어요. 물건을 받겠냐고 물으면서 금장신구랑 보석을 한 보따리 보여주더라고요. 대충 봐도 총 150만에서 200만 위안쯤 됐는데 전 80만 위안을 불렀죠. 그랬더니 오케이하더라고요. 처음엔 그게 훔친 물건이 아닐까 의심했지만, 근데 또 생각해보니 재벌 2세들이 집안의 물건 갖다 팔고 흥청망청 쓰려는 걸 수도 있겠다 싶더라고요. 그래서 잘됐다 싶어 받은 거예요. 불법으로 얻은 물건인 줄 알았으면 그 즉시 경찰에 신고했을 거예요!"

"그다음엔?"

"그다음엔…… 둘이 돈 챙겨서 가더라고요. 그때 받은 물건 중 일부는 팔았는데 대부분은 아직 갖고 있어요. 만약…… 회수하시겠다면 협, 협조하겠습니다."

정융빙은 아까워 죽겠다는 듯 간신히 말을 마쳤다.

그렇다면 스파센터 매니저 저우치가 정융빙에게 산 목걸이는 그 두 청년이 넘긴 물건일 것이다. 이건 내일 조사해볼 일이었다.

"또 있나?"

정융빙은 구명권을 얻기 위해, 두 청년에게 받은 장물을 다 넘기는 것만 해도 이미 손해가 막심했다. 만약 최근 몇 년간 받은 장물까지 전부 내놓는다면 집안이 거덜날 판이었다. 더 이상은 안 되겠다 싶은 그는 단단히 결심하고 소리쳤다.

"진짜로 이게 전부입니다. 이번에 류베이를 집에 들인 거 말고는 그쪽 일은 진즉에 손 털었다고요. 제 가게 물건들은 다 합법적으로 거래한 거예요. 법에 저촉되는 물건은 하나도 없어요. 이번엔 진짜 류베이가 절 찾아온 거라니까요! 사람 죽인 놈이라 무서워서 어쩔 수 없이 받아줬던 거라고요. 진짜예요. 제발 좀 믿어주세요!"

정융빙은 눈물이 그렁그렁할 정도로 간절히 호소했다. 목숨이라도 바쳐서 자신의 결백을 증명할 태세였다.

장이앙도 더는 캐낼 게 없을 것 같아 신문을 마치기로 했다.

제20장

다음 날 정오, 장이앙은 심각한 얼굴로 휴대폰을 귀에 대고 가오둥 부청장의 욕지거리를 꿋꿋이 들었다. 전화를 끊고 나서는 휴대폰에서 가오둥의 침이 튀기라도 한 듯 얼굴을 문지르며 긴 한숨을 내쉬었다.

"자네 친척분 말이야. 대체 직위가 뭔데 이래?"

장이앙은 인상을 구긴 채, 소파에 앉아 있는 리첸에게 물었다.

"삼촌이 공안부 형정국 국장이세요."

리첸도 미간을 찌푸리며 낮은 목소리로 대답했다.

순간 장이앙은 두 다리를 딱 붙인 채 침을 꿀꺽 삼켰다.

"부부장?"

리첸이 천천히 고개를 끄덕였다. 공안부 부부장이 형정국 국장도 겸하고 있는데, 리첸은 둘 중 직급이 낮은 형정국 국장만 입에 올린 것이었다.

자그마한 현급시縣級市 일개 부국장인 장이앙이 어제 하마터면 부부장 나리의 조카 목숨을 앗아갈 뻔했다. 폼나게 수사를 지휘하던 부국장에서 호적과 말단직으로 좌천될 뻔한 것이다. 이 경우 가오둥 부청장 열 명이 와도 그를 지켜주는 건 불가능한 일이었다.

리첸은 장이앙의 상태를 보더니 서둘러 해명했다.

"친삼촌은 아니에요. 오래전 저희 아버지가 지방에 계실 때 그분과 파트너였는데, 아버지가 그분 목숨을 구해준 적이 있어요. 그 후 아버지는 임무 수행 중 습격을 받아 돌아가셨고, 그때부터 삼촌이 저를 친조카처럼 쭉 보살펴주셨어요. 당시만 해도 지방에 계셨는데 나중에 베이징으로 옮기셨죠."

친삼촌이든 아니든 그게 뭐가 중요해? 은혜를 입은 파트너의 딸이라면 친조카 이상으로 보살펴줄 만하지. 생사를 같이한 전우가 친형제보다 더 가까운 법이거든. 휴, 자네가 잘못되었다간 귀부부장님한테 내 목숨까지 날아가게 생겼군. 장이앙은 속으로 구시렁거렸다.

"아침에 제가 삼촌한테 자세히 상황 설명 해드렸어요. 이번 일은 누구와도 상관없는 일이고, 제가 경험 부족으로 류베이한테 빈틈을 보였지만 다치지는 않았다고요. 삼촌은 괜찮다면서 좀 더 조심하래요. 제 일에는 간섭 안 하겠다는 말씀도 하셨고요."

자네한테야 당연히 괜찮다, 괜찮다, 하셨겠지. 가오둥 부청장님한테는 안 그러셨을걸? 아니면 부청장님이 나한테 그토록 욕을 퍼붓지는 않았을 테니까.

"그리고 쑹 중대장님한테 너무 뭐라고 하지 마세요. 어제 일은 순전히 사고였다고요. 누구도 예상하지 못했던 사고요. 그리고…… 삼촌 눈치 보느라 절 수사에서 제외하지 말아주세요. 어려서부터 아버지를 지켜보면서 저도 꼭 형사경찰이 되겠다고 결심했단 말이에요."

"자네 삼촌 눈치를 보는 게 아냐."

장이앙은 체면을 잃고 싶지 않아 마음에도 없는 말을 했다.

"이게 다 자네 안전을 생각해서야! 자네는 신입이고, 돌발 상황에 대처해본 경험도 없잖아. 그래서 기초 작업부터 차근차근 해나가면서 경험을 쌓으라고 한 거지. 걱정 마. 경험이 충분히 쌓이면 수사에 참여할 수 있는 기회는 얼마든지 있으니까."

"진짜요?"

리첸이 반색을 했다.

"당연히 진짜지. 우선 가서 왕루이쥔하고 쑹싱 좀 오라고 해."

리첸은 소파에서 벌떡 일어나 싱글벙글하며 나갔다.

잠시 후 왕루이쥔과 쑹싱이 나타나자 장이앙이 다짜고짜 말했다.

"앞으로 현장 수사에 리첸을 참여시키는 놈 있으면 바로 나한테 쫓겨날 줄 알아!"

왕루이쥔과 쑹싱은 리첸의 친척이 공안부의 고위 간부라는 것 정도는 이미 들어 알고 있었다. 그런데 쑹싱은 어제 리첸의 간곡한 부탁에 못 이겨 그녀를 현장에 데리고 나갔다. 관리사무소 직원으로 가장해 상황만 살피고 오는 건 위험하지 않다고 생각했다. 설령 정체가 탄로 나더라도 정융빙이 경찰을 해칠 만큼 간덩이가 부어 보이지도 않았다. 그런데 난데없는 지명수배자가 리첸의 목숨을 앗아갈 뻔했다. 쑹싱은 충격이 너무 커서 간밤에 한숨도 못 자고 출근한 터였다.

장이앙의 말에 두 사람은 조용히 고개만 끄덕였다.

"명심해. 이건 쑹싱이 내린 명령이야. 내 명령이라는 걸 리첸이 알게 되는 날엔 쑹싱 너는 그날로 아웃이니까 그렇게 알아!"

쑹싱은 곧바로 이의가 없다는 의사를 밝히는 한편, 속으로는 이렇게 중얼거렸다. *왕루이쥔 명령이라고 해도 아웃 되는 사람은 저잖아요.*

장이앙은 화를 거두고 업무상 질문을 던졌다.

"류베이 행방은 찾았어?"

두 사람은 고개를 저었다. 장이앙의 안색이 또다시 어두워지려 하자 왕루이쥔이 황급히 좋은 소식을 전했다.

"어젯밤 정융빙이 제출한 장물에서 중요한 걸 알아냈습니다."

정융빙이 두 청년에게 구입한 보석이 알고 보니 얼마 전 성 공안청에서 추적조사하라는 공문을 보내왔던 장물이었던 것이다.

지난 몇 개월 동안 세 개 시에서 소규모 폭탄 테러 사건이 발생했다. 휴대폰으로 조작할 수 있는 무인 조종 폭탄이었다. 폭탄의 위력은 크지 않아 시민 몇 명이 경상을 입었을 뿐 심각한 피해는 없었다. 하지만 교외 지역에서 중대한 피해를 입었다. 성 공안청에서 전담팀을 보내 세 도시에서 공동수사를 벌인 결과, 폭발이 일어날 때마다 교외 지역 금은방이 총을 소지한 강도들에게 털리는 사건이 있었다는 걸 알게 되었다. 총을 소지한 강도는 드문 만큼 폭발 사건 때마다 금은방이 털렸다는 건 결코 우연이 아니었다.

공안청 전문가들은 금세 강도들의 의도를 파악했다. 폭발을 일으켜 시내 교통을 마비시키고 경찰이 시내에 묶여 있는 사이 교외 지역에서 강도 짓을 벌인 것이다.

안타깝게도 추적조사에서조차 신원을 밝혀내지는 못했다. 강도들이 교묘히 수사에 혼선을 주었고 범행 수법이 워낙 뛰어났던 것이다. 공안청은 몇몇 금은방에서 제출한 도난 물품 사진을 근거로 모든 성省 지방 공안에 수사 협조 공문을 보냈다.

공문의 사진 속 물건이 바로 정융빙이 청년들에게 구입한 장물이었다. 근처 CCTV를 확보해 정융빙이 기억해낸 거래 시간대를 확인해보니 청년들이 찍힌 카메라는 한 대뿐이었고, 그마저도 영상이 흐릿했다. 정융빙은 두 청년이 당시 위장을 하고 있었으며, 싼장커우 말투는 아니었다고 진술했다. 그 후로 시간이 좀 지난 터라 구체적인 생김새는 기억하지 못했다.

장이앙은 두 청년 강도가 도망자 신분으로 범행을 저질렀고, 시간도 한참 지났기 때문에 이미 싼장커우를 벗어났을 거라고 판단했다. 지금으로서는 어쩔 도리가 없는 상황이라 일단 상급 기관에 사건 경위를 보고하고 다른 사건에 집중하기로 했다. 현재 당면 과제는 도주한 지명수배자 류베이를 체포하는 것, 예젠 피살사건 해결, 그리고 저우룽 회장 쪽을 계속 면밀히 주시하는 것이었다.

저우룽과 관련해서 왕루이쥔이 바로 또 희소식을 전했다.

"부국장님, 정융빙이 말이죠, 자기가 청년들에게 구입한 장물이 성에서 수사 중인 도난 물품이라는 소릴 듣더니 기겁을 하고 저를 찾더라고요. 유물 밀거래 사건을 해결할 수 있도록 도와줄 테니 자기 죄를 경감해달라면서요. 어떻게 도와줄 거냐고 물었더니, 자기 후배 하나가 지금 저우룽 밑에서 보안팀 운전기사로 있는데, 그 후배가 우리 소식통 역할을 하도록 연결해주겠다는 거예요. 예전에 그 후배 가족 중에 교통사고가 났을 때 정융빙이 돈을 좀 쥐여줬나 봐요. 그래서 그 후배가 자기 말이라면 껌뻑 죽는다고 하면서요."

장이앙은 잠시 고민했다. 만약 저우룽 내부에 소식통을 둔다면 그건 편종 때문이 아니었다. 저우룽이 무슨 유물을 밀수하든, 설령 그가 청나라 황릉을 폭파시킨다고 해도 장이앙은 관심이 없었다. 중요한 것은 공권력을 등에 업은 저우룽의 비리와 범죄를 캐내는 것이었다.

"소식통으로 둘 만큼 정말 믿을 만한 친구인가?"

"한번 시도해볼 만한 것 같습니다. 정융빙 말로는 그 후배가 자기랑 생사를 같이한 우정도 있고, 최근 몇 년간 저우룽 밑에서 일하면서 마음에 쌓인 게 많은가 보더라고요. 우리가 관대한 처분만 해준다면 정융빙이 본인 돈을 대서라도 후배에게 정보를 제공해달라고 할 수 있답니다."

"정융빙은 우리 목적이 저우룽 조사라는 건 모르지?"

"네. 그냥 유물 밀거래 정황을 포착하기 위해서 류베이를 잡으려는 줄로만 알고 있습니다."

장이앙은 실행해볼 만한 계획이라고 생각했다. 이제 수사는 류베이 체포와 예젠 피살사건, 두 갈래로 나누어 진행해야 했다. 부국장인 자신을 모함하려고 했던 그 개돼지만도 못한 놈은 죽여도 시원찮았다.

예젠 사건을 조사하면서 스파센터를 알아냈으니, 이제는 스파센터 사장인 루이보를 찾아갈 차례였다. 예젠이 죽은 후 사건 당일 밤의 상황을 파악하기 위해 한 차례 루이보를 찾아갔었지만, 그때는 형식적인 질문만 했을 뿐이었다. 장이앙은 루이보에게서 가장 핵심이 되는 뭔가를 캐낼 수 있으리라 확신했다. 루이보만 입을 열게 만들면 저우룽 일당도 굴비처럼 줄줄이 엮을 수 있겠지!

제21장

혈기왕성한 시절의 남자들은 발기부전이냐, 조루냐, 밤일은 가능하냐 등등의 말을 하면서 놀려대곤 한다. 하지만 중년을 넘어서면 약속이나 한 듯 그런 말을 꺼내지 않는다.

펑린완 호텔 사장 루이보도 어느새 그런 나이가 되었다.

그는 아주 규칙적으로 생활했다. 정해진 시간에 일어나서 출근하고 정시에 퇴근하며 가끔 회식에 참석했다. 사나흘에 한 번씩 헬스장에 가고 밤 11시만 되면 자리에 누웠다. 그런데 최근 변화가 생겼다. 예젠이 죽고 난 뒤로 수면장애가 생긴 것이다. 밤마다 3킬로미터 이상을 뛰며 몸을 녹초로 만들고 나서야 겨우 잠들 수 있었다.

오늘도 루이보는 펑린완 호텔 오피스 층에 있는 가장 큰 사무실에서 초점 없는 눈을 한 채 소파에 앉아 있었다.

"요즘 왜 그렇게 맨날 인상을 쓰고 계세요?"

스파센터 매니저 저우치가 그의 팔을 흔들며 말을 걸었다.

"어? 방금 뭐라고 그랬지?"

루이보가 겨우 정신을 차리며 물었다.

"요즘 왜 항상 인상을 쓰고 계시냐고요. 예젠이 그렇게 된 뒤로 계속 이러시는 것 같은데, 설마 예젠의 죽음과 무슨 관련 있는 거 아니죠?"

루이보는 대답 대신 다른 질문을 던졌다.

"형정대대 그 사람이 왕루이쥔보다 직급이 높다고?"

"네, 쥔 오빠가 그 사람 말을 듣더라고요."

"그럼 그 사람밖에 없어!"

루이보가 잠시 망설이더니 또 물었다.

"그 사람이 자기 입으로 직접, 저번에 내가 데려왔던 남자가 다시 오면 알려달라고 말했다고? 업소도 계속 운영하게 해주겠다고 했고?"

"네, 업소도 폐쇄 안 하고 제 안전도 보장해준다고 했어요."

루이보는 초조한 듯 담배를 꺼내 불을 붙였다.

"금연한 거 아니었어요?"

루이보는 저우치의 말을 무시하고 담배를 깊이 빨아들였다.

마음이 좀 가라앉았는지 그가 천천히 입을 열었다.

"오후에 단체 채팅방에다 메시지 좀 보내둬. 당분간 업소 영업 중지한다고."

"며칠간이나요?"

영업 중지라는 말에도 저우치는 전혀 놀라지 않았다. 이따금 한번씩 광풍이 불어닥칠 기미가 보이면 며칠간 영업을 멈추는 게 이 업계 풍토였다.

"글쎄. 어쨌든 당분간 아예 문을 닫아."

루이보가 한숨을 내뱉었다.

"아예 닫으라고요? 그럼 하루에 손해가 얼만데!"

"상황이 이렇게 된 마당에 지금 그깟 돈 신경 쓰게 생겼어?"

"그치만…… 그 높으신 분이 저더러 계속 영업하면서 그 손님 오면 알려달라고 했는데. 가게 문 닫아버리면 형정대대에 괜히 밉보이는 거 아니에요?"

"네가 뭘 알아? 진짜로 그 손님을 형정대대에 넘겨주면 그날로 우린 다 끝장이라고!"

"그분이 도대체 누군데 그래요?"

"뤄쯔웨, 싼장커우 시장."

"시장요?"

저우치가 침을 꿀꺽 삼켰다.

"그, 그럼 룽 오빠 친구분이겠네요?"

"VIP 고객 중 룽 형님 친구 아닌 사람이 어딨어?"

저우치가 겁먹은 표정을 지었다.

"그…… 근데 형정대대가 왜 시장을 건드리려는 걸까요?"

"참 나……."

루이보가 길게 한숨을 내쉬었다.

"겁없이 시장도 건드리는 걸 보면 역시 성에서 온 게 맞네."

"어휴, 제대로 좀 얘기해주시면 안 돼요? 이 얘기 했다 저 얘기 했다, 당최 알아들을 수가 없다고요."

"나도 지금 골치가 아파. 너무 많은 걸 알려고 하지 마."

"우리가 함께 지낸 세월이 얼만데, 제가 어디 가서 얘기라도 할까 봐 그래요?"

저우치가 입을 삐죽이며 루이보의 팔을 잡고 애교스럽게 말했다.

루이보는 근심 어린 얼굴로 그녀의 손등을 톡톡 쳤다.

"이건 룽 형님과 랑보원이 하는 사업이야. 나중에 내가 천천히 다 얘기해줄게. 형정대대가 찾아왔었다는 건 일단 룽 형님 쪽에는 말하지 말고."

저우치는 아무래도 뭔가 많은 일이 꼬여 있나 보다 생각하며 더 이상 캐묻지 않았다.

"이번에 가게 문도 닫는데 그냥 룽 오빠랑 한번 의논해봐요. 이제는 호텔 일에서 손떼고 그 사람들한테 돌려주라고요. 어차피 우리가 버는 돈으로도 평생 먹고살고도 남잖아요."

루이보가 입술을 깨물며 잠시 생각하더니 고개를 저었다.

"룽 형님이 호텔을 내 명의로 해두신 건 날 그만큼 신뢰하기 때문이야. 최근 몇 년간 우리한테 보너스도 넉넉히 주셨잖아. 돈을 거저 받은 게 아니라고……."

그때 루이보의 휴대폰이 울렸다. 발신자는 저우룽의 심복 후젠런이었다. 루이보는 이를 악물며 자세를 고쳐 앉은 뒤 전화를 받았다.

"지금 회사예요?"

"그런데."

"그럼 삼십 분쯤 후에 보원 형님하고 형님 사무실로 갈게요."

"그래. 이따 봐."

루이보는 짐짓 아무렇지 않은 척 대답하고 전화를 끊었다. 하지만 이내 근심 가득한 표정이 그의 얼굴에 떠올랐다.

잠시 후 랑보원과 랑보투, 후젠런이 찾아왔다.

키 크고 덩치도 큰 랑보원은 저우룽의 동업자였다. 저우룽이 영원한 보스였지만 랑보원도 싼장커우에서 유명한 사업가였다. 랑보원 옆에는 그와 이목구비가 비슷하면서 좀 더 점잖게 생긴 랑보투가 있었다. 랑보투는 랑보원의 친동생으로 회사에서 형의 일을 쭉 도와주고 있었다.

사무실 문을 닫고 네 사람은 모두 진지한 얼굴로 자리에 앉았다.

후젠런이 바로 본론으로 들어갔다.

"이보 형님, 한 가지 확인하고 싶은 게 있어서요. 혹시 경찰이 와서 저우치를 만나고 가지 않았습니까?"

순간 루이보는 움찔하며 머릿속이 복잡해졌다. 경찰이 사복 차림으로 찾아왔던 만큼 그 일은 은밀하게 이루어졌다. 심지어 루이보 자신조차 저우치의 입을 통해서 상황을 알게 되었고, 저우치가 딴 데 가서 경찰이 왔었다는 말을 흘렸을 리도 없다. 그런데 후젠런이 이 일을 알고 있다는 건 호텔 내부에 그들의 눈과 귀를 심어뒀다는 뜻이었다. 저우룽이 루이보에게 호텔 운영을 맡기기는 했지만, 어쩌면 그를 백 퍼센트 신뢰하지 못하는 건지도 몰랐다.

세 사람의 집요한 눈빛에 루이보는 더 생각할 겨를도 없이 고개를 끄덕일 수밖에 없었다.

"성에서 온 부국장 있잖아, 룽 형님이 얘기하셨던. 그 사람이 직접 찾아왔었어. 사복경찰 세 명을 대동하고."

루이보는 잠시 멈췄다가 얼른 말을 이었다.

"요 며칠 난 밖에서 업무를 보는 중이었어. 나도 그런 일이 있었다는 걸 이제 막 들어서 룽 형님한테는 미처 보고하지 못한 거야."

랑보원이 웃으며 커다란 손을 흔들었다.

"괜찮아. 형제들끼리 긴장할 거 없어. 그래, 그 부국장은 무슨 일로 치치를 찾아온 거래?"

"예젠 일을 물어봤나 봐. 예젠이 스파센터에 온 적 있었는지 물었고, 치치는 그런 사람 본 적 없다고 대답했대."

랑보원, 랑보투, 후젠런이 서로의 얼굴을 바라보았다.

"예젠을 조사하는데 왜 센터 얘기가 나왔지?"

후젠런이 의문을 제기하자 랑보원이 인상을 찌푸리며 말했다.

"그러게. 예젠 그 자식은 그런 데 취미 없었잖아. 지난번에 네가 억지로 VIP 카드 한 장 찔러줬는데도 그 자식이 여기 오는 건 내가 한 번도 못 봤어."

"경찰이 왜 예젠 일로 센터를 찾았을까 나도 도통 모르겠어."

루이보가 고개를 저으며 말했다.

옆에서는 랑보투가 루이보를 뚫어지게 바라보았다. 그는 원래 음흉하고 음침한 느낌이 있는 데다 목소리도 날카로웠다.

"이보 형님, 예젠 일이랑 진짜 아무 상관 없습니까?"

랑보투의 물음에 루이보가 놀란 얼굴로 고개를 크게 저었다.

"말이 되냐? 내가 어떻게 예젠을 죽이겠어?"

"룽 형님이 잔뜩 화가 나서 예젠을 죽인 놈이 누군지 알아내면 지구 끝까지 쫓아가서라도 복수하겠다고 하시더라고요!"

후젠런이 웃으며 말했다.

"난…… 난 진짜 아무 상관 없다고!"

루이보가 세 사람을 바라보며 말했다.

"형제끼리 뭘 긴장하고 그래! 후젠런이 농담한 거잖아. 허허허."

랑보원이 크게 웃으며 말했다.

루이보는 입을 삐죽거렸다.

랑보투가 살짝 의심하는 눈빛으로 루이보를 보더니 입을 열었다.

"경찰도 아무 근거 없이 무작정 찾아오진 않죠. 예젠 일 때문에 센터를 찾은 거라면 십중팔구 예젠이 죽기 직전 센터와 관련된 어떤 물건을 남겨서겠죠. 형님, 잘 좀 생각해보십시오. 진짜 뭐 없습니까?"

"몰, 몰라. 예젠이 센터에 온 적은 한 번도 없었어."

루이보가 불안한 표정으로 대답했다.

랑보투는 음침한 웃음을 흘렸다.

"경찰이 노린 건 센터가 아니라 형님일 수도 있어요. 업소 검문을 명목으로 형님을 찾아온 거라고요. 그렇다고 오해하진 마십쇼. 형님이 예젠의 죽음과 관련 있다는 게 아니라, 예젠이 무슨 형님 물건을 가지고 있지는 않았나 추정해보는 거니까요. 혹시 예젠이 죽기 전에 형님한테 연락 왔던 건 없었나요?"

"없었어……. 진짜로."

"확실해요?"

"다, 당연하지."

루이보가 침을 삼켰다.

"그럼 예젠 일 말고 경찰이 또 물어본 건 없었고요?"

랑보투 혼자 계속 캐물었고, 다른 두 사람은 가만히 지켜보았다.

"없었어."

루이보는 경찰이 시장을 찾고 있다는 말은 입 밖에 내지 않았다.

"확실하죠?"

급기야 루이보가 숨을 크게 들이켜고 버럭 화를 냈다.

"너 지금 뭐 하자는 거야? 나야말로 너희들이 예젠을 죽이지 않았나 의심하고 있는데!"

랑보투가 차갑게 웃으며 가슴 앞으로 팔짱을 꼈다.

"그럼 한번 얘기해보시죠. 우리한테 예젠을 죽일 이유가 뭐가 있는지."

"그건…… 아니다, 아무것도."

루이보가 고개를 숙였다.

순간 분위기가 어색해졌다. 랑보원이 탁탁 박수를 치더니 짐짓 너그러운 듯이 입을 열었다.

"이보, 할말 있으면 그냥 해. 우리가 뭐 하루이틀 알고 지낸 사이야? 함부로 의심하고 그러지 말자고."

후젠런도 맞장구를 쳤다.

"그래요. 방금 무슨 말 꺼내려다 마신 것 같은데."

난처해진 루이보는 상황을 모면하기 위해 반문을 던졌다.

"그럼 너희들은 무슨 근거로 내가 예젠을 죽였다고 의심하는 거지?"

"저흰 형님 의심한 적 없는데요."

후젠런이 웃으며 대답했다.

루이보가 이를 악물며 몸을 빳빳이 세우고 또다시 화를 냈다.

"아무튼 난 분명히 얘기했어. 난 예젠 일과 아무 상관 없으니까 그렇게들 알아! 정 못 믿겠으면 치치한테 물어보든지."

"저우치 말을 우리가 어떻게 믿죠?"

랑보투가 싸늘하게 웃으며 내뱉었다.

"너 진짜……."

루이보가 눈에 불을 켜고 랑보투를 노려보았다.

그러자 랑보원이 얼른 손을 뻗어 제지하며 랑보투에게 말했다.

"동생, 함부로 말하지 마. 치치는 이보 애인이야. 이보가 아니라면 아닌 거라고. 오랜 세월 알고 지낸 형제들끼리 서로를 못 믿으면 누굴 믿겠어? 됐고, 이보! 너도 그만 화 풀어. 저 녀석 말본새가 저 모양인 거, 너도 모르지 않잖아?"

둘 간의 팽팽한 긴장감은 랑보원의 중재로 누그러졌다.

랑보원이 박수를 탁 치더니 마지막으로 한 번 더 루이보를 안심시켰다.

"걱정할 거 없어. 저우웨이둥 숙부님이 계시잖아. 고작 싼장커우 부국장 나부랭이가 시끄럽게 굴어봤자라고. 치치한테 들었는데 센터 업소 문 닫는다며? 잘했어. 우리가 여기 오기 전에 숙부님이 룽 형님한테 바로 영업 중지하라고 하셨대. 지금 돈이 중요한 게 아니니까. 우리한테는 저우웨이둥 숙부님이 진정한 버팀목이지."

제22장

신호등 앞 도로가 꽉 막혀 있었다.

팡차오는 한 손에 담배를 끼우고 다른 손으로는 운전대를 쥔 채 단종된 시아리를 모는 중이었다. 입으로는 조수석의 류즈에게 쉼없이 일장 연설을 늘어놓았다.

"경제학에 이런 이론이 있어. 사람이 살면서 세 번의 큰 기회가 찾아온다는 거야. 그 기회를 한 번만 제대로 잡아도 인생 역전할 수 있는데, 대부분은 평생 그 한 번의 기회도 잡지 못한대. 왠지 알아? 준비가 안 돼 있어서야! 기회가 왔는데도 어영부영하다가 결국 놓치고 마는 거지. 내 지난 인생을 돌아봤을 때 첫 번째 큰 기회는 이미 놓쳤어. 내가 대입 성적이 시원찮아서 부모님이 땅 판 돈 수십만 위안으로 날 유학 보내줬거든. 근데 그때 판 주택지를 지금까지 갖고 있었다면 철거 대상 지역이라 그 가치가 최소 1천만 위안은 됐을 거야. 유학 안 가고 그 땅만 있었으면 내가 지금 이 짓 하고 있겠냐? 어쨌든 후회해봐야 소용없고 자, 이제 두 번째 기회가 찾아왔어. 저우룽이라는 대어가 굴러 들어왔지. 만반의 준비를 해서 이 기회는 기필코 잡아야 해!"

류즈는 팡차오의 말을 듣는 둥 마는 둥 조수석 앞 글러브박스만 뒤적거리고 있었다.

"뭐 하냐?"

팡차오가 언짢아하며 물었다.

류즈가 글러브박스에서 비닐에 꽁꽁 싸인 물건을 꺼냈다. 비닐 한쪽을 들춰보니 신분증이 잔뜩 들어 있었는데 각각이 다른 사람 것이었다.

"형님, 신분증을 왜 이렇게 많이 준비했어요? 꼭 진짜같이 만들었네!"

"도로 넣어놔!"

팡차오가 주변을 경계하며 나무랐다.

"그 많은 걸 어떻게 다 만드냐? 전부 진짜 신분증이야. 인터넷 통해서 비싸게 주고 산 거라고!"

"진짜 신분증이 이렇게 많으면 우리 이제 떳떳하게 모텔에 묵을 수 있겠네요. 가짜 신분증이 탄로 날까 봐 더 이상 걱정 안 해도 되고. 형님이 이번엔 진짜 제대로 준비했나 봐요!"

류즈의 말에 팡차오는 의기양양해하며 고개를 한껏 들어올렸다.

"무슨 그런 당연한 소릴! 싼장커우 갑부를 등쳐먹는 일인데 미리미리 빠져나갈 구멍을 만들어놔야지! 안 그러면 이 일을 감히 어떻게 하겠냐?"

"근데 그 저우 씨라는 사람은 접근하기가 너무 힘들지 않아요? 으리으리한 저택에 경호원들이 앞뒤로 지키고 있잖아요. 외출할 때는 또 누군가 옆에 붙어서 따라다닌다고요. 딱 봐도 조폭들 같아요. 그냥 밖에서 처리합시다. 오랫동안 지켜봤지만 도통 손쓸 기회가 없었잖아요. 백주대낮에 그런 놈 건드렸다간 괜히 경찰 때문에 시끄러워지고 몸값도 땡전 한 푼 못 받을 거예요."

류즈가 글러브박스를 닫고 앓는 소리를 했다.

팡차오는 코웃음을 쳤다.

"당연히 힘든 일이지. 쉬운 일이었으면 싼장커우 갑부는 뭐 하루가 멀다 하고 강도만 당하게? 봐봐. 저택 앞뒤에 경호원이 있다는 건 그놈 스스로 우리 집에 돈 있소 하고 말하는 거나 마찬가지야. 돈에 발이 달려 있지는 않을 테니 우리가 매일 지켜보다 보면 분명 기회가 올 거야. 급할 거 없어. 돈 버는 게 뭐 쉬운 줄 알아? 이 세상에 족욕점 말고 쉽게 돈 벌 수 있는 일은 없다는 걸 알아둬!"

그때 류즈가 백미러를 보니 레인지로버 한 대가 오른편 버스 차로에서 빠르게 달려오고 있었다. 그들이 탄 시아리와 바로 앞 차와의 간격은 3미터 정도 되었다.

"형님, 좀 더 앞으로 가요. 뒤에서 어떤 새끼가 끼어들려고 해요!"

류즈의 말에 팡차오는 코웃음을 칠 뿐이었다.

아니나 다를까 버스 차로를 달려온 레이지로버가 낡은 시아리와 앞 차와의 간격을 확인하더니 방향을 틀어 시아리 앞으로 끼어들기를 시도했다.

"저런 무개념 새끼를 봤나!"

팡차오가 액셀을 밟아 앞 차에 바짝 다가갔더니 레인지로버가 얼른 멈춰 섰다.

잠시 후 레인지로버 운전석 창이 열리면서 우람한 몸집의 사내가 고개를 내밀었다.

"야, 이 새끼야! 사고 날 뻔했잖아. 그따위 운전 매너가 어딨어!"

팡차오는 힐끔 쳐다볼 뿐 상대도 하지 않았고, 류즈는 깔깔대고 웃으며 유리창을 내리고 남자에게 가운뎃손가락을 날렸다.

"꺼져, 새끼야! 덤빌 테면 덤벼보든가!"

사내는 눈을 크게 뜨고 믿을 수 없다는 듯 쳐다보았다. *세상에 아직도 저렇게 허세 떠는 놈들이 있나?*

신호등이 파란불로 바뀌고 앞 차가 움직이자 팡차오의 차도 뒤따라갔다. 류즈는 일부러 가래를 끌어모아 레인지로버의 보닛을 향해 퉤 뱉고는 아무 일 없었다는 듯 차창을 닫았다. 레인지로버의 사내는 어이가 없어 할말을 잃었다. 고물차를 냅다 들이받아 날려버리고 싶었다.

시아리가 드넓은 도로에 다다랐을 때 뒤에서 다급한 경적 소리가 들렸다. 백미러를 확인하자 레인지로버가 빵빵대며 쫓아오고 있었다.

"저 새끼가 쫓아오고 있는데요!"

"그러게 왜 가래를 뱉고 그래! 우리 차에 총 있는 거 몰라? 만약 문제 일으켜서 경찰이라도 출동하면 우린 꼼짝없이 감방행이라고!"

"아까 형님도 저 새끼 못 끼어들게 막았잖아요!"

류즈가 투덜거렸다.

팡차오는 콧방귀를 뀌고 "꽉 잡아"라고 말한 뒤 액셀을 끝까지 밟았다. 아무리 밟아도 류즈는 너무나 편하게 앉아 있었다. 고물차라서 몸이 뒤로 밀리지도, 가속도가 느껴지지도 않았다. 엔진 소리만 요란할 뿐 속도는 나지 않아 애간장만 태웠다.

레인지로버는 더욱 속도를 높여 바짝 따라붙었다.

팡차오는 핸들을 꽉 쥐고 이리저리 돌리며 레인지로버를 따돌렸다. 하지만 레인지로버에 비해 차량 상태가 너무 안 좋았다. 시아리가 어느 길목에서 갑자기 방향을 틀어 한순간 멀어지더라도 레인지로버는 금세 유턴해서 따라붙었다.

몇 분도 지나지 않아 양측은 기존 노선을 벗어나 교외의 외진 도로에서 속도를 겨루게 됐다. 도로에 둘 사이를 가로막는 차량도 전혀 없었다. 레인지로버가 성능을 앞세워 옆으로 쫓아와 시아리를 맨 오른쪽 차선으로 내몰았다. 그러더니 차머리를 휙 돌려 시아리를 분리대까지 몰아붙이려 했다. 더 이상 피할 곳이 없자 팡차오는 브레이크를 콱 밟았다. 잠자리 날개 같은 브레이크 패드에 핸드브레이크까지 합세했지만 차는 멈춰 서지 않았다. 레인지로버가 계속 다가오는 바람에 당장이라도 분리대에 부딪힐 것만 같았다. 팡차오는 이를 악물고 핸들을 왼쪽으로 확 꺾었다. 펑 소리와 함께 시아리가 레인지로버의 후미를 들이받았다.

차가 망가지는 소리와 함께 두 차가 동시에 멈춰 섰다. 팡차오는 미간을 잔뜩 찌푸린 채 어떻게 수습해야 할지 고민했다.

레인지로버 차 문이 열리고 키가 180센티미터쯤 되는 건장한 사내가 모습을 드러냈다. 그의 차는 뒤 범퍼가 움푹 파여 있었다. 사내는 안 그래도 화나 있던 차에 이런 사고까지 만나 열이 오를 대로 올랐다. 그가 시아리의 후드를 탕탕 두드리며 소리쳤다.

"거기 병신 둘! 좋은 말로 할 때 나오쇼!"

류즈는 화가 머리끝까지 치솟았다. '병신'은 그가 가장 참을 수 없어 하는 욕이었다. 그의 손은 어느새 글러브박스에서 권총을 꺼내 듣고 있었다. *제대로 정신 교육 좀 시켜줘야겠어!*

"미쳤어?"

팡차오가 권총을 빼어 도로 박스에 넣으며 윽박질렀다.

"넌 그냥 차에 얌전히 앉아 있어. 절대 내리지 마. 알아들었어?"

팡차오의 기세에 류즈는 이를 악물고 고개를 끄덕였다.

팡차오는 심호흡을 하더니 상대의 비위를 맞추려는 듯 웃는 낯으로 차에서 내렸다.

"사장님, 괜찮으십니까?"

팡차오는 담배까지 한 개비 건네며 물었다.

"괜찮냐고? 눈이 있으면 똑바로 봐!"

사내는 팡차오가 건넨 담배를 툭 쳐서 떨어뜨린 뒤 범퍼를 가리켰다.

"쓸데없는 소리 할 생각 말고 당장 물어내기나 하쇼!"

"물어내다니요? 이거 보세요, 내내 보복운전을 한 건 그쪽이잖아요? 우리가 이렇게라도 차를 안 세웠으면 아마……."

"젠장, 이 사람 낯짝 두꺼운 것 좀 보게? 내가 차 세우라고 계속 빵빵거렸는데 귀가 먹었어? 내 차에 가래만 뱉지 않았어도 내가 이렇게까지 했겠냐고!"

팡차오는 말썽이 나면 안 된다는 생각에 평생 저축해둔 친절을 티끌까지 끌어모아 웃으며 말했다.

"저기, 그거랑 이거는 별개죠. 제 동생이 가래를 뱉은 건 동생이 잘못했으니 사과하라고 할게요. 차는 보복운전이 먼저니까 배상은 없던 일로 하죠."

"없던 일로? 이거 진짜 웃기는 새끼네. 내 차를 이 모양 이 꼴로 만들어놓고 그냥 가시겠다?"

"그렇게 말씀하시면 안 되죠. 추돌 사고는 그쪽 보복운전 때문에 일어났으니까 그쪽 책임이고, 가래를 뱉은 건 제 동생 책임인 거 인정합니다. 결과적으로 두 차량 다 피해를 입었으니 각자 알아서 수리할 거 수리하자 이겁니다."

"꿈도 야무지시네!"

사내가 다가와 팡차오를 세게 탁탁 밀었다.

팡차오는 뒤로 몇 걸음 밀려나면서도 얼른 일을 무마해야 한다는 생각에 침착함을 유지했다. *저우룽을 낚는 게 훨씬 중요한 일이니 조금만 참자!* 팡차오는 떨떠름한 얼굴로 지갑에서 돈 한 뭉치를 꺼내 건넸다.

"3천 위안밖에 없는데 전부 드리겠습니다. 됐죠?"

차에 있던 류즈가 그 모습을 보고 마구 소리를 지르더니, 팡차오가 고개를 돌려 눈을 부라리자 바로 꼬리를 내렸다.

그런데 사내는 돈에 손도 대지 않았다.

"3천 위안? 내 차는 저거 수리하려면 최소 3만 위안이야!"

"3만?"

"내가 지금 이참에 돈 좀 챙기려고 이러는 줄 아쇼? 저딴 똥차 끄는 사람한테 그럴 생각 전혀 없으니까 됐고, 그냥 보험사 부르쇼. 가래 뱉은 건 없던 일로 쳐줄 테니까."

팡차오는 곤란해하는 얼굴로 잠시 망설이다 말했다.

"솔직히 말씀드리면, 제가 차 보험도 안 들었고 3만 위안을 드릴 여력도 없습니다. 이렇게 합시다. 제가 3천 위안 드릴 테니 그쪽이 본인 과실로 해서 보험 처리하는 걸로, 어때요?"

"본인 과실로 하라고?"

사내가 헛웃음을 터뜨렸다.

"지금 내 차 친 건 당신인데 나더러 책임을 지라고? 왜, 그냥 내 차도 달라고 그러지?"

"그건……."

그때 팡차오가 류즈 쪽으로 시선을 보냈다. 류즈는 미친듯이 고개를 끄덕이고 차에서 내렸다. 팡차오가 난감해하면서 사내에게 대답했다.

"좋습니다!"

한 시간 후 근처의 공터에 들어선 레인지로버의 트렁크 안에는 온몸이 꽁꽁 묶이고 입이 봉해진 사내가 누워 있었다. 팡차오와 류즈는 차량 번호판을 교체한 레인지로버 안에 고물차에 있던 물건들을 옮기고, 고물차는 으슥한 곳으로 몰고 가 숨겨놓았다.

성능 좋은 레인지로버에 올라타니 피가 끓는 느낌이었다. 이제 모든 장비가 완벽하게 갖춰졌으니 한탕하러 저우룽한테 가볼까!

제23장

류베이가 도주한 뒤로 형사경찰, 특수경찰, 파출소 경찰, 심지어 교통경찰들까지 체포 작전에 투입되었다. 좋은 소식은 류베이가 아직 싼장커우에 숨어 있다는 증거들을 찾아냈다는 것이고, 나쁜 소식은 수사에 혼선을 주는 류베이의 뛰어난 능력 때문에 그의 진짜 은신처를 확정하기가 어렵다는 것이었다.

엘리베이터 버튼을 누르지 않아 류베이를 놓친 일로 공안국의 웃음거리가 된 쑹싱은 이번에 어떻게든 공을 세워 위신을 만회할 작정이었다. 그래서 요즘 체포 작전의 제일선에서 바쁘게 뛰어다니는 중이었다.

오늘은 왕루이쥔이 장이앙과 함께 루이보를 찾아가는 날이었다.

사복 차림의 두 사람은 펑린완 호텔 앞에 도착해 차에서 내렸다.

왕루이쥔이 장이앙에게 상황을 설명했다.

"제가 알아본 정보에 따르면, 루이보는 성실하고 정직한 사람이라고 합니다. 저우룽과는 같은 학교 출신인데, 저우룽의 동업자인 랑보원과 달리 루이보는 저우룽의 부하에 더 가깝다는군요. 펑린완 호텔도 루이보 명의이긴 해도 소식통 말로는 저우룽이 실질적인 주인이랍니다. 참, 지난번에 저우치 매니저한테 스파센터를 계속 운영하면서 뤄 시장이 오면 알려달라고 하셨잖아요. 근데 저우치가 합법적인 영업만 계속하고 안에 있는 업소는 어제 오후에 갑자기 문을 닫았답니다. 당분간 영업 중지라고 하더라고요."

"뭐? 우리랑 약속해놓고 겁도 없이……."

걸음을 멈춘 장이앙이 눈썹을 추켜올리며 말했다.

"제 생각엔 저우치가 뤄쯔웨 시장의 신분을 알고 뤄쯔웨랑 우리 양쪽에서 밉보일까 봐 문을 닫은 것 같습니다."

"나한테는 제대로 밉보였네!"

왕루이쥔이 곧장 호텔 프런트데스크로 향했다.

"루이보 사장을 만나러 왔는데요."

"잠시만 기다리세요."

프런트 직원이 두 사람을 보더니 홀 지배인을 불러 귓속말로 상황을 알렸다. 두 사람의 기세가 심상치 않다는 걸 느낀 모양이었다.

"실례지만 사장님과 선약이 되어 있으신가요?"

삼십 대로 보이는 여자 지배인이 영업용 미소를 지으며 물었다.

"아뇨."

왕루이쥔이 '어쩌라고?'라는 듯이 가슴을 딱 펴고 신분증을 꺼내 지배인의 눈앞에서 흔들었다.

"싼장커우 공안국 형정대대 왕루이쥔 대대장이 뭐 좀 물어볼 게 있어서 찾아왔다고 전해주십시오."

지배인은 부랴부랴 데스크 안쪽으로 들어가 수화기를 들었다. 한참을 뭐라고 속삭이더니 전화를 끊고 유감스럽다는 표정으로 말했다.

“저기 두 분, 죄송한데 사장님이 지금 안 계셔서요. 무, 무슨 일로 사장님을 찾으시는 건지 여쭤봐도 될까요?”

장이앙이 천장을 한 번 쳐다보더니 어이없다는 듯이 웃었다.

“쓸데없는 소리 말고, 루 사장 지금 위에 있잖아! 다시 전화해서 얘기하세요. 지금 우리가 사장실로 올라갈지, 아니면 친히 공안국으로 납실지 결정하시라고.”

지배인은 침을 꿀꺽 삼키며 다시 전화를 걸었다. 이번에는 금방 통화를 끝내더니 두 사람을 이끌고 엘리베이터를 타고 올라가 사장실 입구까지 안내했다.

루이보는 직접 문을 열어주며 환한 미소로 두 사람을 맞이했다.

“그쪽이 쥔 오빠 맞으시죠?”

루이보가 왕루이쥔을 보며 일부러 친근한 척 물었다.

‘쥔 오빠’라는 호칭에 뜨끔해진 왕루이쥔은 괜히 헛기침을 하고 고개를 빳빳이 들며 말했다.

“형정대대 대대장 왕루이쥔입니다!”

“그럼 이쪽은 장 부국장님?”

루이보가 비위를 살살 맞추며 장이앙에게 물었다.

“저에 대해 잘 아시는 것 같은데, 저우룽 회장이 알려줬나 보죠? 그나저나 지배인이 방금 전엔 사장님이 안 계신다고 하던데, 언제 이렇게 다시 나타나셨죠? 뭐, 분신술이라도 쓰십니까?”

“이거 정말 죄송하게 됐습니다! 정중히 사과드리죠.”

두 손을 맞잡고 주억거리는 루이보의 얼굴에 순간 떨떠름한 표정이 지나갔다. 그는 케케묵은 핑계를 댔다.

“말씀드리기 민망한데, 제가 오늘 장염에 걸려서요. 방금 전까지도 계속 설사하느라 못 볼 꼴이라도 보일까 싶어서 부재중이라고 하라고 시켰던 겁니다."

진짜 장염인지 아닌지 채변 검사를 해볼 수도 없으니 장이앙은 입만 삐죽거렸다. 그리고 무심한 척 질문을 툭 던졌다.

"스파센터 문은 왜 닫은 겁니까?"

"안 닫았습니다. 정상 영업 중입니다."

장이앙이 왕루이쥔 쪽을 보자 왕루이쥔이 따져 물었다.

"센터 안에 있는 업소 말입니다!"

"업소라니요, 무슨 업소요?"

루이보가 아무것도 모른다는 듯 어깨를 으쓱했다.

"저우치 매니저 불러다가 물어볼까요?"

왕루이쥔이 눈을 부릅뜨며 몰아붙였다.

"그……."

루이보는 경찰 앞에서 궤변을 늘어놓는 건 현명한 처사가 아니라는 생각에 말을 바꾸었다.

"제 양심을 걸고 말씀드리는데, 스파센터에서 직원들이 개인적으로 품위 없는 일을 벌이고 심지어 불법 영업을 하고 있다는 걸 저도 최근에야 알았습니다. 제가 사장으로서 호텔의 평판도 신경 써야 하지 않겠습니까. 그래서 업소에 대해 알게 된 직후 바로 불법 영업을 중단시킨 겁니다. 그전에 영업했던 부분에 대해선 벌금을 부과하시든 처벌을 내리시든 하시죠. 무조건 협조하겠습니다!"

"이제 보니 당신이 저우치 시켜서 업소 문을 닫게 한 거군요. 보통 업소 배후 사장들은 다들 그렇게 얘기하더라고요. 내가 예전에 성 공안청에 있을 때도 죄다 그런 식으로 변명하던데, 결국엔 징역을 선고받았죠. 근데 너무 걱정 마세요. 이런 범법 행위는 기껏해야 몇 년 형이지, 10년 이상 구형받는 경우는 드무니까."

"전……."

경찰의 노골적인 협박과 집요한 시선에 루이보는 헛웃음이 나오고 말았다.

"이 얘긴 일단 이쯤하죠, 사장님. 경찰들이 음란 행위만 단속하고 눈앞의 업소 사장은 건드리지도 않는다는 소리 안 나오게 하려던 거니까. 루 사장님, 오늘 저희가 이렇게 갑자기 찾아뵌 이유는 몇 가지 여쭤볼 게 있어서입니다. 긴장하실 건 없지만 있는 그대로 솔직하게 얘기해주셔야 합니다!"

루이보는 장이앙의 기세에 눌려 꼼짝없이 고개를 끄덕였다. 업소 영업판에서 몇 년을 굴러본 경험이 있었지만, 형정대대 책임자의 집요한 시선은 루이보도 감당하기가 힘들었다.

"이 호텔은 본인 소유입니까?"

"네…… 맞습니다. 영업허가증 보시면 아시겠지만 제 지분이 90퍼센트이고 다른 몇몇 회사가 나머지 10퍼센트를 갖고 있죠."

"제 말은 그 90퍼센트 지분이 정말 사장님 개인 소유인지, 아니면 명의만 대신해서 갖고 계신 건지 묻는 겁니다."

"다, 당연히 제 개인 소유죠."

"좋습니다. 만약 호텔 관련해서 무슨 문제가 생기면 사장님이 전부 책임을 지신다는 뜻이군요."

그 말에 루이보는 갑자기 겁이 나서 물었다.

"제가 이해가 잘 안 돼서 그러는데, 나중에 무슨 문제가 생긴다는 겁니까?"

“뭐 여러 가지 상황이 있을 수 있죠. 소방 관련 문제라든지 다른 안전상의 위험 같은 거? 이런 공공장소에서 안전사고가 터지면 말 그대로 대형 사고잖아요. 심각한 피해가 발생하면 소유자는 사고에 대한 책임을 피할 수 없죠.”

그제야 루이보는 가늘게 한숨을 쉬고 가슴을 툭툭 치며 말했다.

“정부 지침도 잘 따르고 안전을 책임지도록 최선을 다하겠습니다.”

“참, 아까 지배인은 사장님이 부재중이라고 했지만, 저희가 여기에 사장님이 계실 거라고 단정할 수 있었던 이유, 뭔지 아십니까?”

“뭐, 뭐죠?”

“오래전부터 사장님의 일거수일투족을 주시했거든요. 어젯밤 어디를 갔고 오늘 아침 몇 시에 호텔에 도착했는지 벌써 다 꿰뚫고 있었다는 소립니다.”

“왜…… 절 주시한 겁니까?”

루이보가 놀란 얼굴로 물었다.

“예젠 사건 때문이죠.”

장이앙은 단도직입적으로 대답하며 루이보의 표정 변화를 살폈다.

“저는 예젠 일과 아무 관련 없습니다.”

준비해둔 말이기라도 한 듯 루이보가 곧바로 대꾸했다.

“그럼 누구와 관련이 있죠?”

“전…….”

루이보가 침을 꿀꺽 삼켰다.

“전 모릅니다.”

"아니, 당신은 알고 있어. 똑바로 말 안 해?"

"전…… 진짜 아무것도 모른다고요. 예젠은 제 오랜 친구입니다. 친구가 갑자기 죽어서 저도 괴롭다고요. 저랑은 진짜 아무 상관 없습니다."

루이보가 억울하다는 듯 호소했다.

"그럼 묻죠. 예젠이 언제 죽었습니까?"

"그…… 우리랑 같이 식사하던 날 밤에 그렇게 됐다고 들었습니다."

"예젠이 사망한 시각에 사장님은 뭘 하고 계셨죠?"

"회, 회식 자리에 있었을 겁니다."

"하하하하……."

장이앙이 갑자기 터뜨린 웃음에 루이보는 모골이 송연해졌다.

"봐, 묻자마자 바로 들통났네?"

장이앙이 루이보를 가리키며 말했다. 동시에 왕루이쥔 쪽을 바라보았다. 왕루이쥔은 무슨 뜻인지 몰라 어리둥절해하면서도 상사의 눈빛을 보고는 얼른 맞장구를 쳤다.

"다 들킨 마당에 얼른 사실대로 불지 않고 뭐 하십니까?"

"전…… 들통이라니, 무슨 말씀을 하시는 건지 정말 모르겠습니다."

사실 장이앙도 그냥 떠본 말이라 뭐가 들통난 건지 말해줄 수 없었다. 장이앙은 휴대폰에서 예젠 사망 현장에서 발견한 스파센터 카드의 사진을 보여주며 물었다.

"자, 보세요. 이게 뭡니까?"

"센터 VIP 카드네요."

"무슨 용도죠?"

"할인 혜택을 받을 수 있는 카드입니다."

"할인입니까, 무료입니까?"

루이보의 안색이 창백해졌다.

"무료라고 듣기는 했는데…… 저기요, 저는 그 사람들 업무와는 무관합니다."

"카드 번호 좀 직접 한번 보시죠. 누구 카드입니까?"

"저, 전 모릅니다."

"이거 예젠 카드입니다."

장이앙이 콧방귀를 뀌더니 갑자기 매섭게 소리쳤다.

"이 사진이 왜 내 휴대폰에 들어 있겠어요?"

루이보는 화들짝 놀랐지만 대답할 말이 없었다. *그러게, 왜 부국장님 휴대폰에 예젠 카드가 있는 거죠? 나도 모르는데 뭘 어쩌자는 거지?*

"말하래도!"

장이앙이 또다시 소리쳤다.

"왜, 왜인지 저는 잘 모르겠습니다."

"왜긴 왜겠어요? 우리가 예젠 피살사건 현장에서 이 카드를 찾아냈으니까 그렇죠."

장이앙은 스스로 대답한 후 바로 이어서 캐물었다.

"누가 이 카드를 예젠한테 줬죠?"

"그게…… 제 생각엔…… 저우치 같습니다."

"저우치는 자기가 준 거 아니라던데요?"

"그, 그럼 저도 잘 모르겠는데요."

장이앙은 루이보를 잠시 주시하다가 웃으며 천천히 말했다.

"근데 말이죠. 예젠이 죽기 직전 글씨를 남겼어요. 사람 이름인데 제일 앞 글자와 마지막 글자는 알아보기 힘들지만, 가운데 글자는 분명하더라고요. 가운데에 한 일 자가 있더군요."

왕루이쥐은 뜻밖의 전개에 놀라움을 금치 못했다.

그 한 일 자가 '장이앙'을 가리킨다는 걸 모르는 루이보陸一波는 안색이 변하며 다급히 대답했다.

"제, 제가 줬습니다. 근데 저는 예젠의 피살과 아무 관련 없습니다. 제 이름을 썼다고 해도 그런 뜻으로 쓴 건 절대 아닐 겁니다."

"그럼 무슨 뜻으로 쓴 걸까요?"

"저야 모르죠."

"방금 스파센터 업소 일은 최근에야 알았다고 했잖아요. 근데 그 카드는 어떻게 주게 됐죠?"

"그게……."

"우리가 빅 데이터라는 첨단과학기술을 이용해서 사장님과 예젠이 일상적으로 연락한 내용들을 상세히 분석해봤습니다. 그 결과……."

뜬금없는 장이앙의 말에 왕루이쥐은 눈썹을 일그러뜨렸다. *싼장커우 같은 촌구석에 웬 빅 데이터?*

"예젠이 죽기 직전 한 달여 동안 사장님이 예젠과 통화한 횟수가 전보다 눈에 띄게 늘었더군요."

왕루이쥐은 속으로 피식 웃었다. *통화 기록 조회도 첨단과학기술에 속하는 거였나?*

"그냥 옛날 얘기 한 것뿐입니다. 진짜예요! 제, 제가 그때 기분이 안 좋아서 이런저런 얘기 하며 답답함 좀 풀어보려고 그랬던 거라고요."

"예젠이 진득하게 누구 얘기 들어줄 만큼 인내심 있다는 말은 못 들어봤는데, 심리 상담도 할 줄 알았나요?"

"부국장님, 제가 드리는 말씀, 하나부터 열까지 전부 사실입니다. 제가 누구 앞이라고 감히 거짓말을 하겠습니까!"

"다시 한 번 얘기해보세요!"

장이앙이 갑자기 싸늘한 표정으로 내뱉었다.

"제, 제가 드린 말씀 모두 사실이라고요."

장이앙이 뚫어지게 쳐다보자 루이보는 고개를 돌려 시선을 피했다. 장이앙은 입을 삐죽거리며 왕루이쥔에게 이만 가자고 손짓했다.

밖으로 나오자 왕루이쥔이 물었다.

"정말 이대로 그냥 가시게요?"

"아니면?"

"제 생각에는 루이보 사장이……."

"확실히 거짓말하는 것 같지?"

"네, 더 물어보실 거 없습니까?"

"물어봐도 오늘은 더 건질 게 없어."

"어째서요?"

"처음엔 긴장하더니 차츰 긴장 풀린 거 몰랐나? 진술도 영 시원찮은 걸 보면 이미 상황 파악 끝난 거야. 우리가 실질적인 증거를 가져오지 않으면 털어놓지 않을 거라고. 오늘은 일단 돌아가고, 자넨 쑹싱 불러와. 나한테 따로 계획이 있으니까."

공안국에 도착하고 얼마 지나지 않아 쑹싱이 나타났다.

"부국장님, 루이보 얘기 전해 들었습니다. 분명히 뭔가 알고 있는 것 같은데, 왜 불러다가 신문 안 하십니까?"

"불러서 신문을 하라고? 뭘 빌미로?"

"음란 행위 단속이요. 그 스파센터 사장이 루이보 아니에요?"

"센터 안에 있는 불법 업소는 이미 문 닫았어. 음란 행위가 없는데 어떻게 단속을 하나?"

"그, 그럼 교도소 수감자 몇 명한테 펑린완 호텔에서 성매매했다고 진술하게 만들고 그걸 빌미로 체포하면 어떨까요?"

"가짜 진술이었다는 게 들통나면 자네가 책임질 건가?"

"전…… 아, 그냥 농담한 거였습니다. 불법적인 일은 하면 안 되죠. 그럼 이건 어때요? 성매매 업소는 없어졌지만 센터는 아직 영업하잖아요. 거기서도 분명 손으로 해주는 어떤 서비스가 있을 거란 말이에요. 편법으로 이루어지는 그런 서비스가 바로 음란 행위 단속의 사각지대죠. 그 사각지대를 파고들어 체포하는 겁니다!"

장이앙이 고개를 저으며 반문했다.

"자네가 집에서 야동을 보는데 그게 너무 괜찮아서 친구한테 공유했다 치자. 근데 왜 자넨 스스로를 음란물 유포죄로 잡아넣지 않는 거지?"

"전 공유한 적 없다고요!"

쑹싱이 만점짜리 대답을 해버리니 장이앙도 딱히 할말이 없었다.

"어쨌거나 루이보는 오성급 호텔 사장이고 그 뒤에는 저우룽 일당이 딱 버티고 있어. 우리가 그런 죄목을 대서 함부로 연행하면 뒤처리하기 힘들어진다고. 만약 연행해서 신문한다고 해도 놈이 사실대로 불지 않으면 어떡할 거야? 다음 날 바로 내보내야 해! 우리한테 확실한 증거가 없으면 루이보는 절대 입을 열지 않을 거야. 우리가 지금 해야 할 일은 실질적인 물증을 찾아내는 거야!"

"그럼 이제 어떡하죠?"

"간단해. 자넨 경찰 두 명을 저우룽한테 보내. 가서 면전에 대고 예젠 일을 물어보면서 뭐라도 단서를 제공하게 만들어."

"저우룽이 무슨 단서를 제공하겠어요? 자기는 예젠의 죽음과 전혀 상관없다고 딱 잡아뗄 텐데요."

"자넨 대체 뭘 먹어서 그렇게 둔한 거지?"

장이앙이 한숨을 내쉬었다.

"저우룽이 잡아뗄 거라는 걸 내가 몰라? 내가 노리는 건 루이보야. 저우룽한테 경찰 보내면서 이렇게 말하라고 해. 루이보가 저우룽과 예젠이 친형제처럼 사이가 돈독했다는 말을 했다고. 그럼 저우룽도 대충 눈치챌 거야. 경찰이 자기를 찾아오게 만든 사람이 루이보라는 걸 말이야."

"이간계離間計!"

쑹싱이 비로소 깨달았다는 듯 한마디 내뱉었다.

"그리고 리첸 요새 할 일 없지? CCTV 영상 보면서 저우룽과 루이보 일당 행적, 매일매일 체크하라고 해."

"알겠습니다!"

제24장

장이앙의 사무실을 나온 쑹싱은 곧장 리첸을 찾아갔다. 그런데 쑹싱의 얼굴을 본 리첸이 잔뜩 화난 표정을 지었다.

며칠 전 류베이 사건이 터진 이후로 리첸은 한 번도 현장에 나가지 못했다. 형정대대 전체가 리첸을 따돌리기라도 하듯 그녀에게 함께 나가자고 제안하는 사람이 아무도 없었다. 답답한 마음에 몇몇에게 은밀히 캐물었는데, 어쩌다 한 명이 입을 잘못 놀려, 리첸을 현장에 참여시키지 않는 이유를 알게 되었다. 그것은 바로 쑹싱 중대장의 명령 때문이었다. 화가 난 리첸이 쑹싱을 찾아가려던 차에 마침 그가 제 발로 찾아온 것이었다.

"중대장님, 중대장님이 절 현장에 데리고 나가지 말라고 시켰다면서요?"

쑹싱은 순간 뜨끔했지만 순순히 인정했다.

"그래, 당연히 내가 명령한 거지, 아니면 부국장님이겠어?"

"갑자기 부국장님이 왜 나와요? 전 부국장님은 입에 올리지도 않았는데."

쑹싱이 헛기침을 하며 목을 가다듬은 뒤 신지하게 말했다.

"정융빙이 나중에 그러더라. 당시 네 직원 연기가 서툴러서 류베이가 눈치채는 바람에 그 사달이 난 거라고. 두 사람한테 중상을 입히고 하마터면 너도 죽일 뻔했다고 말이야. 넌 지금 경험이 너무 부족해. 현장에 널 데려가면 도움이 되기는커녕 오히려 방해만 될 뿐이야. 조급해하지 마. 일단 사무실에서 이론 공부 착실히 하고 몇 년 있다가 다시 현장에 나갈 생각 하라고."

"몇 년을 기다리라고요?"

리첸이 눈을 부릅떴다.

"당연하지. 근데 지금 너한테 중요하게 맡길 일이 있어."

"뭔데요?"

"매일 CCTV 확인하면서 저우룽과 루이보의 행적을 일일이 감시하라는 부국장님 지시가 떨어졌어."

"또 CCTV라고요!"

리첸이 지겹다는 듯 소리쳤다.

"절대 우습게 볼 일 아니야. 종합적인 능력을 검증하는 거라고."

장이앙과 함께 일하다 보니 쑹싱도 어느새 그의 멘트를 따라 하고 있었다.

"나 참……."

리첸은 이를 악물었다.

형정대대는 후방 지원 부서를 제외한 모든 대원이 분주했다. 리첸 혼자만 하루 종일 자료를 찾거나 CCTV 영상을 확인했다. 대원들 대신 택배를 처리하고 야근하는 대원들을 위해 음식 주문을 하는 일도 이제는 지긋지긋했다. 화가 솟구친 리첸은 '중대장님' 대신 이름으로 쑹싱을 불렀다.

"쑹싱, 형정대대에서 저우룽을 수사할 마음이 정말 있기는 한 건가요?"

저우룽의 이름이 나오자 쑹싱은 주변을 경계하며 조그맣게 말했다.

"그게 무슨 소리야? 당연히 수사해서 잡아들여야지."

"근데 왜 그렇게 미적미적하는 거예요? 저우룽은 계속 싼장커우에 있었어요. 어디로 숨지도 않고 눈에 보이는 데서 버젓이 다닌다고요. 증거가 없다느니 이딴 소리 할 생각 마세요. 그럼 다른 사람 체포할 때는 왜 증거 없단 소리를 안 하는데요? 좀도둑 잡을 때 사람부터 잡아놓고 신문해요, 증거부터 찾아요? 이번 예젠 사건만 해도 그래요. 그날 저우룽도 회식 자리에 있었죠. 근데 부하 경찰 보내서 달랑 몇 마디 물어본 거 말고 뭐 제대로 조사한 게 있나요? 왜 저우룽을 소환하지 못하는 거죠? 루정 부국장님 실종 당시에도 말끝마다 저우룽이 의심된다면서 여태 소환해서 신문한 적이 없죠? 혹시 뒷돈이라도 받았나요? 그래서 수사한다고 떵떵거리면서 실제로는 얼렁뚱땅 넘어가는 거 아니냐고요!"

"무슨 그런 말도 안 되는……."

쑹싱이 실실 웃으며 고개를 젓더니 살기등등한 리첸의 표정을 보며 흠칫 몸을 떨었다. *그래, 말로는 저우룽을 수사해야 한다고 하면서 왜 이렇게 오랫동안 한 번도 건드리지 못했지? 뒷돈을 받았느냐는 의심까지 살 정도로 말이지. 혹시 이거…… 공안부에 있다는 리첸 삼촌이 묻는 질문 아니야?*

정치적 입장과 관련된 이런 질문은 무조건 신중하게 답해야 한다! 잠시 고민하던 쑹싱이 입을 열었다.

"일단 소회의실에서 기다려. 쥔 형님이랑 같이 가서 제대로 설명해줄게."

쑹싱이 냅다 달려나가자 리첸은 소회의실로 갔다. 그런데 십오 분이 지나도록 아무도 나타나지 않았다. 아무래도 그냥 내뺀 모양이었다. *그럼 그렇지.* 더욱 화가 나서 자리를 뜨려는데 왕루이쥐과 쑹싱이 소곤거리며 다가왔다. 리첸을 보자 두 사람은 입을 다물고 자세를 바로 하며 맞은편 자리에 앉았다.

"리첸."

왕루이쥐이 봄바람 같은 환한 미소로 리첸을 보며 말했다.

"좀 전에 쑹싱한테 던진 질문, 아주 좋았어!"

쑹싱도 정곡을 찌른 질문이었다는 듯 고개를 끄덕였다.

"우리도 진심으로 저우룽을 잡아들이고 싶어. 나랑 쑹싱은 저우룽이 루정 실종 사건과 관련 있다고 백 퍼센트 확신해. 하지만……."

땅이 꺼져라 한숨을 내쉰 왕루이쥐은 연기학원생처럼 세 번 연속 발을 탕탕탕 구르며 괴로운 듯 가슴을 쳤다.

"그거 알아? 저우룽 그 자식, 진짜 능구렁이 같은 놈이야!"

쑹싱도 끼어들어 맞장구쳤다.

"맞아, 저우룽이 사건에 연루돼 있다는 걸 밝힐 증거가 없어. 왕년에 암흑가에 몸담았다는 소문이 있기는 한데, 말 그대로 소문일 뿐이고, 제보받은 것도 없고 우리가 가진 증거가 전혀 없어. 게다가 명색이 그룹 회장인데 구체적인 범죄 행동에 직접 가담했을 리도 없잖아. 솔직히 최근 몇 년간 우리한테 손톱만큼이라도 증거가 있었다면 진즉에 체포했을 거야. 이렇게 속수무책으로 보고만 있지는 않았을 거라고!"

쑹싱이 한숨을 내쉬며 답답한 듯 허벅지를 때렸다.

왕루이쥔도 한숨을 내쉬고 이어서 말했다.

"저우룽은 현재 싼장커우 갑부인 데다 인민대표대회 대표야. 그 사람 발이 닿지 않은 업종이 없고, 정부 측과도 관계가 돈독하지. 저우룽이 어느 부청장하고 관계가 보통이 아닌 모양이야. 예전에 루정 부국장이 계속 저우룽을 조사하고 있었지만 직접적으로 건드린 적은 없었던 걸 보면 말 다 했지. 이런 지방에서 저우룽처럼 사회적 지위가 막강한 사람은 확실한 증거가 없으면 직접 소환해서 조사할 방법이 없어. 어찌어찌 소환까지는 성공했다 하더라도 절대 술술 자백할 리도 없고 오히려 경계심만 키우는 꼴이 될 수 있지."

리첸이 불만스럽게 말했다.

"그래도 지금 같은 상태로 있어서야 되겠어요? 저더러 사무실에 틀어박혀서 CCTV 영상이나 들여다보고 있으라니요! 이렇게 해서 사건을 해결할 수 있으면 그게 어디 제대로 된 수사라고 할 수 있겠어요?"

"네 말도 일리가 있네. 혹시 뭐 생각해둔 거라도 있어?"

왕루이쥔이 고개를 끄덕이며 물었다.

"좀 더 적극적으로 나서야 해요. 어떻게든 접근할 기회를 포착해야 물증을 확보할 수 있죠. 저우룽 일당에 비밀 요원을 잠입시키는 방법은 생각해보셨어요?"

왕루이쥔과 쑹싱이 동시에 마주보았다. 두 사람의 생각은 똑같았다. *비밀요원 잠입이라니! 순진도 하시네. 그래도 대놓고 순진한 발상이라고 대꾸할 순 없지. 만약 공안부의 그 높으신 분이 물어*

보신 거라면 어떡해? 왕루이쥔은 인내심을 가지고 설명했다.

"영화랑 실제 수사는 달라. 싼장커우는 작은 지역이기도 하고, 형정대대에서 비밀 요원을 해본 사람도 없어. 그리고 생각해봐. 몇 년 일하지도 않고 어떻게 저우룽의 신뢰를 얻을 수 있겠어? 실제 수사에선 소식통은 있어도 비밀 요원 같은 건 없다고."

"그럼 저우룽 쪽에 우리 소식통이 있어요?"

"있지. 딱히 쓸모는 없지만."

왕루이쥔이 솔직하게 말했다.

"얼마 전 정융빙이 자기 형량 좀 줄여달라며 우리한테 소식통 한 명을 연결해줬거든. 샤오미小米라고 저우룽 운전기사야. 샤오미를 찾아가서 얘기해봤는데, 진짜로 운전만 담당하지 핵심층 인사는 아니더라고. 저우룽 주변의 핵심 인물은 저우룽의 동업자라고 할 수 있는 랑보원과, 비서 후젠런, 회사 보안팀 총책임자 장더빙張德兵, 이렇게 세 명이야. 저우룽이 암흑가에 몸담았다는 소문은 장더빙 때문에 난 거야. 저우룽 본인은 오색잡놈들하고는 상대를 안 해. 장더빙은 조용히 일 처리도 잘하고 약점도 내비친 적이 없어. 샤오미는 저우룽 회사의 후방 지원부서 소속인데 평소 운전만 하고 랑보원, 후젠런, 장더빙과 직접적인 접촉은 없는 모양이야. 샤오미가 아는 정보도 같이 어울리는 동료들한테서 주워들은 거더라고. 저우룽이 여자를 엄청 밝힌다느니, 매번 다른 여자를 집에 데려온다느니 하는 말들 말이야. 그렇다고 우리가 그 집에 쳐들어가서 성매매 혐의로 체포할 수도 없는 노릇이고. 저택 서재 벽에 비밀 금고가 있다고도 하던데, 저우룽이 한 번도 남한테 보여준 적이 없대. 그래서 다들 금고에 엄청난 귀중품이 들어 있을 거라고 추측하고 있대. 그리고 또……."

"서재에 숨겨둔 금고가 있다고요?"

"그래."

"거기에 회사 내부 장부나 저우룽에게 유죄 판결을 내릴 수 있는 뭔가가 들어 있지 않을까요?"

"모르지. 저우룽이 서재에는 가사 도우미랑 집사도 못 들어가게 한대. 이것도 다 샤오미가 다른 사람한테 들은 내용이야. 샤오미 본인은 기껏해야 거실까지밖에 못 들어가거든."

"집을 압수수색할 방법을 찾아내서 금고를 확인해보면 안 될까요?"

왕루이쥔이 한숨을 내쉬었다.

"압수수색 영장 받아내는 게 제일 어려워. 저우룽이 사건과 관련 있다는 확실한 물증이 있어야 영장이 발부되는데, 저우룽이 정부 부처하고 워낙 밀접하게 얽혀 있거든. 진짜로 무슨 일이 있어서 압수수색을 당한다 해도 미리 정보를 알고 물건을 빼돌릴 게 분명해. 만약 수색해서 아무것도 안 나오면 그땐 어떻게 수습할 거야?"

일리 있는 설명에 리첸도 더 이상 할말이 없었다. 매일 도로 CCTV를 통해 저우룽의 행적을 감시하고 있지만 어떤 수상한 점도 발견하지 못했다. 저우룽은 일 처리도 굉장히 신중했다. 그러니 그가 범죄와 직접 연루돼 있다는 증거가 지금까지 하나도 나오지 않을 만도 했다. 서재에 있다는 금고에 중요한 증거가 있을 텐데, 어떻게 하면 그 금고의 비밀을 밝혀낼 수 있을까?

제25장

저우룽 회장이 부동산 다음으로 가장 크게 벌이는 사업은 자동차 판매였다. 싼장커우를 시작으로 주변 몇몇 도시에서 자동차 4S 매장* 수십 개를 운영 중이었고, 싼장커우의 매장에서 수많은 자동차 브랜드의 지역 독점 대리점 자격을 따내기도 했다. 경쟁이 치열한 대도시에서는 경영 악화로 문을 닫는 매장이 적지 않은 반면, 싼장커우 같은 소도시에서는 오히려 사업하기가 수월한 면이 있었다. 저우룽은 매달 대리점들을 방문해 영업 상태를 체크하는 등 4S 매장 운영에 열심이었다.

이번에 저우룽이 찾은 매장은 싼장커우의 벤츠 대리점이었다. 그가 가장 즐겨 타는 차가 바로 판매가 300만 위안이 넘는 벤츠 S클래스였다. 매장 앞에 도착해 차에서 내린 저우룽은 몹시 화난 표정이었다. 매장으로 성큼성큼 들어가는 그의 뒤로 후젠런 비서가 전화 통화를 하며 따라갔다.

사무실에 도착한 뒤 후젠런이 전화를 끊자 저우룽이 물었다.

---

* 자동차 판매Sale, 부품 공급Spare-part, 정비Service, 고객관리Survey를 한곳에서 수행하는 자동차 종합 매장.

"뭐래?"

"호텔 직원한테 확인해봤는데, 형정대대가 루이보를 찾아간 게 확실하답니다."

"언제?"

"어제요."

"근데 왜 이보는 그런 일이 있었다고 나한테 얘길 안 했지?"

저우룽이 인상을 찌푸리며 중얼거렸다.

"형님한테는 얘기 안 하고 형정대대에 알린 거죠. 예젠 사건에 대해 자기는 아는 바가 없으니 회장님한테 가서 물어보라고요. 이보 형님이 왜 그런 건지 저는 도무지 이해가 안 되네요."

"경찰놈들이 일부러 우리를 이간질하는 걸 수도 있어."

"그럼 왜 경찰이 찾아왔었다는 걸 형님한테 알리지 않았겠어요? 형님이 물어보시면 바로 들통날까 봐 몸 사린 거라고요."

"너무 긴장해서 말이 헛 나왔을 거야. 너도 알잖아. 경찰들이 질문하는 데는 나름 도가 텄다는 거. 이보는 그런 일에 대처해본 경험이 없고. 내가 괜히 의심할까 봐 알릴 엄두를 못 냈을 거야. 그러니 이 일로 이보를 탓할 순 없어."

저우룽이 루이보를 대신해 변명하자 후젠런이 차갑게 웃으며 말했다.

"근데 지난번에 형정대대가 저우치를 찾아갔던 것도 우리한테 말 안 했잖아요?"

그러자 저우룽의 입꼬리가 살짝 떨리더니 긴 한숨을 뱉어냈다.

"함부로 의심하지 마. 이보 정직한 녀석이야."

"정직해서 문제인 거예요. 겁먹고 우리 일을 발설하기라도 하면…….”

“걱정할 거 없어. 센터 오픈한 거 말고 우리가 그 녀석 손을 빌린 일은 없으니까.”

“그래도 이보 형님이 알고 있는 내용이 적지 않은데…….”

저우룽은 미간을 찌푸리며 후젠런을 바라보았다.

“그래서 뭘 어쩌고 싶은 건데?”

“예전에 보원 형님하고도 얘기해봤는데, 저희 둘 다 이보 형님이 썩 미덥지 못하다는 의견이에요.”

저우룽이 그만하라는 듯 손바닥을 세우며 말했다.

“너희 둘 다 함부로 나대지 마. 난 이보를 믿어. 나하고 이보가 처음 알게 됐을 때 랑보원 그놈은 양아치마냥 하루가 멀다 하고 찾아와서 보호비 받아가고 그랬다고.”

“하지만 만약 이보 형님이…….”

“만약 같은 건 없어. 믿을 수 없는 놈이었으면 지금까지 데리고 있지도 않았어. 경고하는데, 둘이 뒤에서 이보한테 허튼수작했다간 나랑 인연 끝이야!”

의리를 매우 중요하게 여기는 저우룽은 예젠과 루이보를 형제처럼 대하며 지냈다. 랑보원은 동업자지만 어린 시절 그에게 괴롭힘당했던 기억 때문에 루이보를 챙겨주고 싶은 마음이 더 컸다.

저우룽의 완강한 태도에 후젠런이 화제를 바꿨다.

“참, 편종 구매 루트 말인데요, 몇 다리 거쳐서 결국 찾아냈습니다. 판매자가 오래전 홍콩으로 이주한 대륙 사람인데, 본명은 아무도 모르고 주이페이朱亦飛라고 부른답니다. 이 바닥에서 워낙 유명인사라 찾는 사람들이 많지만, 그중에서도 큰 건만 받아 거래하는 모양이에요. 그렇다고 특별히 거액을 요구하지도 않고요. 연락해봤더니 지금 편종 세트를 갖고 있는데, 대륙에 있는 사람과 거래하는 게 워낙 리스크가 큰 만큼 우선 직접 만나서 얘기하자 하더라고요."

"그럼 얼른 만나보자고!"

"벌써 대륙에 넘어와 있어서 언제든 싼장커우로 올 수 있답니다. 만나기 두 시간 전에 알려줄 테니 자기 시간에 좀 맞춰달라고 하더라고요."

"그럼 언제 올지도 모를 연락을 매일 기다리고 앉아 있으라고? 내가 그리 한가한 줄 아나?"

"아마 대륙 경찰이 자기 체포하려고 함정을 파놓았을까 봐 그러는 걸 거예요. 현지 시찰을 좀 해두고 나서 연락하려는 거겠죠. 명백한 밀거래다 보니 일단 잡혀 들어가면 나올 수가 없잖아요. 가짜를 파는 놈들도 많은데 주 사장은 이 업계에서 무조건 진품만 취급하기로 유명하답니다. 이번에 구매 실패하면 당분간 믿을 만한 물건 찾기는 힘들다고 봐야 할 거예요."

저우룽은 코웃음을 쳤다. 자신의 신분을 생각하면 솔직히 주이페이 같은 업자와 얽히고 싶은 마음이 추호도 없었다. 하지만 둥부신청 관리위원회 주임 팡융이 돈은 마다하고 문화재만 원하니 어쩌랴! 만약 경매를 통해 떳떳이 편종 세트를 구하려 한다면 일이 어려워질 수 있었다. 경매에 나온 청동기 가격은 천정부지로 치솟을 테고, 그런 물건은 업계에서 이름이 날 게 뻔하니 팡융이 꺼릴지도 모른다. 이렇게 저렇게 따져도 주이페이와 거래하는 수밖에 없었다.

그때 누군가 사무실 문을 두드렸다. 4S 매장 에이에스 담당 매니저가 들어오더니 안절부절못하며 말했다.

"저기 회장님, 누가…… 회장님 차를 긁었는데요."

"내 차는 입구에 세워뒀잖아? 근데 어떻게 긁혀?"

"그…… 그게 오늘 매장 입구에 차가 좀 많았거든요. 어떤 여성 고객이 시승 중에 그만……."

"진짜 성가시게 됐네."

저우룽은 가까스로 화를 억눌렀다. 고객이 자신의 차를 긁었다니! *고객은 왕인데 어떡한담*…….

따라 내려가보니 그의 벤츠는 원래 자리에 그대로 서 있고 옆에 소형 시승차가 보였다. 얼마나 긁혔나 보니 뒤쪽 부분이 살짝 벗겨져서 하얗게 드러난 정도지 심하게 긁힌 건 아니었다. 물론 색을 덧칠하는 것만 해도 돈이 꽤 들지만, 어차피 자신의 회사에서 수리할 테니 비용은 상관없었다.

"회장님, 이분이 운전자입니다."

운전자를 향해 고개를 돌린 저우룽의 눈이 순간 반짝였다. 165센티미터 정도의 키에 늘씬하고 젊은 아가씨였다. 손바닥으로 가려질 만큼 작은 얼굴에 콧날도 오똑하고 입술은 얇았다. 화장을 수수하게 해서 얼굴이 맑고 상큼했으며, 필러 같은 시술을 받은 티도 전혀 보이지 않았다. 대학을 갓 졸업한 사회 초년생 같은 분위기였고, 더불어 야무진 느낌까지 들었다.

저우룽은 눈을 가늘게 뜨고 다시 한 번 여자를 스캔했다. *몸매 좋네, 살짝 마르긴 했지만. 보기 드물게 괜찮은 아가씨야.*

그 괜찮은 아가씨가 바로 리첸이었다!

리첸이 요즘 출근해서 하는 일은 사무실에서 온종일 CCTV 영상을 들여다보는 것이었다. 그러다 보니 저우룽, 루이보, 랑보원 등이 어디에 살며 몇 시에 출퇴근하는지, 즐겨 찾는 식당은 어디인지 등등의 정보를 누구보다 빠삭하게 알게 되었다. 하지만 그게 다 무슨 소용인가? CCTV 영상만으로는 범죄 증거를 전혀 알아내지 못하는데. 리첸은 진짜 증거를 찾아내려면 용의자들과 근거리에서 접촉해야 한다고 생각했다.

오늘도 어김없이 CCTV 영상을 보며 저우룽의 행적을 쫓고 있는데 그가 벤츠를 타고 룽청그룹 본사에 들렀다가 벤츠 4S 매장으로 향했다. 그 매장은 공안국에서 길 하나만 건너면 갈 수 있었다. 리첸은 서둘러 평상복으로 갈아입고 4S 매장으로 걸어갔다. 가까운 거리에서 저우룽이 어떤 사람인지 관찰하기로 했다.

4S 매장에 도착하니 저우룽은 이미 위층으로 올라간 뒤였다. 그의 벤츠는 입구 한쪽에 덩그러니 세워져 있었다. 리첸은 매장에서 차를 구경하는 척 연기했다. 그때 두충杜聰이라는 판매원이 다가와 살갑게 응대하며 시승을 권했다. 리첸은 자신이 초보운전자라 무섭다며 시승을 거절했다.

두충은 여성 초보운전자가 벤츠를 보러 왔으니 분명히 차를 사겠구나 싶어 더 적극적으로 시승을 권했다. 모든 시승차는 보험처리가 되어 있으니 사고가 나도 전부 보험사 책임이라며 리첸을 꼬드겼다. 가슴을 탁탁 치면서 걱정할 거 없다고 거듭 말했다. 그때 리첸의 눈에 저우룽의 벤츠가 들어왔고, 문득 좋은 생각이 떠올랐다. 그래서 시승계약서를 작성하고 차에 올라타게 됐다. 입구를 지나면서 리첸은 일부러 가볍게 핸들을 틀어 벤츠에 부딪쳤다.

두충은 놀라서 어쩔 줄 몰라 했다. 시승 중에 간혹 예기치 못한 일이 발생하긴 하지만 회장 차를 긁은 고객은 난생처음이었다. 어쨌든 회장에게 보고할 수밖에 없었다. 리첸은 죄송하다고 연신 사과한 후 저우룽이 내려오기만을 기다렸다.

저우룽이 내려와 차 상태를 확인하고 에이에스 담당자에게 물으니 초벌칠이 벗겨진 거라 복원하려면 며칠은 걸린다고 대답했다. 에이에스 담당자는 300만 위안이 넘는 차량이라 페인트칠만 해도 5천 위안이 든다며 리첸에게 그 비용을 지불하라고 했다.

깜짝 놀란 리첸은 시승차의 사고 책임은 전부 보험사 측에서 진다고 설명을 들었다며 따졌다. 에이에스 담당자는 회장의 호감을 얻기 위해 즉흥적으로 설명을 꾸며냈다. 물론 보험 처리를 할 수 있지만 해당 벤츠는 나온 지 6개월도 안 된 차량이라 감가상각비가 높기 때문에 그 돈은 보험사가 배상하지 않는다는 것이었다.

저우룽은 썩 괜찮은 아가씨와 에이에스 담당자가 실랑이하는 모습을 흐뭇이 바라보았다.

순간 리첸은 좋은 생각이 떠올라 저우룽에게 물었다.

"오빠가 이 차 주인이에요?"

저우룽이 은근한 미소를 지으며 고개를 끄덕였다.

"제가 호칭을 뭐라고 하면 좋을까요?"

"난 저우周야."

저우룽이 점잖게 대답했다.

"저우 오빠, 저랑 잠깐 얘기 좀 할 수 있을까요?"

저우룽이 미소 띤 얼굴로 다가오자 리첸이 조그맣게 말했다.

"오빠, 제가 초보운전이라 실수로 오빠 차를 긁은 건 정말 죄송해요. 근데 여기 매장 너무 바가지 씌우는 거 같지 않아요?"

"여기 내 매장인데?"

"아, 그…… 그럼 더 잘됐네요. 오빠 매장이면 그냥 없던 일로 하고 넘어가주시면 안 돼요? 저 진짜 가난해서 돈 없어요. 대신 제가 밥 살게요, 네?"

"밥을 몇 번이나 살 건데?"

"어…… 며, 몇 번을 원하시는데요?"

"열 번으로 하지."

"열 번이요?"

"걱정 마. 계산은 내가 할 테니까. 어린 아가씨한테 돈을 내게 하면 쓰나?"

저우룽이 웃으며 말했다.

"진짜요?"

저우룽의 입꼬리가 더욱 올라갔다.

"당연하지. 원하면 손가락 걸고 약속이라도 하든지!"

그때 두충은 회장의 불호령이 떨어질까 두려워 한쪽에 선 채 안절부절못하고 있었다. 그런데 그의 앞에서 회장과 여성 고객은 불과 몇 분 만에 손가락까지 걸고 있다니! *진짜 웃기는 장면이네!*

저우룽은 두충에게 다가와 차 수리를 진행하라고 지시했다. 그러고는 잔뜩 신이 나서 다른 직원에게 레스토랑 예약을 하게 했다.

두충은 화가 나서 식식거렸다. 회장은 사고를 낸 아가씨와 식사하러 나가고, 에이에스 담당자는 마치 두충이 벤츠를 박기라도 했다는 듯 그에게 한바탕 욕을 퍼붓고 갔다.

정비소에 차 수리를 맡기고 나오는데 휴대폰이 울렸다. 발신자를 본 두충의 얼굴에 묘한 미소가 떠올랐다. 그는 사람들 눈에 띄지 않는 곳으로 재빨리 이동해 전화를 받았다.

"또 건수 생겼어?"

발신자는 웨딩업체를 차린 친구 녀석이었다. 말이 웨딩업체 사장이지 거의 '브로커'였다. 친구는 예식장, 의상 및 메이크업, 웨딩카, 웨딩촬영, 사회자 및 주례 등 모든 절차를 남에게 맡겼다. 웨딩카는 렌터카 업체에서 비싸게 빌리는 대신 두충이 일하는 4S 매장 차량을 몰래 빌렸다. 두충은 이 매장에 온 지 3개월 만에 매장 직원들과 막역한 사이가 되었고, 건수가 있을 때마다 대충 둘러댄 뒤 시승차를 타고 나가 친구에게 빌려주었다. 그런 식으로 부수입을 챙겼는데, 심지어 고객이 수리를 맡긴 차량을 빌려준 적도 있었다.

그런데 이번에 문제가 생겼다고 친구가 말했다. 지난번 사인한 계약서에서 웨딩카 부대를 벤츠로 통일하고 메인 차는 벤츠 S600으로 한다고 약정했었다. 그런데 결혼식 날짜에 임박해서 예약한 S600 차주가 외지에 가서 돌아오지 못하는 상황이 발생했다는 것이다. 렌터카 업체를 수소문해봤지만 해당 결혼식 날짜가 길일이라 렌터카 업체들이 소유한 S급 벤츠가 전부 예약된 상태였고 OEM 차량도 없었다. 고객에게 다른 벤츠 모델로 변경하면 안 되겠느냐고 상의했지만, 신랑이 단박에 거절하며 만약 변경하면 배상금 1만 위안을 청구하겠다고 했단다.

S급 벤츠를 빌려야 한다는 말에 두충도 난색을 표했다.

“우리 매장에 S급 시승차는 없는데.”

“다른 매장에라도 있는지 좀 알아봐줄래?”

“다른 매장에 있어도 그 정도 급은 빼내기 힘들어.”

“네가 어떻게 힘 좀 써봐. 왕복으로 다 해도 20킬로미터야. 이번 건은 2천 위안 줄게!”

“2천 위안?”

두충은 숨을 크게 들이마셨다. 20킬로미터를 운전해서 2천 위안을 벌 수 있다니! 돈은 모든 동력의 원천이었다. 두충은 최선을 다해 머리를 굴려보았다. 매장에는 S급 시승차가 없는 게 확실하지만, 정비소에 마침 한 대가 들어와 있었다.

바로 사흘간 정비소 신세를 지게 된 저우룽 회장의 벤츠 S600이었다!

제26장

같은 시각, 매장에서 몇 킬로미터 떨어진 곳에 몇 사람이 각자의 문제에 봉착해 있었다.

이틀 전 레인지로버를 뺏은 팡차오와 류즈는 가까운 도시에 있는 불법 정비소에서 차량 도색을 하고 번호판도 갈아끼웠다. 싼장커우로 돌아온 두 사람은 레인지로버 차주를 처리하는 문제로 골머리를 앓았다. 풀어주면 당장 경찰에 가서 신고할 게 뻔했다. 류즈는 구덩이를 파서 묻어버리자고 했지만, 팡차오는 쉽게 결정을 내리지 못했다. 두 사람은 지금까지 수차례 강도 짓을 했지만 살인은 해본 적이 없었다. 언젠가 체포되더라도 사형까지 가지는 않을 것이다. 그러나 일단 살인을 하고 나면 이야기가 달라진다.

그런데 오늘 아침 류즈가 황무지에 덩그러니 있는 레인지로버 트렁크를 열었더니, 그 안에 있던 차주가 꼼짝도 하지 않았다. 죽은 척을 하나 싶어 발로 차봤지만 미동도 없었다. 몸을 만져보니 싸늘하게 식어 있었다.

이렇게 어이없이 죽어버리다니! 사실 차주도 평범한 사람은 아니었다. 십여 년 전 싼장커우가 아직 현縣이었을 때 지방의 강호에도 물고기와 용이 섞여 있었다. 당시 메이梅, 린林, 양楊, 셰謝 성을 각각 가진 청년 네 명이 저마다 조직을 이루고 있었다. 이들 네 명은 각자가 가장 두려워하는 질병의 명칭을 따서 별명으로 삼았다. 레인지로버 차주가 바로 이들 넷 중 서열 2위, 세칭 '빙病 형'이라고 불렸던 린카이林凱였다. 십여 년이 흘러 강산이 변하는 사이 많은 조직원이 체포되거나 신분세탁을 하고 각자의 삶을 살아가게 되었다. 린카이도 일찍이 강호의 생활을 청산하고 장사를 시작했지만, 아직도 밖에 나가면 '카이 형님'이라 불리며 받들어졌고, 그를 함부로 건드리는 사람이 없었다. 그런데 이번에 어쩌다 고약한 운을 만났는지, 팡차오와 류즈에게 걸려들고 만 것이었다.

린카이는 단지 조금 더 빨리 가고 싶어서 끼어들기를 시도했던 것뿐이었다. 그런데 시아리가 노골적으로 끼어들기를 차단했고, 류즈가 그의 차에 가래를 뱉은 데다 가운뎃손가락을 치켜들기까지 했다. 어찌 화를 참을 수 있겠는가? 그래서 끝까지 쫓아갔던 건데 결국은 두 사람에게 포박당해 트렁크에 욱여넣어지고 말았다. 그제야 린카이는 상대를 잘못 골랐다는 걸 깨달았다. 그는 기껏해야 상대를 '위협'하려 했을 뿐인데, 두 사람은 사람 목숨을 가지고 '장난'을 치는 수준이었다.

처음에는 벗어나려고 발버둥쳤지만 그럴 때마다 류즈가 호되게 폭력을 가했다. 앞으로 평생 끼어들기는 하지 않을 테니 제발 풀어달라고 애원도 해보았다. 두 사람은 그런 린카이를 거들떠도 보지 않고 아예 수건으로 입을 막아버렸다. 그리고 불과 이틀이 지났을 뿐인데 사흘째 아침에 송장이 되고 말았다.

팡차오는 볼을 빵빵하게 부풀리고 트렁크 앞에 서서 속수무책으로 시체를 바라보았다. 그러다 류즈를 향해 눈을 부릅떴다. 그의 집요한 시선에 류즈는 벌벌 떨며 설명했다.

"형님, 이건 제 탓이 아니에요. 계속 도망가려고 하길래 발길질 몇 번 했을 뿐이에요. 이 새끼가 무슨 두부도 아니고, 발로 좀 찼다고 그렇게 쉽게 죽겠어요? 형님이 죽이지 말라고 했잖아요. 그래서 시간 간격 두면서 똥오줌도 싸게 하고, 먹고 마실 것도 챙겨줬단 말이에요. 그렇게 정성껏 보살폈는데……."

"입 닫아!"

팡차오는 싸늘한 표정으로 린카이의 시체를 관찰했다. 입에 들어 있는 수건이 침으로 흠뻑 젖어서 보기에 역했다. 가느다란 막대기로 수건을 끄집어내자 잠시 후 입에서 비리고 퀴퀴한 토사물이 흘러나왔다.

"숨 막혀서 죽은 거였네. 네가 이 사람 위를 차는 바람에 음식물이 역류했는데, 수건으로 입을 틀어막아놓아서 토할 수가 없었던 거야. 결국 음식물이 코까지 막아서 질식사한 거라고!"

그 말에 류즈는 가슴을 툭툭 치며 한숨을 돌렸다.

"그럼 자기 혼자 그냥 뒈진 거잖아요! 우리랑은 상관없는 거죠?"

"꿈도 야무지다. 우리는 이놈 차도 뺏고 줄로 꽁꽁 묶어서 차에 가둔 것뿐이지만 결국 죽었지. 이런 상황에서 우리가 이놈 죽음과 무관하다고 해봐라. 네가 경찰이라면 그 말을 믿겠냐?"

"전 믿습니다!"

"넌……."

팡차오는 침을 삼킨 뒤 심호흡을 하고 나서 말했다.

"다른 사람은 너만큼 똑똑하지 못해서 아마 안 믿을 거다. 아무래도 우리가 꼼짝없이 뒤집어쓰게 생겼어."

"그럼 어떡해요?"

류즈가 울상을 지었다.

팡차오는 주위를 살피며 찡그린 얼굴로 입을 열었다.

"그저께 이 사람하고 우리가 경쟁하듯 운전하는 모습이 분명 CCTV에 찍혔을 거야. 사람이 죽은 걸 모르게 해야 되니까 그냥 여기 묻어버리자. 여기 주변이 철거된 지 얼마 안 돼서 건물 들어서려면 최소 일 년은 있어야 할 거야. 그때는 땅을 파도 시체가 다 썩어 없어졌을 테니 괜찮겠지."

"이럴 줄 알았어요. 처음부터 제 말 듣고 그냥 산 채로 묻어버렸으면 제가 그런 고생 안 해도 됐잖아요! 괜히 이틀 동안 이놈 똥오줌 수발까지 들고 말이야, 결혼도 안 한 내가 이놈 아빠 노릇을 했다니까요!"

"제발 그 주둥이 좀 함부로 놀리지 말아줄래?"

폭발하기 일보 직전인 팡차오가 류즈의 머리를 세게 쳤다.

잠시 후 류즈가 삽을 사왔다. 팡차오가 차 앞에서 망을 보는 동안 류즈 혼자 차 뒤쪽에 구덩이를 파고 시체를 묻는 임무를 맡았다.

삼십 분 넘게 씨름한 끝에 류즈가 마침내 임무를 마쳤다. 마지막으로 흙더미를 툭툭 다지고 있는데, 그 모습을 본 팡차오가 기겁을 하며 다가왔다.

"야! 시체를 묻기만 해야지 무덤을 만들어주면 어쩌자는 거야!"

구덩이를 너무 얕게 파서 시체를 넣고 흙을 덮으니 어느새 두두룩한 흙산이 되어버린 것이다. 그 앞에 묘비 하나만 더하면 영락없는 무덤이었다. 도시 공터에 뜬금없이 무덤이 나타난다면 다음 날 바로 시체의 존재가 알려지게 될 것이다.

고민 끝에 차 바퀴로 흙산을 밟아 평평하게 만들기로 했다. 류즈가 레인지로버를 운전해 흙산 위를 왔다 갔다 했다. 잠시 후 밖에서 지켜보던 팡차오가 차를 세우라고 소리쳤다. 차에서 내린 류즈는 눈이 휘둥그레졌다. 흙산은 꽤 평평해졌지만 시체가 땅 위로 완전히 노출되어버렸다.

팡차오는 꼼수 부릴 생각 말고 얼른 옆에다 다시 구덩이를 깊게 파라고 했다. 류즈는 시키는 대로 할 수밖에 없었다. 이번에는 장장 한 시간을 파서 산산조각이 난 시체를 쓸어 넣고 흙으로 단단히 다졌다. 그러고는 무슨 좋은 생각이 났는지 노란색 팻말을 구해와 시체를 묻은 곳에 꽂았다. 팻말에는 "아래 케이블이 있으니 절대 파지 마시오"라는 경고문이 적혀 있었다.

류즈는 손을 탁탁 털고 으쓱해하며 말했다.

"형님, 어때요?"

"거기에 시체 묻었다고 아주 광고를 해라."

말은 그렇게 했지만 주변을 쓱 둘러본 팡차오는 다시 보니 꽤 자연스럽다는 생각이 들어 그냥 내버려두었다.

차주가 죽었으니 차도 조만간 처분해야 했다. 팡차오는 레인지로버를 바라보며 다시금 각오를 다졌다. *저우룽 건을 서둘러 처리하고 얼른 싼장커우를 떠야 해!*

싼장커우 남쪽은 교통 운송의 심장부로 기차역, 버스터미널, 화물 집산지 등이 모여 있었다.

보통 역 근처는 너저분하기 마련인데 여기도 예외는 아니었다. 근처에 오래된 집들이 들쑥날쑥 늘어서 있었고, 외곽에는 공장들이 있었으며 옆쪽에는 가지각색 사람들이 거주하는 성중촌城中村*이 몇 군데 있었다.

버스터미널에서 남쪽으로 2킬로미터 떨어진 지역은 화학공업단지였다. 공장들 사이에는 군데군데 고물상이 있었는데, 그중에 하나가 강剛 형과 샤오마오小毛가 운영하는 곳이었다.

본명이 샤팅강夏挺剛인 강 형은 서른 살의 독신남으로, 평생 돈을 많이 버는 것 말고는 바라는 게 없었다. 하지만 특별한 수완도 없었고 고생스런 일도 하지 않으려 했다. 그는 그저 '요행'으로 돈 벌 궁리만 했다.

원래 농촌에 살았던 그는 동네 청년들이 외지에 나가 번 돈으로 고향에 집도 짓고 차도 사고 하는 걸 보면서도 전혀 부러워하지 않았다. 남자들이 거의 다 외지에 나간 바람에 마을에는 여성과 노약자뿐이었다. 그들 사이에서 강 형은 황제라도 된 듯 이 여자 저 여자 건드리며 은밀한 관계를 맺었다. 결국은 여자들 사이에 싸움이 일어나면서 온 동네에 얄궂은 소문이 퍼졌다. 외지에 나갔던 남편들까지 우르르 찾아와 강 형의 '세 번째 다리'를 잘라내겠다고 위협했다. 강 형은 더 이상 마을에 머물 자신이 없어 야반도주를 하게 됐다.

현성縣城**에서 며칠을 지내던 그는 옆 동네에서 자신처럼 게을러

* 도시화로 인해 농촌에서 도시 구역으로 포섭된 지역.

** 현 정부 소재지.

빠진 먼 친척 동생 샤오마오를 우연히 만났다. 서로 의기투합한 두 사람은 남들 등쳐먹는 삶을 살기 시작했다. 생사람을 트집 잡아 돈을 뜯어냈고, 죄를 뒤집어씌웠고, 집을 털거나 휴대폰을 훔치기도 했다. 작업 분야는 광범위했지만 손에 남는 돈은 몇 푼 되지 않았다. 험악한 놈들을 건드려 맞아 죽을 뻔한 적도 여러 번이었다.

그렇게 떠돌이 생활로 몇 년을 보내다 싼장커우로 흘러들게 됐는데, 이곳에서 고물상을 운영하는 동향인을 만나 그의 가게를 인수하게 됐다. 고물상 규모는 크지 않았지만 그럭저럭 밥은 벌어먹고 살 정도였다. 인정 많은 동향인은 오갈 데 없는 두 사람에게 자신은 귀향을 준비 중이며, 이 고물상은 집과 여러 폐품까지 포함해 절반 값인 3만 위안에 넘기겠다고 했다. 따져보니 괜찮은 거래 같아 강 형과 샤오마오는 간단한 계약서를 쓰고 둘이 저축한 돈의 절반이 넘는 3만 위안을 내주었다.

그런데 바로 다음 날 그 인정 많아 보였던 동향인의 휴대폰 번호는 결번으로 나왔고, 고물상 건물주는 반년 남짓 임대료를 밀렸다며 밀린 돈을 갚지 않으면 고물상에 발을 들일 수 없다고 윽박질렀다. 이미 3만 위안을 써버린 두 사람은 탈탈 털고 털어서 간신히 또 3만 위안을 만들어 지불했다.

그러고 나니 남은 건 못쓰게 된 쇠붙이, 병이나 깡통 같은 잡다한 용기, 폐기처분하기 일보 직전인 택시 한 대뿐이었다. 두 사람은 각종 폐품을 처분해 1만여 위안을 마련했다. 택시는 아직 타고 다닐 만해서 바로 폐차해 고철로 팔기에는 아까웠다. 그래서 부품들을 손보고 어엿한 중고차처럼 만들어 호구에게 팔아넘기기로 했다.

두 사람이 고물상 마당에서 차를 수리하고 있는데 밖에서 누군가 철문을 쾅쾅 치며 소리쳤다.

"샤팅강, 당장 나와!"

"누구야?"

강 형이 차 밑에서 나와 웨더스트립weather strip*을 만지고 있던 샤오마오에게 물었다. 샤오마오가 고개를 젓자 강 형은 언짢은 표정으로 문으로 향하며 소리쳤다.

"어떤 새끼가 소리를 지르고 난리야!"

눈을 부릅뜨고 문을 열자 세 남자가 우뚝 서 있었다. 우두머리로 보이는 남자가 험상궂은 얼굴로 강 형을 향해 눈을 부라렸다. 그는 청바지에 꽉 끼는 티셔츠를 입어 불룩한 배를 드러내고 번쩍번쩍한 금목걸이를 두르고 있었다. 두 팔에는 용과 호랑이 문신이 요란하게 새겨져 있었는데, 젊었을 때 새겼는지 지금은 살찐 용과 호랑이가 되어 있었다. 우두머리 뒤에는 꽃무늬 셔츠를 입은 비쩍 마른 두 사내가 서 있었다. 한 명은 주머니에 손을 찌르고, 다른 한 명은 두 손을 가슴 앞에서 팔짱 낀 채 강 형을 향해 눈을 흘기고 있었다.

어디서 굴러먹다 온 깡패들이지? 조폭은 확실히 아니었다. 진정한 조폭 형님들은 이미 공무원 시험에 붙어 인민을 위한 봉사에 전념하고 있었다. 어설픈 양아치들이야말로 꽃무늬 셔츠를 입고 문신을 드러내 보이며 허세를 떠는 법이었다. *거리에 그러고 서 있으면 사람들이 무서워할 줄 아나 본데, 무섭긴 개뿔!*

---

* 차 문과 차체 사이를 메워주는 탄성 고무.

"당신이 샤팅강이지?"

우두머리인 뚱보가 한쪽 입꼬리를 올리고 가소롭다는 듯이 웃으며 물었다.

"그래, 이 몸이 샤팅강이시다. 어쩔래?"

강 형은 주눅들기는커녕 한 발 앞으로 나서며 입구를 막아섰다.

"아이고, 이름처럼 아주 강한 분*이셨네."

뚱보가 뒤에 있는 아우들을 보며 웃자 셋이 같이 낄낄거렸다.

"대체 뭐 하는 놈들이야?"

강 형은 좀 더 다가서며 손에 쥐고 있던 스패너를 들어올렸다.

뚱보가 순간 물러나며 손을 들자 아우들이 봉투 하나를 건넸다. 뚱보는 강 형 앞에 봉투를 내던지고 계속 턱을 들고 말했다.

"당신이 돈 빌린 명세서야. 갚을 날짜가 벌써 6개월이나 지났어. 은행 전화로 수도 없이 독촉했다고. 눈치 있게 굴어. 빨리 돈 갚으라고!"

"돈을 갚기는 무슨! 내가 언제 돈을 빌렸다고 이래?"

샤팅강이 좀 더 소리치려는데 뒤에서 샤오마오가 팔을 톡톡 건드렸다. 고개를 돌리니 샤오마오가 꿀리는 표정을 짓고 있었다.

"네가 은행 돈 빌렸어?"

샤오마오가 고개를 끄덕이고 땅바닥에 있는 봉투를 주워 들었다. 샤팅강은 말문이 막혀 그저 샤오마오를 노려보기만 했다.

뚱보는 코웃음을 치며 샤팅강을 향해 손가락질했다.

"둘 중에 빚진 놈이 누군지는 관심 없어. 명심해. 딱 일주일 준

---

* 팅강挺剛은 '아주 강하다'라는 뜻이다.

다. 그 안에 안 갚으면 가만 안 둘 테니 그렇게 알아!"

뚱보는 통통한 손가락으로 마구 삿대질을 했다. 강 형은 순간 열이 뻗쳤다. 뚱보는 칼질을 기다리는 수퇘지처럼 살이 뒤룩뒤룩했고, 뒤에 선 똘마니들 역시 성장 촉진제라도 맞은 것 같았다. 별것도 아닌 놈들에게 삿대질까지 당하니 참을 수가 없었다. 강 형은 스패너로 뚱보의 팔을 내리치고 발로 냅다 걷어찼다.

"더러운 족발 저리 안 치워?"

"젠장!"

뚱보는 눈을 똑바로 뜨고 강 형을 쳐다보았다. 채권추심 일을 하면서 채무자가 먼저 폭력을 쓰는 경우는 처음이었다.

"이 새끼 깡이 보통이 아니네! 너 여기서 딱 기다려! 알았어?"

목소리가 점점 멀어져갔다. 세 남자는 입으로만 계속 경고하며 뒷걸음질치며 달아났다.

강 형은 문을 닫자마자 샤오마오의 머리를 찰싹 때렸다.

"은행 돈을 왜 빌렸어?"

샤오마오는 잔뜩 움츠러든 채 한 손으로는 봉투를 꼭 쥐고 다른 한 손으로는 머리를 문질렀다.

"복…… 복권을 긁으러 갔었는데 계속 아깝게 안 되는 거예요. 그러다 돈이 부족해서…… 은행 신용카드를 긁어버렸어요."

"이런! 직업 사기꾼이 무슨 복권을 긁고 앉았어? 그래서 빚이 얼만데?"

강 형은 울화통이 터졌다.

"어, 얼마 안 돼요."

"명세서 이리 내!"

샤오마오는 주춤주춤하며 봉투를 건넸다.

명세서를 확인한 강 형이 싸늘한 웃음을 지었다.

"네 신용에 3만 위안이나 긁을 수 있다고? 이 은행 아직 안 망했냐? 헉, '샤팅강, 채무 상환이 180일 연체되었습니다'. 요즘 은행은 일을 이렇게 대충 하나? 너는 왜 네 돈 빌리는 데 내 이름을 갖다 쓰냐?"

"제, 제가 신용불량자로 찍혀서 신용카드 발급이 안 되거든요."

강 형은 한 대 얻어맞은 듯 멍해 있다가 스패너를 들고 샤오마오에게 달려들었다. 샤오마오는 냅다 택시 뒤로 도망쳤다. 두 사람은 택시를 사이에 두고 쫓고 쫓기는 가댁질을 시작했다.

"너 인마, 일로 안 와?"

강 형은 손에 잡히는 대로 샤오마오를 향해 내던지고 싶었지만, 어렵게 수리한 차를 망가뜨릴까 봐 삿대질만 해댔다.

"형님! 일단 화부터 풀어요. 절 때려죽인들 무슨 소용이겠어요? 돈을 갚을 수 있는 것도 아니고."

"돈 못 갚는 건 내 알 바 아냐! 네가 긁은 복권하고 난 아무 상관 없어!"

"그, 그게 형 이름으로 한 거라……."

"오늘 네가 죽든 내가 죽든 한번 해보자!"

강 형이 또다시 샤오마오를 뒤쫓았다.

샤오마오가 잽싸게 내빼며 소리쳤다.

"형님, 내가 무슨 일이 있어도 갚을 테니까 일단 급한 불만 좀 꺼줘요. 안 그러면 그놈들이 또 찾아올 거라고요. 형님까지 신용불량으로 찍히면 나중에 기차표도 못 사요."

강 형이 멈춰 선 뒤 헉헉대며 욕을 퍼부었다.

"이 새끼야, 내가 무슨 돈이 있어서 3만 위안을 갚아? 네놈 가죽 벗겨다가 팔아도 그만큼은 못 받아!"

"형님, 우리 시간을 갖고 천천히 생각해봅시다. 틀림없이 3만 위안을 만들 방법이 있을 거예요. 운이 좋으면 단번에 해결할 수도 있을 거예요."

"단번에 해결할 수 있다니, 어떻게?"

샤오마오가 앞에 있는 택시를 가리켰다.

"이 차로 돈 벌 궁리를 해보자고요."

"이거 팔아도 끽해야 6천 위안이야!"

"차를 파는 게 아니고, 이거 택시잖아요. 죽기 살기로 덤벼서 크게 한 건 해보자고요!"

제27장

공안국은 여전히 사건 수사로 분주했다. 예젠 사건은 아직까지 진전이 없었고, 류베이는 며칠을 쫓았지만 또다시 놓치고 말았다. 다행히 이전에 중범죄자 리펑을 체포한 덕분에 장이앙은 그나마 무난하게 지낼 수 있었다.

하지만 오늘 또 살인사건 하나가 추가되었다.

이상하게 우여곡절이 끊이지 않았다.

십여 년 전 싼장커우에는 네 개 파의 조직이 있었다. 네 명의 두목 중 서열 4위인 셰사오빙謝邵兵은 당시 패싸움 도중 상대를 칼로 찔러 죽였는데, 도주 중 원혼이라도 만났는지 무단횡단을 하다 트랙터에 치여 죽었다는 소문이 있었다. 하지만 상식적으로 트랙터 속도로는 치여 죽기가 쉽지 않았다. 알고 보니 적재량을 초과한 트랙터가 옆으로 쓰러지면서 적재했던 모래가 쏟아져 셰사오빙을 산 채로 묻어버린 것이었다.

나머지 세 두목 중 큰형님인 메이둥梅東은 후에 마카오로 건너가, 누구 밑에서 일했는지 몰라도 불과 몇 년 만에 벼락출세를 했다. 그는 도박장을 몇 군데나 맡아 운영하며 대륙에 있는 아우들을 통해 마카오 원정도박 손님을 끌어들여 수익을 챙겼다. 몇 년 전에는 동창회 참석차 싼장커우에 들어와 모든 동창들에게 아이폰을 한 대씩 선물해 현지에서 큰 화제가 되었다.

서열 2위인 린카이와 3위 양웨이楊威는 계속 싼장커우에 남아 있었다. 두 사람은 '행위 예술'을 하며 공사 현장에서 돈을 뜯어먹었다. 아우들을 시켜 공사 현장에서 소란을 피우게 한 뒤 둘이 중재인으로 나타나 "이렇게까지 할 필요 있습니까?", "서로 조금씩 양보해서 원만히 합의하시죠" 등의 멘트를 치며 분쟁을 조정하고 사례비를 받는 것이었다. 대부분의 시공사는 현지 불량배들을 만나면 돈을 좀 쥐여주고 조용히 해결하는 편이었다. 그러나 뒷배가 있는 큰 시공사는 달랐다. 한번은 저우룽 쪽의 현장을 건드렸다가 흠씬 두들겨 맞고 밤새 무릎을 꿇는 벌까지 받았다. 그런 일을 겪은 후로 두 사람은 아우들 얼굴 보기도 부끄럽고 해서 업종을 갈아탔다. '금융혁신' 시대에 부응해 사채업을 시작한 것이다.

돈을 빌려주기는 쉽지만 돌려받는 건 어려웠다. 겁없이 고금리 사채를 빌리고 갚지 않는 사람들이 꽤 많아서 이 일로 먹고살기 위해서는 강단이 있어야 했다. 이 일의 가장 큰 밑천은 죽은 아우 셰사오빙이었다. 그가 예전에 사람을 찔러 죽인 적이 있다는 건 싼장커우에서 모르는 사람이 거의 없었다. 린카이와 양웨이는 빚 독촉을 할 때마다 이런 협박을 했다.

"우리 아우가 사람 죽였던 거 알지? 내가 당신 못 죽일 것 같아?"

말로 살인하는 이 수법은 점점 수위가 높아졌고 꽤 잘 먹혔다.

큰형님 메이둥은 마카오에서 큰 성공을 거두자 두 아우에게도 도움을 주었다. 린카이와 양웨이에게 싼장커우 주변에서 사장님들을 물색해 마카오 원정도박을 보내게 하고 빚 수금까지 책임지게 했다. 도박 기질이 있는 수많은 중소기업 사장들이 마카오로 건너갔고, 운이 좋은 축은 좀 따기도 했지만, 열에 아홉은 수법에 걸려들어 메이둥에게 돈을 빌리곤 했다. 그러다 대륙에 돌아와서는 린카이와 양웨이의 빚 독촉에 시달리다 결국 재산을 처분해 돈을 갚았다. 심지어 오랫동안 일궈온 공장을 고스란히 넘겨버린 민영기업 사장들도 있었다.

6개월 전 크지도 작지도 않은 공장주 팡方 사장도 가족 몰래 마카오로 건너가 메이둥의 업장에서 도박을 했다. 계속 돈을 잃자 순간 뚜껑이 열린 그는 신용카드 한도만큼 다 긁고 나서도 500만 위안짜리 차용증을 작성했다. 대륙에 돌아온 뒤 처음 2개월간은 린카이, 양웨이와 계속 호형호제하며 지냈다. 두 사람은 팡 사장에게 몇 개월 안에만 갚으면 된다며 상환을 강요하지 않았다. 그런데 6개월이 지나자 500만 위안이던 빚이 600만 위안으로 껑충 뛰었고, 린카이와 양웨이는 매일같이 공장과 팡 사장의 집 앞에 아우들을 보냈다. 아우들은 팡 사장이 어디를 가든 바싹 따라붙어서 한시도 떨어지지 않았다. 결국 그가 도박 빚을 진 사실을 가족들이 알게 되면서 집안이 발칵 뒤집혔고 공장 운영도 흔들리게 됐다.

팡 사장은 경찰에 신고했지만 경찰이 해결해줄 수 있는 일도 아니었다. 돈을 빌리고 갚지 않은 건 팡 사장 책임 아닌가. 그리고 린카이와 양웨이 아우들이 팡 사장을 따라다니고, 욕하고, 모욕을 주긴 했지만, 신체적 상해를 입힌 건 아니었다.

사흘 전에는 린카이가 팡 사장을 찾아가 뺨을 몇 대 갈기며 집과 공장을 팔아서라도 돈을 갚으라고 협박했다. 그런데 그날 오후부터 린카이와 전화 연결이 되지 않았다. 처음에는 대수롭지 않게 여겼지만, 그날 저녁 있었던 양웨이의 생일 파티에도 린카이가 나타나지 않은 건 아무래도 좀 이상했다.

다음 날 아침 양웨이는 아우들을 데리고 팡 사장의 집으로 찾아가 린카이의 행방을 물었다. 팡 사장은 모른다고 했지만 양웨이는 의심을 접을 수 없었다. 그는 아우들을 시켜 팡 사장을 결박하고 오줌 한 주전자를 입에 들이붓게 했다. 그러면서 자백을 강요했지만 팡 사장이 끝내 모른다고 하니 일단은 물러설 수밖에 없었다.

그런데 예상치 못한 일이 벌어졌다. 오줌으로 엄청난 모욕을 당한 팡 사장이 필사의 결전에 나선 것이다. 그는 현수막에 문구를 인쇄해 들고 온 가족과 공장 직원들까지 거의 스무 명을 동원해 가두시위를 벌였다. 그의 가족들은 자신들이 조폭에게 괴롭힘을 당했고 경찰이 그들 조폭의 보호막이라고 주장했다.

이 소동으로 여론이 떠들썩해졌다. 싼장커우 공안국이 조폭의 보호막이라는 소문이 인터넷에 퍼졌다. 정부와 경찰은 서둘러 진화에 나서며 팡 사장과 양웨이를 불러들였다.

기율검사위원회는 싼장커우 공안국을 면밀히 조사하겠다고 밝혔다. 공안국은 너무나 황당하고 억울한 입장이었다. 양웨이를 아는 간부가 한 명도 없는데 단체로 불려가 양웨이를 아는지 확인받는 절차를 밟아야 했다. 갓 부임한 장이앙 부국장은 양웨이의 보호막일 리 없으니 외부에서는 자연히 치전싱 국장을 의심했다. 화가 치민 치전싱은 팡 사장 앞에서 양웨이의 뺨을 대여섯 번 갈기고 나서 따져 물었다. *이래도 내가 조폭 보호막입니까?*

치 국장의 기세에 눌린 팡 사장은 양웨이가 자신의 입에 오줌을 들이부어 홧김에 시위를 벌인 것이며, 경찰이 조폭의 보호막이라고 주장한 것은 순전히 이슈화를 위한 것이었다고 털어놓았다. 자신이 경찰에 분명히 해결을 요청했지만 경찰이 적극적으로 나서주지 않아 분한 마음에 그랬다는 것이었다. 치 국장은 상급 기관에 조사를 받으러 가기 전 장이앙과 형정대대에 엄히 말했다. 양웨이를 가장 무거운 죄목으로 처벌해야 하며, 안 그러면 경찰이 조폭의 보호막이라는 오해를 씻을 수 없을 거라고 말이다.

양웨이는 형정대대 앞에서, 팡 사장에게 오줌을 들이부은 건 팡 사장이 린카이를 처리했기 때문이라고 완강히 주장했다. 하지만 팡 사장은 린카이의 행방에 대해 아는 것이 전혀 없다고 했다.

공안국은 도박 빚 독촉으로 진짜 살인사건이 났을지도 모른다며 린카이의 당일 행적을 조사했다. 도로 CCTV를 확인해보니 레인지로버를 운전하는 린카이가 무슨 이유인지 낡아빠진 소형차를 쫓아가고 있었다. 두 차량은 동쪽 교외까지 이르렀는데, 그 지역은 거의 비포장도로였고 CCTV도 없어서 이후의 행방을 찾을 수 없었다. 소형차 번호판은 진짜였지만 차주의 신분은 가짜였다. 불법 유통망을 통해 구한 차량이 분명했다. 차량 앞좌석에 두 남자가 앉아 있는 건 확실했지만 거리가 멀어 얼굴 식별은 어려웠다.

공안국은 해당 지역으로 경찰을 보내 조사했다. 하루가 넘게 찾았지만 두 차의 행방도, 린카이에 관한 어떤 단서도 찾지 못했다.

한편 싼장커우 동쪽 교외 지역에는 시공 중인 도시 행정 사업이 많았다. 오늘 아침 한 시공감리사가 현장 근처에 있다가 소변이 마려워 아무도 없는 공터로 향했다. 야트막한 흙산 위를 겨냥해 소변을 보는데, 오줌이 흙 사이에서 시내를 이루어 흘러내렸다.

그런데 중간에 붉은 침전물 같은 것이 섞여 내려오는 것이었다. 남자의 시선이 순간 아랫도리로 향했다. 전립선염이라도 걸린 건가 싶었다. 그런데 자세히 살펴보니 흙 속에 붉은 피만이 아니라 살점 같은 것도 섞여 있었다. 게다가 최근 땅을 팠던 흔적이 뚜렷했다.

인간의 본능적인 호기심과 상상력이 발동했다. 설마 토막살인? 발로 조심스럽게 흙을 파보니 그가 예상한 시체는 없었다. 피 얼룩이 조금 있기는 했지만 더 이상의 살점은 나오지 않았다. 안도의 한숨을 내쉬며 자리를 뜨려는데 흙산에서 2, 3미터 떨어진 평지에 경고 팻말이 꽂혀 있었다. "아래 케이블이 있으니 절대 파지 마시오"라고 적힌 이 팻말은 남자가 다니는 시공사의 것이었다. 이상한 점은 이 팻말을 이곳에 꽂아놓을 이유가 없다는 것이었다. 다가가서 팻말 기둥을 살피던 그는 수상한 점을 발견했다.

몇 시간 후 경찰과 법의관은 팻말 기둥 밑에서 차에 치여 끔찍하게 문드러진 시체 한 구를 찾아냈다. 확인 결과 린카이의 시체였다.

유력한 용의자는 팡 사장이었다. 안 그래도 린카이 살해에 대한 의심을 받고 있던 터에 실제로 린카이의 시체가 나타났으니 그에 대한 의심은 더욱 짙어졌다. 린카이가 폭력을 쓰며 빚 독촉을 했으니 살인청부업자를 고용할 만한 살해 동기도 충분했다.

"그날 아침 린카이한테 얻어맞고 억하심정에 사람 시켜 죽인 거잖아. 아니야?"

취조관이 호통치듯 물었다.

팡 사장은 린카이가 죽은 줄도 몰랐다며 필사적으로 해명했다. 자신은 지금까지 도박과 성매매, 탈세, 불법 시위, 그리고 정부와 경찰에 누명을 씌운 것 말고는 그 어떤 범법 행위도 저지른 적이 없으며, 그런 자신이 살인 혐의를 받다니, 하늘이 무너질 만큼 억울하고 분통한 일이라고 호소했다. 밤새도록 신문이 이어졌지만 그는 끝끝내 살해 혐의를 부인했다.

장이앙이 속수무책으로 발을 동동거리고 있는 동안 중요한 단서가 발견됐다는 소식이 전해졌다. 장이앙과 리첸, 왕루이쥔, 쑹싱은 관제실로 몰려가 CCTV 영상을 확인했다.

이전에 봤던 영상에서는 린카이가 쫓는 소형차 안의 두 사람 얼굴을 알아볼 수 없었다. 기술팀은 해당 차량이 지나간 모든 도로의 CCTV 영상을 확보해 역으로 추적해보았다. 그 결과 소형차가 주유소에 들른 장면을 포착했고, 주유소 CCTV 영상을 통해 두 남자가 주유소 편의점에서 물건을 샀다는 걸 확인했다.

두 남자는 짙은 수염에 안경을 썼고 긴 머리가 이마를 덮고 있었다. 아무래도 위장한 것 같았다. 전과가 있는 자들일 가능성이 높았다. 상급 공안기관의 최근 통보서를 확인한 결과, 이 둘의 용모파기가 몇 개월 전 항저우시와 난닝시에서 연속 발생한 금은방 사건의 용의자들과 거의 일치한다는 걸 알아냈다. 즉 정융빙의 금은방을 찾아와 장물을 팔았다는 두 청년이 바로 이 두 남자였다.

이 같은 결과에 경찰들은 놀랍고도 기뻤다.

놀라운 건 정융빙이 두 청년에 대해 언급한 후로 경찰들은 그들이 도망자 신세라 벌써 싼장커우를 떴을 거라고 생각했는데, 그동안 계속 이 지역에 머물러 있었다는 사실이었다. 두 청년 강도가 무슨 이유로 린카이와 다퉜는지는 모르지만, 결과적으로 그들이 린카이를 살해하고 그의 차를 훔친 게 분명해 보였다.

기쁜 이유는 두 사람이 그렇게 오랫동안 싼장커우에 머물렀다면 틀림없이 어딘가에 숨어 있을 가능성이 높다는 것이었다. 몇몇 대도시에서 공동으로 체포 작전을 벌였지만 잡지 못한 중범죄자를 싼장커우에서 잡는다면 또 한 번 큰 공을 세우게 되는 것이다!

장이앙은 형정대대 핵심 요원들을 불러 체포 작전을 의논했다.

영상에서 두 사람은 위장을 하고 있어 비교 대조를 통해 진짜 신원을 식별해내기는 힘들었다. 신원을 모르는 상태에서 체포에 나선다는 건 사막에서 바늘 찾기나 다름없었다. 그나마 다행인 건 차량 추적을 해볼 수 있다는 것이었다. 두 용의자의 소형 고물차와 린카이의 차가 현장 주변에서는 발견되지 않았다. 지금은 그 두 차량의 소재 파악이 급선무였다.

업무 배치가 끝나자 장이앙의 관심은 구금된 양웨이에게 쏠렸다. 장이앙은 왕루이쥔을 따로 불러 물었다.

"양웨이 일은 어떻게 처리하기로 했어?"

"상급에서 결정 내려올 때까지 기다리는 중입니다. 아무래도 중형이 떨어질 것 같은데요. 팡 사장 입에 오줌을 부어 시위 소동으로 이어지게 했다는 이유로요. 만약 중형을 내리지 않으면 경찰이 조폭의 보호막이라는 오해가 기정사실화된다고……."

"사람은 누구나 다 실수를 해. 실수했다고 사람을 죽이는 건 좀 아니지 않나?"

"그건……."

왕루이쥔은 난처한 표정으로 상사를 바라보았다. 장이앙이 양웨이의 목숨을 살리고 싶어 하는 게 눈에 보였다. 하지만 그러기엔 일이 너무 커져버렸다. 정부와 공안국 간부들이 하나같이 사형 구형만을 고대하고 있는데 어떻게 살릴 수 있겠는가?

"어떻게 사형이라도 면하게 해줄 방법 없을까?"

"그게…… 쉽지는 않을 겁니다."

주저하던 왕루이쥔이 낮은 소리로 물었다.

"부국장님, 혹시 양웨이가 윗분들하고 무슨 관계라도 있어서 그러시는 겁니까?"

"너 메이둥 알지?"

"양웨이가 친형처럼 모시는 형님이잖아요."

"메이둥이 마카오에서 도박장을 운영하는데, 대륙 손님들을 꼬드겨서 원정도박을 보내는 모양이야. 작년에 성 공안청 지명수배자 명단에 메이둥 이름이 올랐어."

왕루이쥔은 고개를 끄덕였다. 그는 싼장커우 현지의 주요 범죄자들을 잘 알고 있었다.

"성 공안청에서 통보받았습니다. 그놈 잡고 싶다고. 근데 내내 마카오에 숨어서 좀처럼 싼장커우에 돌아오질 않습니다."

"메이둥, 린카이, 양웨이 셋이 의형제잖아. 린카이가 죽었으니 그쪽 바닥 룰대로 장례식에 참석하러 올 가능성이 높아."

왕루이쥔은 못 믿겠다는 듯 고개를 저었다.

"메이둥도 자기가 지명수배 중인 걸 알잖아요. 섣불리 돌아올 생각은 못 할 것 같은데요."

"그렇지. 하지만 지금은 양웨이가 우리 손에 있잖아."

장이앙이 서늘한 눈빛으로 말을 이었다.

"양웨이를 이용해 메이둥을 속여 돌아오게 만드는 거야."

"속여서요?"

“메이둥은 거물급 수배범이야. 싼장커우는 물론이고 전국적으로 그놈 손이 닿는 지역이 한두 군데가 아니지. 뒤에는 외국 세력도 연루돼 있고, 대륙에 그놈하고 관계가 밀접한 사업가들이 수두룩해. 성 공안청에서도 그놈 잡겠다고 혈안인데, 잘만 꾀어서 놈을 불러들일 수 있다면 그야말로 초대박이지! 그런 의미에서 구류 상태인 양웨이를 그냥 썩혀두는 건 지나친 낭비 아니겠어?”

장이앙이 왕루이쥔을 향해 한쪽 눈을 깜빡였다.

왕루이쥔은 고개를 끄덕이며 장이앙의 눈을 바라보았다.

싼장커우에서 메이둥을 체포한다는 건 공안부 A급 지명수배자인 리펑 체포보다는 못하겠지만, 모든 성省 공안 체계를 통틀어 엄청난 공훈이었다. 이를 위해 양웨이를 이용한다는 부국장의 잔꾀는 정말이지 훌륭했다. 수사를 위한 큰 그림을 그린다는 것이 무엇인지 제대로 보여주는 아이디어였다. 비록 지난번에 스파센터를 포위해 시장을 잡는다는 계획은 무산됐지만, 장이앙이 문제 해결에 접근하는 방식은 100년은 앞서 있었다.

“쉽지 않은 임무지만 반드시 해내겠습니다!”

왕루이쥔이 가슴을 탁탁 치며 말했다.

“좋아!”

장이앙은 왕루이쥔의 어깨를 꽉 쥐었다. 넙데데한 왕루이쥔의 얼굴에 어릴 적 운동회에서 표창을 받아 영광스러워하던 표정이 드러났다. 입으로는 “오성홍기 바람에 휘날리며 승리의 노랫소리 우렁차네”[*]를 저도 모르게 흥얼거리고 있었다.

---

* 〈가창조국歌唱祖國〉이라는 중국 애국 가요의 가사 일부.

제28장

장이앙과 왕루이쥐은 취조실을 찾아갔다. 취조관에 다르면, 양웨이는 팡 사장이 사람을 시켜 린카이를 죽인 거라는 말만 되풀이한다고 했다. 다른 일에 대해서는 시치미를 떼며 말을 돌렸고, 팡 사장에게 오줌을 들이부은 사실을 부인하기도 했다.

CCTV 분석 결과 린카이가 두 강도범에게 살해된 것으로 거의 확실시됐으니 양웨이와 팡 사장은 린카이의 죽음과 무관한 것으로 봐야 했다. 장이앙은 취조관을 내보내며 취조실에 있는 CCTV와 녹음 설비를 전부 끄라고 지시했다. 그러고는 왕루이쥐만 데리고 들어가 문을 닫은 뒤 양웨이를 마주해 앉았다.

양웨이는 두 눈이 휘둥그레졌다. *취조관을 내보내고 장비까지 다 끄다니! 분명 날 고문해서 자백을 강요하려는 거야!* 두 경찰이 입을 열기도 전에 양웨이가 선수를 쳤다.

"저 진짜 너무 억울합니다. 린카이가 죽은 거랑 저는 아무 상관없다고요. 형제나 마찬가지인 녀석을 제가 왜 죽입니까? 팡 씨 그 놈이 사람 시켜서 카이를 처리한 거라고요."

"그래요? 우리가 알기로는 둘 사이에 갈등이 좀 있었던데."

장이앙은 CCTV 확인 결과는 알려주지 않고 은근슬쩍 떠봤다.

"제…… 제가 그 녀석 마누라랑 잔 적이 있는데…… 근데 그거 말고는 장사 수익도 정확하게 계산했고, 갈등 같은 건 없었어요."

"린카이 마누라랑 잤다고?"

뜻밖에 얻어낸 사실에 장이앙은 귀가 솔깃해졌다.

"린카이 그 자식이 몸 파는 여자들이랑 즐기느라 자기 마누라하곤 일 년에 몇 번 하지도 않았다고요. 우린 그냥…… 자연스럽게 그렇게 된 거예요. 근데 이건…… 카이는 모르는 일이에요. 제가 그 녀석을 죽일 이유가 전혀 없다고요. 전 정말 억울하다니까요!"

"억울한지 안 억울한지는 저희가 다 조사할 겁니다. 린카이가 누구랑 잠자리를 하는지는 중요하지 않아요. 들어보니 취조관 앞에서도 말을 돌리며 신문에 썩 협조적이지 않았다고 하던데?"

"혀, 협조적이었는데요."

양웨이가 순진한 척 눈을 크게 떴다. 그러면 진정성 있게 보일 거라 생각하는 모양이었다.

장이앙은 몸을 뒤로 기대며 옅은 미소를 지었다.

"난 당신 같은 사람 많이 봤어. 처음에는 온갖 잔머리를 굴리며 빙빙 돌려 얘기하고, 이런저런 핑계로 잡아떼고 거짓말만 늘어놓지. 근데 말이야. 며칠도 안 지나서 경찰과 어떻게든 거래를 해보려고 안달을 해. 하나를 물었는데 하나부터 열까지 줄줄이 다 털어놓는다니까. 왜 그렇게 협조적이겠어? 경찰한테는 당신이 사실대로 술술 불게 만들 방법이 백 가지는 있거든."

양웨이는 침을 꿀꺽 삼키고 다급히 말했다.

"경, 경찰 선생님, 요즘이 어떤 시댄데 그, 그런 식으로 하시면 안 되죠."

"못 알아듣는 척하지 마!"

장이앙이 책상을 탁 치며 호통쳤다.

"……(여기에 수많은 말이 생략됨)."

그 순간 양웨이의 머릿속에 백 가지 끔찍한 고문 방법이 스쳐 지나갔다. 그는 더할 나위 없이 간절한 목소리로 말했다.

"저한테 뭘 물어보시든 전부 다 말씀드리겠습니다. 거짓말 하나 안 보태고 사실대로요!"

정신교육의 효과는 탁월했다. 취조실에 커다랗게 적어놓은 "자백하면 관대하게 처리하고, 반항하면 엄중하게 처벌한다"는 문구보다 훨씬 더 효과적이었다. 장이앙이 고개를 끄덕이자 왕루이쥔이 곧장 본론으로 들어갔다.

"팡궈칭方國青 입에 오줌 들이부었죠?"

양웨이는 잠시 망설였다. 방금 전까지는 부인할 마음이었지만 이제 그런 마음이 싹 가셔버렸다.

"네, 맞습니다. 당시엔 저도 너무 조급해서 정신이 어떻게 됐던 것 같습니다. 제 감정을 주체할 수가 없었어요. 제가 왜 그랬는지 정말 후회가 막심입니다. 기회가 된다면 팡 사장한테도 진심으로 사과하겠습니다."

"그 광경을 지켜본 사람이 누구누구죠?"

양웨이는 또 한 번 망설였다. 경찰은 지금 목격자를 묻는 것이었다. 오래 머뭇거리면 오해를 받을 것 같아 애매모호하게 대답했다.

"거기 있던 사람들은 다 봤습니다."

"거기에 누가 있었는데요?"

"파, 팡 사장 가족하고 또…… 제 아우들 몇 명인데, 그 애들도 다 같이 잡혀왔습니다."

왕루이쥔이 흘끔 쳐다보자 이번에는 장이앙이 질문했다.

"당신은 팡궈칭 가족을 가둬놓고 강제로 오줌을 들이부었어. 이건 명백한 형사죄에 해당하지. 근데 다행히 다친 사람은 없었지. 감정에서도 부상 소견은 없었고. 어떻게 해도 10년 이상은 구형하지 않을 테니 안심해. 다만 불법 사채업, 폭력을 이용한 빚 독촉, 조직폭력배 결성……."

양웨이가 얼른 말을 끊었다. 조직폭력배 결성은 중국에서 최고 사형까지 구형될 수 있는 죄였다.

"전 그냥 아우들 몇 명 데리고 가서 빚 갚으라고 한 것뿐입니다. 저희…… 같은 놈들이 무슨 조폭입니까, 조폭 발밑에도 못 미치죠."

장이앙이 차갑게 웃었다.

"그게 사실이든 아니든 난 책임지지 않아. 이런 말 있지. 경찰은 장을 보고, 검찰원은 요리를 하고, 법원은 요리를 먹는다고. 우리가 하는 일은 당신의 여러 상황을 수집해 검찰원에 넘기는 것뿐이야. 검찰원이 어떻게 분석하든, 법원이 어떻게 판결하든 그건 그쪽 소관이라고. 근데 당신도 알다시피, 요리라는 게 최종 결과물을 알려면 어떤 재료가 들어갔는지를 보면 되잖아. 재료 중에 뭔가가 끼어 들어갔다면 결과가 어떻게 될지는 말하기 힘들지. 당신이 조폭인지 아닌지는 일단 차치하고, 폭력을 통한 불법 채권추심은 어떻게든 처벌받게 될 거야. 더군다나 팡궈칭 입에 오줌을 부어서 온 가족이 가두시위를 벌인 일로 정부 간부들이 화가 잔뜩 나 있어. 사회 전체가 주목하고 있기도 하고."

"다, 다시는 안 그러겠습니다."

양웨이는 잔뜩 겁을 먹고 꼼짝도 하지 못했다. 그는 원래 이런 일은 파출소가 나서서 조정한다는 걸 알고 있었다. 그런데 공안국이 나서서 자기들 일당까지 잡아들인 것은 피해자가 가두시위를 벌여 일을 크게 만들었기 때문이었다.

"이렇게 큰 일은 마지막에 법원에서 심리를 해. 근데 만약 가볍게 몇 년 형만 때려버린다고 해봐. 밖에다 대고 떳떳하게 얘기할 수 있겠어? 하지만 모든 일에는 '기회'란 게 있게 마련이지. 당신이 공을 세워서 속죄할 마음이 있다면 우리 선에서 처리하고 법원까지는 안 가게 해줄 수도 있어."

양웨이는 재빨리 머릿속을 굴렸다. 방금 취조관을 내보내고 감시 장치까지 끈 것으로 보건대…… 아무래도 '그 의도'인 게 분명했다. 그는 수갑을 찬 채 양 손가락을 비비더니 목을 쭉 빼고 실실거리며 물었다.

"경찰관님, 얼마를 원하시는데요?"

"얼마는 무슨!"

부릅뜬 장이앙의 눈빛에 양웨이의 얼굴이 바짝 굳었다.

"우리 일에 적극적으로 협조하란 소리야!"

"무…… 무슨 일 말입니까?"

장이앙에 이어 왕루이쥔이 입을 열었다.

"우선 팡궈칭 사장이 당신한테 돈 빌린 얘기부터 해봅시다."

"팡 사장은…… 공장 경영난으로 6개월 전에 저희한테 목돈을 좀 빌렸어요. 팡 사장이 직접 서명하고 빌린 거예요. 진짜예요!"

"경영난? 허튼소리 그만하고 사실대로 말하세요!"

"시…… 실은 도박에 져서 본전 찾겠다고 빌려간 거예요."

"당신들한테 빌린 겁니까?"

"제……."

양웨이가 뭐라고 대답하려다 멈춰버렸다.

"바른대로 말 못 합니까!"

왕루이쥔이 테이블을 쾅 내리쳤다. 그러자 양웨이의 입에서 대답이 술술 풀려 나왔다.

"팡궈칭이 마카오에서 도박으로 100만 위안을 잃더니, 몇 번에 걸쳐 도박장에서 500만 위안을 빌렸는데 그것도 전부 날려버렸어요. 그 돈을 저희가 대신 받아주기로 했고요."

"도박장은 누가 열었는데요?"

"마, 마카오 사장이죠!"

"당신 의형제라는 메이둥이죠?"

양웨이는 흠칫 놀라더니 이내 고개를 끄덕였다.

"메이둥하고 돈은 어떻게 나누고 있죠?"

"돈 받으면 원금은 형님 보내드리고 저희는 이자를 챙기는 식이에요. 갚는 기간이 너무 길어지면 이자의 절반을 더 보내드리고요."

"메이둥한테 돈을 보내는 방법은?"

"마카오로 사람을 보내요."

"말도 안 되는 소리! 몇백만 위안을 몸에 지니고 가는 게 어디 쉬운 일입니까?"

"그…… 그 사람은 그 사람만의 루트가 있거든요. 그 방법에 대해선 저도 잘 모르고요."

"아직도 정신을 못 차렸습니까? 돈을 어떻게 송금하느냐고!"

"저…… 전 진짜 모릅니다."

또다시 소리치려는 왕루이쥔을 장이앙이 손으로 제지하더니 뜬금없는 질문을 던졌다.

"양웨이, 춤 배워봤나?"

"춤이요? ……아뇨."

양웨이가 어리둥절해하며 고개를 저었다.

"좋아. 그럼 우리가 다리 찢기가 뭔지 가르쳐주지."

"좋습니다."

왕루이쥔이 맞장구를 치며 일어나자 양웨이가 즉시 소리쳤다.

"저, 저기, 잠깐만요! 얘기할게요. 다 얘기할게요. 저 다리 찢기 싫어요. 진짜 싫다고요."

장이앙이 씩 웃으며 왕루이쥔에게 자리에 앉으라고 신호했다.

"항저우시에 지하은행 역할을 하는 회사가 있어요. 그 밑에 수출입 기업들이 여럿 있는데, 저희가 돈을 넘기면 무역 대금 명목으로 해외에 보내줘요. 해외에는 전문적으로 돈을 찾는 루트가 있고요. 이런 식으로 메이둥 형님한테 돈을 보내왔어요. 지하은행이 구체적으로 어떻게 운영되는지는 저도 진짜 모르고요."

"지하은행은 메이둥 쪽하고만 일하나요?"

"당연히 아니죠. 규모가 얼마나 엄청난데요! 저희는 진짜 작은 장사 수준이고, 큰 거래는 수천만에서 수억 위안에 달할 정도예요. 그 회사 밑에 국유기업 명의를 빌린 무역회사도 있는데, 거기에 참여한 국유기업 사람들이 콩고물을 나눠 먹는다는 얘기도 있어요."

"매번 누가 가서 송금했죠?"

"보통은 제가 갔고, 린카이도 몇 번 갔었어요."

"송금했던 영수증들은 갖고 있나요?"

"네. 린카이 마누라가 회계사라서 전부 보관하고 있어요."

왕루이쥐안이 장이앙을 힐끔 보며 고개를 까닥했다. 눈빛에서 흡족함이 느껴졌다. 뜻밖에도 지하은행에서 큰 건수를 건져 올린 것이다. 중국에서는 국가 차원에서 재산국외도피를 단속했다. 국유기업 명의로 한 거래가 사실은 회색자금 유출을 돕고 있다는 단서는 그야말로 대박 건수였다!

왕루이쥐안이 한층 더 박차를 가했다.

"메이둥하고는 어떻게 연락하고 있죠?"

"보, 보통 인터넷이나 전화로 합니다."

"대륙으로 들어온 적 있나요?"

양웨이가 잠시 머뭇대자 왕루이쥐안이 또다시 버럭 호통했고, 양웨이는 침을 꿀꺽 삼켰다. 이 정도까지 불었는데 여기서 제대로 대답하지 않으면 공안국 밖으로는 나갈 수 없겠다 싶었다. 메이둥 형님에게는 정말 미안한 일이지만 어쩔 수 없이 입을 열어야 했다.

"몇 번 왔었습니다. 항저우시에 갔을 때 저희 친한 아우들 몇 명 불러다가 같이 뭉친 적도 있고요."

"싼장커우에는 온 적 없고요?"

"네, 없었어요. 지명수배 떨어진 거 알고 여기 들어올 생각은 못 할 겁니다."

"어떻게 입경한 거랍니까?"

"그건 형님이 말을 안 해주더라고요. 경찰관님, 진짭니다. 진짜로 저한테 안 알려줬어요. 형님 나름대로 방법이 있겠죠."

이 문제에 대해서는 왕루이쥐안도 장이앙도 별로 신경 쓰지 않았다. 돈을 좀 들이면 얼마든지 신분을 속여 입경할 수 있었다.

그때 장이앙이 목을 가다듬고 물었다.

"메이둥이 린카이가 죽은 걸 알면 장례식에 올 것 같나?"

"그건……."

그제야 양웨이는 경찰의 의도를 간파했다.

"대답하세요!"

왕루이쥔이 소리 질렀다.

"모, 모르겠습니다. 아마 안 올 것 같은데."

양웨이는 벌벌 떨며 고개도 들지 못했다.

"당신들 엄청 돈독한 사이 아니야?"

장이앙이 여유 있는 표정으로 양웨이를 바라보았다.

"예전엔 그랬는데 최근 몇 년간 서로 멀리 떨어져 있다 보니 전, 전보단 좀 멀어졌거든요. 린카이 소식을 들으면 형님은 아마…… 직접 오시진 않고 부조금만 인편으로 보내지 않을까 싶은데요."

"의리로 똘똘 뭉쳤던 네 사람 중에 한 명이 죽었는데, 큰형님이란 사람이 그냥 보고만 있는다는 게 말이 되나?"

"그게…… 요즘은 의리 있는 사람들이 많지 않습니다."

"우리가 알기론 메이둥은 엄청 의리파라던데. 의리가 아니었으면 지금 그 위치까지 올라가지도 못했다는 얘기가 있어."

"그건 제가 형님이 아니라서 잘 모르겠는데요."

양웨이가 슬쩍 반항조로 대답했다.

"좋아. 강요한다고 되는 일도 아니고."

장이앙은 양웨이를 곤란하게 만들고 싶지 않다는 투로 말했다.

"공을 세워서 죄과를 대신할지는 당신 하기에 달렸어. 협조할 마음 있으면 메이둥을 불러들여. 우리가 그놈 잡으면 그게 당신이 속죄하는 길이야. 그렇게만 된다면 오늘 시끄럽게 만든 일뿐만 아니라 오늘 이전에 저지른 죄까지 없었던 일로 해주지. 기껏해야 행정 구류 6개월 정도 받을 거야. 반대로 우리가 메이둥 체포에 실패한다? 하하, 당신이 오줌 들이붓는 바람에 경찰이 조폭 비호 세력이라는 엄청난 오명을 뒤집어썼지. 무겁게 몇 년 형을 때리지 않고서야 어떻게 나라가 범죄 척결의 의지를 보여줄 수 있겠어? 안 그래? 그러니까 잘 생각해. 길은 두 가지야. 어느 쪽을 선택할래?"

"전……."

양웨이는 속으로 저울질을 해보았다.

경찰이 약속을 지키지 않으면 어쩌지? 파출소에는 여러 번 들락거려서 능구렁이가 다 된 그였지만, 고위직 경찰과 대면하는 건 처음이었다. 경찰이 신문할 때 갖은 방법을 동원해 협박하거나 공수표를 날린다는 소리를 들은 터라 더 겁이 났다.

메이둥이 자신의 말에 속아 대륙에 왔다가 위험에 처할 것도 걱정이었다. 메이둥은 출세한 뒤 가족들을 전부 마카오로 불러들여 그곳에서 사업을 이어갔다. 최근 몇 년간 마카오에서 지내며 대륙에는 몇 번 들어오지 않았지만, 양웨이에게는 늘 의리 있는 모습을 보여줬다. 린카이까지 셋이서 의형제를 맺어 두 사람을 친아우처럼 보살펴주며 특별히 도박장 사업도 연결해줘서 늘 고마운 마음이 컸다. 그런 형님을 어떻게 불러들인단 말인가!

하지만 불러내지 못하면 경찰은 자신을 놓아주지 않을 게 뻔했다. 그렇다고 메이둥이 이번에 대륙에 온다면 다시는 못 나갈지도 모른다. 이건 은혜를 원수로 갚는 일이 아닌가!

"내가 제시한 조건에 동의하면 오늘은 이만 가도 좋아."

뜻밖의 반가운 소리에 양웨이의 입에서 "진짜요?"라는 말이 튀어나왔다. 하지만 이내 씁쓸한 얼굴로 고개를 숙였다.

"당연히 진짜지. 우린 검찰원에 형사 구류장도 아직 제출 안 했다고. 오늘 풀어주느냐 마느냐는 당신 결정에 달렸어. 만약 내일 돼서 형사 구류서 넘어가면 골치 아파져."

장이앙은 부동산 매매 시 써먹는 수법("마지막 한 채 남은 거예요. 내일이면 없어요. 다음 개장 때는 틀림없이 가격이 뛴다니까요.")을 썼다.

하지만 양웨이는 결국 메이둥을 팔아넘기지 않기로 결심했다. 수감되더라도 지금의 죄목으로는 길어야 징역 3, 4년 형 정도로 그칠 것 같았다.

"저…… 전 메이둥 형님을 오라고 설득할 방법이 없습니다."

7, 8년차 형사경찰 장이앙은 양웨이의 표정만 보고도 그의 심정이 훤히 들여다보였다. 그는 웃으며 엉뚱한 이야기를 시작했다.

"몇 년만 살다 나오면 되니까 그 정도쯤이야 하고 생각하겠지. 그래도 큰형님인데 팔아넘길 순 없잖아? 그래, 그 심정 충분히 이해해. 게다가 요즘 교도소 생활은 참 좋아졌지. 밥도 잘 나오고 수감 기간을 아주 효율적으로 쓸 수도 있어. 어떤 무기징역수는 매일 책 읽고 운동하면서 바깥 사회에서보다 더 건강하게 잘 지내. 반면에 고작 6개월 형 살면서 가족들 얼굴만 봐도 질질 짜며 난리 치는 수감자도 있지. 둘의 차이가 뭔지 알아? 어느 교도소에 수감되고 어떤 수감자하고 같이 지내느냐, 그 차이야. 우리가 또 그걸 결정하는 데 어느 정도 발언권이 있지."

장이앙이 잠시 숨을 돌리고 말을 이었다.

"작년에 내가 성 공안청에서 근무할 때 들은 얘기가 있어. 동료 경찰이 조폭 일당을 체포했는데, 두목은 입만 나불대면서 똘마니들한테 다 시키고 본인이 직접 폭력을 쓴 적은 없었대. 근데 실은 두목이 제일 나쁜 놈이란 걸 다 알았지. 하지만 물증이 없는 상황에서 똘마니 하나가 모든 책임을 뒤집어쓰고 10년 형을 선고받았어. 이 똘마니가 수감 첫 달에 응급실로 실려갔는데 글쎄 괄약근이 절단됐다는 거야. 감방을 조사했더니 그놈 방에서 항문 확장기가 발견됐어. 알고 보니 같은 방 수감자가 그 똘마니한테 그런 짓을 한 거였어. 종신형 수감자였는데, 이미 최고 형기인 사람한테 가형해서 사형을 때리는 건 무의미하잖아? 결국 그렇게 그 일은 흐지부지 끝나버렸지. 그 똘마니가 병원에서 6개월을 쉬고 나와서 가장 먼저 한 일이 뭔지 아나? 두목을 신고한 거야. 덕분에 경찰이 수월하게 두목을 체포할 수 있었지."

장이앙이 혀를 끌끌 차고 한마디 덧붙였다.

"괜히 괄약근만 잘렸지!"

양웨이가 몸을 부들부들 떨기 시작했다. 장이앙의 침착한 눈빛과 왕루이쥔의 험악한 얼굴이 그의 눈에 비쳤다. 순간 간신히 붙들고 있던 저항심이 와르르 무너지고 말았다.

"최선을 다해 협조하겠습니다. 형, 형님을 불러들이겠습니다."

제29장

협조하면 풀어준다고 양웨이에게 약속했지만 그게 그리 쉬운 일은 아니었다. 사소한 위법 행위라도 일단 공식 기록으로 올라가고 나면 석방하기까지 위아래로 여러 절차를 거쳐야 했다. 물론 이제 막 구금되어 문건에 오르지 않은 경우에는 간부의 말 한마디가 확실히 큰 효과가 있었다.

양웨이는 체포 즉시 검찰원에 체포 영장이 청구*되었다. 양웨이 때문에 팡 사장 가족이 벌인 시위의 파급력이 워낙 큰 까닭이었다. 양웨이를 석방하려면 공안 내부의 심사 및 비준을 거쳐야 할 뿐만 아니라 검찰원에 상황 보고와 설명을 해야 했다. 다만 문건에 오르기 전이라 공안이 체포령을 철회하고 구금자에게 공을 세워 속죄할 기회를 준다면 자매기관으로서 검찰원은 이에 관여하지 않았다.

삼십 분쯤 뒤 왕루이쥔이 사무실로 들어와 달갑지 않은 표정으로 보고했다.

"치 국장님이 시에 가셨는데, 국장님 사인이 없으면 석방 처리가 안 된답니다."

---

* 중국에서는 피의자를 체포하고 3일 안에 검찰원에 체포 영장을 청구한다.

"자오 주임한테 가서 도장만 찍어달라고 해."

장이앙이 가볍게 대꾸했다. 형정대대에서 의견 일치만 되면 크게 문제될 게 없기 때문이었다.

"그게…… 자오 주임은 양웨이 석방을 반대하는 입장이거든요."

"어째서?"

"형사 구류 대상이라 풀어줄 수 없답니다."

"우리가 지금 양웨이를 이용해서 대어를 낚으려는 거잖아. 심각한 폭력 전과도 없는데, 왜 석방이 안 된다는 거야?"

"자오 주임도 법률상으론 죄질이 그리 심각하지 않다는 걸 아는데, 경찰이 양웨이의 뒷배라는 현수막까지 내걸렸잖아요. 그 일로 치 국장님이 위에 불려가서 한소리 들은 마당에, 양웨이를 지금 풀어주면 현수막 내용을 입증하는 꼴이 된다는 거죠. 자오 주임은 일단 6개월 구금하고 나중에 풀려나면 그때 다시 메이둥을 낚는 게 어떠냐고 하더라고요."

"6개월 뒤에? 그때 가서 다시 메이둥을 속여 불러들일 방법을 생각하라니. 메이둥이 그 정도로 경계심이 없는 놈이었으면 벌써 수백 번은 잡았을 거다."

"어쨌든 자오 주임은 당장은 결단코 안 된다고만 하니 어떻게 설득할 방법이 없더라고요. 형정 업무를 안 해봐서 그런지 실제 현장에서 뛰는 고충을 모르는 것 같아요."

고개를 젓던 장이앙이 자리에서 일어나며 말했다.

"내가 얘기 하나 해줄게. 난 경찰학교 졸업하고 공무원 시험에 합격해서 형사경찰이 되는 관문까지 순조롭게 통과했어. 운이 좋았는지 그때 가오둥 부청장님이 처장으로 계셨던 난닝시 형정처로 발령이 났지. 당시 난닝시 어느 현에서 대대적인 연쇄살인사건이 터졌는데, 상급 기관에서 가오 처장님한테 전담팀을 꾸려 수사하라는 지령이 떨어졌어. 가오 처장님이 큰 사건 해결로 워낙 유명했거든. 그게 내가 처음으로 맡은 큰 사건이었는데, 그때는 CCTV 영상 품질이 지금하곤 비교가 안 될 정도로 낮았어. 반면 범인들의 범행 수법은 지능화되고 수사 방해 능력도 뛰어났지. 몇 주를 매달렸는데도 수사에 진전이 없었어. 현 전체에 인원을 배치하고 온갖 방법을 동원했는데도 그 와중에 또 한 명의 희생자가 나오고 말았지. 당시 가오 처장님의 심적 부담감은 상당했어. 수사에 진전이 없으니까 위에서 전담팀 팀장도 갈아치워버렸지. 새로 온 팀장은 '형정'의 형 자도 모르는 사람이었어. 수사 지휘도 엉터리고 매번 허탕만 치는 거야. 결국은 그 팀장이 지레 겁먹고 물러나버리더군. 그래서 다시 가오 처장님이 맡게 됐는데 며칠도 안 돼서 사건을 해결했어. 가오 처장님은 본인 전공을 발휘해 범인을 체포하고 표창도 받았지. 비전문가였던 전 팀장은 얼굴도 못 들고 다니게 됐고."

왕루이쥔은 상사의 이야기에 대해 한참 동안 곱씹어보았다. *대체 무슨 말을 하려는 거지?* 아무리 생각해도 짐작할 수가 없어 조심스럽게 물어보았다.

"저기 근데…… 그게 양웨이 사건과 무슨 관계가 있는데요?"

"그럼 양웨이 사건이 자오 주임하고는 무슨 관계가 있지? 자오 주임이 형정 담당이야? 그냥 일개 판공실 주임이잖아? 자오 주임이 수사를 해봤어? 범인 체포를 해봤냐고! 넌 인마, 명색이 형정대 대장이라는 놈이 왜 판공실 주임의 말을 듣고 앉았어?"

왕루이쥔은 머리를 한 대 얻어맞은 느낌이었다. 형정대대가 수사하면서 왜 판공실 주임의 눈치를 보지? 공안이 회사라면 판공실 주임은 행정직원 격인데, 현장 실무자가 행정직의 말에 따라 일처리를 할 수야 없지 않은가? 그러나 자오 주임은 행정직인 한편 사장 비서를 겸하고 있었다. 자오 주임이 양웨이 석방을 반대한다는 건 곧 치전싱 국장이 반대한다는 말과 같았다. 왕루이쥔은 아직 국장의 권위에 도전할 배짱이 없었다. 그래서 솔직하게 말했다.

"부국장님, 자오 주임은 단지 자기 의견을 말한 게 아니라 치 국장님 의견을 대변한 게 아닐까요? 지금 양웨이를 풀어줬다간 치 국장님한테 뭐라고 말씀드리기가 곤란할 것 같은데요."

"치 국장?"

"제가 들은 얘기가 있는데, 지난번 리펑 체포 건을 포함해서 치 국장님이 저희 형정대대 업무에 불만이 좀 있으신가 봐요. 기분이 많이 상하셨다는 것 같았어요."

"우리가 리펑을 체포한 거 가지고 왜?"

왕루이쥔이 겸연쩍게 웃으며 대답했다.

"싼장커우에서 부국장님이 리펑 체포한 걸 모르는 사람이 없잖아요. 치 국장님은 처음부터 끝까지 그 사건에 관여한 적 없고요. 게다가 저희가 평소에 업무 보고도 잘 안 올리니까 국장님 위치상 아무래도 심기가 불편하신 모양이에요. 이번에 또 대놓고 국장님과 맞서시면…… 별로 보기 안 좋을 것 같은데요?"

장이앙이 눈썹을 살짝 찌푸렸다. 치 국장의 심정도 이해가 안 가는 건 아니었다. 간부 된 입장에서 당연히 존재감을 드러내고 싶어 할 것이다. 설령 자신이 잘 모르는 일이라도 부하들이 자신에게 조언을 청해주기를 원할 것이다. 장이앙은 처음에 리펑을 체포할 때도 그렇고, 나중에 예젠 사건을 수사할 때도 저우룽이 관련돼 있을 가능성 때문에 비밀로 하며 치 국장에게도 묻지 않았다. 더군다나 장이앙은 치 국장과 직접 부대끼며 지내는 사이도 아니라서 서로 다툼 없이 무난히 지내는 것만으로도 충분했다. 굳이 치 국장을 구슬리고 달래는 건 장이앙이 할 수 없는 일이었다. 하지만 오늘 장이앙이 양웨이 석방 건을 자기 고집대로 밀어붙인다면, 두 사람 관계가 공식적으로 틀어졌다고 알려질 게 뻔하고, 추후 업무 진행에도 지장이 생길 수 있었다.

장이앙은 한숨을 내쉬었다.

"우리가 이번에 얼마나 힘들게 양웨이를 설득했냐. 메이둥을 불러들일 절호의 기회란 말이야. 다시는 이런 기회 만나기 힘들어!"

"그러니까요."

너무 아쉬웠지만 달리 좋은 생각이 떠오르지 않았다.

"자넨 이대로 메이둥 체포할 기회를 놓쳐도 괜찮겠나?"

"당연히 안 괜찮죠. 근데 양웨이를 풀어주느냐 마느냐는 정말 치 국장님 체면과 관계된 문제라서요."

평소 좀 헐렁대는 것 같아도 뼛속까지 형사경찰인 왕루이쥔은 큰 사건에 대한 욕심이 누구보다 컸다. 그의 생각에도 메이둥을 체포하는 게 양웨이를 구금하는 것보다 훨씬 더 실속 있었다.

장이앙은 원하던 대답을 들은 듯 미소를 지었다.

"그럼 자오 주임하고 논리적으로 대적할 수 있는 사람을 찾아보자고. 사실을 앞세워서 이치에 맞게 이해관계를 분석할 줄 아는 사람을 보내야 해. 자오 주임하고 치 국장한테 메이둥 체포가 공안국 전체의 큰 공을 세우는 일이라는 걸 분명히 인식시켜야 해.

시야를 넓게 보고 대국적으로 생각해야 한다고 말이야."

"그럼 누굴 보내면 좋을까요?"

"자오 주임과 치 국장한테 욕먹는 게 두렵지 않은 사람!"

그때 왕루이쥔의 머릿속에 퍼뜩 떠오르는 인물이 있었다.

"천 법의관님? 음…… 근데 그분은 메이둥 체포 건과는 전혀 관계가 없는데. 저희 말을 듣지도 않을 테고요."

장이앙이 웃으며 손가락으로 왕루이쥔의 머리를 가리켰다.

"리첸!"

왕루이쥔은 두 글자를 뱉어내며 '역시 고단수야!'라고 감탄했다. 리첸의 업무 능력은 그냥 그런 수준이지만 그녀만이 발휘할 수 있는 '힘'이 있었다. 이런 일에 리첸이 나서지 않으면 그 누가 나서겠는가?

"저한테 메이둥 체포 작전 진행을 맡기신다고요?"

리첸이 입을 떡 벌리고 왕루이쥔을 바라보았다. 이 순간 그녀의 심장은 미친듯이 뛰고 있었다.

류베이 사건 이후로 현장 수사 업무에서 완전히 배제된 리첸은 지난 며칠간 혼자서 자기만의 방법으로 저우룽을 조사하고 있었다. 이런 상황에서 갑자기 메이둥 체포 작전을 진행하는 중책을 맡게 될 줄이야! 저우룽에게 접근해 비밀 수사를 하려던 생각은 금세 저멀리로 밀려나버렸다. 정식으로 일을 맡은 마당에 뭐 하러 혼자 끙끙대며 저우룽을 조사하고 있겠는가?

"싫어?"

"저, 저야 당연히 좋죠. 부국장님도 동의하신 거예요?"

리첸은 흥분해서 횡설수설했다.

"부국장님은 신중한 입장이셔. 내가 부국장님께 널 추천한 거야."

"고마워요, 쥔 오빠!"

함빡 웃던 리첸이 금세 의심스러운 표정이 되어 물었다.

"근데 왜 저를 추천하신 거예요?"

"네가 우리 형정대대에 온 지도 벌써 한 달이 넘었잖아. 너처럼 열정 넘치는 경찰은 드물어. 나뿐 아니라 다들 그렇게 말하고 있어. 그래서 더 많이 경험하고 실력을 쌓게 해주고 싶은 거지."

리첸이 연신 고개를 끄덕였다.

"메이둥 체포처럼 중대한 일은 원래 신입한테 진행을 맡겨선 안 돼. 근데 우리가 이 작전의 첫 단계부터 큰 난관에 부딪혀서 말이야."

왕루이쥔이 한숨을 내쉬고 말을 이었다.

"내가 여러모로 고민해봤는데, 해결할 수 있는 사람이 너밖에 없겠더라고."

"난관이 뭔데요?"

"방금 전에 내가 말한 메이둥 체포 작전, 어떻게 생각해?"

"대단히 훌륭합니다!"

"이 작전에 대해선 양웨이랑 이미 얘기가 다 끝난 상태야. 근데 자오 주임이 양웨이 석방을 반대하고 있어."

"왜 반대해요?"

"나도 몰라. 그냥 반대하더라고."

"혹시 자오 주임님이 싼장커우에서 메이둥 뒤를 봐주고 있는 거 아닌가요? 그렇게 오랫동안 안 잡히는 게 영 이상하더라니!"

왕루이쥔이 헛기침을 했다.

“괜히 애먼 사람 잡지 마.”

“그럼 이제 제가 어떻게 하면 되는데요?”

“만약 오늘 안에 자오 주임을 설득하지 못하면 메이둥 체포 작전은 수포로 돌아가게 돼. 내가 이미 찾아가봤는데 욕만 된통 먹었어. 근데 넌 달라. 아무래도 여직원이고 공안부 간부 조카라는 걸 자오 주임도 알고 있으니 좀 더 조심스럽고 눈치껏 대응하겠지. 자오 주임한테 네가 생각해낸 작전이라고 말해. 양웨이를 석방하지 않으면 네가 힘들게 짜낸 작전이 허사가 된다고. 그리고 지금 양웨이 석방 여부가 어떤 결과를 낳는지 중점적으로 분석해줘. 이번 기회에 메이둥을 체포하는 게 얼마나 중요한 일인지 강조하고.”

리첸은 곧장 자오 주임을 찾아갔다. 리첸이 공안부 고위 간부의 조카라는 사실은 자오 주임과 치전싱 국장까지 알고 있는 사실이었다. 자오 주임은 지난번 류베이 사건 때 장이앙을 통해 그 사실을 전해 들었고, 치전싱은 상급 기관에 확인해서 알게 된 것이었다.

자오 주임은 리첸이 다양한 이해관계에 대해 설명하는 것을 진득하게 들어주었다. 그러고는 왕루이쥔에게 했던 말을 똑같이 늘어놓으며 석방은 어렵다고 말했다. 리첸은 하는 수 없이 귀 삼촌의 비서에게 전화해 연유를 설명하고 도움을 구했다. 그 정도 급의 간부에게 이런 일쯤은 식은 죽 먹기였다. 마침 비서가 싼장커우 상급시 공안국의 주요 간부와 잘 아는 사이라 전화로 사정을 설명했다. 그 간부도 이번 기회에 메이둥을 체포하는 게 급선무라는데 동의했고, 다 같은 형정 분야 사람들이다 보니 이 일의 긴급성을 누구보다 잘 알았다. 그 간부는 즉시 치 국장에게 연락해 조치를 취했고, 치 국장도 상급 간부가 동의한 만큼 기꺼이 양웨이라는 골칫거리를 털어내고 자오 주임에게 처리를 맡겼다.

두 시간도 채 되지 않아 리첸은 자오 주임의 도장이 찍힌 문서를 들고 왕루이쥐안을 찾았다. 생각보다 너무 빨리 성사된 결과에 왕루이쥐안은 리첸에게 칭찬을 바가지로 퍼주었지만, 정작 메이둥 체포 작전을 맡기기로 한 일에 대해서는 일언반구도 없었다.

"메이둥 체포를 위해서 이제 제가 뭘 하면 되죠?"

"그게…… 잠깐만 기다리고 있어봐. 내가 부국장님 모셔올게."

리첸은 기대에 부푼 채 기다렸다. 몇 분 후 문밖이 어수선했다. 소란스러운 와중에 쑹싱의 목소리가 들렸다.

"메이둥 체포 작전을 리첸한테 맡기시면 전 이 일에서 손떼겠습니다!"

"어째서?"

장이앙의 목소리였다.

"그래, 이유가 뭐야? 나랑 부국장님이 상의해서 결정한 일이야. 리첸이 양웨이 석방을 성사시키면 이 사건을 맡기기로 했다고."

왕루이쥐안의 목소리였다.

"저랑은 상의 안 하셨잖아요. 전 동의 못 합니다!"

문을 열고 들어오던 쑹싱이 리첸을 발견하고 우뚝 멈춰 섰다.

"네가 왜 여기 있어?"

리첸은 이를 악물고 쑹싱을 바라보았다.

장이앙이 심호흡을 한 뒤 쑹싱을 설득했다.

"리첸이 이번에 우리한테 큰 도움을 줬어. 이후 진행과정은 리첸이 맡도록 자네도 협조 좀 해."

쑹싱이 리첸에게 눈을 흘기더니 논리적으로 따졌다.

"이게 도움을 주고 안 주고 그런 문제가 아니잖아요. 수사가 무슨 애들 장난도 아니고, 신세 갚으려고 그런 중대한 일을 덥석 맡기다니 말이 됩니까? 리첸은 경험이 부족해도 한참 부족하다고요. 게다가 리첸 지시를 들을 사람이 누가 있겠어요?"

리첸의 얼굴이 한껏 달아올랐다.

"이미 내가 리첸한테 약속한 일이야. 자네가 이러면 내가 뭐가 되겠어?"

장이앙의 말에 쑹싱이 코웃음을 쳤다.

"그러다 혹시 문제 생기면 누가 책임질 건데요? 아무튼 리첸한테 맡기시면 전 빠지겠습니다. 이 일로 해고당한다고 해도 할 수 없습니다!"

"너 진짜!"

왕루이쥔이 소리치더니 리첸에게 다가와 조그맣게 말했다.

"리첸, 저 친구 성격 모르는 거 아니잖아. 나도 진짜 어떻게 할 방법이 없다. 아니면 이렇게 하면 어때? 억울하겠지만 이번에는 그냥 넘어가고 경험을 더 쌓아서 내년을 노리는 걸로. 내년에는 내가 무슨 일이 있어도 전담팀 팀장 자리에 앉혀줄게."

세 남자는 기대에 잔뜩 부푼 얼굴로 리첸을 바라보았다. 리첸은 세 사람을 번갈아가며 쏘아보더니 "이 사기꾼들!"이라고 소리치며 왕루이쥔을 세게 밀치고 나가버렸다.

제30장

리첸은 엄청난 열의로 양웨이 석방이라는 중임을 완수했는데 사기꾼으로 돌변한 세 남자에게 고무공처럼 걷어차였다. 사무실로 돌아와 휴대폰을 보니 저우룽에게서 장문의 메시지가 와 있었다.

방금 전까지만 해도 메이둥 체포 작전에 대한 기대감으로 저우룽 조사 건은 까맣게 잊고 있었다. 꿩 대신 닭이라도 잡아야 했다. 혼자서 저우룽의 범죄 증거를 확보해 저 사기꾼들 코를 납작하게 만들어줘야지!

휴대폰 화면을 넘기자 중년 남자의 작업용 멘트가 줄줄이 이어졌다.

—우리는 매일 수많은 사람들과 스쳐 지나가죠. 앞으로 당신의 인생에서 어떤 접점도 없을 사람이 대부분일 겁니다. 그런 사람들 중 한 명과 서로 만나게 된다는 건 매우 귀한 인연일 것입니다. 저는 평소에 4S 매장에 거의 가지 않고, 가더라도 오래 머무는 법이 없습니다. 아마 당신도 우연히 4S 매장에 가셨을 거라 믿습니다. 그날 마침 제가 매장에 있었고, 그때 마침 당신이 시승을 했고, 마침 당신이 긁은 차가 제 차였죠. 이런 우연을 수학적으로 따져본다면 아마 믿을 수 없을 만큼 낮은 확률일 겁니다. 그래서 전 이 모든 게 신기하게만 느껴집니다.

"흠……."

—나한테 밥 열 번 사기로 한 거 잊지 마요. (^(oo)^)

문장 끝에 장난꾸러기 같은 표정의 이모티콘이 붙어 있었다.

리첸은 차갑게 웃으며 회신했다.

—그럼요. 안 잊어버렸어요. 근데 워낙 공사다망하신 분이라 시간 내기 힘드실까 봐 걱정이네요. o(^-^)o

리첸도 뒤에 익살스러운 표정의 이모티콘을 붙였다.

리첸의 답장에 얼마나 기뻤는지 스마일 이모티콘 몇 개가 금세 날아오더니 또 메시지가 이어졌다.

—하하, 바쁜 것도 사람 봐가면서 하는 겁니다. 당신한테 내줄 시간은 항상 있단 소리예요. 아니면 제가 만날 장소랑 시간을 정하죠. 한번 봅시다.

'한번 보자'라는 말에 숨겨진 속뜻을 리첸이 모를 리 없었다. 저우룽에게 접근해서 가닥을 잡고 싶기는 했지만 그렇다고 사건 해결을 위해 제 한 몸 던질 생각은 추호도 없었다. 아무리 강한 리첸이라도 일단은 여자로서 불리한 측면이 있었다. 상대방의 계략을 역이용하든 밀당을 하든 머리를 짜내 방법을 동원해야 했다.

리첸은 뭔가 좋은 생각을 떠올리는가 싶더니 이내 한숨을 푹 내쉬었다. 입수한 정보대로 저우룽이 여색을 밝히는 건 확실한데, 그렇다고 호색한 이미지만 있는 것 같지는 않았다. 싼장커우에서 내로라하는 갑부가 자기 시간을 들여서 한 자 한 자 정성스럽게 메시지를 적어 보내는 모습이 방금 전의 세 사기꾼보다 훨씬 더 진정성 있게 느껴졌다.

저우룽이 사무실로 돌아오자 컴퓨터로 위챗 메시지를 보고 있던 후젠런이 바로 상황을 알렸다.

"형님, 됐습니다. 오케이 받아냈다고요."

저우룽이 컴퓨터 화면을 보며 대화 내용을 훑어보더니 한숨을 쉬었다.

"너무 쉽게 걸려드니까 오히려 흥미가 떨어지는데."

"쉽게라니요! 제가 무려 삼 일이나 공을 들였다고요. 이전 여자들은 당일에 바로 오케이했는데, 이 아가씨는 꼬박 삼 일을 버텼다니까요."

"어쨌든 오케이했다는 거잖아. 만나달라고 쫓아다니는 과정을 건너뛰니 좀 아쉽네."

쫓아다니는 재미까지 보고 싶으면 본인이 직접 메시지를 보낼 것이지, 왜 매번 나더러 보내래? 내가 아무리 즐겁게 대화하더라도 결국 재미 보는 건 당신이잖아? 후젠런은 속으로 투덜거렸다.

저우룽은 후젠런의 속을 들여다보기라도 한 듯 허허 웃더니, 책상 너머 장식 유리 앞으로 가서 머리카락을 매만졌다. 자신의 외모에 상당히 만족스러운지 그가 들뜬 목소리로 말했다.

"내일 저녁 우리 집에서 밥 먹자고 해봐."

후젠런은 바로 그 메시지를 보냈다.

"참, 좀 전에 주이페이 부하한테서 전화가 왔는데요. 주 사장이 며칠 내 언제든 쌴장커우에 들어올 수 있으니 먼저 현금으로 100만 달러를 준비하랍니다. 만나는 날 선금으로 달라면서요."

저우룽은 인상을 찌푸리며 불만스러운 듯 말했다.

"물건을 보지도 않았는데 선금은 무슨 선금이야?"

"구입할 의지를 확인하려는 거겠죠. 거래 당일 편종 세트 중 하나를 가져오겠대요. 현금 100만 달러가 준비되면 그 하나를 먼저 주고, 나머지 편종은 최대한 빨리 가져오게 해서 거래하겠다고요. 작은 편종 하나가 담보로 잡힌 셈이니 100만 달러 갖고 튈 걱정은 없다고 하더라고요."

"작은 편종 하나가 100만 달러나 해? 그럼 큰 건 도대체 얼마란 소리야?"

"그렇게 계산하면 안 돼요. 이게 신발처럼 짝으로 있는 거라서 작은 편종 하나를 저당 잡고 선금을 주는 방식이 양쪽 모두가 보험을 드는 거나 마찬가지인 거죠."

저우룽은 고개를 끄덕이고 100만 달러를 준비하라고 말했다.

리첸은 저우룽에게서 저녁식사 초대를 받았다. 차로 데리러 온다고 했고 장소는 그의 집이었다.

메시지를 확인한 리첸의 기분은 설렘 반 두려움 반이었다.

설렌 이유는 저우룽의 집으로 초대받았기 때문이었다. 그의 집에 가면 기회를 노려 서재에 정말 금고가 있는지 확인해볼 수도 있고, 어쩌면 금고에서 그의 범죄를 입증할 만한 증거를 찾을 수도 있었다. *그렇게만 된다면 앞으로 형정대대에서 날 무시할 사람은 없겠지? 두고 봐, 당신들은 그 오랜 기간 동안 저우룽의 약점 하나 잡지 못했지만, 내가 이번에 혼자서 적진에 뛰어들어 해내고 말 테니까!*

두려운 이유는 호색한인 저우룽의 소굴로 들어갔다가 무슨 일이 벌어질지 모르기 때문이었다. 집으로 초대한 걸 보면 뻔하지 않은가! 높은 담장으로 둘러싸인 저택에 혼자 들어갔다가 그놈이 강제로 덮치기라도 하면 꼼짝없이 당하게 되는 것이었다.

거절할까? 하지만 어렵게 얻어낸 기회였다. 지금까지 저우룽의 저택에 들어가본 경찰이 한 명도 없어서 그곳 사정이 어떤지는 아무도 몰랐다. *상사한테 보고해서 협조를 얻을까?* 하지만 이내 마음을 접었다. 리첸이 그런 위험을 무릅쓰고 적진의 소굴로 들어가는 걸 장이앙이 그냥 내버려둘 리 없었다. 내버려두기는커녕 어쩌면 24시간 내내 그녀 옆에 감시자를 붙여둘지도 모른다. 어찌어찌 감시자를 따돌려 저우룽의 저택에 들어간다 해도 장이앙은 즉시 형정대대 전체를 저택 주변에 배치시킨 뒤 확성기로 이렇게 외칠지도 모른다. *리첸은 경찰이다! 당장 리첸 경찰을 내보내지 않으면 지금 바로 쳐들어가겠다!*

그렇다고 다른 경찰들과 상의할 수도 없는 노릇이었다. 왕루이쥔과 쑹싱은 장이앙의 지시가 떨어지지 않는 한 그녀를 도울 리 없었다.

리첸은 저울질을 해보았다. *최선의 결과가 저우룽의 범죄 증거를 손에 넣는 것이라면 최악의 결과는?*

저우룽의 저택에 들어가면 그는 분명 그녀의 몸에 손을 대려고 할 것이고, 그녀는 당연히 거부할 생각이었다. 거부하면 점잖게 물러나주지 않을까? 저우룽 정도의 사회적 지위에 있는 사람이 설마 겁탈을 하진 않겠지? 혹시라도 저우룽이 간이 배 밖으로 나와서 겁탈을 하려고 한다면, 최후의 수단으로 경찰증을 보이며 비밀경찰임을 알리면 되지 않을까? 그러고도 덮치려 한다면 밖에 경찰들이 쫙 깔려 있다고 으름장을 놓으면 되지 않을까?

그러니 최악의 결과는 저우룽이 그녀의 신분을 알게 되어 경찰들의 계획이 노출되고, 장이앙에게 욕을 바가지로 얻어먹는 것이었다. 그보다 더한 최악이라고 해봐야 전출되는 것으로 그치지 않을까? 전출된다고 해봐야 리첸 입장에서 딱히 손해볼 것도 없었다. 지금도 수사에 직접참여를 못 하게 저지당한 마당에 전출되는 거나 여기서 근무하는 거나 별반 차이도 없었다.

그래, 일단 초대에 응하는 거야! 그렇게 결심했지만 이내 자신의 빼어난 외모가 떠올라 다시 망설여졌다. *그놈이 내 미모에 흠뻑 빠져서 내가 경찰이든 뭐든 간에 덤벼들면 어떡하지? 역시…… 예쁜 게 죄야. 어떻게 될지 모르니 만반의 준비를 하고 가야겠어!*

제31장

이튿날 아침, 리첸은 오늘 몇 가지 큰 사건이 터질 거라는 걸 전혀 알지 못한 채 저녁 약속을 위한 준비로 머릿속이 분주했다.

아침 일찍 싼장커우에서 2백 킬로미터 떨어진 도시의 기차역에 열 명 정도의 일당이 모습을 드러냈다. 하나같이 낡은 점퍼 차림에 손에는 허리 높이의 거대한 검정 캐리어를 끌고 있었다. 개찰구에 도착한 일당이 한 명씩 기차표와 신분증을 제시하고 캐리어를 보안검색대에 올렸다. 캐리어가 얼마나 무거웠으면 검색대에 올리면서 하나같이 "끙" 소리를 냈다.

검색 요원이 그들의 캐리어 하나가 모니터에 비친 걸 보더니 직업 본능을 발휘해 다른 검색 요원을 불러들였다. 둘이서 다시 한 번 모니터를 확인한 뒤 처음의 검색 요원이 일당을 막아섰다.

"캐리어 내리십시오. 열어서 좀 봅시다."

일당은 조금도 당황하는 기색이 없었다. 두목으로 보이는 키 크고 마른 남자가 일행에게 각자의 캐리어를 열게 했다.

캐리어 안을 본 검색 요원이 깜짝 놀란 목소리로 내뱉었다.

"문화재?"

캐리어마다 각양각색의 유물이 가득했다. 화병, 청동거울, 불상, 목조, 석조, 공룡 화석 등등. 고급품도 있었지만 은원銀圓*, 동전 꾸러미 같은 자잘한 물건도 많았고 온갖 것이 다 있었다.

죽 늘어선 캐리어 열 개에 온갖 유물이 들어차 있으니 다른 승객들도 걸음을 멈추고 호기심 어린 눈으로 구경했다.

두목이 사기 그릇 하나를 꺼내 검색 요원에게 건네며 웃는 얼굴로 말했다.

"명성화관요明成化官窑**입니다."

사람들의 시선이 집중되었다. 명성화관요가 틀림없었다. 바닥에 '대명성화大明成化, 관요'라고 새겨져 있었던 것이다.

"100위안에 가져갈 테요?"

두목이 장사를 시작했다.

구경하던 사람들이 웃음을 터뜨렸다.

검색 요원은 안심이 안 되는지 다른 캐리어에 든 물건들도 유심히 살폈다. 유물에 대해 잘 알지는 못하지만 사람 머리 크기만 한 화전옥和田玉***과 주먹만 한 호박琥珀****을 구분할 정도는 되었다.

마침내 경계심을 푼 요원이 물었다.

"대체 뭐 하시는 분들입니까?"

"고향에서 유물을 좀 캐다가 전국 각지를 돌며 팔고 있습니다. 아주 힘들게 돈벌이를 하고 있지요."

---

* 서양식 은화.

** 중국 도자기 발전의 전성기인 성화(명나라 헌종 시대 연호) 시기에 만들어진 도자기.

*** 고급 연옥석으로 중국 4대 명옥 중 최고로 꼽힌다.

**** 보석의 일종.

두목이 태연하게 대답했다.

"이런 것도 유물이오?"

검색 요원이 빈정거리며 물었다.

"알 만한 분이 왜 이러십니까? 저희도 이쪽 업계만의 룰이라는 게 있다고요."

검색 요원이 손을 흔들었다.

"알았으니까 가십시오. 뒤에 승객들이 잔뜩 기다리고 있습니다."

두목은 웃으며 개찰구를 통과했다.

그 시각 저우룽의 저택에는 랑보원, 랑보투 형제와 후젠런이 와 있었다. 저택은 싼장커우 북쪽 강줄기 옆으로 자리해 있었다. 3천 평이 넘는 저택 부지 삼면이 6, 7미터 높이의 담장으로 둘러싸여 있고, 강에 인접한 북쪽에는 나무 울타리가 쳐져 있어 저택이 사면으로 에워싸인 형국이었다. 저택 정면에는 6, 7미터 높이의 금속 대문이 있고, 문에는 문패도 어떤 표시도 없었다. 문 안쪽에는 제복 차림의 건장한 남자들이 근무하는 경호실이 있었다. 문으로 들어가면 정중앙에 저택이 있고 양쪽에 있는 주차장에 고급 차들이 여러 대 주차돼 있었다. 저택 뒤쪽에도 경호원 여럿이 근무하는 경호실이 있었고, 주변 담장 안팎으로 CCTV가 설치돼 있었다.

저택에는 네 사람 외에도 저우룽 회사의 보안팀 요원이자 경호원들도 함께 있었다.

두 시간 전 후젠런은 오늘 저우룽과 만나고 싶다는 주이페이의 연락을 받았다. 그때 회사에 있었던 저우룽은 밀매업자가 회사에 발을 들이는 게 싫어서 저택에서 보자고 한 뒤 랑보원 형제를 불러 배석하게 했다. 상대가 진정한 암흑가 사람인 만큼 저우룽도 여러 명을 곁에 두어야 심적으로 든든할 것 같았다.

시간을 확인하니 어느새 약속 시간이 지나 있었다. 랑보원이 화난 목소리로 말했다.

"지금 형님이 누굴 기다릴 위치입니까? 주 씨 그놈은 제까짓 게 뭐라고 자기 시간에 맞추라는 거죠? 맞춰줬으면 약속 시간에 재깍 나타나야지, 여태 전화 한 통도 없고 이게 대체 뭐 하자는 거냐고요! 몇천만 위안이 오가는 거래에 이렇게 신용이 없어서야. 뭐 이딴 놈이 다 있습니까?"

저우룽은 그런 게 아니라는 듯 웃으며 말했다.

"내가 볼 때 주이페이는 틀림없이 근처에 와 있어. 안 보이는 곳에 숨어서 우리를 관찰하고 있을 거야. 그쪽 일이 워낙 위험하다 보니 신중할 수밖에. 이따가 괜히 언짢은 티 내지 마라. 주이페이 그놈 수완도 보통이 아니야."

"왜 그렇게 생각하시는 겁니까?"

랑보투의 물음에 후젠런이 대신 설명했다.

"제가 이 저택에서 만나자며 주소를 알려주려고 했더니 이미 알고 있다면서 우리만 얼른 도착하면 된다고 하더라고요."

"그럼 그놈이 계속 룽 형님을 주시하고 있었단 말입니까?"

저우룽이 고개를 끄덕였다.

"최대한 빨리 싼장커우에 오겠다고 하더니, 이미 며칠 전에 도착해 있었던 것 같아. 그 뒤로 계속 숨어서 우리를 관찰하고 안전 여부를 확인한 뒤에 거래 제안을 한 거지. 전화했을 때 여기 주소는 물론이고 내가 집에 없다는 것까지 알고 있었잖아. 계속 날 지켜보고 있었다는 건데 난 전혀 눈치채지 못했으니, 주이페이 이놈이 보통내기가 아닌 거지. 그래서 너희들을 부른 거야. 제대로 된 암흑가 두목을 대면하긴 나도 처음이니까."

랑보투는 저우룽 뒤에 선 보안 요원들을 눈으로 쭉 훑어보았다. 우람한 체격의 사내들 옆에 유독 키도 작고 비쩍 마른 남자가 서 있었다. 별로 눈에 띄지 않는 외모의 그가 룽청그룹 보안팀 팀장 장더빙으로, 저우룽의 신뢰를 한몸에 받고 있는 인물이었다.

"장 팀장도 와 있으니 주이페이가 허튼수작 부릴까 봐 걱정할 필요는 없겠군요."

랑보투의 말에 장더빙 팀장이 예의상 미소만 살짝 지어 보였다.

"나도 만일의 상황에 대비해야 하니 장더빙한테 몇 명 더 데려오라고 한 거야. 주이페이는 평범한 유물 거래가 아니라 크게 사업을 하는 놈이야. 부하들도 전부 만만치가 않아. 너희 류베이 알지?"

랑보투가 고개를 젓자 랑보원이 물었다.

"경찰 죽이고 튄 놈 아니에요?"

"맞아. 이번에 이런저런 루트로 어떻게 주이페이와 연락이 닿았는데, 주이페이가 류베이를 중개인으로 내세웠어. 일개 중개인도 경찰을 죽인 놈인데, 주이페이 부하들이야 더 말할 것도 없지. 그러니 조심해야 해."

저우룽이 고개를 돌려 장더빙을 쳐다보자 그가 웃으며 고개를 끄덕였다. 마치 "제가 있으니 회장님은 마음 푹 놓으십시오"라고 말하는 것 같았다.

시간이 좀 더 흐른 뒤 드디어 집사가 와서 알렸다. 회장님과 선약이 되어 있다는 차 한 대가 대문 앞에 도착했다는 것이었다.

저우룽은 차를 들여보내라고 한 뒤 일행과 함께 밖으로 나갔다.

주차장에 들어온 차는 몇만 위안짜리 평범한 은색 소형차였다. 새것도 낡은 것도 아닌 볼품없는 차였다.

차에서 내린 기사도 특이할 것 없는 평범한 남자였다. 삼십 대로 보였고, 아래로 축 처진 삼각형 눈에 수수한 옷차림이었다. 기사가 뒷문을 열자 캐주얼 셔츠를 입은 남다른 풍격의 사십 대 남자가 모습을 드러냈다.

저우룽이 남자의 손을 덥석 잡으며 반갑게 인사했다.

"주 사장님, 싼장커우는 처음이시죠? 어떻게, 적응은 좀 되셨습니까?"

그런데 남다른 풍격의 남자는 손을 쓱 빼고 기사 뒤쪽으로 물러났다. 그러자 기사가 갑자기 당당하게 나서며 저우룽의 손을 맞잡았다.

"저우 회장님, 건강하시죠?"

"아, 당신이 주 사장님이었습니까?"

저우룽이 놀란 눈으로 삼각형 눈의 남자를 바라보았다.

"하하하, 저우 회장님도 못 알아보시는데 대륙 경찰이 어떻게 제 행방을 알아낼 수 있겠습니까?"

"정말이지 기막힌 솜씨로군요! 일 처리가 역시 남다르십니다!"

사람들이 따라서 웃음을 터뜨렸다.

그때 삼각형 눈이 묘한 미소를 떠올리며 한쪽으로 비켜섰고, 그 대신 남다른 풍격의 남자가 앞으로 나아와 크게 웃으며 말했다.

"하하하, 실은 제가 농담한 겁니다. 제가 진짜 주이페이입니다. 만나서 반갑습니다. 이쪽은 제가 가장 믿고 의지하는 아우인데,

샤오정小正이라고 부르시면 됩니다."

주이페이의 얼굴에 우쭐대는 표정이 드러났다. '대체 누가 진짜 주이페이인지 모르겠지?'라고 말하는 듯했다.

저우룽이 고개를 연신 끄덕이자 같이 있던 사람들도 따라서 끄덕였다. 주이페이의 속임수에 대해 뛰어난 두 가지 위장술('진정한 은자가 저잣거리에 은둔하고', '살쾡이를 태자와 바꿔치는')을 합쳐놓은 것 같다며 치켜세우면서도 속으로는 무슨 저런 미친놈이 다 있느냐며 욕을 해댔다.

주이페이와 샤오정은 저우룽의 저택을 빙 둘러보았다. 그 와중에도 샤오정이라는 남자의 눈은 기민하게 움직이며 함께 자리한 사람들, 주차장의 차량들, 주변의 모든 것을 세심히 관찰했다.

샤오정의 시선이 오랫동안 저우룽에게 머물렀다. 저우룽은 부담스러운 듯 헛기침을 하고 안으로 들어가 얘기하자며 주이페이를 안내했다. 두 사람은 마치 각각 대국과 소국의 지도자처럼 한쪽은 수행원 여럿을, 다른 한쪽은 달랑 한 명을 거느리고 저택 안으로 향했다.

자리에 앉자 간단한 인사를 주고받은 뒤 주이페이가 곧바로 본론에 들어갔다.

"저우 회장님도 잘 아시겠지만, 제가 사람들 앞에서 얼굴을 비치는 게 좀 불편한 상황입니다. 대륙에선 특히 더 그렇고요. 다만 이번에는 저우 회장님이 직접 물건을 찾으시니 제가 직접 오는 게 도리일 것 같아서요. 더군다나 이렇게 거액이 오가는 거래잖아요. 제가 싼장커우에서 이삼 일 머무는 동안 거래를 마무리했으면 하는데, 가격이나 절차는 이미 후 비서와 합의를 본 거라 별문제 없으시겠지요?"

"네, 없습니다."

저우룽이 화통하게 대답했다.

주이페이는 만나기 전 편종의 세부 사진을 보내주었고, 저우룽은 박물관에 있는 전문가에게 진위 여부를 판별해두었다. 편종을 요구한 팡융 주임에게도 사진을 보여주자 아주 흡족해했다. 가격은 편종 같은 유물이 워낙 시장 거래가 드물다 보니 통일된 기준이 없었다. 5, 6년 전 해외 경매회사에서 세트를 경매한 적이 있는데, 당시 판매가가 1억 5천만 위안이었다. 주이페이가 갖고 있는 세트는 규격이 더 작고 공개할 수 없는 미등록 유물이라 양측은 합의하에 3천만 위안으로 결정했다. 주이페이는 만나는 날 자신은 작은 9호 편종을 내놓을 테니 저우룽에게는 현금 100만 달러를 준비해두라고 요구했다. 물건 구매에 대한 저우룽의 성의를 확인하려는 의도였다. 합의한 대로 일이 순조롭게 이루어지면 다음 날 주이페이가 남은 여덟 개 편종을 마저 넘기기로 했다.

"선금은 준비하셨습니까?"

주이페이의 물음에 저우룽이 장 팀장에게 눈짓했다. 장더빙은 서재에서 100만 달러가 담긴 포대를 갖고 나왔다. 주이페이는 포대에 가지런히 담긴 지폐를 보며 이상한 점이 없는지 확인한 뒤 만족스러운 듯 고개를 끄덕이며 샤오정에게 신호를 보냈다. 샤오정은 차로 가서 중간 사이즈의 캐리어를 갖고 와 책상 위에 두었다.

캐리어 안에는 여행객 짐처럼 옷가지와 일상용품이 잔뜩 들어 있었다. 샤오정이 캐리어 안의 물건을 모두 꺼내고 빈 공간 안쪽에 있는 작은 원형 단추를 눌렀다. 그러자 캐리어 밑바닥이 반으로 접히면서 비밀 수납공간이 나타났다. 샤오정이 그 안으로 달러 뭉치를 가지런히 깔고 다시 단추를 눌렀다. 그러자 캐리어에 그런 공간이 있었나 싶을 만큼 수납 공간이 감쪽같이 사라졌다.

캐리어의 놀라운 기능에 다들 눈이 휘둥그레졌다. 영화에서나 볼 법한 밀거래상의 모습을 지금 막 눈앞에서 목격한 것이었다.

주이페이가 사람들의 시선이 만족스러운 듯 웃으며 말했다.

"캐리어 안팎으로 또 다른 장치들이 설계돼 있어서 보안검색대를 통과해도 안에 있는 돈은 검색에 걸리지 않지요."

샤오정은 옷가지와 잡동사니를 다시 캐리어에 채워 넣었다.

주이페이가 시간을 확인한 뒤 자리에서 일어났다.

"그럼 저는 이만 가보겠습니다. 물건은 삼십 분 뒤에 다른 사람이 이리로 가져올 겁니다."

"그럼 삼십 분 더 앉아 있다 가시죠."

저우룽이 눈을 가늘게 뜨며 말했다.

"절 못 믿으시는 겁니까?"

"아직 물건은 보지도 못했잖습니까!"

저우룽의 대꾸에 주이페이가 언짢은 기색을 내비쳤다.

"회장님, 제 앞에서 물건이 거래된 적은 지금까지 한 번도 없었습니다. 이건 제 규칙이니 양해 바랍니다."

저우룽도 자리에서 일어나 단도직입적으로 말했다.

"100만 달러가 적은 액수도 아니고, 이번이 우리 첫 거래가 아닙니까? 돈을 줬으면 물건을 줘야 양쪽 모두가 안심할 수 있지요."

어느새 장더빙 보안팀장이 두 부하를 데리고 문 앞에 나타나 버티고 서 있었다. 그 순간 샤오정이 오른손을 천천히 주머니에 넣었다. 순식간에 팽팽한 긴장감이 조성되었다.

그때 장더빙이 샤오정의 삼각형 눈을 보며 뜬금없이 물었다.

"혹시 성이 훠씨 아닌가?"

순간 샤오정의 낯빛이 확 바뀌었다. 주이페이도 표정이 한층 어두워지더니 갑자기 웃음을 띠며 말했다.

"그럼 이번만큼은 예외로 물건이 도착할 때까지 기다리죠. 샤오정!"

주이페이는 다시 소파에 앉았다. 훠정霍正은 오른손의 힘을 풀고 말없이 주이페이 곁으로 다가와 자리했다.

직접적인 충돌은 없었지만 방금 전 일촉즉발의 신경전으로 현장 분위기가 다소 무겁게 가라앉았다. 그때 랑보원이 분위기를 환기하려고 주머니에서 카드 세 장을 꺼내 주이페이에게 건넸다.

펑린완 호텔 스파센터 선불카드로 액면가가 1만 위안이었다. 카드를 본 주이페이가 고개를 갸웃거리며 물었다.

"이게……?"

"하하, 주 사장님이나 일행분들이야 숙소를 미리 정해두셨을 테니 저희가 걱정할 필요는 없겠지요. 이 카드들은 넣어두십시오. 펑린완 호텔 3층에 스파센터가 있는데, 관심 있으시면 아우들 데리고 가서 저우 매니저를 찾으시면 됩니다. 그럼 알아서 준비해드릴 겁니다. 이번 기회에 싼장커우 서비스도 한번 받아보시고 푹 쉬다 가시라고요."

주이페이가 웃는 얼굴로 훠정에게 카드를 건넸다. 훠정은 캐리어 지퍼를 열어 카드 세 장을 쑤셔 넣었다. 진짜 그곳에 갈 일은 없겠지만 상대방이 호의를 보이는데 굳이 거절할 것까진 없었다.

양측은 가벼운 이야기를 주고받으며 시간을 때웠다. 그런데 삼십 분이 지나도 물건이 도착하지 않자 점차 말수가 줄어들었다.

그때 전화를 받은 훠정의 낯빛이 급격히 어두워졌다. 전화를 끊은 그가 주이페이에게 귓속말을 했다. 주이페이의 얼굴도 잔뜩 굳었다. 간신히 심호흡을 한 그가 입을 열었다.

"운송 과정에서 작은 문제가 생긴 것 같습니다. 돈은 일단 여기 두시죠. 일이 처리되면 제가 다시 연락드리겠습니다."

"무슨 문제가 생겼다는 겁니까?"

저우룽이 눈을 가늘게 뜨며 경계하듯 물었다.

"별거 아니니 걱정하실 거 없습니다. 그럼 이만."

주이페이는 훠정이 갖고 있던 캐리어를 책상 위에 올려놓고 황급히 자리를 떠났다.

두 사람을 보내고 다시 한 방에 모이자 랑보원이 소리쳤다.

"틀림없이 뭔가 꿍꿍이가 있는 겁니다!"

랑보투도 거들었다.

"형님, 아무래도 이번 거래는 좀 더 신중하셔야 할 것 같습니다. 딱 봐도 무슨 문제가 생긴 게 틀림없습니다. 까딱하다간 괜히 형님한테까지 똥물 튀게 생겼어요."

"네 생각은 어때?"

저우룽이 심각한 얼굴로 장더빙에게 물었다.

"주 씨 수법은 저도 잘 모르겠습니다. 근데 샤오정은 뭐 하던 놈인지 대충 압니다."

"뭐 하던 놈인데?"

"이름은 훠정, 별명은 훠샹정치수이藿香正氣水*로 살인청부업자였습니다. 꽤 여러 명이 그놈 손에 목숨을 잃었죠. 오래전부터 지명수배자로 올라 있는데 어떻게 주 씨 밑에서 일하게 됐는지 모르겠네요. 저도 이번 거래는 좀 더 천천히 진행하는 게 좋을 것 같습니다."

저우룽은 천천히 고개를 끄덕였다. *팡윰에게 선물도 하기 전에 감옥에 잡혀 들어갈 순 없지. 편종 거래 건은 잠시 제쳐두고 오늘 밤은 리첸이라는 아가씨랑 좋은 시간이나 보내야겠군!*

"나가 죽어!"

호텔방으로 돌아온 주이페이는 바닥에 무릎을 꿇은 남자의 머리에 생수병을 집어던지고 발로 세게 걷어찼다.

"류베이 이 망할 자식이 9호 편종을 갖고 튀는 동안 너희들은 대체 눈을 어디다 달고 있었어!"

무릎을 꿇은 남자 뒤로 낡은 점퍼를 입은 남자 일고여덟 명이 고개를 푹 숙이고 서 있었다.

"각자 캐리어 하나씩 끌고 역을 나올 때만 해도 있었거든요. 근데 나와서 사람 수를 세는데 류베이가 안 보이는 거예요. 샤오후小虎 말로는 담배 사러 간다고 하고 내뺀 거 같다는데, 그놈이 전화도 꺼놓고……."

"근데 그 새끼가 왜 편종을 훔친 거지?"

"모르겠습니다."

"죽일놈! 류베이 이 개새끼가!"

---

* 발한, 해열 등의 효능이 있는 약품 이름.

주이페이가 방 안을 왔다갔다하다가 삿대질을 하며 소리쳤다.

"말해봐. 이 일을 어떻게 할 거야?"

"제가 가서 찾아오겠습니다."

"못 찾아오면?"

"제, 제 생각엔 나머지 여덟 개는 다 있잖습니까. 제일 작은 9호 하나가 없어진 거니 그래도…… 큰 손실은 아니지 싶은데……."

"큰 손실이 아니라고? 닥쳐 이 새끼야!"

주이페이가 또다시 남자를 걷어차서 쓰러뜨렸다.

"아홉 개가 한 세트야. 하나가 빠지면 물건이 안 되는데 그걸 누구한테 갖다 팔겠냐? 1만 위안짜리 신발 한 켤레에서 네놈 새끼가 한짝을 잃어버렸는데 나머지 한짝만 가지고 어따 써먹겠어? 너 같으면 사겠냐?"

주이페이가 또다시 발로 걷어차려 하자 훠정이 막아섰다.

"형님, 잘하면 일을 수습할 수 있을 것 같습니다."

"무슨 말이야?"

"저한테 캐리어 비밀 수납칸에 위치추적기를 달라고 하셨잖아요? 제가 방금 추적해보니까 위치가 바뀌고 있습니다. 류베이 그놈은 위치추적기가 달려 있는 걸 모르는 것 같고요."

주이페이가 입술을 깨물며 잠시 고민하더니 서늘한 눈빛으로 말했다.

"물건만 챙겨와. 그놈은 알아서 처리하고!"

"알겠습니다!"

훠정이 시원하게 대답했다.

제32장

저녁이 되어 훠정은 싼장커우 동쪽의 성중촌을 찾았다.

캐리어에 설치한 위치추적기는 암시장에서 거래한 불법 용품으로 경찰의 전문 장비에 비하면 정확도가 매우 떨어졌다. 어느 지역에 있는지만 대충 파악할 수 있을 뿐이었다. 위치추적기에 따르면 류베이는 지금 이 성중촌에 숨어 있었다.

이곳에는 철거를 앞두고 몇 개월 전부터 비워진 주택들이 모여 있었다. 류베이는 도망자 신세인 데다 편종까지 훔쳤으니 숙박업소에 묵는 건 꿈도 못 꾸고 이런 곳에 숨어들었을 것이다. 이 주변은 아무도 없어서 그놈을 죽여 없애기도 수월할 것이다. 훠정은 성중촌 외곽부터 시작해서 집집마다 꼼꼼히 찾아보았다.

그 시각 류베이는 어느 주택에서 문을 걸어 잠그고 널찍한 침대 머리맡에 앉아 있었다. 눈앞에는 캐리어가 열린 채 놓여 있었고, 손에는 20센티미터 높이의 예스럽고 묵직한 청동 편종 하나가 들려 있었다. 편종을 바라보던 그의 마음이 심하게 요동쳤다.

원래는 주이페이의 물건을 훔칠 생각이 없었다.

류베이는 싼장커우에서 가장 유명한 유물 밀매상이었다. 처음에 저우룽 회사의 보안팀장인 장더빙이 이 바닥 친구들을 통해 류베이를 찾아낸 뒤 편종 세트를 구할 방법이 있는지 물었다. 편종은 역사 교과서에 나오는 증후을曾侯乙 편종*처럼 보통 국보로 지정되는 유물로 돈으로 거래할 수 있는 물건이 아니었다. 어쩌다 경매시장에 나오더라도 온전한 세트 가격은 수천만에서 수억 위안에 달했다. 류베이가 이 정도 급의 유물을 구할 능력이 어디 있겠는가? 다만 그는 주이페이라면 편종 세트를 갖고 있으리란 걸 알았다.

주이페이는 작년에 편종 세트 하나를 들였다. 문건에 오르지 않은 출토 유물을 밀수한 것이었다. 이런 물건에 대해선 큰손만이 돈을 지불할 수 있는데, 큰손들은 신분과 지위상 법에 저촉되는 걸 매우 꺼려서 이런 거래에 선뜻 나서지 못했다. 이런 사정을 아는 류베이가 주이페이에게 연락해 거래할 사람을 소개해주었다. 일이 성사되면 30만 위안의 중개비를 주겠다는 주이페이의 말에 류베이도 이번 거래에 참여하게 되었다.

그런데 상황을 살피러 싼장커우에 왔다가 정융빙의 집에서 지낸 지 며칠도 안 되어 경찰에게 잡힐 뻔했다. 류베이는 경찰을 죽이고 달아난 그해 성형수술로 얼굴을 싹 바꾸고 몇 년간 무탈하게 지낸 터였다. 그런데 이제 와서 다시 경찰의 눈에 노출되다니! 이는 다시 도망자의 삶을 살아야 한다는 뜻이었다.

도망을 다니려면 무엇보다 돈이 필요했다. 30만 위안으로는 부족했다. 이런저런 궁리 끝에 마지막 모험을 감행하기로 했다.

류베이는 주이페이의 편종이 아홉 개가 한 세트라는 걸 알았다.

---

* 전국시대 제후국 증국曾國의 군주인 증후을의 무덤에서 출토한 편종.

아홉 개 각각이 치수와 무늬가 달랐다. 만약 편종 하나가 사라져 여덟 개가 되면 온전한 세트가 아니니 가격이 크게 떨어질 것이다. 류베이는 꾀를 생각해냈다. 주이페이를 도와 편종을 운반하는 동안 하나를 훔친 뒤 저우룽에게 연락해 500만 위안에 팔아넘기는 것이었다. 저우룽이 주이페이에게 편종을 살 때는 완전한 세트가 아니니 1천만 위안쯤 깎아서 살 수 있을 것이다. 물론 저우룽이 그 돈을 아낄 생각이 없다고 해도 그때 가서 주이페이에게 연락해 빼돌린 편종 하나를 500만 위안에 사들이라며 돈을 뜯어내면 그만이었다.

물론 힘으로 치면 주이페이 쪽이 류베이와는 비교할 수 없을 정도로 셌지만, 이곳은 싼장커우였다. 아무리 강한 용이라도 본토에서 자란 뱀에 비하면 불리한 면이 있었다. 싼장커우에서만큼은 주이페이가 자신을 어쩌지 못할 거라는 게 류베이의 생각이었다.

류베이는 휴대폰에서 유심칩을 빼고 새 유심칩으로 갈아끼웠다. 전원을 켜서 장더빙에게 전화를 걸었지만 신호가 가지 않았다. (장더빙은 저우룽의 말에 따라 임시 휴대폰으로 류베이에게 연락하고 주이페이와 연락이 닿은 뒤에는 그 휴대폰 칩을 폐기한 상태였다. 장차 책 잡힐 일이 없도록 류베이 같은 도망자와는 얽히지 않으려는 것이었다.) 룽청 그룹 전화번호를 알아내 전화해봤지만 데스크 직원도 이미 퇴근한 뒤였다. 여러 방법을 시도해봤지만 결국 다 실패했다. 어쩔 수 없이 편종을 다시 캐리어에 넣고 낡은 집에서 하룻밤 묵기로 했다.

그때였다. 창문에 웬 그림자가 스쳐 지나갔다. 재빨리 창 아래로 몸을 숨기고 바깥 동정에 귀를 기울였다. 하지만 고요 그 자체였다. 그때 맞은편 침대 머리맡에 있던 휴대폰이 깜빡거렸다. 밖에 있는 사람도 틀림없이 저 휴대폰 불빛을 알아챘을 것이다. 류베이는 숨도 제대로 못 쉴 지경이었다. 창밖으로 발소리가 점점 멀어졌다. 잠시 후 긴 숨을 내뱉은 류베이는 천천히 몸을 일으켜 창밖을 보았다. 그 순간 얼굴을 마주친 사람은 바로 훠정이었다.

류베이는 손에 잡히는 대로 낡은 의자를 집어 들었다. 그 순간 쾅 소리가 나며 현관문이 무너졌고, 훠정이 돌진해 들어왔다. 류베이가 의자로 훠정을 내리찍었다. 훠정은 팔뚝을 다쳐 극심한 통증을 느끼면서도 곧바로 달려들어 류베이의 머리채를 틀어쥐고 칼로 경동맥을 끊어버렸다.

경동맥과 함께 기관지가 잘리면서 선혈이 솟구쳤다. 류베이는 두 손으로 목을 움켜쥐고 뒷걸음치며 공포에 질린 눈으로 상대를 바라보았다. 몇 걸음 물러나지도 못한 채 그는 벽 구석에 주저앉았고, 목에서는 계속해서 피가 솟구쳤다.

훠정은 침대 머리맡에 있던 캐리어를 열어보았다. 다행히 편종이 그대로 들어 있었다. 그는 캐리어를 닫으며 차갑게 물었다.

"대체 왜 훔쳤어?"

류베이는 용서를 구하고 싶었지만 목을 베이니 목소리도 나오지 않았다. 잠시 발악하던 그는 결국 숨이 끊어지고 말았다.

훠정은 콧방귀를 뀌며 손전등을 꺼내 방 안을 두루 살폈다. 공범의 흔적은 보이지 않았다. 류베이의 휴대폰을 찾아 통화 기록을 뒤져보았다. 조금 전 유선전화에 전화해 일 분쯤 통화했던 기록이 있었다. 인터넷에 접속해 전화번호를 검색해보니 '룽청그룹' 번호였다. 훠정의 얼굴이 저절로 찌푸려졌다.

설마 저우룽이 이놈한테 편종을 훔치라고 지시했나? 류베이는

싼장커우 사람이고 저우룽은 애초에 류베이에게 먼저 거래를 제안했었다. *그런데 류베이가 다시 그쪽에 연락을 취하다니, 혹시 함정일까?*

쉽게 넘길 일이 아니었다. 훠정은 주이페이에게 전화해 보고했다.

"형님, 처리했습니다."

"물건은?"

"있습니다."

"그놈은?"

"죽었습니다."

"깔끔하게 처리해. 흔적 남기지 말고."

"네. 근데 류베이가 저우룽 회장과 통화한 것 같습니다."

수화기 너머로 잠시 침묵이 흘렀다.

"류베이가 물건을 훔친 게 저우 회장이 시켜서라고 생각하는 건가?"

"모르겠습니다. 하지만 류베이는 싼장커우 사람이잖습니까. 그리고 거래 건은 원래 저우 회장이 류베이한테 먼저 문의했던 거고요."

"저우 회장이 그럴 이유가 없잖아?"

"편종 하나가 빠지면 가격차가 한두 푼이 아니잖습니까. 세트 거래를 흔쾌히 하겠다고 한 걸 보면 물건이 진짜 급해서일 수도 있고 혹시 다른 꿍꿍이가 있는 건 아닐까요?"

주이페이는 잠시 말이 없었다.

"저우 회장이 그렇게까지 할 위인은 아니야. 십중팔구 류베이 그놈이 몰래 훔쳐다가 저우 회장한테 팔아넘기려고 했을 거야. 일단 물건부터 가져와. 와서 다시 얘기하자고."

"알겠습니다."

훠정은 장갑을 끼고 류베이의 시체를 한쪽으로 끌어다놓았다. 밖에서 모래를 옮겨와 피가 흥건한 바닥에 뿌려 피와 섞은 뒤, 잡동사니가 쌓여 있는 바깥으로 모래를 쓸어냈다. 며칠이 지나 모래가 마르고 나면 피가 섞여 있다는 걸 알아볼 사람은 없을 것이다.

혈흔을 다 처리한 다음 캐리어에 편종만 남기고 가짜 유물들을 전부 꺼냈다. 비워진 자리에 류베이의 시체를 욱여넣고 지퍼를 닫았다.

마지막으로 혹시 놓친 부분이 없는지 점검한 다음 피 묻은 옷을 뒤집어 입었다. 이제 성중촌을 떠나 이 육중한 캐리어를 처리할 장소를 찾아야 했다.

도로에 나오자 마침 택시 한 대가 다가왔다.

택시가 멈춰 서자 뒷문을 열고 캐리어를 실으려는데 백미러로 지켜보던 기사가 친절하게 물었다.

"좀 도와드릴까요?"

"됐습니다."

훠정이 냉정하게 대답했다.

"너무 크고 무거워 보이는데 트렁크에 실으시죠."

"눈에 보이는 데 둬야 합니다."

"뭔데 그렇게 애지중지하세요?"

훠정은 대답도 없이 왼팔의 통증을 참아가며 50킬로그램이 넘는 캐리어를 뒷좌석에 실었다. 있는 힘껏 안쪽으로 밀었지만 몇 번을 밀어도 움직이지 않았다.

"바퀴가 의자에 걸렸군요. 반대쪽으로 타시죠."

택시기사의 말에 훠정은 문을 닫고 차량 뒤쪽으로 발을 옮겼다. 그 순간 기사가 교활한 웃음을 지으며 속도를 높였다. 훠정이 본능적으로 트렁크를 붙들었지만 기사가 핸들을 이리저리 꺾는 바람에 맥없이 나가떨어졌다.

"젠장!"

바닥에 나동그라진 훠정은 두 손에 피가 묻은 채 택시가 사라질 때까지 노려보았다.

나는 듯 달리는 택시 안에서 샤오마오는 백미러로 캐리어를 흘끔거리며 콧노래를 흥얼거렸다.

그날 채권추심업자들이 왔다 간 뒤로 샤오마오는 강 형과 상의해 최대한 빨리 몇만 위안을 구해 빚을 상환하기로 했다. 하지만 당장 어디 가서 몇만 위안을 구한단 말인가? 폐차하려던 택시를 둘이서 어찌어찌 수리한 다음 도로로 나섰다. 밤에만 움직였고 캐리어 같은 큰 짐이 있는 승객들을 노렸다. 대부분의 승객이 캐리어를 트렁크에 실었다. 승객이 트렁크 문을 닫고 택시에 올라타기 전 샤오마오는 그대로 액셀을 밟아 내뺐다. 몇 번의 작업 끝에 캐리어 몇 개를 건졌지만 수확은 시원찮았다. 노트북 한 대와 현금 1천여 위안을 제외하면 나머지는 팔아봐야 돈도 안 되는 옷가지와 잡동사니였다.

그런데 이번에는 확실해 보였다. "눈에 보이는 데 둬야 합니다"라는 남자의 말을 들은 순간 샤오마오는 그 안에 잔뜩 들어 있는 지폐를 상상했다.

한참 운전하다 보니 저 앞에 강 형이 보였다. 강 형 앞에서 차를 세우고 창문을 내려 보고했다.

"큰 건 하나 해냈어요!"

강 형은 뒷좌석에 놓인 커다란 캐리어를 보더니 서둘러 차에 올라탔다. 캐리어를 들어보니 꿈쩍도 하지 않았다.

"뭔데 이렇게 무거워?"

"저도 몰라요. 근데 아까 그 호구놈이 하는 짓 보니까 값나가는 물건은 맞는 것 같아요!"

그 말에 강 형은 그놈이 못 쫓아오게 얼른 출발하라고 말했다.

강 형은 온 힘을 다해 캐리어를 좌석 중앙으로 끌어당긴 뒤 엄숙한 표정을 지었다. 빼돌린 캐리어를 여는 순간은 마치 복권을 긁는 것과 같았다. 강 형은 기대에 잔뜩 부풀어 두 손을 비볐다.

"그럼 요 귀염둥이가 왜 이렇게 무거운지 한번 볼까나!"

강 형이 캐리어를 툭툭 친 뒤 천천히 지퍼를 열었다.

"헉!"

강 형이 벌떡 일어났다. 천장에 머리를 쿵 부딪히고 바짝 얼어붙은 채 캐리어에서 시선을 떼지 못했다.

"뭔데 그렇게 난리예요? 금덩어리라도 들었나요?"

샤오마오가 백미러로 강 형의 표정을 보았다.

강 형은 눈이 휘둥그레진 채 어안이 벙벙한 모습이었다.

뭔가 이상하다 싶어 뒤쪽을 살피던 샤오마오는 그만 기절할 뻔했다. 캐리어에 욱여넣어진 류베이의 눈과 마주친 것이다.

그때 반대편 차선에서 달려오던 차들이 라이트를 번쩍거리며 빵빵거렸다. 강 형이 냅다 소리쳤다.

"멈춰!"

샤오마오가 본능적으로 브레이크를 밟았다. 동시에 맞은편 차선에서 달려오는 검은색 벤츠를 피해 핸들을 꺾었다. 다행히 택시는 아무 곳에도 부딪히지 않고 멈춰 섰다. 그런데 검은색 벤츠는 길가의 거목에 부딪히고 말았다. 차머리에서 검은 연기가 피어올랐고 나무도 부러졌다.

4S 매장 판매원 두충이 검은색 벤츠에서 내렸다. 에어백의 펀치를 맞아 어질어질한 가운데 부러진 나무와 검은 연기를 보고 교통사고가 났다는 걸 깨달았다.

웨딩업체 친구를 위해 차 좀 빌려주었던 것뿐이었다. 왕복 20킬로미터에 2천 위안이나 준다기에, 정비소에 맡긴 저우 회장의 벤츠 S600을 슬쩍 끌고 나온 것인데 돌아오는 길에 사고가 나고 만 것이었다.

두충은 택시 앞창을 마구 두드리며 소리쳤다.

"내려! 대체 운전을 어떻게 한 거야? 이렇게 도로가 넓은데 왜 자꾸 내 차선 쪽으로 들어오냐고! 눈이 삐었어? 귀가 먹었나?"

샤오마오가 차창을 내리고 쭈뼛쭈뼛하며 두충을 바라보았다.

"저기, 안 다치셨죠?"

"안 다쳤냐고?"

두충이 연기가 폴폴 나는 벤츠를 가리키며 소리쳤다.

"차가 저 모양 저 꼴이 됐는데 뭐가 어째? 어떻게 처리할 거야?"

"제가……."

샤오마오는 어쩔 줄 몰라 하며 강 형을 쳐다보았다.

강 형은 시체를 힐끔하더니 캐리어 지퍼를 닫고는 기침하는 것처럼 한 손으로 입을 막고 속삭였다.

"가, 얼른 가라고."

샤오마오는 두충을 향해 진실된 목소리를 짜내 말했다.

"어휴, 제가 깜빡 졸았나 봅니다. 얼마를 배상하면 될까요?"

그러면서 은근슬쩍 오른손을 기어봉으로 옮겼다.

"얼마가 필요한지 지금 어떻게 알아? 일단 보험사에 전화해. 그리고…… 젠장!"

두충의 말이 끝나기도 전에 "붕" 하고 택시가 출발했다. 그 순간 두충이 샤오마오의 상의 앞주머니를 붙잡았다. 샤오마오는 두 손으로 핸들을 꼭 쥔 채 액셀을 밟고 또 밟았다. 두충이 차에 매달리다시피 하며 달렸지만 차를 이길 수는 없었다. 몇십 미터를 달리다 결국 샤오마오의 찢어진 주머니와 함께 바닥으로 나동그라졌다.

간신히 몸을 일으키고 벤츠를 본 순간 그는 하늘이 무너지는 심정이었다.

한편 팡차오와 류즈는 저우룽의 저택 담장 밖에서 잠복한 지 벌써 수일째였다. 행동을 개시할 기회를 아직까지 잡지 못한 것이었다.

저택 삼면에 6미터가 넘는 담장이 둘러져 있어 기어 올라가는 건 불가능했다. 나머지 한 면은 높은 담 대신 나무 울타리가 빼곡히 막아서 있고 그 뒤로는 강이었다. 강은 다행히 수심이 깊지 않아 어떻게든 건널 만했다. 팡차오는 쪽배를 사서 풀숲에 숨겨두었다. 문제는 울타리 너머의 경호실이었다. 경호원들이 보초를 서고 있는 이곳이 두 사람이 뚫을 수 없는 방어선이었다.

저택 밖에서 초조해하는 두 사람과 달리 저택 안의 저우룽은 오늘밤 무척 기분이 좋았다.

"리첸, 회장님 말고 그냥 오빠라고 불러."

저우룽이 그윽한 눈으로 리첸을 바라보았다.

식탁에는 개인 요리사가 정성껏 준비한 서양 요리가 차려져 있고 옆에는 갖가지 와인도 준비돼 있었다. 천장에는 화려한 크리스털 샹들리에가 달려 있고 성능 좋은 스피커에서 노래도 흘러나와 가라오케보다 더 가라오케 같은 분위기였다.

하지만 리첸에게는 고역의 저녁식사 자리였다. 이런 남자를 상대해본 경험도 없었고, 어서 빨리 서재에 들어가 비밀을 캐내고 싶을 뿐이었다. 다행히 저우룽은 입담이 좋았고, 긴장해서 굳어 있는 리첸을 보며 오히려 더 맘에 들어 하는 눈치였다. 분명 때 묻지 않은 아가씨라고 여기는 것이리라.

식사를 마치고 마침내 저우룽이 방심한 모습을 비쳤다. 리첸은 가방에서 가루를 꺼내 자신이 마시던 와인 잔에 넣고 흔들었다. 그러고는 저우룽에게 다가가 환대에 감사하다며 잔을 권했다. 미녀가 권하는 술을 거절할 수는 없는 법, 저우룽은 잔을 받아 일부러 리첸의 입술 자국이 난 쪽으로 돌려 단숨에 들이켰다. 약간 씁쓸한 맛이 났지만 개의치 않았다. 잔을 돌려주면서 의도적으로 리첸의 손을 살짝 건드렸다. 리첸은 애교스럽게 웃으며 손을 거두었다.

배불리 먹고 술도 거나해진 저우룽은 이제 어떻게든 리첸의 몸을 갖고 싶었다. 그러기 위해선 자신의 매력을 보여주어야 했다. 여자에게 보여줄 그의 매력은 첫째도 둘째도 셋째도 돈이었다. 그는 저택 곳곳을 구경시켜주면서 은근슬쩍 부를 과시하면서도 자신은 결코 부를 과시하는 게 아니라는 것처럼 보이려고 노력했다. 그래야 리첸이 자신을 더 우러러볼 것 같았다.

리첸은 대충 장단을 맞춰주며 저우룽의 집을 탐색했다. 저택을 한 바퀴 돌았지만 서재만큼은 보여주지 않았다. 리첸은 무심한 척 문이 닫힌 방들을 가리키며 물었다.

"집이 진짜 크네요. 어? 저긴 뭐 하는 데죠? 들어가봐도 돼요?"

"가사도우미 방이라 굳이 볼 필요는 없을 것 같은데?"

"아…… 그럼 저 방은요?"

리첸이 옆방을 가리켰다.

"거기도 도우미 방."

"아, 네."

저도 모르게 식은땀이 났다. 주변을 둘러보니 맞은편에도 문이 닫힌 방이 보였다. *저 방까지 도우미 방이라고 대답하진 않겠지?*

"저긴 뭐 하는 데예요?"

"서재."

순간 리첸의 눈이 반짝하는 걸 저우룽은 눈치채지 못했다.

"구경시켜주실 수 있어요?"

"어…… 그래."

잠시 망설이던 저우룽이 서재 문으로 다가갔다. 다른 방들과 달리 문에 지문인식기가 설치돼 있었다. 저우룽이 손가락을 갖다 대자 문이 자동으로 열렸다.

"보면 알겠지만 그냥 서재야. 별거 없어."

저우룽이 문 앞에 선 채 말했다.

다시 문을 닫으려 하자 리첸이 잽싸게 안으로 들어갔다.

"와, 책이 엄청 많네요!"

『자본론』, 『마르크스 레닌주의』, 『마오쩌둥 선집』, 『중국 특색의 사회주의 건설』 등 두꺼운 책들이 책장 가득 꽂혀 있었다. 딱 봐도 전혀 들춰본 흔적이 없는 책들을 리첸은 흥미롭다는 듯 바라봤다.

그런 리첸을 보며 저우룽은 뭔가 이상한 기분이 들었다.

"서재도 볼만한 게 없어. 위층으로 가자. 거기 가면 베란다가 있는데 경치가 끝내줘."

그때 저우룽의 휴대폰이 울렸다. 발신인이 후젠린이었다. 그는 리첸에게 양해를 구하고 서재를 나와 전화를 받았다.

"무슨 일이야?"

"누가 형님 차를 몰래 끌고 나갔다가 사고를 냈는데, 상태가 심각합니다."

"뭐? 어느 찬데?"

"며칠 전에 4S 매장 갈 때 타고 가신 차요. 리첸이란 아가씨가 긁은 벤츠 있잖아요. 매장에서 막 페인트칠 끝낸 상태였는데 오늘 직원이 몰래 끌고 나갔대요. 웨딩카로 빌려주고 부수입 좀 챙기고 돌아오다가 나무를 들이박았답니다. 앞쪽이 완전 찌그러졌어요."

"이런……."

소리치려던 저우룽이 오늘밤 데이트의 주인공이 서재에 있다는 걸 떠올리고 최대한 목소리를 낮췄다.

"간이 아주 배 밖으로 나왔네. 내 차를 몰래 끌고 나갈 정도면 평소 고객들 차는 숱하게 해먹었겠군! 대체 매장 관리를 어떻게 하는 거야? 이러다 소문 나면 누가 우리 매장 오려고 하겠어?"

"그러니까요. 사태가 좀 심각해서 저 혼자 결정할 수가 없겠더라고요. 형님 생각은 어떠세요? 어떻게 할까요?"

"그 직원은 얼마나 다쳤어?"

"전혀 안 다쳤고 차만 망가졌습니다."

"엄하게 처리해. 이건 매장 관리 문제야. 내가 애들 몇 명 보낼 테니까 그 새끼 제대로 정신 차리게 해줘. 그리고 집안 거덜날 만큼 배상금 때려서 본때를 보여주라고!"

전화를 끊은 저우룽은 당직 경호팀장을 불러, 지금 당장 몇 명 데리고 나가 4S 매장에 있는 후젠런을 찾아가라고 지시했다.

류즈는 차에 앉아 저우룽의 저택을 넋 놓고 바라보았고, 팡차오는 뒷좌석에 드러누워 코를 골며 자고 있었다.

며칠을 내내 기다려도 좀처럼 기회가 오지 않아 심신이 지친 상태였다. 이제는 한 명씩 번갈아가며 깨어 며칠을 더 지켜보기로 했다. 그래도 기회가 보이지 않으면 방향을 틀어 팡융의 집에 있는 유물과 골동품이라도 털어야 했다. 그걸 어떻게 팔아먹을지는 그때 가서 생각하기로 했다.

그때 저우룽의 저택 밖으로 차 세 대가 모습을 드러냈다. 차들은 방향을 틀어 류즈와 팡차오의 차를 향해 다가왔다.

류즈는 얼른 팡차오를 깨우며 경계 태세를 갖췄다. 다행히 차들은 그들 옆을 그대로 지나쳤다. 아무 일도 없는데 깨웠다며 투덜거리던 팡차오는 울타리 너머 경호실 불이 꺼진 것을 발견했다. 정신이 번뜩 들어 망원경으로 다시 한 번 확인했다.

노발대발하던 저우룽은 심호흡을 몇 번 하고 다시 웃는 얼굴로 서재에 돌아왔다. 리첸이 빈둥거리는 모양새로 서재 구석구석 둘러보고 있었다.

"미안. 회사에 급한 일이 좀 있었거든."

웃으며 말하던 저우룽이 벽에 붙어 있는 반구형 물체를 보더니 미간을 살짝 찌푸렸다. 순간 경계심이 일었지만 천진난만한 리첸의 얼굴을 보자 금세 마음이 놓였다.

"혼자 뭐 하고 있었어?"

"아무것도요. 그냥 가만히 서서 오빠를 기다릴 수밖에요. 여기 물건들은 다 비싸 보여서 함부로 건드리기도 겁나네요."

리첸이 자못 애교를 부리며 대답했다.

"하하, 그렇게 겁이 많아서야."

저우룽이 다가와 그윽한 눈으로 리첸의 얼굴을 살폈다.

"리첸, 오늘 같이 있자."

"그게……."

"어때?"

"저……."

리첸은 어떻게든 시간을 끌어야 했다.

"오빠, 저 목마른데 물 한 잔 좀 주실래요?"

"그래."

웃으며 돌아서는데 저우룽의 아랫배에서 꾸르륵 소리가 났다. 민망해하며 리첸을 돌아보는데 또다시 꾸르륵 소리가 났다.

중요한 순간에 급똥이라니! 화장실에 가더라도 물 한 잔은 갖다주고 가야 하는데 어쩐다……? 하지만 잠깐의 참을 틈도 없었다. 폭포수 같은 변의가 느껴졌다. 방귀까지 터져 나오더니 속옷

에서 뜨끈한 액체의 기운이 느껴졌다. 저우룽은 미안하다는 말과 함께 두 다리를 배배 꼬며 서재를 뛰쳐나갔다.

설사약 효과가 드디어 나타났군. 리첸은 한숨을 내쉬었다.

저우룽의 초대에 어떻게 대처할까 고민하다가 생각해낸 게 바로 설사약이었다. 탈진에 이를 정도로 특효가 있는 설사약이니, 이제 저우룽이 겁탈을 시도할 일은 없을 것이다.

저우룽이 자리를 비운 사이 리첸은 반구형 물체로 다가갔다. 이 안에 금고가 박혀 있고 이 둥근 물체가 금고를 여는 다이얼이라는 건 알겠는데, 다이얼을 돌려 여는 게 문제였다. 이쪽저쪽으로 몇 번을 돌려보고 벽에 귀를 대서 소리도 들어봤지만 그야말로 속수무책이었다. 강제로 뜯어내려고 힘도 써봤지만 꿈쩍도 하지 않았다. 반구형 가장자리로 주삿바늘 들어갈 틈도 보이지 않았다. 그때 밖에서 발소리가 들렸다. 리첸은 얼른 책장 쪽으로 달려가 아무 일 없었다는 듯이 다시 빈둥거렸다.

저우룽은 화장실에서 설사를 하다가 혼절할 뻔했다. 지금껏 해본 설사 중에 가장 심한 설사였다. 심지어 조금 전 먹은 음식물까지 보일 정도였다. 한바탕 설사하고 바지를 올리자마자 다시 변의가 느껴졌다. 화장실에서 십여 분을 보내고 나니 기력이 다 빠지고 낯빛도 창백해졌다. 배 속에 더 이상 쥐어짤 수분이 남아 있지 않을 때가 돼서야 자리에서 일어났지만, 여전히 배에서는 꾸르륵 하는 자극이 느껴졌다. 힘겹게 뒷물을 하고 편한 옷으로 갈아입은 뒤 도우미에게 지사제를 부탁했다. 최소한의 물로 지사제를 먹고는 겨우 한숨을 돌렸다. 오늘밤 미녀를 누릴 복은 물건너간 셈이었다. 리첸에게 상황을 설명하고 오늘은 일단 돌려보낸 뒤 다음에 다시 날을 잡아야겠다고 마음먹었다.

서재로 돌아온 저우룽은 아무래도 체한 것 같다며 머쓱한 얼굴로 말했다. 리첸은 그럴 수 있다며 이해한다고 대답했다. 그 순간 저우룽이 표정을 굳혔다. 그가 백팔십도 달라진 목소리로 물었다.

"당신 누구야?"

"저…… 리첸이잖아요."

저우룽이 리첸의 팔을 붙잡고 금고 앞으로 밀었다.

"왜 이걸 돌렸지?"

"안 돌렸어요."

리첸이 당황한 얼굴로 대답했다.

"안 돌렸다고? 내가 여기 들어와서 다이얼 각도가 바뀐 걸 두 번이나 봤어. 처음엔 호기심에 만졌다 치고 이번엔 뭐야?"

"가, 가까이 오지 마!"

리첸이 뒤로 물러서며 내뱉었다. 오른손을 청바지 뒷주머니로 몰래 갖다 댔다. 호신용으로 접이식 칼을 준비해둔 터였다. 설사약과 호신용 칼 모두 실패한다면 경찰증을 보일 수밖에 없었다.

리첸의 반응에 저우룽은 자신의 판단에 확신이 들었다. 그는 태연히 금고 앞으로 걸어가 웃으며 말했다.

"말해. 너 뭐 하는 애야? 왜 나한테 와서 수작 걸었지? 사실대로 말 안 하면 오늘 이곳에서 무사히 나갈 생각은 접는 게 좋을 거야. 밖에도 내 경호원들이 쫙 깔렸거든."

"저는……."

리첸은 어떤 궁색한 변명도 떠오르지 않았다. 이런 상황이 벌어질 줄은 상상도 못 했다.

저우룽이 다이얼을 만지며 말했다.

"대충 계산해보니 이십 분은 돌렸나 본데, 왜? 안 열려? 하하, 당연하지. 아무리 날고 기는 절도범이라도 이건 절대로 못 열어. 왜냐하면……."

저우룽이 다이얼을 잡고 힘껏 잡아당기자 다이얼이 뽑혀 나왔다.

"이건 그냥 장식이거든. 너 같은 바보들 가지고 놀라고 달아놓은 거지. 이건 음성인식으로 열리는 금고라 내 목소리 없이는 누구도 못 열어. 강제로 열면 이 안의 모든 물건을 자동으로 없애버리지."

"아주 고급지네!"

문 쪽에서 남자 목소리가 끼어들었다.

"당연히 고급지지. 수십만 위안이나 들여 수입한 건데…… 누구야!"

그제야 낯선 목소리라는 걸 깨달은 저우룽이 재빨리 돌아섰다. 서재 입구에 마스크를 쓴 남자 두 명이 서 있었다. 두목으로 보이는 남자가 총으로 저우룽을 겨냥하고 있었다.

"소리 지르지 마. 아니면 내가 너랑 같이 이 총으로 골로 가는 수밖에 없으니까."

마스크 속 팡차오의 얼굴에 차가운 미소가 번졌다.

팡차오가 총으로 저우룽을 위협하는 동안 류즈는 서재 문을 닫고 리첸에게 다가갔다. 리첸은 저항 한번 해보지도 못하고 류즈의 손에 목을 맞고 쓰러졌다. 기절한 듯 꼼짝하지 않는 그녀의 몸이 밧줄에 단단히 묶였다.

"당, 당신들 뭐야?"

총을 소지한 점이나 단번에 리첸을 기절시키는 솜씨로 보아 평범한 좀도둑은 분명 아니었다.

"겁먹을 거 없어, 저우 회장. 우린 그냥 당신한테 돈 좀 빌리고 싶을 뿐이야."

팡차오가 담담하게 말했다.

"돈? 좋아, 말만 해."

저우룽이 침을 꿀꺽 삼켰다.

류즈는 금고만 뚫어지게 쳐다보았다. 대체 어느 쪽에서 입을 벌릴지 알 수 없는 최첨단 금고였다.

"목소리로 여닫는 금고라니, 진짜 예술이다! 나도 한번 해보자."

류즈가 목청을 가다듬더니 다섯 글자를 외쳤다.

"열려라 참깨!"

"멍청아, 그런 최첨단 설비에 그딴 암호를 썼겠냐?"

팡차오가 핀잔을 주고는 저우룽의 관자놀이에 총부리를 갖다 대며 위협했다.

"암호 불어. 빨리! 셋 센다. 하나, 둘……."

"참깨 열려라!"

겁먹은 저우룽이 저도 모르게 다섯 글자를 뱉어냈다.

팅!

벽에서 문이 튀어나오더니 금고가 열렸다.

"역시 최첨단이야!"

류즈가 엄지를 들어 보이고 금고 안을 살폈다. 별로 크지 않은 공간에 각종 서류와 조그만 유에스비 하나가 들어 있었다.

"돈은 없는데?"

"돈이 없어?"

팡차오가 권총을 계속 겨눈 채로 금고로 다가왔다.

"이런 최첨단 금고에 왜 돈을 안 넣어놨지?"

"그게, 전…… 집에는 돈을 안 둡니다."

"젠장할!"

류즈가 다리를 쳐들어 저우룽을 걷어찼다. 바닥에 나동그라진 저우룽을 몇 번 더 걷어차더니 밧줄로 꽁꽁 묶어버렸다.

저우룽은 손이 발이 되도록 빌었다.

"다시 한 번 묻지. 이 저택 어디에다 돈을 숨겼어?"

팡차오가 또다시 물었다.

"집에는 진짜 돈을 안 둔다니까요."

저우룽의 대답은 사실이었다. 돈은 죄다 은행에 들어가 있었다. 특별한 사유가 없는 한 누가 집에다 돈을 모셔두겠는가.

"진짜야?"

"진짜라고요, 진짜."

대기업 회장 저우룽도 도망자들에게 위협을 당하자 회장의 기품이라곤 찾아볼 수 없었다.

"책상에 몇천 위안 정도는 있을 겁니다. 너무 적으시면 제가 계좌이체해드릴 수 있습니다."

"이게 지금 누굴 바보로 아나! 우리가 이체한 돈을 받겠냐?"

류즈가 분하다는 듯 소리쳤다. 지난 며칠을 얼마나 힘들게 버텼던가! 그런데 정작 저택에 들어왔는데 아무것도 건질 게 없다고 생각하니 열불이 나서 미칠 것 같았다. 류즈가 다시 저우룽을 걷어차기 시작했다. 저우룽은 고통에 찬 신음을 내질렀다. 이 와중에 배까지 또 꾸르륵거렸다. 엉덩이가 닿은 바닥이 금세 흥건해졌다.

평생 사람을 수도 없이 때려봤지만 똥까지 지리는 놈은 처음이군. 흥건한 바닥을 보며 팡차오는 저우룽이 거짓말을 하는 게 아닌 것 같다고 생각했다. 순간 비통한 마음이 들었다.

류즈는 팔딱팔딱 뛰며 분통을 떠뜨렸다.

"우릴 속여도 단단히 속였군. 집에 돈을 쌓아뒀다더니 이게 뭐야! 이게 뭐냐고!"

그런 류즈에게 팡차오가 한마디 던졌다.

"그냥 죽이면 그만이야. 나도 참을 만큼 참았어!"

저우룽은 오직 살아나가야 한다는 생각뿐이었다. 자신이 언제 집에 돈을 쌓아뒀다는 말을 했는지 생각할 겨를도 없었다. 그제야 퍼뜩 떠올랐다. 캐리어에 들어 있는 100만 달러! 주이페이에게 건네려고 준비해두었던 100만 달러가 아직 집에 있었다.

"아, 있습니다! 돈 있어요! 이제 생각났네요. 옆에 저 캐리어 안에 돈이 있습니다."

저우룽이 벽 한구석을 가리켰다. 류즈가 구타를 멈추고 큼지막한 캐리어를 끌고 왔다. 지퍼를 여니 전부 옷가지였고, 한참을 뒤져 찾아낸 거라고는 1만 위안짜리 스파센터 선불카드 세 장뿐이었다. 류즈가 카드를 보이며 물었다.

"당신이 말한 돈이란 게 이건가?"

저우룽은 캐리어 안쪽의 단추를 눌러보라며, 비밀 공간에 100만 달러가 들어 있다고 알려주었다.

류즈가 단추를 누르자 진짜로 100만 달러가 나타났다. 팡차오가 다시 한 번 돈을 확인했다. 100만 달러는 600만 위안이 넘는 엄청난 거금이었다. 두 사람은 다양한 방법으로 좀 더 저우룽을 협박해보았다. 하지만 저우룽도 더 이상 내놓을 돈이 없었다.

팡차오는 끝내 아쉬운 듯 금고로 가서 다시 한 번 뒤졌다. 두 사람에게는 전혀 쓸모없는 계약서들만 잔뜩 있었다. 그런데 유에스비가 달랑 하나만 있는 게 아무래도 좀 석연찮았다.

"이 안에 뭐가 들었지?"

팡차오가 유에스비를 들어 보이자 저우룽이 당황하며 대답했다.

"그냥 업무용 문서입니다. 별거 아닙니다."

저우룽을 살피던 팡차오는 수상한 기운을 감지하고 유에스비를 컴퓨터에 꽂아보았다. 파일 몇 개가 들어 있었다. 그중 하나를 클릭해보니 인명, 숫자, 시간, 장소가 빽빽이 적힌 표가 나타났다. 팡차오는 뭔가 집히는 게 있는 듯 물었다.

"당신이 뇌물 준 사람들 장부인가 보지?"

이 물음이 리첸의 의식을 깨웠다. 가물가물한 정신으로 쓰러져 있던 리첸이 비로소 깨어나서 세 사람을 지켜보았다.

저우룽은 고개를 푹 숙인 채 부들부들 떨며 말했다.

"그…… 그건 당신들한테 아무 쓸모 없잖아요. 그냥 돈만 갖고 가시죠."

"캐리어 안의 돈은 당연히 챙겨야지."

팡차오가 컴퓨터에서 유에스비를 빼냈다.

"근데 이것도 챙길 거야. 당신이 깨어나서 경찰에 신고하면 이 유에스비는 그대로 경찰 손에 들어갈 줄 알아."

"깨어나다니요?"

저우룽이 무슨 말이냐는 듯이 물었다.

류즈가 냉소를 짓더니 손으로 저우룽의 목덜미를 내리쳤다.

"아이고, 아이고……."

엄청난 통증에 저절로 비명이 나왔지만 혼절할 정도는 아니라 간신히 말을 뱉어냈다.

"내 전화번호 기억해두시오. 내일 돈하고 유에스비를 교환합시다."

팡차오가 저우룽의 전화번호를 머릿속에 담으며 류즈에게 신호를 보냈다. 류즈가 다시 저우룽의 목덜미를 쳤고, 저우룽은 또다시 비명을 내질렀다. 류즈가 미간을 찌푸리며 다시 내리쳤고, 그렇게 수차례를 시도한 끝에 마침내 위치와 힘이 맞아떨어져 저우룽을 기절시킬 수 있었다.

팡차오는 허리춤에 권총을 꽂으며 캐리어를 챙기라고 류즈에게 시켰다.

기절한 척 쓰러져 있는 리첸은 이 모든 내용을 듣고 있었다.

제33장

예젠 피살사건 때문에 다음과 같은 일련의 사건이 이어졌다. 예젠 피살 현장에서 스파센터 카드를 발견했다. 장이앙은 카드를 근거로 스파센터 매니저 저우치를 찾아갔다. 저우치는 보석으로 사기를 친 정융빙을 제보했다. 경찰은 정융빙을 조사하는 과정에서 도주범인 류베이를 발견했다. 류베이는 자신의 행적이 노출되자 몇백만 위안짜리 큰 건 하나만 해치우고 손을 털자는 마음에 주이페이의 편종 하나를 훔쳐 달아났다. 그런데 편종이 담긴 캐리어에 위치추적기가 설치된 걸 모르고 도주하던 중 뒤쫓아온 훠정에게 살해되었다. 훠정은 류베이의 시체와 편종이 담긴 캐리어를 택시에 싣고 자신도 함께 타려던 중 캐리어를 뺏기고 말았다. 가짜 택시 기사 샤오마오와 강 형은 훔친 캐리어에서 시체를 발견하고 식겁했고, 그 순간 차선을 이탈해 사고를 유발했다. 이 사고로 두충이 운전하던 벤츠 차량만 망가졌고, 벤츠 주인 저우룽은 자신의 경호원들을 두충에게 보냈다. 저우룽의 저택을 지키던 경호원들이 단체로 외출하자 팡차오와 류즈는 저택에 침입해 저우룽을 결박했고, 그의 범죄를 입증할 핵심 증거인 유에스비와 거금을 뺏었다.

오늘 발생한 일을 장이앙은 전혀 알지 못했다. 이날 저녁 경찰들은 메이둥 체포를 위해 전력을 다하는 중이었기 때문이다.

“부국장님, 방금 양웨이가 소식을 전해왔는데, 메이둥이 벌써 싼장커우에 도착해서 한 시간 뒤에 펑린완 호텔에서 만나기로 했답니다. 몇 호실인지는 아직 모르고요.”

해 질 무렵 왕루이쥔과 쑹싱이 장이앙의 사무실로 뛰어 들어와 긴급 정보를 보고했다.

“뭐가 이렇게 빨라?”

예상치 못한 속도에 장이앙의 눈이 휘둥그레졌다. 양웨이를 이용한 메이둥 유인 작전을 세운 게 바로 어제인데, 벌써 메이둥이 도착했다니 초인적인 속도가 아닐 수 없었다.

“양웨이가 메이둥 부하한테 온 전화를 받았는데, 자기도 정보가 확실한지는 잘 모르겠답니다. 제가 볼 땐 메이둥이 아직 마카오에 있으면서 양웨이를 떠보는 게 아닐까 합니다. 하루 만에 싼장커우에 올 수 있을 리가 없잖아요. 틀림없이 펑린완 호텔에 미리 부하를 보내서 감시하려는 수작일 거예요. 양웨이가 약속 장소에 혹시 사람을 달고 나오는지 보려고요. 안전하다는 게 확인되면 며칠 지나서 몰래 싼장커우로 들어오지 않을까 싶은데요.”

쑹싱의 설명에 장이앙이 눈썹을 추켜올리며 물었다.

“그래서 어쩔 작정인데?”

“양웨이 혼자 약속 장소로 보내고 사복경찰 몇 명을 호텔 바깥 도로에 배치해 감시하게 할까 합니다. 양웨이와 직접적으로 접촉하지는 않고요. 놈이 괜히 겁먹고 도망쳐버리면 안 되잖아요.”

“만에 하나 메이둥이 진짜로 호텔에 나타나면? 사복경찰 몇 명으로는 안 될걸."

"그럴 리가요. 싼장커우에 오지도 않았으면서 떠보는 게 확실해요. 아니면 제가 손에 장을 지지죠. 메이둥은 절대 안 나타납니다!"

쑹싱이 자신만만하게 말했다.

장이앙도 메이둥이 벌써 도착했다는 게 믿기지 않았지만, 쑹싱의 태도로 보아하니 실제로 왔을 확률이 높아 보였다. 왜냐하면 쑹싱은 뭘 걸었다 하면 족족 빗나가는 사람이었기 때문이다. 그런 쑹싱이 절대 안 왔다며 장까지 지지겠다고 하니 더더욱 왔을 가능성이 높았다.

장이앙은 고개를 저으며 입을 열었다.

"절대 방심해선 안 돼. 지금 당장 두 가지 안을 짜둬야 해. 호텔에 안 오면 어떻게 할 건지, 오면 어떻게 체포할 건지! 메이둥이 진짜로 나타나면 어떻게 대처할지도!"

쑹싱은 많은 인원을 동원할 필요 없다며 계속 자기 의견을 고집했다. 하지만 결국 상사의 지시대로 믿을 만한 베테랑 경찰 몇 명을 장이앙의 사무실로 불러 함께 작전을 논의했다. 시간이 촉박한 만큼 호텔 주변 교통 상황을 참고해 몇 분 만에 대략의 작전을 세웠다.

첫째, 모든 형정대대원이 작전에 참여해 왕루이쥔과 쑹싱 등의 지시에 따라 각자의 위치에서 대기한다. 주요 임무를 맡은 대원들은 권총을 소지한다. 메이둥이 공안국 주변에 감시자를 심어뒀을 경우를 대비해 모든 경찰은 평상복 차림으로 퇴근한다.

둘째, 호텔에서 반경 1킬로미터 이내의 모든 주요 길목에 사복 경찰을 배치한다. 위쪽에서 볼 때 두 겹의 원 형태로 배치해 포위,

지원, 추격할 수 있도록 한다.

셋째, 호텔 내부, 앞문, 뒷문, 외부 통로는 베테랑 경찰들이 지킨다. 쑹싱은 직접 팀을 인솔해 호텔 중앙홀과 관제실 CCTV 앞에서 대기한다. 혼자 들어간 양웨이가 어떻게든 방법을 찾아 최대한 빨리 정보를 전하게 한다. 양웨이를 통해 메이둥이 온 게 확인되면 쑹싱 팀이 현장에서 메이둥을 체포하고, 만일 감시차 보낸 부하만 왔다면 상황을 지켜보며 기회를 엿본다.

이렇게 호텔 내부와 외부 도로를 사복경찰로 봉쇄한 채 메이둥이 오면 체포하고 안 오면 철수하면 그만이었다. 공격과 수비에 만전을 기한 거의 완벽한 작전이었다.

회의를 마친 대원들은 뿌듯한 얼굴로 장이앙을 바라보았다.

"부국장님, 저희가 짠 작전이 어떻습니까?"

"완전 별로야!"

칭찬을 기대했던 대원들은 어안이 벙벙했다.

"겉으로는 범인이 도주할 곳이 없어 보이지만, 그건 빛 좋은 개살구일 뿐이야. 체포 작전의 핵심을 전혀 건드리지 못했어!"

영혼 깊은 곳에서부터 끌어올린 듯한 신랄한 지적에 경찰들은 너무 놀라 소름이 돋을 지경이었다. 그중 한 명이 떨리는 목소리로 물었다.

"어…… 어떻게 해야 체포 작전의 핵심을 건드릴 수 있는데요?"

"체포 작전에서 가장 중요한 게 뭐겠나? 범인을 잡는 거 아닌가?"

"네, 맞습니다."

"그럼 묻지. 자네들, 양웨이 몸에 도청기 달 텐가?"

"절대 안 되죠!"

쑹싱이 단호하게 대답했다.

"양웨이가 들어가서 몸수색이라도 당하면 바로 들통나잖아요. 그럼 우리 작전도 노출되고 양웨이가 목숨을 잃을 수고 있고요. TV 보면 신발 밑창에 특수제작한 도청기를 달기도 하던데, 지금 그런 걸 구할 만한 시간도 없고요."

"내 말이 그 말이야! 양웨이는 혼자 호텔방에 들어가니까 밖에선 그 안에서 무슨 일이 벌어지는지 모르지. 우리는 양웨이가 전하는 정보에 의존해서 움직일 수밖에 없단 소리야. 자네들, 양웨이한테 휴대폰으로 알려달라고 할 생각이었지?"

쑹싱이 "네" 하며 고개를 끄덕였다.

"내가 볼 땐 이 작전의 성패는 전적으로 양웨이 손에 달렸어!"

대원들이 모두 고개를 끄덕였다.

"양웨이가 호텔방에서 어떻게 휴대폰으로 정보를 전하지? 화장실 들어가서? 남자 화장실은 문 닫을 필요도 없잖아. 문 닫으려고 큰 거 본다는 핑계를 댄다? 만나자마자 똥 눈다고 해봐. 메이둥이 바본가? 이상하게 생각할 게 뻔해!"

"정 휴대폰 쓸 기회가 없으면 나중에 나와서 알려달라고 했습니다."

쑹싱이 조심스럽게 말했다.

"하, 양웨이가 나올 때까지 메이둥이 호텔에 남아 있을 거란 보장 있나? 메이둥이 한발 먼저 자리를 뜨면서 부하한테 양웨이를 잘 모시라는 핑계로 행동 하나하나 감시하고 한참 있다 보내주면? 그사이 메이둥은 이미 싼장커우를 벗어나고도 남아!"

쑹싱은 등에서 식은땀이 흐르는 걸 느꼈다.

"메이둥이 수사망을 빠져나갈 수 있다는 건 그렇다 치고, 자네가 양웨이에 대해서 얼마나 알지? 우리 계획이 노출될 수도 있다는 생각은 안 해봤나?"

"그게……."

쑹싱이 침을 꿀꺽 삼켰다.

"어제 얘기가 다 끝난 상태라, 감히…… 우리 뒤통수를 치지는 못할 겁니다. 우리를 가지고 놀 생각이었다면 애초에 메이둥과 만나기로 약속했다는 걸 알리지도 않았죠."

"그럼 그 이후엔? 메이둥을 만나고 양웨이가 마음이 바뀌기라도 하면 어떡할 건데? 우리를 팔아넘길 생각이 없었더라도 말실수를 해서 메이둥이 눈치채게 되면? 메이둥이 양웨이를 제압하고 우리한테 거짓 정보를 흘리라고 한 다음 그 틈에 포위망을 벗어나면? 그러면 어떡하려고? 그러니까 이 계획의 성패는 결국 양웨이 손에 달렸다는 거야. 리스크가 무지막지하게 크다 이 말이지!"

다들 흠칫 놀란 모습이었다. 양웨이가 지닌 위험성이 이토록 클 줄은 미처 생각지 못했던 것이다.

"그게…… 저는 왜 그런 것까지 생각 못 했을까요?"

쑹싱이 머리를 긁적이며 말했다. 부끄러운 한편 장이앙의 분석에 무척 감동한 눈치였다.

"네가 이런 걸 생각해냈으면 진즉에 부국장 됐지. 이게 바로 부국장님과 우리의 경험과 수준 차이라는 거야!"

왕루이쥔이 쑹싱을 향해 코웃음을 치며 말했다.

"그럼 이제 어떻게 할까요?"

"기왕에 펑린완 호텔에서 보기로 했으니 루이보 사장한테 도움을 청해야지."

"루이보 사장한테 도움을요?"

대원들이 어리둥절한 표정을 지었다.

"예젠 사건이 아직도 전혀 진전이 없잖아. 펑린완 호텔 VIP 카드가 유일한 단서인데, 아무리 생각해도 루이보가 뭔가를 숨기고 있는 것 같단 말이지. 이 기회에 루이보하고 자주 접촉해보자고. 이번 작전에 루이보를 끌어들이면 그가 경찰을 도왔다는 얘길 저우룽도 틀림없이 전해 들을 거야. 지난번에 써먹은 이간계가 얼마나 효과가 있었는지는 모르지만, 저우룽 마음에 못해도 가시 하나 정도는 박혔을걸. 만약 이번에 루이보의 도움을 받아 작전에 성공하면 저우룽과 루이보의 갈등은 깊어질 수밖에 없어. 어쩌면 의외의 소득을 얻을 수 있을지도 모르고!"

대원들이 다 같이 고개를 끄덕였다. 범인 체포를 위해 루이보가 경찰을 도왔다는 걸 저우룽이 알게 된다면, 루이보가 해명을 한다해도 저우룽이 예전처럼 그를 신뢰할 수 있을까? 두 사람 관계에 금이 가는 순간 숨겨진 내막이 고스란히 드러날지도 모른다.

하지만 여전히 문제는 있었다. 모두가 공통으로 품고 있는 의구심을 왕루이쥔이 대표로 드러냈다.

"약속 장소가 펑린완 호텔이긴 하지만, 체포는 경찰이 하는 건데 루이보가 뭘 어떻게 도울 수 있다는 거죠? 호텔 보안 요원이 도움을 줄 수 있는 것도 아니잖아요?"

"스파센터를 이용하는 거야. 우리 쥔 오빠가!"

제34장

펑린완 호텔 주차장에 도착하고도 양웨이는 시동도 끄지 않고 운전대를 잡고 있었다. 잠시 후 운전석에 앉은 채 담배에 불을 붙였다.

오래전 싼장커우 사 형제는 학생들 사이에서 대단한 유명세를 떨었다. 패싸움이 났을 때 누군가 '메이, 린, 양, 셰'라는 이름만 꺼내도 분쟁이 가라앉을 정도였다. 강산이 변하면서 치고받는 싸움은 덜떨어진 놈들이나 하게 되었고, 사 형제도 뿔뿔이 흩어졌다. 막내 셰사오빙은 도주하다 차 사고로 숨졌고, 큰형 메이둥은 더 이상 싼장커우에는 돌아올 수 없지만 마카오에서 돈방석을 깔고 앉았다. 싼장커우에 남은 린카이와 양웨이는 합법과 불법의 경계에서 사채업을 하고 있었는데, 이제 린카이는 죽고 없었다. 양웨이 본인은 광궈칭 사장에게 오줌을 들이부어 시위로 이어지게 한 혐의로 경찰에 완전히 찍히고 말았다. 만약 경찰에 협조하지 않으면 그간의 잡다한 범법 행위들까지 탈탈 털려 몇 년간 꼼짝없이 감방 신세를 져야 했다.

그렇다고 경찰을 도와 메이둥 형님을 유인하는 것은 의리를 저버리는 일이었다. 하지만 의리를 지키고 나면 그는 다시 경찰의 손아귀에 들어가야 했다. 메이둥을 잡지 못하면 그를 감방에 집어넣겠다고 장이앙이 몇 번이고 강조했다. 양웨이에게도 지켜야 할 가정이 있었다. 고르기 힘든 두 가지 선택지 앞에서 양웨이는 형제를 희생하는 쪽이 낫다고 판단했다.

마음을 다잡은 양웨이는 마침내 시동을 끄고 차에서 내렸다.

오늘 그는 메이둥 부하에게서 걸려온 전화를 받았다. 메이둥이 펑린완 호텔에서 만나자고 한다는 전언이었다. 이 정보를 경찰에 알리자 쑹싱이 이런 대답을 보내왔다. 메이둥 본인이 올 리 없고 부하를 보낼 것이다, 그러니 긴장하지 말고 자연스럽게 대처해서 괜한 의심 사지 말라고 말이다. 그리고 앞으로 그가 어떻게 대처해야 하는지 위챗을 통해 일러주었다.

호텔 중앙홀로 들어선 양웨이는 소파에 앉아 메이둥 부하에게 전화를 걸었다. 상대는 잠시만 기다리라고 말하고 전화를 끊었다.

이 시각 경찰들도 호텔 CCTV로 상황을 지켜보는 중이었다.

잠시 후 이십 대로 보이는 청년이 엘리베이터에서 모습을 드러냈다. 양웨이와 눈이 마주치자 곧바로 다가와 정중하게 물었다.

"혹시 양웨이 씨 되십니까?"

소파에 있던 통통한 중년 여성이 두 사람을 힐끗 쳐다보았다.

양웨이가 고개를 끄덕였다.

"맞네."

중년 여성이 눈을 흘기며 고개를 돌렸다. *남자 둘이서 벌건 대낮에 호텔에서 만나다니 뭘 하려는지 눈에 훤하네.*

예상대로 청년이 친절하게 말했다.

"그럼 방으로 올라가실까요?"

중년 여성은 경멸하듯 혀를 차며 남자 둘이 엘리베이터에 오르는 모습을 곁눈으로 지켜보았다.

양웨이와 청년은 8층에서 내려 어느 객실로 향했다. 안으로 발을 들인 순간 차가운 인상의 사내가 손을 내밀며 앞을 막아섰다.

"휴대폰 먼저 주시죠."

"뭐 하려고?"

양웨이가 눈을 부릅뜨고 언짢은 기색을 드러냈다.

차가운 얼굴의 사내가 꿈쩍도 하지 않자 이십 대 청년이 따뜻한 미소를 보이며 말했다.

"메이둥 형님이 지금 특수한 신분이잖아요. 저희는 형님 안전을 책임지고 있고요. 무슨 일이 생기면 저희가 면목이 없어집니다. 메이둥 형님과 형제 같은 분이시니 이해 좀 해주십시오. 이게 다 메이둥 형님을 위한 일입니다."

차가운 사내와 따뜻한 청년이 동시에 양웨이를 주시했다. 양웨이는 더 이상 반박하지 못하고 휴대폰을 건네며 입을 삐죽거렸다.

경찰과 연락했던 기록을 전부 삭제했으니 문제될 건 없겠지.

차가운 사내가 휴대폰을 받아 양웨이의 지문으로 잠금을 해제한 뒤 메시지를 확인하기 시작했다. 옆에서 따뜻한 청년이 연신 미안하다고 사과했다. 메시지를 확인한 사내가 휴대폰 전원을 끄고 주머니에 넣으며 나올 때 돌려주겠다고 말했다. 그러고는 양웨이의 몸 전체를 수색했고, 그제야 두 남자는 마음을 놓는 듯했다.

이번에는 따뜻한 청년이 떠보듯이 물었다.

"린카이 형님은 대체 어떻게 돌아가신 겁니까?"

"나도 잘 몰라. 아직 수사 중이라 경찰들도 구체적인 내용을 공개하길 꺼리고 있어. 린카이 시신이 어느 공터에서 발견됐고, 차는 아직 못 찾았다는 게 내가 아는 전부야."

"어제 경찰이 형님을 하루 동안 가둬뒀다면서요?"

양웨이는 흠칫 놀랐다. 메이둥이 사건에 대해 이미 다 파악하고 있는 모양이었다. 쑹싱은 메이둥 쪽에 거짓말을 하지 말라고 신신당부했다. 경찰에 협조하는 일을 제외한 나머지는 솔직히 털어놓아야 허점이 드러날 가능성을 최대한 줄일 수 있다는 것이었다. 양웨이는 자못 성난 목소리로 말했다.

"하마터면 경찰놈들 때문에 밖에도 못 나올 뻔했다니까!"

"대체 어떻게 된 건데요?"

청년이 상냥하게 물었다.

"린카이가 며칠 전 실종됐을 때만 해도 난 그놈이 죽었는지 몰랐어. 실종 직전 린카이가 팡궈칭이라는 사람을 찾아가 빚 독촉을 했거든. 팡궈칭은 메이둥 형님도 아는 사람인데, 난 린카이가 빚 독촉하며 너무 심하게 굴어서 팡궈칭이 린카이를 어떻게 한 줄만 알았지. 그래서 팡궈칭을 찾아가 린카이 행방을 대라며 입에 오줌을 들이부었는데, 그걸 가지고 팡궈칭이 가족들 대동하고 시위까지 할 줄 누가 알았겠어! 일이 커지니까 경찰이 날 잡아간 거야. 그러다 나중에 린카이 시신이 발견되고 살인사건으로 전환되면서 풀려나게 된 거지."

"근데 팡궈칭 쪽과의 일이 해결된 것도 아닌데 왜 형님을 풀어준 거죠?"

"내가 돈을 찔러줬거든. 자그마치 30만 위안을!"

양웨이가 단순명쾌하게 대답했다.

"누구한테 줬는데요?"

"이 사건을 담당한 형정대대 왕루이췬 대대장. 체포되어 들어가자마자 알음알음으로 30만 위안을 쥐여줬지. 아니면 내가 이렇게 쉽게 나올 수 있었겠어? 그 경찰이 그러더라. 아직 영장 청구 전이라 풀어줄 수 있는 거라고. 만약 하루 지나서 검찰원에 영장 청구 들어갔으면 돈을 아무리 찔러줘도 나올 수 없었다나 뭐라나."

이는 사전에 경찰이 양웨이에게 일러준 말이었다. 메이둥이 돌아가는 상황을 미리 파악해두었다면 양웨이가 체포됐다가 풀려난 사실을 알고 있을 테고, 체포 당일 바로 풀려나야 양웨이의 말을 믿을 거라고 했다. 만약 며칠 있다가 풀려났다고 하면, 그리고 사건의 성질상 아무리 많은 돈을 들여도 나올 수 없다는 걸 메이둥이 알게 되면, 양웨이가 경찰의 스파이를 맡아 풀려났다는 의심을 살 가능성이 높았다. 양웨이를 석방한 이유가 경찰에게 돈을 먹여서라는 설명이 최선이기는 한데, 누구한테 먹였다고 해야 하는지가 문제였다. 장이앙은 왕루이췬이 적합하다며 콕 집어 지명했다. 왕루이췬은 뒷돈을 받은 적이 없다며 맹세까지 했지만, 상사가 집필한 '대사'를 어떻게 바꾸겠는가!

청년은 납득할 만한 이유라는 듯 고개를 끄덕였다. *양웨이가 스파이라면 경찰은 대개 "누구누구 상급 간부가 뒷돈을 먹었다"라고 대사를 쓰지 "사건 책임자가 뒷돈을 먹었다"라고 쓰진 않을 거야.*

양웨이가 또다시 한숨을 내쉬었다.

"근데 좀 걱정이야. 보석으로 나오긴 했지만 경찰이 몰래 날 미행하고 있다면 꽤 성가셔진단 말이지. 오늘 여기 오는데도 누가 뒤따라오는 건 아닌가 불안하더라고. 나야 상관없지만 괜히 형님한테까지 피해가 갈까 싶어서."

"그건 걱정하실 거 없습니다. 따라붙는 경찰은 없었으니까."

청년이 확신에 찬 목소리로 웃으며 말했다.

그때 객실 전화가 울렸다. 청년이 웃음기를 싹 거두고 양웨이와 눈을 마주친 뒤 전화를 받았다. 여자 목소리가 들렸다.

"안녕하세요, 손님? 혹시 안마 받으실 생각 없으신가 해서요."

"호텔에 안마하는 데도 있습니까?"

"3층에 스파센터가 있거든요. 한번 가서 받아보세요."

"아뇨. 됐습니다."

전화를 끊은 청년은 양웨이와 몇 분 더 이야기를 나눴다. 그러다 화장실로 가서 전화 통화를 하더니 돌아와서 양웨이에게 말했다.

"저하고 같이 형님한테 가시죠."

"지금 어디 계시는데?"

"가보시면 압니다."

차가운 남자가 한 발 앞서 나가 밖을 둘러보았다. 그러고는 돌아와 문을 세 번 두드린 다음 먼저 자리를 떴다.

그제야 청년은 양웨이를 데리고 객실을 나섰다. 엘리베이터 대신 비상계단을 통해 10층까지 걸어 올라갔다. 어느 객실 문을 세 번 두드리자 문이 열렸다. 청년은 뒤로 물러나 옆 객실로 가고 양웨이 혼자 안으로 들어갔다. 조끼를 입은 남자가 시가를 피우고 있었다. 그가 양웨이를 보더니 익숙한 미소를 지어 보였다.

"양웨이!"

메이둥이 두 팔을 벌리며 다가와 양웨이를 끌어안았다.

"둥 형님……."

양웨이가 조금은 낯선 듯 그를 바라보았다.

메이둥이 웃으며 말했다.

"몇 년 전에 성형수술을 했거든. 처음엔 나도 못 알아볼 뻔했으니 넌 오죽하겠어. 그래도 계속 보다 보니까 익숙해지더라고. 어때? 바꾸니까 더 잘생겨졌지? 하하하."

양웨이가 기억하는 얼굴과는 전혀 딴판이었지만 목소리는 그대로였다. 메이둥은 여전히 큰형님 특유의 포용력 있는 목소리로 아우를 불렀고, 오랫동안 못 봤지만 형제의 정은 여전히 뜨거웠다. 메이둥은 줄곧 의리를 지키는 사내였다. 그런 형님을 팔아넘길 생각을 하자 양웨이는 깊은 자괴감이 들었다.

"왜 그래?"

뭔가 개운치 못한 양웨이의 심정이 전해졌는지 메이둥도 목소리가 가라앉았다.

"최근 들어 너무 많은 일이 있었잖아요. 린카이도 죽고 저도 이제 더는 싼장커우에 있고 싶지 않네요."

양웨이가 고개를 숙인 채 대답했다.

"그래. 린카이 장례 마치면 나랑 마카오로 가자. 내가 거기 사장보다는 못하지만 아우들 몇 명 거둬 먹일 정도는 되니까. 네가 정말 나가려고 마음먹었다면 나랑 먼저 건너가는 거야. 가서 필요한 거 준비한 다음 가족들 전부 데려가는 거지."

"근데 한번 나가면 나중에 돌아오고 싶어도 다시 오기 힘들잖아요."

"아우야, 객지생활이 물론 녹록지는 않지만 생각만큼 그리 힘들지도 않아. 나를 봐. 지명수배 중이지만 네가 린카이 일 알려주자

마자 바로 달려왔잖아. 이렇게 빨리 올 줄은 너도 몰랐지?"

"아…… 네. 어떻게 이렇게 빨리 오신 거예요?"

"요 며칠 항저우에서 처리할 일이 좀 있었는데, 어제 네 전화 받고 서두른 거야."

"그, 근데 경찰한테…… 어떻게 대륙에 들어오셨어요?"

메이둥이 시가를 쥔 손을 흔들며 자신만만한 표정을 지었다.

"원래 이건 비밀인데, 너니까 말해주는 거야. 정식으로 입경하는 루트가 있어. 떳떳하게 들어오는 방법 말이야."

"네?"

양웨이에게는 금시초문인 말이었다.

"내가 대륙에서 사업을 좀 하고 있는데 입경하면 잡힐 게 뻔하잖아. 근데 가끔은 내가 직접 와야만 해결할 수 있는 일이 있단 말이지. 나중에 친구가 방법을 알려주더라고. 대륙에 사람 한 명을 물색해놓고 거금을 들여서 그 사람처럼 성형을 하는 거야. 성형수술 기술이 얼마나 발달했는지 증명사진만 보고선 누가 누군지 알아볼 수 없을 만큼 똑같아. 내가 입경해야 할 때는 그 사람한테 먼저 마카오에 와서 지내게 하고, 나는 그 사람 신분증으로 입경해서 일 처리를 하고 마카오로 돌아가는 거지. 해마다 여기에 들어가는 돈이 만만치가 않아."

"그런 방법이 있었군요."

메이둥이 그런 비밀까지 속속들이 털어놓자 양웨이는 더욱 양심의 가책을 느꼈다. 그래서인지 메이둥의 눈을 마주하기가 점점 더 부담스러웠다.

"아우야, 혹시 다른 걱정거리 있는 거 아니야?"

메이둥의 낯빛도 어두워졌다. 아우의 표정에서 뭔가 숨기는 게 있다는 걸 읽은 것이었다.

"그, 그런 거 없습니다."

메이둥은 양웨이의 눈을 주시하며 한 손을 그의 어깨에 올리고 심각하게 말했다.

"우린 형제야. 나한테는 형제가 제일 중요해. 내가 여기 온 것도 아우인 네가 불렀기 때문이야. 솔직히 말해봐. 나 불러낸 거, 경찰이 시킨 거야?"

"아, 아니에요, 그런 거."

양웨이는 당황해서 어쩔 줄 몰라 했다.

메이둥은 천천히 이를 악물었다.

그때 객실 전화가 울렸다. 메이둥은 경계하는 눈으로 양웨이를 쳐다보고는 잠시 망설이다 전화를 받았다.

"손님, 혹시 안마 받으실 생각 없으세요?"

스파센터의 저우치 목소리가 양웨이의 귀에까지 들렸다.

메이둥은 대답 없이 바로 전화를 끊으려고 했다. 그 순간 양웨이가 다급히 말했다.

"형님, 피로도 풀 겸 한번 받아보시는 것도 좋지 않아요?"

메이둥은 전화를 끊고 매서운 눈빛으로 물었다.

"너 방금 뭐라고 불렀어?"

"형, 형님이요."

양웨이가 겁에 질린 표정으로 대답했다.

"젠장! 지금껏 널 아우라고 생각하고 그렇게 챙겨줬는데, 네가 이 형님을 팔아먹어?"

메이둥이 재떨이를 집어 던졌다.

양웨이가 잽싸게 피하며 울부짖듯 말했다.

"형님, 얼른 도망가세요! 저도 진짜 어쩔 수 없었어요……."

메이둥은 양웨이를 걷어차서 넘어뜨린 뒤 주먹으로 머리를 세게 내리쳤다. 양웨이는 억울해하는 눈빛으로 벌벌 떨었다. 메이둥은 크게 한숨을 내쉬더니 외투와 가방을 챙겨 객실을 나갔다.

메이둥이 옆 객실 문을 두드리자 두 아우가 나왔다. 그들에게 몇 마디 건네고는 셋이 함께 CCTV가 없는 비상계단으로 숨어들었다. 메이둥은 외투와 조끼를 벗어 차가운 사내의 옷과 바꿔 입었다. 차가운 사내가 계단을 빠져나와 엘리베이터로 향했고, 메이둥과 청년은 계단으로 내려갔다. 5층에 이르자 아래층에서 뛰어 올라오는 발소리가 들렸다. 메이둥이 눈짓하자 청년은 "형님, 몸조심하십시오"라고 한 뒤 일부러 발소리를 크게 내며 위층으로 달아났다. 메이둥은 계단을 빠져나와 구석진 곳으로 몸을 피했다. 곧이어 쑹싱과 사복경찰 셋이 청년을 쫓아 올라갔고, 그 모습을 확인한 메이둥은 다시 비상계단으로 진입해 지하주차장으로 향했다.

호텔 밖에도 경찰들이 쫙 깔려 있을 게 분명했다. 차로든 걸어서든 호텔을 빠져나가긴 불가능했다. 주차장을 둘러보니 맞은편 구석에 거대한 쓰레기통이 늘어서 있었고, 그 옆에 쓰레기 운반차가 서 있었다. 메이둥은 좋은 생각을 떠올린 듯 슬며시 미소 지었다.

이때 지하주차장에 경찰은 장이앙뿐이었다. 왕루이쥔 등은 호텔 밖에서 대기 중이었고, 쑹싱은 위층으로 올라간 상태였다. 혼자 남은 장이앙은 차에서 각 팀의 움직임을 실시간으로 지휘하고 있었다. 때마침 그의 눈에 비상계단을 빠져나오는 한 남자의 모습이 보였다. 성형수술을 한 메이둥은 지명수배 사진과 얼굴이 딴판이라 장이앙도 그냥 무시하려 했다. 그런데 깔끔한 옷차림의 그 남자가 주변을 살피며 쓰레기차로 직행하는 모습이 장이앙의 주의를 끌었다. 남자는 쓰레기차 앞에서 다시 한 번 주변을 살폈다. 그러더니 화물칸에 설치된 쓰레기 운반함 안으로 숨어들었다.

메이둥 일당 중 한 명이라고 확신한 장이앙은 차에서 나와 쓰레기차를 향해 뛰어갔다.

뛰어오는 발소리에 메이둥은 주머니 속의 칼을 꼭 쥔 채 온 신경을 집중했다. 발소리의 주인은 이제 가벼운 발소리를 내며 걸어오고 있었다. 메이둥은 여차하면 바로 손을 쓸 수 있도록 칼을 쥔 손에 힘을 주었다. 그런데 갑자기 눈앞이 캄캄해졌다. 머리 위의 운반함 덮개가 덮인 것이었다.

장이앙은 덮개에 달린 걸쇠까지 걸고 손을 탁탁 털었다. 힘 하나 들이지 않고 메이둥 일당 한 명을 체포한 것이다.

십여 분이 지나 쑹싱과 다른 경찰들이 메이둥의 부하 둘을 데리고 지하주차장에 나타났다. 쑹싱은 얼굴이 좀 까지고 온몸이 먼지투성이였다. 그는 체포 도중 놈의 발에 차여 계단에서 떨어졌다고 했다. 메이둥 부하들의 얼굴 상처가 심상치 않은 걸 보니 쑹싱에게 많이 얻어터진 모양이었다.

"메이둥은 놓쳤습니다. 어디로 도망쳤냐고 물어도 이 새끼들이 도무지 입을 열지 않네요."

쑹싱이 장이앙에게 보고했다. 그러고는 차가운 사내의 머리를 손바닥으로 후려쳤다.

"네 두목 어디로 숨었어? 계속 말 안 하면 어떻게 되는지 몰라?"

사내는 피 섞인 침을 퉤 하고 뱉더니 죽음도 두렵지 않다는 듯 대답했다.

"모릅니다. 형님은 싼장커우에 오지도 않았습니다."

"양웨이 말로는 메이둥이 방금까지 같이 있었답니다. 성형수술을 해서 자기도 못 알아볼 정도라는군요. 아무래도 지금 호텔 안 어딘가에 숨어 있는 것 같은데, 왕 대대장이 애들 불러다가 호텔을 봉쇄 중입니다. 절대로 도주하게 두면 안 됩니다!"

"성형수술을 했다고?"

장이앙의 눈이 번쩍했다.

"그럼 내가 잡은 이놈이 메이둥이라는 거잖아!"

"네? 메이둥을 잡으셨다고요?"

장이앙이 쓰레기 운반함을 툭툭 쳤다.

"이 안에 가둬놨어. 이봐, 네가 메이둥이지?"

메이둥은 밖에서 오가는 소리를 똑똑히 듣고 있었다. 두 부하가 잡힌 마당에 자신이 메이둥이 아니라 메이시梅西라고 둘러대봤자 소용없는 일이었다.

"내가 메이둥이오."

운반함 안에서 절망적인 목소리가 튀어나왔다. 그 목소리에 두 부하의 낯빛이 하얗게 변했다. 부하들의 반응에 경찰들은 안에 있는 자가 메이둥임을 확신했다.

경찰 여럿이 덤비고도 메이둥을 놓치고 쑹싱은 놈들에게 얻어터지기까지 한 반면, 장이앙은 혼자서 맨손으로 메이둥을 생포했다. 이 엄청난 뉴스는 그날 밤 싼장커우 공안국 내부의 각종 채팅방을 도배했고, 시 전체 경찰들은 장이앙에게 고개 숙여 경의를 표했다.

제35장

밤 9시, 치전싱 국장은 싼장커우 공안국에 오자마자 자오 주임을 사무실로 불렀다.

"장 부국장이 메이둥을 체포했다고?"

"네, 형정대대가 놓친 메이둥을 장 부국장님이 혼자서 대적해서 체포했답니다. 그것도 맨주먹으로 칼을 소지한 메이둥과 격투를 벌여서 쓰레기 운반함에 가뒀답니다."

그렇게 말하면서도 자오 주임은 자신의 말이 믿기지 않는다는 표정이었다.

치 국장도 말문이 막힐 지경이었다.

"빨라도 너무 빠르잖아? 양웨이를 이용해 메이둥을 꾀어내겠다고 한 게 불과 어제야. 근데 하루 만에 놈을 체포했다고?"

"메이둥이 마침 대륙에 들어와 있었는데, 어젯밤 양웨이 연락을 받고 오늘 서둘러서 싼장커우에 온 거랍니다."

치 국장이 고개를 끄덕였다.

"메이둥 체포는 정말 큰일 해낸 거야. 대륙 안팎에서 도박장을 운영하고 거액의 자금세탁까지 한 놈이잖아. 상급 기관에서 수차례 지목하기도 했고 마카오 경찰과 협력해서 체포 작전도 벌여봤지만 진전이 없었어. 근데 이번에 결국 우리 싼장커우 공안국에서 해낸 거지."

그 말에 자오 주임이 문을 꼭 닫고 와서 한숨을 내쉬었다.

"국장님, 말씀을 어떻게 그렇게 하십니까. 어제 국장님이 얼마나 큰 부담을 짊어지셨는데요. 양웨이 석방을 위해서 상급 기관과 정부에 얼마나 공을 들이셨냐고요. 장 부국장님은 메이둥 체포 전에 국장님께 보고하지도 않았어요. 사실 그런 중요한 작전은 국장님이 지휘하시고 장 부국장님이 실행하는 게 맞잖아요. 근데 지금 보세요. 장 부국장님 혼자서 메이둥을 체포했다고만 다들 알고 있지, 그 뒤에서 국장님이 얼마나 힘쓰셨는지는 모르고 있잖아요."

자오 주임이 손등으로 손바닥을 치며 치전싱 대신 안타까움을 토로했다.

치 국장의 눈썹이 미세하게 떨렸다. 사실 그도 기분이 썩 좋지는 않았다. 형정대대가 그렇게 큰 규모의 작전을 수행하면서 국장인 자신을 쏙 빼버렸으니 말이다.

국가기관에서 최고 책임자가 허수아비 신세가 되는 경우가 종종 있긴 하지만, 그것은 대개 낙하산 인사에 해당하는 일이었다. 치전싱은 낙하산과 거리가 멀었고, 오히려 장이앙 쪽이 낙하산이라 할 수 있었다. 그것도 불과 한 달여 전에 내려온 낙하산. 그런데 그동안 대소사를 가리지 않고 치 국장에게 보고하던 형정대대가 어느새 이제는 장이앙의 말에만 움직이고 있었다.

치 국장은 한숨을 길게 내쉬었다.

"메이둥이 너무 갑작스럽게 싼장커우에 나타나서 나한테 보고할 겨를이 없었을 거야."

"그렇다고 전화 한 통 걸 시간도 못 낸답니까? 국장님만 쏙 빼고 공을 독차지하려고 한 게 분명해요. 국장님이 공안부에 양웨이를 풀어주고 대어를 낚는 일에 대해 설명하지 않았다면 공안부가 석방에 동의했겠어요? 오히려 공안국이 양웨이를 감싼다는 의혹만 더 커지지 않았겠냐고요. 장 부국장님이 체포 전에도 국장님께 알리지 않고 체포 즉시 바로 공안청에 보고한 걸 보면 국장님은 안중에도 없는 거라고요!"

"공안청에 먼저 알렸다고?"

"그렇다니까요. 상급 기관에 공적을 알리는 것도 국장님을 통해서 하는 게 맞죠. 장 부국장님이 아직 그럴 군번은 아니잖아요?"

"장 부국장은 남들과 달리 성省에 연고가 있잖아. 가오둥 부청장이 그의 오랜 상사이기도 하니 성 공안청에 바로 보고하는 것도 이상할 건 없지."

치 국장은 애써 장이앙의 입장을 해명했다.

"연고가 어디에 있든 지금은 싼장커우 공안국 소속이고, 여기선 국장님이 최고 책임자라고요. 원래는 국장님이 먼저 상급시 공안국에 희소식을 알리고, 상급시에서 성 공안청에 알리는 게 순서 아닙니까! 지난번에 리펑 체포는 너무 갑작스러웠으니 그렇다 쳐요. 근데 이번에 메이둥 체포는 싼장커우 공안국 전체의 성과가 분명한데, 왜 또 국장님만 쏙 빼냔 말입니다. 무슨 이유로요!"

자오 주임이 매서운 목소리로 분을 터뜨렸다.

"계속 이런 식으로 가다간 형정대대 전체가 국장님 지휘를 따르지 않게 될 겁니다."

치 국장은 이를 악문 채 아무 말도 하지 않았다. 지방의 공안국에서는 형정대대가 가장 힘 있는 부서였다. 만약 형정대대를 움직이지 못한다면 국장으로서 권위가 크게 떨어지는 셈이었다. 장이앙에게 주의를 주지 않으면 앞으로 정말 눈에 뵈는 게 없이 행동할 지도 몰랐다.

오늘밤 형정대대가 순조롭게 메이둥을 체포한 덕분에 공안국 전체는 축제 분위기였다. 방금 전에는 상급시 공안국 국장이 직접 영상통화를 걸어와 공개적으로 형정대대의 노고를 치하했다. 특히 작전을 총괄지휘한 장이앙에게는 작전 실행 전후로 그가 했던 핵심적인 역할에 대해 찬사를 보냈다.

공안국 내에서도 형사경찰을 비롯한 다른 경찰들까지 모두 장이앙을 우러러보았다. 쓰레기 운반함에서 끌려나오던 메이둥의 손에 칼이 쥐여져 있었던 것으로 인해 공안국에는 이런 소문이 돌았다. *포위망을 뚫고 혼자 지하주차장으로 도망치던 메이둥이 무방비 상태의 장이앙을 만났다. 메이둥이 칼로 위협했지만 장이앙은 잽싸게 피하며 금나술擒拿術*로 놈을 제압하고, 샤오펑**처럼 한 손으로 메이둥 목 뒤쪽의 대추혈大椎穴을 잡아 단번에 쓰레기 운반함에 처넣었다.* 그 밖에도 여러 버전의 이야기가 입에서 입으로 전해졌다. 다들 자신이 직접 목격하기라도 한 듯 실감나게 이야기해댔다.

사무실로 돌아온 장이앙은 차분히 머릿속을 정리했다. 그에게는 아직 풀리지 않은 과제가 남아 있었다. 예젠 피살사건, 도주한

---

* 손으로 상대를 잡고 관절을 꺾는 등의 방법으로 제압하는 중국 무예 기술.

** 중국을 대표하는 무협소설 작가 김용金庸의 작품에 나오는 인물.

류베이의 행방, 폭발을 일으키고 린카이를 살해한 두 강도범의 행방. 이 셋 중 어느 하나 쉬운 게 없었다. 돌파구가 필요했다.

돌파구라는 말을 떠올리기가 무섭게 메이둥을 신문하느라 골머리를 앓던 왕루이취과 쑹싱이 뛰어 들어와 희소식을 전했다. 류베이의 행방을 알아낸 것이다!

금은방을 운영하는 정융빙은 경찰에 협조하기로 결심한 뒤로 이참에 공을 세우겠다는 강한 의지를 보였다. 그는 저우룽의 회사 기사인 샤오미를 소식통으로 연결해주고 여러 인맥을 동원해 류베이를 찾도록 도와주었다. 류베이에게 목숨을 잃을 뻔했던 만큼 정융빙은 그가 체포되기 전까지는 마음을 놓을 수 없는 처지였다.

그런 정융빙이 마침내 공을 세우기 시작했다. 오늘 오후 5시경 정융빙의 지인이 류베이를 알아보고 그가 싼장커우 동쪽의 철거 지역인 성중촌으로 들어갔다고 정융빙에게 알려주었다. 정융빙은 재까닥 왕루이취과 쑹싱에게 전화했지만 둘 다 연결이 되지 않았다. 그 시간 두 사람은 메이둥 체포 작전을 수행 중이었다. 작전 수행 후 공안국에 돌아와 휴대폰을 확인하니 정융빙의 부재중 전화가 여러 통 와 있었고, 그제야 정융빙에게 전화해 류베이의 행방을 보고받은 것이었다.

장이앙과 두 사람은 류베이가 철거 지역에 들어간 걸 보면 그곳에서 하룻밤을 지낼 가능성이 크다고 보았다. 현재 지명수배 대상이라 숙박업소에는 묵을 수 없으니 빈집들만 남아 있는 그곳이 류베이에게는 딱 적당한 잠자리였다.

상황이 긴박한 만큼 장이앙은 방금 막 귀가한 대원들을 긴급 소집하라고 두 사람에게 명령했다. 그리고 특수경찰과 파출소 등의 기타 병력까지 소집해 모두가 무기를 챙겨 들고 성중촌 전체를 봉쇄하라고 했다. 이번에는 기필코 이 도주범을 체포해 재판에 회부하고야 말겠다고 각오했다.

세 사람은 비장하게 사무실 문을 나섰다. 바로 그때 누군가 장이앙의 가슴에 머리를 부딪혔다. 리첸이었다. 그런데 그녀의 모습이 심상치 않았다. 머리카락이 흐트러져 있고 안절부절못하는 표정이었다.

다 늦은 밤에 무슨 일로 공안국에 뛰어 들어왔지?

장이앙은 리첸을 막아서며 입을 열었다.

"이번에 메이둥 체포 건은 너무 갑작스럽게 이루어진 일이고, 자네가 이미 퇴근한 뒤의 일이기도 해서 알려줄 겨를이 없었어. 걱정 마. 앞으로 경험 쌓을 기회는 얼마든지 있으니까. 우리는 지금 급한 일이 있어서 먼저 간다. 내일 보자!"

장이앙은 두 사람을 이끌고 리첸을 피해 지나갔다. 류베이를 체포하러 가면서 리첸까지 달고 갈 수는 없었다.

"저우룽이 강도를 당했어요. 강도들한테 뇌물 거래 파일이 든 유에스비를 뺏겼어요!"

"유에스비라니?"

장이앙이 걸음을 멈추고 리첸을 바라보았다.

비상사태라 리첸도 솔직하게 털어놓았다. 자신이 저우룽을 미행하고 4S 매장에서 저우룽을 만난 일, 오늘 저녁 저우룽의 저택에 들어가는 데 성공한 일까지 다 털어놓았다. 다만 자신이 위험에 처했던 이야기는 조금도 꺼내지 않았다. 그 대신 저우룽의 범죄 증거가 담긴 유에스비를 손에 넣을 뻔했는데 강도들에게 선수를 빼앗겼다는 말만 전했다.

뜻밖의 이야기에 세 사람은 어안이 벙벙했다.

"리, 리첸! 혼자서 저우룽 집에 들어갔던 거야?"

장이앙은 너무 놀라 숨이 다 막힐 듯했다.

"저는……."

장이앙은 시간을 확인했다. 류베이 체포가 워낙 긴급 사안이라 왕루이쥔과 쑹싱만 먼저 보내고, 그는 리첸을 데리고 다시 사무실로 들어갔다.

장이앙이 갑자기 사치마沙琪瑪*처럼 달큼한 목소리로 물었다.

"저우룽 그놈이 혹시…… 뭔 짓을 한 건 아니지?"

"아니에요."

장이앙이 주저하듯 몸을 움츠렸다.

"진짜 아무 일 없는 거지?"

"없어요!"

리첸은 저우룽의 저택에 갈 때 강력한 설사약을 챙겨갔으며, 접이식 칼도 청바지 뒷주머니에 숨겨 만일의 사태에 대비했다고 설명했다. 그 칼 덕분에 강도범에게 묶인 밧줄을 끊고 무사히 저택을 탈출할 수 있었다. 저택 정문을 지키던 경호원은 머리카락이 잔뜩 흐트러진 리첸을 보며 차로 데려다주길 원하는지 정중히 물었다.

"없으면 됐어. 없으면 됐다."

장이앙은 연신 가슴을 쓸어내리며 큰 숨을 내쉬었다. 만일 리첸

---

* 만주족의 전통 과자. 국수를 기름에 튀겨 물엿으로 뭉친 뒤 굳으면 먹는다.

이 험한 일을 당했다면 저우룽이 어떤 처분을 받든 간에 장이앙 본인부터 보따리를 싸야 할 것이다.

"리첸, 앞으로 다시는 그러지 마. 너한테 무슨 일이라도 생긴 줄 알고 내가…… 내가 진짜 속이 타서 죽을 뻔했다고, 알아?"

장이앙은 진심을 다해 당부했다.

그의 진정 어린 말과 표정이 리첸의 마음을 사로잡았다. 리첸은 죄송한 마음에 얼굴을 붉히며 창가로 걸어가 아련한 목소리로 이야기했다.

"부국장님, 이번에 제가 너무 경솔했죠? 다시는 안 그럴게요. 그거 아세요? 방금 부국장님 눈빛을 보면서 누군가 떠올랐어요. 제가 경찰이 되려고 한 건 아버지 때문이었어요. 형사경찰이었던 아버지는 늘 바빠서 가족과 함께할 시간이 별로 없었어요. 퇴근해서 오시면 저는 자고 있었고, 아침에는 곤히 주무시는 아버지를 차마 깨울 수 없어 말 한마디 못 나누고 학교에 갈 때도 많았어요. 그래도 그런 아버지가 제겐 늘 영웅이었어요. 제가 열 살 때 아버지는 궈 삼촌과 임무를 수행하던 중 깡패한테 수차례 칼에 찔리셨어요. 응급 처치를 했지만 이미 가망이 없는 상태였죠. 대학 원서를 쓸 때 저는 아버지를 생각하며 가족들의 반대를 무릅쓰고 경찰대에 지원했어요. 졸업하고 근무지를 배정받을 때는 형사경찰이 되겠다고 했는데 가족들과 궈 삼촌 모두 반대했죠. 하지만 전 제 몸에 아버지의 피가 흐르고 있다는 걸 느꼈어요. 아버지가 살아 계셨다면 틀림없이 절 응원해주셨을 거예요. 이번 일을 겪으면서 전 형사경찰로 산다는 게 얼마나 위험하고 고된 일인지 깨달았어요. 하지만 전혀 후회하지 않아요. 방금 저를 걱정해주시는 부국장님을 보면서 아버지 생각이 났어요. 오늘 제가 겪은 일을 아버지가 들으셨다면 아버지도 방금 전의 부국장님 같은 표정이었을 거예요. 부국장님은…… 어떻게 생각하세요?"

리첸은 부끄러워하며 고개를 돌렸다. 미간을 찌푸린 채 생각에 잠겨 있던 장이앙은 갑자기 날아든 질문에 어리둥절한 표정을 지었다.

"뭘 어떻게 생각해?"

장이앙의 반응에 리첸은 민망한 듯 입술을 깨물었다.

"나한테 구구절절 아버지 얘기를 꺼내서 어쩌자는 거야? 난 자네 아버지를 알지도 못하는데."

리첸은 너무 실망스럽고 화가 나서 밖으로 뛰쳐나가려 했다.

"어디 가? 나 아직 물어볼 거 남았어!"

리첸이 걸음을 멈추고 짜증난다는 듯 장이앙을 쏘아보았다.

"저우룽이 강도한테 빼앗겼다는 유에스비 말이야. 그 안에 저우룽이 뇌물 먹인 사람들 명단이 든 게 확실해?"

리첸은 감상에 빠졌던 자신을 감추고 진지하게 대답했다.

"네. 강도가 그렇게 말하니까 저우룽이 과민반응을 보이더라고요."

"이렇게 되면 저우룽 일당을 칠 방법을 바꿀 수 있겠군. 그동안 저우룽의 범죄를 입증할 증거를 못 찾고 있었잖아. 그런데 이제 증거가 나타났으니 두 강도를 잡아서 유에스비를 손에 넣기만 하면 되겠어. 저우룽을 체포할 직접증거를 말이야!"

"그렇죠."

"두 강도의 구체적인 특징을 얘기해봐."

리첸은 강도들의 특징을 떠올려봤다. 그런데 한 명은 보통 키였고 다른 한 명은 비교적 컸으며, 둘 다 복면을 쓰고 다부진 체격이었다는 것밖에 딱히 떠오르는 특징이 없었다.

장이앙은 겁없이 저우룽의 저택에 쳐들어갈 만한 강도는 몇 명 안 될 거라고 생각했다. 그리고 마침 싼장커우에 두 명의 유력한 강도 후보가 있었다.

"혹시 그놈들이 린카이를 죽인 두 놈은 아닐까?"

장이앙의 물음에 리첸의 머릿속에 번쩍 떠오르는 게 있었다. 그녀는 노트북을 꺼내 두 용의자가 찍힌 CCTV 영상을 틀었다. 영상에 얼굴이 비치진 않았지만 체형과 걸음걸이로 보아 오늘밤 저우룽의 집에 쳐들어왔던 강도들이 분명했다.

"맞아요. 이자들이 틀림없어요!"

확신에 찬 리첸의 대답에 장이앙은 허리를 곧추세웠다. 이 시각 동원할 수 있는 병력은 모두 류베이 체포 작전에 투입되었다. 류베이 체포도 엄청나게 시급한 일이었지만, 두 강도를 체포하는 것도 마찬가지로 시급했다. 고민하던 장이앙은 두 팀으로 나누어 작전을 수행하기로 했다.

정말이지 손에 땀을 쥐게 하는 밤이 아닐 수 없었다!

제36장

“일이 뜻대로 되지 않아 불평 불만이 차고 넘칠 때는 심신의 건강을 해치지 않도록 주의하고 넓은 시야로 모든 풍경을 바라봐야 한다! 봐, 결국 크게 한 건 해냈잖아!”

팡차오는 신이 나서 마오 주석의 시를 읊으며 말했다. 그는 모텔 침대 머리맡에 앉아 캐리어를 흐뭇하게 바라보고 있었다.

류즈는 캐리어가 찌그러질까 봐 걱정하듯 가볍게 탁탁 치면서 들뜬 목소리로 말했다.

“100만 달러라니, 6천만 위안이 넘는 거잖아! 평생 이렇게 큰돈은 본 적이 없어요!”

“네 수학 실력도 참 대단하다. 통계국에 가지 않은 게 아쉬울 정도야.”

“왜, 계산이 틀렸어요?”

“100만 달러는 600만 위안이 좀 넘는 액수란다.”

“겨우 600만?”

“겨우라니? 네가 가져왔던 그 재신상이 얼만지 생각해봐라. 네가 평생 600만 위안을 만져볼 수나 있을 것 같아?”

“그, 그치만 600만 위안을 둘이 나누면 300만 위안씩인데, 집

사고 장가가면 남는 게 없잖아요."

팡차오가 곁눈질로 류즈를 쳐다보았다.

"장가가서 뭐 하냐?"

"난…… 장가가기 싫어하는 사람이 어딨어요?"

"여기 있다, 왜!"

팡차오가 자신을 가리키며 한숨을 내쉬었다.

"내일 아침 일찍 싼장커우를 뜰 거야. 그때 내가 진짜 족욕이 뭔지 경험하게 해줄게!"

"내일 아침에 바로 가게요?"

"안 가면?"

류즈가 팡차오의 주머니를 가리켰다.

"우리한텐 아직 유에스비가 있잖아요. 저우룽의 뇌물 장부 말이에요. 그 사람이 돈이랑 바꾸자고 말한 거 못 들었어요?"

팡차오가 고개를 저으며 입을 열었다.

"싼장커우는 저우룽의 근거지야. 저우 회장의 나와바리라고. 그놈이 돈이랑 유에스비를 얌전히 교환해줄 거 같냐? 꿈 깨. 우린 일단 싼장커우를 벗어나야 해. 유에스비는 나중에 다시 얘기하자고. 이게 우리 손에 있는 한 저우룽이 경찰에 신고할 걱정은 안 해도 돼. 돈은 벌어도 벌어도 끝이 없는 거야. 돈보다 사람 목숨이 훨씬 더 중요해. 세상을 바라보는 시야는 사람마다 다르지. 이번에 우리가 거둔 성과에서 네가 본 건 600만 위안에 불과하지만, 나는 전체적인 사업 모델을 봤다고."

"사업 모델?"

"그래. 앞으로는 작은 지방도시의 돈 많은 공무원들만 노릴 거야. 돈은 많지만 그 돈의 출처가 떳떳하지 않은 사람들 말이지. 가성비를 따져도 금은방보다는 그런 사람들 터는 게 훨씬 나아. 600만 위안이라는 밑천까지 생긴 마당에 사업 못 할 게 뭐 있어? 시장은 크고 경쟁은 적은 사업이야. 먼저 뛰어드는 사람이 떼돈 버는 거라고. 알겠어?"

류즈가 활짝 웃으며 연신 고개를 끄덕였다.

두 사람은 침대에 누운 채 화려하게 펼쳐질 미래를 상상했다. 너무 들떠서 좀처럼 잠을 이루지 못했다.

빨리 내일이 왔으면……. 싼장커우를 무사히 벗어나기만 하면 이 거래는 깔끔하게 마무리되는 것이다!

팡차오와 류즈가 기쁨에 벅차하던 그 시각, 괴로움에 몸서리를 치고 있는 두 사람이 있었다.

깊은 밤, 강 형과 샤오마오는 책상 양옆에 서서 커다란 검은색 캐리어를 넋 놓고 바라보았다.

강 형이 떨리는 손으로 지퍼 손잡이를 쥐고는 크게 심호흡을 했다. 그리고 천천히 캐리어를 열었다.

반사적으로 뒷걸음질이 쳐졌다. 마음의 준비를 단단히 했건만 두 눈을 부릅뜬 채 온몸이 피범벅인 시체를 보니 제대로 서 있을 수가 없었다.

두 사람은 심호흡으로 마음을 가라앉힌 뒤 잠시 후 캐리어 안을 자세히 살폈다. 강 형이 조심스럽게 시체의 팔을 건드리자 밑에 있는 천 가방이 보였다. 살짝 들어보니 꽤 무게가 나갔다. 이를 악물고 가방을 꺼내 들여다보니 작은 편종이 들어 있었다.

"무슨 이런 형편없는 물건이 다 있어?"

강 형이 물건을 옆으로 치웠다.

샤오마오가 편종을 들어 자세히 보고는 나름의 판단을 내렸다.

"이 사람 죽인 흉기네요!"

"이렇게 피를 많이 흘린 걸 보면 칼로 죽인 게 아닐까?"

"이걸로 먼저 때려죽이고 칼로 찌른 거겠죠. 아니면 왜 이걸 시체 옆에 뒀겠어요? 시체를 유기하고 흉기도 없애려고 한 게 틀림없어요."

샤오마오가 꽤 그럴싸한 분석을 했다. 강 형은 고개를 끄덕이다가 돌연 노여워하며 샤오마오의 머리를 찰싹 때렸다.

"시체 유기! 어휴, 짐가방 좀 뺏어오랬더니 시체를 뺏어오면 어쩌자는 거야?"

샤오마오가 멀리 떨어진 채 머리를 감싸며 억울한 듯 말했다.

"일이 이렇게 될 줄 내가 알았겠어요? 그 사람, 전혀 살인범처럼 보이지 않았단 말이에요. 설마하니 캐리어에 시체가 들어 있을 줄 상상이나 했겠어요?"

"넌 맨날 모르고 그랬지, 어휴!"

샤오마오를 또 때리려던 강 형은 시체를 보더니 손을 거두며 입을 삐죽거렸다.

"돈은 못 벌고 괜히 혹만 떠안았네."

"그냥 우리…… 경찰에 신고할까요?"

"신고 좋아하시네. 이 사람 죽은 건 우리랑 상관없어도 가짜 택시로 물건을 훔쳤으니 감방 가는 건 마찬가지야!"

"그래도 가짜 택시로 도둑질한 건 살인에 비하면 별거 아니잖아요. 감방에 가더라도 절도는 몇 년밖에 안 될걸요."

강 형이 한숨을 내쉬고 또다시 버럭 화를 냈다.

"살인도 내가 한 게 아니고 사채도 내가 쓴 게 아닌데, 내가 왜 너랑 같이 감옥에 가냐?"

"가, 가짜 택시 모는 건 형도 동의했잖아요."

"이 새끼가 진짜!"

강 형이 샤오마오를 후려치려고 팔을 올렸다.

"잠, 잠깐! 일단 때리지 말아봐요. 나한테 좋은 생각이 있어요."

샤오마오가 두 손을 모으고 말했다.

"말해!"

"이 캐리어만 버리면 해결되는 거잖아요."

"어디에 버리게?"

"이거 가져온 데 가서 버리면 되죠."

강 형이 가만히 생각해보더니 고개를 저었다.

"안 돼. 누가 캐리어를 주워가기라도 해봐. 경찰이 CCTV 확인하면 우리 차에서 나온 시체라는 걸 알게 될 거야. 그땐 우리가 입이 열 개라도 할말이 없게 돼. 무슨 말을 해도 경찰은 우리가 살인했다고 생각할 거야."

"그럼 다른 데 가서 땅속에 묻어버리죠. 구덩이 파서 아무도 모르게 묻어버리자고요."

"이 근처가 다 사람 사는 덴데 어디 가서 구덩이를 파게?"

"버스 타고 교외로 가면 되죠."

강 형이 생각해도 이 방법밖에 없을 것 같았다. 내일 아침 일찍 버스를 타고 교외로 가서 캐리어째 묻어버리기로 했다.

제37장

강 형과 샤오마오는 꼭두새벽부터 묵직한 캐리어를 끌고 버스 터미널로 향했다.

싼장커우 버스 터미널과 기차역은 대각선으로 마주보고 있었고, 그 중간에는 큰 광장이 있었다. 광장 서쪽 도로에는 온갖 점포와 모텔이 어수선하게 늘어서 있고, 도로 너머 공터에서는 전세 버스들이 일 년 내내 손님을 끌었다. 광장 남쪽은 버스 출발역과 연결되어 있어 이 지역 전체가 싼장커우와 다른 도시를 연결하는 허브를 이루었다. 그렇다 보니 온종일 사람들의 왕래로 분주했고 주변 환경도 복잡했다.

강 형과 샤오마오는 광장 남쪽 높은 둔덕에 있는 화단에 웅크리고 앉아 저 아래 펼쳐진 터미널 상황을 관찰했다. 출발역 부근에 사람들이 쉴 새 없이 오가고 있었다. *저렇게 북적거리고 있으니 우리처럼 평범한 사람은 눈에 띄지 않을 거야.* 두 사람은 애써 긴장을 누그러뜨렸다.

"이제 슬슬 내려가보자."

강 형이 옆에 있는 계단을 향해 몸을 일으켰다. 7, 8미터 높이의 계단을 내려가면 바로 도로였다.

"둥첸후東錢湖에서 내려 산속으로 가서 구덩이를 파고 묻는 거야. 명심해. 터미널에 가서 절대로 긴장하면 안 돼. 사람들 눈에 띄지 않도록 최대한 침착하게 행동하라고."

"알았어요!"

샤오마오가 대답했다. 그러더니 문득 떠오른 듯 걱정스럽게 말했다.

"근데 지금 시간이 일러서 둥첸후 가는 사람이 별로 없을 거예요. 지금 버스 타면 몇 정거장도 안 가서 우리 둘밖에 안 남겠는데."

강 형도 아차 싶었다. 이른 아침이라 교외에서 시내로 들어오는 사람은 많아도 교외로 빠져나가는 사람은 적다는 걸 미처 생각지 못했다.

"그래, 좀만 더 기다리자. 9시쯤 되면 둥첸후 부근에서 온 노인들이 볼일 마치고 많이들 돌아갈 거야."

강 형이 시간을 확인했다. 벌써 8시 15분이니 삼십 분 정도 더 기다리는 거야 어렵지 않았다.

두 사람은 다시 화단 옆에 쭈그리고 앉아 몸을 숨겼다.

그때 아래쪽에서 말소리가 들렸다.

"형님, 그 차 비싼 건데 그냥 이렇게 버릴 거예요?"

"뺏은 거잖아. 차주는 우리 손에 죽었고. 계속 그 차 몰다간 조만간 큰일 치른다고. 얻는 것보다 잃는 게 더 많아."

"시체가 들통나진 않을까요?"

"들통나는 건 시간 문제야. 하지만 그땐 우리도 싼장커우를 벗어나고 없겠지. 싼장커우 경찰들 실력으론 절대 우리 못 찾아. 일단 넌 여기서 기다리고 있어. 내가 근처 가서 불법 택시 있나 찾아

보고 올게. 택시 타고 싼장커우를 벗어나기만 하면 안전하니 걱정할 거 없어."

혼자 남은 류즈는 100만 달러가 든 캐리어를 발 옆에 두고 주먹밥을 꺼내 먹으며 팡차오를 기다렸다. 그때 위쪽 화단에서 몰래 고개를 내밀고 있는 두 사람을 류즈는 전혀 알아채지 못했다.

"저놈들 누구 죽였나 본데요?"

샤오마오가 목소리를 낮춰 말했다.

강 형이 고개를 끄덕이더니 샤오마오에게 귓속말을 했다.

"우리가 한 명 더 보태주자."

샤오마오가 헤헤 웃었다. 두 사람은 약속이나 한 듯 천천히 뒷걸음질치다 일어나 캐리어를 들고 계단을 내려갔다. 강 형이 앞서고 샤오마오가 뒤따랐다. 그들은 걸음을 재촉하는 여행객 흉내를 내며 류즈 옆을 지나가다 멈춰 섰다. 강 형이 순박한 미소를 지으며 류즈에게 물었다.

"말씀 좀 물을게요. 혹시 근처에 저렴한 모텔 없을까요?"

낯선 사람의 접근에 류즈는 바짝 경계했다. 지질한 행색에 캐리어까지 끌고 있는 걸 보니 사복경찰은 분명 아니었다. *아무리 위장을 한 사복경찰이라도 굳이 캐리어로 위장할 리는 없겠지.* 류즈는 경계심을 풀었다. 귀찮은 마음이 들었지만, 남들 눈에 띄지 않게 행동하라는 팡차오의 말을 떠올리며 참을성 있게 대답했다.

"잘 모르겠네요. 저도 여기 사람이 아니라서요."

그러자 강 형이 한탄하듯 말했다.

"여기 저장성은 모텔들이 너무 비싸네요. 한 바퀴를 돌아봤는데도 싼 데가 없더라고요."

"다른 데 가서 찾아보세요. 터미널 근처엔 불법 업소도 많아서 조심해야 해요."

"그렇겠네요."

강 형이 고개를 끄덕이며 담배 한 개비를 꺼내 류즈에게 건넸다.

"아닙니다. 괜찮습니다."

류즈가 사양했지만 강 형은 내민 손을 거두지 않고 상냥하게 말했다.

"받으세요."

류즈는 살짝 뒤로 물러나며 또다시 거절했다.

"담배를 안 피워서요. 마음만 받겠습니다."

강 형이 샤오마오에게 곁눈질을 하며 담배를 거둬들였다.

"감사했습니다. 안녕히 계세요!"

떠나는 두 사람을 눈으로 배웅하며 류즈는 왠지 모를 불길함을 느꼈다. 주위를 휘 둘러봤지만 불길함의 정체는 짐작할 수 없었다.

그는 다시 주먹밥을 먹기 시작했다.

몇 분 뒤 팡차오가 종종걸음으로 다가와 작은 소리로 말했다.

"오늘은 못 가겠다. 경찰이 떴어. 터미널 근처에서 검문 중이야."

"저우룽이 신고했을까요?"

팡차오는 인상을 쓰며 잠시 망설였다.

"글쎄. 내가 유에스비를 가져갔으니 섣불리 신고하진 못할 텐데. 하지만 저우룽은 싼장커우 갑부이고, 유에스비에 담긴 뇌물 거래 명단에 싼장커우 공무원 나리들이 많을 거야. 그들이 경찰과 손잡고 짜짜꿍했을지도 모르지. 유에스비가 경찰 손에 들어가더라도 경찰이 저우룽한테 돌려줄 수 있단 소리야."

"그럼 이제 어쩌죠?"

"일단 돌아가서 다시 생각해봐야지."

두 사람은 왔던 길로 돌아가기로 했다. 그런데 캐리어를 들고 두어 걸음 내딛던 류즈가 돌연 멈춰 섰다.

"뭔가 이상해요!"

류즈가 캐리어를 내려놓고 이쪽저쪽 살폈다. 분명 같은 검정색 캐리어이고 브랜드, 모델, 앞뒷면 모양까지 똑같은데 사이즈만 한 치수 커져 있었다. 무게도 50킬로그램은 넘을 정도로 무거웠다. 류즈의 눈이 서서히 커지며 낯빛이 급격히 하얘졌다.

팡차오는 심각한 눈으로 류즈를 응시하며 동시에 캐리어를 바라보았다.

"그 두 놈이 캐리어를 바꿔치기했어요!"

팡차오도 황급히 캐리어를 살폈다. (그들이 원래 갖고 있던 캐리어는 주이페이가 동일한 제품을 여러 개 사서 개조한 것이었다.) 달러가 담긴 그들의 캐리어보다 한 치수 클 뿐 모든 게 똑같았다. 팡차오의 얼굴도 창백해졌다. 류즈는 얼굴이 벌겋게 달아오른 채, 모텔을 묻던 두 남자와 있었던 일을 소상히 이야기했다.

팡차오는 튀어나올 듯한 눈으로 매섭게 류즈를 쏘아보았다. 한 대 치고 싶은 마음을 최대한 억누르는 중이었다.

"그 바닥 놈들이 쓰는 뻔한 수법인 걸 몰라? 머리는 폼으로 달고 다니냐? 왜 머저리같이 그런 수법에 당하고 앉아 있어?"

"전…… 형님, 다 제 잘못이에요. 절 죽여주세요, 전 죽어도 싼 놈이에요!"

고생고생 끝에 손에 넣은 거금을 두 눈 멀쩡히 뜨고 빼앗기다니! 류즈는 당장 목이라도 매고 싶은 심정이었다. 자신의 뺨을 수차례 때린 결과 얼굴은 벌게지고 입가에는 피가 흘렀다.

"입 다물어! 네가 죽는다고 돈이 돌아오냐?"

팡차오는 류즈의 손을 쳐내고 심호흡을 하며 달아오른 머리를 식혔다. 어리석은 아우를 비난해봐야 눈앞에 닥친 일을 해결하는 데 도움 되는 건 하나도 없었다. 지금의 급선무는 캐리어를 바꿔치기한 놈들을 찾아낼 방법을 생각해내는 것이었다.

캐리어를 들어보니 꽤 묵직했다. 팡차오가 낮은 소리로 말했다.

"가자. 일단 모텔로 돌아가서 이 안에 그놈들에 대한 단서가 있는지 찾아보자고. 돈은 그때 가서 찾아오는 거야!"

제38장

아침 9시, 저우룽의 저택에서 비명 소리가 들렸다.

오늘 아침 경호원은 평소와 다른 저택의 분위기에 이상한 기분을 느꼈다. 저택이 너무 조용했고, 도우미조차 밖으로 모습을 드러내지 않았다. 무전기로 도우미들을 불러보아도 아무도 대답하지 않았다. 저택 현관문을 살펴보니 안쪽에서 잠겨 있었고, 뒤편의 쪽문도 닫혀 있었다. 보조 열쇠로 문을 연 순간 경호원은 놀라운 장면을 목격했다. 도우미 두 명이 밧줄에 묶여 있고 입은 테이프로 봉해져 있었다. 저우룽 회장은 서재에서 도우미들과 똑같이 결박돼 있었다. 몸 곳곳에 발자국이 찍혀 있는 처참한 몰골이라는 점이 도우미들과 다를 뿐이었다.

한 시간 뒤 저우룽의 측근들이 모두 저택에 모였다.

저우룽, 후젠런, 랑보원, 랑보투만 서재에서 마주앉았고, 나머지는 전부 거실에서 대기했다.

"어떤 놈 짓이에요?"

랑보원이 물었다.

"몰라. 말하는 거 들어보니 이 지역 사람은 아닌 것 같았어."

"신고는 왜 못 하게 하는 겁니까? 강도를 당했잖아요. 우리는 엄연히 피해자 아닙니까!"

저우룽은 난감한 듯 얼굴을 찌푸리며 한숨을 내쉬었다.

"캐리어의 돈 말고도 금고에서 가져간 물건이 있어."

"무슨 물건인데요?"

세 사람이 이구동성으로 물었다. 다들 서재에 있는 금고의 반구형 물체만 보았지, 그 안을 들여다본 사람은 아무도 없었다.

저우룽이 입술을 살짝 깨물며 대답했다.

"유에스비."

"유에스비가 왜요?"

저우룽은 또다시 한숨을 내쉬고 천천히 입을 열었다.

"너희들도 알겠지만 내 사업은 나 혼자만의 것이 아니야. 숙부님과 다른 사람들 몫도 있다고. 내가 모두를 대표하고 있을 뿐, 내 뜻대로 하기 힘든 경우가 많아. 최근 몇 년간 회사 초과 지출분은 합법적인 내용으로 비용 처리를 했지만, 실제 사용처는 내가 그 유에스비에 기록해뒀단 말이야. 그놈들을 신고하면 유에스비가 경찰 손에 들어갈 테고, 회계감사가 시작되면 문제가 심각해져."

그 말에 세 사람의 얼굴이 공포의 빛으로 물들었다.

"최근 모든 거래 내역과 공무원들한테 준 뇌물까지 전부 그 유에스비에 담아뒀다고요?"

랑보원이 다급히 물었다.

저우룽은 입을 꾹 다물고 대답이 없었다.

"대체 왜 그러셨어요? 그거 발각되면 우리 죄다 감방 가는 거 아닙니까?"

랑보원이 분노를 떠뜨렸다.

저우룽은 한순간 눈을 부릅뜨더니 이내 고개를 떨어뜨리며 거친 숨을 내쉬었다.

"숙부님은 아직 모르시죠?"

후젠런이 나지막이 물었다.

"당연히 모르시지."

저우룽이 세 사람을 힐끔 보며 또다시 한숨을 쉬었다.

"내가 장부를 만든 건 언젠가 일이 터졌을 때 보험처럼 쓰려고 했던 거야. 나뿐만 아니라 너희를 위해서도 살길을 만들어두려고. 생각해봐. 우리 중에 누구한테 문제가 생겼다고 치자. 숙부님이나 뭐쯔웨 시장이 우리를 지켜주려 할까? 어떤 공무원 나리가 우리 편을 들어주려 할까? 그들은 어떻게든 우리랑 선을 그으려고 들걸? 그래서 내가 실제 사용처를 적어둔 거야. 그들이 발뺌하지 않고 우리랑 한 배를 탈 수 있도록 말이야. 그들이 살아서 나가려면 우리를 구제해줄 수밖에 없도록 한 거라고."

그제야 세 사람은 고개를 끄덕였다. 저우룽의 행동을 비난할 일은 결코 아니었다.

"숙부님께 알리는 건 어때요? 강도들 잡게 경찰들 좀 보내달라고요."

후젠런이 물었다.

"절대 안 돼! 유에스비 일을 숙부님한테 알렸다간 다 끝장이야!"

저우룽이 단호히 거절했다.

"그럼 어떻게 그걸 찾아오죠?"

"어젯밤 놈들이 컴퓨터로 그 안에 든 걸 다 봤어. 신고하지 말라며 유에스비 갖고 협박하더라고. 다시 찾아올 테니 돈이랑 교환하자면서. 유에스비가 나한테 얼마나 중요한 건지 아는 거야. 분명 엄청난 돈을 요구하면서 다시 찾아올 거야. 그러면 그때 유에스비 받아내고 놈들을 죽여버리는 게 어때?"

저우룽이 세 사람을 쳐다보았다. 후젠런은 고개를 끄덕였지만 랑보투는 아무 반응이 없었고 랑보원 역시 침묵했다.

"보원이 네가 말해봐."

"형님이 하고 싶은 대로 하세요. 저흰 형님 뜻에 따르겠습니다."

"그나저나 어떤 놈들이 감히 형님 집에 침입해서 그런 짓을 벌일 수 있었을까요? 좀 수상쩍지 않아요?"

랑보투가 의문을 제기했다.

"무슨 뜻이지?"

"지난번에 경찰이 예젠 사건 조사하러 루이보 형님 찾아갔던 거 기억하시죠? 그때 루이보 형님이 경찰한테 룽 형님 찾아가보라고 했잖아요. 그리고 어제 루이보 형님이 또 경찰을 도와줬죠. 저우치 매니저까지 거들게 해서 지명수배자를 잡았다고요. 이 일도 루이보 형님이 형님한테 얘기 안 했죠?"

"안 했지."

저우룽이 미간을 찌푸렸다.

"그러니까 강도가 침입한 게 루이보랑 관련 있다고 의심하는 건가?"

랑보투가 고개를 끄덕였다.

"말도 안 돼. 루이보가 어떻게 우리 집에 강도를 보내겠어?"

랑보원과 후젠런도 말도 안 된다는 듯이 고개를 저었다.

최근 루이보의 태도를 보면 확실히 형제들을 배신하고 경찰 쪽에 붙었을 가능성이 크기는 했다. 하지만 지금은 유에스비 문제를 해결하는 게 급선무라 저우룽은 루이보를 신경 쓸 정신이 없었다.

네 사람은 또다시 한참을 상의한 뒤 거실로 자리를 옮겼다.

거실에는 경호원들이 고개를 숙인 채 일렬로 무릎을 꿇고 앉아 있었다. 서재 문이 열리자마자 장더빙 보안팀장은 또다시 경호원들의 뺨을 후려치며 욕을 퍼붓기 시작했다.

저우룽은 소파에 앉아 차가운 눈으로 경호원들을 바라보았다.

경호원들은 뺨이 퉁퉁 부은 채 무덤덤한 표정이었다. 십여 분간 연속으로 귀싸대기를 날린 장더빙의 손이 오히려 더 얼얼했다. 장더빙은 잠시 한숨을 돌린 뒤 큰 소리로 물었다.

"어젯밤 팀장이 누구야?"

사실 장더빙은 답을 알고 있었다. 별장 경호는 세 팀이 삼교대로 해서 팀장도 세 명이었다. 어젯밤 어느 팀이 당직을 섰는지 보안팀 팀장인 장더빙이 모를 리 없었다. 저우룽 회장 앞이라 보여주기식 질문을 던진 것이었다.

경호원들의 시선이 그들의 중간에 있는 인물로 쏠렸다. 시선을 받은 사람은 고개를 숙인 채 다리를 벌벌 떨고 있었다.

장더빙이 일부러 다시 한 번 물었다.

"팀장이 누구냐니까!"

"처, 철거형이요."

몇몇이 작은 소리로 대답했다.

철거형이라고 불린 남자는 침을 꿀꺽 삼키며 온몸을 바들바들 떨었다. 그의 본명은 리펑가이李棚改였다. 최근 몇 년간 전국적으로 건물이 철거되면서 현장에서 함께 일하던 친구들이 그에게 '철거

형'이라는 별명을 붙여주었다.

장더빙은 군말 없이 허리춤에서 잭나이프를 꺼냈다.

"규정대로 손가락 하나 자른다. 네가 직접 할래, 아니면 내가 할까?"

리펑가이는 잭나이프를 보더니 그대로 주저앉아버렸다.

"형님, 잘못했습니다. 제 책임입니다. 근데 어제…… 회장님이 저더러 애들 데리고 어딜 좀 다녀오라고 하셨거든요. 돌아와 보니…… 그런 일이 터졌을 줄은 상상도 못 했습니다. 그러니까……."

"어디서 감히 회장님 탓을 해! 회장님이 언제 애들 몽땅 다 데리고 가라고 하셨냐?"

"저희…… 야간 근무 팀은 인원이 적어서……."

"이 새끼가 진짜 죽고 싶나!"

장더빙이 리펑가이를 걷어차서 넘어뜨리더니 옆에 있던 경호원에게 소리쳤다.

"가서 마취약 가져와!"

"마취약으로 뭐 하게?"

후젠런이 물었다.

"이놈 손가락 잘라야죠."

"회장님, 잘못했습니다. 한 번만 용서해주십시오. 회장님 위해서 목숨 걸고 일하겠습니다. 제발 좀 용서해주십시오."

리펑가이가 저우룽에게 연신 머리를 조아리며 눈물로 호소했다. 다른 경호원들도 용서해달라고 사정했다.

"그만!"

저우룽이 소리쳤다. 유에스비를 뺏긴 일로 골치 아파 죽겠는데, 그런 저우룽 앞에서 지금 손가락 절제 수술을 준비 중이었다. 한눈에도 장더빙이 사전에 아우들과 준비한 고육계임을 알 수 있었다. 손가락을 자르는 데 마취약까지 동원할 거라면 병원 가서 자르지, 왜 여기서 저런단 말인가. 저우룽은 잔뜩 화가 나서 손을 휘저었다.

"생쇼들 그만해. 장 팀장만 남고 다들 꺼져!"

무릎 꿇고 있던 경호원들은 부랴부랴 도망치고 장더빙만 남았다. 저우룽 앞의 장더빙은 쩔쩔매는 얼굴로 몸둘 바를 몰라 했다. 이 바닥에서 꽤 실력자로 통하는 장더빙인데, 그가 모시는 회장님 댁에 강도가 들어 회장님 몸에까지 손을 댔으니, 입이 백 개라도 할말이 없었다.

저우룽은 심호흡을 몇 번이나 하고 입을 열었다.

"어제 그 두 놈이 돈하고 나한테 아주 중요한 유에스비까지 가져갔어. 돈은 그렇다 치고 유에스비는 반드시, 기필코 찾아오도록 해. 두 놈도 깔끔하게 처리하고."

장더빙은 연신 고개를 주억거렸다.

"그 새끼들 꽤 전문적이었어. 초짜는 아니고 이 바닥 놈들이 분명해. 싼장커우는 물론이고 주변 도시 애들한테도 알려서 최대한 빨리 찾아내. 찾아낸 사람한테 캐리어에 든 달러를 전부 준다고 하고. 잘 들어. 유에스비 일은 내 사람들 말고 딴 놈들한테는 절대로 비밀이야. 강도들 찾으면 일 처리는 아우들한테 맡기고, 유에스비는 나한테 고스란히 갖고 와. 아무한테도 보여주지 말고!"

장더빙은 묵직하게 고개를 끄덕였다. 그는 이 건이 저우룽에게 절체절명의 중요한 일임을 알았다. 캐리어에 든 100만 달러를 몽땅 포상금으로 내걸 정도니 말이다. 두 강도를 찾는 게 그리 어려운 일은 아니었다. 지역마다 그곳을 주름잡는 세력이 있고 그 안에는 온갖 녀석이 다 섞여 있어 거리 곳곳에 감시자들을 깔아둘 수 있었다. 거액의 포상금을 걸고 일당 전체를 움직여 두 사람을 찾아내는 건 경찰의 지명수배령보다 훨씬 효과가 있었다.

장더빙은 바로 임무에 착수했다. 저택 CCTV를 통해 두 강도의 체형과 달러가 든 검은색 캐리어를 똑똑히 확인했다. 물론 대외적으로 저우룽 회장의 저택에 강도가 들었다고 알릴 수는 없으니, '어떤 두 놈이 장더빙을 습격했다'고만 알렸다.

눈 깜짝할 사이에 팡차오와 류즈는 경찰과 암흑가가 동시에 쫓는 대상이 되어 있었다.

제39장

경찰은 류베이의 행방과 저우룽의 저택에 침입한 강도들의 행방을 쫓기 위해 두 팀으로 나누어 작전을 실행 중이었다.

류베이가 철거 지역에 있다는 정융빙의 보고에 따라 오늘 아침 경찰차 십여 대가 철거 지역의 모든 출입구를 물샐 틈 없이 포위했다. 곳곳에 폴리스라인도 설치해 호기심 많은 행인들을 멀찌감치 떨어뜨려놓았다.

장이앙은 정오쯤 현장에 도착했다. 좁다란 골목을 수십 미터 걸어 들어가자 왕루이쥔이 분주하게 현장을 지휘하고 있었다.

"저우룽 쪽 상황은 어때?"

"어젯밤 지시대로 저택 주변에 베테랑 사복경찰들을 배치해 밤새 지켜봤는데, 오늘 아침 9시경부터 저우룽 회사 보안팀, 후젠런, 랑보원 형제 등이 우르르 저택으로 들어갔습니다. 리첸 말대로 강도가 들었던 게 맞는가 봅니다!"

왕루이쥔이 씩씩하게 대답했다.

"당연히 맞죠. 어디서 주워 들은 게 아니라 제 눈으로 직접 봤으니까요!"

난데없이 끼어든 목소리에 두 사람이 고개를 돌렸다. 언제 왔는지 리첸이 씩씩거리며 왕루이쥔을 노려보고 있었다. 왕루이쥔은 입만 벌린 채 아무 말도 하지 못했다. 상사와 대화하는 걸 몰래 엿들은 사람이 다른 경찰이었다면 벌써 발로 걷어차서 지구 밖으로 보내버렸을 테지만, 다른 사람도 아닌 리첸이었다!

"리첸…… 여긴 어떻게 왔어?"

장이앙도 많이 놀란 눈치였다. 어젯밤 호되게 언걸먹어 더 이상 나서서 설치는 일이 없을 줄 알았던 리첸이 하루도 지나지 않아 또 이렇게 현장에 나타난 것이었다.

"일 터졌다고 해서 부리나케 달려왔죠."

"내 말은, 어젯밤에 많이 놀랐잖아. 근데 어떻게 또 이런 데 나올 수 있느냐는 거지."

"놀라긴 누가 놀랐다고 그래요? 고작 그런 일 따위에 제가 겁먹었을 거라 생각하세요?"

고개를 치켜든 리첸의 얼굴에서 어젯밤 공포에 질려 있던 모습이라곤 전혀 찾아볼 수 없었다.

"제가 경험이 부족하긴 하지만 미리 칼도 준비했었다니까요. 그 칼 없었으면 제일 먼저 도망쳐 나오지 못했을 거예요. 부국장님께 귀한 정보를 갖다드리지도 못했을 거고요. 누구는 제가 직접 본 것마저 가짜일 수 있다고 의심하는데, 흥! 진짜 양심도 없지! 이젠 확실히 알겠어요. 저우룽이 강도를 당한 건 제가 알아낸 거니까 제가 당당히 후속 수사에 참여할 권리가 있다는 걸요. 가만있다가는 다른 사람한테 공이고 뭐고 다 뺏기게 생겼어요!"

"리첸, 걱정 마. 네 공 가로챌 일은 없으니까. 나도 체면이라는 게 있지."

왕루이쥐안이 비웃음을 섞어 말했다. 그러더니 장이앙의 낯빛을 보고는 갑자기 진지한 표정이 되어 다시 말했다.

"리첸, 그런 염려는 하지 않아도 돼. 부국장님은 더더욱 그러실 분이 아니야! 네가 힘들게 쌓은 공을 어떻게 가로챌 수 있겠어?"

그제야 장이앙이 고개를 끄덕였다.

"리첸, 안심해. 나랑 루이쥐안이 약속할게. 저우룽 사건이 해결되면 일등공은 리첸 차지야. 위험하게 싸우는 일은 베테랑 경찰들한테 맡기라고. 어젯밤에 너무 위험했잖아! 다른 볼일 없으면 먼저 공안국 들어가서 쉬고 있을래? 데려다주라고 할게. 샤오왕小王……."

"부국장님!"

리첸이 말을 끊었다.

"상의드리고 싶은 게 있는데요."

"뭔데?"

"여긴 사람이 너무 많아서요."

"괜찮아. 우리 셋뿐인데 뭐. 다른 사람들한테는 안 들려."

왕루이쥐안이 주위를 둘러보며 말했다.

"셋도 많아요."

리첸이 말했다. 왕루이쥐안은 헛기침을 하며 자리를 떴다.

그제야 리첸이 입을 열었다.

"부국장님, 저우룽 사건이 해결되면 제가 몰래 저우룽 저택에 들어가서 정보를 알아냈다고 보고하실 건가요?"

그럴 리가! 리첸의 삼촌 귀에 들어가면 큰일날 일이었다. 장이앙은 모호하게 대답했다.

"사건을 해결하게 된 구체적인 경위에 대해서 그렇게까지 자세히 말할 필요는 없을 것 같은데?"

"근데 제가 후속 수사에 참여하지 않으면 어떻게 제가 세운 공이라고 보고할 수 있어요? 남들 눈에는 제가 아무것도 안 하고 공만 차지한 것처럼 보일 텐데."

"자네가 기술적으로 정찰에 큰 도움을 주었다고 하면 되지."

"삼촌이 구체적으로 어떻게 정찰했냐고 캐물으시면요? 관련 업무를 한 적이 없으니 제대로 말도 못 할 거고, 결국 전 사실대로 털어놓을 수밖에 없다고요."

"리첸……."

"그러니까……."

리첸이 입꼬리를 올리더니 단호한 어투로 말했다.

"제가 무조건 후속 수사에 참여해야 한다고요!"

장이앙은 리첸을 멀뚱멀뚱 쳐다보았다. *얘가 내 약점을 이용하는군!* 장이앙은 침을 삼키며 속으로 저울질했다. 일단 눈앞에 닥친 일부터 처리하고 다시 방법을 생각해보기로 했다.

"그래, 후속 수사에 참여해. 대신 반드시 내 지시를 따르고, 절대로 단독 행동하면 안 돼. 알았지?"

"컴퓨터로 자료 조사 하라는 둥 그런 지시는 안 돼요!"

"내가……."

"저도 현장 나갈 거예요. 반드시 체포 작전에 참여할 거라고요!"

장이앙이 심호흡을 했다.

"그럼 내 옆에 꼭 붙어 다녀."

"말씀하신 거 꼭 지키세요!"

장이앙은 잠시 망설이다 대답했다.

"그래."

"약속!"

리첸이 장이앙과 손가락을 마주 걸었다.

리첸에게 "진짜 양심도 없"다는 말을 들은 '잉여인간' 왕루이쥔은 멀리서 두 사람을 힐끔거리며 못마땅한 표정을 짓더니, 둘이 손가락을 거는 모습을 보고는 한숨을 내쉬었다.

그때 장이앙이 왕루이쥔을 부르더니 입을 삐죽거리며 분부했다.

"이후 수사에 리첸도 참여시켜."

"네?"

왕루이쥔은 할말을 잃고 말았다. *확실히 신체 접촉을 하니 내부거래가 쉽게 이루어진 모양이군.* 그렇다고 상사의 사생활에 선불리 간섭할 수도 없는 입장이기에 왕루이쥔은 시원하게 대답했다.

"알겠습니다!"

"저우룽 얘기 계속해봐."

왕루이쥔은 입을 열기에 앞서 리첸을 쳐다보았다. 이번에는 옆에 서서 당당하게 들으려는 모양이었다. 그런 리첸을 장이앙이 그냥 내버려두는 걸 보고 왕루이쥔은 안심하고 보고를 이어갔다.

"저우룽이 측근들을 소집해 저택에서 최소 한 시간은 머물렀고, 이후 뿔뿔이 흩어졌는데 저희 인원이 부족해서 따라가진 못했습니다. 샤오미라는 소식통한테 연락해봤더니 자기는 운전기사라 구체적인 일에는 원래 참여하지 않는다고 하고, 다만 저우룽이 두 강도를 찾으려고 인원을 대거 보냈다는 얘기만 들었다고 합니다."

"저우룽은?"

"지금까지 계속 저택에서 나오지 않고 있습니다."

장이앙은 잠시 생각에 잠겼다.

"저우룽이 부하들 풀어서 두 강도 잡으려고 단단히 마음먹었군. 우리가 부하들을 일일이 따라다닐 방법도 없고, 미행하다 들통나면 괜한 경계심만 키우게 될 거야. 일단 자네는 저택 주변에 인원 배치해서 상황을 주시하게 해. 우린 따로 사람들 보내서 저우룽보다 먼저 강도들을 잡는 데 주력하자고."

장이앙은 왕루이쥔을 보낸 뒤 리첸과 함께 폴리스라인이 쳐진 주택으로 향했다. 법의관과 감식 요원들이 주택 주변을 분주히 오가고 있었다. 장이앙이 나타나자 쑹싱이 폐기물이 섞인 모래 더미로 그를 안내했다. 흙모래가 평평하게 널려 있었는데 흑갈색 모래가 유난히 축축한 것이 한눈에도 피가 섞여 있다는 걸 알 수 있었다.

장이앙이 모래를 살펴보고는 주요 요원들을 불렀다.

"구체적으로 어떤 상황이지?"

장이앙의 물음에 쑹싱이 먼저 입을 열었다.

"어젯밤 부국장님 지시대로 형사경찰, 특수경찰, 기타 부서 인원까지 총 사십여 명을 소집해서 이 지역 모든 출입구를 봉쇄했고요, 사복경찰이 먼저 진입해서 살펴봤지만 류베이는 못 찾았고, 날이 밝자마자 경찰들이 전부 달려들어서 집집마다 수색했지만 결국 찾지 못했습니다. 근데 이 모래에서 다량의 혈흔이 발견되었고, 이 주택 2층 바닥에도 혈흔이 있었습니다. 범인이 모래를 위층으로 옮겨서 혈흔을 닦고 다시 아래층으로 쓸어버린 것 같습니다."

장이앙이 천 법의관을 바라보자 그가 확신에 차서 말했다.

"내가 백 퍼센트 장담하는데, 누군가 죽었어요. 어젯밤에요!"

"시신은요?"

"시신이 어디 갔는지는 나도 모르죠. 난 검안에만 관여하니까."

"시신도 안 나왔는데 어떻게 죽었다고 확신할 수 있죠?"

리첸이 불쑥 물었다.

이 세상에 천 법의관의 능력을 의심할 수 있는 사람은 리첸뿐이었다. 천 법의관이 눈을 부릅뜨며 쏘아붙였다.

"여기 이 많은 피 안 보여? 피를 몇 바가지나 쏟았는데 사람이 안 죽고 배기겠냐고!"

"화학 검사도 안 해보고 사람 피인지 어떻게 알아요?"

리첸이 작게 중얼거리자 천 법의관이 코웃음치며 대꾸했다.

"화학 검사? 나한테 화학 검사가 필요할 것 같아? 잘 들어. 나한테는 기기가 아무 소용 없어. 내가 20년 넘게 법의관으로 지낸 사람이야. 척 보면 알아. 저건 백 퍼센트 사람 피고 사망 시간은 어젯밤이라고! 흥, 내가 막 경찰 됐을 때, 그러니까 여기 있는 사람들 다 꼬맹이였을 때 사건이 하나 터졌는데, 그때도 바닥이 온통 피바다였고 시신은 못 찾았어. 그 당시 누가 나한테 사람이 죽었을까 살았을까 묻더라고. 어떻게 됐을 것 같아?"

어떻게 됐을지 알아맞히려는 사람은 아무도 없었다.

쑹싱이 화제를 돌리며 법의관에게 물었다.

"또 알아낸 건 없으세요?"

"이게 다야. 류베이가 누구 손에 죽었는지는 경찰들이 알아내야지. 난 모르는 일이야."

"네? 류베이가 살해됐다고요?"

자리에 있던 사람들이 놀란 목소리로 웅성거리기 시작했다.

"너무 명확하지 않아?"

천 법의관이 당연하다는 듯 대답했다.

"우린 류베이 체포 작전 중에 이 혈흔을 발견한 겁니다. 그러니 류베이가 누군가를 죽였으면 죽였지, 어떻게 다른 사람이 류베이를 죽입니까?"

쑹싱이 반박했다.

"대체 그 머리로 어떻게 경찰이 된 거야?"

천 법의관이 무시하듯 말했다.

"전……."

"쑹싱, 내가 조금 전 자네한테 확인했잖아. 어젯밤 누군가 류베이를 목격했는데 빈손이 아니라 캐리어를 가지고 있었다며?"

"네, 류베이가 캐리어를 끌고 있었다고 했죠."

천 법의관이 뒤에 있던 형사과학기술과 쉬 과장에게 물었다.

"위층의 몸싸움 흔적 중에 두 사람 발자국과 캐리어 바퀴 자국도 있었다고 했죠?"

쉬 과장이 고개를 끄덕였다. 바닥에 혈흔이 잔뜩이고 집 앞에 모래도 있었기 때문에 현장 흔적은 명확했다.

"그럼 결론은 뻔한 거 아냐? 바닥 흔적으로 볼 때 어젯밤 위층에는 총 두 명이 있었어. 발자국 대조도 끝났지. 작은 발이 류베이, 큰 발은 다른 사람. 류베이가 캐리어를 끌고 위층으로 올라갔는데 나중에는 발 큰 사람이 캐리어를 가지고 떠났어. 그럼 류베이는 어디로 갔을까? 바닥에 피가 이렇게 많은 걸 보면 발 큰 사람이 류베이를 죽이고 시신은 캐리어에 담아서 가져간 거야."

천 법의관의 말에 쉬 과장은 캐리어가 오간 흔적을 살폈다. 확실히 나갈 때의 바퀴 흔적이 더 깊었다. 류베이가 살해되어 캐리어에 담겨서 나갔기 때문에 그 무게로 더 깊이 파인 것이라 할 수 있었다. 쉬 과장도 천 법의관의 판단에 동의했다.

천 법의관이 여보란 듯이 두 손을 내밀었다.

"법의관이 중요한 순간에 현장 흔적까지 봐야 하다니 피곤하네 진짜!"

말로는 피곤하다고 했지만 디스크로 튀어나온 허리도 꼿꼿하게 펴질 만큼 우쭐한 모습이었다.

다들 자리에 서서 천 법의관의 결론을 곱씹어보았다. 현장 흔적으로 보면 그가 분석한 내용은 확실히 일리가 있었다. 도망자인 류베이가 사람을 죽이지 않은 건 다행스러운데, 도망자 처지에 다른 사람 손에 죽었다니 어쩌다 그렇게 된 걸까?

천 법의관은 사람들을 쭉 훑어보며 무시하는 태도로 내뱉었다.

"류베이가 살해됐다는 게 아직도 믿기지 않는 모양이지?"

쑹싱이 헛기침을 하고 대꾸했다.

"이건 법의관님의 일방적인 판단……."

"내 일방적인 판단이라고? 난 지금까지 제2의 가능성이 존재하는 결론을 단 한 번도 낸 적이 없어. 나랑 내기할까? 여기 혈흔 채취해서 DNA 대조해봐. 류베이 DNA가 아니면 내가 사표 쓰고, 맞으면 자네가 사표 쓰는 걸로!"

"그, 그렇게까지 크게 걸 필요는 없잖아요?"

천 법의관의 기세에 완전히 압도된 쑹싱이 기죽은 목소리로 대꾸했다.

장이앙이 목청을 가다듬으며 자신의 입장을 표명했다.

"난 천 법의관님 판단을 믿어."

그러자 너도나도 천 법의관의 편에 서며 쑹싱을 나무라기 시작했다. *천 법의관님은 입으로 뱉은 말에 책임을 저버린 적이 없는 분인데 이 상황에서 틀린 판단을 내놓을 리 있느냐? 처음 류베이를 잡으러 갔을 때는 쑹싱 당신이 엘리베이터 버튼을 안 눌러서 리첸을 위험에 빠뜨렸고, 어젯밤 메이둥 체포 작전 때도 당신이 부하의 뻔한 속임수에 넘어가서 메이둥을 놓칠 뻔했다. 게다가 류베이를 체포한다며 인원을 대거 동원해놓고 아무것도 못 건졌으면서 무슨 낯짝으로 지금 천 법의관님의 판단을 의심하느냐?*

장이앙은 경찰의 쫓김을 받는 류베이가 남의 손에 살해됐다는 게 아무래도 의아하여 좀 더 조사해봐야겠다고 생각했다. 현재로서는 저우룽 쪽 일이 좀 더 급신무였다. 저우룽보다 한발 앞서 두 강도를 잡는 건 결코 쉬운 일이 아니었다. 보안을 유지해야 하는 일이라 특히 더 까다로웠다. 저우룽이 강도를 당한 사실을 너무 많은 사람들에게 노출해서도 안 되고, 체포 작전에 많은 인원을 동원할 수도 없었다. 아무래도 가오둥 부청장에게 조언을 구해야 할 것 같았다.

제40장

성 공안청 회의실에서 정기 회의가 끝나고 청장이 중요한 소식을 발표했다.

"바로 어젯밤 싼장커우 공안국에서 메이둥 체포에 성공했습니다. 메이둥에 대해 잘 모르시는 분들도 계실 텐데요, 올해 국무원 지령에 따라 금융관리감독부와 우리 공안부가 연합해서 지하은행을 색출하고 해외자금 유출을 단속했는데, 메이둥이 바로 여러 지하은행과 관련된 핵심 인물이었습니다. 예전에 조사한 바에 따르면, 메이둥은 수출입 기업 수십 개를 설립하고 해외자금 유출 업무를 추진하는 한편, 대륙 안팎으로 수많은 지하은행과 긴밀하게 협조하고 있었습니다. 메이둥 체포는 우리 성이 올해 금융 범죄를 단속하며 거둔 또 하나의 큰 성과라고 할 수 있습니다!"

회의실에 모인 사람들이 다 같이 박수를 치며 가오둥 부청장을 바라보았다.

"가오둥, 자네 제자 말이야, 참 용해."

청장이 칭찬을 담뿍 담아 말했다.

"운이 좋았어요, 운이."

가오둥은 겸손하게 웃으며 대답했다.

"허허허, 그동안 쭉 대륙 밖에 있던 메이둥이 이번에 들어왔다가 장 부국장이 혼자 짜놓은 판에 걸린 거라며? 리펑 체포 건 표창장도 아직 공안부에서 안 내려왔지? 공안청에 싼장커우 형정대대 단체 일등공을 표창하라고 알린 지 얼마 되지도 않아서 또 메이둥을 체포했으니, 이번에는 단체와 개인 중에 어느 쪽을 표창해야 할까? 자네가 한번 말해봐."

"팀 전체의 공로죠."

"허허, 그렇긴 한데 개인도 표창을 해야지. 메이둥 체포 작전 때 하마터면 놓칠 뻔한 걸 장 부국장 혼자서 맨몸으로 제압했다면서? 메이둥한테는 칼도 있었는데 장 부국장은 털끝 하나 다치지 않고 말이야. 얼마나 대단해!"

모두가 고개를 끄덕였다. 사실 현장에서 범인을 체포하는 것은 부하 경찰들의 몫인데 간부가 직접 나서서, 그것도 혼자서 체포하다니, 그 용기와 배짱만으로도 찬사를 받기에 충분했다.

그때 청장 옆에 있던 오십 대 남자가 헛기침을 했다. 각진 얼굴에 귀가 유난히 크고, 사복 차림이었지만 한눈에 고위 공무원의 풍채가 느껴지는 이 사람이 바로 저우웨이둥 상무부청장이었다.

"개인 표창에 대한 부분은 다시 제대로 논의해야 한다고 봅니다. 개인의 평소 업무 태도나 품행까지 집중적으로 고려해야죠."

"물론이지."

고개를 끄덕이던 청장은 말 속에 '뼈'가 들어 있다는 걸 느꼈다.

"근데 무슨 문제라도 있나?"

그러자 저우웨이둥이 청장에게 귓속말을 했다.

청장의 낯빛이 미묘하게 바뀌더니, "고문으로 자백을 강요해?"

라는 소리가 흘러나왔다.

저도 모르게 뱉어버린 청장의 말이 모두의 이목을 집중시켰다. 그제야 자기 목소리가 너무 컸다는 걸 알아차린 청장이 표정을 굳혔다. 어물쩍 넘어갔다간 이 일이 밖으로 새어나가 괜한 파장을 일으킬 것 같았다. 그는 사실대로 털어놓기로 했다.

"공안청에 제보가 들어왔는데, 장이앙 동지가 사건 처리 과정에서 고문으로 자백을 받아냈다고 하는군."

'장이앙 동지'라고 언급한 청장의 말을 들으며 가오둥 부청장은 심각한 문제가 닥쳤음을 감지했다. 고문을 통한 자백 강요는 많든 적든 모든 지역의 형정대대에서 행하는 일이었다. 죽어라 입을 다물고 있는 범인을 마냥 말로만 신문해서는 한도 끝도 없기 때문이었다. 그래서 법적으로는 고문을 엄격히 금지한다고 하면서도 실제로는 그냥 눈감아주는 경우가 많았다. 정도가 너무 심하지만 않다면 말이다. 그런데 장이앙은 대체 어떻게 신문했기에 공안청에 제보까지 들어왔을까? 상황을 전혀 모르는 가오둥은 일단 입을 다물고 있는 수밖에 없었다.

"가오둥, 이 일에 대해서 뭐 아는 것 좀 있나?"

저우웨이둥이 툭 내뱉듯 물었다.

가오둥은 저우웨이둥이 파놓은 함정의 깊이를 알 수 없어 일단 발뺌을 했다.

"장이앙이 싼장커우에 내려가서 한 일은 공안청 소관이 아니라서요. 최근 그 친구 업무에 대해서는 저도 잘 모릅니다."

그때 옆에 있던 간부가 저우웨이둥에게 물었다.

"고문받은 용의자는 상태가 어떻답니까? 심각한가요?"

저우웨이둥은 순간 뜨끔했다. 고문에 대한 제보는 치전싱 국장이 아침 일찍 저우웨이둥의 비서를 통해 일러준 내용인데, 사실 그리 심각한 사안은 아니었다. 그런데 청장이 즉석에서 표창이라도 할 기세라 급히 막아설 구실로 제보 건을 갖다붙였던 것뿐이었고, 그걸 또 청장이 소리 내서 말하는 바람에 모두가 알게 되는 상황에까지 이르고 만 것이었다.

"심각한 상태는 아니지만, 고문으로 자백을 강요한 건 매우 부적절했습니다."

방금 전의 그 간부가 또 물었다.

"고문을 어떤 식으로 했는데요?"

"장이앙이 확실한 증거도 없는 용의자를 체포해서 구치소에 처넣고 머…… 머리통을 깨버리……."

"진짜로 그렇게 했습니까?"

모두가 충격에 빠졌다. 아직 용의자일 뿐인 사람을 구금하고 머리를 다치게 한 것은 심각한 위법 행위였다. 일단 문제가 발생하면 공안부는 책임을 면하기 어려웠다.

"아, 아뇨. 깨버리겠다고 협박했다고요."

가오둥은 그제야 상황을 눈치채고 몰래 안도의 한숨을 내쉬며 덤덤하게 말했다.

"그러니까 정리하자면, 장이앙이 용의자에게 협조하지 않으면 머리통을 깨버리겠다고 협박만 했다, 이 뜻이죠?"

저우웨이둥이 헛기침을 하고 고개를 끄덕였다.

"이건……."

가오둥이 허허허 웃자 모두가 따라 웃었다.

"말로만 고문한 건 뭐라고 불러야 합니까? 하하, 난 또 뭐라고. 예전에 제가 형사경찰 하던 시절엔 더했습니다. 우린……."

한 간부가 입을 열다가 지금 할 얘기는 아니라는 생각이 든 듯 멈칫하며 말을 돌렸다.

"말단 경찰들이 수사를 하다 보면 자잘한 문제들이 발생할 수밖에 없지요. 범인을 구타하거나 위협하거나 욕하지도 말라고 해 보세요. 그럼 용의자가 비협조적으로 굴 때 어떻게 신문을 하겠습니까? 말로 위협만 하는 것도 고문이라고 한다면 말단 경찰들이 일을 할 수나 있겠어요?"

모두가 맞는 말이라며 고개를 끄덕였다. 심지어 저우웨이둥 측근의 인사들까지 맞장구를 쳤다.

가오둥 부청장은 쓴웃음을 지었다. *그나저나 장이앙 이 녀석, 가만히 앉아서 개인 표창까지 받게 생겼네. 표창 안 했다간 성 공안청에서 앞으로 신문할 때 단순한 위협도 용납하지 않겠다고 선언한 것처럼 받아들여질 테니까. 용의자한테 단순한 위협도 못 하게 하는 건 경찰들 사기나 떨어뜨리는 일이지, 음……. 이제 장이앙 표창 건은 기정사실이나 다름없게 됐군. 저우웨이둥만 혹 떼려다 하나 더 붙인 꼴이 됐네, 허허.*

사무실로 돌아온 가오둥은 곧바로 장이앙에게 전화를 걸었다.

장이앙이 저우룽 회장보다 먼저 두 강도를 잡을 방법에 대해 고민하고 있을 때 가오둥 부청장에게서 전화가 걸려왔다.

가오둥은 장이앙에게 세 가지를 알려주었다. 첫째, 지난번 리펑 체포에 대한 공로를 인정해 공안부에서 싼장커우 형정대대 앞으로 단체 일등공을 수여할 것이다. 둘째, 어젯밤 메이둥을 체포한 성과에 대해 청장이 매우 높이 평가한다. 단체 일등공을 수여하고 장이앙 개인에게는 최소 이등공을 수여할 것으로 보인다. 셋째, 누군가 저우웨이둥에게 장이앙에 대한 험담을 했는데 일단은 아무 일 없이 넘어갔지만 조심하는 게 좋겠다. 공안국에서 장이앙에게 있었던 일을 저우웨이둥에게 직접 전할 수 있는 사람은 치 국장밖에 없을 것이다. 치 국장과 부딪히지 않도록 주의하라.

말을 마친 가오둥 부청장에게 장이앙은 저우룽이 중요한 범죄 증거가 들어 있는 유에스비를 빼앗겼다고 보고했다. 갑작스러운 정보에 가오둥은 흠칫 놀라며 물었다.

"어쩔 생각이야?"

"난항을 극복하고 정밀타격할 수 있는 모든 방법을 찾아봐야죠. 기필코 저우룽보다 먼저 강도들을 체포해서 사건을 해결해야 합니다."

"알아듣게 얘기해!"

"저우룽 저택에 사람을 보내서 일거수일투족을 주시하는 중입니다. 각 버스 정류장과 출입구에도 따로 경찰들을 배치했고요. 근데 저희가 두 강도의 외모 특징을 확실하게 파악하지 못한 상태예요. 형정대대 인력도 부족하고, 제가 동원할 수 있는 다른 병력도 한계가 있고요. 그래서……."

"그래서 몇 명이 필요한데?"

가오둥이 단도직입적으로 물었다.

장이앙은 대답을 망설였다. 가오둥 부청장은 현재 지방이 아닌 성省에서 근무하기에 직속 현장 직원이 없었다. 인원수를 높게 불러봐야 상사만 곤란하게 만드는 게 아닐까 걱정스러웠다. 그래도 부청장 정도라면 자매도시에서 수십 명 정도는 동원할 수 있지 않을까 싶었다.

"그게…… 형사경찰 20명 정도면 큰 힘이 될 것 같습니다."

"200명 붙여줄게. 오후 전에 도착할 거다. 자넨 연고 같은 거 신경 쓰지 말고 명령만 내리게. 사흘, 아니 일주일 준다. 일주일 안에 반드시 체포하도록."

200명이라니! 장이앙은 평생 지휘해본 적 없는 인원이었다. 벅찬 마음에 그는 반드시 체포하겠다고 거듭 약속했다.

"그 두 놈은 폭탄 테러와 린카이 살인사건 용의자라고 알려야 한다는 거 명심해. 저우룽 이름은 절대 언급하지 말고."

"알겠습니다!"

전화를 끊고 장이앙은 두 손을 쓱쓱 비볐다. 경찰이 갑자기 200명씩이나, 그것도 몇 시간 안에 도착한다니! 가오둥 부청장의 능력은 대체 어디까지란 말인가! 어쨌든 이번에 진짜 크게 한판 벌여보자!

가오둥도 전화를 끊고 두 손을 비볐다. 유에스비만 손에 넣으면 저우룽과 저우웨이둥을 한꺼번에 잡아들일 수 있다고 생각하니 가슴이 터질 것 같았다. 그런데 다음 순간 그의 미간이 찌푸려졌다. *내가 장이앙의 능력에 빌붙어서 사건을 해결하려 들 줄이야! 혹시 꿈은 아니겠지?*

제41장

재수없는 일을 만나거든 원망은 잠시 접어두어라. 더 재수없는 일이 기다리고 있으리니.

작은 모텔방에서 팡차오와 류즈는 멍하니 캐리어를 주시했다. 활짝 열린 캐리어 안에는 웅크린 류베이의 시체가 들어 있었다.

한참 만에 고개를 든 팡차오는 목이 타는 듯했다.

"대단하다, 대단해!"

"그 두 놈이 사람 죽이고 캐리어를 바꿔치기했어요. 내가 기필코 이놈들 죽이고 만다!"

류즈가 캐리어를 끌고 밖으로 나가려 했다.

"어딜 가려고?"

"그 새끼들 족쳐야죠!"

"어디 가서 찾으려고?"

"버스 터미널이요!"

"그놈들이 아직 거기 있겠냐?"

"틀림없이 터미널 근처에 있을 거예요."

"말이 되는 소릴 해. 사람 죽인 놈들인데 진즉에 튀었지."

류즈는 시뻘게진 눈을 한 채 바닥에 주저앉아 자신의 머리를 때리며 소리쳤다.

"그럼 어떡해요? 어떡하냐고요!"

"이 빚은 반드시 갚아줄 거야!"

팡차오가 서늘하게 말했다. 승리의 탈출을 코앞에 두고 캐리어를 바꿔치기당하다니 처참하기 그지없었다. 기필코 두 놈을 찾아내 달러를 되찾고 목숨을 앗아버리리라 결심했다. 그래도 팡차오에게는 아직 이성이 남아 있었다. 싼장커우가 현급시이기는 하지만 인구가 100만 명이 넘는 지역이었다. 아무 단서도 없이 두 놈을 찾기란 결코 쉬운 일이 아니었다. 신중하게 따져보아야 했다. 일단 지금은 시체를 처리하는 게 먼저였다.

팡차오는 창문을 열고 주변을 살펴봤다. 아직 낮이니 밤까지 기다렸다가 시체를 처리하고 구체적으로 계획을 세워야 했다.

한편 캐리어를 바꿔치기한 강 형과 샤오마오는 이제 한숨 돌린 셈이었다. 고물상 집에 와서 캐리어를 열어보니 현금 수천 위안과 1만 위안짜리 호텔 스파센터 카드 세 장이 들어 있었다. 돈은 당연히 강 형이 챙겼다. 카드 세 장을 현금으로 바꾸는 게 문제였다. *카드 액면가대로 바꿀 수만 있다면 신용카드 빚은 단번에 갚는 건데, 대체 이런 건 얼마를 받아낼 수 있지? 그 두 놈 이름으로 등록되어 있는 거 아냐?*

두 사람이 한창 상의하고 있는데 누군가 외치는 소리가 들렸다.

"샤팅강, 당장 나와!"

강 형과 샤오마오는 두 눈을 마주했다. *그 살인범들이 찾아왔나?* 강 형은 카드를 캐리어에 던져 넣고 샤오마오와 함께 현관문 뒤로 숨었다. 틈새로 밖을 살피니 낯선 남자의 얼굴이 보였다.

"누구지?"

"그…… 어제 나무 박은 벤츠 주인."

두충이 화가 잔뜩 난 얼굴로 택시 옆에 서 있었다.

어제저녁, 저우룽 회장의 벤츠를 몰고 나가 알바를 하고 돌아오던 두충은 엉뚱한 방향으로 달려오는 택시를 피하다가 나무에 부딪히고 말았다. 택시가 그냥 내빼려 하자 운전석 창에 매달려 샤오마오의 옷 주머니를 잡아당겼다. 뜯어진 주머니 안에 은행의 채무상환 독촉장 절반이 들어 있었다. 봉투에 적힌 주소도 절반뿐이라 온종일 찾아 헤맨 끝에 마침내 문제의 택시를 발견했다. 형편없는 고물상 마당을 본 두충은 그만 눈물을 터뜨릴 뻔했다.

어제저녁 교통사고가 나고 4S 매장에 알렸더니 매장에서 바로 경찰에 신고했고, 매장 직원과 경찰들이 금세 사고 현장에 나타났다. 경찰은 두충을 파출소로 데려가 조서를 작성했다. 그런데 사건 현장에는 CCTV가 없었고, 택시가 두충의 차와 충돌한 것도 아니었다. 두충이 말한 사고는 그의 일방적인 주장에 불과했고, 그가 매장에서 차를 몰래 빼돌린 건 명백한 사실이었다. 이에 따라 이 사고에 대한 법적 책임은 온전히 두충에게 귀속되었다. 파출소는 매장과 잘 협의해보라며 일단 그를 풀어줬다.

저우룽의 비서 후젠런은 두충에게 절도죄로 형을 살든지, 금전적 배상을 제대로 하든지 선택하라고 으름장을 놓았다. 보험사는 빼돌린 차량에 대해서는 배상하지 않았다. 차량 수리비와 감가상각비를 더한 배상금 60만 위안을 두충이 혼자 감당해야 했다. 한 달 안에 배상금을 내놓지 않으면 절도죄로 처리하고 민사상 손해 배상도 청구하겠다고 했다. 넋이 나간 채 귀가한 두충은 시골집의 부모에게 자초지종을 설명했다. 친척들의 도움을 받고 여기저기서 돈을 끌어모으면 20만여 위안은 될 것 같았다. 웨딩업체 친구가 인간애를 발휘해 보태주겠다는 5만 위안까지 더해도 아직 30만 위안이나 모자랐다. 밤새 고민하던 두충은 봉투에 적힌 반쪽자리 주소를 단서로 택시 주인을 찾아 나서기로 결심했다.

마침내 발견한 택시 옆에 서서 한참을 불러봤지만 집 안에선 아무런 기척도 없었다. 현관문을 쾅쾅 두드려도 감감무소식이었다. 문틈으로 살펴보려고 문에다 얼굴을 바짝 갖다 대는데…….

더 이상 피할 수 없게 된 강 형은 샤오마오에게 뒤쪽으로 숨으라고 손짓한 뒤 현관문을 벌컥 열었다.

"당신 누구야? 누군데 남의 집에서 이렇게 시끄럽게 굴어?"

"샤팅강이란 사람을 찾아왔는데……."

두충은 강 형을 알아보지 못했다. 강 형은 어제 택시 뒷좌석에 손님처럼 앉아 있었기 때문에 두충의 눈에 별로 띄지 않았던 것이다.

"내가 샤팅강이오!"

"당신이 샤팅강이라고?"

두충은 놀란 눈으로 상대의 얼굴을 빤히 바라보았다.

"무슨 일인데 그러시오?"

"마당의 저 차는 누구 겁니까?"

"내 거요."

"어제저녁 당신이 운전했습니까?"

"어제저녁엔 아무도 운전 안 했어요."

"그럼 저 차가 어떻게 여기에 있는 거죠?"

두충이 택시 옆에 놓인 가짜 차량번호판 두 개를 가리켰다.

"그걸 내가 어떻게 알아? 저 차가 여기 있든 말든 그게 당신과 무슨 상관인데? 잔소리 말고 썩 꺼지쇼!"

강 형이 짜증스럽다는 듯 소리치며 문을 닫으려고 했다.

두충이 문을 탁 잡았다.

"다시 한 번 묻는다. 어젯밤에 저 차 누가 운전했어?"

"누가 운전했든 그건 당신이 상관할 바 아냐! 여긴 내 집이니까 썩 꺼지라고!"

강 형이 두충을 확 밀쳤다.

뭔가 켕기는 게 있으니 이렇게 화를 내는 거야. 사고를 낸 운전자가 집 안에 있는 게 분명해. 두충은 이놈들 때문에 자신이 60만 위안의 빚을 떠안게 된 걸 떠올리자 참을 수가 없었다.

강 형의 얼굴로 돌연 주먹이 날아왔다. 두 사람은 서로 멱살을 잡은 채 한바탕 몸싸움을 벌였다.

샤오마오는 강 형이 얻어터지기 시작하자 막대기를 찾아 들고 두충을 사정없이 내리쳤다. 두충은 자신을 때리는 녀석이 어제의 택시 기사인 걸 알아보고는 즉시 강 형을 내팽개치고 샤오마오를 쥐어패기 시작했다. 강 형도 그 틈에 막대기를 찾아 들고 왔고, 샤오마오와 함께 둘이서 신나게 두충을 때렸다.

궁지에 몰린 두충은 대문 쪽에 서서 두 사람과 대치했다. 키는 두 사람보다 컸지만 그는 빈손이었고, 놈들은 막대기를 들고 있었다. 두충은 잽싸게 어제의 경찰에게 연락해 사고 유발 차량을 찾았다고 알렸다. 잠시 후 경찰들이 도착해 세 사람을 조사했다. 강 형은 가짜 택시로 인해 더 많은 문제가 생길까 봐 어제저녁 운전한 사실을 죽어라 인정하지 않았다. 택시는 예전에 고물상을 인계받으면서부터 이곳에 쭉 주차되어 있었고, 가짜 차량번호판은 어젯밤에 떼서 강물에 버렸다고 말했다. 경찰은 강 형과 샤오마오가 억지소리를 하고 있다는 걸 알았지만, 반박할 증거가 없으니 어쩔 도리가 없었다. 그래서 전문 폐차 업체가 있는데 이런 식으로 몰래 차량을 구매하는 것은 불법이라며 택시를 압수하겠다고 말했다. 강 형은 압수할 테면 하라며 전혀 개의치 않는다는 투였다.

오늘은 파출소 경찰들 대다수가 공안국 수사에 동원되어 나간 터라 여기서 마냥 시간을 지체할 수 없었다. 경찰은 두충에게 일단 파출소에 가서 조서를 작성하자고 말했다. 택시는 며칠 뒤에 견인차를 끌고 와서 압수하기로 했다.

두충과 경찰이 떠나자 강 형과 샤오마오는 가슴을 쓸어내리며 마당 문을 잠가버렸다. 더 이상 귀찮은 자들이 찾아와 방해하는 일이 없도록.

훠정은 몇 차례나 살인을 하고 오랫동안 이 바닥에서 군림했지만 어젯밤처럼 자신이 무능하게 느껴진 적은 없었다.

류베이가 경찰을 죽인 도망자라고 해도 훠정은 눈 하나 깜짝하지 않았다. 훠정의 손에서 발버둥치던 류베이는 삼 분도 채 되지 않아 숨이 넘어갔다. 그렇게 가볍게 녀석을 해치우고 편종을 되찾아 돌아오는 길에 애먼 택시에게 시체와 편종까지 도난당할 줄이야!

어젯밤 주이페이는 훠정에게 한바탕 욕설을 퍼부으며 그가 겪은 일을 도무지 믿을 수 없어 했다.

"네가 불러 세운 게 택시야, 운구차야? 택시가 뭐 한다고 시체를 훔치냐?"

강호의 고수 훠정이 택시에게 도난을 당하다니 그 자신도 믿기지가 않는데 어떻게 두목을 납득시킨단 말인가. 어떻게든 그 택시를 찾아내 기사를 죽이고 캐리어를 찾아오는 수밖에 없었다.

캐리어 위치를 추적해보니 남쪽 도시와 농촌의 경계 지역에 있었다. 그런데 이후 위치추적기 배터리가 방전되었는지, 접촉이 불량해졌는지 위치 신호가 돌연 사라져버렸다. 이튿날 아침 훠정은 위치추적기가 마지막으로 알려준 지역을 찾아 집집마다 살펴봤다. 하지만 한나절을 뒤지도록 택시는 보이지 않았다. 터덜터덜 걷고 있는데 경찰차 한 대가 지나갔다. *혹시 누군가 캐리어에 든 시체를 발견하고 신고한 걸까?* 경찰차가 지나온 길로 향하는데 구멍가게 쪽에서 웅성거리는 소리가 들렸다. 방금 경찰들이 고물상 마당에서 택시 운운하는 소리를 하고 떠났다는 것이었다. '택시'라는 말에 훠정은 부리나케 고물상을 찾아갔다. 닫힌 철문 틈으로 과연 택시가 보였다. 번호판은 없었지만 차체 특징을 보니 어젯밤 캐리어를 훔친 택시가 분명해 보였다.

마당 안쪽에 있는 집 창문으로 움직이는 형체가 보였다. *담 넘어가서 당장 죽여버릴까?* 하지만 경찰이 왔었다고 했다. 그를 독 안에 든 쥐로 만들려는 함정일 수도 있었다.

훠정은 상황을 좀 더 지켜보기로 했다.

몇 분 뒤 커다란 검은색 SUV 차량이 고물상 철문 앞에 멈춰 서며 경적을 울렸다. 차량과 번호판을 확인한 훠정의 눈이 순간 커다래졌다. 그는 천천히 자리를 벗어났다.

경적이 울리자 강 형과 샤오마오는 마당에 나가 철문 틈으로 밖을 확인했다. 검은색 SUV에 철거형 리펑가이가 타고 있었다. 두 사람은 얼른 철문을 열고 차를 맞아들였다.

저우룽 앞에서 손가락 절제 수술을 당할 뻔했던 리펑가이는 싼장커우에서 꽤 유명인사였다. 어울리는 형 아우도 많았고, 그들 사이에서 의리 있는 사나이로 통했다. 누군가 곤란한 처지에 있다고 하면 수백 위안을 흔쾌히 빌려주고 이자도 받지 않았다. 강 형과 샤오마오도 가끔 그의 일을 도우며 줄곧 형님으로 떠받들었다.

오늘도 리펑가이를 안으로 들이고 차를 따라주며 무슨 일로 왔는지 친근하게 물었다. 리펑가이는 다짜고짜 인쇄한 사진 몇 장을 건네며 물었다.

"장더빙이라고 알지?"

"모르는데요."

두 사람은 고개를 저었다.

"내가 따르는 형님이야. 그 형님이 강도를 당했어."

"네? 누가 그런 분의 물건을 뺏었대요? 살기를 포기한 모양이네!"

강 형이 격분한 목소리로 내뱉었다.

"형님 물건 뺏은 게 이 사진 속 두 놈이야. 형님이 100만 달러를 현상금으로 걸었어. 단서만 제공해도 큰 포상이 있을 거야. 자세히 봐봐. 떼돈 벌 수 있는 기회라고!"

"100만 달러요?"

강 형과 샤오마오의 눈알이 거의 튀어나올 듯했다. 평생 100만 위안도 본 적이 없는데 100만 달러라니! 두 사람은 다시금 사진을 살폈다. 그러더니 서서히 얼굴을 일그러뜨렸다.

"왜 이렇게 흐릿해요? 도통 알아볼 수가 없는데요."

"어젯밤 CCTV에 찍힌 건데 그나마 이게 제일 잘 나온 거야. 두 놈 얼굴은 흐릿하지만 옆에 캐리어가 있지? 이게 장더빙 형님 건데 이 안에 100만 달러가 들었어. 두 놈 찾아내면 캐리어 안의 돈을 전부 준대. 형님한테는 돈보다 그 두 놈이 중요한 거지. 낮에 찍힌 이 캐리어 사진을 봐봐. 검은색이고 은테가 둘러져 있어. 중간에 동그라미 표시가 있고. 그래, 저 가방과 비슷하네. 어디 보자……."

리펑가이가 책상에 놓인 캐리어를 발견했다. 크기로 보나 뭘로 보나 장더빙이 잃어버렸다는 캐리어와 매우 비슷했다. 그는 책상으로 가서 캐리어 외관을 살펴보더니 지퍼를 쓱 열었다. 바닥을 만져 보니 아니나 다를까 단추가 만져졌다. 단추를 누르자 바닥 공간이 열리며 평평하게 깔린 달러가 모습을 드러냈다. 그는 다시 단추를 누르고 캐리어를 닫은 뒤 경계하는 눈으로 두 사람을 보았다.

"철거형, 왜 그래요?"

강 형은 상황 파악이 안 된 상태였다.

리펑가이는 말없이 캐리어를 들고 나가 차 뒷좌석에 차키와 함께 던져 넣었다. 그러고는 좌석 밑에서 칼을 찾아 등 뒤에 숨기고 돌아왔다.

"유에스비는 어디 있어?"

리펑가이가 강 형의 목에 칼을 들이대며 물었다.

"형님, 갑자기 왜 이러세요?"

강 형은 겁에 잔뜩 질린 목소리였다.

"유에스비 어딨냐니까!"

"무슨 유에스비요?"

"다시 한 번 묻는다. 유에스비 어딨어?"

"몰, 몰라요."

"모른다 이거지?"

리펑가이가 다른 손으로 휴대폰을 꺼내 장더빙에게 전화했다.

"형님, 두 놈 찾았습니다. 유에스비에 대해선 입을 안 여네요. ……네, 일단 데리고 가겠습니다. ……괜찮습니다. 두 놈 실력은 제가 잘 압니다. 이미 제압한 상태고요. 지금 곧 끌고 가겠습니다."

리펑가이는 한숨을 내쉬며 난감한 듯 두 사람을 보았다.

"다른 일이면 너희 좀 봐달라고 어떻게든 통사정을 했겠지만, 이번엔 도가 지나쳤어. 가자, 얼른 타!"

"형님, 대체 왜 그러시는데요? 어떻게 된 일이냐니까요!"

강 형이 벌벌 떨며 소리쳤다.

리펑가이는 대답이 없었다. 장대한 기골에 손에 칼까지 쥔 리펑가이 앞의 강 형은 가냘픈 병아리 한 마리에 불과했다.

리펑가이가 앞으로 가라고 눈짓을 주자 샤오마오가 고개를 숙인 채 고분고분 걸음을 옮겼다. 그러더니 리펑가이 옆을 지나던 순간 커다란 쇠망치를 꺼내 그의 머리를 힘껏 내리쳤다. 리펑가이가 칼을 들어 막아내자 머리 대신 손뼈가 망가졌고, 곧이어 머리 정중앙으로 공격이 가해졌다. 샤오마오는 멈추지 않고 계속해서 망치를 휘둘렀다. 마침내 리펑가이가 바닥으로 푹 쓰러졌다.

강 형은 눈을 뒤집어깐 채 쓰러져 있는 리펑가이와 망치를 들고 있는 흉악한 얼굴의 샤오마오를 번갈아 바라보았다. 믿을 수 없는 이 광경에 그는 입만 떡 벌리고 있었다.

잠시 후 샤오마오가 망치를 떨어뜨리고 힘없이 주저앉았다. 시뻘게진 얼굴로 거친 숨을 몰아쉬었다.

강 형이 리펑가이의 코밑에 손을 대니 이미 숨이 끊겨 있었다.

"너…… 뭐 한 거야?"

강 형이 묻자 샤오마오가 냉정한 표정으로 대답했다.

"아침에 우리가 캐리어 바꿔치기한 두 놈이 바로 장더빙이 찾는 강도범들이에요. 우리가 바꿔온 캐리어에 100만 달러가 들어 있는 거예요. 철거형이 캐리어 열었을 때 밑바닥에 돈 들어 있는 걸 내가 봤어요."

"뭐? 그, 그렇다고 어떻게 살인을 할 수 있어!"

"우리를 그 두 놈으로 착각한 거잖아요. 그대로 따라갔다간 우린 죽은 목숨이었어요. 그럴 바엔 우리가 죽이고 100만 달러를 차지하는 게 낫잖아요!"

"이, 이 사태를 장더빙이 알면 우릴 가만 안 둘 거야!"

"장더빙은 몰라요. 철거형이 전화로 우리 얘기 안 했잖아요. 형, 차라리 잘됐어요. 우리가 언제 100만 달러를 만져보겠어요?"

강 형은 눈썹을 추켜올리며 바닥에 쓰러진 끔찍한 시체를 바라보았다. 다음 순간 100만 달러를 떠올리자 거짓말처럼 미소가 지어졌다. 큰돈이 생겼다는 기쁨이 살인을 했다는 공포를 압도하는 순간이었다. 그런 강 형을 보며 샤오마오도 따라 웃기 시작했다. 두 사람은 두려움을 날려버리려는 듯 일부러 더 크게 웃어댔다.

"웃긴 뭘 웃어! 거기 둘, 당장 나오지 못해!"

두충의 등장으로 두 사람의 웃음소리는 끊기고 말았다.

강 형과 샤오마오는 재빨리 문 뒤로 숨었다. 파출소에서 나온 두충이 이번에는 긴 쇠막대기를 쥔 채 마당 한가운데 서 있었다.

강 형과 샤오마오는 두 눈을 마주쳤다. 두충을 안에 들여선 절대 안 되는 상황이었다. 강 형은 매우 교양 있는 목소리로 말했다.

"또 뭐 하러 오셨습니까? 무슨 문제가 있으시면 법적으로 해결하시지요."

"법은 무슨 법이야! 빨리 나와!"

두충이 쇠막대기로 문을 후려쳤다.

당장 나가서 두충과 드잡이를 하고 싶었지만, 지금은 절대 문을 열 수 없었다. 두 사람은 몸을 웅크린 채 안절부절못했다.

두충은 현관문을 발로 차기 시작했다. 두어 번 걷어차자 낡은 자물쇠가 벌써 헐거워졌다. 문 뒤에 숨었던 두 사람은 허겁지겁 낡은 소파를 끌어와 문을 막았다. 공구 테이블도 끌어다놓고 쇠막대기를 문고리에 끼워 넣었다. 그러고는 바닥에 있는 시체를 들어 뒷방으로 옮겼다. 금방이라도 자물쇠가 끊어질 듯 문이 흔들렸다.

문을 걷어차던 두충이 검은색 SUV의 뒷문이 열려 있는 걸 보았다. 그는 뒷좌석에서 차키를 챙겨 시동을 걸었다.

강 형과 샤오마오는 엔진 소리를 듣고 서둘러 밖을 확인했다. 두충이 차를 운전해 나가고 있었다. 두 사람은 캐리어가 차에 있다는 걸 떠올리며 황급히 소리쳤다.

"당신 지금 뭐 하는 거야?"

두충이 차창을 열고 소리쳤다.

"돈을 안 내놓으니 차는 내가 가져간다! 되찾고 싶으면 30만 위안 준비해놔!"

두충은 액셀을 밟아 마당을 벗어났다.

제42장

두충이 세 들어 사는 곳은 20년쯤 된 연립주택이었다. 건물 뒤쪽에는 원래는 학교였지만 지금은 철거되어 무료 주차장처럼 쓰고 있는 공터가 있었다. 두충은 검은색 SUV를 주차장 구석에 세운 다음 뒷좌석의 캐리어를 챙겨 들고 집으로 올라갔다.

캐리어를 열어보니 순 옷가지와 생필품만 들어 있었다. 실망하려던 찰나 구석에 있는 카드 세 장이 눈에 띄었다. 펑린완 호텔 스파센터 선불카드로 액면가가 각각 1만 위안이었다.

주유 카드 세 장이었다면 10퍼센트 할인가로 금방 팔아서 어느 정도 손실을 메울 수 있을 텐데, 이건 싼장커우 현지 오성급 호텔 카드였다. 이걸 얼마를 받고 팔아야 하지? 중고거래 모바일 앱을 뒤져보았지만 가격을 참고할 만한 물건은 보이지 않았다. 고민하던 두충은 내일 직접 호텔에 방문해 환불받을 수 있는지 물어보기로 했다.

한편 저우룽은 저택에서 안절부절을 못했고, 장더빙은 옆에서 식은땀을 흘리며 쩔쩔매고 있었다.

"형님, 그게…… 전화가 꺼져 있습니다."

리펑가이와 통화한 뒤 십여 분을 기다렸다가 다시 전화를 걸어 보았는데 신호음이 몇 번 가더니 곧 끊겨버렸고, 또다시 걸었을 때는 아예 전원이 꺼져 있었다.

"처음에 전화 왔을 때 어디냐고 확실히 물어봤어야지!"

"자, 자기가 이미 두 놈을 제압해놨으니 금방 데려올 수 있다고 해서 제가 방심을……."

"방심할 게 따로 있지!"

저우룽이 장더빙의 얼굴에 물을 확 끼얹었다. 장더빙은 고개를 숙이고 바짝 얼어붙은 채 얼굴을 닦을 엄두도 못 냈다.

후젠런도 옆에서 구시렁거렸다.

"리펑가이 그놈은 매사 뭔가가 부족해. 그 강도들이 어디 그렇게 상대하기 쉬운 놈들인가? 혼자서 두 명을 제압할 생각을 하다니, 나 참! 틀림없이 두 놈한테 당했을 거야. 죽어도 싸다, 싸."

"이제 어쩔 거야?"

저우룽이 컵까지 깨뜨리며 소리쳤다.

"그게……."

장더빙은 아무 생각도 떠오르지 않았다.

"리펑가이 차에 GPS 있잖아요. 조사해보면 차가 어딨는지 알 수 있을 겁니다."

후젠런이 눈을 반짝이며 말했다.

"지금 당장 알아보겠습니다!"

저우룽이 분부를 내리기도 전에 장더빙이 말했다.

훠정이 호텔에 돌아오자 주이페이가 물었다.

"처리했어?"

"택시는 찾았어요. 근데……."

"근데 뭐? 물건은 가져왔어?"

주이페이가 안달하듯 물었다.

"어느 고물상 마당에 택시가 세워져 있더라고요. 고물상 안집에 캐리어 훔쳐간 놈들도 보이고요. 근데 제가 쳐들어가려고 하는데 웬 놈이 먼저 거기로 들어가더라고요. 저우룽 회장 쪽 사람이요."

"저우룽? 그럴 리가."

"제가 똑똑히 봤어요. 차도 저우룽 거였고 차에 타고 있던 사람도 저우룽 쪽 사람이었어요. 틀림없습니다."

주이페이는 반신반의했다.

"뭔가 오해가 있는 거 아냐? 수천만 위안이 오가는 거래에서 저우룽 같은 위인이 그렇게까지 할 리가 없잖아?"

"어젯밤 제가 류베이를 발견하기 전에 놈이 저우룽한테 전화를 걸었던 내역이 있더라고요. 그 전화 받고 저우룽이 류베이를 도우려고 사람을 보냈던 게 아닐까요? 근데 저우룽 부하가 한발 늦어서, 제가 류베이를 죽이고 현장을 정리하는 걸 멀리서 지켜보고 있었던 거죠. 그러다 저한테 섣불리 맞서진 못하고 택시로 캐리어를 낚아채간 거고요."

"저우룽이 류베이를 도우려고 부하를 보낸 거라면, 그 부하는 왜 택시를 끌고 왔을까?"

"택시라야 눈과 귀를 속일 수 있으니까요."

주이페이는 잠시 고민하더니 고개를 저었다.

"저우룽과 얘기 나눠봤잖아. 그런 수작 부릴 사람은 아니야."

"오늘 제가 그 택시를 어떻게 찾았는지 아세요? 위치 추적으로 나온 지역을 종일 돌아다녔는데도 못 찾다가 고물상에서 나온 경찰차 보고 알아낸 거예요. 갔더니 거기에 택시가 딱 있더라니까요!"

"왜 또 경찰을 끌어들인 거야?"

주이페이가 놀란 얼굴로 물었다.

"그 캐리어에 류베이 시신이 있잖아요. 저우룽이 편종은 챙기고 시신은 경찰에 넘긴 거죠."

"저우룽도 출토 유물을 거래하는 건데 어떻게 감히 경찰한테 연락하겠어?"

"저우룽이 싼장커우 갑부잖아요. 당연히 경찰과 결탁되어 있겠죠. 경찰에 시신을 넘긴 걸 보면 저희를 갖다 팔아먹은 게 확실해요!"

주이페이가 바짝 긴장한 얼굴로 주먹을 그러쥐었다.

"못 믿으시겠으면 지금 제가 저우룽 쪽에 전화해서 어떻게 나오는지 볼까요?"

주이페이는 천천히 고개를 끄덕였다.

훠정은 후젠런에게 전화해 의도적으로 질문을 던졌다.

"이쪽 일 처리는 끝났는데 언제쯤 다시 거래할 수 있겠습니까?"

후젠런은 잠시만 기다리라고 한 뒤 송화구를 막고 저우룽에게 물었다.

"주이페이 쪽 전화인데요, 언제 거래를 재개할지 묻는데요?"

저우룽이 짜증을 내며 대답했다.

"이런 상황에서 내가 지금 편종 신경 쓰게 생겼어? 유에스비도 아직 못 찾았는데 괜히 경찰 자극할 일 만들지 마!"

"이런 식으로…… 거절하는 건 별로 좋지 않을 텐데요."

"좋지 않다고? 어제 거래할 때 갑작스럽게 문제만 생기지 않았어도 우리 집에 현금은 없었을 거야. 현금이 없었으면 강도가 유에스비를 가져갔어도 제일 먼저 나한테 돈부터 요구했을 거고, 애들 보내서 바로 그놈들 처리할 수 있었다고! 이게 다 그 망할 편종 때문에 생긴 일이야!"

저우룽은 욕을 퍼붓고는 밖으로 나가버렸다.

후젠런은 입을 삐죽이며 생각했다. 대놓고 거절하면 주이페이 일당을 불쾌하게 해서 불필요한 문제가 생길 것 같았다. 그는 내키지 않았지만 최대한 기분 상하지 않게 둘러댔다.

"회장님이 요즘 너무 바쁘셔서요. 시간이 좀 지나서 다시 거래하는 건 어떻습니까?"

"얼마나 지나서요?"

"그게…… 지금은 확답을 드리기 어렵겠습니다."

"후 비서님, 저희가 대륙에 한번 왔다 가는 게 쉬운 일도 아니고, 이렇게 갑자기 안 사겠다고 하시면 저희가 곤란해지잖아요?"

"안 사겠다는 게 아니라 가격이 좀 비싼 것 같아서 생각을 좀 더 해보려는 겁니다."

후젠런이 되는대로 둘러댔다.

"가격은 이미 서로 협상이 되어 있었잖아요!"

"거래가 성사되기 전에는 뭐든 바뀔 여지가 있는 거니까요."

"그럼 얼마가 적당하다고 생각하십니까?"

"그게…… 그쪽에서 상의한 뒤 결정하시죠."

훠정이 좀 더 대화를 이어가려는데 주이페이가 휴대폰을 뺏어 확 끊어버렸다. 더 이상 의심할 여지가 없었다. 저우룽이 수를 쓴 게 분명했다. 주이페이는 온몸을 부들부들 떨며 분노를 억눌렀다.

"우리 쪽에서 가격을 정하라는데, 우리가 갖고 있는 편종이 한 세트가 아니라는 걸 알고 저러는 거 같습니다."

주이페이가 이를 악물었다.

"그나저나 방금 통화한 걸로 경찰이 위치 추적하지 않을까요? 오늘밤은 다른 데서 묵는 게 좋을 것 같습니다."

주이페이가 어쩔 수 없다는 듯 고개를 끄덕였다.

"싼장커우는 너무 위험합니다. 내일 여길 떠나시죠."

"이렇게 그냥 떠나자고?"

주이페이가 싸늘하게 웃었다.

"저우룽한테 제대로 한 방 먹었는데 이렇게 말도 없이 가버리면 내 체면이 뭐가 되나? 세상천지에 이딴 식으로 장사하는 법은 없어! 내가 진정한 조폭의 힘을 보여주지! 가서 총 챙겨. 저우룽 그 새끼 내가 반드시 죽인다!"

제43장

가오둥 부청장이 형정 시스템에서 발휘하는 영향력은 장이앙의 상상을 초월했다. 오후에 상급시인 난닝과 성도인 항저우 형정지대*에서 각각 백 명 정도의 형사경찰을 싼장커우에 파견했다. 양쪽 형정지대장들이 직접 장이앙에게 전화해 형제라고 부르며 두 강도를 체포한다는데 부탁을 거절할 수 없었다고 말했다. 부하들이 싼장커우에 도착하면 전부 장이앙의 지시를 따를 것이고, 심지어 모든 출장 경비며 숙식까지 전부 각 지대에서 책임질 테니 싼장커우에서는 신경 쓸 필요 없다고 덧붙였다.

장이앙은 200명을 대회의실로 불러, 폭탄 테러를 일으키고 그 틈에 강도 짓을 한 두 범인에 대해 발표했다. CCTV에 찍힌 그들의 얼굴이 분명치 않다며 경찰들 각자에게 CCTV 영상을 보내 범인들의 외형과 걸음걸이 특징 등을 기억하도록 했다. 그러고는 싼장커우의 각 주요 거점에 경찰들을 배치시켰다.

배치를 받고 공안국을 빠져나가는 경찰들을 보며 다른 부처 경

---

* 형사정사지대刑事偵査支隊의 약칭. 현급 행정구를 관할하는 지급시地級市 공안국에서 형사 사건 수사를 담당하는 상설기구.

찰들은 장이앙의 엄청난 능력을 다시 한 번 확인했다. 상급시와 성도의 형정지대 인력까지 동원하다니, 상급 기관에서 이렇게 많은 인원을 지원받는 건 치 국장이라도 불가능했을 거라며 혀를 내둘렀다.

그때 판공실 자오 주임이 장이앙을 불러 세웠다.

"장 부국장님, 이 사람들 어디 소속 경찰들입니까?"

"난닝시, 항저우시 형정지대요."

"형정지대……."

자오 주임은 놀라움을 감추며 물었다.

"무슨 사건을 수사하는 겁니까?"

"아주 큰 사건이요!"

장이앙은 치 국장이 저우웨이둥에게 자신을 고자질했다는 말을 들은 터라 치 국장의 측근인 자오 주임까지 덩달아 꼴 보기 싫었다.

"어떤 큰 사건인데요?"

자오 주임은 장이앙의 얼굴에 감춰진 언짢음을 알아채지 못했다.

"성에서 수사 중인 큰 사건이라 말씀드릴 수 없습니다."

자오 주임이 불만스럽게 말했다.

"갑자기 이렇게 많은 인원을 불러들이면 어떡합니까. 사전에 공안국 결재도 안 받고 말이죠. 이 많은 인원을 어떻게 먹고 재우고 하실 거냐고요! 수사에 들어가는 이런저런 경비는 또……."

"지원 기관에서 자체적으로 해결한다고 했습니다."

"그……."

자오 주임이 멈칫하더니 낮은 소리로 말을 이었다.

“제가 조언 하나 해드리죠. 다른 기관에서 타 지역 사건 처리에 들어가는 비용을 알아서 해결하겠다고 해도 이런 큰 건은 치 국장님과 상의를 하는 게 좋습니다. 아무리 그래도 명색이 국장인데, 이렇게 중요한 일에 대해 국장님과 소통하지 않으면 조직의 결속력을 해칠 수 있다고요.”

“조직의 결속력이요? 적어도 전 함부로 누구한테 고자질은 안 합니다.”

장이앙이 냉소를 지으며 말했다.

“그, 그게 무슨 뜻입니까?”

“우리 공안국에서 제가 고문으로 자백을 받아냈다고 성에 제보를 한 사람이 있더군요.”

장이앙이 목소리를 높여 덧붙였다.

“누가 지어낸 얘기 아니겠습니까?”

“그건…….”

자오 주임의 얼굴이 붉어졌다. 장이앙이 그걸 알게 될 거라고는 전혀 생각지 못한 터였다.

그때 멀찍이 떨어져 있던 형정대대 대원들이 우르르 몰려들었다. 최근 장이앙과 함께 밤낮으로 수사에 매달리던 이들이라 전우애가 각별했다. 그들이 너도나도 상사를 두둔하고 나섰다.

“부국장님이 무슨 고문으로 자백을 받아냈단 말입니까? 누가 그런 헛소리를 지껄였어요? 주둥이를 꿰매버리든가 해야지!”

“자네들…….”

막무가내로 들이대는 그들의 태도에 자오 주임은 “반항이라도 할 셈이야?”라고 내뱉으려던 걸 꾹 참았다.

"그건 누가 지어낸 말이 틀림없습니다. 제가 제대로 한번 조사해보죠."

자오 주임은 의기소침해진 모습으로 자리를 떴다.

장이앙은 그저 미간을 찌푸렸다. 작은 충돌이었지만 치 국장과 공개적으로 척을 진 것이나 다름없었다.

자오 주임은 방금 전의 일을 치전싱에게 바로 일러바칠 테고, 치전싱은 앞으로 기회만 있으면 장이앙을 못살게 굴 게 뻔했다. 최고의 방어 수단은 '힘'을 키우는 것이었다. 지금 눈앞에 펼쳐진 사건들을 최대한 빨리 해결해낸다면 그 힘은 저절로 키워질 것이다. 실력과 명성을 갖춘 사람을 그 누가 감히 음해하려 하겠는가? 힘을 키울 수 있을지 여부는 바로 두 강도를 잡느냐 여부에 달려 있었다!

밤이 되자 쑹싱은 경찰 둘과 함께 사복 차림으로 모텔을 찾았다. 중년 부부가 직원을 따로 두지 않고 부모와 함께 넷이서 운영하는 모텔이었다.

두 강도를 체포하기 위해 경찰은 오늘 오후 시에 있는 모든 숙박업소와 유흥업소에 수사 협조 공문을 보냈고 CCTV에 찍힌 범인들의 사진도 첨부했다.

그 결과 이 모텔에서 공문의 사진과 비슷한 체형의 두 남자가 오늘 오전에 체크인을 했다며 제보를 보내왔다. 게다가 둘 중 한 명만 나타나 체크인을 하고 시간차를 두어 둘이 따로 객실에 들어가는 모습이 수상쩍었다고 했다.

주인 부부는 프런트 뒤로 쑹싱 일행을 안내하고 CCTV 영상을 보여주었다.

"두 사람이 따로 객실에 들어갔다고요?"

"네. 처음엔 이 남자만 캐리어를 끌고 와서 체크인했는데 나중에 다른 사람이 따라 들어가는 걸 집사람이 봤대요."

쑹싱이 마우스로 화면을 정지시켰다. CCTV가 낡아서 화질이 좋지 않았지만, 남자 둘이 한 명씩 지나가는 모습이 분명히 찍혀 있었다. 게다가 먼저 들어간 남자가 끌고 간 캐리어가 리첸이 설명한 특징과 일치했다. 의심의 여지 없이 이 두 남자가 범인이었다.

쑹싱과 경찰들은 흥분을 감추지 못했다. 싼장커우에 있는 모든 경찰들이 체포하려는 대상이 바로 이곳에 있었다! 지난번 류베이를 놓친 일로 '머저리'라는 별명을 얻은 쑹싱은 이번에 기필코 불명예를 씻으리라 각오했다. 하지만 강도들이 권총도 소지하고 있고 실력도 보통이 아닌지라 세 명의 경찰로는 인력이 부족했다. 쑹싱은 냉정하게 고민한 끝에 공안국에 연락해 모텔을 포위할 만한 충분한 인력을 요청했다. 독 안에 든 쥐로 만들어 체포할 작정이었다.

바로 그때 모텔 주인이 작은 소리로 말했다.

"그 사람 나타났어요."

계단 입구를 올려다본 쑹싱은 때마침 내려오던 팡차오와 눈이 마주쳤다. 쑹싱과 일행은 고개를 숙이며 세무 직원인 척 연기했다.

"세금 계산이 안 맞아요. 저희가 확인해보니 이 영수증 가짜던데요. 이런 식으로 하시면 벌금을 배로 부과할 겁니다."

그때 팡차오가 휴대폰에 대고 "아, 알았어. 내가 갖고 간다는 걸 깜빡했네. 좀만 기다려"라고 말하더니 도로 위층으로 올라갔다.

그 순간 쑹싱이 눈을 반짝였다. 오랜 경찰 경험의 촉으로 판단하건대 범인이 눈치를 챘을 가능성이 컸다. 그는 두 경찰에게 언제든 체포할 수 있도록 준비해두라고 분부했다.

황급히 객실로 돌아온 팡차오는 류즈가 묻기도 전에 말했다.

"경찰 떴어."

"뭐?"

"형사 셋이 프런트에서 뭘 묻고 있더라고. 내가 지나가니까 일부러 세무 직원 행세를 하더라니까. 얼마나 큰 모텔이라고 이 밤중에 세무 감사를 나오겠어? 여기가 무슨 세계 500대 기업도 아니고."

"그럼 이제 어쩌지?"

팡차오는 이를 악물며 커튼 너머로 밖을 살폈다. 너무 어두워서 경찰이 곳곳에 잠복해 있는지 확인할 수 없었다.

기왕 이렇게 된 거 모험을 거는 수밖에!

쑹싱은 계단 입구를 주시하며 주인에게 모텔 구도와 주변 환경에 대해 물었다. 부하 경찰이 공안국에 연락해뒀으니 십 분 안에 장이앙이 경찰 수백 명을 이끌고 나타날 것이다. 십 분만 무사히 버티면 두 강도는 꼼짝없이 갇히게 되는 것이다.

쨍그랑!

모텔 뒤쪽에서 갑자기 유리 깨지는 소리가 들렸다.

"창문으로 뛰어내리려는 거야!"

쑹싱이 펄쩍 뛰어올랐다. 그는 두 경찰에게 모텔 뒤쪽 길을 지키게 하고 자신은 총을 꺼내 계단으로 향했다. 단숨에 3층까지 뛰어올라가 카드키로 범인들이 묵는 객실 문을 열었다. 문을 당기니 안전고리가 걸려 있었다.

"꼼짝 마, 경찰이다!"

쑹싱은 먼저 큰 소리로 위협한 뒤 뒤로 물러나 온 힘을 다해 문을 걷어찼다. 발차기 한 번에 부실한 객실 문이 그대로 넘어갔다.

방은 텅 비었고 창유리가 깨져 있었다.

창밖을 내려다보니 7, 8미터 높이라 뛰어내리려면 상당한 용기가 필요해 보였다. 밑에서 경찰 두 명이 쑹싱을 향해 고개를 저었다. 범인들이 내려오는 걸 못 봤다는 뜻이었다.

쑹싱은 이해할 수 없었다. *방 안에서 문을 잠갔다는 건 범인들이 방에 있었다는 뜻인데 아래로 뛰어내리지도 않았다니, 대체 어디로 내뺀 거지?*

요놈들, 아직 방에 있구나!

바로 그때 화장실에서 두 강도가 튀어나왔다. 각자 이불 끝을 잡고 쑹싱을 덮쳐 쓰러뜨린 뒤 재떨이로 힘껏 내리쳤다. 이불에 덮인 쑹싱은 정신없는 와중에 총을 쐈지만, 이불솜이 두껍고 탄탄해서 총알이 이불 안에 박혀버렸다. 총소리도 이불에 막혀 잘 들리지 않았다. 두 강도는 쑹싱의 팔을 단단히 붙들고 총을 빼앗았다.

1대 2 대치인 데다 이불에 꽁꽁 싸여 흠씬 두들겨 맞다 보니 쑹싱은 이미 녹초가 되어 발버둥칠 힘도 없었다.

두 강도는 쑹싱을 이불로 감싼 채 밧줄로 묶어 미라처럼 만든 뒤 창문을 향해 옮겼다.

모텔 뒤쪽의 두 경찰은 뻥 뚫린 3층 창문을 올려다보며 생각했다. *저기서 뛰어내리면 죽지는 않더라도 꽤 다치겠는데 그놈들은 대체 어떻게 된 거지?* 그런데 그때 돌돌 말린 길쭉한 이불이 창밖으로 쑥 빠져나왔다. *놈들이 다치지 않도록 이불을 뒤집어쓰고 뛰어내리나 보군.*

묵직한 이불이 떨어지자 두 경찰은 총을 겨누며 소리쳤다.

"꼼짝 마!"

뒤이어 한바탕 이불을 짓밟고 두들겨 팼다.

한참 뒤 이불을 펼쳐보니 쑹싱이 몽롱한 눈을 한 채 울먹거리고 있었다.

"날…… 날 왜 때려?"

쑹싱은 온몸이 욱신거려 꼼짝할 수조차 없었다. 그는 바닥에 누운 채 부들부들 떨리는 손으로 위쪽을 가리켰다.

"아직 위에 있어. 얼른 가봐!"

긴급 상황이라 두 경찰은 쑹싱에게 미안하다고 말할 겨를도 없이 모텔 안으로 뛰어 들어갔다.

쑹싱은 바닥에 널브러진 채 크게 숨을 내쉬었다. 바로 그때 텅 빈 창문에서 커다란 캐리어가 모습을 드러내더니 금세 쑹싱의 머리를 향해 자유낙하했다.

"어……!"

온몸에 받은 충격으로 꼼짝도 할 수 없었던 쑹싱은 절체절명의 위기 앞에서 죽을힘을 다해 옆으로 몸을 굴렸다. 캐리어가 펑 소리와 함께 아슬아슬하게 쑹싱의 머리 옆으로 떨어졌다.

뒤이어 두 강도가 각자 침대 시트를 낙하산처럼 쳐들고 차례대로 뛰어내렸다. 이불 위로 뛰어내려서 털끝 하나 다치지 않았다. 팡차오가 떨어진 캐리어를 낚아챘고 류즈와 함께 부리나케 달아났다.

“거기 안 서!”

강도들을 막으려고 몸을 일으키던 쑹싱은 팡차오에게 걷어차여 다시 넘어졌다.

요란한 소리에 집집마다 구경 나왔던 주민들은 달려오는 강도들을 보고는 공포에 질려 바로 집으로 들어가버렸다.

몇 분 뒤 장이앙과 지원 경찰들이 현장에 도착했다.

쑹싱은 3층 객실에서 강도들에게 흠씬 두들겨 맞고, 창밖으로 떨어진 뒤에는 두 경찰에게 맞고, 또다시 팡차오에게 걷어차인 상태로 힘겹게 몸을 일으켜 상사에게 상황을 보고했다.

“범인들이 캐리어를 챙겨 동쪽으로 달아났습니다.”

도망갔다는 말에 장이앙은 버럭 소리쳤다.

“지원 병력 오기 전에는 섣불리 움직이지 말라고 했잖아! 왜 네 마음대로 움직여!”

입을 삐죽 내밀고 옆에 서 있던 왕루이쥔이 고개를 절레절레 저으며 말을 보탰다.

“이런 중요한 순간에 혼자서 공을 독차지할 생각을 하면 어떡해? 결과를 봐. 또 놓쳤잖아.”

“그게…… 너무 급박한 상황이라서요. 그놈들이 저희가 경찰인 걸 알아보고 도망가려고 해서 먼저 움직일 수밖에 없었습니다.”

왕루이쥔이 코웃음을 쳤다.

“경찰인 걸 알아봤다고? 네 입으로 경찰이라고 말했어?”

“아뇨.”

왕루이쥔이 눈썹을 추켜올렸다.

“네 얼굴에 경찰이라고 쓰여 있는 것도 아니고 말이야, 위장이 너무 허술했던 거 아냐? 공을 세우겠다는 욕심에 무모하게 들이댄 건 아니고?"

"전……."

쑹싱은 안 그래도 어지러운 상황에서 더 변명할 말이 없었다.

"됐어, 그만해."

장이앙이 성가신 듯 말을 끊었다. 일단 다른 경찰들에게는 강도들을 뒤쫓으라고 한 뒤 쑹싱에게 물었다.

"같이 있던 대원들은?"

"놈들 쫓아갔습니다."

"근데 자넨 여기서 뭐 해?"

"앉아서 숨 좀 돌리면서 지원 병력 기다리……."

"남들은 죽어라 뛰고 있는데 혼자 숨이나 돌리고 앉아 있단 말이야? 형사경찰 생활 참 편하게 한다, 어?"

장이앙이 매섭게 쏘아보았다.

다른 경찰들도 덩달아 쑹싱을 책망했다. *지난번에 그리도 허망하게 류베이를 놓치더니, 이번에는 공에 눈이 어두워 혼자 체포하겠다고 설치다 또 놓쳤네. 게다가 혼자 앉아서 쉬고 있었다니, 경찰견도 이런 상황에선 범인을 쫓아야 한다는 걸 알 텐데, 어떻게 사람이 개만도 못하냐?*

쑹싱은 분하고 억울했다. 목숨을 잃을 뻔했는데도 내상만 입고 겉으론 피 한 방울 보이지 않으니 경찰들이 오해할 만도 했다. 그는 온몸이 쑤시고 머리가 어지러운 와중에 지금까지 있었던 일을 설명했다. 객실에서 범인들에게 습격받고 이불에 돌돌 싸인 채 3층에서 떨어졌다는 말에 경찰들이 고개를 끄덕였다. 하지만 차근차근 그 과정을 따져보건대 그래도 역시 "쑹싱은 머저리"였다. 객실에 들어갔으면 우선은 범인들이 있나 제대로 확인해봤어야지, 창문이 깨졌다고 해서 그 창문만 멍청하게 지켜보고 있었으니 범인들의 습격을 받은 것도 무리가 아니었다. 총까지 소지한 베테랑 경찰이 범인에게 손상 하나 입히지 못하고 오히려 총을 뺏기고 창밖으로 내쳐졌다니! 리첸이 나섰어도 이보다는 나았을 것이다.

쏟아지는 질책에 쑹싱은 몹시 억울해하며 소리쳤다.

"제가 지금 당장 쫓아가서 그놈들 반드시 잡아오겠습니다!"

그러더니 당장 발을 돌려 뛰어나갔지만 몇 발 내딛지도 못한 채 다리 통증으로 넘어지고 말았다. 그 누구도 쑹싱을 부축해 일으켜 주기는커녕 쓴웃음을 지을 뿐이었다. *칫, 부국장님 앞에서 고육계까지 쓰네.*

삼십 분쯤 지났을 때 쑹싱과 함께 움직이던 두 경찰과 다른 경찰들이 커다란 캐리어를 끌고 모텔로 돌아왔다.

"놈들이 어찌나 빠른지 순식간에 사라졌습니다. 다른 대원들이 포위망을 좁혀 수색 중입니다. 이 캐리어는 쓰레기통 옆에서 발견했는데 놈들이 버리고 간 모양이에요."

묵직한 캐리어를 눕히고 지퍼를 연 순간, 주변을 둘러싼 경찰들이 바짝 얼어붙고 말았다. 몇 초 후 시체의 주인을 알아본 목소리들이 곳곳에서 흘러나왔다.

"이거 류베이 시신 아닌가요? 그놈들이 류베이를 죽인 거군요!"

경찰은 팡차오와 류즈가 달아난 방향을 중심으로 포위망을 좁혀가며 수색 작업을 벌였다. 또, 싼장커우를 빠져나가는 도로마다 인원을 배치해 오늘밤 내내 차량 검문을 하기로 했다. 버스 터미널은 말할 것도 없었다.

몇 시간이 지나도록 두 강도의 행방은 알아내지 못했지만 신원은 확실히 밝혀졌다. 그동안 두 강도의 신원을 명확히 밝히지 못한 이유는 그들이 이전 범행 현장에 수사 방향을 정할 수 있는 단서를 남기지 않았고 수사 방해 능력도 뛰어났기 때문이었다. 또 둘 다 전과 기록이 없어서 전과자 조회로도 알아낼 수 없었다.

다행히 이번에는 호텔방 곳곳에 두 사람의 지문이 남아 있어서 지문 데이터베이스를 통해 바로 알아낼 수 있었다.

둘 중 대장 격인 팡차오는 장쑤성 출신에 28세의 무직이었고, 고등학교 졸업 후 해외에서 무허가 대학을 다녔다. 다른 한 명인 류즈는 27세로, 두 사람은 어려서부터 함께 어울린 동향인이었다. 류즈는 정찰병으로 복무한 이후 어영부영 지내다가 귀국한 팡차오를 우연히 만나 함께 범죄를 저지르고 다녔다.

장이앙은 두 사람의 모든 물건을 수색하라고 지시했다.

경찰들은 모텔 뒤 주차장에서 린카이의 레인지로버를 찾아냈다. GPS는 이미 뜯겨나가 없었고 차체 색깔도 바뀐 상태였다. 범인들이 차를 뺏어 은밀히 개조한 것으로 보였다. 그들이 내버리고 간 캐리어에는 류베이의 시체가 들어 있었는데, 두 사람이 왜 류베이를 살해했는지에 대해 의견이 분분했다. *깡패들 간의 개인적인 원한 때문이다, 충동에 의한 우발적 범행이다, 예젠 피살과도 관련 있을지 모른다* 등등. 그런데 정작 저우룽의 유에스비는 발견하지 못해 장이앙은 몹시 실망했다. 아무래도 유에스비는 두 놈이 챙기고 간 모양이었다. 류베이의 시체든, 유에스비의 행방이든, 모든 것에 대한 해답은 두 강도를 체포하면 알 수 있을 것이다.

"끝났어요. 이번엔 진짜 다 끝났다고요. 지명수배자까지 됐잖아요."

깊은 밤, 팡차오와 류즈는 강둑 옆 잔디밭에 누워 한탄했다. 류즈는 풀을 입에 문 채 큰대자로 누워 남들 눈에 띄든 말든 전혀 개의치 않았다. 비록 구사일생으로 경찰의 손아귀를 벗어나긴 했지만 이제 아무 소용 없었다. 돈은 모텔에 두고 왔고, 캐리어에 든 시체도 경찰에게 발각되어 자신들에게 살인 혐의가 씌워질 게 뻔했다. 모텔 곳곳에 지문을 비롯한 생체 정보가 남아 있으니 신원이 밝혀지는 것도 시간 문제였다.

팡차오는 줄담배를 피우며 강물을 바라보았다.

"형님, 이러나저러나 우린 이제 죽은 목숨이에요. 그냥 강도질 몇 번 더 해서 뺏을 수 있는 만큼만 뺏고 베트남이나 미얀마 같은 데로 튑시다. 아, 더는 고향에도 못 돌아가겠네!"

"진정해!"

팡차오가 담배를 깊이 빨아들인 후 한마디 덧붙였다.

"아직 그 정도까지는 아니야."

"그 정도까지는 아니라고요?"

류즈가 우습다는 듯 입꼬리를 올렸다. 사형수가 형 집행 일 분 전에 경찰에게 변명하는 말 같았던 것이다. *경찰 양반, 난 정신병 감정서도 있는 사람인데 총살할 필요는 없지 않나?*

팡차오가 벌떡 일어나 앉더니 주머니에서 유에스비를 꺼냈다.

"이게 있잖아!"

그는 유에스비를 도로 주머니에 넣고 미간을 찌푸리며 물었다.

"오늘 경찰이 어떻게 우릴 찾아냈는지 알겠어?"

"주인 새끼가 경찰에 신고했겠죠. 도망치기 전에 주인부터 죽였어야 했는데!"

"그 사람들 죽여서 뭐 해? 경찰이 우리 정보 들고 모텔마다 다니며 물어보다가 알아낸 게 틀림없어."

"경찰이 왜 우릴 찾아요? 설마…… 저우룽이 신고했나?"

"말도 안 돼!"

"유에스비가 우리 손에 있는데 겁도 없이 신고할 리는 없겠죠?"

팡차오가 한숨을 내쉬었다.

"내가 하나 놓친 게 있어. 저우룽은 쌴장커우 갑부야. 경찰을 먹여 살리는 사람이라 이거야. 유에스비가 경찰 손에 들어가면 그건 곧 저우룽 손에 들어가는 거나 마찬가지라고. 그러니 신고를 하고도 남지! 진즉에 이럴 줄 알았으면 그날 밤 바로 죽여버리는 건데!"

류즈가 주먹으로 바닥을 쳤다.

"이 빚은 반드시 갚아준다!"

"암, 당연히 갚아줘야 하고말고. 일단 유에스비로 저우룽한테 돈을 왕창 뜯어내고 유에스비는 돌려주지 않을 거야. 여길 뜨기 전에 유에스비 자료를 인터넷에 올리고 야동인 것처럼 제목을 붙여서 사람들이 다운받게 하는 거지. 자료를 만천하에 공개하는 거야!"

말을 마치기 무섭게 팡차오는 실행에 옮겼다. 주머니에 있던 여러 개의 유심칩 중 하나를 골라 휴대폰에 끼운 뒤 저우룽이 알려준 번호로 전화를 걸었다.

"여보세요?"

"저우 회장 되시나?"

"누구요?"

"허허, 그새 우릴 잊으신 건가? 유에스비는 필요 없나 봐?"

"유에스비 돌려줘! 얼마를 원해?"

"1천만 위안."

"1천만 위안?"

"흥정은 없어. 동의하면 거래하고, 아니면 유에스비 자료가 인터넷에 올라갈 거야. 통화 끝나면 우린 유심칩을 없앨 거고, 그럼 다시는 우리랑 연락이 안 될 테니 그렇게 아시오."

"내가……."

저우룽은 머릿속이 혼란스러웠다. 상대의 말투로 보건대 흥정을 받아줄 여지는 전혀 없어 보였다. 이렇게 연락이 끊겨버리면 유에스비 내용이 공개되고 자신은 몸을 의탁할 곳이 사라질 것이다. 1천만 위안이 결코 적은 금액은 아니었지만, 어찌되었든 감당할 수는 있는 액수였다.

"좋아, 1천만 위안. 거래는 어떻게 할 생각이지? 물건이 내 손에 들어온다는 걸 어떻게 보장할 건가?"

"내일까지 돈 준비해놔. 어떻게 거래할지는 내가 다시 연락하지."

"내일까지? 단시간에 그렇게 많은 현금을 인출하긴 힘들어."

"그룹 회장이잖아. 못 하겠으면 그냥 없던 일로 하든지."

"아, 알겠어."

제44장

오늘은 다들 분주했다.

두충은 고물상에서 압수해온 SUV가 아닌 버스를 타고 이른 아침부터 펑린완 호텔을 찾았다. 그는 곧장 프런트로 가서 선불카드를 현금으로 바꿀 수 있는지 물었다.

"네, 가능해요. 수수료 20퍼센트가 빠지는데 괜찮으시겠어요?"

"어…… 네, 환불할게요."

두충이 카드를 건네자 프런트 직원의 표정이 살짝 굳었다. 직원은 잠시만 기다리라고 한 뒤 홀 지배인에게 작은 소리로 '복지카드'라고 알렸다. 복지카드는 사장이 지인들에게 선물하는 것으로 호텔 장부에는 기재하지 않는 카드였다. 이것도 일반 선불카드처럼 현금으로 바꿀 수 있는지 알지 못해 지배인에게 물어본 것이었다.

지배인도 어떻게 처리할지 몰라 사장인 루이보에게 전화했지만 휴대폰 전원이 꺼져 있었다. 호텔 재무팀에 전화했더니 그쪽에선 다시 룽청그룹 재무과에 물어보았고, 재무과에서는 다시 후젠런에게 문의했다. 후 비서는 누군가 선불카드 세 장을 환불하러 왔다는 말을 듣고 바로 저우룽에게 보고했고, 저우룽은 후젠런에게 당장 호텔에 연락해 어떻게든 그 손님을 붙들어두게 하고, 따로 사람들을 보내 처리하라고 지시했다.

소파에 앉아 한참을 기다리던 두충은 홀 지배인이 여러 차례 통화하는 걸 보며 점점 불안해졌다. 잠시 후 홀 지배인이 다가오더니, 그 카드는 복지카드로 환불 사례가 없어서 그룹 재무과 직원이 와서 처리하기로 했다며 잠시만 기다려달라고 했다. 그러고는 본인인지 확인해야 하니 신분증을 보여달라고 요청했다.

"제, 제가 신분증을 안 가져와서요. 환불은 됐습니다."

두충은 '신분 확인'이라는 말에 환불은 힘들겠다 싶어 카드를 챙기고 바로 호텔을 떠났다.

그를 잡기 위해 저우룽이 사람을 보냈다는 걸 알 리 없는 홀 지배인은 이미 저만치 멀어져가는 손님을 굳이 쫓아가 막을 방도가 없었다. 그 대신 곧바로 후젠런에게 전화를 걸었다.

한편 보안팀장 장더빙은 어젯밤 GPS 위치 추적을 통해 오래된 연립주택 뒤편 주차장에서 리펑가이의 차를 찾아냈다. 밤새 사람들을 배치해 지켜보았지만 아침이 되도록 차를 운전하러 오는 사람은 없었다. 그 시각 평린완 호텔에서 한 젊은 남자가 복지카드 세 장을 환불하러 왔다는 소식에 후젠런이 급히 부하를 보내 남자를 미행하게 했다. 미행 결과 남자의 집이 리펑가이의 차가 있는 주차장 앞 연립주택이라는 걸 알아냈다.

강도들에게 빼앗긴 캐리어에 들어 있던 카드 세 장이 남자의 손에 있고, 리펑가이의 차가 남자의 집 근처에 주차돼 있는 것으로 보아, 남자는 그 강도들의 일당이며 놈들의 아지트가 저 연립주택일 가능성이 높았다. 미행 끝에 이런 판단을 내린 후젠런의 부하는 몰래 찍은 남자의 사진을 후젠런에게 보냈다. 후젠런은 단번에 사진 속 남자를 알아보았다.

"이놈, 저희 4S 매장 직원인데요!"

"우리 매장 직원이라고?"

"네. 그저께 저녁에 형님 차를 몰래 끌고 나갔던 판매원이 바로 이놈이에요. 근데 도통 모르겠네요. 리펑가이의 차가 왜 그 직원 집 뒤에 주차돼 있을까요? 그놈은 또 어떻게 카드 세 장을 손에 넣었을까요?"

저우룽이 담배에 불을 붙이더니 뭔가 깨달은 듯 말했다.

"이거 함정 아냐?"

"그게 무슨 말씀이세요?"

후젠런과 장더빙이 호기심에 찬 눈으로 저우룽을 바라보았다.

"이 집 보안 상태를 봐. 두 놈은 말할 것도 없고 강도 스무 명이 들이닥쳐도 그렇게 자유롭게 드나드는 건 불가능해. 그저께 저녁 그 두 놈이 뒤쪽으로 침입했잖아. 때마침 경호원들이 죄다 나가고 없을 때 말이야. 우연이라기엔 너무 기막히지 않아? 이건 우연이 아냐! 안팎으로 호응한 거라고."

"제가 형님을 배신할 리가 없잖아요. 그저께 제가 애들을 보낸 것도 아니고요."

장더빙이 놀란 얼굴로 말했다.

"제가 형님을 모신 세월이 얼만데 내통이라니요. 말도 안 됩니다."

후젠런도 손을 들고 맹세했다.

"너희 말고 리첸이라는 여자랑 그 판매원 말이야. 그저께 저녁 리첸이 식사 마치고 서재 금고를 주시하더라고. 그래! 그날 내가 설사한 것도 그 여자가 약을 타서 그런 게 틀림없어. 안에 있던 사람이 금고를 열려다 안 되니까 밖에 있던 사람이 움직인 거야. 그 판매원은 일부러 내 차를 박아서 경호원들을 밖으로 불러내고, 다른 두 강도가 그 틈에 우리 집에 잠입한 거지. 약을 타고, 금고 물건을 훔치고, 차 사고를 내고, 강도질까지. 이제 보니 연환계連環計* 였네!"

"근데 리첸이란 여자도 강도들한테 묶였다고 하셨잖아요. 그래도 한패일까요?"

후젠런이 의문을 제기했다.

"내가 맞아서 정신없기 전에 리첸이 묶이는 걸 봤어. 근데 정문 경호원이 그랬잖아. 얼마 안 있다가 리첸이 나갔다고. 진짜 제대로 묶었어봐. 슈퍼맨도 아니고 혼자 어떻게 밧줄을 풀겠어? 그리고 풀었으면 날 구해줬어야지, 왜 구해주지도 않고 위챗에서 날 차단했겠냐고! 그놈들은 한패야. 혐의를 벗으려고 내 앞에서 묶는 척 쇼한 거라고!"

"어쩐지. 그저께 저녁 그 판매원이 웬 택시가 자기 쪽으로 다가오길래 피하려다 나무를 박은 거라고 했잖아요. 근데 경찰이 조사해보니까 그런 차번호를 가진 택시는 등록돼 있지 않더랍니다."

후젠런이 말했다.

이제 세 사람은 이 모든 게 저우룽의 저택을 털기 위해 네 명이 짜고 친 고스톱이었다는 걸 믿어 의심치 않았다.

---

* 여러 가지가 교묘하게 연결된 계책으로, 중국 고대 병법 중 하나.

"이제 놈이 어디 있는지도 찾았겠다, 어떻게 처리할지 분부만 내리십시오."

장더빙이 이를 악물며 말했다.

"그 판매원은 찾았지만 나머지 세 명은 집에 있는지 없는지 확실히 모르잖아. 유에스비가 밖에 있으면 있을수록 우리가 위험해져. 아무래도 모험을 거는 수밖에 없겠어. 넌 믿을 만한 놈들 데리고 그 집에 가서 안에 있는 사람들 전부 제압해. 유에스비가 있으면 제일 좋고, 없으면 그놈들 인질로 잡아서 유에스비랑 바꾸자고 해. 유에스비부터 손에 넣고 네 명 전부 깔끔하게 처리하는 거야. 이 일로 경찰들 관심 끌어선 안 된다는 거 명심하고."

저우룽의 말에 장더빙이 다시 한 번 의지를 다지며 대답했다.

"제가 반드시 깔끔하게 처리하겠습니다."

잠시 후 장더빙과 부하들이 탄 차 두 대가 저택을 빠져나갔다.

"제일 위험한 데가 가장 안전한 곳이야."

팡차오가 으쓱해하며 미소 지었다.

"우리가 도망가기는커녕 다시 돌아와서 저우룽의 저택 입구를 지키고 있다는 걸 경찰은 꿈에도 모를걸. 우리한테 새로운 교통수단이 생긴 건 더더욱 꿈도 못 꿀 거고!"

"근데 이건 진짜 아닌 것 같은데요?"

장애인 전동 카트 뒷자리에 앉은 류즈가 고개를 설레설레 저으며 말했다. 어젯밤 교외 길가에서 훔친 이 카트는 삼륜 오토바이에 철판 덮개가 더해진 형태였다. 카트를 훔치는 건 두 사람에게 식은 죽 먹기였다.

"이 차의 최대 장점은 안전하다는 거야. 장애인 전동 카트를 타고 잠복해 있을 줄 누가 상상이나 하겠어?"

팡차오가 핸들을 탁탁 치며 이제 다 됐다는 듯 만족스럽게 말했다. 장애인 전동 카트도 팔면 2, 3천 위안은 받을 수 있었다.

"근데 차가 너무 느려요."

"야, 빨리 달리면 그게 장애인 카트겠어?"

"저우룽이 돈 주고 나서 우리 쫓아오면 이걸 운전해서 어떻게 도망쳐요?"

류즈의 머릿속에 한 장면이 떠올랐다. 저우룽이 벤츠로 두 사람이 탄 카트를 쫓아온다. 둘은 이미 최대 속력으로 달리고 있다. 카트 옆으로 다가온 저우룽이 차창을 내리고 비웃으며 소리친다. *달려! 힘껏 달리라고!*

"넌 내가 저우룽하고 직접 대면해서 돈을 받을 것 같아?"

"아니면요?"

"이렇게 중요한 거래에 더 이상 모험을 걸 수는 없어. 직접 만나지 않는 방법을 택해야지."

바로 그때 6미터 높이의 저택 정문이 열리더니 대형 SUV 두 대가 나와 도로로 잽싸게 빠져나갔다.

"꽉 잡아!"

팡차오가 액셀을 밟았다. 하지만 전혀 꽉 잡을 필요가 없었다. 끝까지 액셀을 밟았지만 길바닥의 스쿠터보다 약간 더 빠를 뿐이었다. 두 SUV는 이미 멀리서 커브를 돌아 시야에서 사라지고 없었다.

팡차오는 화가 나서 카트 핸들을 내리쳤다. 일단은 길옆에 잠시 멈춰 서서 생각을 정리했다.

방금 나간 두 차에 사람이 꽤 많던데 은행에 돈 뽑으러 가는 건가? 아무리 그래도 그렇게 많은 인원은 필요 없을 텐데. 우리 잡으러 출동한 건가? 우리가 어디 있는 줄 알고?

아무리 해도 이해되지 않아 저우룽에게 전화해 떠보기로 했다.

"여보세요, 저우 회장?"

소파에 앉아 있던 저우룽은 목소리를 듣고 벌떡 일어났다.

"그렇소, 나요."

"지금 어디신가?"

"지…… 집인데."

"뭐 하러 그 많은 사람들을 보내셨나? 우릴 찾으려는 건 아니겠지?"

저우룽은 당황했다. 상대가 자신의 일거수일투족을 파악하고 있다는 생각에 어떻게 대답해야 할지 망설여졌다.

"대답해."

"그런 거 아니야. 돈 준비해오라고 보낸 거야."

"돈 준비하는 데 그렇게 많은 사람이 필요한가?"

"1천만 위안을 현금으로 달라며? 1천만 위안이 적은 액수가 아니잖아. 한 사람당 하루 인출 한도가 있어서 은행 여러 군데로 보낸 거야. 안전을 위해서."

"그런 거면 다행이고. 절대 우릴 시험할 생각 하지 마. 당신의 일거수일투족을 다 지켜보고 있으니까."

저우룽이 침을 꿀꺽 삼켰다.

"돈은 오늘 다 준비될 거 같아. 거래는 어떻게 할 생각이지?"

“간단해. 지금 당신이 거래 시간과 장소를 정해. 우리가 맞춰서 갈 테니.”

“나더러 시간과 장소를 정하라고?”

저우룽은 적잖이 놀랐다.

“그래. 전부 당신이 정해.”

이건 계략이 틀림없다고 저우룽은 생각했다. 상대는 이미 그가 사람들을 보낸 걸 알고 있다. 돈을 인출하러 보냈다는 건 뻔한 핑계에 불과했다. 이미 들통난 이상 숨겨봐야 소용없었다. 저우룽은 거래 장소를 아예 놈들의 아지트 근처로 잡기로 했다.

“두 시간 후에 자더嘉德광장 어떤가?”

“두 시간 후 자더광장, 좋아!”

팡차오는 전화를 끊고 유심칩을 뺐다.

저우룽은 통화가 끊긴 휴대폰을 바라보면서 소파에 앉아 잠시 생각하더니 장더빙에게 전화를 걸었다.

“어디야?”

“그놈 집 앞에 도착해서 올라갈 타이밍을 보고 있는 중입니다.”

“일단 있어봐. 놈들이 이미 너희 행적을 다 파악했어. 놈들이 거래를 원해.”

“어떻게 할까요?”

“넌 근처에 남아서 지켜보고 있어. 다른 애들은 다 철수시키고.”

그때 장더빙이 급히 말했다.

“그 판매원이 다시 밖으로 나왔는데 애들 붙여서 미행할까요?”

“됐어. 거래 전에 섣불리 건드려서 일 그르치고 싶지 않아.”

제45장

카드 환불에 실패한 두충은 풀이 죽은 채 집에 돌아왔다. 호텔에서 신분 확인을 요구했을 때 겁먹고 자리를 뜬 것은 자신이 빼돌린 차가 그 두 놈의 소유가 아닐 경우 문제가 커지기 때문이었다. 낡아빠진 집에 살면서 그런 SUV를 소유하고 있을 리 없었다. 어디서 빌린 게 분명했고, 선불카드 세 장도 놈들의 꼬락서니와 어울리지 않았다.

하지만 교통사고는 분명 두 놈이 원인 제공을 한 것이다. 사는 처지가 어떻든 간에 조금은 배상을 하는 게 인간적인 도리였다. 아무리 생각해도 그냥 내버려둘 수 없었다. 두충은 숄더백에 호신용 쇠망치를 쑤셔 넣고 집을 나섰다. 놈들을 찾아가서 가능한 만큼 돈을 내놓으라고 할 작정이었다.

도시 남쪽의 한 버스 정류장에서 내려 수백 미터를 걸어갔다. 고물상이 가까워지자 쇠망치를 손에 쥐었다. 상대가 폭력을 쓴다면 막아내야 했고, 쥐고 있는 것만으로도 마음이 든든했다.

그 시각 강 형과 샤오마오는 집에서 이러지도 저러지도 못한 채 발만 동동 굴렀다. 리펑가이의 시체는 뒷방 마대에 들어 있었고, 리펑가이의 SUV는 두충이 끌고 가버렸다. 그 차에 100만 달러가

든 캐리어가 있는데 말이다. 두 사람은 두충의 전화번호도 몰랐다. 그저 두충이 제발 그 달러를 발견하지 못하고 다시 자신들을 찾아와 돈을 요구하길 바랄 뿐이었다.

두충이 왔다 간 지 꼬박 하루가 지났을 때쯤 다급히 문 두드리는 소리가 들렸다. 문틈으로 확인하니 기다리고 기다리던 두충이었다. 두 사람은 몹시 반가운 얼굴로 문을 활짝 열었다. 두충은 깜짝 놀라 반사적으로 쇠망치를 들어올렸다. 그런데 어찌된 일인가? 두 놈이 형님, 형님, 부르며 진드기처럼 엉겨붙는 게 아닌가!

"형님, 제가 얼마나 기다렸는지 모릅니다! 어제 형님이 가져가신 차는 친구가 저희 집에 잠시 맡겨둔 겁니다. 부디 넓은 아량으로 차는 좀 돌려주십시오."

"무슨 염치로 차를 돌려달래? 내 차 박은 건 어떡할 건데?"

"배상할게요! 저희가 수리비 배상한다고요."

강 형이 단호한 목소리로 대답했다.

"배상한다고?"

두충은 백팔십도 달라진 놈들의 태도에 그저 얼떨떨한 기분이었다.

"얼마 배상할 건데?"

"얼마 배상하면 되는지 형님이 말씀해주십시오!"

강 형이 손뼉을 치며 대답했다.

"난……."

상대가 호의적으로 나오니 두충은 30만 위안을 부르기가 좀 머뭇거려졌다.

"그 차도 내 것이 아냐. 수리비에 감가상각비를 더하면 다해서

60만 위안인데, 나도 재수없었던 셈 치고 30만 위안은 갚을 테니 너희도 30만 위안 내."

두충은 상대가 믿지 못할까 봐 한마디 덧붙였다.

"경찰이 사고 접수 했으니까 못 믿겠으면 가서 물어보든지."

"아이고, 아닙니다. 30만 위안이면 되겠습니까?"

"아, 아니면?"

"그렇게 합시다!"

강 형이 단번에 승낙했다. 샤오마오가 30만 위안을 어떻게 구하느냐는 듯이 강 형을 툭툭 치자 강 형은 짐짓 아우를 나무랐다.

"여기 형님이 30만 위안이라면 30만 위안인 거야. 깎을 생각 마!"

두충은 이게 웬 도깨비장난인가 싶었다. 다 낡은 집을 보니 아무래도 믿을 수가 없어 주저하며 물었다.

"정말 30만 위안을 구할 수 있겠나?"

"당연하죠. 차만 먼저 돌려주시면 다음 날 바로 30만 위안 꽉 채워서 드리겠습니다!"

두충은 순간 마음이 철렁했다.

"나 속여서 차 도로 가져가려는 거지?"

"그럴 리가요! 형님, 이래봬도 저희는 지킬 건 지키는 사람들입니다. 차만 돌려주시면 바로 저당 잡아서 30만 위안 틀림없이 드리겠습니다!"

두충이 싸늘하게 웃으며 손을 내밀었다.

"그런 말은 아무리 해봐야 소용 없어. 일단 10만 위안을 내놔. 그럼 차 돌려줄게."

"10만 위안……."

강 형이 난처해하며 아우를 보자 샤오마오는 더 난처한 표정이었다.

두충은 정말 30만 위안을 받을 수 있으리라고는 기대도 안 했다. 10만 위안만 받아내도 감지덕지였고, 나머지 금액은 좀 더 방법을 찾아볼 생각이었다. 두 사람이 난처한 기색을 보이자 두충이 가격을 깎아 불렀다.

"일단 8만 위안만 내!"

"8만 위안……."

두 사람은 여전히 난처해했다.

"그럼 일단 얼마 줄 수 있는지를 얘기해봐!"

"차만 돌려주시면 한 푼도 안 깎고 30만 위안 드리겠습니다."

강 형이 가슴을 탁탁 치며 단언했다.

"안 돼!"

두충은 더 이상 흥정을 받아줄 마음이 없어 보였다.

이번에는 샤오마오가 나섰다.

"형님, 저희 좀 믿어주십시오. 먼저 차를 돌려주시면 어디 30만 위안뿐이겠습니까. 그보다 더……."

강 형이 샤오마오의 뒤통수를 냅다 때렸다. 녀석이 캐리어의 비밀까지 털어놓을 기세였기 때문이다. 강 형이 서둘러 말을 이었다.

"저희가 일단 돈을 마련해서 드리면 차를 돌려주시는 걸로 하죠."

"며칠 내로 준비해. 시간 많이 못 준다!"

"그럼요! 전화번호 알려주시면 돈 마련해서 바로 연락드리겠습니다."

두충은 두 사람의 태도가 수상하다는 생각을 떨칠 수 없었다. 어쨌든 돈 한 푼 받지 않고 차를 먼저 돌려주는 건 불가능했다. 두충은 휴대폰 번호를 남긴 뒤 반신반의하며 고물상을 나섰다.

"우리가 어디 가서 8만 위안을 구해다 바쳐요?"

두충이 가자마자 샤오마오가 구시렁거렸다.

"넌 어쩜 그렇게 머리가 나쁘냐!"

강 형이 샤오마오의 머리를 치며 말했다.

"하마터면 차에 거금 있는 걸 들킬 뻔했잖아. 우리가 줘야 할 돈 대신 그놈이 차를 가져갔으니까 우리가 가서 다시 훔쳐오면 될 거 아냐!"

"차가 어디 있는 줄 알고요?"

강 형이 샤오마오의 뒤통수를 또 한 대 쳤다.

"따라가보면 알겠지!"

두 사람은 두충을 미행했다. 샛길을 지나 큰길에 접어드니 저멀리 버스에 올라타는 두충의 모습이 보였다.

때마침 두 사람 옆에는 손님을 기다리는 삼륜 전동 카트가 서 있었다. 강 형이 카트 기사에게 말했다.

"얼른 저 버스 좀 따라갑시다."

"버스를 추월하게요?"

사십 대로 보이는 기사가 물었다.

"이걸로 추월할 수나 있겠습니까?"

강 형이 버스에 시선을 고정한 채 퉁명스럽게 대꾸했다.

"이봐요, 말이 좀 듣기 거북하네. 이 차 성능이 얼마나 좋은데.

내가…….”

“버스만 따라가면 됩니다. 너무 바짝 붙지도 말고 너무 떨어지지도 말고요.”

“경찰이세요?”

기사가 백미러로 두 사람을 힐끗했다.

“아닙니다.”

“경찰도 아니면서 버스는 따라가서 뭐 하게요?”

“간통 현장 잡으러 간다고 하면 되겠수?”

“그러다 문제 생겨서 저까지 봉변당하는 거 아닌가요? 버스 쫓다가 보면 다른 손님을 못 태워서 제가 손해이기도 하고…… 차비는 못해도 두 배는 받아야겠는데요. 아니면 승차 거부할랍니다.”

강 형이 버스를 보다 말고 기사에게 눈을 부릅뜨고 소리쳤다.

“이봐, 당신 장애인 전동 카트 끌고 나와서 영업하는데, 장애인증 있어?”

“없는데요.”

“한 번만 더 잔소리해봐! 그냥 확마 진짜 장애인으로 만들어줄라니까!”

팡차오와 류즈도 장애인 전동 카트로 느릿느릿 달리고 있었다.

“왜 저우룽한테 시간과 장소를 정하게 했어요? 우리 잡으려고 사기 치는 거면 어떡해요?”

“진정해. 내가 지금 그놈 시험하는 중이니까.”

팡차오가 코웃음을 쳤다. 장애인 전동 카트로 자더광장 주변 도로를 빙빙 돌면서 주위를 살폈다. 그 사이 택시를 잡으려는 행인들의 승차를 수차례 거부해야 했다. 길가에 주차하고 대기할 생각이었는데 광장 주변에 주차장이 있을 리 없었다. 근처 쇼핑몰에 주차할 데가 있었지만 장애인 전동 카트는 들여보내주지 않았다. 팡차오는 결국 광장에서 1킬로미터 안쪽에 있는 임시 주차장에 주차했다. 이곳은 리펑가이의 SUV가 주차돼 있는 두충의 연립주택과 가까운 곳이었다.

팡차오가 류즈에게 차근차근 설명했다.

"이게 우리가 싼장커우에서 벌이는 마지막 작업이야. 실수하면 바로 감방행인 거 알지?"

"네."

"그러니까 반드시 성공해야 해. 저우룽한테 시간과 장소를 정하라고 한 건 진짜 거래를 하기 위한 게 아니야. 함정이 있나 보려는 거지. 경찰 불러서 함정 판 거면 돈은 그냥 포기하고 유에스비 내용을 공개해버릴 거야. 함정이 아니라면 그때 다시 거래 방식을 정할 거고. 여기서 오 분 정도만 걸어가면 바로 자더광장이야. 눈에 안 띄게 여기 숨어 있다가 약속 시간 되면 내가 다시 가서 살펴볼게."

두충이 버스에서 내리자 강 형과 샤오마오도 카트에서 내려 무심한 척 멀찌감치 뒤따라갔다. 두충이 연립주택으로 들어가자 강 형도 몰래 따라 들어갔다. 계단 틈으로 보니 두충이 들어간 곳은 4층 왼쪽 집이었다.

강 형이 밖으로 나와 샤오마오에게 말했다.

"집이 여기니까 틀림없이 근처에 차가 있을 거야."

길 양옆으로 주차된 차들을 살펴봤지만 리펑가이의 SUV는 보이지 않았다.

"옆으로 가봅시다."

집 뒤쪽 임시 주차장에 차들이 가득했다. 구석구석 둘러보던 두 사람은 마침내 리펑가이의 SUV를 찾아냈다. 흥분해서 차 안을 들여다봤지만 캐리어는 보이지 않았다.

"집에 갖고 올라갔군. 우리한테 돈 달라고 찾아온 걸 보면 캐리어에 돈이 있다는 건 아직 모르는 거야."

"그럼 이제 어떡하죠?"

"한 가지 방법은 집으로 쳐들어가서 캐리어를 뺏는 거야. 근데 그놈이 경찰에 신고해서 조사라도 하면 리펑가이 일이 드러나니까 이 방법은 안 돼. 다른 방법은 문을 따고 들어가서 캐리어에 있는 돈을 챙겨 나오는 거야. 달러를 위안화로 바꾸고 30만 위안을 배상한 뒤 입을 싹 닫게 하는 거야. 차는 따로 처분하고. 그럼 다 깔끔하게 해결되잖아."

강 형과 샤오마오는 한참을 상의한 끝에 고물상 집에 가서 문을 딸 공구를 가져오기로 했다.

그때 십여 미터 떨어진 곳에서 매서운 눈으로 두 사람을 지켜보는 또 다른 두 사람이 있었다.

"저놈들 확실해?"

팡차오가 칼바람 같은 목소리로 물었다.

"저 두 놈이 잿더미로 변했더라도 알아볼 수 있어요!"

류즈는 금방이라도 카트에서 내릴 기세였다.

팡차오가 류즈를 말리며 묵직한 목소리로 말했다.

"나중에 해치울 기회 있으니까 우선 따라가보자."

강 형과 샤오마오가 길목에서 전동 카트를 잡아타고 출발하자 팡차오도 시동을 걸어 멀지도 가깝지도 않은 거리에서 두 사람을 따라갔다.

강 형과 샤오마오는 집으로 걸어가며 작전을 논의했다.

"넌 공구를 챙겨. 내가 두충한테 전화해서 불러낼 테니까 넌 그 틈에 문 따고 들어가서 캐리어 돈만 챙겨 나오는 거야. 알겠지?"

"저더러 문을 따라고요?"

"그래."

"저는 문 못 따는데. 그건 형님 주특기 아니에요?"

"그게 어떻게 내 주특기야? 내가 언제 문을 따봤다고?"

"고향 사람한테 들었는데요? 형님이 야밤에 아줌마들 집에 문 따고 들어가서 같이 잤다고. 나중에 남편들한테 들켜서 마을에서 쫓겨난 거라면서요?"

"무슨 말도 안 되는 헛소리를 지껄이고 있어!"

강 형이 침을 퉤 뱉으며 화를 냈다.

"내가 거기 사는 동안 문을 딸 필요가 있었을 것 같아? 네가 믿을지 안 믿을지 모르겠지만, 우리 집에 방범문 세 개를 설치했어도 그 여자들이 어떻게든 쳐들어왔을걸."

"조, 좋았겠다……."

샤오마오가 침을 꿀꺽 삼키며 동경하는 눈빛을 보냈다.

"헛소리 그만하고."

강 형이 상상의 나래를 펴는 샤오마오에게 찬물을 끼얹었다.

"이제 어쩔 거야?"

두 사람은 어떻게 문을 따고 캐리어의 돈을 챙길지 신나게 상의했지만, 어쨌든 두 사람 다 문을 따본 적이 없다는 결론이 나왔다.

다시 한참을 고민한 끝에 샤오마오가 아이디어를 냈다.

"제가 아는 친구 하나가 출장열쇠집 하면서 종종 빈집도 터는데, 제가 문 따는 걸 본 적 있거든요. 열쇠 구멍에 특수제작한 막대기를 꽂아서 몇 번 돌리니까 바로 열리더라고요. 제가 그 친구한테 그 공구 빌려와서 작업복 입고 열쇠수리공인 척할게요. 그러면 문 따느라 낑낑대고 있어도 지나가는 사람이 의심 안 할 거예요."

강 형이 좋은 생각이라며 박수를 쳤다.

"며칠 사이에 머리가 트였구나! 좋아, 그렇게 하자!"

두 사람은 방향을 틀어 출장열쇠집 친구를 찾아갔다.

팡차오와 류즈는 두 사람보다 50미터 이상 떨어져 태연하게 따라갔다. *저 두 놈만 아니었으면 저우룽 집 털고 진즉에 여길 떴을 건데, 아직까지 도망자 신세로 지내게 될 줄이야! 오늘 캐리어도 되찾고 저놈들 목숨도 끝장내고 만다!*

백주대낮에 움직일 수는 없으니 두 사람이 집에 도착하면 손을 쓰기로 했다. 그런데 앞서가던 두 사람이 갑자기 방향을 틀었다. 팡차오와 류즈는 벽 쪽으로 몸을 돌리고 고개를 숙인 채 행인인 양 빠르게 지나쳐 수십 미터를 나아가 담 모퉁이에 이르렀다. 조심스럽게 몸을 돌려 강 형과 샤오마오를 바라보는데 갑자기 담 뒤쪽에서 큰 소리가 들렸다.

"이놈들 잘 걸렸다!"

본능적으로 몸을 피한 팡차오와 류즈의 눈앞에 커다란 세숫대야 두 개가 날아왔다. 팔다리가 길쭉한 류즈가 자기 쪽으로 날아오는 세숫대야를 발로 뻥 찼다. 팡차오는 팔로 세숫대야를 막아냈지만 그 안에 담겨 있던 물에 온몸이 쫄딱 젖고 말았다.

혀를 날름거리니 짭짤하고 구린 맛이 났다. 고개를 숙이니 온몸이 구정물에 덮여 있었다. 팡차오가 이글거리는 눈빛으로 넋이 나간 세 사람을 죽일 듯이 노려보았다.

"이거 죄송하게 됐습니다. 뒤의 두 놈한테 끼얹으려던 건데 갑자기 방향을 트는 바람에, 제가 사과……."

팡차오는 다짜고짜 달려들어 남자의 멱살을 잡고 벽으로 밀쳤다. 남자의 머리가 깨져서 피가 흘러내리자 뒤에 있던 두 부하가 무기로 쓸 돌을 주워 들었다. 아니, 주워 들려는 순간 류즈의 발에 걷어차여 바닥에 나동그라졌다.

"형님, 살려주십시오. 지, 진짜 일부러 그런 거 아닙니다."

팡차오의 손에 잡힌 남자는 지독한 놈한테 걸렸구나 싶어 울며 불며 애원했다.

그때 마침 스쿠터 한 대가 다가왔다. 류즈가 매섭게 노려보자 운전자는 아무것도 못 본 척하며 지나갔다. 팡차오는 괜히 일이 커져서 경찰이 올까 봐 걱정이 됐다. 그는 끓어오르는 분노를 억누르며 류즈에게 세 사람을 끌고 오라고 눈짓했다. 좁은 골목에 접어들자 팡차오는 남자의 멱살을 움켜쥐며 물었다.

"너희 뭐 하는 놈들이야?"

"혀, 형님, 저, 저희는 채권추심업체에서 왔습니다. 방, 방금 전에 두 분 뒤를 지나가던 놈들이 신용카드 빚을 지고 안 갚았거든요. 몇 번을 독촉해도 갚지를 않아서 본때를 보여주려고 그랬던 건데 애먼 형님한테 죽을죄를 짓다니 제, 제발 한 번만 용서해주십시오."

"그놈들 어디 살아?"

팡차오가 이를 악물고 물었다.

"저기 뒤에요."

채권추심업자가 뒤쪽을 가리켰다.

"안내해."

"안내하라고요?"

"그놈들이 우리한테도 빚졌어. 우리 빚이 먼저야!"

세 남자는 연신 알겠다고 대답했다. 신용카드 빚을 받겠다고 무시무시한 놈들의 심기를 건드릴 배짱은 없었다. 오랫동안 험한 바닥에서 지내다 보니 딱 봐도 두 사람은 함부로 건드릴 수 없는 상대였다. 세 남자는 팡차오와 류즈를 고물상으로 안내했다. 팡차오가 다시는 눈에 띄지 말라고 경고하자 세 남자는 부리나케 도망쳤다.

철문이 잠겨 있었지만 허름한 자물쇠는 두 사람에게 없는 거나 마찬가지였다. 류즈가 은행 카드로 몇 번 만지작거리자 금세 문이 열렸다. 마당을 지나 집 앞으로 곧장 향했다. 어제 두충이 발로 차서 망가진 현관문이 그냥 닫혀 있었다. 화가 치밀 대로 치민 팡차오는 안에 사람이 있든가 말든가 발로 문을 걷어찼다.

집 안에는 아무도 없었고, 캐리어와 달러도 보이지 않았다.

그때 뒷방에 있는 마대가 눈에 들어왔다. 류즈가 발로 마대를 차보니 뭔가 느낌이 이상했다. 불길한 예감이 들어 밧줄을 풀어보았다. 아니나 다를까 남자 시체 한 구가 들어 있었다. 리펑가이의 시체였다.

"형님, 이…… 이번에도 시체예요."

바꿔치기당한 캐리어에도, 쳐들어온 집 안에도 시체가 있었다. 아무리 간이 배 밖으로 나왔다 해도 살인광은 아니었던 류즈는 온몸에 소름이 돋았다.

"이놈들…… 변태 살인광은 아니겠죠?"

팡차오는 그 자리에 선 채 시체를 바라보았다. 순식간에 분노가 모든 이성을 마비시켰다.

"살인광이든 아니든 오늘 무슨 일이 있어도 내가 그 새끼들 가루로 만들어버린다!"

팡차오가 옆에 있던 의자를 집어던져 박살을 냈다.

항상 '진정해'라고 말하던 팡차오 형님이 이토록 분노하는 모습은 처음이었다. 류즈는 벌벌 떨면서 조심스럽게 달랬다.

"형님, 오늘이 우리가 마지막으로 한탕하는 거라면서요? 천천히 신중하게 움직이려면 진정해야 하지 않겠어요?"

"지금 진정하게 생겼어? 그놈들 이제 내 손에 죽었어!"

第46장

"저우룽이 직접 부하들 데리고 자더광장에 갔답니다."

왕루이췬이 소식통 샤오미에게 들은 정보를 장이앙에게 알렸다.

"언제?"

"좀 전에요. 차에 돈 가방 네 개를 싣고 떠났다네요."

"무슨 가방?"

"캐리어요!"

장이앙이 벌떡 일어났다. 저우룽이 지금 거금을 챙겨 나갔다는 건 강도를 만나 유에스비와 교환하려는 것이 분명했다. 저우룽이 유에스비를 되찾아버리면 경찰이 강도를 잡더라도 저우룽에 대해선 어쩌지 못하게 되는 것이었다.

장이앙은 정찰 경험이 많은 경찰 수십 명을 이끌고 바로 출동할 준비를 했다. 리첸이 또 따라나서려 하자 단칼에 제지하고, 그 대신 정보센터에서 CCTV로 저우룽의 일거수일투족을 주시하라고 했다. 고집부리려던 리첸은 전에 없이 심각한 장이앙의 모습에 알았다고 고분고분 대답하며 정보센터로 향했다.

사태가 워낙 긴급하다 보니 사전에 체포 작전을 준비할 겨를이 없었다. 장이앙과 핵심 요원들은 급한 대로 자더광장에서 잠복할 방법을 비롯하여 다양한 상황에 대한 대비책을 논의했다. 다들 투지를 불태우며 저우룽이 오늘 거래를 하기만 하면 반드시 그 자리에서 모든 관계자를 긴급체포하리라 다짐했다!

그 시각 저우룽도 바짝 긴장한 채 승합차에 앉아 있었다. 저우룽 앞뒤로 경호원들이 있었고, 발밑에는 각각 250만 위안씩 들어 있는 캐리어 네 개가 있었다. 자더광장에 들어선 승합차는 비교적 시야가 탁 트인 길가에 멈춘 채 상대의 다음 지시를 기다렸다.

잠시 후 장더빙 보안팀장은 두충이라는 판매원이 연립주택에서 나와 통화를 하며 가는 걸 보니 상대가 움직이기 시작한 모양이라고 보고했다. 한편, 이와는 별개로 작업복 차림의 '청년'이 장더빙의 눈에 들어왔다. 청년은 연립주택 주변을 두리번거리며 배회하다가 안으로 들어갔다. 체형이 두 강도범 같지는 않았는데, 공범인지 아무 관련 없는 사람인지 알 수 없었다. 그렇게 오 분쯤 지나고 밖으로 나온 청년의 손에는 빵빵한 검은 비닐봉지가 들려 있었다.

승합차에서 대기 중인 저우룽은 속이 타들어갔다. 유에스비는 그의 목숨과 직결된 것이었다. 계속 휴대폰을 들여다보는데 약속시간이 십오 분이나 지나도록 아무런 연락이 없었다. 저우룽이 전화를 걸어봤지만 매번 전원이 꺼져 있다는 안내음만 들렸다.

"아무래도 그놈들이 우리를 떠보고 있는 것 같은데요."

후젠런이 말했다.

저우룽이 고개를 끄덕이며 운전기사 샤오미에게 말했다.

"광장 따라서 천천히 운전하게."

승합차가 광장을 두어 바퀴 돌았지만 전화는 여전히 감감무소식이었다. 그때 한 부하가 백미러를 보며 말했다.

"웬 승용차가 방금 전까지 우리 뒤에 있었는데 지금은 앞에 있습니다. 아무래도 우리를 미행하는 것 같은데요."

저우룽이 부하의 시선을 따라가니 수십 미터 앞에 낡은 소형차가 서 있었다. 저우룽은 고개를 끄덕이며 샤오미에게 말했다.

"광장 한 바퀴 더 돌게."

한 바퀴 돌고 다시 제자리로 왔을 때 소형차는 저우룽의 대각선 뒤쪽에 자리해 있었다. 저우룽은 미심쩍은 듯 눈을 가늘게 떴다.

"유턴해서 저 차 옆으로 가보게."

유턴한 승합차가 소형차 옆에 바짝 붙어 섰다. 소형차는 움직이지 않았다. 그 상태로 잠시 기다리자 소형차에서 한 남자가 내렸다.

"저우 회장님, 그간 별일 없으셨습니까?"

나른한 목소리가 승합차 안으로 넘어왔다.

주이페이였다.

"여긴 어떻게?"

저우룽이 문을 열고 물었다.

"저희 데리고 광장을 세 바퀴나 돌아놓고 여긴 어떻게라니요?"

주이페이가 차갑게 웃으며 대꾸했다.

저우룽은 상대가 자신을 미행했다는 걸 알고 분노가 치밀었다.

"왜 날 미행한 거요?"

"편종 거래 말입니다. 어떻게 처리할 생각이신지?"

"그 얘긴 나중에 다시 하면 안 되겠습니까?"

저우룽이 성가시다는 듯 말하자 후젠런도 옆에서 거들었다.

"주 사장님, 말씀드렸잖아요. 당분간 이 거래는 하기 힘들다고."

저우룽은 시간을 낭비하고 싶지 않아 문을 닫으려 했다. 그 순간 주이페이가 손으로 문을 막으며 차갑게 저우룽을 훑어보았다.

"이렇게 나오시면 곤란한데요."

저우룽은 긴장한 눈으로 주위를 살폈다. 몰래 지켜보고 있던 강도들이 자신이 누군가와 접촉하는 걸 보고 함정으로 오해해서 거래를 취소할까 봐 걱정되었다.

"글쎄, 나중에 얘기합시다, 예? 오늘은 내가 좀 정신이 없어서."

"바쁘시다면서 광장을 그렇게 빙빙 도셨습니까?"

계속 차 문을 잡고 있던 주이페이는 당황해서 어쩔 줄 몰라 하는 저우룽을 보며 인상을 찌푸렸다.

"지금 뭐 보는 겁니까?"

"아, 아무것도 아닙니다."

그때 옆에서 주변을 주시하던 훠정이 백 미터 밖에서 무심한 척 이쪽으로 다가오는 남자를 보았다. 뭔가 심상치 않은 느낌이었다.

"경찰입니다."

훠정이 재빨리 말하고 주이페이와 함께 소형차로 돌아갔다. 운전석에 앉은 그는 저우룽의 승합차를 치고 모퉁이로 빠져나갔다.

광장 곳곳에서 대기 중이던 업무용 차량 기사들이 차 지붕에 경광등을 달고 우르르 주이페이의 차를 추격하며 길목을 차단했다.

훠정이 운전하는 차 안에는 도망자들뿐이었다. 잡히면 사형 내지는 10년 형의 징역을 각오해야 했다. 생사가 걸린 마당에 이것저것 따질 것도 없었다. 빨간 신호도 무시하고 행인들이 꽥꽥 소리 질러도 아랑곳하지 않았다. 결국 광장 근처를 에워싼 경찰의 포위망을 금세 뚫고 나갔다.

주이페이의 얼굴은 얼음장같이 차가웠다. 저우룽에게 일단 예의를 차린 뒤 여차하면 무력을 행사할 생각으로 마지막 기회를 줬던 것인데, 저우룽의 손바닥 위에서 광장이나 뺑뺑 돌다가 경찰에 쫓기는 신세가 되다니! 저우룽이 설마하니 경찰을 동원할 줄은 꿈에도 몰랐다. 주이페이는 죽는 한이 있어도 이 빚은 기필코 갚아주리라 다짐했다.

장이앙은 자더광장 옆 오피스텔 창밖으로 광장에서 일어나는 모든 일을 실시간으로 지켜보았다.

훠정의 차가 불화살처럼 빠져나가자 장이앙은 추격을 멈추라고 명령했다. 복잡한 시내에서 무리하게 체포 작전을 벌이다 자칫 더 큰 인명 피해를 초래할 가능성이 높았다. 경찰들은 주이페이의 차가 포위망을 벗어나는 걸 눈 뜨고 지켜봐야 했다. 장이앙은 공안국 정보센터 직원들에게 CCTV를 통해 차가 어느 방향으로 가는지 주시하게 했다. 외곽에 따로 병력을 배치해 안전한 교외 지역에서 다시 체포 작전을 벌일 생각이었다.

쑹싱에게는 저우룽을 수색하라고 지시했다.

쑹싱은 경찰차 두 대와 함께 저우룽의 차를 빈틈없이 에워싼 뒤 일당을 모두 하차시켜 강제로 조사했다. 현장에 유에스비는 없었고 차에서 다량의 현금이 발견되었다. 저우룽은 사업가가 차에 현금 다발 좀 있는 게 뭐가 이상한 일이냐고 항변했다. 그리고 자신은 방금 도망친 차를 모른다며, 단지 그쪽에서 자신들을 막고 길을 물어본 것뿐이라고 해명했다.

경찰들은 저우룽이 거짓말하고 있다는 걸 알았지만 증거가 없으니 어떻게 대처해야 할지 난감했다. 쑹싱은 저우룽을 연행해갈지 장이앙에게 전화해 물었다. 장이앙은 유에스비를 못 찾으면 연행해도 아무 의미 없다고 생각했다. 게다가 쌴장커우 갑부를 섣불리 연행했다가는 나중에 구구절절 해명해야 했다. 그래서 일단은 저우룽을 놓아주고 도주 차량을 쫓는 데 전력을 다하라고 말했다.

오래지 않아 체포 작전은 실패로 끝났다. 포위 작전 전방에 나섰던 사복경찰에게 시민들이 실망스런 소식을 전해온 것이었다. 차가 강물에 빠졌는데 탑승자들은 그전에 현장을 벗어났다고 했다. 시민들의 진술을 들어보건대 강에 빠진 차는 경찰들이 쫓던 도주 차량이 분명했다. 공교롭게도 그 지역 주변에는 CCTV가 없었다. 환경이 복잡해서 새로 인원을 배치해 도망자들을 쫓기도 어려웠다. 체포 작전도 실패하고 유에스비도 확보하지 못한 채 오히려 저우룽의 경계심만 높이는 결과를 낳은 셈이었다.

사무실로 돌아온 장이앙은 깊은 고민에 빠졌다. 그때 마침 리첸이 정보를 들고 찾아왔다.

"저우룽 체포하러 갔을 때 자더광장에 장더빙은 차에 없었죠?"

장이앙은 쑹싱이 보고한 내용을 떠올려봤다. 차에는 저우룽과 후젠런을 비롯한 부하들이 있었지만 장더빙은 없었다.

리첸이 우쭐해하며 말했다.

"제가 장더빙 휴대폰으로 위치 추적했는데 광장에서 가까운 연립주택 근처에 있는 걸로 나왔어요. 아침부터 계속 그 근처에 머무른 걸 보면 틀림없이 뭔가 있는 거예요. 그리고 어젯밤 CCTV를 뒤져서 유에스비가 어디 있는지도 알아냈어요."

"어디 있는데?"

장이앙이 눈을 빛내며 물었다.

리첸이 입꼬리를 올리며 조건을 제시했다.

"제가 직접 가서 조사할 거예요."

"안 돼!"

"그럼 저도 말 안 할래요."

"명령이야!"

"싫어요."

장이앙은 리첸을 잠시 바라보다 머리를 긁적였다.

"일단 말해봐. 사실이면 조사하러 갈 때 데려갈 테니까."

리첸이 웃으며 휴대폰을 꺼내더니 CCTV 영상 사진을 보여주었다. 어제저녁 찍힌 거라 어둑하고 흐릿했지만 한 남자가 연립주택 옆에서 캐리어를 끌고 있는 모습을 어렴풋이 확인할 수 있었다.

"이 사람이 누구야?"

"두충이라고 저우룽이 운영하는 4S 매장 직원이에요."

리첸은 두충과 겨우 일면식밖에 없어서 여러 번 영상을 살펴본 끝에 그를 알아보았다.

"그저께 밤에 두충이 경찰에 신고한 기록이 있길래 찾아봤어요. 당시 출동했던 파출소 경찰한테 연락해서 경위를 알아봤더니, 저우룽 차를 몰래 끌고 나가서 알바 뛰고 오다가 사고가 난 거래요. 그래서 4S 매장에서 절도죄로 두충을 신고했고, 한 달 안에 60만 위안을 배상하는 걸로 합의했나 봐요. 그러니까, 두충이 낸 사고 처리를 하러 후젠런이 저우룽 저택의 경호원들을 데리고 나간 사이 팡차오와 류즈가 저택으로 몰래 들어갔던 거예요."
"근데 왜 유에스비가 두충 손에 있다는 거야?"
"두충이 갖고 있는 이 캐리어, 제가 저우룽 집에서 봤던 캐리어랑 거의 똑같아요."
장이앙은 사진을 뚫어지게 보더니 고개를 저었다.
"화질이 이렇게 안 좋은데 그걸 알아본다고?"
"제…… 느낌이 그래요."
"느낌?"
장이앙이 무시하듯 고개를 저었다.
"그럼 장더빙이 왜 계속 근처에서 지키고 있는 건데요?"
"장더빙이 저우룽 말에 움직이려고 대기하는 게 아니라 두충이라는 놈을 주시하고 있다는 걸 네가 어떻게 알아?"
"전……."
리첸은 말문이 막혔다.
"네 말대로 유에스비가 이 두충이라는 놈한테 있다면 장더빙도 벌써 눈독을 들였겠지. 왜 곧바로 부하들 끌고 가서 뺏어오지 않았을까?"
"그건……."
"일개 자동차 판매원이 팡차오와 류즈 같은 놈들과 무슨 관계가 있겠어? 유에스비가 어떻게 이 사람 손에 들어가? 두충이 팡차오, 류즈와 한패라면 왜 그 두 놈은 두충 집에서 지내지 않고 모텔에 묵었을까? 그러다 하마터면 경찰에 잡힐 뻔하기까지 했는데?"
리첸은 반박할 말을 찾을 수 없었다.
"그러니까 그 판매원은 저우룽 일과 아무 상관 없어. 자넨 괜히 끼어들지 말고 가만있어. 지금 긴급 상황이라 다들 정신없으니까."

장이앙은 성가시다는 듯 리첸을 내보냈다.

CCTV 영상을 눈이 빠져라 뒤져서 알아낸 독점 정보가 상사에게 너무 쉽게 부정당하자 리첸은 화가 나서 스쿠터를 타고 나가버렸다.

리첸이 나가고 잠시 후 장이앙은 아차 싶었다. *설마 혼자 조사하러 나간 건 아니겠지?* 서둘러 리첸에게 전화해봤지만 받지 않았다. 주변에 물어보니 리첸이 스쿠터를 타고 나가는 걸 봤다는 경찰이 있었다. 장이앙은 당장 차를 끌고 리첸을 뒤쫓았다.

저택에 돌아온 저우룽은 불안해서 안절부절못했다.

"오늘 일 말인데요. 제가 볼 땐 경찰이 주이페이가 아니라 우릴 노리고 왔던 것 같은데요."

후젠런의 말에 저우룽이 고개를 끄덕였다.

"저택에 강도가 침입했던 일을 아는 게 틀림없어. 내가 물건을 잃어버렸다는 것도."

"아무래도 우리 쪽에 스파이가 있는 것 같죠?"

"있다면 누구 같은가?"

"우리가 아침에 자더광장 간다고 아무한테도 말하지 않았잖아요. 차에 있던 아우들은 쭉 우리 옆에 있어서 정보를 유출할 기회가 없었고요. 그렇다면 한 명밖에 없습니다. 운전기사 샤오미요."

저우룽이 깊이 생각하더니 대꾸했다.

"근데 지금은 경찰이 우릴 주시하고 있어서 샤오미를 함부로 처리할 수 없어."

"샤오미나 경찰은 문제가 안 돼요. 유에스비가 없는 한 그놈들도 우릴 건드리지 못할 테니까요. 제가 걱정하는 건……."

후젠런이 미간을 잔뜩 찌푸렸다.

"경찰이 우리한테 몰려왔을 때요. 몰래 지켜보고 있던 강도들이 우리가 경찰과 짜고 함정을 판 거라고 오해했으면 어쩌죠?"

저우룽은 개인용 휴대폰을 바라보았다. 여전히 강도들의 연락이 없어 숨이 넘어갈 지경이었다. 그들을 자극하면 유에스비 내용을 공개할 테고, 그 결과는 생각만 해도 끔찍했다. 무엇보다 지금 저우룽은 이미 경찰의 주목을 받는 처지라 유에스비를 되찾는 일이 더 힘들어질까 봐 걱정이었다.

저우룽은 장더빙에게 전화해 상황을 물었다. 장더빙은 나중에 두충이 혼자 씩씩거리며 집에 돌아오더라고 보고했다. 저우룽은 경찰이 우리 쪽에 접근하는 걸 보고 다 같이 함정을 판 거라는 생각에 두충이 화가 난 거라고 판단했다. 장더빙은 또 좀 전에 리첸이라는 여자가 두충의 집으로 올라갔는데 웬 낯선 남자가 그 뒤를 따라갔으며, 그가 두 강도 중 한 명일 것 같다고 보고했다.

전화를 끊고 저우룽은 소파에 누워 생각에 잠겼다. 그러다 벌떡 일어나 차가운 목소리로 말했다.

"강도들도 이 거래를 믿지 못하게 된 이상 이제 이판사판이다. 바로 움직여!"

후젠런이 고개를 끄덕였다. 지금으로서는 이 방법밖에 없었다. 경찰이 유에스비를 손에 넣기 전에 속전속결로 끝내야 했다. 위험해도 필사적으로 부딪쳐야 했다. 두 사람은 장더빙에게 연락해 가장 믿을 만한 부하들을 데리고 올라가 두충을 잡으라고 지시했다.

제47장

"내가 분명히 말했지? 자네 정직 처분 당했다고. 당장 나랑 같이 돌아가자."

장이앙이 리첸을 따라 연립주택 계단을 올라가며 말했다.

"정직당했는데 왜 돌아가요?"

리첸은 장이앙의 손을 뿌리치며 뛰다시피 올라갔다.

"지금 상황이 얼마나 급박한지 몰라? 왜 일을 번거롭게 만들어? 남들이 자네 이렇게 생떼 부리는 거 알면 경찰 될 것도 안 돼!"

"될지 안 될지는 두고 보면 알겠죠!"

리첸은 어느 문 앞에 멈춰 섰다. 파출소에 등록된 두충의 주소지였다.

"좀 경찰답게 굴 수 없어?"

장이앙은 하릴없이 두 손을 허리에 댄 채 화를 삭였다. 다른 경찰이었으면 진즉에 발로 걷어차고도 남았을 것이다.

리첸은 장이앙을 한 번 흘겨보고는 문을 두드렸다. 잠시 후 문밖으로 얼굴을 내민 두충이 의심스러운 눈으로 두 사람을 바라봤다.

"누구 찾아오셨어요? 어? 저번에 시승하다 차 긁은 아가씨 아니에요?"

"거봐요, 캐리어 저기 있죠?"

리첸은 뒤쪽 벽에 기대 있는 캐리어에 시선을 고정한 채 두충을 밀치고 안으로 들어갔다.

"이봐요! 지금 뭐 하는 겁니까?"

두충이 당황하며 리첸을 좇아갔다.

리첸은 캐리어를 눕혀 지퍼를 열었다. 안에 있던 물건들을 끄집어내고 밑에 있는 버튼들을 하나씩 눌러보았다. 마침내 맞는 버튼을 누르자 밑판이 자동으로 열렸다.

"보세요. 그 캐리어 맞잖아요."

리첸을 지켜보던 장이앙은 어안이 벙벙했다. 캐리어가 진짜로 이곳에 있을 줄이야! 장이앙은 즉시 두충을 덮쳐 뒷짐 지우고 몸으로 눌러 제압했다. 두충은 아프다고 소리를 꽥꽥 질렀다.

"캐리어에 든 물건들은 안 건드렸어요. 그 녀석들이 저한테 빚진 게 있어서 일단 차를 끌고 온 거라고요."

두충은 두 남녀를 캐리어와 SUV 주인으로 오해했다.

"방에 가봐."

장이앙이 리첸에게 지시했다.

리첸은 방을 살펴보고 나오면서 말했다.

"아무도 없어요."

장이앙은 계속해서 발버둥치는 두충을 단단히 제압했고, 두충은 뒷짐 진 손목이 아파 계속해서 소리 질렀다.

"대체 당신들 누굽니까?"

"공범 어딨는지 말해!"

"공범이라뇨? 여기 저밖에 없어요!"

"말 안 한다 이거지?"

장이앙이 두충의 팔을 부러뜨릴 듯 세게 꺾었다.

두충은 고통 속에서 연신 헉헉거렸다. 장이앙이 무릎으로 억세게 누르고 있어서 반항할수록 팔의 통증이 더 심했다.

"대체 당신들 누군데 이래요?"

"공범 어딨는지 빨리 불라니까!"

"공범은 무슨 공범이요! 저밖에 없다니까요!"

"공범 어딨어?"

"저 혼자예요!"

"공범 어딨냐고!"

"저밖에 없다고요!"

두 사람은 똑같은 질문과 대답을 끈질기게 반복했다.

마침내 리첸이 신선한 질문을 던졌다.

"캐리어에 있던 돈이랑 유에스비는 어디 있어요?"

"돈이요? 제가 차에서 캐리어 가져왔을 때 돈 같은 건 없었어요. 괜히 생사람 잡지 마세요. 그 녀석들한테 받아야 할 돈이 있는데 안 주니까 차라도 끌고 온 거라고요."

"차라니?"

"방금 말한 돈은 무슨 돈인데요?"

세 사람 다 어리둥절한 상황이었다.

"공범 어딨어?"

장이앙이 또다시 물었다.

"공범이라뇨? 저 혼자라고요!"

"돈이랑 유에스비는요?"

리첸도 다시 물었다.

"글쎄, 무슨 돈이요? 생사람 잡지 마시라니까요. 그 녀석들이 저한테 갚아야 할 돈이 있어서 대신 차를 가져온 거라니까요!"

"무슨 차?"

"무슨 돈을 갚아야 하는데요?"

세 사람은 같은 대화를 몇 차례나 반복했지만, 누구도 원하는 대답을 얻지 못했다.

장이앙이 질문을 바꾸었다.

"당신이 말한 두 녀석이 팡차오하고 류즈 맞나?"

"샤팅강이랑 샤오마오 아니에요?"

장이앙과 리첸은 어리둥절한 눈으로 마주보았다. 보아하니 이 남자가 거짓말을 하는 것 같지는 않았다. *교통사고 접수 기록에는 분명히 샤팅강과 샤오마오의 이름이 올라가 있었는데, 혹시 그 사이에 무슨 착오가 있었나?*

"이 캐리어는 어떻게 손에 넣었어요?"

리첸이 물었다.

"빨리 말해!"

장이앙이 무릎에 더 힘을 싣고 짓눌렀다.

두충은 식은땀을 줄줄 흘리며, 교통사고가 난 이후 강제로 남의 차를 끌고 오게 된 경위를 빠르게 설명했다. 이야기를 들은 두 경찰은 더 얼떨떨해졌다. 바닥에 비밀 공간이 설계된 이런 캐리어는 시중에서 구할 수 있는 게 아니었다. 따라서 이것은 저우룽의 저택에 있었던 캐리어가 분명한데, 어떻게 이것이 샤팅강과 샤오마오의 손을 거쳐 두충한테까지 오게 된 것일까?

그때 현관문 앞에 몇 사람의 실루엣이 나타났다. 장더빙과 부하 네 명이었다. 장더빙은 집 안에 펼쳐진 광경에 순간 멈칫하더니, 이내 부하들과 함께 달려들어 칼과 권총으로 세 사람을 제압하고 밧줄로 꽁꽁 묶었다.

"장더빙!"

리첸이 그를 알아보았다.

"날 아나? 아, 못 알아볼 뻔했네! 이번에 우리 회장님 좀 어떻게 해보려고 꽤나 공을 들였었지. 그리고 너……."

장더빙이 두충을 발로 찼다.

"일부러 사고 내서 경호원들 불러낸 수법도 너희가 짜낸 아이디어일 테고."

이번에는 장이앙을 연속으로 몇 번 세게 걷어찼다.

"이건 룽 형님 몫이야. 또 한 놈은 어딨어?"

장이앙과 리첸은 말없이 장더빙을 쳐다보았다. 전혀 예상치 못한 상황이라 어떻게 대처해야 할지 속수무책이었다.

"당신 누구야?"

두충이 입에서 피를 철철 흘리며 울부짖듯 소리쳤다. 장더빙에게 걷어차여 이가 부러진 모양이었다.

장더빙이 부하들에게 세 사람의 몸수색을 지시했다.

유에스비는 없었고 세 사람의 휴대폰만 나왔다. 장더빙이 직접 캐리어와 옆에 널브러진 물건까지 뒤져봤지만 아무것도 없었다.

장더빙이 이를 악물었다.

"돈은?"

"무슨 돈이요? 그 두 녀석이 저한테 돈을 안 줘서 대신 차를 끌고 온 건데요."

"유에스비는?"

"저도 몰라요."

"공범은?"

"공범이라뇨? 저밖에 없는데요."

장더빙은 심호흡을 했다. 두충이 계속 모르쇠로 일관하자 홧김에 또 발길질을 했다. 두충이 곡소리를 하자 부하가 손으로 그의 입을 틀어막았다. 장더빙은 옆으로 자리를 피해 저우룽의 생각을 물어보기로 했다.

저택에는 저우룽과 후젠런 둘뿐이었다.

조금 전 장더빙의 연락을 받았다. 두충의 집에 쳐들어가 두충과 남자 한 명, 여자 한 명을 제압했다고 했다. 캐리어는 있었지만 돈과 유에스비는 못 찾았으며, 남자와 여자는 입을 꾹 다물고 있다고 했다. 그리고 두충은 캐리어가 본인 것이 아니라 샤팅강과 샤오마오라는 두 남자한테서 가져온 거라고 해명했다고 했다.

보고를 받은 저우룽도 도무지 이해할 수 없는 상황이었다.

"대체 어떻게 된 일이지?"

저우룽이 후젠런에게 물었다.

"돈과 유에스비는 샤팅강과 샤오마오라는 놈들한테 있는 게 확실합니다."

저우룽이 고개를 끄덕였다.

"장더빙은 두충이 강도 건에 대해 정말 모르는 것 같다던데."

"리첸과 남자 한 명은 공범이 틀림없습니다. 그러니 입을 다물고 있는 거겠죠. 장더빙한테 그 둘을 인질로 해서 공범들을 불러들이라고 할까요?"

"공범이 잡힌 걸 알고 안 오려고 하면?"

"그러면……."

"경찰까지 개입한 상태라 더는 지체할 수 없어. 무슨 일이 있어도 오늘 안에 끝장을 봐야 해. 애들한테 두충 데리고 샤팅강이랑 샤오마오 찾아가서 두 공범을 미끼로 위협한 다음 모조리 잡아들이라고 해야겠어. 물건 찾으면 한 놈도 남기지 말고 처리하게 해."

"두충은요?"

저우룽의 눈빛이 서늘해졌다.

"같이 묻어버려."

"알겠습니다. 지금 바로 가서 처리하겠습니다."

"아니. 중요한 일이니까 나도 가야겠어."

"너무 위험합니다."

저우룽이 담담하게 웃었다.

"장더빙이 실패해봐. 그럼 집에 가만히 앉아서 경찰이 잡으러 오길 기다리는 꼴밖에 안 되잖아."

후젠런이 고개를 끄덕였다.

"밖에 나가셨다가 경찰 눈에 띄실까 봐 걱정입니다."

"샤오미를 이용해서 경찰을 다른 곳으로 유인하면 돼."

저우룽이 차갑게 웃었다.

제48장

팡차오는 눈에 쌍심지를 켜고 앉아서 손에 든 칼과 옷에 묻은 구정물을 뚫어지게 바라보았다. 머릿속으로는 온통 두 망할 놈을 어떻게 처리할지 고민 중이었다. 류즈는 현관문 뒤에 기댄 채 마당 철문을 조용히 지켜보았다.

한참 기다린 끝에 드디어 마당 문이 열렸다. 강 형과 샤오마오가 싱글벙글 이야기하며 마당으로 들어섰다.

“형님, 왔습니다.”

류즈가 재빨리 속삭였다. 팡차오는 전투 태세를 갖추며 날쌘 이리처럼 현관문 뒤에 숨어서 바깥 소리에 귀 기울였다.

두 사람의 웃음소리와 발소리가 가까워졌다.

“어? 자물쇠가 왜 떨어졌죠?”

“어제 그 머저리가 발로 차서 망가뜨렸잖아. 상관없지 뭐. 이젠 우리도 여기서 안 살 거니까. 앞으로 우린…… 으악!”

강 형이 들어선 순간 팡차오가 놈의 머리를 잡고 바닥에 내리친 뒤 칼로 오른손을 찍어 못 박듯이 바닥에 고정했다. 류즈도 샤오마오를 똑같이 바닥에 내리꽂은 뒤 두말 않고 손가락 하나를 부러뜨렸다. 강 형과 샤오마오는 믿을 수 없는 이 상황에 가슴이 터질 것 같았다. 자신들이 바꿔치기한 캐리어의 주인이, 아니 살인범들이 눈앞에 나타난 것이었다.

"네가 샤팅강이지? 그래, 얼마나 강한지 보자."

팡차오가 또 다른 칼을 꺼내더니 바들바들 떨고 있는 강 형을 보며 쭈그리고 앉았다.

"캐리어 훔쳐서 졸지에 우릴 지명수배자 만들고, 아주 잘도 가지고 놀았겠다!"

강 형의 허벅지에 칼이 꽂히자 피가 솟구치고 비명이 터져 나왔다.

"조용히 안 해! 혀도 잘게 다져줄까?"

칼 끝이 입술에 닿자 강 형은 이를 악물고 고통을 참아냈다. 다음 순간 팡차오가 또다시 그의 허벅지를 칼로 찍었다.

"형님, 살려주십시오! 살려주십시오!"

강 형이 울부짖으며 애원했다.

그때 샤오마오가 손에 들고 있던 검은 비닐봉지를 내던졌다.

"당신들 돈 찾고 있는 거 아니에요? 거기 다 들어 있습니다."

봉지에서 달러 뭉치가 비져나왔다. 류즈는 흥분한 얼굴로 봉지 앞에 쭈그리고 앉아 돈을 세었다. 바로 그때 샤오마오가 바닥에서 못이 박힌 각목을 집어 들고 팡차오를 내리쳤다. 못이 팡차오의 등에 구멍을 냈다. 열이 뻗친 팡차오는 샤오마오의 머리를 벽 쪽으로 밀쳤다. 샤오마오가 사력을 다해 팡차오를 끌어안으면서 두 사람은 한데 엉켜 겨루기 시작했다.

류즈가 끼어들어 도와주고 싶어도 샤오마오가 팡차오에게 끈질기게 달라붙어 있어서 어쩔 수가 없었다. 팡차오가 확실히 우위에 있었기 때문에 사실 류즈의 도움이 필요하지 않았다. 팔꿈치로 샤오마오의 등을 세게 치자 녀석의 입에서 피가 터져 나왔다. 손을 막 놓으려던 샤오마오는 정신없는 와중에 팡차오의 허리에 있던 권총을 잘못 눌러버렸다. 공교롭게도 권총은 안전장치가 풀려 있었다. 탕 소리와 함께 벽에 구멍이 뚫리며 흙먼지가 휘날렸다. 네 사람은 동시에 소스라치게 놀랐다. 바로 그때 샤오마오가 총을 빼 들고 팡차오의 이마를 겨누었다.

팡차오와 류즈가 일시에 동작을 멈췄다.

"움직이지 마. 움직이면 바로 쏜다."

샤오마오는 벌벌 떨며 팡차오를 붙잡았다.

그때 류즈가 다른 칼을 빼 들고 강 형의 관자놀이에 댔다.

"겁도 없이 총 쏘면 이 새끼 죽인다. 너도 죽고."

팡차오가 싸늘하게 웃었다.

"내 아우가 군인 출신이라 총 들고 있어도 상대가 안 될걸."

"상관없어. 네놈 죽이기엔 충분하니까."

팡차오가 눈을 가늘게 떴다. 샤오마오의 팔을 잡고 넘겨서 쓰러뜨릴 자신이 절반 정도 있었다. 실패하면 목숨을 잃을 것이다. 팡차오가 절반의 자신감을 쥐어짜내 입을 열었다.

"이봐, 원하는 게 뭐야?"

"우리 형님부터 풀어줘."

팡차오가 차갑게 웃었다.

"그게 가능하다고 생각해?"

샤오마오가 히스테릭하게 소리 지르며 총부리로 팡차오의 관자놀이를 짓눌렀다.

"풀어줄 거야, 말 거야?"

류즈는 팡차오가 위험해질까 봐 천천히 몸을 일으켰다. 그를 본 팡차오가 고개를 저으며 말했다.

"풀어주면 안 돼."

"풀어줄 거야, 말 거야? 날 자극하지 마!"

"이렇게 하지. 당신부터 총 내려놓으면 우린 돈만 챙겨 나갈게. 어때?"

팡차오는 총을 치우는 순간 놈을 제압할 수 있으리라 생각했다.

"우리 돈 절반은 남기고 가져가."

"무슨 권리로? 이거 원래 우리 돈이잖아!"

류즈가 성난 목소리로 말했다.

그런데 팡차오가 뜻밖의 말을 내뱉었다.

"그렇게 해!"

"좋아. 너부터 절반 챙겨가. 네 형님은 그다음에 풀어줄 테니까."

샤오마오가 류즈에게 말했다.

"그런 법이 어디 있나?"

팡차오가 덤덤하게 따졌다.

"당신 먼저 풀어줬다가 바로 우리한테 덤벼들면 어떡하라고?"

"난 지킬 건 지켜."

"내가 당신들을 믿어야 할 이유는?"

"그건……."

팡차오도 마땅한 이유가 떠오르지 않았다.

네 사람은 둘씩 대치 상태를 유지했다.

그때 문이 화들짝 열리며 누군가 쳐들어왔다. 부하들과 함께 총을 들고 쳐들어온 장더빙은 방 안 상황을 보고 또다시 어리둥절했다. *왜 네 명이지? 이놈들 지금 뭐 하고 있는 거야?* 장더빙은 일단 샤오마오와 팡차오를 향해 총을 겨눴다.

"꼼짝 마!"

부하 한 명도 총을 빼서 류즈를 겨냥했고, 나머지 세 부하는 장칼을 들고 양쪽으로 대치한 사람들 뒤를 빙 둘러쌌다.

또다시 급변한 사태 앞에서 팡차오와 류즈는 머릿속이 어지러웠다. 칼을 들고 있는 걸 보면 경찰은 아니리라 판단했다. 두 사람은 약속이라도 한 듯 눈빛을 주고받았다. 그 즉시 류즈는 칼로 옆에 있던 부하의 팔을 찔렀고, 팡차오는 샤오마오가 넋 놓고 있는 사이 그의 손에서 총을 뺏어 발로 뻥 차버렸다.

그때 탕, 탕, 두 발의 총성이 울렸다. 장더빙이 발사한 총에 류즈가 배를 움켜쥐고 피를 철철 흘리며 바닥으로 쓰러졌다. 그 순간 팡차오가 장더빙을 향해 총을 겨냥했다.

장면을 정리해보면 장더빙이 바로 앞의 류즈를, 팡차오가 몇 미터 앞의 장더빙을, 장더빙의 부하가 팡차오를 겨누고 있었고, 다른 부하들은 양쪽에 서서 언제든 지원할 태세를 갖추고 있었다.

"총 내려놔."

장더빙이 자신을 겨냥한 팡차오에게 말했다. 그의 얼굴에 공포의 기색은 전혀 없었다.

"말이 되는 소릴 해."

팡차오도 대담한 모습이었다.

"네가 쏘면 나 하나 죽이고 말지만 우린 너희 모두를 죽일 거야. 자신 있으면 해봐. 셋 셀 때까지 안 내려놓으면 이놈부터 죽인다."

장더빙이 류즈의 머리에 총부리를 바짝 갖다 댔다. 류즈의 창백한 얼굴에서 식은땀이 흘러내렸다.

"하나, 둘……."

팡차오가 맞은편으로 총을 내던졌다.

"형님!"

류즈가 감동받은 눈으로 팡차오를 바라보았다.

"이제 됐지?"

팡차오가 씁쓸한 미소를 지으며 가볍게 물었다.

"사내대장부네!"

장더빙이 만족스러운 듯 고개를 끄덕이며 팡차오를 향해 엄지를 들어 보였다. 만약 저우룽을 건드리지만 않았다면 부하로 들이고 싶은 심정이었다.

부하들이 네 명을 밧줄로 꽁꽁 묶어 바닥에 쓰러뜨렸다.

장더빙이 부하에게 눈짓하자 총이 없는 세 부하가 밖으로 뛰어나갔다. 잠시 후 소박한 소형차 두 대가 마당에 들어왔다. 저우룽과 후젠런이 차에서 내리자 세 부하가 온몸이 결박된 장이앙, 리첸, 두충을 끌어내려 집 안으로 끌고 왔다.

세 사람의 입에서 재갈을 풀어내고 그들을 벽 한구석으로 밀어뜨렸다. 그렇게 해서 밧줄에 묶인 일곱 명이 전부 저우룽의 손아귀에 들어왔다.

저우룽이 느릿느릿 안으로 들어오자 후젠런이 문을 닫았다. 일곱 명을 쭉 둘러보던 저우룽은 팡차오와 류즈에게 시선을 고정했다.

"여기 둘."

장더빙이 두 사람의 몸을 수색하더니 팡차오의 옷 안주머니에서 유에스비를 찾아냈다. 저우룽은 유에스비를 받아 쥐고 힘주어 만지작거리며 심호흡했다.

“마침내 내 손에 들어왔네. 너희 둘 때문에 내가 없던 병까지 생길 뻔했어.”

팡차오가 저우룽을 바라보았다.

“이제 우릴 어쩔 생각이오?”

“내가 어떻게 할 것 같나?”

저우룽이 농담하듯 팡차오를 쳐다보며 머리를 쥐어박았다.

“처음에는 너희 두 놈 짓인 줄 알았고 나중엔 네 명 짓인가 싶었는데, 지금은 어쩌다 일곱 명이 됐지? 너희들 대체 무슨 관계야?”

바닥에 쓰러진 일곱 명은 저우룽의 말을 이해하지 못해 서로를 멀뚱멀뚱 바라보았다.

그때 장이앙이 리첸에게 목소리를 죽여 말했다.

“저놈 우리 다 죽일 생각이야. 좀 있다가 넌 도망쳐.”

리첸이 곁눈질로 보니 등 뒤로 묶인 장이앙의 손에 피 묻은 칼이 쥐여 있었다.

맞은편의 저우룽은 팡차오와 류즈만 붙잡고 캐묻고 있었다.

“말해. 우리 집을 털라고 지시한 사람이 누구야?”

“누가 감히 나한테 지시를 해?”

팡차오가 냉소를 지으며 대꾸했다.

“이놈 배짱 좀 보게?”

저우룽이 손등으로 팡차오의 뺨을 후려쳤다.

“그냥 죽이시지. 근데 여기 있는 일곱 명 다 죽이잖아? 당신도 잡히면 사형이야.”

팡차오는 두려워하는 기색도 없이 나직이 말했다.

"아이고, 뭘 모르나 본데, 난 너희 안 죽여도 잡히면 사형이야."

저우룽이 낄낄대고 웃었다.

"깔끔하게 죽고 싶으면 내 집을 털러 오게 된 과정을 하나부터 열까지 사실대로 불어. 안 그러면 고통스럽게 죽여줄 테니까."

팡차오도 킥킥 웃더니 갑자기 저우룽을 향해 피가 섞인 침을 퉤 뱉었다. 저우룽이 얼굴을 닦으며 분노를 터뜨리자 부하들이 달려들어 팡차오의 얼굴에 발길질을 해댔다.

그 사이 장이앙은 밧줄을 다 끊고 리첸에게 몰래 칼을 넘겼다. 그러고는 몸에 매여 있던 줄을 순식간에 풀어내고 책상에 있던 류즈의 칼을 낚아채 저우룽에게 달려들었다.

장더빙이 방아쇠를 당겼다. *탕!* 장이앙의 엉덩이에서 피가 줄줄 흘러내렸다. 장이앙은 아랑곳하지 않고 저우룽을 붙들고 목에 칼을 들이대며 소리쳤다.

"다들 멈춰! 조금이라도 움직이면 이놈 죽어!"

엉덩이에서 극심한 통증이 느껴졌다. 장이앙은 다리를 절며 저우룽을 벽 쪽으로 당겨 자신의 앞을 막아 세웠다.

"날…… 날 죽이면 너도 못 도망가."

저우룽의 얼굴이 사색이 되었다.

"죽어도 너랑 같이 죽을 테니 걱정 마!"

장더빙과 부하의 총이 장이앙의 머리를 향했다.

"너희가 쏴도 난 죽기 전에 반드시 이놈 목은 따고 갈 거야. 어디 해볼 테면 해보든지."

장이앙이 차갑게 소리쳤다.

"하…… 하지 마. 워…… 원하는 게 뭔데?"

저우룽이 간신히 목소리를 쥐어짜냈다.

"여자는 풀어줘."

장이앙이 리첸을 흘끗하며 말했다. 때마침 리첸이 밧줄을 풀고 일어났고, 칼을 든 부하 둘이 리첸을 막아섰다.

"내가 분명히 풀어주라고 했다! 셋 센다. 하나, 둘……."

"풀어줘!"

저우룽이 소리쳤다.

부하가 옆으로 비켜서자 후젠런이 저지했다.

"안 됩니다."

"풀어주라고 했다!"

장이앙이 칼을 쥔 손에 힘을 주자 저우룽의 목에서 피가 흘러내렸다.

"빠, 빨리 풀어주지 않고 뭐 해!"

저우룽이 재촉했다.

"형님, 풀어줄 수 없습니다."

후젠런은 물러나려 하지 않았다.

"글쎄 풀어주래도!"

"이대로 풀어주면 오늘밤 저희 모두 감방 들어갑니다. 이번만큼은 형님 말씀에 따를 수가 없습니다."

장더빙이 부하 네 명을 훑어보았다. 부하들은 후젠런의 말에 고개를 끄덕였다. 장더빙은 난처한 듯 고개를 숙이며 말했다.

"형님, 후 비서 말이 맞습니다. 푸, 풀어주면 안 됩니다."

"내가 너희 회장 못 죽일 것 같아?"

장이앙이 서늘한 목소리로 위협했다.

"나 주, 죽이지 마……."

"그럼 넌 더 볼썽사납게 죽여주는 수밖에!"

후젠런이 장이앙에게 쏘아붙였다.

장더빙이 장이앙의 허벅지를 주시했다. 바지가 온통 피로 물들어 있는 걸 보며 코웃음을 쳤다.

"당신 얼마 못 버텨. 형님 풀어주면 깔끔하게 죽여주지. 근데 형님한테 손대면 내가 당신 애인부터 성폭행하고, 여기 있는 사람 죄다 죽인 다음 당신은 천천히 고통스럽게 죽일 거야!"

장더빙이 리첸에게 다가가며 말했다.

"저리 가! 나 경찰이야!"

놀란 리첸이 뒷걸음치며 소리 질렀다.

"경찰이라고?"

장더빙이 멈춰 섰다.

"어떻게 이렇게 생긴 경찰도 다 있을까?"

후젠런이 빈정거리며 말했다.

"겨, 경찰 맞아!"

"흐흐, 이렇게 약해빠진 경찰은 난생처음이네."

"그럼 난 어떤데?"

장이앙이 소리쳤다.

"당, 당신도 경찰이야?"

후젠런이 장이앙을 향해 인상을 찌푸리며 물었다.

"그 여자가 경찰이고 난 그 여자 상사니까 당연히 경찰이지. 너희가 지금 우리 모두 풀어주면 자수했다고 말해주지. 나한테 형량을 낮춰줄 수 있는 권한이 있거든."

"당신이 그 정도로 권력이 있다고? 당신이 공안국에서 누군데?"

후젠런이 장이앙을 뚫어지게 보며 물었다.

"싼장커우 공안국에 그만한 권력을 가진 몇 안 되는 사람이지."

후젠런이 장이앙의 눈을 보며 천천히 고개를 끄덕였다.

"몰랐네. 요즘 시대에 이렇게 배짱 있는 경찰도 다 있단 말이야? 지체 높으신 양반이 직접 최일선에 뛰어들다니. 싼장커우 형정대대 대대장 왕루이쥔! 대단하네, 아주 존경스러워!"

장이앙이 인상을 찌푸렸다.

"난 왕루이쥔 아닌데?"

"그럼 당신 누구야?"

"공안청에서 보낸 사람이다."

"당신이…… 장이앙?"

후젠런이 눈을 휘둥그레 뜨며 손가락으로 장이앙을 가리켰다.

"아니면 누구겠어?"

"난 왕루이쥔인 줄 알았지."

"내가 장이앙이다."

"당신이 장이앙이었군."

"당연히 내가 장이앙이지."

신분을 확인하는 이 순간도 두 사람은 여전히 대치 중이었다. 장이앙은 시간이 얼마 안 남았다는 걸 알고 죽을힘을 다해 버티는 중이었다. 낯빛이 하얘진 그가 어느새 손까지 떨며 입을 열었다.

"너희 지금 여기서 이러고 있을 시간 없어. 저우룽, 넌 진즉부터 우리가 주시하고 있었어. 외출 시마다 미행했지. 지금 여기 올 때도 마찬가지고. 밖에 이미 경찰들 쫙 깔렸어. 체포하기만 기다리고 있지. 네가 사람 죽이면 여기 있는 사람들 전부 사형이야. 저 여자가 누군지 알아? 공안부 부부장 조카라고. 네 숙부인 저우웨이둥보다 훨씬 높은 분이지. 리첸한테 무슨 일 생기면 공안국에서 싼장커우를 다 뒤집어엎어서라도 너흴 찾아내고 말 거야!"

불굴의 정신으로 맞서는 부국장의 모습을 보며 공포에 떨고 있던 리첸도 어느새 몸을 바로 세웠다.

"꼭 그렇지는 않을걸."

후젠런이 냉소를 흘리며 말을 이었다.

"샤오미가 너희 끄나풀이지? 출발 전에 우리가 그놈 휴대폰으로 장난 좀 쳤어. 지금쯤 샤오미 연락 받고 경찰들 전부 교외로 나가 있을걸?"

"너희……."

장이앙은 순간 현기증을 느끼며 리첸을 바라보았다. 리첸을 죽음의 위험에 처하게 했다는 생각에 절망감이 차올랐다.

그때였다.

탕!

문을 뚫고 들어온 총알이 장더빙의 등을 뚫고 나왔다. 그대로 쓰러진 장더빙이 연신 기침을 토하더니 끝내 숨을 거뒀다.

문이 열리며 여덟아홉 명이 뛰쳐 들어와 각자 총을 겨누고 외쳤다.

"꼼짝 마!"

밧줄에 묶인 채 쓰러져 있던 다섯 명이 무겁게 숨을 내뱉었다.

"진짜 경찰이 있었네."

"살았다, 살았어!"

"차라리 감옥에 가는 게 낫지, 죽고 싶지 않아."

팡차오와 류즈조차 제때 나타나준 경찰들에게 감격해 눈물을 흘릴 뻔했다.

저우룽의 부하들은 하나둘 무기를 버리고 두 손을 머리에 올린 채 쭈그리고 앉았다. 리첸이 얼른 달려가 장이앙을 부축했다. 피를 너무 많이 흘려 의식이 흐릿해진 장이앙은 이제 누워서 한숨 잘 수 있겠다는 생각에 조용히 숨을 내쉬었다.

"경찰 양반, 이 일은 나랑 아무 상관 없습니다. 난 피해자라고요. 살려주십시오!"

저우룽이 애걸복걸했다.

"하하하하…… 저우 회장, 내가 구해주러 왔네!"

익숙한 웃음소리에 저우룽 일당이 고개를 들었다. 느긋하게 걸어 들어온 두 사람은 주이페이와 훠정이었다.

"다, 당신이 어떻게?"

모두가 경악을 감추지 못했다.

"여기도 묶고 저기도 묶고 죄다 묶어."

주이페이가 손가락질하며 말하자 부하들이 금세 현장을 장악하고 모든 사람을 단단히 묶어 결박했다.

주이페이는 주위를 쓱 훑어보았다. 탁자 한구석에 강 형이 팽개쳐놓은 편종이 눈에 들어왔다. 주이페이가 눈을 빛내며 편종을 갖고 와 훠정에게 건넸다. 검은 비닐봉지에 들어 있는 100만 달러도 발견해 챙겨놓았다. 그는 껄껄 웃으며 저우룽을 바라보았다.

"저우 회장, 생각도 못 하셨지? 토종 뱀도 결국엔 강한 용한테

지게 마련이라니까."

"여, 여긴 어떻게 온 건가?"

"계속 미행했거든. 우리 회장님 능력도 좋으셔, 경찰도 따돌리고. 근데 날 따돌리지는 못했네."

"그나저나 우린 왜 묶고 난리야? 내가 당신과 무슨 원수를 졌다고 이래?"

"원수라…… 입에 담기도 싫다!"

주이페이가 저우룽의 얼굴에 발길질을 해댔다. 금세 코뼈와 이가 부러졌다. 저우룽은 너무 고통스러워 목소리도 나오지 않았다.

"아 참! 두 분은 경찰이시라고?"

주이페이가 리첸에게 다가갔다.

리첸이 겁에 질린 얼굴로 천천히 고개를 끄덕였다.

"경찰 양반, 좀 전에 저우룽 일당이 당신들 죽이겠다고 한 거, 내가 밖에서 다 들었어요. 제때 등장해서 저놈들을 막아냈으니 용감한 시민상이라도 줘야 하지 않겠어요?"

리첸이 바들바들 떨며 고개를 끄덕였다.

"긴장할 거 없습니다. 저우 회장한테 진 원한을 다른 사람한테 갚을 생각은 없으니까. 난 저놈과 달라서 살인은 하지 않거든. 얘들아, 가자."

"이대로 가시게요?"

훠정이 의아해하며 물었다.

"아니면?"

주이페이가 두 손을 펴 보이고 어깨를 으쓱하며 물었다.

"사람들이 이렇게 많은데……."

"저우 회장이 이자들 죽여서 입막음하려고 한 거랑 우리가 무슨 상관 있다고? 아차차, 내가 경찰에 신고는 해줘야지."

주이페이가 저우룽의 휴대폰을 찾아 들고 저우룽의 손가락으로 잠금을 해제한 뒤 110을 눌렀다.

"신고 좀 하려고요. 저우룽이 사람들을 납치했는데 그중에 경찰도 두 명이나 있습니다. 이름이……?"

주이페이가 리첸을 쳐다보자 리첸이 겁먹은 목소리로 말했다.

"장이앙, 리첸이요."

"제가 뭣 하러 경찰한테 거짓말을 합니까? 내가 그렇게 한가한 사람인 줄 아시오? 경찰 이름이 장이앙, 리첸이라네요. 장이앙이란 사람은 공안국 간부인데 크게 다쳐서 빨리 좀 오셔야겠습니다. 여기 위치가……. 네, 알아서 찾아오십시오."

주이페이가 전화를 끊었다.

"아 참, 저우 회장. 우리가 당신 차 좀 쓸게요"

주이페이 일행은 저우룽이 타고 온 소박한 소형차에 올라탔다. 차량 두 대가 막 시동을 거는데 밖에서 경찰차 한 대가 들어왔다.

"요 며칠 진짜 바빠서 죽는 줄 알았네. 파출소 사람들까지 거의 차출된 바람에 우리 몇 명이 크고 작은 일들 처리하느라 발바닥에 땀이 나도록 뛰어다녔잖아."

"그래도 견인은 교통경찰 책임인데 굳이 우릴 보내는 건 뭐야?"

"경찰 업무 체계 때문에 그래. 차량 도난 사건으로 접수돼서 우리한테 배당된 거지. 우리가 처리 안 하면 시스템에서 기록이 안 없어져."

“그럼 며칠 기다려도 되잖아. 엄청 긴급한 사안도 아니고.”

“낮에 공안국의 한 여경이 전화를 걸어왔는데 당시 신고 접수된 경위를 물어보고 기록 조사도 하면서 십 분 넘게 통화했어. 두충 그 사람이 공안국에 민원 넣은 게 틀림없어. 택시 안 끌고 가면 나중에 또 나한테 뭐라고 할 게 뻔해. 공안국 사람들은 죄다 우리 윗분들 아냐? 위에서 까라면 까야지 별수 있어?”

파출소 경찰 둘은 넋두리를 늘어놓으며 강 형과 샤오마오의 고물상 마당 쪽으로 경찰차를 몰았다. 그 뒤로는 거대한 견인차가 뒤따르고 있었다.

철문 안으로 진입하려는데 마당에 소형차 두 대가 서 있었다. 차에 사람들이 잔뜩 있었고 자신들을 쳐다보고 있었다.

“웬 사람들이지?”

경찰차가 멈춘 순간 탕 소리가 나며 차 앞유리가 박살이 났다. 두 경찰은 본능적으로 몸을 숙였다. 뒤이어 소형차 두 대에 있던 사람들이 경찰차와 견인차를 향해 총을 발사했다.

견인차 기사는 생전 처음 보는 광경에 놀라 허둥지둥 액셀을 밟았다.

소형차 사람들은 눈앞에서 거대한 차가 돌진해오는 걸 보면서도 미처 피하지 못했다. 차가 너무 작은 탓이었다.

앞에 위치한 소형차가 견인차에 부딪혀 붕 뜨더니 한쪽으로 나가떨어졌고, 그 안에 타고 있던 사람들은 정신을 잃고 말았다. 뒤쪽의 소형차는 몇 바퀴를 구른 뒤 집 안으로 돌진해버렸다.

한바탕 소란이 지나가고 두 경찰은 천천히 고개를 들었다. 현장은 방금 전과 사뭇 달랐다. 집 안에서 공포에 질린 사람들의 비명 소리가 터져 나왔다. 다들 꿈을 꾸고 있는 듯 멍한 얼굴이었다.

대체 이게 무슨 난리란 말인가! 차 한 대 견인하러 왔을 뿐인 우리를 왜 총 쏘아 죽이려 한단 말인가!

잠시 후 소형차 문이 열리고 훠정이 엉기적엉기적 기어나왔다. 두 경찰은 직업적 본능을 발휘해 그를 체포하려 했다. 그런데 이게 또 무슨 일이란 말인가! 훠정이 두 사람을 향해 총을 들이대는 게 아닌가! 일반 경찰이라 총을 소지하지 않고 나온 두 경찰은 납작 엎드려 몸을 피했다. 훠정은 반대쪽 차문을 열고 머리가 피범벅이 된 채 정신을 잃은 주이페이를 밖으로 끌어냈다. "형님, 형님……" 하고 외쳤지만 아무 반응이 없었다. 훠정은 한 손으로 주이페이를 부축해 천천히 발을 옮겼다. 두 경찰이 시동을 걸고 훠정을 차로 치려 했지만 그가 또다시 총을 발사했다. 주이페이를 부축해 간신히 나아가던 훠정은 더 이상 버틸 수 없었는지 그만 주저앉고 말았다.

"형님, 죄송합니다. 죄송합니다……."

훠정이 진심이 담긴 목소리로 울부짖었다. 그러더니 커다란 손으로 눈물을 훔치며 허둥지둥 달아났다.

두 경찰은 지원 요청을 하면서 조심스럽게 차에서 내렸다.

박살이 난 집으로 들어갔더니 한 무리의 사람들이 널브러져 있었다. 두 경찰은 그만 할말을 잃고 말았다.

여기서 대체 무슨 일이 일어났단 말인가?

제49장

이틀 후.

"이게 말이 돼?"

두꺼운 원고를 넘기던 치전싱 국장의 눈이 휘둥그레졌다.

"장이앙이 하루 만에 저우룽 일당, 강도 이인조, 주이페이 범죄 조직, 집 안에 시체를 숨긴 두 범인까지 전부 체포했다고?"

장이앙이 여러 강력 사건을 해결하는 동안 치전싱은 연수차 베이징에 머물면서 자오 주임을 통해 이미 그 소식을 전해 들었다. 그것도 장이앙 이하 리첸, 두 파출소 경찰, 견인차 기사까지 총 5명이 손에 어떤 무기도 없이 총을 지닌 범인 10여 명을 체포했다는 것이다. 이는 전국을 통틀어 전례 없는 기록이었다.

"아 참, 체포 다음 날 상급 공안기관과 정부 간부들이 단체로 장 부국장님을 찾아갔었습니다. 장 부국장님이 깡패 소굴에 들어가서 중상까지 입어가며 혼신을 바쳐 싸웠다고요."

자오 주임은 장이앙에 대한 선입견을 완전히 벗어던진 듯했다. 표정과 목소리에서 자부심이 잔뜩 묻어났다. 이번에도 역시 장이앙의 공로이기는 하지만, 싼장커우 공안국 전체가 크게 빛을 보게 되었기 때문이다. 판공실 주임이자 공안국 대변인인 자오 주임은 그동안 대외적으로 소식을 전할 기회가 한 번도 없었는데, 최근 며칠 사이에 원고를 쓰는 데만 펜 하나를 다 쓸 정도였다. 각급 간부들의 질문에 사건 경위를 청산유수로 쏟아내는 모습이 마치 자신이 장이앙과 함께 범인을 체포하기라도 한 것 같았다.

치전싱은 한동안 말이 없었다. 공안국 전체의 경사인 만큼 국장인 치전싱에게도 마땅히 기쁜 일이었다. 하지만 그 중대한 시기에 그는 출장을 가느라 체포 작전에 기여한 바가 전혀 없었다. 설령 현장에 나가지 않더라도 공안국에 있었던 사람들은 후방 지원 업무를 통해 성공적인 체포 작전에 일조했다고 할 수 있었다. 자오 주임조차도 자신이 형정대대 일원이기라도 한 듯 의기양양했다. 반면에 치전싱은 그 시기에 베이징에 있었기 때문에 누구라도 이번 성과가 공안국 일인자인 그와는 관계없는 일이라고 여길 것이다.

"장 부국장 상태는 어때?"

자오 주임이 작성한 상황 설명서에는 장이앙이 64권총에 맞았으며, 5센티미터만 빗나갔으면 대퇴동맥을 맞아 생명이 위태로웠을 거라고 적혀 있었다. 장이앙을 달갑지 않게 여겼던 치전싱도 그가 목숨을 걸고 달려들었다는 사실에는 감탄하지 않을 수 없었다.

"아직 병원에 있는데 상태는 괜찮다고 합니다. 딱 엉덩이 부분에 총을 맞았는데, 흉터는 남겠지만 활동하는 데는 지장 없다고 합니다."

"까딱 잘못해서 대퇴동맥을 다쳤으면 생명이 위태로웠을 거라고 적지 않았어?"

"허허, 좀 과장해서 쓴 겁니다."

자오 주임이 머리를 긁적이며 대답했다.

50센티미터만 빗나갔어도 심장을 맞아 즉사했을 거라고 적지 그랬어? 치전싱은 마지못해 고개를 끄덕였다. 자오 주임도 이제 장이앙 편으로 돌아선 게 분명했다.

공안국 전체가 기쁨에 취해 있는데 치전싱이 뭘 어떻게 할 수 있겠는가? 그는 저우웨이둥에게 장이앙을 고자질한 전적도 있었다. 이제 저우웨이둥이 체포되는 건 시간 문제였고, 가오둥 부청장은 저우웨이둥이 실각하면 최대 수혜자로 떠오를 것이다.

혼자 남은 치전싱은 앞으로 어떻게 대처해야 할지 머리를 싸맸다. 곰곰이 생각하던 그는 마침내 눈앞이 밝아지는 걸 느꼈다. 장이앙과 정면으로 충돌한 적 있는 자오 주임도 장이앙에게 확 돌아섰는데 자기라고 못 할 게 뭐 있나 싶었다. *그래, 체면은 잠시 내려놓고 장이앙과 잘 이야기해서 이전의 의혹을 말끔히 풀어봐야지!*

냉정히 따져보면 장이앙은 정말이지 전심전력으로 일에 몰두하고 물불 안 가리고 현장에 뛰어드는 사람이었다. 생각하면 할수록 장이앙이 마음에 든 치전싱은 그를 동료로 인정하기로 마음먹었다!

싼장커우 제1인민병원 1인실.

엉덩이에 총을 맞은 장이앙은 입원한 이래 지금까지 내내 거북이처럼 팔다리를 벌리고 머리를 한쪽으로 돌린 채 엎드려 있었다. 이 자세로 왕루이쥔이 설명해주는 범인들의 신문 결과도 들었다.

저우룽 일당은 저우룽을 포함한 다수가 체포된 후 지금까지 계속 입을 다물고 있었다. 하지만 전부 현행범으로 체포했고 증거가 확실하니 자백을 받아내는 건 시간 문제였다.

팡차오와 류즈는 수차례의 폭발과 강도 사건에 대해선 인정했지만, 린카이 살해에 대해서는 부인하며 린카이가 저 혼자 차에서 죽은 거라고 주장했다. 류베이 살해도 부인했다. 류베이의 시체는 강 형과 샤오마오가 캐리어를 바꿔치기하는 바람에 자신들 손에 들어오게 된 거라고 해명했다.

강 형과 샤오마오는 리펑가이를 죽인 사실은 인정했지만, 류베이는 죽이지 않았고, 모르는 사람한테서 훔친 캐리어 속에 류베이의 시체가 들어 있었다고 진술했다.

그 '모르는 사람'의 신원은 주이페이 일당의 입을 통해 확인할 수 있었다. 현재 도주 중인 훠정이었다.

정리하자면, 다들 어느 정도 죄를 인정했고, 원래는 서로 전혀 상관없는 범죄자들이 어떻게 한 자리에 모이게 됐는지는 그들 자신도 알지 못했다. 경찰들도 며칠간 신문했지만 갈피를 잡을 수 없었다. 후속 범죄의 사실관계를 확인하는 데 몇 개월은 족히 걸릴 것 같았다.

왕루이쥔은 신문 결과를 보고한 뒤 이번 사건 해결의 핵심 포인트를 칼같이 지적해냈다.

"부국장님께서 적진에 뛰어들어 생명이 위독할 만큼 중상을 입은 상태에서 저우룽 일당에 타격을 입히지 않으셨다면, 저희는 한 놈도 체포하지 못했을 것입니다. 아주 심각한 집단 살인사건이 일어났을지도 모릅니다!"

이 부분에 대해서는 장이앙도 자신이 일군 성과를 부정하지 않았다. 결정적인 순간에 전세를 뒤바꾼 회심의 일격은 경찰의 정의감에서 비롯된 용감한 행동이었다. 엉덩이 상처가 명백한 증거였고, 심지어 범죄자들조차 신문 과정에서 혀를 내둘렀다. 공안국 부국장씩이나 되는 사람이 직접 적진에 뛰어들어 범죄자들을 상대하는 건 처음 봤다면서 말이다. 장더빙은 "상대가 장이앙 같은 사람이라면 패배를 깨끗이 인정한다", 주이페이는 "대륙의 경찰을 내가 너무 우습게 봤던 것 같다"라는 말을 남겼다.

장이앙은 사건 경위를 자세히 분석해보더니 또 물었다.

"저우룽 일당 중에 지금의 저우웨이둥 상무부청장과 관련된 일을 자백한 사람은 없나?"

"저우룽 측근들은 지금까지 입을 꾹 닫고 있습니다. 다만 부하 중에 저우웨이둥이 저우룽의 뒷배라고 말한 사람이 있었습니다."

"증거는?"

"가장 큰 증거는 유에스비에 있는데 수많은 공무원들이 연루돼 있다 보니 벌써 상급 기관에 넘어갔습니다. 근데 공안부와 중앙기율검사위원회에서 합동조사를 시작했다고 하니까 유에스비에 든 명단에서 언급된 사람들은 아무도 빠져나가지 못할 겁니다. 정부 쪽에 있는 친구한테 들었는데 자택에 있던 뤄쯔웨 시장이 어젯밤 늦게 기율위원회 사람들한테 잡혀갔다고 하더라고요. 저우룽 측근들은 지금까지 자백을 안 하고 있는데, 제 생각엔 이게 다 루정 부국장님이 실종된 일 때문이 아닐까 싶습니다."

장이앙이 왕루이쥔의 표정을 보면서 결과를 추측했다.

"루정 부국장이 저우룽 손에 죽은 거지?"

왕루이쥔이 안타까워하는 얼굴로 고개를 끄덕였다.

저우룽의 부하가 진술한 내용에 따르면, 일 년 전 상급 기율위원회에서 싼장커우 뤄쯔웨 시장의 부정부패에 관한 익명의 투서를 받았다. 투서에는 다양한 시간과 장소에서 뤄쯔웨가 저우룽과 은밀하게 만나는 사진 여러 장이 들어 있었다. 상급 기율위원회가 뤄쯔웨에 대해 조사를 벌였지만 그의 부정부패를 입증할 만한 확실한 증거를 찾지 못하자 사업가와 거리를 유지하라는 경고 처분으로 그쳤다. 이후 저우룽과 뤄쯔웨는 사진을 촬영한 사람을 몰래 찾아보던 중 싼장커우 공안국 루정 부국장이 오랫동안 자신들을 미행했다는 사실을 알게 되었다. 루정이 대체 어떤 패들을 쥐고 있는지 알 수 없었기에 뤄쯔웨는 후환을 없애기 위해 저우룽에게 루정을 없애는 게 좋겠다고 제안했다.

저우룽은 믿을 만한 부하인 장더빙 보안팀장에게 루정을 처리하게 했다. 장더빙은 출소한 샤오페이를 찾아가 100만 위안을 주며 살인을 청부했다. 샤오페이는 살인할 엄두가 나지 않아 도망자 신세인 리펑에게 떠맡겼지만 리펑도 결국 일에 착수하지 못했다. 장더빙은 고용인이 루정 살해에 실패하자 비밀 누설을 염려해 샤오페이를 살해하고, 루정이 뤄쯔웨를 미행하던 어느 날 밤 직접 루정을 죽인 뒤 시체를 돌덩이에 묶어 강에 버렸다.

이는 장더빙의 부하가 진술한 내용이었다. 취조관은 여전히 장더빙을 신문 중인데, 장더빙은 이 사건이 밝혀지면 자신은 사형감이라는 걸 알고 계속 사실을 부인했다. 하지만 앞으로 다른 사람들을 신문하면서 더 많은 일들이 밝혀지면, 장더빙이 결국 부담을 견디지 못하고 모든 범죄 사실을 털어놓을 거라고 왕루이쥔은 믿었다. 그때 가면 확정된 살인사건 앞에 저우룽, 후젠런 등 측근들의 죄상도 밝혀질 터였다.

한편, 랑보원도 저우룽의 '똘마니'에 해당했다. 과거에 일어난 수많은 형사사건은 랑보원이 주도한 것이었다. 그런데 경찰이 랑보원을 찾았을 때 그는 이미 연락 두절 상태였고, 그의 동생인 랑보투가 회사를 맡아 운영 중이었다. 랑보투도 저우룽과 가까운 사이였지만 현재까지는 그를 엮을 만한 증거가 없었다.

장이앙이 생각하기에 굵직한 사건들을 해결하고 많은 범죄자를 체포했지만, 아직까지 종잡을 수 없는 사건이 하나 남아 있었다.

"저우룽 일당 중에 예젠 피살사건에 대해 언급한 사람은 없나?"

"없었습니다. 하나같이 예젠 사건과 관련없다면서 저우룽이 가장 친한 친구인 예젠을 죽일 리 없다고들 하더라고요."

장이앙이 미간을 찌푸렸다.

"제대로 물어본 거야?"

"쓸 수 있는 신문 기술은 죄다 써봤습니다. 저우룽한테 '시치미 떼지 마. 후젠런은 벌써 당신이 예젠 살인을 사주했다는 걸 인정했어'라고 했더니, 저우룽은 신문 방식이 상투적이라면서 좀 더 그럴듯하게 떠볼 수 없느냐, 내가 예젠을 왜 죽이느냐, 그러더라고요. 후젠런한테도 당신이 예젠 살인을 사주했다는 걸 저우룽이 있정했다고 하니까, 역시 좀 그럴듯하게 떠봐라, 저우 형님은 부하가 예젠을 건드리는 걸 허락할 분이 아니라고 하더라고요. 장더빙도 두 사람과 똑같이 대답했고요. 아무래도 예젠 사건은 저우룽과 관련없는 것 같습니다. 아침에 있었던 일도 이 점을 뒷받침해줬고요."

"아침에 무슨 일이 있었는데?"

"오늘 아침 강가에서 루이보의 시신이 발견됐습니다."

"루이보가 죽었다고?"

장이앙이 병상에서 벌떡 일어났다.

"네, 죽은 지 며칠 된 거 같습니다. 범행 수법이 예젠 때와 비슷해 보였는데, 요 며칠 저우룽 일당은 유에스비 찾느라 정신없었잖아요. 그 와중에 루이보 살해까지 계획했을 리는 없다고 봅니다."

"루이보가 죽은 걸 왜 이제 얘기해!"

장이앙이 양손에 목발을 짚고 병실을 나가려 하자 왕루이쥔이 얼른 다가가 부축했다.

"어디 가시게요?"

"현장에 가봐야지!"

"이 몸으로 어딜 가신다고요! 상처 벌어지면 큰일납니다. 저희가 이미 사람 보냈으니 직접 가실 필요 없습니다."

"직접 갈 필요가 없어?"

장이앙이 눈을 부릅뜨며 말을 이었다.

"어떤 새끼가 예젠 죽이고 나한테 뒤집어씌웠는지 봐야지! 간덩이가 부어도 단단히 부은 놈이네. 또 이런 짓을 저지르다니, 내가 이 새끼 반드시 잡는다!"

왕루이쥔은 장이앙을 못 나가게 붙드느라 혼쭐이 났다. 적어도 보름은 요양해야 침대에서 내려오실 수 있다, 이 사건은 부하들한테 맡기시라, 하며 말리는데도 장이앙은 분을 삭이지 못했다. 싼장커우에 부임하자마자 살인 누명을 쓴 그는 꿈에서도 범인을 찾아내기를 간절히 바랐다. 결국 왕루이쥔의 손을 뿌리친 그가 병실을 나갔다. 목발을 짚고 걷는데도 그 속도가 너무 빨랐다.

"환자 도망가요!"

간호사들이 소리치며 쫓아갔지만 누구도 따라잡지 못했다.

제50장

이번에도 사건 발생지는 강가였다. 멀리서 보니 이미 폴리스라인을 치고 분주히 움직이고 있었다. 쑹싱 중대장, 형사과학기술과의 쉬 과장, 천 법의관, 심지어 리첸까지 합류해 있었다.

왕루이쥐이 차를 멈추기가 무섭게 장이앙은 문을 벌컥 열고 내려 목발을 짚고 절룩거리며 걸어갔다.

한 경찰이 장이앙을 알아보고 현장 안쪽을 향해 외쳤다.

"장 부국장님 오셨습니다!"

모두가 하던 일을 멈추고 고개를 돌렸다. 순간 현장에 있던 모든 경찰이 박수를 치기 시작했다. 폴리스라인 밖에서 구경하던 사람들은 영문을 몰라 하는 눈으로 장이앙을 바라보았다. *엉덩이에 붕대 감고 절룩거리며 걸어가는 저 사람 정체는 뭐지?*

경찰들이 장이앙 주변으로 우르르 몰려들었다. 누구보다 잘났다는 듯이 줄곧 우쭐거렸던 천 법의관조차 자신을 따라온 제자에게 조그맣게 말했다.

"후생가외라더니 선배들보다 백 배 낫다. 부국장이면서 혼자 맨손으로 총 든 범인들을 상대하다니! 그야말로 죽음을 무릅쓰고 범인들 싹 다 체포했잖아. 대단해, 진짜!"

천 법의관이 엄지손가락을 치켜들었다.

"부국장님, 다친 데는 어떠세요?"

"푹 쉬셔야 하는데 어찌 나오셨습니까? 이 사건은 안심하고 저희한테 맡기십시오. 저희가 반드시 진실을 밝혀내겠습니다!"

"부국장님은 저희의 우상이십니다!"

너도나도 장이앙에게 경의를 표했다.

리첸도 자신의 목숨을 지켜주기 위해 본인 목숨을 돌보지 않았던 상사의 활약을 떠올리며 미소를 지었다. 더구나 이번에 마지막 사건을 해결하는 전 과정에 리첸이 참여한 것에 대해 형정대대 전체가 새로운 눈으로 그녀를 보게 되었다. 리첸은 더할 나위 없이 뿌듯한 기분이었다.

"난 괜찮네. 다들 고마워! 루이보 시신은 어딨지?"

이 한마디에 모두가 일시에 양쪽으로 비켜섰다. 마치 외국 원수의 방문을 환영하며 양쪽으로 늘어선 대열 같았다. 그 대열 사이로 들어선 장이앙의 눈앞에 물에 퉁퉁 불은 거대한 시체가 나타났다.

뒤통수를 땅에 대고 반듯하게 누운 시체는 입고 있는 운동복이 온통 피범벅이었다. 옆에 있던 경찰이 간단히 설명했다.

"아침에 이 근처에 시신이 있다는 익명의 신고가 있었습니다."

"신고자는 찾았나?"

"아직이요. 가상 전화번호에서 걸려온 데다 목소리도 컴퓨터로 합성한 것 같더라고요. 지금으로선 신고자가 범인이 아닐까 의심하는 중입니다. 시신은 물속에서 건져 올렸습니다. 저기 큰 나무 밑에 한쪽 끝이 물에 잠긴 밧줄이 있길래 당겨봤더니, 묵직한 마대가 끌려 올라오더라고요. 감식 요원들이 좀 전에 풀밭에서 혈흔을 발견했는데, 아무래도 이 부근에서 살해하고 마대에 넣어 강에 버린 모양이에요. 천 법의관님 판단으론 죽은 지 사흘쯤 됐답니다."

시체 옆에 쭈그리고 앉은 천 법의관이 시체 곳곳을 손짓하며 말했다.

"여기 보면 몸에 자창이 여러 군데인데, 예젠 때와 아주 비슷한 게 동일범의 소행으로 보입니다."

"네, 예젠 몸에서 봤던 자국과 진짜 비슷하네요! 어이쿠……."

목발로 시체의 복부를 가리키던 장이앙이 순간 중심을 잃고 비틀거렸다. 그 바람에 목발이 자창을 뚫고 시신에 박혀버렸다. 천 법의관은 순간 욱하며 '상처를 훼손하면 어떡합니까!'라고 소리칠 뻔했다. 하지만 일부러 그런 것도 아니고 성치 않은 몸으로 현장까지 나왔다는 생각을 하자 화가 쑥 들어가버렸다. 오히려 엄지손가락을 치켜들었다. *꽂기도 잘 꽂았네! 목발이 들어가서 시신이 물에 불은 정도를 판단하는 데 도움이 되겠는걸.* '불은 정도'로 보아하니 살해된 지 '사흘째'가 분명하다고 천 법의관이 부드러운 목소리로 말했다.

그런 천 법의관에 대해 사람들은 적잖이 놀란 눈치였다. 평생 꼿꼿하기만 할 것 같던 천 법의관도 이렇게 달라질 줄이야!

장이앙은 목발을 빼서 풀밭에 깨끗하게 닦은 뒤 물었다.

"지난번에 내가 뭐라고 했었는지 기억나나?"

다들 어리둥절한 표정으로 고개를 갸웃거렸다.

"지난번이라면 언제를 말씀하시는지?"

쑹싱의 물음에 장이앙은 가볍게 한숨을 쉬며 고개를 저었다.

그때 왕루이쥔이 쑹싱을 향해 코웃음을 치며 입을 열었다.

"부국장님이 지난번에 그러셨잖아. 루이보가 예젠에 대한 상황을 분명히 알고 있으면서 사실대로 이야기하지 않는 것 같다고. 봐, 이번에 루이보가 예젠과 똑같은 방법으로 살해됐잖아. 틀림없이 입막음하려고 루이보를 죽인 거라고. 부국장님이 확실히 선견지명이 있으셨던 거지!"

"지난번엔 증거도 없고 섣불리 단정할 수 없었지. 그때 루이보를 불러서 제대로 신문했더라면 목숨이라도 건질 수 있었을 텐데. 우리가 루이보를 찾아갔던 게 범인의 경계심을 키운 걸지도 몰라. 내가 백인伯仁을 죽인 건 아니지만 나 때문에 죽은 거나 다름없어*."

모두가 고개를 끄덕이며 안타까워하는 가운데 곳곳에서 조그맣게 묻고 대답하는 소리가 들렸다.

"백인이 누구야?"

"루이보의 아명兒名이겠지."

어쨌든 현재로서는 구체적인 단서가 없으니 절차대로 차근차근 수사를 진행하기로 했다. 감식 요원들은 현장에 남고 한 팀은 주변 지역 CCTV를 확인하러, 다른 한 팀은 루이보의 집을 수색하러 떠났고, 장이앙은 몇몇 사람을 이끌고 펑린완 호텔로 향했다.

호텔 로비에 들어서자 왕루이쥔이 기세등등하게 경찰증을 보이며 루이보의 사무실을 수색하러 왔다고 알렸다. 홀 지배인이 막아서며 무슨 일인지 묻자 왕루이쥔은 공무 수행 중이라 자세한 건 밝힐 수 없다고 말했다. 지배인은 먼저 사장에게 보고해야 한다며

---

* 진나라의 정사正史인 『진서晉書』에 나오는 말로 고인에 대해 죄책감을 느낀다는 표현이다.

프런트로 가서 전화를 걸더니, 잠시 후 미안해하는 얼굴로 말했다.

"사장실에는 루 사장님 개인 물품이 있어서요. 지금 외부 출장 중이라는데 나중에 다시 오시겠어요?"

그 말에 경찰들은 충격을 감추지 못했다.

루 사장님? 혹시 강가에 있던 게 루이보 시신이 아니란 말인가?

"말씀하신 루 사장님이 루이보 맞습니까?"

왕루이쥔이 다급히 물었다.

"그럼요. 저희한테 루 사장님은 한 분밖에 안 계세요."

다들 서로 마주보다가 장이앙에게 시선을 모았다. 장이앙도 눈썹을 추켜올린 채 어리둥절해하고 있었다. 시신이 물에 퉁퉁 붇긴 했지만 성형을 한 것도 아니기에 다들 한눈에 루이보임을 알아보았다. 그런데 홀 지배인은 당당히 루이보가 출장 중이라는 것이다! *혹시 누군가 루이보와 비슷하게 생긴 사람을 죽이고 루이보인 척 옷을 입히고 위장해놓은 것일까? 근데 왜? 무슨 목적을 위해?*

장이앙은 목발을 짚으며 지배인에게 다가갔다.

"좀 전에 루이보 본인과 통화한 겁니까?"

"그게…… 네."

지배인은 주저하더니 고개를 끄덕였다.

"지금 어디에 계시답니까?"

"그런 말씀은 없으셨어요. 제가 굳이 여쭤보기도 그렇고요."

"루 사장한테 다시 전화해서 경찰이 직접 통화하고 싶어 한다고 전하세요."

장이앙이 딱딱한 표정으로 말했다.

"그게……."

"얼른요!"

경찰들이 재촉했다.

"네."

지배인이 다시 전화를 걸더니 잠시 후 고개를 갸웃하며 말했다.

"이상하네, 사장님 휴대폰이 꺼져 있어요. 배터리가 다 됐나?"

경찰들은 뭔가 수상쩍은 분위기를 감지했다.

"당장 루이보 휴대폰 위치 추적해."

장이앙이 부하에게 지시했다.

"잠시만요!"

지배인이 다급히 불러 세웠다.

"실은…… 사, 사장님한테 전화한 거 아니에요. 사장님 휴대폰이 꺼진 지 벌써 며칠 됐거든요."

"근데 왜 아까는 루 사장하고 통화했다고 했습니까?"

왕루이쥔이 소리쳤다.

"그게…… 사장님 지시예요. 경찰이 찾아오면 그렇게 말하라고요."

"제길!"

경찰들이 단체로 욕을 내뱉었다.

수사를 방해하면 구속될 수 있다는 경고에 지배인이 허둥지둥 예비 열쇠를 찾아 들고 왔다. 지배인을 따라 사장실로 들어간 경찰들은 절차대로 호텔 직원 둘이 문가에서 자신들을 감시하게 했다.

사장실은 18평 정도의 면적에 소파, 책상, 에어컨 같은 기본적인 물건이 전부였고 대체로 깔끔했다. 왼쪽에 있는 책장에는 장식용으로 보이는 두꺼운 책들과 각종 서류가 쌓여 있었다. 반대쪽에는 사무용 책상과 소파 등이 있었는데 크게 이상한 점은 없었다.

책상 옆 캐비닛을 열어보니 첫 번째 칸에는 펜 몇 자루뿐이었고, 두 번째 칸도 비슷했다. 마지막 칸을 열어보니 경영 서적 몇 권이 있었다. 책을 꺼내던 장이앙은 익숙한 사진 두 장을 발견했다.

예젠의 집에서 본 것과 똑같은 사진이었다. 비닐 코팅지 위에 정갈한 글씨체로 사진을 찍은 연도와 월이 적혀 있었다.

왕루이쥔이 장이앙의 손에 들린 사진을 보더니 감탄사를 연발하며 말했다.

"지난번 예젠 집을 수색할 때도 부국장님이 잡동사니 속에서 이와 똑같은 사진 두 장을 발견하시고 중요한 단서라고 말씀하셨어. 그때 우린 단지 평범한 사진일 뿐인데 그게 무슨 단서가 되겠냐고 생각했지. 근데 지금 이 사진을 보니까 알겠어. 이런 걸 바로 프로페셔널이라고 하는 거야!"

경찰들이 고개를 끄덕이며 두 사진을 증거품 봉투에 넣었다.

캐비닛을 또 한참 바라보던 장이앙이 홀 지배인을 불러 물었다.

"여기 캐비닛은 계속 이렇게 비어 있었습니까?"

"저는 평소에 캐비닛을 열어볼 일이 없어서 잘 모르겠는데요."

대충 둘러댄 지배인이 장이앙의 위압적인 눈빛을 보더니 서둘러 말을 바꾸었다.

"사장님이 캐비닛에서 서류를 꺼내시는 걸 자주 봤어요. 아마…… 평소에는 그 안에 서류가 들어 있었을 거예요."

그 말에 다들 모여들어 캐비닛을 들여다봤지만 지금은 텅 비어 있었다. *누군가 서류를 가져간 걸까?*

잠시 후 이보다 더 큰 의문점이 생겼다.

"어? 루 사장이 자기 사무실에 CCTV를 달았네요?"

한 경찰이 책상 위 천장에 시선을 고정하며 말했다.

"그럴 리가요!"

홀 지배인이 천장을 보며 말했다.

자세히 살펴보니 원격 제어 CCTV였다. 모바일 앱으로 모니터링 설비를 연결하면 실시간으로 확인할 수 있었다. 그냥 갖다 붙이기만 하면 되니 설치도 무척 간편했다. 지배인에게 물어보니 전에는 사장실에 CCTV를 설치한 적이 없으며 자신도 이곳에 CCTV가 있다는 걸 이제야 알았다고 했다.

"평소에 이 사무실을 자유롭게 드나들 수 있는 사람이 루 사장 말고 또 누가 있습니까?"

장이앙이 물었다.

"사장님밖에 없는데요."

"지배인님도 예비 열쇠를 갖고 있잖아요?"

"평소에 예비 열쇠는 회사 보안팀에서 관리해요. 저도 방금 보안팀에 가서 챙겨온 거고요."

"사장실 열쇠가 전부 몇 개인데요?"

"두 개밖에 없어요. 사장님과 보안팀 각 하나씩이요."

잠시 고민하던 장이앙이 최근 며칠간의 호텔 내부 CCTV 영상을 복사해 확인해보라고 부하들에게 지시했다. 공교롭게도 사장실은 오피스 층이라 사생활 보호를 위해 문밖에는 CCTV가 설치돼 있지 않았다. 사장실에 드나들었던 사람을 알아내기가 힘들게 된 것이다.

제51장

그날 저녁 대대로 복귀한 경찰들은 사건 경위 분석에 들어갔다.

기존 방식대로 법의관이 먼저 검시 결과를 설명했다. 지난번과 같이 '정상인의 짓은 아닌 것 같다'고 할 줄 알았는데, 이번에는 새로운 걸 발견한 모양이었다.

"검시 결과와 휴대폰 전원이 꺼진 시점을 종합해보면, 루이보는 나흘 전 밤에 사망했고 현재까지 약 100시간이 경과했습니다. 시신 상태는 예젠 때와 비슷하더군요. 자동차에 치인 것으로 보이고 몸에 자창도 여러 군데 나 있습니다. 예젠 사건과 다른 점은, 예젠은 부상을 입은 후 스스로 강에 뛰어들어 헤엄쳐 달아난 반면, 루이보는 그 자리에서 즉사한 뒤 누군가에 의해 강물에 버려졌다는 것입니다. 그런데 해부해서 두 시신의 상처를 비교하다가 이상한 점을 발견했는데, 시신 각각의 자창이 개수만 다를 뿐 찔린 방향과 길이, 자창 간의 거리까지 완전히 똑같더군요. 대체 어떤 인간이 이런 짓을 저질렀을까 너무 궁금해서 자료를 찾고 또 찾아봤는데, 안타깝게도 관련 자료는 전무했습니다. 그래서 혼자 고민해봤죠. 두 시신에 어떻게 이토록 똑같은 상처를 낼 수 있었을까? 제가 20년 넘게 법의관으로 일하면서……."

천 법의관은 전에 없이 흥분한 모습을 보였다. 부검하면서 부딪힌 난제들을 어떻게 극복했는지에 대해 십오 분간이나 장광설을 늘어놓았다. 그가 1995년 막 법의관이 됐을 때의 일화를 꺼내려 하자 장이앙이 큰 손을 내밀며 제지했다.

"시간 없으니까 결론부터 말씀해주시죠."

"흉기는 차량 앞부분이 높은 SUV입니다!"

"흉기가 SUV라고?"

다들 놀란 한편 의아함을 감추지 못했다.

"네, 차가 흉기입니다!"

천 법의관이 몸을 곧게 펴고 자신만만한 표정을 지었다.

"차량 앞부분에 칼을 고정시킨 판자를 댔을 겁니다. 그래서 차에 치인 피해자 몸에 칼이 이쪽저쪽 방향으로 박힌 거죠. 예젠과 루이보 시신에 똑같이 차에 치인 흔적이 있고, 방향과 길이, 거리가 똑같은 자창이 발견된 건 그 때문입니다."

경찰들은 다음과 같은 장면을 상상했다. 옛 전장에서 병사들이 무수한 못이 박힌 목판을 손수레 앞에 고정하고 손수레를 밀며 적진을 향해 나아가는 장면! 지금은 그 손수레가 차로 바뀐 것이다.

"확실한가요?"

듣도 보도 못한 살인 수법에 모두가 의구심을 띤 얼굴로 웅성거렸다.

"확실하다마다! 내가 20년 넘게 법의관으로 일하면서……."

"확실하면 됐습니다. 저희는 늘 법의관님 말씀을 믿습니다."

장이앙이 재빨리 법의관의 말을 잘랐고, 모두가 고개를 끄덕였다.

"자, 그럼 주변 CCTV 확인해서 칼 달린 판자가 설치된 SUV가 있었는지 조사합시다."

장이앙의 말에 쑹싱이 대꾸했다.

"그게…… 조사해도 그런 차는 안 나올 것 같은데요? 칼이 잔뜩 박힌 판자를 달고 다니는 차라면 사람들 눈에 띄어서 벌써 신고가 들어오지 않았을까요?"

"자네 말도 일리가 있네. 법의관님, 그럼 판자는 언제 어떻게 설치했을까요?"

"살인을 실행하기 직전 고정시키고 실행 후에 제거했겠죠. 일반적인 차량 앞부분에 그런 판자를 고정시키기란 쉽지 않고, 차량 형태에 맞춰서 특수제작했을 것입니다."

그들은 우선 주변 CCTV를 통해 차량 앞부분이 높은 SUV를 추려내기로 했다.

이어서 장이앙은 또 다른 의문을 제기했다.

"이 사건에는 아주 이상한 점이 있습니다. 다들 생각해보시죠. 루이보가 왜 강가에서 죽었을까요? 밤에 뭐 하러 혼자 강가에 갔을까요? 내 생각에 가장 유력한 건……."

"데이트하러 갔겠죠!"

갑자기 튀어나온 쑹싱의 대답에 생각의 흐름이 끊겨버린 장이앙은 못마땅한 듯 눈을 흘겼다.

"이미 답을 아는 건가?"

"추측한 건데요."

"그저 추측할 줄만 알지. 문제 풀이 과정도 모르면서 답만 알면 무슨 소용이야? 부국장님, 계속하십시오."

왕루이쥔이 눈을 부릅뜨고 쑹싱을 나무랐다.

"예젠은 밤에 누군가를 만나러 강가에 갔다가 살해됐습니다. 루이보도 이 일에 대해 알고 있었죠. 두 사건의 발생 지점은 다르지만 강가라는 건 같습니다. 근데 루이보는 왜 야밤에 혼자 강가에 갔을까요? 설마 아무런 경계심도 없었을까요? 예젠처럼 누군가에게 살해될 수 있다는 두려움은 없었을까요? 틀림없이 경계하고 두려워할 만하지만 루이보가 그 밤에 강가까지 갈 수 있었던 것은 그를 불러낸 사람이 매우 안심할 수 있는 지인이었기 때문이었을 것입니다. 루이보가 경계심을 풀 만한 사람이 누가 있을까요? 여성일 가능성이 큽니다. 루이보가 사귀는 여자요."

"부국장님, 진짜 귀신같이 정곡을 찌르셨네요! 실은 저도 그 문제를 계속 생각하고 있었거든요. 루이보는 예젠이 밤에 누군가를 만나러 강가에 갔다가 살해됐다는 걸 뻔히 알면서 왜 강가로 갔을까 하고요. 현재까지의 단서들로 볼 때 살해한 사람은 남자지만, 루이보를 불러낸 사람은 여자일 가능성이 크다고 봅니다. 일단 루이보와 가깝게 지냈던 여자들부터 알아봐야겠어요."

왕루이쥔이 몸을 들썩거리며 말했다.

한편 형사과학기술과 쉬 과장은 인상을 찌푸렸다. 회의 분위기를 해치고 싶지는 않았지만, 수사 방향이 엉뚱하게 흐르면 안 되기에 신중하게 진실을 전했다.

"그게…… 여성이 아닐 수도 있습니다."

"쉬 과장님, 또 무슨 다른 고견이라도 있습니까?"

왕루이쥔이 눈을 크게 뜨며 물었다.

'또'가 왜 나와? 오늘은 내가 처음 발언하는 건데. 쉬 과장은 어

쩔 수 없이 입을 열었다.

"그게…… 오늘 현장 조사 결과 루이보의 시신이 발견된 장소가 최초 사건 현장은 확실합니다. 알아보니 루이보의 집이 그 근처이고, 최근 매일 밤 9, 10시에 강가에서 조깅을 했답니다. 시신이 운동복 차림이었잖아요. 그래서…… 제 생각엔 만날 사람이 있었던 게 아니라 루이보가 야간 조깅을 한다는 걸 범인이 미리 알아뒀던 게 아닐까 합니다."

"그럼 예젠 사건은 어떻게 설명하실 겁니까?"

왕루이쥔이 인정할 수 없다는 듯이 물었다.

"예젠이 죽기 전 메모를 보는 모습이 CCTV에 찍혔으니 그는 확실히 만나기로 한 사람이 있었던 것이고, 반면에 루이보는 그가 조깅하는 걸 누군가 알고서 미리 잠복하고 있었던 거라고 봅니다."

"그럼 예젠한테 만나자고 한 사람이 누구인지 말씀해보시죠."

왕루이쥔이 일부러 어려운 문제를 제시했다.

"그건…… 그걸 알아내면 사건이 해결되는 거 아닙니까? 우리 형사과학기술과에서 할 수 있는 일은 한계가 있습니다. 구체적으로 누가 범인인지는 그쪽 수사관들이 밝혀내야죠."

"그럼 형사과학기술과에서는 오늘 어떤 단서를 찾아냈습니까? 예젠 사건 때처럼 또 아무것도 건진 게 없으면 안 될 텐데요? 범인을 지목하는 게 우리 수사관들 몫이라고는 하지만, 무슨 단서라도 주셔야 수사를 하고 자시고 할 거 아닙니까!"

왕루이쥔의 이 말은 마치 예젠 사건을 해결하지 못한 책임을 쉬 과장에게 돌리는 것처럼 들렸다.

"사건이 발생한 지 벌써 사흘이 지났는데…… 야외에서 일어난 사건은 상황이 좀 복잡해서 용의 차량의 타이어 자국을 채취하지 못했습니다. 수상한 발자국이나 지문도 찾지 못했고요."

쉬 과장이 고개를 숙인 채 말했다.

"한참을 조사했지만 결국 아무 단서도 못 건졌단 말씀이네요."

왕루이쥔이 한숨을 푹 쉬었다. 쉬 과장과 좀 떨어져 있어서 망정이지, 가까이 있었으면 그의 어깨를 툭툭 치며 이렇게 말했을 것이다. *쉬 과장님, 매번 이렇게 임무를 완수하지 못하면 곤란하지 않겠어요?*

평소 무던하고 성실한 쉬 과장은 얼굴이 벌게지고 말았다. 그 순간 엉겁결에 단서 하나가 떠올랐다.

"범인이 루이보 사무실에 몰래 설치한 것으로 의심되는 CCTV를 오늘 기술과에 가져가서 물어봤는데요. 이런 임시 CCTV는 데이터 수신자를 찾을 수 없다고 합니다. 사무실 문을 억지로 열려고 했던 흔적이 없는 걸 보면 열쇠로 연 게 맞는 것 같고요. 호텔 측에 확인해봤더니 열쇠가 원래 총 세 개였대요. 루이보가 갖고 있던 건 자택에서 찾았고, 호텔 보안팀이 예비 열쇠 두 개를 갖고 있었는데, 몇 달 전에 루이보가 그중 하나를 가져갔다고 하더라고요. 사장실과 집을 샅샅이 뒤졌지만 세 번째 열쇠는 못 찾았습니다."

그렇다면 범인이 '세 번째 열쇠'로 사장실 문을 열었다는 결론이 나온다.

"루이보가 예비 열쇠를 가져가서 누구한테 줬을까?"

장이앙이 물었다.

"글쎄요. 그런 열쇠를 줄 정도라면 루이보와 아주 가까운 사람이겠죠."

제52장

회의가 끝나고 장이앙은 부하의 부축도 사양하고 혼자 병실로 돌아왔다. 곧이어 간호사가 들어와 붕대를 교체해주었다.

간호사가 나가고 조금 있으니 리첸이 보온 도시락을 들고 나타났다. 침대에 엎드려 휴대폰 영상을 보고 있던 장이앙은 살금살금 걸어오는 리첸을 보고 놀란 듯 물었다.

"여긴 어떻게 왔어?"

"야식 좀 챙겨왔어요. 제가 직접 끓인 죽이에요."

리첸이 전에 없이 부드러운 목소리로 말했다.

"하루 종일 수사하고 좀 전까지도 같이 회의했는데 언제 죽 끓일 시간이 있었어?"

"그게…… 전기솥에 타이머를 맞춰놨었거든요."

"그럼 뭐 엄청 애써서 만든 건 아니네."

리첸은 살짝 민망해하더니 금세 웃는 낯으로 말했다.

"뜨거울 때 얼른 드세요. 제 요리 솜씨가 어떤지 좀 보세요."

리첸이 협탁 위에 도시락을 올리고 뚜껑을 열었다.

"무슨 죽이야?"

장이앙이 살짝 놀란 목소리로 물었다.

"돼지 허벅지살 좁쌀죽이에요."

"세상에 그런 죽도 다 있나?"

"허벅지 다치셨잖아요. 아, 허벅지가 아니라 엉덩이요. 그래서 특별히 돼지 허벅지살 사다가 죽으로 끓였어요."

리첸이 싱글거리며 대답했다.

하루 종일 바쁘게 움직이고 밤도 깊은지라 장이앙은 입맛이 확 돌았다. 일어나서 숟가락을 집으려는데 리첸이 먼저 숟가락을 집어 들었다.

"그냥 엎드려 계세요. 제가 먹여드릴게요. 자, 아 하세요."

장이앙은 적잖이 당황했다. 리첸이 발그레한 얼굴로 입으로 죽을 후후 불더니 그의 입으로 숟가락을 내밀었다. 한입 먹어보니 제법 맛있었다. *리첸이 요리 솜씨도 있을 줄이야!* 그녀가 또 한 숟갈 떠서 입에 넣어주었다. 왠지 묘한 분위기가 느껴졌다. *이대로 계속 가다가 정치적으로 치명적인 오점이 생기는 거 아냐?*

장이앙은 짐짓 굳은 표정으로 심호흡을 한 뒤 말했다.

"아, 화장실 좀 다녀와야겠네."

"제가 부축해드릴게요."

"아냐, 됐어. 괜찮아."

장이앙은 목발을 짚고 후끈한 병실을 도망치듯 빠져나왔다. 밖에서 마음을 진정시키며 어떻게 대응해야 할지 생각해보기로 했다.

몇 분 뒤 병실로 들어온 장이앙은 문을 잠그고 전등을 전부 껐다. 병실이 순식간에 어둠에 잠겼다.

리첸의 심장이 빠르게 뛰기 시작했다.

"지…… 지금 뭐 하시는……."

"엎드려."

"네? 여기서요? 부국장님 몸 괜찮으세요?"

리첸은 얼굴이 화끈거렸다. 당황스러웠지만 몸은 어느새 장이앙의 지시대로 침대에 올라가 있었다. 그녀는 천장을 보고 누워 양손을 가슴 앞에서 교차하고 고개를 옆으로 돌린 채 눈을 꼭 감았다.

달빛에 비친 리첸의 모습을 보고는 장이앙이 재빨리 속삭였다.

"침대 밑에 엎드리라고."

"침대 밑에요?"

"훠정을 봤어. 날 찾고 있는 것 같아."

리첸이 단숨에 침대 밑으로 내려가 몸을 숨겼다. 장이앙은 이불을 사람 형체처럼 만든 후 목발을 들고 병상 옆 커튼 뒤로 숨었다.

그때 가벼운 노크 소리가 들렸다. 잠시 후 문에 박힌 유리창 너머로 훠정의 얼굴이 나타났다. 시커먼 병실을 들여다본 훠정은 침대에 사람이 잠들어 있는 줄 알고 문고리를 돌렸다. 그런데 문이 잠겨 있었다. 아무리 돌려도 문이 열리지 않자 그는 조용히 자리를 떴다.

문밖의 발소리가 점점 멀어져갔다.

"가, 갔어요?"

침대 밑에서 리첸이 물었다.

"일단은. 자넨 나오지 말고 있어. 휴대폰 가지고 있나?"

"네."

"쑹싱한테 전화해서 여러 명 데리고 병원에 오라고 해!"

장이앙은 훠정이 극악무도하게 나오리란 걸 알았다. 자신은 다쳐서 거동이 불편하고 리첸에게 기대는 건 더더욱 무리였다. 소지하고 있는 무기도 없었다. 훠정이 들어온다면 결과는 비관적일 수밖에 없었다. 한순간도 긴장을 늦출 수 없었다.

리첸도 상황을 눈치채고 쑹싱에게 전화해 작은 소리로 말했다.

"훠정이 병원에 나타났어요. 빨리……."

리첸이 말을 마치기도 전에 다시 발소리가 들렸다. 성큼성큼 병실로 다가오고 있었다. 리첸은 목소리를 잔뜩 죽이고 다시 한 번 쑹싱에게 말했다. 이윽고 발소리가 멈추고 열쇠 구멍에 열쇠를 꽂는 소리가 들렸다. 곧이어 문이 열렸다. 장이앙과 리첸은 각자의 위치에서 몸을 숨긴 채 꼼짝도 하지 않았다.

문을 열고 들어온 훠정이 병실을 둘러보았다. 생화와 과일이 잔뜩 놓여 있는 걸로 보아 장이앙의 병실이 확실해 보였다. 그는 여유 있게 문을 닫고 창문 커튼까지 닫았다. 번쩍거리는 칼을 빼 들고 한 발 한 발 침대로 다가섰다. 그리고 이불을 홱 걷었다.

아무도 없었다. 훠정은 미간을 찌푸리며 고개를 들었다. 병실 안에서 문이 잠긴 걸 보면 틀림없이 누군가 있다는 뜻이었다.

그때 휴대폰에서 말소리가 새어 나왔다.

"여보세요, 리첸. 말해, 병원 어느 곳으로 갈까? 여보세요……."

미친듯이 음량을 줄이던 리첸이 황급히 전화를 끊었다. 하지만 때는 이미 늦은 뒤였다. 눈앞에 무시무시한 훠정의 얼굴이 나타났다. 그가 리첸을 끌어내 달빛에 비춰보았다. *어째서 여경이지?*

순간 등 뒤에서 인기척이 들렸다. 반사적으로 고개를 돌린 훠정의 머리 위로 커다란 목발이 휘둘러졌다. 하지만 장이앙이 한 손으로 휘두른 목발이라 훠정의 이마에 약간의 상처만 냈을 뿐이었다. 그나마 그 사이에 리첸이 훠정을 벗어나 장이앙 뒤로 숨을 수 있었다. 장이앙은 훠정에게 숨 돌릴 틈도 주지 않고 다른 목발로 그의 배를 찔러 구석으로 쓰러뜨렸다.

장이앙은 양손으로 각각 목발을 쥐고 마치 늘어난 팔처럼 휘둘러 연신 스트레이트를 날렸다. 하지만 하반신 부상으로 제대로 서 있기도 힘든 상태라 치명적인 상처는 입히지 못했다. 훠정은 처음 몇 초간 몸을 피하더니 왼손으로 목발 하나를 움켜쥐며 "이 새끼!"를 연발했고 오른손으로는 칼을 휘둘렀다. 위기일발의 순간에 장이앙은 다른 목발로 훠정의 눈을 찔렀다.

눈을 다친 훠정은 두 손으로 머리를 감싸며 고통을 참았다. 생사의 갈림길에 선 장이앙은 아드레날린이 폭발했다. 목발 하나를 리첸에게 던지고 두 손으로 남은 목발을 단단히 쥐고 훠정의 머리를 신나게 내리쳤다. 훠정은 이리저리 도망치며 병실에 있는 물건을 손에 집히는 대로 마구 내던졌다.

각각 목발과 칼을 든 두 사람은 침대 앞에서 한동안 공격하고 공격당했다. 하나는 길고 단단했으며, 하나는 짧고 날카로웠다. 장이앙은 칼에 여러 군데를 베여 계속 피가 났다. 훠정은 꽤 많이 맞았는데도 여전히 강한 전투력을 보였다. 벌벌 떨고 있던 리첸도 싸움에 합류했지만 별로 도움이 되지는 않았다.

훠정이 팔로 돌연 장이앙을 밀쳐낸 뒤 침대 뒤의 리첸에게 달려들었다. 칼로 리첸을 찌르려 하자 장이앙이 목발 하나를 집어던지고 놈을 끌어안아 필사적으로 막았다. 한 손으로는 훠정의 왼손을, 다른 손으로는 칼을 든 놈의 오른손을 잡은 상태에서 두 사람은 함께 바닥으로 쓰러졌다. 그 상태로 훠정이 정신없이 칼을 휘둘렀다. 곧이어 장이앙의 팔과 명치에서 피가 흐르며 환자복이 붉게 물들었다.

실력은 훠정이 앞섰지만 체격은 장이앙이 앞섰다. 장이앙은 젖 먹던 힘까지 쥐어짜내 훠정의 두 팔을 붙들었다. 그렇게 잠시 대치하는 사이 훠정이 장이앙의 팔뚝을 물어뜯었다.

"아악!"

장이앙이 살점이 뜯겨나가는 걸 느끼며 비명을 질렀다. 그때 리첸이 목발을 휘둘러 훠정의 배를 찔렀다. 장이앙은 기회를 놓치지 않고 당한 대로 똑같이 훠정의 오른팔을 물어뜯었다.

"아악!"

훠정이 오른팔의 살점이 뜯겨나가는 걸 느끼는 사이, 장이앙은 재빨리 칼을 뺏어 들고 떡 벌린 훠정의 입안을 쑤셔버렸다. 혀를 쿡쿡 찌르고 입에서 귀뿌리까지 쭉 그은 뒤 허벅지도 한 번 찔렀다. 훠정은 고통에 몸부림치다 마침내 정신을 잃었다.

장이앙은 온몸이 상처투성이에 피범벅이었다. 엉덩이 상처는 진즉에 도로 터져버렸다. 한숨 돌리려니 그제야 온몸에 경련이 느껴졌다. 그대로 주저앉은 그는 벽에 기댄 채 거친 숨을 몰아쉬었다.

달빛에 비친 리첸의 모습이 장이앙의 눈에 들어왔다. 다행히 무사한 걸 보니 저절로 미소가 지어졌다.

리첸은 벅찬 마음을 주체할 수 없어 장이앙을 꼭 끌어안았다. 방금 전까지의 공포심 때문인지, 지금 이 순간의 감동 때문인지, 리첸의 눈에서 하염없이 눈물이 흘러내렸다.

"괜찮아, 이제 무서워할 거 없어."

장이앙이 리첸의 등을 토닥였다.

리첸은 장이앙의 아래턱을 바라보며 그윽한 목소리로 말했다.

"또 한 번 저를 구해주셨어요. 이제…… 제 목숨은 부국장님 거예요."

한 시간쯤 지나 공안국의 모든 간부와 싼장커우시 소속 주요 공무원들이 병원을 찾아왔다. 병원 야간 경비는 그 자리에서 시장에게 해고당했고, 병원장은 직무 정지 처분을 받았다. 당직 간호사는 범인이 장 부국장을 면회하러 왔다며 병실을 물었고, 열쇠를 훔쳐서 몰래 들어간 거라고 해명했지만 정직 처분을 받았고, 모든 간호사들이 이달치 월급을 삭감당했다. 그리고 장이앙의 병실 앞은 특수경찰 6명이 한 조가 되어 삼교대로 보초를 서게 됐다.

몸 곳곳에 상처를 입은 장이앙은 온몸이 피투성이가 되어 차마 눈 뜨고 보기 힘든 상태였다. 하지만 사실은 다 찰과상이라 심각한 상처는 아니었다. 유일하게 심각한 상처는 훠정에게 물린 부위였다. 치아 자국을 따라 피부가 뚫려서 근육 전체가 불그죽죽한 와인색으로 변했다. 의사가 보더니 하마터면 조직이 괴사할 뻔했다고 했다. 병원 측에서는 밤새 통화하며 상처 봉합을 맡길 가장 뛰어난 외과의를 불러들였다. 다들 장이앙을 빙 에워싼 채로 상처 봉합 과정을 지켜보았다. 장이앙이 아프다고 고래고래 소리 지르자, 목발 두 개로 도망자 훠정을 제압한 사나이가 이 정도에 소리를 지르냐고 농담을 건네기도 했다.

이번 일로 장이앙의 명성은 최고조에 달했다. 맨주먹으로 범죄자 무리를 소탕한 데 이어 오늘은 잘 걷지도 못하는 상태에서 목발로 칼을 든 도망자를 제압했으니 말이다. 장이앙이 다치지 않은 상태였다면 훠정 열 명이라도 다 물리쳤을 거라는 말도 돌았다.

간부들은 한참을 더 머물다가 세심하게 보살피라는 당부의 말을 남기고 자리를 떠났다. 병실 앞 특수경찰들을 제외하고 이제 병실에는 형정대대 사람들만 남았다.

점차 안정을 찾은 장이앙이 훠정의 상태에 대해 물었다.

훠정은 얼굴 절반이 칼로 찢기고 허벅지에도 칼이 깊숙이 박혀서 출소 후에도 다리를 절며 살게 됐다. 하지만 그가 출소할 일은 없었다. 전과만으로도 사형 판결을 받을 테니 오늘밤 저지른 일이야 더 말할 필요도 없었다.

"근데 훠정이 왜 날 찾아온 거지?"

"저희 다 훠정이 도망간 줄 알았는데 겁도 없이 부국장님을 찾아 병원까지 올 줄은 생각도 못 했어요. 살기를 포기한 거죠."

왕루이쥔이 말했다.

"신문해서 자백 받아내. 결과 나오면 바로 알려주고."

"지금 그놈 상태로는 구두 자백은 힘들지 않을까요?"

왕루이쥔은 좀 전에 보고 온 훠정의 얼굴을 떠올렸다. 목소리도 내기 힘들 만큼 끔찍한 상처였다.

"그놈 손 잘렸어?"

"아뇨."

"그럼 수기로 작성하게 해. 질문한 내용에 대해 하나도 빠짐없이 적게 하라고! 밤새 신문해버려!"

"지금은 상태가 너무 안 좋아서 내일 신문해야 할 것 같은데요?"

쑹싱이 끼어들었다.

"그놈이 아주 안타까워 죽겠나 봐?"

쑹싱은 그냥 입 다물고 있는 편이 나았다. 입만 열면 장이앙의 화를 돈웠기 때문이다.

"쑹싱, 자네 나랑 웬수 졌나? 자네 때문에 하마터면 죽을 뻔했으니까 이참에 쑹밍送命* 으로 개명하는 건 어때?"

"네? 쑹싱이 부국장님을 죽일 뻔하다니요?"

다들 눈을 부라리며 쑹싱을 쏘아보았다.

리첸은 경찰들을 보내달라며 쑹싱과 통화한 일을 속사포처럼 쏟아냈다. 가엾은 쑹싱은 대원들에게 또다시 한바탕 욕을 먹었다. 일전에 리첸을 류베이의 손에 죽을 뻔하게 만들고, 메이둥을 놓치고, 공명심에 눈이 어두워 설치다 팡차오와 류즈를 놓치더니, 이번에는 전화를 조심성 없이 받아서 장이앙과 리첸을 죽음으로 내몰았다며, "혹시 범죄자들이 형정대대에 심어둔 스파이 아냐?"라는 핀잔까지 들었다.

쑹싱은 얼굴이 벌게져서 병실을 뛰쳐나갔다. 그러고는 훠정을 가둔 병실을 찾아가 인류애에서 비롯된 간호사들의 반대를 물치리고 훠정을 일으켜 세우더니, 모든 수단을 동원해 그를 정신 차리게 만든 다음 사건의 원인과 결과를 적게 했다. 그가 장이앙을 찾아온 이유는 의외로 단순했다. 생명의 은인인 주이페이가 체포되자 훠정은 가만있을 수 없었다. 그렇다고 공안국에 쳐들어가 구해낼 수는 없으니 입원한 장이앙을 찾아가 인질로 잡고 주이페이와 교환할 작정이었던 것이다. 붙잡힐 각오까지 하고 이번 계획을 실행한 걸로 보아 훠정도 대장부는 대장부였다.

---

* 목숨을 잃는다는 뜻.

제53장

다음 날 형정대대 대원들이 병실을 찾아 최근 수사 상황을 보고했다. 형사과학기술과에서 새로운 단서를 가져왔는데, 어제 루이보 집에서 암호가 걸린 유에스비를 찾은 것이다. 전문가를 통해 암호를 풀어보니 음성 파일 수십 개가 들어 있었다. 대부분 랑보원의 목소리인 걸로 보아 루이보가 랑보원을 도청하고 있었던 게 아닐까 추측했다.

장이앙은 음성 파일을 메일함에 전송하도록 시켰다. 총 스무 개가 넘는 파일 중에 무작위로 몇 개를 재생했다. 랑보원의 사업과 일상에 관한 내용이 대부분이었고 특별한 건 없었다. 다른 파일을 재생하려는데 왕루이쥔이 잽싸게 다가와 일시정지 버튼을 눌렀다.

"전부 시답지 않은 얘기들이라 들으실 필요 없습니다."

왕루이쥔이 서둘러 노트북을 덮고 가방에 넣으며 말했다.

"왜 갑자기 가져가버려?"

장이앙이 의아해하며 물었다.

"저희는 다 들은 거라서요. 사건하고 관련이 없더라고요."

다른 대원이 왕루이쥔을 거들어 대답했다. 리첸도 왠지 부자연스러운 표정을 짓고 있었다.

장이앙은 더욱 수상하다고 느끼며 엄하게 말했다.

"노트북 이리 가져와."

"그게……."

"가져오래도!"

머뭇거리던 왕루이쥔이 다시 노트북을 꺼냈다.

장이앙은 좀 전에 들으려던 음성 파일을 재생시켰다. 두 사람의 목소리가 흘러나왔다.

—룽 형님도 너무 신중하신 거 아니에요? 기껏해야 성에서 사람 하나 내려보낸 게 전부잖아요. 숙부님이 계시는데 우리가 무서울 게 뭐 있다고!

—보투, 이번엔 네가 틀렸어. 룽 형님이 그러는데 우리한테 진짜 문제가 생기면 숙부님은 우릴 지켜주지 않을 거래. 우리뿐만 아니라 룽 형님도 말이야. 이번에 성 공안청에서 오는 사람이 가오둥 밑에 있던 사람이라니 목적이 뻔히 보이잖아.

—진짜 걱정할 거 없다니까요. 제가 친구한테 물어봤어요. 이번에 온다는 그 장이앙인가 그놈은 그냥 아첨꾼이래요. 오랫동안 사건 하나 해결 못 해서 가오둥 따라 같이 성으로 옮긴 거고요. 수사가 뭔지도 모르는 놈이 형정대대를 맡으러 온다니, 진짜 웃기지도 않는다니까요!

—…….

장이앙은 새파래진 얼굴로 고개를 들었다. 대원들은 각자 흩어져서 대화를 나누고 있었고, 누군가와 통화 중인 사람도 있었다. 아무도 노트북에서 나오는 소리를 듣지 못한 척 굴었다.

"방금 막 나온 목소리, 랑보투 맞지?"

"네? 방금 뭐라고 하셨어요?"

대원들이 그제야 무슨 일이냐는 듯 장이앙 쪽으로 모여들었다.

"여기 있는 파일들 다 들었지?"

"아뇨. 앞에 몇 개만 듣고 별로 건질 게 없어 보여서 뒤엔 안 들었는데요."

왕루이취안이 미소를 지으며 말했다. 다른 대원들도 이런 쓸모없는 녹음을 듣는 건 시간 낭비이고, 그걸 들을 만큼 자신들은 한가하지 않다고 말했다.

"방금 말한 사람이 랑보투 맞아?"

장이앙이 또 한 번 물었다.

"그게……."

"모르겠으면 내가 한 번 더 들려주지."

"아뇨, 됐습니다. 랑, 랑보투 맞습니다."

"랑보투 지금 어디 있어?"

그제야 왕루이취안이 별수 없다는 듯 상황을 설명했다.

"랑보투는 지금 형 대신 아오투 그룹을 맡아 운영 중이에요. 저우룽이 유에스비를 잃어버린 날 랑보원이 출장 핑계 대고 싼장커우를 떠났는데, 저우룽이 체포된 후로는 연락이 완전히 끊긴 상태거든요. 랑보투도 형의 행방을 모른다고 하고 경찰을 도와서 형을 끌어들일 미끼가 되기도 싫다고 하더라고요. 저희도 원래는 랑보투를 붙잡아두고 싶었는데 저우룽의 범죄 조직과 관련 있다는 증거를 찾을 수가 없더라고요. 저우룽 부하도 랑보투가 저우룽과 그저 그런 사이였다고 말했고요. 저우룽이 하는 일에는 형인 랑보원이 참여하고 랑보투는 기껏해야 내막을 아는 정도였나 봐요. 다

방면으로 조사해봐도 예전에 일 년 징역 산 것 말고는 기록이 전혀 없고, 강제구인할 명분이 없더라고요."

"랑보투가 일 년 형을 살았다고?"

장이앙이 눈을 가늘게 뜨며 물었다.

"오래전 일인데 2006년에 거액의 세금을 탈루하고 수출 환급세를 편취해서 징역 일 년을 살고 2007년에 출소했더라고요."

"2006년, 2007년…… 설마……."

장이앙이 허공을 보며 깊은 생각에 잠겼다.

"무슨 문제라도?"

세 사람이 궁금해하는 눈으로 장이앙을 쳐다보았다.

"아냐, 아무것도."

장이앙이 고개를 저었다.

"루이보 사건은 진전이 좀 있나?"

"형사 조치를 취하기에는 증거가 너무 부족해요."

리첸이 난처해하는 목소리로 대답했다.

"뭐가 어떻게 된 건데?"

"천 법의관님과 쉬 과장님이 예젠과 루이보 사건에서 확보한 정보를 쭉 살펴봤는데요. 두 사건 현장에서 수사 방향을 특정할 만한 범죄 증거를 못 찾았대요. 이런 상황에서 범인을 확정하더라도 범행 도구를 이미 처분했다면, 범인 쪽에서 살인을 인정하지 않는 한 죄를 확정할 수 없잖아요."

유죄를 확정하려면 증거를 갖춰야 했다. 인적 증거, 물적 증거, 자백이 있어야 하는데 이 가운데 물적 증거가 가장 중요했다. 이 사건에서는 일단 인적 증거도 없었고, 범인이 흉기를 이미 처분한 상태라면 물적 증거도 없는 셈이었다. 범인을 검거하더라도 끝까지 자백하지 않거나, 자백했더라도 경찰의 강요에 의한 자백이었다고 말을 바꾼다면, 마찬가지로 유죄 확정은 물건너가는 셈이었다.

장이앙이 잠시 고민하다 솔직하게 말했다.

"범인을 어떻게 정죄할지는 일단 신경 쓰지 마. 지금은 용의자 신원을 특정하는 게 가장 중요해! 내가 탐문수사하고 CCTV 확인하라고 하지 않았나?"

"탐문수사 쪽도 소득이 없었습니다. 두 사건 모두 밤에 발생했고 발생 지점도 인적이 드문 곳이라서요. 이번에 루이보 시신이 너무 늦게 발견돼서 그날 밤 몇 시에 범행이 있었는지 시간을 좁히기도 힘들었고요. 주요 CCTV 감시 지역도 사건 발생지와 거리가 좀 있다 보니 범행 차량이 어느 길을 지나갔는지 알아내지 못했어요. 천 법의관님이 설명한 SUV 특징과 부합하는 차량이 너무 많아서 소거법을 적용할 수도 없었고요."

쑹싱의 말에 장이앙이 한숨을 쉬며 목발을 짚고 일어났다.

"가자."

"어딜요?"

"공안국. 틀림없이 증거가 있을 거야. 이미 찾았는데 우리가 그게 증거인지 못 알아채고 있을 뿐이라고."

"부국장님, 몸은 좀 어떠세요?"

리첸이 상냥하게 물었다.

"괜찮아. 그냥 찰과상이야."

장이앙이 걸음을 옮기려고 하자 쑹싱이 속죄라도 하려는 듯 얼른 다가가 부축했다.

“제가 부축해드리겠습니다. 조심하십시오.”

“으악, 훠정한테 물린 부분을 잡으면 어떡해! 아이고.”

장이앙이 비명을 질렀다.

쑹싱이 또 한 건 했네! 구제불능이 따로 없어. 다들 고개를 젓고 혀를 내둘렀다.

장이앙은 증거품 보관실로 향했다. 두 살인사건 현장에서 수집한 모든 증거가 정리되어 있었다. 한 바퀴를 둘러보던 장이앙이 예젠의 집과 루이보의 사무실에서 모두 발견되었던 사진 두 장을 집어 들었다.

첫 번째 사진은 2002년, 두 번째 사진은 2007년에 찍은 것이었다. 첫 번째 사진에는 저우룽, 예젠, 랑보원, 루이보 네 사람이 랑보투 주변을 에워싸고 있었고, 장소는 랑씨 집안이 처음 세웠던 자동차 부품 공장이었다. 두 번째 사진에서는 랑보원과 랑보투의 자리가 서로 바뀌고, 주변을 에워싼 사람들에 뤄쯔웨가 추가돼 있었다. 장소도 아오투 그룹의 분양 매물 앞이었고, 두 사진에 모두 정갈한 중국어 글씨로 촬영 연도와 월이 적혀 있었다.

장이앙이 리첸에게 손짓하며 사진에 적힌 글씨를 가리켰다.

“가서 랑보투 필체와 비교해봐.”

잠시 후 리첸이 며칠 전 랑보투가 쓴 조서를 가져왔다. 랑보원의 상황에 대해 설명한 글이었다. 대조해보니 귀엽고 여성스러운 랑보투의 글씨체가 사진의 글씨체와 꼭 같았다.

“범인의 윤곽이 갈수록 뚜렷해지네.”

장이앙이 차갑게 웃으며 중얼거렸다.

"호, 혹시 랑보투가 범인이라고 의심하시는 거예요?"

장이앙은 대답 대신 형정대대 책임자들을 불러들여 다음 네 가지 일을 배정했다. 첫째, 랑보투가 2006년 징역을 살게 된 경위와 결과를 조사한다. 둘째, 아오투 그룹의 지분 구조를 알아낸다. 셋째, 랑보투와 아오투 그룹 명의의 모든 SUV를 조사하고 그중 루이보 사망 당일 밤 근처 CCTV에 찍힌 차량이 있는지 확인한다. 넷째, 최근 며칠간 랑보투의 모든 행적을 조사한다. 장이앙은 대원들에게 업무 실행 과정에서 랑보투에게 절대로 루이보 사망사건에 대해 언급하지 말라고 신신당부했다.

"왜 랑보투를 집중적으로 조사하시려는 겁니까?"

다들 이해가 안 된다는 눈치였다.

"왜일 것 같아?"

장이앙이 반문하자 쑹싱이 헤실거리며 대답했다.

"부국장님, 걱정 마시고 랑보투 조사는 저희한테 맡기세요. 제가 그놈 약점을 반드시 잡아내서 앞으로 싼장커우에 발도 못 붙이게 만들게요. 혹시 도박이나 성매매를 했다 하면 제가 바로 잡아다 족치겠습니다. 어디 겁도 없이 부국장님을 그딴 식으로 얘기……."

왕루이쥔이 큼큼 기침을 해댔고, 다들 서둘러 밖으로 나가버렸다. 혼자 남은 쑹싱도 할 수 없이 무거운 발걸음을 옮겼다.

장이앙이 랑보투를 겨냥해 지시한 수사 방안에 따라 각 팀이 신속하게 움직인 결과 반나절 만에 조사 결과가 나왔다.

먼저 랑보투가 징역을 살게 된 경위와 관련해서는, 리첸이 다양한 자료 조사와 수감된 저우룽을 포함해 내막을 아는 사람들에게 얻은 정보를 바탕으로 량보투의 경력을 복원해냈다.

아오투 그룹은 량보원의 부모가 1990년대에 설립한 자동차 부품 공장인 '싼장커우 아오투 제조 유한회사'가 그 출발이었다. 2000년 량보원의 부친이 병으로 세상을 뜨고, 이듬해 모친이 물러나면서 회사는 작은아들인 량보투가 이어받았다. 이게 바로 첫 번째 사진의 유래였다. 량보투가 가족 기업의 수장이 된 것을 축하하며 형인 량보원과 친한 친구들이 모여 기념 사진을 찍은 것이다. 당시 예젠은 형정대대에 재직 중이었고, 루이보는 다른 회사에 다녔으며, 량보원은 저우룽을 따라 외지에서 사업을 하고 있었다. 그러니까 당시 량보투가 이들 중 가장 돈이 많은 사람이었다.

그 시기에 때마침 중국이 세계무역기구WTO에 가입하면서 공장이 폭발적으로 성장했다. 저우룽은 만약 자신과 량보원이 사업에 실패하면 같이 량보투 밑에서 알바나 하자고 농담을 할 정도였다. 그런데 사업 성장 후 량보투가 망나니짓을 하고 다니기 시작했다. 흥청망청 놀며 매춘과 도박에까지 손을 댔다. 공장에 품질 사고가 나서 우량 고객이 줄줄이 떨어져나가는데도 마카오에서 도박을 하며 나 몰라라 했다. 사업은 급격히 기울었고, 량보투는 수천만 위안의 수출 환급세를 편취했다는 공장 직원의 내부고발로 체포되었다. 당시 그는 예젠의 손에 직접 체포됐고, 거액의 벌금형을 선고받아 공장을 매각해야 할 위기에 처했다.

공장은 당시 사업이 승승장구 중이었던 저우룽과 량보원이 인수하게 됐다. 저우룽은 공장에 자산을 투자해 아오투 그룹으로 만들어 량보원에게 전권을 위임했다.

량보투는 출소 후 개과천선해서 아오투로 돌아와 일하고 싶어

했지만 저우룽이 반대했다. 저우룽은 줄곧 랑보투를 고깝게 여겼다. 지금 랑보투가 그를 '룽 형님'이라고 부르기는 하지만 저우룽은 그를 상대하기 싫어했다. 다행히 랑보원이 형제의 정을 생각해 랑보투가 예전처럼 살지 않을 거라고 보증해줬다. 그래서 저우룽은 랑보투를 다시 회사로 불러들였고 지금까지 이어진 것이었다.

"최근 아오투 지분 구조는 어떻게 변했지?"

장이앙이 물었다.

"몇 차례 변동을 겪으면서 현재는 좀 복잡해졌는데요, 저우룽 말로는 랑보원이 최대 주주이고 자기가 2대 주주랍니다. 다른 기업들과 개인이 소유한 지분도 있고, 랑보투도 1퍼센트 소유했고요."

"랑보투 지분이 고작 1퍼센트라고?"

"네. 원래는 이마저도 없었는데 랑보원이 나눠준 모양이에요."

장이앙은 고개를 끄덕였다. 역시나 자신의 예측에 가까웠다.

"CCTV 조사한 건 어떻게 됐지?"

장이앙이 왕루이쥔과 쑹싱을 보며 물었다.

왕루이쥔이 기다렸다는 듯 대답했다.

"부국장님이 예상하신 대로였습니다. 랑보투와 아오투 그룹 명의로 등록된 모든 SUV를 찾아봤는데, 루이보 사건 당일 밤 10시에 랑보투의 SUV가 근처 CCTV에 찍혔습니다. 화질이 선명하진 않지만 운전자가 랑보투인 건 알아볼 수 있겠더라고요."

"역시 루이보 살인사건 발생지 주변에 나타났었어!"

장이앙이 눈을 가늘게 뜨며 말했다.

이번에는 쑹싱이 랑보투의 행적 조사 결과를 설명했다.

"CCTV 결과를 갖고 아오투를 찾아가 랑보투를 만나봤는데, 사건 당일 밤 10시에 무슨 일로 차를 끌고 나갔는지 물었더니……."

"잠깐. 지금 말한 그대로 물어본 거야?"

장이앙이 인상을 찌푸렸다.

"네."

"내가 뭐랬어? 내가 너한테 뭐라 그랬냐고! 랑보투 행적을 조사하되 살인사건에 대해선 입도 뻥긋하지 말라고 했잖아!"

장이앙이 소리를 질렀다.

"살인사건은 언급 안 했는데요."

"사건 당일 밤 뭐 했냐고 물었다며? 그게 살인사건 언급하는 거랑 뭐가 달라?"

"전……."

쑹싱은 괴로운 얼굴로 리첸과 왕루이쥔을 쳐다보았다. 그 순간 쑹싱은 자신을 보듬어줄 따뜻한 위로가 필요했다. 하지만 두 사람은 고개를 저으며 한숨만 내쉬었다.

"경찰의 의심을 받고 있다는 걸 랑보투가 알아채면 바로 도망칠 거라고! 쑹싱, 그 책임은 자네 혼자 오롯이 져야 할 거야!"

"제가…… 제가 지금 당장 가보겠습니다!"

쑹싱이 득달같이 뛰어나가려 했다.

"잠깐! 랑보투 행적, 마저 다 얘기하고 가. 아직 그만한 여유는 있으니까."

"랑보투가 시간이 좀 지나서 기억이 확실치 않다길래 일정을 살펴봤습니다. 루이보 사망 다음 날 오후에 베이징으로 출장 가서 이틀 후인 그저께 싼장커우에 돌아왔더라고요."

장이앙이 잠시 생각하더니 입을 열었다.

"천 법의관님이 칼판을 단 SUV가 흉기라고 했으니까…… 가서 랑보투 차부터 압수해와. 법의관님한테는 차량 내부 외부 할 것 없이 샅샅이 검사해서 피해자 흔적이 남아 있는지 확인하게 하고."

"차량은 벌써 압수해서 지금 법의관님이 확인 중입니다. 걱정 마세요, 부국장님. 해당 차량은 뺑소니 사고를 내고 도망가는 장면이 CCTV에 찍혔다고 둘러대고 압수해왔으니까요. 랑보투가 그럴 리 없다고 난리 치길래 번호판 도용 차량일 수도 있으니 일단 조사해보겠다고 하고 끌고 왔어요."

쑹싱이 득의양양한 모습으로 말했다.

"둘러댄 이유가 참……."

장이앙은 이미 쑹싱에 대한 신뢰를 잃은 듯 한숨을 내쉬었다.

"그런 뻔한 거짓말에 속겠어? 그놈이 무슨 바보야? 하…… 얼른 법의관님한테 전화해서 차량 조사한 거 어떻게 됐는지 물어봐."

쑹싱은 금세 실망스러운 결과를 전해 들었다. 깨끗하게 세차해서 아무것도 나오지 않았다는 것이다.

낯빛이 변한 장이앙은 한참을 망설인 끝에 목발로 바닥을 세게 찍으며 말했다.

"랑보투 긴급체포해!"

"체포하라고요?"

세 사람의 눈이 휘둥그레졌다. 다른 두 사람이 보내는 격려의 눈빛 속에서 리첸이 조심스럽게 물었다.

"무, 무슨 근거로 체포하죠?"

"랑보투가 연쇄살인사건의 진범이 확실해!"

"그게 무슨……."

세 사람은 할말이 있는 듯했지만 입을 다물었다.

"못 믿겠어?"

"어…… 저도 랑보투가 범인이라고 생각합니다! 근데…… 증거가 없잖아요."

왕루이쥔의 말에 나머지 두 사람도 고개를 끄덕였다.

"지금은 혐의점을 근거로 용의자를 구속하는 거야. 증거는 천천히 찾으면 돼."

"랑보투한테…… 무슨 혐의점이 있는데요?"

"수상한 사람이 수상한 시간에 수상한 장소를 지나갔어. 그러고는 수상하게 세차를 했지. 수상한 게 네 번이나 겹쳤으니 이만하면 혐의는 충분하지 않나?"

세 사람은 장이앙의 말을 곱씹어보더니 확실히 일리가 있다는 생각이 들었다. 하지만 뭔가 개운치 않은 기분이었다.

장이앙이 쑹싱에게 지시했다.

"자넨 이따가 랑보투 회사 근처에 사복경찰들 보내서 잠복하게 해. 그런 다음 랑보투한테 전화해서 단도직입적으로 말하는 거야. 루이보 살해 혐의를 받고 있으니 즉시 공안국에 와서 조사에 협조하라고. 회사 밖에서 지켜보고 있다가 놈이 도주하려는 조짐이 보이면 바로 체포해!"

"안 도망가면요?"

"그럼 그냥 데려와서 신문하고!"

제54장

경찰의 전화를 받은 랑보투는 도주하기는커녕 바로 공안국을 찾아와 당당하게 반문했다.

"제가 왜 루이보 살해 혐의를 받는 겁니까?"

경찰들도 이유를 알지 못했다. 그저 장이앙이 그를 범인으로 굳게 믿고 있다고 하니 우선 신문하는 것이었다.

취조실 의자에 앉은 랑보투는 분노에 찬 얼굴이었다. 취조실과 멀지 않은 관찰실에서는 장이앙을 비롯한 몇몇 경찰이 모니터 앞에 앉아 신문 과정을 지켜보는 중이었다.

"11월 5일 밤 10시에 BMW SUV 타고 핑캉루平康路 지나갔죠?"

취조관은 관례대로 먼저 신원을 확인한 뒤 정식 신문에 들어갔다. 두 취조관 중 한 명은 묻고 한 명은 기록했다. 둘 모두 귀에 이어폰을 꽂고 상사의 지시 사항을 실시간으로 듣고 있었다.

"저는 매일 핑캉루를 지나갑니다. 집이 그쪽 방향이라서요, 경찰 양반."

"진지한 태도로 임하세요!"

취조관이 소리쳤다.

"예예, 근데 제가 루이보를 죽였다고 하시니까 그렇죠. 저로서는 영문을 모르겠네요. 루이보는 5일 밤에 핑캉루와 가까운 강가에서 죽었고, 저는 매일 핑캉루를 지나갑니다. 근데 뭘 근거로 제가 루이보를 죽였다는 겁니까?"

"잠깐."

취조실 안과 밖에 있던 경찰들의 낯빛이 순간 바뀌었다.

"루이보가 11월 5일 밤에 죽은 걸 어떻게 알죠?"

취조관이 캐물었다.

"봐, 질문 한 번에 바로 들통났네."

모니터 앞의 장이앙이 말하자 함께 있던 경찰들이 모두 고개를 끄덕였다. 랑보투의 태도가 보면 볼수록 살인범임을 확신케 했다.

취조관의 질문에 랑보투는 아주 침착하게 대답했다.

"당신들 입으로 얘기했잖아요. 나한테 루이보를 죽인 혐의가 있다면서 11월 5일 밤 10시에 뭐 했냐고 묻지 않았습니까? 그 얘긴 루이보가 그날 밤에 피살됐다는 뜻이겠죠. 아니면 당신들이 뭐 하러 나한테 11월 5일 밤의 일을 묻겠어요?"

"그럼 루이보가 강가에서 죽은 건 어떻게 알았습니까?"

"어제 핑캉루 옆 강가에서 시신이 발견됐다는 건 많은 사람들이 아는 사실이죠. 저는 그게 루이보라고 생각한 거고요."

랑보투의 해명은 하나부터 열까지 다 말이 되는 것 같았다. 모니터 속의 랑보투를 관찰하던 경찰들은 이렇게 생각했다. *음…… 계속 보니까 별로 살인범 같지 않은데.*

"그럼 그날 밤 운전하기 전에는 뭐 하고 있었습니까?"

"밥 먹었습니다. 친구들하고요."

"몇 시까지요?"

"벌써 며칠 전 일이라 기억이 가물가물하네요."

"어디에서 누구하고 같이 먹었습니까?"

랑보투가 기억을 더듬더니 식당 이름과 친구들 이름을 말했고 서기는 하나하나 기록했다.

"11월 6일에는 뭐 했습니까?"

"11월 6일 오후에 베이징으로 출장 갔습니다."

"무슨 일로 가신 겁니까?"

"회사 업무차 간 겁니다."

"구체적으로 어떤 업무로요?"

"투자은행에서 하는 투자설명회에 참석하려요."

"출장 기간에 업무 말고는 또 무슨 일을 하셨습니까?"

"아무것도요. 아, 11월 6일 오전에 병원에 갔었습니다. 출장 갔다가 그저께 돌아와서도 다녀왔고요."

"병원에는 왜 가신 겁니까?"

"당연히 진료 보러 갔죠. 지독한 감기에 걸렸거든요. 6일 아침 일어났는데 온몸에 기운이 하나도 없어서 병원 갔더니 열이 39도까지 올랐더라고요. 그날 주사 맞고 며칠간 베이징에 출장 가서도 계속 약을 먹었지만 아직도 안 나았네요."

랑보투는 자신이 지금도 감기에 걸린 상태라는 걸 보여주려는 듯 기침을 몇 번 했다.

관찰실에 있던 경찰들은 어안이 벙벙했다.

"만약 병원에 갈 정도로 열이 심한 상태였다면 범인이 아닐 가능성이 높은데요. 살인을 하는 데 굳이 몸이 아픈 시기를 골라서 하진 않을 테니까요."

왕루이쥔이 머뭇머뭇하며 말했다.

“법의관님 불러서 저놈이 진짜 감기에 걸렸는지 진찰하라고 해.”

장이앙의 말에 왕루이쥔이 조그만 목소리로 대답했다.

“저기…… 천 선생님은 법의관이라서 진료는 못 하지 않을까요?”

“사망 시각을 감정해내는 사람이 용의자가 그날 심한 감기에 걸렸는지 여부도 감정 못 하겠어?”

상사가 지시하니 어쩔 도리가 없었다. 왕루이쥔은 어린 경찰에게 천 법의관을 불러오라고 시켰다. 법의관 사무실에 도착한 어린 경찰은 눈 딱 감고 장이앙의 요구사항을 전달했고, 천 법의관은 불같이 화를 냈다.

“내가 무슨 돌팔이 의사도 아니고, 하루 종일 살아 있는 사람 부상 상태도 감정하고 죽은 사람 검시도 해야 하는데, 이제는 하다못해 감기 걸려서 열이 나도 나를 찾나? 내가 이번에 감기 환자를 진찰해줘봐. 나중에는 공안국에서 병만 걸렸다 하면 법의관을 찾을 거 아냐? 무슨 이런 경우가 다 있어! 죽어도 안 가.”

천 법의관이 그렇게 나오니 장이앙도 어쩔 도리가 없었다. 랑보투에게 진료 내역을 요구할 수밖에 없었다. 랑보투는 사무실에 질료 내역서가 있다며 비서에게 전화해 가져오게 했다.

랑보투에 대한 신문은 잠시 중단되었다. 장이앙은 진료 내역서를 확인하고 나서 이후의 향방을 정하기로 했다. 현재까지의 신문 상황을 근거로 경찰들의 의견은 둘로 갈렸다. 왕루이쥔, 쑹싱 등을 비롯한 형사경찰들은 랑보투가 범인이 아니라는 쪽이었다. 당황하는 기색도 전혀 없고 그날 밤 핑캉루를 지나갔다는 것 외에 혐의점이라 할 만한 것이 전혀 없다는 이유였다. 랑보투가 범인이라고 믿는 쪽은 장이앙과 그를 무조건 신뢰하는 리첸, 단둘뿐이었다.

"진료 기록에서 랑보투가 6일 아침 열이 39도였다는 게 사실로 확인되면 랑보투는 범인이 아닐 것 같습니다."

쑹싱은 비록 최근 위신이 뚝 떨어지기는 했지만, 사건 수사에 대해서는 신중하고 객관적인 태도를 유지하며 조심스럽게 의견을 제시했다. 발열은 근육통을 동반하는 고통스러운 증상이었다. 39도까지 열이 오른 상태에서 살인을 한다는 건 말도 안 된다.

장이앙은 고개를 저었다.

"열이 났어도 11월 6일에 난 거야. 루이보는 5일 밤에 죽었고. 적어도 5일에는 랑보투가 말짱했다는 얘기지. 아니면 친구들 만나서 식사할 생각을 했을까?"

"그건……."

"의문점은 하나 더 있어. 6일 아침부터 그렇게 아팠다면서 오후에 베이징 출장을 갔어. 엄청 중요한 일이면 아파도 어쩔 수 없이 가야겠지. 근데 투자설명회를 들으러 갔다고 했잖아. 그것도 이틀이나 참석했다니 수상하지 않아?"

투자은행의 투자설명회는 사람들을 꾀여서 프로젝트에 투자하게 만들 목적인 경우가 대부분이었다. 알짜배기 투자 기회는 내부적으로 이미 채가고 없을 텐데 사회적으로 자금을 모집할 필요가 어디 있겠는가? 랑보투는 아오투 그룹의 2인자로 일한 지 연차가 꽤 된 만큼 이런 자본시장의 수법은 꿰뚫고 있을 게 뻔했다. 그런데 그런 투자설명회를 들으러 열이 펄펄 나는 몸으로 베이징까지

갔다? 그것도 이틀씩이나 머물면서?

"랑보투는 가장 큰 허점을 보였어. 우리가 루이보 사망과의 관련성을 제기했을 때 어째서 그는 '그때 아팠습니다'라는 대답을 했을까? 자기는 사람을 죽일 만한 힘이 없었다는 걸 내비친 거잖아. 근데 애초에 그 말을 안 한 이유가 뭐겠어?"

"그러게요, 왜 처음부터 말을 안 했을까요?"

"속으로 계산이 이미 다 돼 있었던 거야. 처음부터 그렇게 말하면 진술할 내용을 미리 준비해둔 거라고 우리가 의심할 수 있으니까. 그래서 잠자코 있으면서 우리가 감기에 대해 알아낼 때까지 기다렸다가 경찰 스스로 그의 혐의를 배제하도록 유도한 거지."

"일리 있는 말씀이네요."

이제 다시 랑보투에게 혐의가 있다는 쪽으로 모두의 의견이 기울었다. 그때 쑹싱이 주저하며 말을 꺼냈다.

"저기…… 말씀하신 부분에서 살짝 짚고 넘어갈 게 있는데요."

"말해봐."

"랑보투가 처음부터 자기는 아파서 살인할 힘이 없었다고 말했다면 사전에 준비한 멘트라고 의심했을 겁니다. 그런데 랑보투는 처음에 그런 말을 하지 않았고, 나중에야 신문을 받고 그런 말을 했죠. 하지만 우리는 여전히 랑보투를 의심하고 있습니다. 그러니까 제 말은…… 아팠다는 걸 언제 말했는지 상관없이 우리는 랑보투가 거짓말하고 있다고 의심하고 있다 이겁니다."

지금 쑹싱의 머릿속에는 의린절부疑鄰竊斧라는 성어가 맴돌고 있었다. 옛날에 도끼를 잃어버린 사람이 있었는데 그는 이웃집 아들이 도끼를 훔쳤다고 의심했다. 그 아이의 행동거지를 관찰해보니 어떻게 봐도 도끼를 훔친 것 같았다. 나중에 땅을 파다가 잃어버린 도끼를 발견한 뒤에 다시 이웃집 아들을 보니 아무리 봐도 도끼를 훔칠 아이처럼 보이지 않았다는 것이 이 성어의 고사故事였다.

장이앙이 입을 삐죽이며 왕루이쥔을 쳐다보았다.

"네 생각은 어때?"

"쑹, 쑹싱이 말한 게 맞는 것 같습니다."

장이앙이 한숨을 내쉬었다.

"이렇게 하지. 내기를 하는 거야."

"내기하실 필요 없습니다!"

왕루이쥔이 다급히 말했다. 천 법의관이 그랬던 것처럼 지는 사람이 공안국을 떠나는 내기를 하자고 할까 봐 두려웠던 것이다. *지든 이기든 떠나는 쪽은 내 쪽이지, 부국장님이 될 리는 없잖아. 다들 사건을 해결하고 진범을 잡겠다는 목표로 열심히 일하는 것뿐인데 굳이 내기까지 할 필요가 있을까?*

"다들 1위안씩 걸어."

뜻밖의 말에 왕루이쥔은 몰래 한숨을 내뱉었다.

"아, 좋습니다. 뭘로 내기하실 건데요?"

"난 랑보투의 진료 내역서에 바이러스성 감기가 아니라 세균성 감기라고 적혀 있다에 걸지. 바이러스성 감기라면 바로 랑보투를 풀어줄 거야."

"네? 그게 무슨 말씀이세요?"

"감기로 열이 나기 전날에는 멀쩡히 식사 자리에 참석했지. 발열 당일 오후에도 베이징에 갈 기력이 있었고. 일부러 걸린 감기라는 뜻이야. 어떻게 일부러 감기에 걸릴 수 있을까? 간단해. 11월 5

일 밤에 루이보를 살해하고 돌아와서 오랫동안 찬물로 샤워를 한 거야. 요즘처럼 쌀쌀한 날씨에 찬물로 샤워하면 쉽게 감기에 걸리지. 일부러 감기에 걸려서 경찰의 혐의를 받지 않도록 수를 쓴 거라고. 이렇게 차가운 환경에 노출되어 걸리는 감기는 세균성이고, 바이러스성 감기는 전염원이 있어야 해. 걸리고 싶다고 걸릴 수 있는 게 아니지. 그래서 난 세균성 감염이라는 데 걸겠어."

대원들은 반신반의하며 고개를 끄덕였다. *요즘 범죄자들은 별별 고차원 속임수를 다 쓰는군.*

삼십 분쯤 뒤 랑보투의 회사 직원이 진료 내역서를 가져왔다. 11월 6일 자에 '세균성 감염'에 열이 38.8도라고 떡하니 적혀 있었다! 장이앙은 담담한 미소를 지었고, 왕루이쥔은 믿을 수 없다는 듯 장이앙을 바라보았다. 뒤이어 모니터 속 랑보투를 보자 갑자기 굉장히 의심스러워 보였다.

신문을 이어가다 보니 취조관들이 준비한 질문이 어느새 바닥이 났다. 랑보투의 모든 대답은 합리적이고 근거가 있었으며 살인 사건과는 조금도 관련성이 없었다. 유일한 혐의점이라면 장이앙의 지적처럼 발열 전날 저녁 식사 자리에 참석하고, 발열 당일 오후 베이징에 갔다는 것이었다. 이는 혐의라기보다 감기에 걸렸으면서 여기저기 쏘다니며 '걸어다니는 전염원'이 된, 공중도덕 개념 없는 사람임을 설명해줄 뿐이었다. 그렇다고 감기에 걸리면 집에만 붙어 있으라는 법률 규정도 없으니 이걸 이유로 그를 정죄할 수는 없었다.

질문할 거리가 떨어져 난감해지자 취조관이 카메라를 보며 구호의 신호를 보냈다.

"아무래도 내가 가서 만나봐야겠군."

장이앙이 자신만만하게 웃으며 자리에서 일어났다.

장이앙이 들어오자 취조관은 옆으로 피하며 그를 가운데 자리에 앉혔다.

"장이앙이라고 합니다. 랑보투 씨, 마지막으로 기회를 드리죠. 자백하시겠습니까?"

장이앙이라는 이름에 랑보투의 눈빛이 미세하게 흔들렸다.

"저, 전 진짜 안 죽였습니다. 대체 뭘 자백하라는 겁니까?"

장이앙은 고개를 저으며 책상에 있던 자필 진술서를 집어 들었다.

"글씨가 참 예뻐요. 눈에 잘 들어오고."

"칭찬 감사합니다."

장이앙은 대원에게 증거품 보관실에서 사진 두 장의 사본을 가져오게 했고, 잠시 후 랑보투의 눈앞에 사진 두 장을 펼쳐 보였다.

"이 사진 아시죠?"

"예전에 다 같이 찍은 사진인데요."

"잘 한번 보세요. 오른쪽 하단에 있는 글씨, 본인이 쓴 거 맞죠?"

"네…… 제가 썼습니다. 근데 이게 왜요?"

랑보투는 살짝 긴장했다.

"그럼 다시 묻죠. 형 랑보원과 사이가 어땠습니까?"

"저희…… 사이 좋습니다."

"그렇게 좋진 않을 텐데요? 당신은 일도 많고 생각도 많은데 한 번도 형한테 알린 적 없잖아요, 맞죠?"

"전…… 글쎄요. 무슨 말씀을 하시는 건지 모르겠군요."

랑보투가 적잖이 당황한 기색을 보였다. 좀 전까지만 해도 그토록 태연했던 그가 별거 아닌 듯한 장이앙의 질문 몇 개에 확 달라진 것이다. *장이앙이 대체 무엇을 손에 쥐었길래 저럴까?* 두 사람의 대화는 마치 대화 당사자들만이 알아들을 수 있는 것 같았다.

"무슨 말인지 모르겠다? 그럼 다시 한 번 잘 생각해보시죠."

랑보투는 고개를 살짝 숙였다. 잠시 후 고개를 든 그의 얼굴은 당황한 기색 대신 잔뜩 억울해하는 표정이었다.

"전 당신들이 왜 저를 신문하는 건지 진짜 모르겠습니다. 루이보 형님과 저는 나름 친분 있는 사이였다고요. 근데 왜 제가 형님을 죽이겠습니까?"

"루이보와 친분이 있었다고요? 하, 원수를 졌다고 해야 맞겠죠!"

랑보투는 낯빛이 확 바뀌었지만 억지로 진정하려고 애썼다.

"그럼 누가 루이보를 죽였을 거라고 생각하죠?"

"글쎄 전 모릅니다. 물어볼 거면 이보 형님 애인한테 가서 물어보셔야죠."

"애인?"

장이앙은 살짝 놀란 눈치였다. 루이보가 미혼이라는 것만 알았지, 애인이 있다는 건 전혀 몰랐던 것이다.

"루이보한테 애인이 있었다고?"

"당연하죠! 이보 형님이 그렇게 무능력해 보였나요? 애인도 하나 없게?"

이 발언에 취조실 밖에 있던 '솔로' 경찰들이 웅성거렸다.

"저 새끼 뭐라는 거야? 태도 똑바로 못 해! 지금 신문 중이라고!"

다들 랑보투가 다시 보였다. *저 자식이 무조건 범인이다!*

"애인이 누군데요?"

"저우치라고 호텔 3층 스파센터 매니저요."

모두의 예상을 뛰어넘은 대답이었다. 저우치가 루이보의 애인일 거라고는 전혀 생각지 못했다. 두 사람을 한 장소에서 본 적이 몇 번 있었지만 둘 다 전혀 티를 내지 않았고, 그래서인지 호텔 직원들도 이 사실을 모르고 있었다.

장이앙은 당장 저우치의 상황을 알아보기로 했다. 지금으로선 명백한 증거를 내밀지 않는 한 랑보투는 절대로 불지 않을 것이다.

"이 일은 우리가 조사해서 금방 밝혀낼 거예요. 근데 당신도 요행 심리는 버리는 게 좋을 겁니다. 당신 짓인 거 다 알고 있으니까. 너희는 계속 신문해. 순순히 불 때까지 잠도 재우지 말고."

장이앙이 자리에서 일어나며 말했다.

"다, 당신들 대체 날 언제까지 가둬둘 셈입니까?"

"앞으로 쭉 가둬둘 건데요?"

"이럴 순 없어! 루이보가 죽은 게 나랑 무슨 상관인데요? 아무 증거도 없이 어떻게 날 가둬둔다는 거죠? 애초에 소환조사라고 했으니 24시간 지나면 풀어줘야 하잖아요! 안 풀어주면 고소할 겁니다!"

랑보투가 두려움에 찬 목소리로 소리 질렀다.

취조관이 장이앙을 따라 문밖으로 나와 물었다.

"부국장님, 정말 계속 붙잡아두실 생각이세요?"

"당연하지."

"그게…… 소환조사라서요. 진짜 고소라도 하면 일이 복잡해지는데."

"그럼 소환이 아니라 형사사건 핵심 용의자를 구속수사하는 걸로 하면 되지. 그럼 24시간 제약 따위 신경 쓸 필요 없잖아."

"근데 지금 증거가 없어서 구속수사로 변경하려 해도 절차상 문제가 좀 있습니다."

그러자 장이앙이 다시 취조실로 들어갔다.

"랑보투, 내 얘기 잘 들어요. 당신은 루이보 살인사건 용의자예요. 우린 지금부터 소환을 구속수사로 전환합니다. 구속수사는 24시간이라는 제약이 없어요. 구속수사 규정도 알고 있죠?"

"잘은 모르는데요."

"그럼 더 잘됐네요!"

장이앙이 취조관에게 고개를 돌렸다.

"봐, 잘 모른다니까 그럼 문제없겠지."

취조관은 가만히 생각했다. *그래, 절차를 모르니 확실히 문제없겠어.*

장이앙은 억울하다는 랑보투의 아우성을 뒤로하고 취조실을 나섰다.

제55장

장이앙은 부하들과 함께 저우치의 상황을 알아보기 시작했다. 저우치의 휴대폰은 현재 전원이 꺼진 상태였다. 통신업체에 문의해보니 오늘 오후부터 꺼진 것으로 확인되었다. 호텔 직원들을 상대로 저우치의 대인관계도 조사했다. 왕루이쥔은 소식통을 통해 지난 며칠간 저우치를 본 사람이 아무도 없다는 걸 알게 되었다. 다른 사람들이 위챗으로 메시지를 보내면 가끔 답장이 오기는 했지만, 전화를 걸면 신호는 가는데 받지 않았다고 했다.

경찰이 저우치의 집을 찾아가 노크해보니 아무 반응이 없었다.

어느새 밤이 깊어져 다음 날 조사를 이어가기로 했다. 그런데 다음 날 아침 일찍 사건은 새로운 전환점을 맞이했다.

저우치에게는 싼장커우의 한 KTV*에서 매니저로 일하는 친언니가 있었는데, 친언니도 며칠째 저우치와 연락이 되지 않는다고 했다. 어제저녁 경찰의 연락을 받은 친언니는 새벽 3시에 퇴근하며 동생 집으로 찾아갔다. 열쇠를 갖고 있어서 문을 따고 들어갔더니 역한 냄새가 코를 찔렀다. 불을 켠 순간 거실 소파에 누워 있는 동

* 중국의 고급 단란주점.

생의 시신을 발견했고, 식겁해서 바로 경찰에 신고했다.

저우치가 사는 곳은 낡고 허름한 연립주택으로, 예전에 술집 아가씨로 일하며 모은 돈으로 산 집이라고 했다. 다른 고급 단지에 장만한 새집은 입주를 앞두고 현재 인테리어 공사 중이었다. 루이보와 줄곧 비밀 연애를 했던 것은 술집 아가씨로 일했던 경력이 혹시 그에게 폐가 될까 염려해서였다.

장이앙은 목발을 짚고 왕루이쥔과 쑹싱의 안내를 받아 연립주택으로 향했다. 힘겹게 3층으로 올라가보니 폴리스라인을 쳐놓고 조사를 막 시작한 상태였다. 집 안으로 들어가려고 보니 입구에 작은 CCTV가 붙어 있는 게 보였다. 루이보의 사무실 천장에 있던 것과 똑같은 모양이었다. 수거해서 검사하기 위해 CCTV 한쪽에 증거품 표시를 붙여놓은 상태였다. 루이보 때와 마찬가지로 누가 이곳을 감시했는지는 알 수 없었다.

집 안으로 발을 들인 순간 장이앙은 반사적으로 뒷걸음쳤다. 부패한 냄새가 너무 역했다. 11월이라 차디찬 날씨였지만 실내는 중앙난방으로 후끈 데워진 상태였다. 창문도 꼭꼭 닫혀 있어 완전히 찜통 같았다. 이런 데서 시체가 며칠씩이나 방치돼 있었던 것이다.

쑹싱은 서둘러 난방부터 껐다. 창문은 감식 요원들이 와서 감식하기 전까지는 손을 댈 수 없었다. 그 대신 현관문을 활짝 열어 냄새가 조금이라도 빨리 빠져나갈 수 있게 했다.

십 분쯤 지나자 간신히 숨쉴 수 있을 정도는 되었다. 그제야 장이앙 일행은 안으로 들어갔다. 안에 있는 경찰들은 마스크를 쓴 채 찡그린 얼굴로 조사를 진행 중이었다.

집 안을 둘러보니 21평쯤 돼 보였고 인테리어는 따뜻한 느낌이었다. 현관으로 들어서면 왼쪽이 작은 거실이었고, 거실 소파에 저우치의 시체가 있었다. 몸 주변으로 피가 잔뜩 흘러내려 있었다.

시체를 대충 살펴본 장이앙은 방으로 들어가며 쑹싱에게 물었다.

"어떻게 죽은 거야?"

"육안으로 봐선 칼에 찔린 것 같습니다."

"사망 시각은?"

"벌써 며칠 된 걸로 추정됩니다."

"그걸 누가 몰라? 정확한 사인, 사망 시각, 과정을 묻는 거잖아."

"그건 천 법의관님이 오셔야 알 수 있습니다. 저흰 전문가가 아니라서요. 다른 기술 요원들도 현장 감식만 맡아서 한다고요."

쑹싱이 인상을 찌푸리며 대답했다.

"천 법의관님은?"

"시골에서 휴가 중인데 방금 전화했더니 바로 오시겠답니다. 도착하려면 서너 시간은 걸릴 것 같습니다."

장이앙이 순간 불만스러운 기색을 드러냈다.

"루이보 사건 터진 지 얼마나 됐다고 휴가를 가?"

"그게…… 이제 막 루이보 살인사건이 터졌잖아요. 과거 살인사건 발생 확률로 따져봤을 때 앞으로 며칠간은 사건이 일어날 확률이 거의 없다면서 휴가를 가셨답니다."

장이앙은 한숨을 내쉬었다. 그도 별다른 수가 없었다. 천 법의관이 데리고 다니던 제자는 작년에 이직했고, 올해 새로 들어온 제자 둘은 학생이라 부상 상태를 감정하는 정도의 수준이었다. 천 법의관이 싼장커우 부검을 혼자 도맡아 하는 셈이었다. 그가 고약한 성질을 부려도 누구 하나 어쩌지를 못하는 것은 그 때문이었다.

밤이 되어 각 부문의 조사 작업이 마무리되었다. 천 법의관은 구두로 검안 결과를 전달하며 사망자에게 중독이 있었는지 화학 분석을 통해 확인해봐야 한다고 덧붙였다.

저우치는 루이보보다 먼저 죽었다. 루이보와 같은 날 혹은 하루 전날 죽은 것으로 추정되었다. 칼로 복부에 연속으로 다섯 군데를 찔린 것으로 확인되었고, 사망 시각은 특정하기 어려웠다.

현관 문고리가 멀쩡한 점 등 현장 상황으로 보아 면식범의 소행으로 보였다. 저우치는 면식범을 집 안에 들이자마자 살해되었다. 몸싸움 흔적이 관찰되긴 했지만 경미한 정도였다. 아마 무방비 상태에서 칼에 찔렸고 반항도 제대로 못해보고 죽임을 당했을 것이다. 범인은 살인 후 현장에 꽤 오래 머무르며 곳곳에 묻은 지문과 발자국을 지웠다. 그래서 물증 분석의 성과도 별로 없었다. 저우치의 현관문 열쇠와 휴대폰은 보이지 않았다. 분명 범인이 챙겨갔으리라. 경찰은 저우치의 열쇠고리에 루이보 사무실의 '세 번째 열쇠'도 끼워져 있었으며 범인이 그걸로 루이보 사무실에 들어갔을 거라고 판단했다. 그나저나 범인은 왜 저우치의 휴대폰을 켜놓은 채로 갖고 있다가 어제가 되어서야 끈 것일까?

장이앙은 부하들과 함께 다시 한 번 사건을 정리해보았다.

범인은 저우치와 잘 아는 관계이고, 집에 찾아와 저우치를 살해한 뒤 열쇠 꾸러미와 휴대폰을 가져갔다. 이후 야간 조깅을 나온

루이보를 살해했다. 루이보의 사무실에 잠입해 어떤 물건을 챙겼고 CCTV를 설치해 경찰의 조사 상황을 살폈다. 범인이 밤중에 루이보 사무실을 찾았다는 게 모두의 의견이었다. 낮에는 호텔 오피스층에 사람들의 왕래가 많아 범인이 이런 위험을 감수할 리 없었다.

장이앙은 다음 두 가지 일을 지시했다. 첫째, 랑보투가 사는 단지의 CCTV를 확보해 지난 며칠간 그가 밤에 외출한 정황이 있는지 확인한다. 둘째, 펑린완 호텔 로비의 CCTV를 확보한다. 루이보의 사무실에 들어가려면 먼저 호텔 로비를 거쳐야 하기 때문이었다.

밤새 업무에 매달린 덕분에 다음 날 아침 결과가 나왔다.

리첸이 두 가지 사항에 대해 보고했다.

11월 5일 밤 랑보투는 BMW SUV를 타고 단지로 돌아왔고, 삼십 분쯤 후 옷을 갈아입은 모습으로 걸어서 단지를 나갔다. 두 시간여가 지난 한밤중에 다시 걸어서 귀가했는데, 그 두 시간여의 행적이 상당히 의심스러웠다.

"그 시간에 펑린완 호텔에 가서 루이보 사무실에 잠입한 거야."

장이앙의 말에 리첸이 고개를 저었다.

"호텔 로비 CCTV를 여러 번 살펴봤는데 랑보투는 안 보였어요."

"변장을 한 건 아니고?"

"기술 요원들도 그 가능성에 대해 생각해봤는데요. 원래 한밤중에 호텔을 드나드는 사람은 별로 없었고, CCTV에 나온 사람들을 꼼꼼히 조사해봤지만 랑보투는 해당되지 않았어요."

이번에는 일이 난처하게 되었다. 대체 어떻게 호텔 로비 CCTV에 찍히지 않고 들어갈 수 있었을까?

"부국장님, 혹시…… 진짜 랑보투의 범행이 아닌 게 아닐까요?"

"그럴 리 없어. 야밤에 외출한 두 시간 동안 펑린완 호텔을 다녀온 게 틀림없어. 근데 어떻게 CCTV에 찍히지 않을 수 있었을까?"

순간 장이앙의 눈이 휘둥그레졌다.

"왕루이쥔 좀 빨리 불러와."

리첸이 왕루이쥔을 불러오자 장이앙이 바로 물었다.

"로비를 안 거치고 펑린완 호텔에 들어가는 방법이 있나?"

"후문으로 들어갈 수 있을걸요. 근데 어제 CCTV 확인하러 갔을 때 보니까 후문이 잠겨 있더라고요. 홀 지배인 말로는 후문 쪽 로비를 리모델링하느라 한동안 문을 잠가둔 상태였대요."

"후문 말고 또 없어?"

왕루이쥔이 어깨를 으쓱했다.

"없습니다. 호텔을 드나들려면 무조건 로비를 지나가야 해요."

"다시 한 번 잘 생각해봐."

"정말 생각이 안 나는데요."

결국 장이앙이 스스로 답을 내놓았다.

"스파센터. 이 업소에 틀림없이 외부로 통하는 뒷문이 있어. 그쪽엔 당연히 CCTV도 없을 테고!"

"그건…… 저희가 가서 봐야 확인할 수 있습니다."

"지금 일 분 일 초가 아까운 마당에 시간 낭비하지 말고!"

왕루이쥔은 잠깐 망설이다 어쩔 수 없이 대답했다.

"네, 뒷문 있습니다. CCTV는 없고요."

"확실해?"

"화, 확실합니다. 근데 그 뒷문은 소식통이 알려줘서 아는 겁니다. 저희가 예전에 사건 처리할 때 필요해서……."

장이앙은 왕루이쥔의 해명은 듣지도 않고 다시 목발을 집어 들었다. 지금 당장 자신이 직접 랑보투를 신문하기로 했다.

"11월 5일 밤, 루이보를 살해하고 귀가해서 삼십 분 뒤에 옷 갈아입고 걸어서 단지를 나갔던데요. 나가서 뭐 하셨습니까?"

장이앙은 취조관 두 명 사이에 앉아 질문을 던졌다. 리첸을 비롯한 다른 대원들은 관찰실에서 신문 과정을 지켜보았다.

"그 말씀을 우선 바로잡아야겠네요. 전 이보 형님을 죽이지 않았습니다. 이보 형님이 피살당한 거랑 저는 아무 관계가 없습니다."

하루 동안 갇혀 있었던 랑보투는 얼굴에 피곤한 기색이 역력했지만 두뇌 회전은 여전히 빨랐다.

장이앙은 피식 웃었다.

"그럼 그렇게 결백하신 분께서 한번 설명해보시죠. 귀가 후 다시 외출해서 무얼 하셨는지, 왜 굳이 옷을 갈아입고 나가셨는지 말입니다. 원래 입고 있던 옷에 루이보의 피가 묻었던 거죠?"

"옷은 샤워를 해서 갈아입은 거고, 외출한 건 저우룽 형님 쪽에 문제가 생겼다는 말을 듣고 심란해서 산책하러 나갔던 겁니다. 룽 형님 회사와 저희 회사가 협력관계에 있어서 저희 쪽에도 영향을 미칠 수가 있거든요."

랑보투는 조금의 머뭇거림도 없이 술술 대답했다.

"산책이라. 무슨 산책을 두 시간씩이나 합니까?"

"단지 북쪽에 있는 강가를 거닐며 마음 좀 가라앉히고 벤치에 잠시 누웠다가 저도 모르게 잠이 들었거든요."

"몸이 안 좋았을 텐데 한밤중에 강가에 나갔다고요?"

"그래서 다음 날 열이 나더군요. 강가에서 졸다가 그렇게 된 모양이에요."

"들어보니까 왜 감기가 걸리게 됐는지 앞뒤가 딱딱 맞는데, 오랫동안 준비한 멘트인가 봅니다?"

랑보투가 가볍게 한숨을 쉬며 고개를 저었다.

"전 정말 살인사건과 아무런 상관이 없다니까요."

"조사해본 바로는 그때 강가가 아니라 펑린완 호텔에 갔던데요."

"차, 차도 안 가져갔는데 어떻게 거길 갑니까?"

"택시를 탔겠죠."

"전…… 전 진짜 사실만을 얘기하고 있습니다. 대체 무슨 증거로 제가 펑린완 호텔에 갔다는 겁니까?"

"어떤 증거를 원하시는데요?"

"호텔 직원의 증언이요. 길가에도 호텔 CCTV가 있으니 제가 호텔에 갔다면 찍혔겠죠."

"허허, 역시 주도면밀하네. 택시를 타면 CCTV에 안 찍힌다는 걸 알았던 거잖아. 이미 휴업 중인 스파센터 뒷문으로 들어가면 사람들과 마주치지도 않고 호텔 CCTV에 찍히지도 않는다는 것까지."

랑보투가 어이가 없다는 듯 한숨을 쉬었다.

"진짜 억울해 죽겠네요. 이보 형님 사망에 대해 조사하려면 가장 가까운 사이인 저우치를 찾아가야지 왜 저한테 와서 이럽니까?"

"당신은 저우치가 이미 죽었다는 거 알고 있잖아. 그래서 어제 일부러 우리한테 저우치를 찾도록 유도했지. 오늘도 같은 소릴 하네."

"뭐요? 저우치가 죽어?"

"연기가 그럴싸하군. 싼장커우에서 남우주연상감이 탄생했어. 우리도 있고 저기 취조실 뒤에서도 경찰들이 잔뜩 보고 있으니까 어디 한번 계속해보시지."

랑보투의 낯빛이 하얗게 질리는 듯하더니 금세 회복되었다.

"왜 저우치도 죽은 겁니까?"

"그건 내가 당신한테 물어야 할 말인데. 당신이 저우치를 먼저 죽이고 나중에 루이보를 죽였으면서 왜 나한테 그걸 묻지?"

"저우치가 이보 형님보다 먼저 죽었다고?"

랑보투가 눈을 크게 뜨고 물었다.

"그래. 무슨 문제라도 있나?"

장이앙이 의아한 눈빛으로 그를 쳐다보았다.

"그, 그럴 리가 없는데……."

랑보투가 침을 꿀꺽 삼켰다.

장이앙은 랑보투의 낯빛에 주목하며 캐물었다.

"저우치가 루이보보다 먼저 죽을 리 없다는 건 무엇 때문이지?"

랑보투는 흔들리는 눈빛으로 말을 얼버무렸다.

"제, 제가 출장 가던 날 아침에 저우치를 봤거든요. 저, 저우치가 죽었다면 그건 11월 6일 이후여야 해요."

"뭐라고?"

모두의 눈이 휘둥그레졌다. 부검 결과는 분명 저우치가 루이보보다 하루이틀 먼저 죽은 것으로 나왔다. 그런데 어떻게 루이보 사망 다음 날 아침에 저우치를 볼 수 있을까?

장이앙은 잠시 망설이다 랑보투를 똑바로 쳐다보았다.

"그 말에 책임져야 할 거야."

"사, 사실입니다."

"그날 아침 병원에 가지 않았나? 근데 어떻게 저우치를 만났지?"

"차…… 타고 병원 가는 길에 본 겁니다."

"어느 길에서?"

"그, 그건 기억이 잘 안 납니다."

"본 사람이 저우치가 확실해?"

"네. 그때 길이 막혀서 제가 창문 내리고 인사까지 했는데요."

"저우치도 대답하던가?"

"저우치는……."

랑보투가 기억을 더듬었다.

"네, 대답했어요. 저우치가 맞아요."

장이앙은 입을 다물었다. 그야말로 돌발 정보였다. 지금까지 모든 진술자는 루이보가 죽은 뒤 며칠간 저우치를 못 봤다고 했다. 휴대폰은 켜져 있었지만 전화를 받지 않았고 문자를 보내면 가끔 답장은 왔다고 했다. 부검 결과도 저우치가 루이보보다 먼저 사망한 것으로 나왔는데, 랑보투는 11월 6일 아침에 저우치를 봤다니!

장이앙은 심호흡을 한 뒤 호통을 쳤다.

"감히 거짓말을 해? 부검 결과에 따르면 저우치는 5일 밤 전에 죽은 게 확실해. 근데 어떻게 6일에 볼 수 있지? 어째서 저우치를 본 사람이 당신 한 명뿐이고, 어째서 구체적인 장소도 못 대는 거지?"

"그, 그건 시간이 좀 많이 지나서 기억이 흐릿한 것뿐이에요. 근데 그날 아침에 분명히 저우치를 봤다고요. 부, 부검 결과에 문제가 있을 거란 생각은 안 해보셨습니까? 부검이 제대로 이루어지지 않았을 가능성에 대해 고려해보셨냐고요!"

장이앙은 생각에 잠겼다. *랑보투가 거짓말하는 걸까, 부검 결과가 틀린 걸까? 근데 랑보투가 6일 아침에 저우치를 봤다고 거짓말할 필요는 없지 않나? 그런 거짓말을 해서 무슨 이익을 본다고?*

설마 진짜로 부검에 문제가 있었던 걸까? 천 법의관의 허리 상태를 보면 보고서를 잘못 작성했을 가능성도 있었다.

"천 법의관님 모셔와."

장이앙이 CCTV를 보며 말했다.

CCTV 너머의 경찰들은 서로의 얼굴만 쳐다보며 어찌할 바를 몰라 했다. *천 법의관님께 부검 결과가 잘못되지 않았느냐는 말을 꺼내야 하는데…… 누가 나서지?* 한참을 상의한 끝에 모두가 리첸을 꼬드기기 시작했다. 리첸에게는 아무래도 조금은 신사적으로 대하지 않을까 싶었다.

리첸은 눈 딱 감고 법의관실로 향했다. 천 법의관은 용의자 랑보투가 자신을 찾는다는 말에 그 자리에서 고개를 마구 저었다. *감기 걸려서 열이 나도 날 찾더니, 내가 무슨 병원도 아니고! 안 가!*

리첸은 이번에는 진찰이 아니라 다른 일 때문이라고 말했다.

천 법의관은 코웃음을 치며 단호한 태도를 보였다. 오늘 *네가*

무슨 말을 어떻게 하든 안 갈 테니 그리 알아. 다른 부상 상태 감정이 예약돼 있어서 그런 하찮은 일에 신경 쓸 겨를 없어.

리첸은 정말 급한 일이라 꼭 취조실에 가보셔야 한다고 졸랐다.

"대체 무슨 일인데?"

"그, 그게……."

리첸이 숨을 크게 들이마시더니 눈을 꾹 감고 입을 열었다.

"용의자 말이 부검 결과가 틀렸대요. 우리 공안국 법의관의 전문성이 떨어진다고……."

리첸은 벌벌 떨며 삼 초 만에 눈을 떴다. 해부칼을 들고 뛰쳐나가는 천 법의관의 모습이 보였다.

잠시 후 취조실 문이 쾅쾅거렸다. 취조관이 창 너머로 천 법의관의 얼굴을 확인하고 문을 열어주었다. 그 순간 문을 확 밀치고 들어온 천 법의관이 랑보투의 목에 해부칼을 들이댔다.

"법의관의 전문성 어쩌고 지껄인 게 네놈이야?"

기절초풍할 상황을 맞이한 랑보투는 목소리도 나오지 않았다. 신문 중에 고문을 받을 수도 있다는 생각은 해봤지만, 누군가 뛰쳐 들어와 칼을 들이댈 수도 있다는 생각은 꿈에도 해보지 못했다. 그는 그저 속으로만 "살려줘! 사람 살려! 경찰이 사람 죽인다!"라고 외쳐댔다.

다행히 두 취조관이 급히 천 법의관을 뜯어냈다. 모니터로 보고 있던 왕루이쥔과 쑹싱도 바로 달려왔다.

"천 법의관님, 칼을 휘두른다고 해결되는 게 아니잖습니까."

물론 그런 말이 천 법의관의 귀에 들어올 리 없었다. 이런저런 방법을 동원하고 나서야 간신히 해부칼을 뺏고 그를 자리에 앉힐 수 있었다.

장이앙이 조심스럽게 입을 열었다.

“법의관님 보고서에 따르면 저우치는 11월 4일이나 5일에 루이보보다 먼저 죽은 셈인데, 랑보투는 6일 오전에 길에서 저우치를 봤다고 하네요. 그래서 의견을 좀 여쭤보려고…….”

“저놈이 거짓말하는 거야! 저놈이 범인이야!”

천 법의관이 랑보투를 향해 삿대질을 했다.

“내가 내린 부검 결과는 절대 틀릴 수가 없어요. 루이보는 5일 밤에 죽은 게 확실하고, 저우치는 그보다 일찍 죽은 게 틀림없어요. 틀릴 수가 없다고!”

그러자 랑보투가 작은 소리로 구시렁거렸다.

“전 6일 오전에 분명히 저우치를 봤다고요. 부검 결과가 틀린 거라고요.”

“살인범 주제에 여기가 어디라고 거짓말을 지껄여!”

천 법의관이 책상을 쾅 내리치며 말을 이었다.

“듣자니 6일 오후에 베이징 출장을 갔다던데? 넌 저우치가 6일 이후에 죽었다고 말하고 싶겠지. 그래야 네 알리바이가 생기니까. 내 말이 틀려?”

“아…….”

모두의 눈에서 불이 켜진 듯한 순간이었다. 취조실 너머에서 박수가 터져 나왔다. 랑보투가 6일 아침에 저우치를 봤다는 말을 굳이 한 이유는 바로 알리바이를 만들기 위한 것이었다! 어쩐지 베이징에 가서 무슨 투자설명회니 하며 이틀을 머물렀다고 하더니, 이제 보니 다른 목적이 있었던 것이다.

천 법의관은 자못 뿌듯해하며 랑보투를 향해 말했다.

"과학은 과학이야. 네놈 거짓말은 과학으로 무참히 박살났다고. 자백과 부검 결과가 서로 배치된다는 건 네놈이 거짓말을 하고 있다는 뜻이지!"

랑보투는 침을 꿀꺽 삼키고 고개를 숙인 채 눈만 올려 법의관을 쳐다봤다. 그리고 벌벌 떨리는 목소리로 물었다.

"어, 어째서 당신 부검 결과가 틀릴 리 없다고 하시는 겁니까?"

"내 부검 결과는 한 번도 틀린 적이 없으니까!"

랑보투는 이를 악물고 법의관을 노려보았다. 손에 칼도 없고 많은 경찰들이 지켜보고 있으니 법의관이 다시 폭력을 행사하기는 힘들 것이다. *그래, 이판사판이다!* 랑보투가 고개를 쳐들고 따져 물었다.

"부검하실 때 날씨, 온도 같은 요소도 고려하고 사망 시각을 판단하셨겠죠?"

"당연하지. 여름이냐 겨울이냐, 실내냐 실외냐에 따라 시신 상태는 완전히 다르니까. 날씨와 온도를 고려하지 않은 상태에선 전혀 틀린 판단을 내릴 수 있어. 심지어 사망 시각은 며칠씩이나 차이가 날 수 있지. 지금 법의관을 시험하는 건가?"

"그럼 묻죠. 시신이 실내에 있고 온도가 아주 높았다면 어떻게 사망 시각을 판단하실 겁니까?"

"진짜 사망 시각은 겉으로 확인되는 것보다 좀 더 최근이겠지."

"그럼 됐습니다."

랑보투가 입을 삐죽거렸다.

"되긴 뭐가 됐다는 거야?"

법의관은 무슨 영문인지 모르겠다는 듯 랑보투를 바라봤다.

"무슨 말이 하고 싶은 거지? 루이보 시신은 실외에서 발견됐어. 따라서 사망 추정 시각은 아주 정확해. 저우치 시신은 집 안에서 발견됐는데 온도가 바깥보다 몇 도 안 높았어. 물론 나도 세세한 차이를 다 고려해서 사망 시각을 판단했고. 그러니 결과가 틀릴 리 없지!"

"그게……."

그제야 경찰들이 아차 하는 눈치였다. 왕루이쥔이 머뭇머뭇하며 입을 열었다.

"법의관님…… 저우치 사망 현장이 처음엔 그렇지 않았습니다."

"그게 무슨 말이야?"

천 법의관이 놀란 눈으로 왕루이쥔을 보았다.

경찰들이 기억하는 바로는 저우치 집에 들어선 순간 덥다는 느낌이 들었다. 집 전체가 최고 온도로 중앙난방이 틀어져 있었다.

"왜 처음 상태 그대로 유지하지 않았어? 난방은 누가 끈 거야?"

천 법의관이 성난 목소리로 물었다.

경찰들이 기억을 더듬는 듯하더니 구석에서 움츠리고 있는 쑹싱을 쳐다보았다. 쑹싱이 더듬더듬 입을 열었다.

"창문은 안 열었어요. 현장도 원형 그대로 보존했고요. 그냥 너무 덥고 숨이 막혀서…… 그래서 잠깐 끄자 싶어서 끈 건데……. 그날 법의관님이 너무 늦게 오셨잖아요. 도착하셨을 땐 실내 온도가 많이 내려가 있었던 거예요. 그게 이렇게까지 크게 영향을 미칠 줄은 미처 생각 못 했어요……."

쑹싱은 또다시 한바탕 핀잔을 들어야 했다. *뭐? 그런 기본 상식*

도 없으면서 형사라고? 사건 현장이 덥고 답답해서 그랬다니, 그 정도도 못 참고 무슨 형사를 해? 그냥 매일 에어컨 나오는 사무실에 앉아 서류나 들여다보는 게 낫지 않아?

한창 쑹싱을 공격하던 경찰들이 문득 생각난 듯 일제히 랑보투에게 시선을 꽂았다.

"저우치 집 안 상태에 대해 어떻게 알았지?"

"알긴 뭘 알아요? 저는 그냥 예를 들었을 뿐이지, 저우치 집 상태가 그랬다고는 얘기 안 했잖아요."

랑보투의 무력한 변명에 이번에는 모두가 그가 범인임을 믿어 의심치 않았다. 랑보투는 더 이상 할말이 없자 자기는 단지 예를 들어 말했을 뿐이라는 말만 반복했다. 그 말을 귀담아들으려는 사람은 아무도 없었지만 경찰들은 여전히 난감한 상황이었다. 현재의 증거로는 랑보투가 지금까지의 살인사건들과 관계 있다는 걸 증명할 수 없었다. 그를 구속하려면 실질적인 증거가 필요했다. 그게 아니면 풀어주어야 했다. 그가 무력한 변명조차도 더 이상 할 수 없게 만들 확실한 증거를 찾아야 했다.

제56장

“전력회사에 확인해봤는데 그저께 저우치의 집 전력 사용량이 폭발적으로 증가했대요. 그저께 난방을 틀었다는 소린데, 딱 랑보투가 공안국에 오기 직전이더라고요.”

다음 날 최신 수사 결과를 보고하는 자리였다.

천 법의관의 분석에 따르면 랑보투의 계책은 아주 악랄했다.

저우치의 집은 작년에 리모델링해서 휴대폰으로 원격조종할 수 있는 스마트 난방을 사용하고 있었다. 랑보투가 저우치와 대화 중에 그 점을 파악했을 확률이 높았다. 랑보투는 11월 5일 낮에 저우치의 집을 찾아가 그녀를 살해하고, 그녀의 휴대폰과 열쇠 꾸러미를 갖고 나왔다. 그날 밤 루이보를 살해한 뒤 그의 사무실에 잠입해 문서를 챙겼다. 그리고 경찰들의 수사 상황을 파악하기 위해 저우치 집과 루이보 사무실에 CCTV를 설치했다.

6일 오후에는 베이징에 갔다가 이틀 후 싼장커우로 돌아왔다. 가상번호와 음성변조기를 써서 경찰에 전화해 루이보의 시체 위치를 알려주었다. 경찰이 시체를 발견하면 자연히 루이보의 주변인 관계를 조사할 테고, 저우치가 루이보의 애인이라는 걸 알아내면 그녀의 집으로 찾아갈 것이다. 이러한 예상에 따라 랑보투는 저우치의 집 입구에 설치한 CCTV로 누군가 온 걸 확인한 뒤 저우치의 휴대폰으로 난방 온도를 최고로 올릴 작정이었다. 경찰이 범인을 체포하러 온 것은 아니니 억지로 문을 열어 들어가지는 않을 테고, 열쇠를 찾거나 가족을 찾는 등 일련의 과정을 거쳐 다시 저우치의 집을 찾을 때쯤이면 난방으로 후끈해진 상태가 될 것이다. 만약 경찰이 저우치가 루이보의 애인이라는 걸 알아내지 못한다면 랑보투는 다시 익명으로 경찰에 전화해 저우치 집을 찾아가도록 유도했을 것이다.

이러한 시나리오에 따라 랑보투는 경찰의 소환 전화를 받았을 때 휴대폰으로 난방을 최고로 올린 뒤 공안국을 찾았고, 신문을 받던 중 저우치가 루이보의 애인이라는 정보를 의도적으로 흘렸다. 저우치의 집이 난방으로 후끈 데워진 상태일 때 경찰이 저우치의 시체를 발견하도록 유도한 것이다.

랑보투의 시나리오대로 진행됐다면 법의관은 시체가 찜통 같은 실내에 있다 보니 부패 속도가 빨랐다고 판단해 사망 추정 시각을 좀 더 최근으로 잡았을 것이다. 즉 루이보가 죽은 이후에 저우치가 죽었다고 판단했을 것이다. 그러면 루이보가 죽고 이틀간은 랑보투에게 베이징 출장이라는 알리바이가 있으니 경찰이 그를 지목했어도 혐의를 벗어날 수 있었다.

하지만 그 시나리오에 난데없는 쑹싱이 끼어들었다. 랑보투가 밤새 난방을 틀어놓았는데 아침 일찍 나타난 쑹싱이 덥고 답답하다며 난방을 꺼버렸다. 이로써 법의관은 사망 추적 시각을 '제대로' 짚어내게 됐고, 랑보투의 음모는 수포로 돌아가면서 악에 받친 그의 입에서 법의관의 전문성을 의심하는 발언까지 튀어나왔던 것이다. 천 법의관의 전문성을 의심한 사람 중에 끝이 좋은 사람은 아무도 없었다. 랑보투가 가장 좋은 예였다.

악랄한 랑보투의 수법에 천 법의관도 하마터면 그간 쌓아올린 명예를 잃어버릴 뻔했다. 상황 파악이 끝나자 법의관은 오히려 쑹싱에게 고마워했다.

랑보투의 음모는 확실히 밝혀졌지만 경찰에겐 여전히 과제가 남아 있었다. 랑보투가 살인범이라는 걸 뒷받침할 법적 증거를 찾아야 했다. 경찰이 물증을 제시하지 못하니 랑보투도 여전히 딱 잡아떼고 있었다.

고민에 빠진 경찰들 사이로 리첸이 반가운 소식을 들고 왔다. 그녀가 손에 든 투명 비닐봉투 안에 휴대폰이 들어 있었다.

"저우치 휴대폰 찾았어요. 랑보투의 유죄를 입증할 수 있다고요."

장이앙이 목발을 짚으며 벌떡 일어났다.

"잘됐다!"

그런데 리첸이 어떻게 저우치의 휴대폰을 찾아냈을까? 모두가 놀라운 한편 의아해하는 표정이었다.

장이앙은 봉투를 들고 취조실로 가면서 랑보투의 신문을 준비시켰다. 쑹싱에게는 랑보투의 집과 회사로 대원들을 보내 명령이 떨어지면 언제든 수색할 수 있도록 대기하게 했다.

랑보투가 자리에 앉자 장이앙이 증거품 봉투를 꺼내며 차가운 미소를 지었다.

"자세히 보시죠. 이게 누구 휴대폰 같습니까?"

휴대폰을 주시하던 랑보투의 낯빛이 급격히 변했다.

"마…… 말도 안 돼."

"말도 안 된다니요? 그저께 소환받고 공안국에 오기 전 회사에서 저우치 휴대폰 전원을 끄고 버렸겠죠. 우리가 여기저기 다 뒤졌는데 결국 당신 회사 청소부가 휴대폰을 주워서 제출했어요."

"그럴 리가……."

랑보투가 기괴한 표정을 지으며 이를 악물었다.

"이제 입을 열어보시죠. 흉기나 다른 물건들은 어디다 숨겼습니까?"

랑보투가 잠깐 뜸을 들이고 대답했다.

"차에서 떼다가 저희 집 차고에 던져뒀습니다."

드디어 사건의 진상이 밝혀졌군! 취조실에 있던 사람, 관찰실에 있던 사람들 모두가 일제히 박수를 쳤다.

"결국 이렇게 자백을 하는군요. 참 쉽지 않은 시간이었습니다."

장이앙이 웃으며 말을 이었다.

"사실은 말이죠. 내가 당신 속인 겁니다. 이 휴대폰은 저우치 것이 아니라 저우치가 쓰던 휴대폰을 알아보고 중고로 똑같은 걸 구한 거거든."

용의자를 속여서 끝까지 자백을 받아내다니, 기막힌 수법인데? 모두가 놀라움을 감추지 못했다.

그런데 그때 랑보투가 껄껄 웃었다.

"사실 저도 당신 속였어요. 저희 집 차고엔 흉기 같은 거 없어요. 왜냐하면 제가 죽인 게 아니거든요. 수색해보려면 얼마든지 수색해보시죠."

이번엔 어떻게 수습하지? 경찰이 자신을 속인 걸 알고 물증을

어디에 숨겼는지 입을 더 꾹 다물어버리는 건 아니겠지? 모두가 눈만 동그랗게 뜬 채 장이앙을 바라보았다.

예상외로 장이앙은 큰 소리로 웃었다.

"이 방법이 먹혀들 거라곤 기대도 안 했어. 그냥 내가 내린 결론이 맞는지 검증할 겸 당신을 떠본 것뿐이야."

랑보투의 얼굴이 하얗게 변했다. 침을 꿀꺽 삼킨 그가 천천히 물었다.

"뭘 검증한다는 거죠?"

"그저께 당신을 소환하기 전 당신 회사 근처에다 형사들을 쫙 깔아뒀어. 당신이 여기 오기 직전에 저우치 휴대폰 전원이 꺼졌지. 즉 그때 저우치의 휴대폰이 당신 회사에 있었다는 소리야. 공안국에 들어온 뒤로 당신은 밖에 나갈 기회가 없었고. 계속 생각했어. 그 휴대폰이 어디 있을까? 한 가지 가능성은 당신이 휴대폰을 회사 쓰레기통에 버려서 처리했다는 거야. 근데 좀 전에 청소부가 주웠다고 하니까 당신은 그럴 리 없다는 반응을 보였지. 그렇다면 남은 가능성은 하나야. 휴대폰이 아직 당신 회사 어딘가에 숨겨져 있다는 거! 이 점만 확실히 하면 휴대폰이 아무리 작더라도 당신 회사에서 찾아내는 것쯤 일도 아니지! 우리가 충분한 인력과 충분한 시간을 들이기만 한다면 말이야."

랑보투는 모든 게 물거품이 되기라도 한 듯 낯빛이 창백해졌다. 그는 의자에 축 늘어진 채 초점 없는 눈으로 장이앙을 바라봤다.

"기회를 한 번 줄게. 휴대폰을 숨긴 장소를 시원하게 밝혀서 우리의 수고를 덜어준다면, 감방살이할 때 처우 좀 봐달라고 해주지. 근데 계속 입 다문 채 수많은 경찰들을 생고생시켜서 휴대폰을 찾게 만든다면 내가 굳이 나설 필요도 없지. 감방 가서 강간범들과 한 방에서 지내고 싶어? 당신처럼 살결이 곱고 보드라운 도련님 같은 인물이라면 귀여움을 독차지할 만도 하지. 안 그래?"

랑보투는 몸서리를 치며 떨리는 목소리로 드디어 입을 열었다.

"휴…… 휴대폰은 제 방 옆 부사장실 위쪽 에어컨 구멍에 있고, 흉…… 흉기는 판자에 박았던 칼들인데 강에 버렸습니다. 저희 집 북쪽에 있는 그 강에요. 찾을 수 있도록 제가 협조하겠습니다."

장이앙은 즉시 랑보투의 회사 주변에서 대기 중인 경찰들에게 전화해 휴대폰의 위치를 알렸다. 오 분 만에 저우치의 휴대폰을 찾았다는 연락이 왔다. 용의자의 자백과 물증까지 확보했으니 랑보투는 이제 도망가려야 도망갈 수 없는 신세가 되었다.

경찰들이 환호성을 질렀다. 속고 속이는 과정을 거쳐 결국 결과를 얻어내는 장이앙의 방식은 신문의 교과서나 다름없었다. 가히 '예술적인' 형정 기술이라 할 만했다.

장이앙은 마침내 한숨을 돌리며 랑보투를 향해 웃어 보였다.

"나머지 절차에 대해서도 순순히 협조하면 고생도 덜 하고 좋을 거야. 여기서 '자백하면 관대하게, 반항하면 엄중하게'라는 구호를 굳이 들먹일 필요는 없겠지. 당신 스스로 알아서 잘 처신해."

"잠깐."

랑보투가 장이앙을 불러 세우고 시큰둥하게 말했다.

"완벽하게 설계한 계획인데 대체 왜? 아무 증거도 없는 상황에서 어떻게 절 범인으로 지목한 거죠? 대체 무슨 근거로 저에 대한 의심의 끈을 놓지 않았던 거냐고요."

어째서 그랬던 것일까? 주변에서 아무리 다른 의견을 제시해도

장이앙은 시종일관 랑보투가 범인이라고 고집했다. 혹시 녹음 파일에서 들은 랑보투의 발언 때문이었을까? 공적인 일로 사적인 복수를 하려다 운 좋게 얻어걸린 것일까?

장이앙은 희미하게 웃으며 다시 자리에 앉더니 태연한 표정으로 그를 바라보았다.

"당신이 제 잘난 줄 알고 설쳐서야."

"제, 제가요?"

랑보투는 어리둥절한 표정이었다.

"루이보가 죽은 뒤 그의 사무실 서랍에서 사진 두 장을 발견했어. 그리고 과거 일을 조사해봤더니 당신의 범행 동기가 뭔지 금방 알겠더군."

"제, 제 범행 동기를 안다고요?"

장이앙이 한숨을 내쉬었다.

"자녀를 차별 대우 하는 부모들 때문에 수많은 비극이 일어나지. 당신 집안 얘기를 해볼까? 당신 부모님은 어려서부터 작은아들인 당신을 편애했어. 공장 이름도 당신 이름을 따서 아오투라고 지었지, 아오원이 아니라. 아버지가 돌아가시고 어머니는 공장을 당신 명의로 바꿔주셨어. 형 랑보원 몫은 없이 말이야. 랑보원은 집을 나가 저우룽과 같이 장사를 했어. 그런데 당신은 물려받은 가업을 돌보지 않고 허튼 데다 돈을 쓰고 다녔지. 결국 몇 년 만에 공장은 파산 직전에 몰렸고, 공교롭게도 그때 한 직원이 수출 환급세 편취 사실을 고발해버렸어. 벌금도 물어야 하고 구속도 피할 수 없었어. 당시 당신을 직접 체포한 경찰이 예젠이었지. 벌금 때문에 공장이 넘어갈 위기에 처하자 랑보원과 저우룽이 인수해서 사업을 정상 궤도에 올려놨어. 출소 후 당신이 돌아왔지만 두 사람은 당신을 받아주지 않았지."

랑보투는 모든 걸 내려놓은 듯 허탈한 표정이었다.

"그 후 당신은 이 모든 게 계획된 거였다는 걸 알아차렸어. 형 랑보원이 저우룽, 예젠, 루이보와 손잡고 판을 짠 거라는 걸. 부모님이 당신에게 넘긴 공장을 빼앗기 위한 목적으로 말이야. 당신은 화가 났지만 어쩔 도리가 없었어. 그냥 형에게 고마워하는 척하며 형의 그늘 아래서 지낼 수밖에 없었지. 하지만 저우룽의 사업이 날로 번창하는 걸 보면서 점점 더 불편해졌고 결국 복수를 계획한 거야. 저우룽에게 손댈 능력은 없으니 가장 쉬운 쪽부터 공략했겠지. 그 첫 번째가 바로 예젠이었어. 형사경찰이지만 늘 혼자 다녔으니까. 회식 자리에서 당신은 몰래 예젠에게 메모를 남겼어. 예젠의 흥미를 끌 만한 어떤 말로 강가로 나오게 해서 살해한 거지. 그 후 한참이 지나도록 경찰은 참고인 조사로라도 당신을 부르지 않았어. 그래서 더욱 자신만만해진 당신은 루이보와 저우치까지 살해한 거야. 랑보원은 현재 연락이 안 되는데, 사실 그냥 연락이 안 되는 게 아닐 수도 있겠지? 어쩌면 이미 당신 손에 죽은 거 아냐?"

"지금 무슨 소릴 하시는 겁니까?"

랑보투가 몸을 바로 세웠다.

장이앙은 천연덕스러운 얼굴로 말을 이었다.

"그냥 추측일 뿐이야. 시신을 발견하기 전에는 결론을 내릴 수 없겠지. 저우룽에게 문제가 생긴 틈에 죽이는 게 가장 좋았을 것 같은데. 그러면 우리가 랑보원이 죄 짓고 무서워서 도망갔다고 의심했을 테니까. 나로선 당신이 계획을 잘 세웠다고 인정할 수밖에 없어. 특히 저우치 집의 현장 조작은 꽤 인상적이었지. 하마터면 정말 속아 넘어가서 당신한테 알리바이를 만들어줄 뻔했잖아. 근데 당신은 운이 나빠도 너무 나빠. 날 만났으니까. 당신은 절대로 그러지 말았어야 했어. 예젠 사망 현장에 내 이름을 적어 내게 누명을 씌우지 말았어야 했다고."

"제가 예젠 사망 현장에 당신 이름을 썼다고요?"

랑보투의 눈이 휘둥그레졌다.

"그래. 그리고 예젠과 루이보를 살해한 뒤 과거의 사진 두 장을 남기는 짓은 더더욱 하지 말았어야지. 이런 범죄 심리는 흔해도 너무 흔해. 복수의 쾌감. 봐, 마침내 과거에 품은 원한을 다 갚았네? 근데 완벽하게 짜놓은 판에다 왜 그런 군짓을 했냐고. 모든 지능범죄는 치명적인 문제를 안고 있어. 범죄 과정에서 자신을 드러내기 좋아한다는 거."

"제가 사, 사진을 남겼다고요?"

장이앙은 의아해하며 랑보투를 바라보았다.

"그럼 아니야?"

"그게 대체 무슨 소립니까? 전 그런 행동 한 적 결코 없습니다. 설마 투서 일에 대해 모르시는 겁니까?"

랑보투는 피가 잔뜩 쏠린 얼굴로 흥분하며 소리쳤다.

"투서?"

"예젠이 가오둥 부청장한테 익명으로 투서를 썼어요! 저우룽이 루정 부국장을 살해해서 입막음했다고."

장이앙은 자신이 싼장커우에 오게 된 경위를 떠올렸다. *그 익명의 제보자가 예젠이라고?*

"그 투서를 예젠이 썼다는 거야?"

"당연히 예젠이 쓴 거죠. 루정 부국장이 뤄쯔웨 시장을 미행하다가 뤄쯔웨와 저우룽의 관계를 알아내니까 저우룽이 사람 시켜서 루정을 죽이고 시신을 강물에 버렸어요. 예젠은 루정이 사라진 게 저우룽과 관련 있다고 보고 몰래 조사하고 있었어요. 그러다 루이보의 배신 사실도 캐내고 가오둥에게 익명의 투서도 보낸 거죠."

"당신은 투서 일을 어떻게 알게 됐는데?"

장이앙은 투서가 가오둥에게 바로 전해졌다고 알고 있었다. 저우웨이둥이 투서의 존재를 모르면 저우룽 일당은 더더욱 알 턱이 없었다.

"제가 보원 형 차에서 도청기를 발견했거든요!"

랑보투가 차가운 목소리로 대답했다.

"이런 짓을 할 만한 사람은 루이보라고 보고 몰래 조사했어요. 루이보를 찾아가서 도청기에 대해 추궁했더니 결국 실토하더군요. 예젠이 자기한테 저우룽 조사에 협조해달라고 요구했대요. 더 이상 저우룽을 따르지 말라고 권하면서요. 그리고 예젠이 가오둥에게 익명의 투서를 보냈고, 가오둥이 저우룽 조사를 위해 사람을 내려보낼 거라는 말도 했대요. 그 말을 들은 저는 저녁 모임이 있었던 그날 예젠에게 메모를 남겼죠. '네가 찾는 답을 내가 알고 있다'고 암시하면서 예젠을 강가로 불러내 죽여버렸죠. 당시 차머리에 달린 칼에 수차례 찔렸는데도 예젠은 강에 뛰어들어 헤엄쳐 도망치더군요. 그리고 건너편 기슭에서 숨이 끊어지는 걸 제가 멀리서 지켜봤어요. 건너편은 온통 진흙 바닥이라 발자국이 남을까봐 저는 시신 옆에 아예 가지도 않았어요. 근데 어떻게 제가 메모를 남길 수 있었겠어요?"

장이앙은 그제야 모든 퍼즐이 맞춰지는 기분이었다. 예젠은 좋은 사람이었다. 죽기 직전 그는 투서 건이 드러나서 상대가 자신을 죽여 입막음하려 한다는 걸 알아차렸다. 그가 지갑에서 스파센터 카드만 꺼내 몸에 지녔던 것은 경찰이 루이보를 찾아가도록 유도한 것이었다. 그리고 바위에 장이앙의 이름을 쓰고 뒤에 느낌표를 붙인 것은 그들이 찾는 제보자가 바로 자신이며 앞으로의 일은 전부 장이앙에게 부탁한다는 의미를 내포한 것이었다! 예젠은 숨이 끊어지기 직전 온 힘을 쥐어짜내 두 가지 메시지를 전달하려 했지만 장이앙은 하나도 읽어내지 못했다.

랑보투는 씩씩거리며 계속 말을 이었다.

"제가 예젠을 죽였다는 걸 루이보는 틀림없이 알았을 겁니다. 하지만 저한테 감히 뭐라고 하진 못했죠. 루이보와 저우치가 저에겐 늘 시한폭탄처럼 느껴졌어요. 보원 형은 저우룽이 유에스비를 뺏기고 나서 혹시라도 불똥이 튈까 봐 먼저 싼장커우를 떠났어요. 전 저우치와 루이보를 죽이고, 후환을 없애기 위해 루이보 사무실에서 개인 장부를 빼돌려 없앴어요. 허허, 내가 형한테 원한을 품어 저지른 일이라고요? 그런 건 처음부터 있지도 않았어요. 형이 공장을 지켜줬는데 저로선 평생을 감사해도 모자라죠! 살인도 형을 지키기 위해서 저지른 일이라고요! 근데 원한이라니요? 저희 부모님은 형과 저를 똑같이 대하셨어요. 공장을 저한테 주신 건 형이 원치 않아서일 뿐이었어요. 대신 사업할 자금을 주셨죠. 공장 이름이 아오투인 건 제 이름을 따서가 아니라 '자동차'를 뜻하는 영어 Auto를 음역한 거라고요! 자동차 부품 공장 이름으로 썩 어울리지 않나요?"

그때 한 취조관이 책상을 탁 치며 소리쳤다.

"허튼소리 그만해! 영어로 자동차는 카Car라고. 우리 경찰들이 영어도 모르는 줄 알아?"

랑보투가 피식 웃음을 내뱉자 다른 취조관이 Auto도 자동차라는 뜻이라고 넌지시 알려주었다.

장이앙이 헛기침을 하고 물었다.

"그럼 예젠 집과 루이보 사무실에서 왜 당신 글씨가 적힌 사진이 나왔지? 당신은 왜 그 사진 두 장을 보고 얼굴 빛이 변한 건데?"

"그 사진은 저희 전부 가지고 있어요! 예젠이 그 사진을 집에 놓아둔 건 자연스러운 거 아니에요? 루이보가 사진을 왜 사무실에 뒀는지는 제가 어떻게 알아요? 촬영 연도와 월을 적은 건 그 당시 촬영일 적는 걸 빼먹었다는 걸 알고 글씨 잘 쓰는 제가 나중에 쓴 것뿐인데, 그게 뭐 어때서요? 제가 긴장했던 건 당신이 저희들의 진짜 관계와 제 범행 동기를 알아냈구나 생각해서였어요! 그런데 아무것도 몰랐을 줄이야! 당신은 사실 아무것도 아는 게 없었는데 내가 그냥 다 술술 불어버리다니……."

그 순간 "푸" 하고 랑보투가 피를 뿜었다.

모니터로 지켜보던 경찰들이 놀라서 입을 떡 벌렸다.

만약 처음에 예젠의 메시지를 알아챘다면 스파센터를 찾지 않았을 것이고, 스파센터를 찾지 않았다면 정융빙을 알지 못했을 것이고, 그의 집에서 류베이를 발견하지도 못했을 것이다. 류베이가 도주할 일도 만들지 않았을 것이고, 류베이가 도주하지 않았다면 그가 편종을 훔치는 모험을 감행하지 않았을 것이고, 그 뒤로 일어난 일들도 모두 다시 쓰여졌을 것이다.

이 모든 일의 시작이 예젠이 죽기 직전 남긴 메시지를 제대로 해독하지 못해서였다고?

하지만 애초에 가설과 전제가 잘못되었고 심지어 경찰들의 전체 수사 방향도 잘못된 데다 심지어 부검 과정에서도 착오가 있었다. 처음부터 끝까지 틀린 상황에서 어떻게 주도면밀하게 판을 짠 범인을 검거할 수 있었을까?

다들 난감한 표정으로 장이앙을 바라보았다.

장이앙은 시원하게 한 번 웃더니 얼굴색 하나 변하지 않고 담담하게 물었다.

"그럼 살인은 당신 혼자 벌인 건가? 아니면 저우룽이나 랑보원의 지시를 받고?"

"당연히 저 혼자 한 거죠. 두 사람은 이 일에 대해 전혀 몰라요. 저우룽은 예젠과 친형제나 다름없는 사이예요. 예젠이 자기를 조사한다는 걸 알았어도 아무 대응도 하지 않았을 사람이죠. 입막음을 위해 살인했다는 걸 저 역시도 형에게 알릴 수 없었어요. 저를 늘 살뜰히 보살펴준 형은 제가 그러는 걸 반대했을 거예요. 전 그런 형을 대신해 성가신 문제를 해치울 수밖에 없었던 거죠."

"혼자 다 짊어지려고 하지 마. 랑보원의 지시 없이 당신 혼자서 이런 짓을 벌였을 거라는 걸 난 믿지 않아."

"저 혼자 한 일이라고요."

"그건 신문해보면 알겠지. 랑보원은 지금 어디 있지?"

"그게……."

"어디 있냐고!"

"저도 모릅니다."

몇몇 경찰이 웃기 시작했다. 방금 순식간에 지나간 랑보투의 표정은 그가 랑보원의 행방을 알고 있다는 걸 말해주는 듯했다. 그가 랑보원의 행방을 안다고 확신한 이상 신문으로 답을 얻는 건 시간 문제였다.

장이앙은 가볍게 한숨을 쉬더니 고개를 저었다.

"좀 전에 내가 당신한테 많은 말을 했지만 사실은 이 한마디를 듣기 위해서였어. 내가 정말 예젠이 보낸 메시지를 몰랐을 거라고 생각했나? 웃기지도 않는군!"

장이앙이 경멸하는 웃음을 짓자 모니터실의 경찰들이 의아해하는 눈으로 그를 쳐다보았다.

"예젠 사건이 발생했을 때 난 그가 제보자라는 걸 바로 알아차렸어. 하지만 저우룽을 조사하러 외지에서 온 내가 가장 걱정한 게 뭔지 알아? 공안국에도 저우룽의 사람이 있을 수 있다는 거지. 이 사건은 루정의 피살과 더불어 배후에 있는 공안청 간부들까지 관련돼 있었기 때문이야. 난 가장 가까운 몇몇 사람조차 백 퍼센트 믿을 수 없었어. 하, 당시 내가 겪은 고충을 누가 알겠나."

장이앙이 복잡한 눈빛으로 CCTV를 힐끔 쳐다보았다. 모니터실의 경찰들은 장이앙에게 자신들이 보이지 않는다는 걸 알았지만, 그의 마음을 이해한다는 듯 계속해서 고개를 끄덕였다. 그 사이에서 리첸이 들릴 듯 말 듯 중얼거렸다. *전 알고 있었어요.* 리첸의 눈시울이 붉어졌다.

"그때 난 비밀리에 조사하면서 내가 뭘 알아냈는지 남들이 모르게 해야 했어. 그래서 일부러 좀 어리석어 보이게 행동했지. 잘못된 걸 알면서도 계속 밀어붙여야 할 때도 있었고. 그래도 조사는 어떻게든 계속 이어가야만 했지. 우리가 사건을 하나하나 지금까지 끌고 오기까지 정말 쉽지 않은 여정이었어!"

경찰들이 가슴 깊이 공감했다. 확실히 쉽지 않은 길이었다.

"그동안 함께 수사하고 고군분투하는 동안 난 모든 경찰이 하나같이 진실되고 우수한 인재들이라는 걸 깨달았어!"

이 얼마나 가슴 뭉클한 순간인가! 경찰들이 저도 모르게 주먹을 쥐었다.

"내가 임시방편으로 다른 버전의 범죄 스토리를 지어낸 건 당신을 자극해서 사실을 털어놓게 만들기 위해서였어! 그런데 이리도 쉽게 걸려들 줄이야! 암투가 이런 식으로 싱겁게 끝나버리다니, 아쉽기 짝이 없군."

"바, 방금 한 말이 다 지어낸 거라고?"

랑보투는 피를 꿀꺽 삼켰지만 가슴은 더 답답해졌다.

"아니면? 그런 뚱딴지같은 이야기는 바보나 믿겠거니 했는데, 진짜 이렇게 속아 넘어갈 줄은 몰랐지."

경찰들은 마침내 안도의 한숨을 내쉬었다. 방금 전 그 이야기가 전부 장이앙이 꾸며낸 거였다니. 다들 '바보나 믿을 법한' 이야기를 하마터면 믿을 뻔했다며 스스로를 바보라고 자조했다. 장이앙의 신문 기술은 너무 심오해서 헤아릴 수가 없었다. 랑보원의 행적을 알아내려던 속임수가 분노를 일으켜 랑보투가 피를 토하게 만들었으니 뛰어나다 하지 않을 수 없었다.

"당신……."

랑보투가 목 안의 피를 꿀꺽 삼키고 물었다.

“당신 대체 어떻게 해서 날 의심하게 된 거야?”

“그게 말이지…….”

장이앙은 오묘한 미소를 지었다.

“직감이야. 형사경찰의 직감!”

경찰들과 랑보투까지 입을 떡 벌린 채 얼어붙고 말았다. 장이앙은 자리에서 일어나 문을 나섰다. 심지어 목발도 없이 뒷짐을 지고 유유히 자리를 떴다.

왠지 ‘명탐정’이라는 세 글자가 보이는 듯한 뒷모습만 남긴 채로.

옮긴이의 말

이 소설은 쯔진천이 그동안 '중국의 히가시노 게이고'라고 불리며 사회파 추리소설가로서 보여준 스타일과는 확실히 결이 다르다. 굳이 정의하자면 '추리소설의 탈을 쓴 코믹 활극'에 가깝다. 기존 작품을 통해 인간 본성에 대한 통찰력과 어두운 사회 현실에 대한 날카로운 시선을 유감없이 보여준 쯔진천을 기대하고 이 책을 편 독자라면 고개를 갸우뚱할지도 모른다. 그의 트레이드마크 같았던 장중한 분위기는 온데간데없고 작품 초반부터 실소를 자아내는 상황이 연출되기 때문이다. 오합지졸 범죄자들끼리, 또 그 범죄자들과 시쳇말로 '운빨이 끝내주는' 경찰 사이에 벌어지는 다소 황당한 촌극이 작품의 주를 이룬다. 『동트기 힘든 긴 밤』과 『무증거 범죄』에서 볼 수 있었던 어둡고 심각한 배경이나 치밀한 음모는 빠져 있지만, 대신 복잡한 인물관계와 그 사이에서 벌어지는 개별 사건들이 예측불허로 전개되면서 독자의 시선을 사로잡는다.

『다만 부패에서 구하소서』에는 수많은 인물이 등장한다. '근거 없는 자신감'으로 무장하고 한탕을 노리는 두 강도, 재개발 책임자를 매수해 한몫 챙기려는 교활한 기업가, 남을 등쳐먹으며 빈둥빈둥 살아가는 두 청년, 운이 좋아 매번 굵직한 사건을 해결해내는 낙하산 경찰과 그 밖의 범죄자들까지, 저마다 개성 강한 인물들이 각자의 지분을 확실하게 챙기며 살아 움직인다. 적게는 두 명, 많게는 수십 명 사이에 크고 작은 사건들이 개별적으로 일어나지만, 희한하게도 그 사건들이 꼬리에 꼬리를 물고 이어져 인물들을 서로 연결시킨다. 어떤 상황이 벌어지고, 그 상황에 끼어든 등장인물이 또 다른 상황을 만들어내면서 예측할 수 없는 결과를 향해 달려가는 것이다.

복잡한 관계와 다양한 이야기를 풀어내려면 많은 우연이 필요하고, 과도한 우연은 작위적이라는 느낌을 줄 수밖에 없다. 그런데 쯔진천은 복잡한 플롯을 크게 거슬리지 않는 선에서 자연스럽게 끌고 나가는 '기술'을 발휘한다. 읽다 보면 "이걸 어떻게 이런 식으로 연결할 생각을 했지?"라는 말이 절로 나온다. 서로 전혀 관련 없어 보이는 사건들이 거미줄처럼 얽히고 이어져 뿔뿔이 흩어져있던 주요 등장인물들이 한자리에 모이게 되는 순간은 이 작품의 백미라고 해도 과언이 아니다.

『동트기 힘든 긴 밤』, 『무증거 범죄』, 『나쁜 아이들』이 작품의 대략적인 줄거리와 분위기가 연상되는 제목이듯이, 이 작품의 원제인 『저지능 범죄』 역시 작품의 색깔을 어느 정도 보여준다. 거의 모든 장마다 덜떨어지고 모자란 캐릭터들이 자아내는 웃음 포인트가 들어 있는데, 그 웃음이 박장대소나 폭소가 아닌 실소라는 게 특징이라면 특징이다. 쯔진천은 '밈meme'으로 쓰일 만한 재미있는 요소들을 수년에 걸쳐 차곡차곡 모아두었다가 이 작품에 전부 털어 넣었다고 말했다. 만약 이 소설을 읽다가 저도 모르게 '피식' 하고 웃었다면, 저자의 의도가 제대로 전달되었다고 보아도 무방하다.

개인적으로는 장이앙이라는 인물이 순전히 운이 좋아서 여러 사건을 해결한 '엉터리'인지, 정말 실력 있는 '영웅'인지 아리송했다. 어떻게 보면 터무니없는 말과 행동을 하는 엉터리 같기도 하고, 작품 속에서 경찰들이 우러러보는 것처럼 진짜 영웅 같기도 했던 것이다. 결정적으로 작품의 제일 마지막에 등장한 "목발도 없이 뒷짐을 지고 유유히 자리를 떴다"라는 문장은 마치 영화 〈유주얼 서스펙트〉의 카이저 소제를 연상케 하며 장이앙의 정체가 대체 무엇인지 더욱 혼란스럽게 만들었다. "작가가 쯔진천이니 이 소설은 코미디라는 외피로 어떤 비판 의식을 감추고 있는 우화가 아닐까"라며 이런저런 추측을 하기도 했다.

'추리의 왕' 시리즈와 비교했을 때 확실히 『다만 부패에서 구하소서』는 쯔진천이 온전히 힘을 빼고 자유롭게 이야기를 풀어낸 느낌이 든다. 이 소설에서 쯔진천이 그리는 사회 현실은 그다지 무겁지 않다. 특유의 날카로운 현실 포착은 사라지지 않아 부동산을 둘러싼 공무원과 기업의 뇌물 비리 등이 현실감 넘치게 그려지지만, 묵직한 사회적 메시지가 담긴 전작들을 좋아한 독자들 중에는 그의 이런 새로운 시도를 낯설어하며 상대적으로 가벼운 무게감에 '불호'를 나타내는 사람도 적지 않았다. 이런 반응을 예상하기라도 한 듯 쯔진천은 "그냥 재미있는 작품을 쓰고 싶었다. 모든 소설이 다 깊이 있을 필요는 없지 않은가. 즐겁게 읽으면 그만이다"라고 말한 바 있다. 더불어 이 소설을 "본인이 가장 잘 쓴 작품이자 가장 만족하는 작품"이라고 평가하기도 했다.

혹자는 꽤나 날카로운 사회파 추리소설로 이름을 날린 그가 더 이상 독자의 취향이나 시장성을 고려하지 않아도 될 만큼 성공한 작가가 된 것이 '변신'의 이유라고 말한다. 쯔진천 본인도 글쓰기 초반에는 독자들의 구미에 맞는 작품을 쓰려고 애쓴 점을 인정했다. 하지만 소위 '배가 불러서' 스타일이 바뀌었다기보다는, 그가 직접 밝힌 대로 "모든 독자를 만족시킬 수 없다"라는 사실을 받아들이고 자신이 쓰고 싶은 걸 쓰기로 마음먹어서가 아닐까 싶다.

국내에 소개된 '추리의 왕' 시리즈 『무증거 범죄』, 『나쁜 아이들』, 『동트기 힘든 긴 밤』은 각 〈무증지죄無證之罪, 2017〉, 〈은비적각락隱祕的角落, 2020〉, 〈침묵적진상沈默的眞相, 2020〉이라는 드라마로도 제작되어 큰 호평을 받으며 인기를 끌고 있다. 어느새 한국 독자들에게 '믿고 보는 작가'로 자리매김한 쯔진천은 『다만 부패에서 구하소서』를 기점으로 새로운 변신을 꾀하는 것처럼 보인다. 물론 치밀한 이야기 구성을 포함한 쯔진천 특유의 매력과 장점은 하루아침에 사라지지 않을 것이다. 작품의 중심축으로서 자신이 가진 기존 강점은 그대로 유지하되, 다양한 변주로 독자들에게 신선함과 또 다른 감동을 주지 않을까 조심스레 예상해본다.

앞에서 언급했듯이 쓸 만한 요소란 요소는 전부 끌어다 썼기 때문에 쯔진천은 이 작품의 속편은 나오기 힘들 거라고 밝혀두었다. 들리는 소문에는 그의 다음 작품이 SF를 기반으로 한 범죄 추리소설이라고 한다. 어떻게 보면 『다만 부패에서 구하소서』는 지금까지와는 다른, 쯔진천의 작품 세계 '제2막'을 여는 신호탄격 작품이라고 볼 수 있다. 그의 엉뚱한 상상력과 유쾌한 블랙코미디의 진수를 느낄 수 있는 이 소설의 독자 반응이 더욱 기대되는 이유다.

박소정

다만 부패에서 구하소서

1판 1쇄 인쇄 | 2021년 6월 22일
1판 1쇄 발행 | 2021년 6월 28일

지은이 쯔진천
옮긴이 박소정
펴낸이 김기옥

문학팀 김세화 | **마케팅** 김주현
경영지원 고광현, 김형식, 임민진

표지디자인 형태와내용사이 | **본문디자인** 고은주
인쇄·제본 (주)민언프린텍

펴낸곳 한스미디어(한즈미디어(주))
주소 (04037) 서울시 마포구 양화로 11길 13(서교동, 강원빌딩 5층)
전화 02-707-0337 | **팩스** 02-707-0198 | **홈페이지** www.hansmedia.com
출판신고번호 제313-2003-227호 | **신고일자** 2003년 6월 25일

ISBN 979-11-6007-699-8 (03820)

한스미디어 소설 카페 http://cafe.naver.com/ragno | **트위터** @hans_media
페이스북 www.facebook.com/hansmediabooks | **인스타그램** @hansmystery

책값은 뒤표지에 있습니다.
잘못 만들어진 책은 구입하신 서점에서 교환해드립니다.